GEWETENLOOS

ANDER WERK VAN KARIN SLAUGHTER

Nachtschade
Zoenoffer
Een lichte koude huivering
Onzichtbaar
Trouweloos
Triptiek
Onaantastbaar
Onbegrepen
Versplinterd
Genesis
Verbroken
Ongezien
Gevallen
Doorn in mijn vlees
Genadeloos
Stille zonde
Veroordeeld
Mooie meisjes
Verborgen
Laatste adem
Goede dochter
Gespleten/Pieces of Her
Laatste weduwe
Schoon goud (met Lee Child)
Verzwegen
Valse getuige
Puntgaaf

ALLEEN ALS E-BOOK VERSCHENEN

Kwijt
Diep

KARIN SLAUGHTER

GEWETENLOOS

Vertaling Ineke Lenting

HarperCollins

MIX
Paper from responsible sources
FSC® C021394

Voor het papieren boek is papier gebruikt dat onafhankelijk is gecertificeerd door FSC®
om verantwoord bosbeheer te waarborgen.
Kijk voor meer informatie op www.harpercollins.co.uk/green

HarperCollins is een imprint van Uitgeverij HarperCollins Holland, Amsterdam.

Oorspronkelijke titel: *Girl, Forgotten*

Omslagontwerp: Buro Blikgoed
Omslagbeeld: © Laura Ranftler / Arcangel Images
Foto auteur: © Alison Rosa
Zetwerk: Mat-Zet B.V., Huizen
Druk: ScandBook UAB, Lithuania, met gebruik van 100% groene stroom

ISBN 978 94 027 1054 0 (paperback)
ISBN 978 94 027 1084 7 (gebonden)
ISBN 978 94 027 6614 1 (e-book)
NUR 305
Eerste druk juni 2022

Originele uitgave verschenen bij HarperCollins Publishers LLC, New York, U.S.A.
Deze uitgave is uitgegeven in samenwerking met HarperCollins Publishers LLC.
HarperCollins Holland is een divisie van Harlequin Enterprises ULC.

www.harpercollins.nl

Voor Mrs D. Ginger

17 APRIL 1982

Emily Vaughn keek fronsend in de spiegel. De jurk was nog even mooi als in de winkel. Het probleem was haar lichaam. Ze draaide zich om en nog eens om, op zoek naar een hoek vanwaaruit ze er niet uitzag als een gestrande, stervende walvis.

'Je had van de koekjes af moeten blijven, Rose,' zei Omi vanuit haar hoek.

Het duurde even voor Emily een licht opging. Rose was Omi's zus, die tijdens de crisis van de jaren dertig aan tbc was gestorven. Emily's tweede naam was ter nagedachtenis aan het meisje.

'Omi.' Ze drukte haar hand op haar buik. 'Het komt volgens mij niet van de koekjes.'

'Weet je het zeker?' Een listig lachje rimpelde Omi's lippen. 'Jammer, ik lustte er wel een paar.'

Na een laatste misprijzende blik op haar spiegelbeeld probeerde Emily een glimlach op haar gezicht te toveren. Moeizaam knielde ze neer voor de schommelstoel van haar grootmoeder. De oude vrouw was een kindertruitje aan het breien. Haar vingers tjoepten als kolibries de geplooide boord in en uit. De lange mouw van haar victoriaanse jurk was naar boven geschoven. Voorzichtig raakte Emily de donkerpaarse kneuzing rond haar knokige pols aan.

'Kluns die ik ben.' Omi's stem had de zeurderige toon van een al honderd keer herhaald excuus. 'Freddy, trek gauw die jurk uit voor papa thuiskomt.'

Nu dacht ze weer dat Emily haar oom Fred was. Dementie was vooral een inkijkje in het boek met familieschandalen.

'Zal ik koekjes voor je halen?' vroeg Emily.

‘Dat zou geweldig zijn.’ Omi breide door, maar haar blik, die nooit echt op iets bleef rusten, richtte zich plotseling op Emily. Ze plooide haar lippen tot een glimlach en hield haar hoofd iets schuin, alsof ze de parelmoeren binnenkant van een schelp bewonderde. ‘Wat heb je toch een prachtig glad huidje. Je bent zo mooi.’

‘Het zit in de familie.’ Emily verwonderde zich over het bijna tastbare besef van het hier en nu, dat haar grootmoeders blik had getransformeerd. Ze was weer aanwezig, alsof een bezem de spinnenwebben uit haar rommelige brein had geveegd.

Emily raakte de rimpelige wang aan. ‘Hallo, Omi.’

‘Hallo, lief kind.’ Even staakte ze haar gebrei om Emily’s gezicht tussen haar handen te nemen. ‘Wanneer ben je jarig?’

Emily wist hoeveel informatie ze moest geven. ‘Over twee weken word ik achttien, Omi.’

‘Over twee weken.’ Omi’s glimlach verbreedde zich. ‘Wat heerlijk om jong te zijn. Zo vol belofte. Je hele leven is een boek dat nog geschreven moet worden.’

Emily wierp een onzichtbaar fort op tegen de golf emotie die ze voelde opkomen. Ze ging dit moment niet verpesten door in tranen uit te barsten. ‘Vertel eens een verhaal uit je eigen boek, Omi.’

Omi keek opgetogen. Ze deed niets liever dan verhalen vertellen. ‘Heb ik je weleens verteld over toen ik zwanger was van je vader?’

‘Nee,’ zei Emily, die het verhaal al tientallen keren gehoord had. ‘Hoe was dat?’

‘Ellendig,’ zei ze met een relativerend lachje. ‘Ik was dag en nacht misselijk. Ik kon amper mijn bed uit komen om te koken. Het huis was één grote bende. Bovendien was het buiten snikheet, echt. Ik wilde het liefst mijn haar afknippen. Het was heel lang, het hing tot op mijn middel, en als ik het waste, had de hitte het alweer verknoeid voor het kon drogen.’

Emily vroeg zich af of Omi haar leven verwarde met dat van Bernice uit het verhaal ‘Bernice Bobs Her Hair’. Scott Fitzgerald en Hemingway doken vaak op in haar herinneringen. ‘Hoe kort knipte u het af?’

‘O, dat deed ik niet, hoor,’ zei Omi. ‘Dat vond je opa niet goed.’

Emily’s mond viel open van verbazing. Dit klonk niet als een kort verhaal, maar als het echte leven.

'Het wérd me toch een commotie. Mijn vader ging zich ermee bemoeien. Hij kwam samen met mijn moeder een pleidooi voor me houden, maar je opa weigerde ze binnen te laten.'

Emily pakte haar grootmoeders bevende handen stevig vast.

'Ik weet nog dat ze stonden te ruziën op de veranda. Ze zouden met elkaar op de vuist zijn gegaan als mijn moeder ze niet gesmeekt had op te houden. Ze wilden me mee naar huis nemen en voor me zorgen tot de baby kwam, maar je opa weigerde.' Ze keek geschrokken, alsof ze opeens iets had bedacht. 'Stel je voor hoe anders mijn leven geweest zou zijn als ze me die dag mee naar huis hadden genomen.'

Het ontbrak Emily aan verbeeldingskracht. Ze kon alleen nog aan haar eigen omstandigheden denken. Ze was in de val gelopen, net als haar grootmoeder.

'Liefje van me.' Omi ving met haar knoestige vinger Emily's tranen op. 'Niet verdrietig zijn. Jij gaat straks weg. Je gaat studeren. Je zult een jongen ontmoeten die van je houdt. Je zult kinderen krijgen die je aanbidden. Je zult in een prachtig huis wonen.'

Emily's borst trok samen. Haar droom over een dergelijk leven was vervlogen.

'Lieve schat,' zei Omi. 'Geloof me. Ik zit verstrikt in de sluier tussen leven en dood, en dat biedt me een blik op verleden en toekomst. Ik zie alleen maar geluk voor je in de dagen die gaan komen.'

Emily voelde haar fort kraken onder het gewicht van het naderende verdriet. Wat er ook gebeurde – goed, slecht of onbeduidend –, haar grootmoeder zou er geen getuige van zijn. 'Ik hou heel veel van je.'

Er kwam geen reactie. Het spinrag had Omi's blik weer vertroebeld, Emily zag de verwardheid die ze zo goed kende. Ze hield de handen van een vreemde vast, die gegeneerd de naalden oppakte en verder breide aan het truitje.

Bij het opstaan veegde Emily haar laatste tranen weg. Er was niets ergers dan een vreemde te zien huilen. De spiegel wenkte, maar ze voelde zich te rot om ook nog maar een seconde naar haar spiegelbeeld te kijken. Bovendien viel er toch niets aan te veranderen.

Omi keek niet op toen Emily haar spullen bij elkaar graaide en haar kamer uit liep.

Bovenaan de trap bleef ze even staan luisteren. Haar moeders schelle stem werd gedempt door de dichte deur van haar werkkamer. Met gespitste oren probeerde ze haar vaders diepe bariton op te vangen, maar hij was waarschijnlijk nog op de faculteit aan het vergaderen. Toch glipte Emily uit haar schoenen en trippelde voorzichtig de trap af. Het gekraak van het oude huis was haar even vertrouwd als de oorlogskreten van haar ouders.

Ze had haar hand al naar de voordeur uitgestoken toen ze aan de koekjes dacht. De statige, oude staande klok tikte naar vijf uur. Omi zou zich haar verzoek niet meer kunnen herinneren, maar ze kreeg pas ruim na zes uur haar eten.

Emily zette haar schoenen bij de deur neer, met haar tasje tegen de hoge hakken, en sloop op haar tenen langs haar moeders werkkamer naar de keuken.

'Waar denk jij in die jurk naartoe te gaan?' Haar vaders lucht van verschaald bier en sigaren vulde de keuken. Zijn zwarte colbert hing over een van de stoelen. De mouwen van zijn witte overhemd waren opgerold. Een blikje Natty Boh-bier stond ongeopend naast twee geplette blikjes op het aanrecht.

Emily keek naar een druppel condens die langs het blikje naar beneden gleed.

Haar vader knipte met zijn vingers alsof hij een van zijn studenten aanspoorde. 'Geef eens antwoord.'

'Ik wilde alleen maar –'

'Ik weet wat je alléén maar wilde,' onderbrak hij haar. 'Heb je onze familie nog niet genoeg schade toegebracht? Ga je ons leven helemáál kapotmaken, twee dagen voor de belangrijkste week van je moeders carrière?'

Emily's gezicht brandde van schaamte. 'Het gaat niet over –'

'Alsof het mij ook maar een flikker interesseert waar het volgens jou over gaat.' Hij trok het ringetje van het blikje en gooide het in de spoelbak. 'Je draait je nu om en trekt die afgrijselijke jurk uit, en dan blijf je op je kamer tot ik je roep.'

'Ja, pap.' Emily opende de kast om de koekjes voor haar grootmoeder te pakken. Haar vingers hadden de oranje-witte verpakking van de chocoladekoekjes amper aangeraakt of haar vader sloeg zijn hand om haar pols. Haar brein richtte zich niet op de pijn, maar op de herinnering aan de handboeivormige kneuzing rond de broze pols van haar grootmoeder.

Jij gaat straks weg. Je gaat studeren. Je zult een jongen ontmoeten die...

'Pap, ik –'

Hij kneep nu zo hard dat Emily geen lucht meer kreeg van de pijn. Ze zat op haar knieën, met haar ogen stijf dicht, terwijl de stank van zijn adem haar neus binnenkringelde. 'Wat heb ik gezegd?'

'Je...' Happend naar lucht voelde ze de botten in haar pols kraken. 'Het spijt me, ik –'

'Wat heb ik gezegd?'

'D-Dat ik naar mijn kamer moest.'

De bankschroef van zijn hand ontspande. Emily slaakte een diepe zucht van opluchting. Ze stond op en sloot de kastdeur. Ze liep de keuken uit en de gang weer in. Ze zette haar voet op de onderste tree, recht boven het luidste gekraak, en daarna weer op de vloer.

Ze draaide zich om.

Haar schoenen stonden nog steeds bij de voordeur, naast haar tasje. Alles was in precies dezelfde turkooizen tint geverfd als haar satijnen jurk. Alleen zat de jurk te strak, kreeg ze haar panty niet over haar knieën en waren haar voeten te pijnlijk en opgezwollen. Daarom liet ze haar hoge hakken staan, toen pakte ze haar tasje en liep naar buiten.

Een lentebriesje streelde haar blote schouders toen ze over het gazon liep. Het gras kriebelde aan haar voeten. In de verte rook ze de scherpe zoutgeur van de zee. De Atlantische Oceaan was veel te koud voor de toeristen die zich 's zomers op de promenade verdrongen. Voorlopig was Longbill Beach nog van de bewoners, die zich nooit in een slingerende rij bij Thrasher's zouden opstellen voor een bak patat of zich zouden vergapen aan de apparaten met hun kleurige strengen toffee in de etalage van de snoepwinkel.

Zomer.

Nog maar een paar maanden.

Clay, Nardo, Ricky en Blake bereidden zich al voor op het eindexamen, stonden op het punt aan hun volwassen leven te beginnen, dit verstikkende, sneue badplaatsje te verlaten. Zouden ze ooit nog aan

Emily denken? Dachten ze nu nog aan haar? Misschien met medelijden. Waarschijnlijk met opluchting omdat ze eindelijk de rotte plek uit hun incestueuze kringetje hadden gesneden.

Dat ze een buitenstaander was, deed inmiddels minder pijn dan in het begin. Ze had eindelijk aanvaard dat ze geen deel meer uitmaakte van hun leven. In tegenstelling tot wat Omi had gezegd, ging Emily níét weg. Ze ging níét studeren. Ze zou níét een jongen ontmoeten die van haar hield. Ze zou haar strandwachtersfluitje laten snerpen voor ettertjes in het water of eindeloos gratis proefijsjes uitdelen vanachter de toonbank van Salty Pete's Soft Serve.

Haar voetzolen klapten tegen het warme asfalt toen ze hoek omsloeg. Ze wilde achteromkijken naar het huis, maar dat vond ze te theatraal. In plaats daarvan riep ze het beeld op van haar moeder die haar werkkamer op- en neerliep en met haar telefoon tegen haar oor een strategie uitdacht. Haar vader zou zijn blikje bier leegdrinken en mogelijk het verschil in afstand berekenen tussen de rest van het bier in de koelkast en de whisky in de bibliotheek. Haar grootmoeder was bezig het truitje af te maken, zich afvragend voor welk kind ze het in vredesnaam had opgezet.

Er kwam een auto aan en Emily stapte naar de kant van de weg. Ze zag een tweekleurige Chevy Chevette langsglijden, en daarna de felrode gloed van remlichten toen de auto piepend stopte. Luide muziek knalde uit de open raampjes. De Bay City Rollers.

S-A-T-U-R-D-A-Y night!

Wexler draaide zijn hoofd van de achteruitkijkspiegel naar de zijspiegel. De lampen knipperden toen hij zijn voet van de rem naar het gaspedaal verplaatste en weer terug. Hij leek te aarzelen of hij zou doorrijden.

Emily deed een stap naar achteren toen hij de auto in zijn achteruit zette. Ze rook de joint die in zijn asbak lag te smeulen. Ze vermoedde dat Dean die avond toezicht moest houden, maar zijn zwarte pak was geschikter voor een begrafenis dan voor een schoolbal.

'Em!' riep hij boven de muziek uit. 'Wat ben je aan het doen?'

Met gespreide armen toonde ze haar opbollende turkooizen baljurk. 'Wat denk je dat ik aan het doen ben?'

Hij liet zijn blik over Emily gaan, keek toen nog eens, maar ditmaal langzamer, net zoals hij naar haar had gekeken op de eerste dag dat ze zijn lokaal was binnengestapt. Naast maatschappijleer gaf hij ook atletiek, en daarom had hij die dag een bordeauxrode polyester short aangehad en een witte polo met korte mouwen, net als de andere sportleraren.

Tot zover de overeenkomsten.

Dean Wexler was maar zes jaar ouder dan zijn leerlingen, maar wat wereldwijsheid betrof liet hij hen ver achter zich. Vóór zijn studie had hij een tussenjaar genomen om door Europa te backpacken. Hij had putten gegraven voor dorpelingen in Latijns-Amerika. Hij dronk kruidenthee en kweekte zijn eigen wiet. Zijn dikke, weelderige snor kwam rechtstreeks uit *Magnum P.I.* Hij werd geacht hen over burgerrechten en -plichten en de overheid te onderwijzen, maar tijdens de ene les liet hij hun een artikel lezen over DDT, dat nog steeds het grondwater vergiftigde, en in de volgende legde hij uit hoe Reagan met de Iraniërs een stiekeme deal over de gijzelaars had gesloten om de verkiezingen in zijn voordeel te laten verlopen.

Het kwam erop neer dat ze Dean Wexler allemaal de coolste leraar hadden gevonden die ze ooit hadden gehad.

'Em,' herhaalde hij, en het klonk als een zucht. Hij zette de auto in neutraal. De handrem ratelde omhoog. Hij schakelde de motor uit, waarop de muziek werd afgesneden bij *ni-i-i-ight*.

Dean stapte uit. Hij torende boven haar uit, maar voor de verandering keek hij niet onvriendelijk. 'Je kunt niet naar het bal. Wat zullen de mensen wel niet denken? Wat zullen je ouders zeggen?'

'Kan me niet schelen,' zei ze, maar haar stem ging op het laatste woord de hoogte in, want het kon haar wel degelijk schelen.

'Denk eens aan de gevolgen van wat je gedaan hebt.' Hij reikte naar haar armen, maar bedacht zich. 'Je moeder wordt momenteel op het hoogste niveau aan een onderzoek onderworpen.'

'O, echt?' zei Emily, alsof haar moeder niet zo lang aan de telefoon had gehangen dat haar oor de vorm van de hoorn had aangenomen. 'Zit ze soms in de problemen?'

Hij zuchtte hoorbaar om te laten merken hoe geduldig hij was. 'Volgens mij realiseer je je niet dat jouw daden alles waarvoor ze gewerkt heeft teniet kunnen doen.'

Emily keek naar een meeuw die boven een wolkengroep zweefde. *Jouw daden. Jouw daden. Jouw daden.* Ze had Dean vaker een neerbuigende toon horen aanslaan, maar nooit tegen haar.

'Stel dat iemand een foto van je maakt?' vroeg hij. 'Of dat er een journalist op school is? Bedenk eens hoe nadelig dat voor haar zal zijn.'

Er begon haar iets te dagen en er brak een lachje door. Hij maakte een grapje. Natuurlijk maakte hij een grapje.

'Emily.' Dean maakte duidelijk geen grapje. 'Je kunt niet –'

Hij begon te gebaren, trok met zijn handen een kring om haar lichaam. Blote schouders, te volle borsten, te brede heupen, de opgerekte naden bij haar middel waar het satijnen turkoois de bolling van haar buik niet kon verhullen.

Daarom breide Omi dat truitje. Daarom mocht ze van haar vader al vier maanden het huis niet meer uit. Daarom had de rector haar van school geschopt. Daarom was ze afgesneden van Clay, Nardo, Ricky en Blake.

Ze was zwanger.

Uiteindelijk vond Dean weer woorden. 'Wat zou je moeder zeggen?'

Emily aarzelde, probeerde door de vloedgolf aan schande te waden die op haar afkwam, de schande waaronder ze had geleden sinds het was uitgelekt dat ze niet langer het brave meisje met de veelbelovende toekomst was, maar de slet die zwaar voor haar zonden zou moeten boeten.

'Sinds wanneer maak je je zo druk om mijn moeder?' vroeg ze. 'Ik dacht dat ze een radertje in een corrupt systeem was?'

Haar toon was scherper dan ze bedoelde, maar haar woede was oprecht. Hij klonk al net als haar ouders. Als de rector. Als de overige docenten. Als haar dominee. Als haar vroegere vrienden. Zij hadden allemaal gelijk en Emily had het altijd mis, mis, mis.

Ze sprak de woorden uit die hem het meest zouden kwetsen. 'Ik geloofde in je.'

Hij snoof. 'Je bent nog te jong voor een steekhoudend geloofssysteem.'

Emily beet op haar onderlip, hield met moeite haar woede in. Dat ze niet eerder had gezien wat een waardeloze lul hij was.

'Emily.' Opnieuw schudde hij treurig zijn hoofd – hij dacht nog steeds dat hij haar kon dwingen door haar te vernederen. Hij gaf niet om haar, niet echt. Hij wilde niets met haar te maken hebben. En hij wilde al helemaal niet dat ze op het bal een scène schopte. 'Weet je wel hoe dik je bent? Je zet jezelf alleen maar te kijk. Ga naar huis.'

Ze ging niet naar huis. 'Je hebt gezegd dat we de wereld plat moesten branden. Dat heb je zelf gezegd. De hele zaak platbranden. En dan opnieuw beginnen. Iets opbouwen –'

'Jij bouwt niks op. Je bent duidelijk van plan met een of andere stunt de aandacht van je moeder te trekken.' Met zijn armen over elkaar geslagen keek hij op zijn horloge. 'Word eens volwassen, Emily. Je kunt niet meer egoïstisch zijn. Denk eens aan –'

'Nou, waaraan, Dean? Waar moet ik volgens jou aan denken?'

'Jezus, praat eens wat zachter.'

'Je hoeft mij niet te vertellen wat ik moet doen!' Het hart klopte haar in de keel. Ze had haar vuisten gebald. 'Je hebt het zelf gezegd. Ik ben geen kind. Ik ben bijna achttien. En ik heb het helemaal gehad met mensen – met mannen – die me vertellen wat ik moet doen.'

'Dus ik maak nu deel uit van het patriarchaat?'

'O ja, Dean? Ben je deel van het patriarchaat? We zullen eens zien wat er allemaal gebeurt als ik mijn vader vertel wat jij hebt gedaan.'

Vuur laaide op in haar arm, schoot naar haar vingertoppen. Haar voeten raakten de grond niet meer toen ze werd omgedraaid en tegen de zijkant van de auto werd gekwakt. Het metaal voelde heet tegen haar blote schouderbladen. Ze hoorde het getik van de afkoelende motor. Dean had zijn hand om haar pols geslagen. Met zijn andere hand bedekte hij haar mond. Zijn gezicht was zo dicht bij het hare dat ze het zweet tussen de fijne haartjes van zijn snor zag sijpelen.

Emily verzette zich. Hij deed haar pijn. Hij deed haar vreselijk veel pijn.

'Wat ga je je vader voor smerige leugens vertellen?' siste hij. 'Vertel op.'

Er was iets geknapt in haar pols. Ze voelde de botten klapperen als tanden.

'Wat ga je hem vertellen, Emily? Niks? Je gaat hem niks vertellen, toch?'

Emily bewoog haar hoofd heen en weer. Ze wist niet of Deans zweterige hand haar gezicht bewoog of dat het iets in haar binnenste was, een overlevingsinstinct, waardoor ze toegaf.

Langzaam trok hij zijn vingers van haar af. 'Wat ga je hem vertellen?'

'N-Niks. Ik ga… Ik ga hem niks vertellen.'

'Dat is je geraden ook. Want er valt niks te vertellen.' Hij veegde zijn hand af aan zijn overhemd en deed een stap naar achteren.

Zijn blik schoot naar beneden, niet keurend, maar alsof hij de prijs berekende van haar opgezwollen pols. Hij wist dat ze niets tegen haar ouders zou zeggen. Ze zouden haar alleen maar verwijten van huis te zijn gegaan, terwijl ze haar hadden bevolen zich niet te vertonen. 'Ga naar huis. Voordat er echt iets ergs met je gebeurt.'

Emily deed een stap opzij zodat hij kon instappen. De motor hoestte een keer en nog een keer, toen sloeg hij aan. De radio knetterde en het cassettebandje kwam weer tot leven.

S-A-T-U-R…

Emily hield haar opgezwollen pols voorzichtig vast, terwijl de versleten banden rondtolden, zoekend naar grip. Dean liet haar achter in een nevel van verbrand rubber. De stank was niet te harden, maar ze bleef staan, met haar blote voeten vastgekleefd aan het hete asfalt. Haar linkerpols klopte gelijk op met haar hart. Haar rechterhand ging naar haar buik. In gedachten zag ze het rappe hartje op de echo het tempo volgen van haar eigen snelle hartslag.

Ze had alle echofoto's op de spiegel in haar badkamer geplakt, omdat ze het gevoel had dat het zo hoorde. De beelden toonden het piepkleine, boonvormige kloddertje dat zich langzaam aan het ontwikkelen was, dat oogjes kreeg, een neusje, daarna vingertjes en teentjes.

Ze zou toch iets positiefs moeten voelen?

Een golf van emotie? Een onmiddellijke band? Een gevoel van ontzag en grootsheid?

In plaats daarvan had ze ontzetting gevoeld. Ze had angst gevoeld. Ze had de last van de verantwoordelijkheid gevoeld, en uiteindelijk had die verantwoordelijkheid haar iets tastbaars doen voelen: vastberadenheid.

Emily wist hoe een slechte ouder eruitzag. Elke dag – vaak verschillende keren per dag – beloofde ze haar kind dat de belangrijkste ouderplichten vervuld zouden worden.

Nu sprak ze de woorden hardop uit, om ze niet te vergeten.

'Ik zal je beschermen. Niemand zal je ooit kwaad doen. Je zult altijd veilig zijn.'

Het was nog een halfuur lopen naar het centrum. Haar blote voeten voelden verschroeid, toen ontveld en ten slotte verdoofd terwijl ze over het witte cederhout van de promenade liep. De Atlantische Oceaan was rechts van haar. Golven die door het getij werden teruggetrokken, knabbelden aan het zand. De donkere etalages links van haar weerspiegelden de zon, die over Delaware Bay kroop. In haar verbeelding passeerde hij Annapolis, daarna Washington DC, vervolgens het Shenandoah, waarna hij zich gereedmaakte voor de reis naar het westen – en ondertussen sjokte zij over de loopband van de promenade, dezelfde promenade waarover ze waarschijnlijk de rest van haar leven zou blijven lopen.

Vorig jaar rond dezelfde tijd had Emily een tour gemaakt over de Foggy Bottom Campus van George Washington University. Voor alles zo grandioos in het honderd was gelopen. Voor het leven zoals ze het kende onherroepelijk was veranderd. Voor ze het recht om te hopen was verloren, en al helemaal het recht om te dromen.

Het plan had er als volgt uitgezien: vanwege haar familiebanden was haar aanmelding op GWU een formaliteit. Ze zou haar studiejaren doorbrengen in de beschutting van het Witte Huis en het Kennedy Center. Ze zou stage lopen bij een senator. Ze zou in haar vaders voetsporen treden en politieke wetenschappen studeren. Daarna zou ze in haar moeders voetsporen treden en rechten studeren aan Harvard, vijf jaar op een prestigieus kantoor werken, worden benoemd tot staatsrechter en uiteindelijk, mogelijk, tot federaal rechter.

Wat zou je moeder zeggen?

'Je leven is voorbij!' had haar moeder geroepen toen Emily's zwangerschap zichtbaar werd. 'Niemand zal je ooit nog respecteren!'

Het grappige was dat haar moeder achteraf gezien gelijk had gehad.

Emily liet de promenade achter zich en nam de lange, donkere steeg tussen de snoepwinkel en de hotdogtent, waarna ze Beach Drive overstak. Uiteindelijk kwam ze uit op Royal Cove Way. Verschillende auto's reden langs, en sommige bestuurders minderden vaart om naar de verfomfaaide strandbal in de felgekleurde turkooizen baljurk te kijken. Het was fris en Emily wreef over haar armen. Ze had niet zo'n opvallende kleur moeten kiezen. Ze had geen strapless jurk moeten kiezen. Ze had hem eigenlijk moeten vermaken om ruimte te bieden aan haar uitdijende lichaam.

Maar al die goede ideeën kwamen nu pas bij haar op, en dus puilden haar volle borsten over de rand en zwaaiden haar heupen als de pendule van een klok in een hoerentent.

'Hé, lekker ding!' riep een jongen vanuit het open raampje van een Mustang. Zijn vrienden zaten samengepropt op de achterbank. Iemands been stak uit een raampje. Ze rook bier, wiet en zweet.

Met haar hand om haar ronde buik liep Emily over het binnenplein van de school. Ze dacht aan het kind dat in haar binnenste groeide. Aanvankelijk had het niet echt geleken. En toen had het als een anker gevoeld. Pas recent had het als een mensje gevoeld.

Háár mensje.

'Emmie?'

Toen ze zich omdraaide, zag ze tot haar verbazing Blake in de schaduw van een boom staan. Hij had een sigaret in de kom van zijn hand. Vreemd genoeg was hij gekleed voor het bal. Sinds de basisschool hadden ze allemaal de spot gedreven met het verschijnsel schoolbal, een praalvertoning van proleten die hun ziel en zaligheid legden in wat waarschijnlijk de mooiste avond van hun treurige leven zou worden. Wel stak Blakes zwarte smoking nogal af tegen het helderwit en de pastelkleuren van de jongens die ze in langsrijdende auto's had gezien.

Ze kuchte. 'Wat doe jij hier?'

Hij grijnsde. 'Het leek ons leuk om de proleten persoonlijk te komen uitlachen.'

Ze keek om zich heen, zoekend naar Clay, Nardo en Ricky, want ze trokken altijd in een roedel op.

'Ze zijn binnen,' zei hij. 'Behalve Ricky. Die is aan de late kant.'

Emily wist niet wat ze moest zeggen. 'Bedankt' leek verkeerd, want de laatste keer dat Blake iets tegen haar had gezegd, had hij haar voor stomme bitch uitgemaakt.

Na een achteloos 'tot later' wilde ze doorlopen.

'Em?'

Emily bleef niet staan en draaide zich niet om, want ze mocht dan soms een bitch zijn, stom was ze niet.

Muziek bonkte uit de open deuren van de gymzaal. Ze voelde de bassen trillen in haar kiezen toen ze verderliep over het binnenplein. Blijkbaar had het feestcomité het thema 'Romance by the Sea' uitgekozen, al even sneu als voorspelbaar. Papieren vissen in regenboogkleuren schoten tussen rijen blauwe serpentines door. Er was geen enkele *longbill* bij, de vis waarnaar het stadje genoemd was, maar had ze het recht om hen te corrigeren? Ze was niet eens meer leerling.

'Jezus,' zei Nardo. 'Wat een lef om je hier zo te vertonen.'

Hij stond naast de ingang. Typisch het soort plek waar hij op de loer zou staan, dacht ze. In dezelfde zwarte smoking als Blake, maar met een button met de tekst I SHOT J.R. op zijn revers, om aan te geven dat hij in het complot zat. Hij bood Emily een slok uit een halfvolle fles Everclear en Kool-Aid cherry.

Ze schudde haar hoofd. 'Ik drink niet tijdens vasten.'

Met een luide lach schoof hij de fles in zijn jaszak. Ze zag dat de naden al uitgescheurd waren door het gewicht van het smerige goedje. Een handgedraaide sigaret stak achter zijn oor. Emily dacht aan iets wat haar vader over Nardo had gezegd, de eerste keer dat hij hem had ontmoet.

Dat joch eindigt nog eens in de bak of op Wall Street, maar niet in die volgorde.

'Goed.' Hij trok de sigaret tevoorschijn en zocht naar zijn aansteker. 'Wat brengt een verdorven meid zoals jij naar een fijne plek zoals deze?'

Emily rolde met haar ogen. 'Waar is Clay?'

'Hoezo, wou je hem iets vertellen?' Hij bewoog zijn wenkbrauwen op en neer en keek nadrukkelijk naar haar buik.

Emily wachtte tot hij zijn sigaret had aangestoken. Met haar goede hand wreef ze over haar buik, zoals een heks over een kristallen bol. 'En als ik jóú eens iets te vertellen heb, Nardo?'

'Shit,' zei hij, met een nerveuze blik over haar schouder. Er had zich een groep om hen heen verzameld. 'Dat is niet grappig, Emily.'

Weer rolde ze met haar ogen. 'Waar is Clay?'

'Jezus, hoe moet ik dat weten?' Hij keerde zich van haar af, opeens bijzonder geïnteresseerd in een witte stretchlimo die het parkeerterrein op reed.

Emily liep naar de gymzaal, want ze wist dat Clay in de buurt van het podium moest zijn, waarschijnlijk omringd door een groep slanke, mooie meiden. Haar voeten namen de daling in temperatuur waar toen ze over de gladgewreven houten vloer liep. Binnen ging het strandthema door. Ballonnen dansten tegen de spanten van het hoge plafond, tot ze aan het einde van de avond naar beneden zouden vallen. Grote ronde tafels waren volgens hetzelfde thema getooid met aan elkaar gelijmde sierstukken vol schelpen en lichtroze perzikbloesem.

'Kijk dan,' zei iemand. 'Wat komt zíj hier doen?'

'Krijg nou wat.'

'Die durft.'

Emily bleef strak voor zich uit kijken. Op het podium was de band zich aan het installeren, maar iemand had een plaat opgezet om de stilte te vullen. Haar maag rammelde toen ze langs de tafels met eten liep. De mierzoete siroop die voor punch moest doorgaan. De vette broodjes vlees en kaas. Toffee, overgebleven van het vorige toeristenseizoen. Metalen bakken vol slappe patat. Worstenbroodjes. Krabkoekjes. Chocoladekoekjes en cake.

Halverwege het podium bleef ze staan. Het geroezemoes was weggestorven. Het enige wat ze hoorde, was de echo van Rick Springfield, die hen waarschuwde niet met onbekenden te praten.

Mensen staarden haar aan. Niet zomaar mensen. Toezicht houdende leraren. Ouders. Haar tekenleraar, die had gezegd dat ze opmerkelijk veel talent had. Haar docent Engels, die onder haar opstel over Virginia Woolf '*Ik ben onder de indruk!*' had geschreven. Haar docent geschiedenis, die haar had beloofd dat ze dat jaar hoofdaanklager mocht zijn bij het schoolproces.

Tot –

Met rechte schouders en haar buik naar voren, als de boeg van een oceaanstomer, liep Emily naar het podium. In dit stadje was ze opgegroeid, was ze naar school en naar de kerk gegaan, had ze aan zomerkampen meegedaan, aan excursies, trektochten en slaapfeestjes. Dit waren haar klasgenoten geweest, haar buren, haar medescouts, haar practicumpartners, haar studiemaatjes, de vrienden met wie ze had opgetrokken toen Nardo Clay meenam op een familievakantie naar Italië en Ricky en Blake hun opa hielpen in de diner.

Maar nu –

Al haar vroegere vrienden weken terug alsof Emily besmettelijk was.

Wat een hypocrieten. Ze had iets gedaan wat ze allemaal deden of wilden doen, alleen had zij de pech gehad betrapt te worden.

'Jezus,' fluisterde iemand.

'Schande,' zei een ouder.

Hun afkeuring raakte haar niet meer. Dean Wexler in zijn waardeloze tweekleurige Chevy had het laatste laagje schaamte weggepeld dat Emily ooit nog vanwege haar zwangerschap zou voelen. Het enige wat het verkeerd maakte, waren deze schijnheilige rotzakken die zichzelf wijsmaakten dat het verkeerd was.

Ze sloot zich af voor hun gefluister, en in gedachten herhaalde ze het lijstje beloften aan haar baby.

Ik zal je beschermen. Niemand zal je ooit kwaad doen. Je zult altijd veilig zijn.

Leunend tegen het podium stond Clay haar met over elkaar geslagen armen op te wachten. Hij droeg dezelfde zwarte smoking als Blake en Nardo. Of zij droegen dezelfde smoking die Clay had uitgekozen, wat waarschijnlijker leek. Zo ging het altijd met de jongens. Wat Clay deed, deed de rest hem na.

Hij zei niets toen Emily vóór hem bleef staan, trok alleen vragend een wenkbrauw op. Ondanks zijn minachting voor cheerleaders was hij door hen omringd, zag ze. De rest van de vriendengroep had zichzelf waarschijnlijk wijsgemaakt dat hun aanwezigheid op het bal als grap bedoeld was. Alleen Clay wist dat ze er uitsluitend waren om ervoor te zorgen dat hij seks kon hebben.

Niemand zei iets, behalve Rhonda Stein, de aanvoerster van de cheerleaders. 'Wat komt zíj hier doen?'

Ze had Emily aangekeken, maar haar vraag was aan Clay gericht.

Een andere cheerleader zei: 'Het lijkt wel iets uit *Carrie*.'

'Heeft iemand het varkensbloed meegebracht?'

'Wie gaat haar kronen?'

Er klonk nerveus gelach, maar alle blikken waren op Clay gericht, die de toon moest zetten.

Hij ademde diep in en blies langzaam weer uit. Vervolgens trok hij nonchalant een schouder op. 'We leven in een vrije wereld.'

Emily's keel voelde rauw van de droge lucht. Toen ze zich een beeld van deze avond had gevormd, opgetogen bij de gedachte aan hun collectieve ontzetting, had ze zich verheugd op het verhaal dat ze later aan haar kind zou vertellen, over haar moeder de radicale, onconventionele verleidster, die het lef had gehad te dansen op haar eindbal. Ze had rekening gehouden met allerlei emoties, maar niet met wat ze nu voelde: uitputting. Geestelijk en fysiek was ze tot niets anders in staat dan zich om te draaien en op haar schreden terug te keren.

En dat deed ze.

In het gedrang werd nog steeds ruimte voor haar gemaakt, maar de stemming was duidelijk omgeslagen naar hooivorken en scharlaken letters. Jongens klemden hun kiezen woedend op elkaar. Meiden keerden haar letterlijk de rug toe. Ze zag docenten en ouders vol walging hun hoofd schudden.

Wat kwam zij hier doen? Waarom verpestte ze de avond voor alle anderen? Slet. Hoer. Ze had haar gat gebrand en moest op de blaren zitten. Wat verbeeldde ze zich wel? Ze ging het leven van een of andere arme jongen kapotmaken.

Pas toen ze veilig buiten was, besefte Emily hoe verstikkend het in de gymzaal was geweest. Nardo stond niet langer bij de deur op de loer. Blake had zich in een andere schaduw teruggetrokken. Ricky was waar ze zich ook ophield op dat soort momenten, oftewel nergens waar ze van nut kon zijn.

'Emily?'

Ze draaide zich om en tot haar verbazing zag ze Clay. Hij was haar naar buiten gevolgd. Clayton Morrow, die een ander nooit zou volgen.

'Wat doe jij hier?' vroeg hij.

'Ik ga weg,' zei ze. 'Ga jij maar weer naar binnen, naar je vrienden.'

'Naar die losers?' Hij trok zijn lip op. Hij keek over haar schouder, naar iets wat te snel bewoog om een mens te kunnen zijn. Hij keek graag naar vogels. Dat was het geheime, nerderige deel van Clay. Hij las Henry James en hield van Edith Warton, haalde hoge cijfers voor wiskunde en had geen idee wat een vrije worp was of hoe je een *spiral* gooide, maar dat boeide niemand want hij was beeldschoon.

'Wat wil je, Clay?' vroeg Emily.

'Jij was op zoek naar mij.'

Emily vond het vreemd dat Clay ervan uit was gegaan dat ze voor hem was gekomen. Ze had niet verwacht ook maar iemand van de groep aan te treffen op het bal. Ze had de rest van de school in verlegenheid willen brengen omdat ze haar hadden uitgestoten. Eerlijk gezegd had ze gehoopt dat Mr Lampert, de rector, commissaris Stilton zou bellen om haar te laten arresteren. Dan zou ze op borgtocht vrijkomen, haar vader zou razend zijn en haar moeder...

'Shit,' mompelde Emily. Misschien wás haar moeder toch weer het mikpunt van deze hele stunt.

'Emily?' zei Clay. 'Kom op. Wat doe je hier? Wat wil je van me?'

Hij verwachtte geen antwoord. Hij wilde kwijtschelding van zijn zonden.

Maar Emily was zijn dominee niet. 'Ga maar naar binnen, en veel plezier, Clay. Versier een paar cheerleaders. Ga studeren. Zorg dat je een fantastische baan krijgt. Loop alle deuren door die altijd voor je opengaan. Geniet van de rest van je leven.'

'Wacht.' Hij legde zijn hand op haar schouder, als een roer dat haar weer in zijn richting stuurde. 'Dat is niet eerlijk.'

Ze keek in zijn helderblauwe ogen. Dit moment betekende niets voor hem, het was een onaangenaam intermezzo dat als een rookpluimpje uit zijn geheugen zou verdwijnen. Over twintig jaar zou Emily hooguit een zeurende bron van onbehagen zijn als Clay zijn brievenbus opende en een uitnodiging vond voor hun schoolreünie.

'Mijn léven is niet eerlijk,' zei ze. 'Met jou gaat het goed, Clay. Met jou gaat het altijd goed. En het zal altijd goed met je blijven gaan.'

Hij slaakte een diepe zucht. 'Word alsjeblieft niet zo'n saaie, verbitterde vrouw, Emily. Dat zou ik echt vreselijk voor je vinden.'

'Laat commissaris Stilton niet horen wat jij achter halfgesloten deuren hebt uitgespookt, Clayton.' Ze ging op haar tenen staan om de angst in zijn ogen te kunnen zien. 'Dat zou ik echt vreselijk voor je vinden.'

Een hand schoot uit en greep haar bij haar hals. De andere hand vloog gebald naar achteren. Woede verduisterde zijn blik. 'Het wordt nog eens je dood, lelijk kutwijf.'

Emily kneep haar ogen dicht en wachtte op de klap, maar het enige wat ze hoorde, was zenuwachtig gelach.

Ze opende haar ogen op een kiertje.

Clay liet haar los. Hij was niet zo dom haar iets aan te doen waar getuigen bij waren.

Die eindigt nog in het Witte Huis, had haar vader gezegd na zijn eerste ontmoeting met Clay. *En anders aan het uiteinde van een touw.*

Emily had haar tasje laten vallen toen hij haar had gegrepen. Clay pakte het op en veegde het vuil van de satijnen zijkant. Met een galant gebaar reikte hij het haar aan.

Ze griste het uit zijn hand.

Deze keer volgde Clay haar niet toen ze wegliep. Ze passeerde verschillende groepjes feestgangers in uiteenlopende pastel- en crinolinevarianten. De meesten gaapten haar alleen maar aan, maar Melody Brickel, ooit een vriendin uit de schoolband, glimlachte vriendelijk, en dat raakte haar.

Emily wachtte bij het voetgangerslicht. Deze keer werd er niet naar haar gefloten, hoewel de zoveelste auto vol jongens dreigend traag langsreed.

'Ik zal je beschermen,' fluisterde ze tegen de kleine passagier die in haar binnenste groeide. 'Niemand zal je ooit kwaad doen. Je zult altijd veilig zijn.'

Ten slotte sprong het licht op groen. De zon naderde de horizon en wierp een lange schaduw over het einde van het zebrapad. Emily had zich altijd op haar gemak gevoeld als ze alleen door de stad liep, maar nu stond het kippenvel op haar armen. Ze twijfelde of ze de steeg tussen de snoepwinkel en de hotdogtent weer moest nemen. Haar voeten brandden van de afmattende wandeling. Haar hals deed pijn waar Clay haar had vastgegrepen. Het bloed klopte nog in haar pols, die gebroken was of zwaar verstuikt. Ze had hier niet naartoe moeten komen. Ze had thuis moeten blijven, Omi gezelschap moeten houden tot de bel voor het avondeten klonk.

'Emmie?' Weer was het Blake, die ditmaal als een vampier uit de donkere ingang van de hotdogtent opdook. 'Gaat het?'

Ze voelde haar krachten wegvloeien. Tegenwoordig vroeg niemand haar of het wel ging. 'Ik moet naar huis.'

'Em...' Zo gemakkelijk kwam ze niet van hem af. 'Ik wou alleen...

Gaat het echt wel? Want het is zo raar dat je hier bent. Het is sowieso raar dat we hier met z'n allen zijn, maar vooral omdat, eh… je schoenen. Die ben je blijkbaar kwijt.'

Ze keken allebei naar haar blote voeten.

Emily liet een blaffende lach horen die als de Liberty Bell door haar lijf galmde. Ze moest zo hard lachen dat ze er buikpijn van kreeg. Ze lachte tot ze dubbelklapte.

'Emmie?' Blake legde zijn hand op haar schouder. Hij dacht dat ze gek was geworden. 'Moet ik je ouders bellen of –'

'Nee.' Ze stond op en droogde haar ogen. 'Sorry. Het drong opeens tot me door dat ik blootsvoets en zwanger ben.'

Blake glimlachte aarzelend. 'Heb je ze met opzet uit gelaten?'

'Nee. Ja?'

Ze wist het echt niet. Misschien haalde haar onderbewuste vreemde dingen met haar uit. Misschien stuurde de baby haar hormonen aan. Ze zou beide verklaringen maar al te graag geloven, want de derde optie – dat ze knettergek was – zou een zeer ongewenste ontwikkeling zijn.

'Het spijt me,' zei Blake, maar zijn excuses klonken altijd hol, want hij maakte telkens dezelfde fouten. 'Wat ik eerder zei. Niet zonet, maar veel langer geleden. Ik had niet moeten zeggen… Ik bedoel, het was verkeerd om te zeggen…'

Ze wist precies waarover hij het had. 'Dat ik het door de plee moest spoelen?'

Hij keek bijna even ontdaan als Emily toen hij dat maanden geleden had gesuggereerd.

'Dat, ja,' zei hij. 'Dat had ik niet moeten zeggen.'

'Nee, inderdaad niet.' Emily had het gevoel alsof haar keel werd dichtgesnoerd, want eerlijk gezegd was het niet haar besluit geweest om de baby te houden. Haar ouders hadden voor haar beslist. 'Ik moet –'

'Laten we ergens naartoe gaan en –'

'Shit!' Ze rukte haar zere pols los uit zijn greep. Haar voet kwam verkeerd terecht op een ongelijk stuk trottoir. Ze viel, en na een vergeefse greep naar Blakes smokingjasje smakte ze met haar stuitje op het asfalt. De pijn was ondraaglijk. Ze rolde op haar zij. Er sijpelde iets vochtigs tussen haar benen door.

De baby.

'Emily!' Blake liet zich op zijn knieën vallen. 'Alles goed?'

'Ga weg!' smeekte ze, hoewel ze zijn hulp nodig had om overeind te komen. Haar tasje was tijdens de val geplet. Het satijn was opengescheurd. 'Ga alsjeblieft weg, Blake. Je maakt het alleen maar erger! Waarom maak je alles altijd alleen maar erger?'

Even flitste pijn op in zijn ogen, maar ze kon zich nu niet druk om hem maken. In haar hoofd gonsde het van alle schadelijke gevolgen die de harde val voor haar kind kon hebben.

'Het was niet mijn bedoeling –' zei hij.

'Natuurlijk was het niet je bedoeling!' riep ze. Hij was degene die nog steeds geruchten verspreidde. Hij was degene die Ricky al die wrede dingen liet zeggen. 'Niks is ooit jouw bedoeling, hè? Het is nooit jouw schuld, jij verknalt nooit iets, je bent nooit verantwoordelijk. Nou, raad eens? Dit is jouw schuld. Je hebt gekregen wat je hebben wilde. Het is allemaal jouw stomme schuld.'

'Emily –'

Ze struikelde en hield zich in evenwicht tegen de hoek van de snoepwinkel. Ze hoorde Blake iets zeggen, maar een hoog gekrijs vulde haar oren.

Was dat haar baby? Riep die om hulp?

'Emmie?'

Ze duwde hem weg en strompelde de steeg door. Warm vocht druppelde langs de binnenkant van haar dijbenen. Ze duwde met haar handpalm tegen de ruwe baksteen om maar niet op haar knieën te vallen. Een snik bleef steken in haar keel. Ze opende haar mond voor een hap adem. Zilte lucht brandde in haar longen. Ze werd verblind door de zon, die van de promenade stuiterde. Ze stapte de donkere steeg weer in en leunde tegen de onderkant van de muur.

Emily keek de straat in. Blake had zich uit de voeten gemaakt. Niemand kon haar zien.

Ze trok haar jurk op en hield met haar pijnlijke arm de satijnen plooien omhoog. Met haar goede hand voelde ze tussen haar benen. Ze had bloed op haar vingers verwacht, maar er was niets. Ze boog zich voorover en rook.

'O,' fluisterde ze.

Ze had haar plas laten lopen.

Weer lachte ze, maar nu door haar tranen heen. Ze had slappe knieën van opluchting. De baksteen trok aan haar jurk toen ze zich op de grond liet zakken. Haar stuitje deed pijn, maar daar gaf ze niet om. Ze was belachelijk blij dat ze zich had ondergeplast. De donkere plekken die haar brein had bezocht toen ze had gedacht dat er bloed tussen haar benen door sijpelde, vertelden haar meer dan welke echofoto ook die ze op haar badkamerspiegel kon plakken.

Op dat moment had Emily alleen maar vurig gehoopt dat alles goed was met haar baby. Niet uit plichtsgevoel. Een kind was niet slechts een verantwoordelijkheid. Het was een kans om van iemand te houden zoals er nooit van háár was gehouden.

Voor het eerst tijdens dit hele beschamende, vernederende, hulpeloze proces wist Emily Vaughn zonder enige twijfel dat ze van de baby hield.

'Zo te zien is het een meisje,' had de dokter tijdens het laatste onderzoek gezegd.

Op dat moment had Emily het nieuws verwerkt als de zoveelste stap in het proces, maar nu sloeg het besef een bres in de dam die haar gevoelens zo lang had tegengehouden.

Haar dochtertje.

Haar kleine, dierbare meisje.

Ze sloeg haar hand voor haar mond. Ze was zo week van opluchting dat ze voorover zou zijn getuimeld als ze al niet op de koude grond had gezeten. Ze boog haar hoofd naar haar knieën. Grote, dikke tranen biggelden over haar wangen. Haar mond hing sprakeloos open, want haar borst was zo gevuld met liefde dat ze er geen geluid uit kreeg. Ze drukte haar hand op haar buik en verbeeldde zich dat een klein handje terugdrukte. Haar hart maakte een sprong toen ze bedacht dat ze op een dag de topjes van die kostbare vingertjes zou kunnen kussen. Omi had gezegd dat iedere baby een eigen geur had die alleen de moeder kende. Emily wilde die geur leren kennen. Ze wilde 's nachts wakker worden om naar het snelle in- en uitademen te luisteren van het prachtige meisje dat ze in haar binnenste had laten groeien.

Ze wilde plannen maken.

Over twee weken zou Emily achttien zijn. Twee maanden later zou ze moeder zijn. Ze zou een baan nemen. Ze zou bij haar ouders weggaan. Omi zou het begrijpen, en wat ze niet begreep, zou ze vergeten. Dean Wexler had op één punt gelijk: ze moest volwassen worden. Ze mocht nu niet meer alleen aan zichzelf denken. Ze moest weg uit Longbill Beach. Ze moest zélf plannen gaan maken voor haar toekomst in plaats van het aan anderen over te laten. Belangrijker nog: ze zou haar kleine meisje alles geven wat ze zelf nooit had gehad.

Warmte. Begrip. Geborgenheid.

Ze sloot haar ogen. Ze riep het beeld op van haar dochtertje dat vrolijk in haar lichaam ronddreef. Ze ademde diep in en begon de mantra op te zeggen, deze keer vanuit liefde in plaats vanuit plicht.

'Ik zal je beschermen –'

Een luide klik dwong haar haar ogen te openen.

Ze zag zwarte leren schoenen, zwarte sokken, de zomen van een stel zwarte broekspijpen. Ze keek omhoog. De zon schitterde terwijl een knuppel door de lucht zwaaide.

Haar hart balde zich tot een vuist. Opeens, onontkoombaar, raakte ze vervuld van angst.

Niet om zichzelf. Om haar baby.

Terwijl Emily op haar zij viel, rolde ze zich op. Ze sloeg haar armen om haar buik en trok haar benen strak omhoog. Wanhopig vocht ze om nog één moment, nog één hap lucht, zodat haar laatste woorden aan haar dochtertje geen leugen zouden zijn.

Iemand was altijd van plan geweest hun kwaad te doen.

Ze waren nooit veilig geweest.

HEDEN

1

Andrea Oliver probeerde het gekolk in haar maag te bedwingen terwijl ze over het zandpad rende. De zon drukte op haar schouders. Vochtige aarde zoog aan haar schoenen. Haar shirt leek wel plasticfolie, zo zweette ze. Haar hamstrings waren stalen banjosnaren die tinkelden wanneer haar hielen tegen de grond sloegen. Achter zich hoorde ze het gekreun van de traagste lopers, die hun uiterste best deden het tempo bij te houden. Voorop liepen de uitslovers, de types die een rivier vol piranha's zouden oversteken als er minstens één procent kans was om als eerste binnen te komen.

Zelf was Andrea tevreden met een plek in het midden van de groep, niet traag maar ook niet roekeloos, wat op zich al een prestatie was. Twee jaar geleden zou ze ergens achteraan hebben gehangen, of waarschijnlijk zou ze nog in bed hebben gelegen terwijl haar wekker voor de vijfde of zesde keer schetterde. Haar kleren zouden her en der verspreid hebben gelegen in het studiootje boven haar moeders garage. Elk ongeopend poststuk op haar keukentafel zou het stempel 'achterstallige betaling' hebben gedragen. Als ze dan eindelijk haar bed uit kroop, had ze al drie berichten van haar vader ontvangen die haar verzocht contact op te nemen, zes van haar moeder met de vraag of ze was ontvoerd door een seriemoordenaar en een voicemail van haar werk met het bericht dat dit de laatste waarschuwing was voor ze werd ontslagen.

'Shit,' mompelde Paisley.

Andrea keek achterom en zag dat Paisley Spenser zich losmaakte van de groep. Een van de achterblijvers was gestruikeld. Thom Humphrey lag plat op zijn rug naar de bomen te staren. Een collectieve kreun vulde het bos. Het was de regel dat als een van hen de finish niet haalde, ze het allemaal moesten overdoen.

'Opstaan! Opstaan!' riep Paisley, die met een boog terugrende om hem aan te moedigen of hem anders net zo lang te schoppen tot hij opstond. 'Je kunt het! Kom op, Thom!'

'Zet 'm op, Thom!' riep de rest.

Andrea bromde met de anderen mee, maar ze durfde haar mond niet open te doen. Haar maag danste als een dekstoel op de Titanic. Maandenlang had ze sprints getrokken, push-ups gedaan, *jumping jacks*, *burpees*, ze was in touwen geklommen en had zo'n elf miljoen kilometer per dag gerend, maar ze was nog steeds een lichtgewicht. Haar keel vulde zich met gal. Haar kiezen zaten op elkaar geklemd. Met gebalde vuisten nam ze de laatste bocht. Op de eindstreep af. Nog vijf minuten en ze zou deze slopende helletocht nooit meer hoeven te lopen.

Paisley vloog langs, op volle kracht op weg naar de finish. Thom had zijn plek weer ingenomen. De rij dikte in. Iedereen ging tot het uiterste.

Andrea had haar limiet al bereikt. Ze was bang dat haar maag uit haar keel zou hangen als ze zichzelf nog harder voortdreef. Ze opende haar lippen om lucht op te zuigen, maar wat ze binnenkreeg, was een wolk muggen. Ze hoestte, vervloekte zichzelf omdat ze beter had moeten weten. Ze had twintig weken in het Federal Law Enforcement Training Center in Glynn County, Georgia, doorgebracht. Met al die muskieten, zandvlooien, muggen, boskakkerlakken zo groot als ratten, ratten zo groot als honden en het feit dat het trainingscentrum van de federale politie zich midden in een moeras bevond, had ze beter moeten weten en niet moeten inademen.

Ze ving het geluid van verre donder op. Het pad dook naar beneden en ze concentreerde zich op haar voetstappen. De donder ging over in een duidelijk staccato van geklap en aanmoedigende kreten. De uitslovers waren door de gele tape gebroken. Ze werden toegejuicht door familieleden, die waren gekomen om het einde mee te maken van deze danteske martelgang, speciaal ontworpen om hen te doden of sterker te maken.

'Jezus christus,' mompelde Andrea vol oprechte verbazing. Ze was niet dood. Ze was niet uitgevallen. Maanden van theorie, man-tegen-mangevechten van vijf tot acht uur per dag, bewakingstechnieken, huiszoekingen, vuurwapentraining en zoveel fysieke inspanning dat ze er drie kilo aan spieren bij had gekregen, en nu was ze eindelijk, ongelooflijk maar waar, op twintig meter na agent bij de United States Marshal Service.

Links van haar snelde Thom langs, wat echt iets voor Thom was. Andrea kreeg weer nieuwe energie, alleen om hem dwars te zitten. Ze was duizelig van de stoot adrenaline. Haar benen begonnen te pompen. Ze passeerde Thom en haalde Paisley in. Ze schonken elkaar een triomfantelijke lach – drie mannen waren de eerste week al uitgevallen, drie andere waren weggestuurd, een was verdwenen nadat hij een racistische grap had gemaakt en een tweede omdat hij zijn handen niet thuis had kunnen houden. Paisley Spenser en zij behoorden tot een groepje van slechts vier vrouwen in een klas van achtenveertig. Nog een paar stappen en ze zou alleen nog naar het podium hoeven te lopen om haar diploma in ontvangst te nemen.

Paisley ging vlak voor haar over de streep. Van blijdschap staken ze allebei hun armen in de lucht. Paisleys grote familie drong krassend als een troep kraanvogels om haar heen voor een innige omhelzing. Overal zag Andrea dezelfde vreugdevolle taferelen. De menigte was vol lachende gezichten, op twee na.

Andrea's ouders.

Laura Oliver en Gordon Mitchell stonden met hun armen over elkaar geslagen. Met hun blik volgden ze Andrea, die door onbekenden werd gefeliciteerd en op de rug geklopt. Paisley stompte speels tegen haar arm. Andrea stompte terug. Ze zag dat Gordon zijn telefoon pakte. Ze glimlachte, maar haar vader was niet van plan Andrea's gedenkwaardige prestatie op een foto vast te leggen. Hij keerde haar zijn rug toe en beantwoordde een oproep.

'Gefeliciteerd!' riep iemand.

'Ik ben zo trots op je!'

'Goed gedaan!'

Laura's mond was een dunne, witte streep toen ze Andrea nakeek door de menigte. Haar ogen leken vochtig, maar het waren niet de tranen van trots die ze had vergoten na Andrea's eerste muziekuitvoering op school of toen ze de eerste prijs had gewonnen op de kunsttentoonstelling.

Haar moeder was ontredderd.

Een van de hoofdinspecteurs bood Andrea een beker sportdrank aan. Ze schudde haar hoofd en draafde met opeengeklemde kaken naar de rij lichtblauwe mobiele wc's. In plaats van er eentje te nemen, liep ze naar de achterkant, opende haar mond en kotste zowat haar hele maagwand uit.

'Sh-it,' sputterde ze vol ergernis, want hoewel ze nu wel wist hoe ze iemand met alleen haar vuisten en voeten kon overmeesteren, had ze geen enkele macht over haar eigen zwakke maag. Met de rug van haar hand veegde ze haar mond af. Ze zag wazig. Ze had dat drankje moeten nemen. Als ze op Glynco één ding had geleerd, was het dat je vocht moest blijven innemen. En ook dat je nooit, maar dan ook nooit in het zicht van anderen moest overgeven, want hier kreeg je je bijnaam voor de rest van je loopbaan. Ze was niet van plan voortaan als Kots Oliver door het leven te gaan.

'Andy?'

Toen ze zich omdraaide, zag ze haar moeder, die haar een fles water aanreikte, wat haar niet verbaasde. Als Laura ergens goed in was, was het ongevraagd anderen te hulp schieten.

'Andrea,' benadrukte Andrea.

Laura rolde met haar ogen, want haar dochter wilde al twintig jaar Andy genoemd worden. 'Andrea. Gaat het?'

'Ja, mam. Prima.' Het flesje was ijskoud. Ze drukte het tegen haar nek. 'Je zou op z'n minst kunnen doen alsóf je blij voor me bent.'

'Inderdaad,' gaf Laura toe. 'Wat is de procedure bij overgeven? Wachten de boeven tot je uitgekotst bent voor ze je verkrachten en vermoorden?'

'Doe niet zo ranzig. Wat denk je zelf?' Andrea draaide de dop van de fles. 'Weet je nog wat je twee jaar geleden tegen me gezegd hebt?'

Laura zweeg.

'Op mijn verjaardag?'

Laura zei nog steeds niets, hoewel ze Andrea's eenendertigste verjaardag geen van beiden ooit zouden vergeten.

'Je zei toen dat ik orde op zaken moest stellen, mam, dat ik je garage uit moest en mijn eigen leven moest gaan leiden.' Andrea spreidde haar armen. 'Nou, dat ziet er dus zo uit.'

Eindelijk brak er iets in Laura. 'Ik heb niet gezegd dat je naar de vijand moest overlopen.'

Andrea drukte haar tong tegen haar wang. Aan de binnenkant had zich een randje gevormd van alle keren dat ze haar kiezen op elkaar had geklemd. Ze had niet in het bijzijn van anderen overgegeven. Nog nooit. Ze was de op een na kleinste student van de klas, stak met haar één meter vijfenzestig maar een paar centimeter boven Paisley uit. Ze waren allebei ruim twintig kilo lichter dan de lichtste man, maar ze waren allebei geëindigd bij de beste tien procent en hadden allebei zojuist de helft van hun klas het nakijken gegeven.

'Schat, is al deze marshalbullshit soms een soort wraak?' vroeg Laura. 'Wil je me straffen omdat ik je niet op de hoogte heb gehouden?'

'Niet op de hoogte gehouden' was zwak uitgedrukt, in aanmerking genomen dat Laura eenendertig jaar lang had verzwegen dat Andrea's biologische vader een psychopatische sekteleider was, uit op massamoord. Haar moeder was zelfs zo ver gegaan om een denkbeeldige biologische vader te verzinnen die was omgekomen bij een tragisch auto-ongeluk. Andrea zou Laura's leugens nog steeds geloven als Laura twee jaar geleden niet onder dwang de waarheid had moeten vertellen.

'Nou?' drong Laura aan.

Andrea had de afgelopen twee jaar een keiharde les geleerd, namelijk dat zwijgen even pijnlijk kon zijn als alles eruit gooien.

Laura zuchtte diep. Ze was het niet gewend zelf gemanipuleerd te worden. Ze zette haar handen in haar zij, keek achterom naar het publiek, toen naar de lucht en ten slotte richtte ze haar blik weer op Andrea. 'Lieverd, je hebt zo'n verbluffend scherpe geest.'

Andrea vulde haar mond met koud water.

'Met déze wilskracht en dít doorzettingsvermogen heb je zo'n beetje elke baan voor het grijpen. En dat vind ik prachtig. Ik bewonder je moed en vastberadenheid. Je moet doen wat je het liefste doet. Maar niet dit.'

Andrea spoelde het water rond in haar mond en spuugde het weer uit. 'Op de clownsschool vonden ze mijn voeten niet groot genoeg.'

'Andy.' Laura stampvoette van ergernis. 'Je had weer naar de kunstacademie kunnen gaan of docent kunnen worden, of voor mijn part was je bij het alarmnummer blijven werken.'

Andrea nam een grote teug. De Andrea van dertig zou alles wat haar moeder zei kritiekloos hebben aangenomen. Nu zag ze alleen misleiding. 'Dus nog meer schulden, de hele dag van die snotapen om me heen of naar oudjes moeten luisteren die klagen dat de vuilnis niet is opgehaald, en dat voor negen dollar per uur?'

Laura liet zich niet uit het veld slaan. 'En je kunst dan?'

'Nee, daar word je rijk van.'

'Je tekent heel graag.'

'De bank ziet heel graag dat ik mijn studielening afbetaal.'

'Je vader en ik kunnen je helpen –'

'Welke vader?'

De stilte die volgde, voelde aan als droogijs.

Andrea dronk het flesje leeg terwijl haar moeder zich herpakte. De laatste sneer gaf haar een rotgevoel. Gordon was altijd een fantastische vader geweest, en dat was hij nog steeds. Tot voor kort was hij de enige vader geweest die ze had gekend.

'Goed.' Laura wierp een blik op haar horloge. 'Ga je maar opfrissen. Over een uur is de diploma-uitreiking.'

'Geweldig dat je het programma kent.'

'Andy…' Laura verbeterde zichzelf. 'Andrea. Ik heb het gevoel dat je voor jezelf op de vlucht bent. Alsof je denkt dat je in een andere stad en met dit krankzinnige, gevaarlijke werk een ander mens zult worden.'

Wat Andrea betrof was de preek nu wel afgelopen. Uitgerekend haar moeder zou moeten begrijpen dat je je leven wilde opblazen om uit de as iets zinvollers op te bouwen. Laura had zich op haar eenentwintigste niet bij een gewelddadige sekte aangesloten omdat haar leven zo evenwichtig was. En dat ze Andrea's biologische vader aan de politie had verlinkt, was niet door een goddelijke openbaring gekomen. Om nog maar te zwijgen van twee jaar geleden, toen ze door het lint was gegaan bij de gedachte dat Andrea in levensgevaar verkeerde.

'Mam,' zei Andrea. 'Wees blij dat ik er nu bij hoor.'

Laura keek oprecht verbaasd. 'Dat je waarbij hoort?'

'Bij het Systeem,' zei Andrea, bij gebrek aan een betere beschrijving. 'Als hij ooit vrijkomt, als hij ons weer lastig wil vallen, heb ik de hele United States Marshal Service achter me.'

Nog voor Andrea was uitgesproken, schudde Laura haar hoofd al. 'Hij komt niet vrij. En zelfs als hij vrijkomt, kunnen wij onze eigen boontjes doppen.'

Jíj wel, dacht Andrea. Dat was het probleem. Toen het volledig uit de hand dreigde te lopen, had Laura laten zien wat ze waard was terwijl Andrea weggedoken in een hoek had gezeten, als een kind dat verstoppertje speelde. Zo hulpeloos wilde ze zich niet meer voelen als – wanneer – haar vader zijn dodelijke blik weer op hen richtte.

'Schat,' zei Laura. 'Ik hou van je zoals je nu bent. Ik hou van mijn gevoelige, kunstzinnige, lieve meisje.'

Andrea beet op haar lip. Ze hoorde weer gejuich toen de laatste achterblijvers over de finish gingen. Studenten met wie ze getraind had. Studenten die ze met bijna tien minuten verschil had geklopt.

'Andrea, ik geef je hetzelfde ongevraagde advies dat mijn moeder mij ooit gaf.' Laura had het nooit over haar familie en al helemaal niet over haar verleden. Ze had meteen Andrea's onverdeelde aandacht. 'Ik was jonger, maar voelde me precies zoals jij nu. Ik benaderde elke uitdaging in mijn leven als een rots waar ik me van af moest storten.'

Andrea wilde niet toegeven dat dit zeer vertrouwd klonk.

'Ik vond mezelf heel moedig, heel dapper,' zei Laura. 'Het duurde jaren voor ik begreep dat je nergens meer macht over hebt wanneer je valt. Je geeft je gewoon over aan de zwaartekracht.'

Met een geforceerd gebaar haalde Andrea haar schouders op. 'Ik heb nooit hoogtevrees gehad.'

'Zoiets zei ik ook tegen mijn moeder.' Laura glimlachte om de verborgen herinnering. 'Ze wist dat ik nergens op afstormde. Ik was voor alles op de vlucht, vooral voor mezelf. En weet je wat ze toen zei?'

'Dat ga je me vast vertellen.'

Nog steeds met een glimlach legde Laura haar handen zachtjes om Andrea's gezicht. 'Ze zei: "Waar je ook gaat, je neemt jezelf altijd mee." '

Andrea zag de bezorgdheid in haar moeders ogen. Laura was bang. Ze probeerde Andrea te beschermen. Of misschien probeerde ze haar te manipuleren, zoals ze altijd had gedaan.

'Jeetje, mam.' Andrea deed een stap terug. 'Zo te horen zou ze een fantastische oma zijn geweest. Had ik de kans maar gehad haar te leren kennen.'

Aan Laura's gekwelde blik zag ze dat ze te ver was gegaan. Dit was iets nieuws voor hen, dit nare gesteggel, met tongen scherp als scheermessen.

Andrea kneep even in haar moeders hand. Tegenwoordig maakten ze het nooit meer goed met woorden. Ze plakten er een pleister op en lieten de wond doorzweren tot de volgende keer. 'Ik ga papa maar eens opzoeken.'

'Yep.' Laura vocht zichtbaar tegen haar tranen.

Vol zelfverwijt liep Andrea het gewoel weer in. En toen verweet ze zichzelf haar zelfverwijt, want wat had het in godsnaam voor zin?

Ze wierp haar lege flesje in de recyclebak en ontving nog meer ruggenklopjes en gelukwensen van volslagen vreemden die haar geweldig vonden. Ze liet haar blik over een zee van grotendeels witte gezichten gaan tot ze haar vader had gevonden, die in zijn eentje achteraan stond. Gordon was groter dan de meeste andere vaders, met een pezig lijf en een ruige baard en snor die hem een soort Idris Elba-uitstraling gaven, met als belangrijkste verschil dat Gordon een nerderige vastgoedadvocaat en voorzitter van de plaatselijke astronomieclub was, die veel te veel over jazz kletste.

Andrea was drijfnat van het zweet en Gordon droeg een van zijn Ermenegildo Zegna-pakken, maar hij nam haar in een stevige omhelzing en kuste haar op haar hoofd.

'Ik ben smerig, pap.'

'Daar heb je stomerijen voor.' Voor hij haar losliet, drukte hij weer een kus op haar hoofd. 'Ik ben heel trots op wat je hier bereikt hebt, schat.'

De nauwkeurigheid waarmee hij formuleerde, ontging haar niet. Hij was niet trots op haar omdat ze nu een federale agent was. Hij was trots op wat ze gepresteerd had, zoals hij ook trots op haar was geweest toen ze op de kleuterschool haar hand had omlijnd om een kalkoen te tekenen.

'Pap, ik –' begon ze.

Hij schudde zijn hoofd. Hij glimlachte, maar Andrea kende haar vaders lachjes. 'Zullen we het over je moeder hebben en hoe ongemakkelijk ze zich voelt? Daar zien we allebei de humor wel van in, denk ik.'

Andrea draaide zich om en zag hoe Laura zich nerveus een weg zocht langs een rij gewapende mannen. De inspecteurs droegen een marineblauwe polo met het officiële logo van de United States Marshal Service op de borstzak. Tegen de lichtbruine pantalon glansde de USMS Silver Star-penning aan hun riem. Op de heup droegen ze een Glock.

Een van de aardigere instructeurs begon een gesprek met Laura. Gordon grinnikte toen hij zag hoe zenuwachtig ze werd, maar Andrea had te rot tegen haar moeder gedaan om enig plezier te halen uit haar ongemak.

'Ik weet het niet,' zei ze.

Gordon keek haar aan.

'Als je je afvraagt waarom ik dit doe, is mijn antwoord dat ik het niet weet.' Er gleed een last van haar af toen ze dit toegaf. Ze had de woorden nog nooit hardop uitgesproken. Misschien had Laura's ongevraagde advies haar tong losgemaakt. 'Rationeel, in mijn hoofd, blijf ik naar verklaringen tasten, bijvoorbeeld dat ik als marshal een doel in mijn leven heb of dat ik de puinhoop die mijn biologische ouders wilden aanrichten nu enigszins kan compenseren, maar eerlijk gezegd doe ik niets anders dan de ene voet voor de andere zetten en mezelf voorhouden dat naar voren rennen beter is dan naar achteren vallen.'

Zoals gewoonlijk dacht Gordon over zijn woorden na voor hij sprak. 'Eerst ging ik ervan uit dat je je moeder dwars wilde zitten, en mijn complimenten, want daar ben je zeker in geslaagd, maar ruim vier maanden fysieke inspanning en intensieve studie zijn doorgaans geen tekenen van rebellie.'

Ergens had hij gelijk. 'Fentanyl snuiven en me door een motorbende met jong laten schoppen trok me niet echt aan.'

Zo te zien kon Gordon de grap niet waarderen. 'Ik snap dat je antwoorden wilde over je vroege jeugd.'

'Zou kunnen,' zei Andrea, hoewel het maar een van de vele mogelijke verklaringen was.

De United States Marshal Service, waartoe Andrea nu behoorde, was belast met het getuigenbeschermingsprogramma, ook wel getuigenbeveiliging genoemd. Door de deal die Laura had gesloten toen ze tegen Andrea's vader getuigde, waren ze allebei in het programma beland, hoewel Andrea nog niet geboren was toen haar moeder haar handtekening had gezet. Door tegen Andrea's vader te getuigen had Laura zich als tragische weduwe in een stadje aan de kust van Georgia kunnen vestigen. In plaats van als een kille crimineel te worden weggezet, had ze zichzelf de rol aangemeten van een logopediste, die door haar wantrouwen jegens de overheid de aangewezen persoon was voor de gedesillusioneerde militairen in het veteranencentrum waar ze werkte.

Helaas had Andrea tijdens haar tweede week op de marshalopleiding ontdekt dat alle getuigenbeschermingsrapporten van de USMS buitengewoon goed verzegeld waren. Niemand kreeg toegang zonder een solide, juridisch verdedigbare verklaring. Het ging hier niet om de Illuminati. Door lid van de club te worden kreeg je geen toegang tot alle geheimen van de wereld.

'Hoe dan ook...' Gordon wist wanneer hij van onderwerp moest veranderen. '...die marshalpenningen zijn indrukwekkend. Helemaal Wyatt Earp.'

'Dat heet een Silver Star. En Wyatt Earp werd pas US Marshal toen iemand zijn broer wilde vermoorden.' Andrea raakte op dreef. De instructeurs hadden de geschiedenis van de USMS tot in hun haarvaten gestampt. 'Virgil Earp was de leidinggevende sheriff tijdens het vuurgevecht bij de O.K. Corral.'

'Knap van je docenten dat ze je aan het studeren hebben gekregen.' Hoewel Gordons lachje nog steeds wat gespannen was, zei hij: 'Van het beginsalaris kun je leven. Na het eerste jaar krijg je gegarandeerd opslag. Daarna krijg je telkens salarisverhoging. Betaald verlof. Ziektegeld. Ziekteverzekering. Verplicht met pensioen op je zevenenvijftigste. Ten slotte kun je met al je ervaring als consultant aan de slag tot je er zelf mee wilt kappen.'

Hij deed zijn best en daarom deed zij het ook. 'We gaan alleen achter de echte criminelen aan.'

Hij trok zijn wenkbrauwen op.

'We weten met wie we te maken hebben,' legde ze uit. 'Het is anders dan bij de lokale politie, die een snelheidsmaniak aanhoudt zonder te weten of ze met een kartellid van doen hebben of met iemand die op tijd op softbaltraining wil zijn.'

Gordon zweeg afwachtend.

'We weten hoe ze heten, we kennen hun criminele achtergrond. Een rechter geeft ons een aanhoudingbevel en stuurt ons op hen af.' Ze haalde haar schouders op. 'Of we vervoeren gevangenen naar de rechtbank of handelen een civielrechtelijke vordering af bij witteboordencriminelen. Of zorgen ervoor dat pedo's zich aan de regels houden. We doen niet echt onderzoek. Tenzij we worden toegewezen aan zeer specifieke teams. Meestal betreft het mensen die al veroordeeld zijn. We weten wie het zijn.'

Gordon knikte weer, maar meer om aan te geven dat hij luisterde dan als teken van instemming met wat ze zei.

'Ken je dat schilderij, *The Problem We All Live With*?' vroeg ze.

'Van Norman Rockwell. Uit 1964. Olie op canvas.' Gordon kende zijn kunst. 'De inspiratie voor het doek was een zesjarig meisje genaamd Ruby Bridges, dat ter opheffing van de rassenscheiding naar een volledig witte basisschool in New Orleans ging.'

'Wist je dat de mannen die haar begeleidden US Marshals waren?'

'O ja?' zei Gordon.

Andrea somde alle feiten op die ze speciaal voor deze gelegenheid uit haar hoofd had geleerd. 'Marshals leveren de beveiliging voor leden van het Hooggerechtshof en buitenlandse delegaties. Ze hebben als taak olympische sporters te beschermen. En wetenschappers op Antarctica. Ze zijn de oudste federale politiedienst van het land. George Washington zelf stelde de eerste dertien marshals aan.'

Laura koos dat moment uit om zich bij haar gezin te voegen. 'Ze maakten ook jacht op gevluchte slaven en brachten ze weer naar hun eigenaren. Verder hadden ze de leiding over de interneringskampen voor Japanse Amerikanen tijdens de Tweede Wereldoorlog. En –'

'Laura,' waarschuwde Gordon.

Andrea sloeg haar blik neer. Ze hoorde andere ouders in gesprek met hun kinderen, maar geen van die gesprekken voelde zo ongemakkelijk als dit.

'Schat?' Gordon wachtte tot Andrea opkeek. 'Ik zal je steunen. Ik heb je altijd gesteund. Je hoeft me niet te overtuigen.'

'Jezus,' mompelde Laura.

Gordon legde zijn hand op Andrea's schouder. 'Beloof alleen dat je nooit zult vergeten wie je bent.'

'Ja,' zei Laura. 'Vergeet dat vooral niet.'

Ze hadden het duidelijk over twee verschillende dingen, maar Andrea peinsde er niet over daar een discussie over te beginnen.

'Mr Mitchell. Ms Oliver.' Uit het niets dook een nieuwe marshal op. Hij droeg een elegant pak en hield zijn wapen onder zijn colbert verborgen. Mike gaf Andrea een knipoog, alsof er maar twee seconden in plaats van een jaar en acht maanden waren verstreken sinds ze hem voor het laatst had gezien. 'Ik ben inspecteur Michael Vargas van de USMS. Wat zult u trots zijn op uw dochter.'

'Vargas?' Laura was zichtbaar geschrokken bij het zien van Mike. Hij was haar contactpersoon bij het getuigenbeschermingsprogramma, en ze vertrouwde hem ongeveer evenveel als welke overheidsbeambte ook. 'Is dat je zoveelste schuilnaam of spreek je eindelijk de waarheid?'

Andrea keek haar moeder even aan. 'Hoezo waarheid?'

'Agent Vargas, aangenaam.' Gordon schudde Mikes hand, alsof ze elkaar nog nooit hadden ontmoet, want dat was de regel bij het programma. Zelfs Andrea's instructeurs hadden geen idee dat ze binnen het programma was opgegroeid. Ze betwijfelde of de directeur op de hoogte was.

'Ms Oliver.' Mike wist dat Laura hem niet de hand zou schudden. 'Gefeliciteerd. Ik zie u stralen van trots.'

'Ik ben hard aan een borrel toe.' Het was halfelf in de ochtend en Laura ging op zoek naar een bar op een federaal trainingscentrum. Ze had altijd haar stekels opgezet tegen het gezag, maar nu Andrea zich bij dezelfde mensen had aangesloten die ruim dertig jaar lang haar doen en laten hadden gemonitord, was ze in een stekelvarken met een bazooka veranderd.

Mike wachtte tot ze buiten gehoorsafstand was. 'Vertel haar maar niet dat de marshals ook de naleving van de Drooglegging handhaafden.'

Met een laatste kneepje in Andrea's schouder maakte Gordon zich eveneens uit de voeten.

Mike keek hem na. 'Je moeder is in elk geval komen opdagen. Dat is toch iets.'

Andrea hield haar mond en probeerde ondertussen een schijn van kalmte te bewaren. Ze voelde zich vies, was nog bezweet van de race, maar de warmte die door haar lichaam stroomde was uitsluitend aan Mike te danken. Ze hadden vier intense maanden met elkaar beleefd, tot ze hem opeens had laten zitten. Het besluit was even verschrikkelijk als noodzakelijk geweest. Mike was deel van haar oude leven, waarin ze – zoals haar lieve moeder zojuist had opgemerkt – nog nooit een rots was tegengekomen waar ze niet van af kon springen. Ze had geen behoefte aan een man met een verlosserscomplex die kwam opduiken om haar val te breken. Ze moest zichzelf leren redden.

Misschien was dat de reden dat ze zich bij de marshals had aangemeld.

Als verklaring kon het ermee door.

'Wat vind je van m'n nieuwe sexy look?' Mike krabde door zijn baard, die weelderig was, donker en vol. 'Vind je het wat?'

Hoewel ze het prachtig vond, haalde ze haar schouders op.

'Kom, dan gaan we een eindje lopen.' Mike stootte haar schouder aan om haar op gang te helpen, maar niet nadat hij een blik op Laura en Gordon had geworpen, die in een verhitte discussie waren verwikkeld. 'Gaan ze weer met elkaar om?'

Dat was inderdaad het geval, maar Andrea was niet van plan haar moeders contactpersoon van informatie te voorzien.

Mike deed een nieuwe poging. 'Ik ben blij dat Gordon je besluit ondersteunt om je aan de goede kant te scharen.'

Gordon was een zwarte man, afgestudeerd als advocaat aan een topuniversiteit, maar telkens als hij een politieagent in zijn achteruitkijkspiegel zag, brak het zweet hem uit.

'Mijn vader heeft me altijd gesteund,' zei ze.

'Net als je moeder.' Mike grijnsde toen hij haar sceptische blik zag.

Het feit dat hij het voor Laura opnam nadat ze hem een paar jaar geleden bijna zijn baan had gekost, getuigde van zijn veerkracht – óf het was een teken van traumatisch geheugenverlies.

'Vergeef het haar maar. Soms is dit gevaarlijk werk. Dat weet Laura als geen ander. Ze is bang dat je iets overkomt.'

Andrea loodste het gesprek weg van haar privéleven. 'Ik durf te wedden dat jouw moeder een groot feest heeft gegeven toen je afstudeerde.'

'Inderdaad,' zei Mike. 'En toen trof ik haar jankend in de provisiekast aan omdat ze doodsbang was dat me iets zou overkomen.'

Andrea voelde een zweempje berouw. Ze was zo gefocust geweest op het voltooien van haar marshaltraining dat ze er niet bij stil had gestaan dat Laura misschien meer dan de meest voor de hand liggende reden had om deze recente levenskeuze te haten. Je kon veel over Laura Oliver zeggen, maar niet dat ze dom was.

'Vertel eens.' Met zachte hand voerde Mike haar mee naar het administratiegebouw. 'Blijven we doen alsof het je niet spijt als haren op je hoofd dat je me anderhalf jaar geleden gedumpt hebt?'

Het was eerder zo dat ze deed alsof hij haar niet zo dicht op de huid had gezeten dat ze niet had geweten of ze zijn naam moest roepen of in tranen moest uitbarsten.

Als haar geheugen haar niet in de steek liet, hadden ze zich allebei aan beide schuldig gemaakt.

'Hé.' Weer dat speelse duwtje tegen haar schouder. 'Die vraag verdient een antwoord, vind ik.'

Ze had er een paraat. 'Ik dacht dat we het los-vast zouden houden.'

'Echt?' Mike stak zijn arm uit om de glazen deur te openen. 'Los-vast betekent meestal niet dat ik naar een godvergeten gat in Alabama rijd om je aan mijn moeder voor te stellen.'

Zijn moeder was het tegenovergestelde van Laura geweest, net June Cleaver verpakt in Rita Moreno met een vleugje Lorelai Gilmore.

'Los-vast kan heel veel inhouden.' Andrea kon het niet laten.

'Ik kan me niet herinneren dat ik die boodschap heb doorgekregen. Was het een berichtje? Stond het op de voicemail?'

'Postduif,' kaatste ze de bal terug. 'Heb je hem niet horen koeren?'

Het licht was uit in het saaie kantoorgebouw, maar de airconditioning maakte het tot de mooiste plek waar Andrea ooit was geweest. Ze voelde haar huid tintelen toen het zweet opdroogde.

Mike was ongewoon stil terwijl hij door de hal liep en de deur naar het trappenhuis opende. Andrea liet hem uit feministische motieven voorgaan en ook om van het achteraanzicht te genieten. Zijn pezige beenspieren spanden zich tegen zijn elegante broek. Met zijn sterke hand greep hij de leuning vast, en hij hees zichzelf met twee treden tegelijk omhoog. Voor ze Mike leerde kennen, was Andrea met jongens naar bed geweest, maar hij was de eerste man met wie ze ooit had geslapen. Hij was heel slim en verdomd zeker van zichzelf. Als ze bij hem was, bleef er maar weinig ruimte over om zelf ook slim en zelfverzekerd te zijn.

Hij opende de deur bovenaan de trap. 'Tweets gaan sneller.'

Met die woorden ging Mike als eerste naar binnen. Ze tuurde de donkere gang in en vroeg zich af wat ze hier in godsnaam te zoeken hadden. Dat gebeurde altijd met Mike: haar verstand liet het afweten als hij er was. Ze zou nu onder de douche moeten staan. Straks kwam ze te laat op haar eigen diploma-uitreiking.

'Waar neem je me mee naartoe?' vroeg ze.

'Jij houdt toch zo van verrassingen?'

Ze hield helemaal niet van verrassingen, toch volgde ze hem naar een leeg vergaderlokaal.

De lampen waren uit. Mike opende de jaloezieën om het zonlicht binnen te laten.

'Ga zitten,' zei hij.

Theoretisch gezien was hij Andrea's meerdere, maar ze peinsde er niet over zijn bevelen op te volgen.

Ze liep het lokaal rond, waarin bewakings- en arrestatietrainingen werden gehouden. De whiteboards waren schoongeveegd nu de lessen voorbij waren. Ingelijste portretten aan de muren toonden verschillende marshals uit vervlogen tijden. Robert Forsyth, in de jaren negentig van de achttiende eeuw de eerste marshal die tijdens de uitoefening van zijn beroep was gedood. Agent Bass Reeves, de eerste zwarte marshal, aan het einde van de negentiende eeuw. Phoebe Couzins, niet alleen de eerste vrouwelijke US Marshal, maar ook een van de eerste vrouwen in de Verenigde Staten die een rechtenstudie had voltooid.

De grootste ingelijste afbeelding was een poster van de film *The Fugitive* uit 1993, met in de hoofdrollen Harrison Ford als ontsnapte misdadiger en Tommy Lee Jones als de marshal die hem opspoorde. Andrea vond hem eigenlijk beter dan de gigantische poster van *Con Air* met Nicolas Cage, die de gemeenschappelijke ruimte in haar studentenhuis sierde. Marshals kregen niet vaak een erebehandeling in Hollywood.

Mike bleef voor een enorme wereldkaart staan. Blauwe spelden gaven de uiteenlopende USMS-posten aan. De dienst was een hechte gemeenschap van zo'n drieduizend agenten die over de hele wereld actief waren. Ze kenden elkaar allemaal of kenden wel iemand die iemand anders kende. Andrea was zich ervan bewust dat haar breuk met Mike haar in een baan had doen belanden waarin ze hem onvermijdelijk weer tegen zou komen.

'Waar heb je je voor opgegeven?' vroeg hij.

Andrea had geen specifiek verzoek ingediend. Na haar afstuderen zou ze wel horen waar ze benoemd werd. 'Ik heb om een plek ergens in het westen gevraagd.'

'Ver van huis,' zei hij, want hij wist maar al te goed dat het haar daarom ging. 'Heb je al besloten wat je wilt doen?'

Ze haalde haar schouders op. 'Hangt ervan af, toch?'

Het pleitte voor de USMS dat je vrijwel altijd het werk kreeg dat je graag wilde doen. Om die reden werd je het eerste jaar op verschillende plekken ingezet, telkens voor twee weken, zodat je overal iets van meekreeg: arrestaties van voortvluchtigen, bewaking van de rechtsgang, inbeslagname van activa, transport en behandeling van gedetineerden, controle van zedendelinquenten, het vermistekinderenprogramma en uiteraard de getuigenbescherming.

Andrea hoopte dat er een groot licht zou aanfloepen als ze haar ware roeping had gevonden. Mocht dat niet gebeuren, dan waren er altijd nog de uitstekende pensioenregeling en het betaalde verlof.

'Die kantoren in het westen zijn heel klein,' zei Mike. 'Er is niet veel plaatselijke mankracht beschikbaar. Waarschijnlijk vooral veel haak- en sleepwerk.'

Hij doelde op gevangenentransport. Andrea haalde haar schouders op. 'Je moet toch ergens beginnen.'

'Dat is zo.' Mike liep naar het raam. Hij keek naar het trainingsveld. 'Nog een paar minuten. Waarom ga je niet zitten?'

Andrea had op meer duidelijkheid moeten aandringen, maar ze kon alleen maar naar zijn brede schouders kijken. Wat Mike Vargas zo sexy maakte, was niet zijn gespierde lijf of zijn diepe stem en zelfs niet zijn nieuwe baard, die supersexy was. Zoals hij tegen haar sprak gaf hij haar het gevoel dat zij de enige was met wie hij ooit iets gedeeld had. Bijvoorbeeld dat hij van magisch realisme hield, maar niks met boeken over draken had. Dat zijn voeten kietelig waren en dat hij een hekel had aan kou. Dat hij zijn drie bazige oudere zussen soms niet kon uitstaan, maar dat hij altijd van hen zou houden. Dat zijn schat van een moeder toen hij jong was twee banen had gehad om het gezin te kunnen voeden, maar dat hij graag een maaltijd zou hebben overgeslagen in ruil voor wat meer tijd met haar. Dat hij had gelogen over zijn vader, die eerste keer dat ze over hun families hadden gepraat.

Dat hij tien was geweest toen zijn vader midden in de nacht was opgestaan omdat hij een inbreker dacht te horen en per ongeluk Mikes puberbroer door het hoofd had geschoten.

Dat hij soms nog steeds de hartverscheurende *boink* hoorde waarmee het lichaam van zijn dode broer de vloer had geraakt.

Dat hij soms dacht die andere *boink* te horen, die van zijn vaders lichaam toen de man zich een week later met hetzelfde wapen om het leven had gebracht.

'Hé, dat zou ik bijna vergeten.' Lachend draaide Mike zich weer om. 'Ik wou je eigenlijk advies geven.'

Andrea vond zijn plagerige toon altijd heerlijk. 'Ik ben dol op ongevraagd advies.'

Zijn lach ging over in een grijns. 'Waar je ook terechtkomt, doe jezelf een lol en zeg tegen iedereen dat we een stel zijn.'

Nu schaterde ze het uit. 'Hoezo doe ik mezelf daarmee een lol?'

'Nou, ten eerste, kijk eens goed naar me.' Hij spreidde zijn armen. 'Ben ik geen lekker ding?'

Dat was hij zeker. 'En ten tweede?'

'De mannen op je nieuwe kantoor zullen zich afvragen waarom je niet met hen naar bed gaat.' Hij leunde met zijn rug tegen het raam. 'En dan beginnen ze zich dingen af te vragen. Is ze soms van Interne Zaken? Bespioneert ze me? Kan ik haar vertrouwen? Of zou ze lesbisch zijn? Waarom komt ze niet uit de kast? Wat verbergt ze? Is haar vriendin mooier dan ik?'

'Dat zijn de enige opties? Of ik ben een verklikker of ik ben gay? Het kan niet zo zijn dat ik niet geïnteresseerd ben?'

'Schat, het zijn US Marshals. Natuurlijk ben je geïnteresseerd.'

Andrea schudde haar hoofd. Het enige op Glynco dat sterker rook dan zweet en Skin So Soft was testosteron. 'Volgens mij heeft je ego mijn postduif verslonden.'

Zijn ogen schitterden in het zonlicht. 'Dat verklaart waarom ik je smaak niet uit mijn mond krijg.'

Ze schrokken allebei op toen een man in een zwart pak, met een oortje aan een flexibele kabel en de arrogante houding van een federaal agent, zijn kale hoofd om de hoek stak. Hij keek in het rond, knikte en trok zich weer terug.

'Sorry dat ik zo laat ben.' Een imposante oudere man kwam de deur door en zoog vrijwel alle lucht uit het lokaal. Hij stak Andrea een elegante hand toe. 'Wat fijn om je eindelijk te ontmoeten, Andrea. Ik ben heel trots op wat je hier in het trainingscentrum hebt laten zien. Geen geringe prestatie.'

Ze beet op haar lip, anders was haar mond opengevallen. Hij had zich niet voorgesteld, maar ze kende zijn gezicht. Natuurlijk kende ze zijn gezicht. Hij was een serieuze kandidaat geweest bij de laatste presidentiële voorverkiezingen, tot een schandaal hem uit de race had geknikkerd. Gelukkig had hij zich overeind weten te houden, en nu was hij juniorsenator in de staat Californië.

Ook was hij Laura's oudere broer, had ze onlangs vernomen, dus feitelijk was hij haar oom.

'Hebt u...' Haar stem haperde. 'Hebt u mijn moeder niet gezien?'

Jasper Quellers gebotoxte wenkbrauwen trilden. 'Is ze hier?'

'Samen met mijn vader. Met Gordon. Ze, eh...' Andrea moest gaan zitten. Ze was helemaal vergeten dat Mike in het lokaal was, tot hij zich aan Jasper voorstelde. Het liefst had ze zijn ballen in zijn strot geschopt omdat hij haar hiernaartoe had gebracht. En ze kon zichzelf wel slaan omdat ze in zijn val was gelopen, want Jasper was niet toevallig opgedoken.

Dit was allemaal gepland.

Andrea hoorde een vraag in haar hoofd pingpongen, een vraag die haar twee jaar geleden gesteld was toen haar hele leven ondersteboven was gekeerd.

Jezus, meid, heb je al die tijd met een vishaak in je mond rondgelopen?

Ze had destijds bevestigend geantwoord. Er was geen excuus voor het feit dat ze twee jaar later nog steeds toehapte.

'Wat doet u hier?' vroeg ze aan Jasper.

Mike achtte het een goed moment om de deur uit te glippen.

Jasper zette een dunne leren aktetas op tafel. Aan het scherpe geluid waarmee de vergulde sloten openklikten, kon ze horen hoe duur die was.

Ze wist niet wie zijn pak had gemaakt, maar iemand had een echte naald in de hand gehad. Waarschijnlijk keek ze naar haar vleesgeworden studieschuld.

Hij wees naar een stoel. 'Mag ik?'

Andrea hoefde de organisatorische flowchart aan de muur niet te raadplegen. De USMS was een afdeling binnen het ministerie van Justitie en stond onder toezicht van de juridische senaatscommissie, die uit tweeëntwintig senatoren bestond, onder wie de man die vroeg of hij tegenover haar mocht plaatsnemen.

'Ga uw gang.' Ze wilde een nonchalant gebaar maken, maar sloeg met haar hand tegen de rand van de tafel. Ondanks de ijskoude airco gleed er een zweetdruppel over haar rug. Haar emoties schoten alle kanten op. Laura zou razend worden als ze ontdekte dat haar dochter en haar broer zich in dezelfde ruimte bevonden. Hoe kwaad Andrea ook op haar moeder was, ze had geen keuze. Ze zou zich nooit, maar dan ook nooit aan Jaspers kant scharen.

'Andrea, allereerst wil ik zeggen hoe erg ik het vind dat we elkaar niet eerder hebben ontmoet.' Zelfs als hij zat, had Jaspers houding iets militairs, ook al droeg hij al tientallen jaren geen uniform meer. 'Ik had gehoopt dat je contact met me zou opnemen.'

Andrea keek naar de fijne rimpeltjes rond zijn ogen. Hij was zes jaar ouder dan Laura, maar ze hadden dezelfde aristocratische neus en hoge jukbeenderen. 'Waarom zou ik contact met u opnemen?'

Hij knikte kort. 'Goede vraag. Ik denk dat je moeder ertegen was.'

De waarheid was een effectief wapen. 'Het is nooit ter sprake gekomen.'

Jasper keek haar vanachter zijn geopende tas aan. Hij haalde een map tevoorschijn en legde die op tafel. Hij sloot zijn tas en zette hem op de vloer.

Het kostte Andrea moeite niet naar de map te vragen, want het was duidelijk zijn bedoeling dat ze dat wel deed. 'Straks kom ik nog te laat op mijn diploma-uitreiking.'

'Neem maar van mij aan dat ze niet zonder jou zullen beginnen.'

Andrea klemde haar kiezen op elkaar. Het wereldje van de Marshal Service werd alleen maar kleiner. Nog even en ze werd omringd door een stel getrainde speurders die zich afvroegen waarom een senator van de Verenigde Staten de uitreiking had opgehouden om met Andrea Oliver te kunnen praten.

'Heel bijzonder om je in het echt te zien.' Ongegeneerd bestudeerde Jasper haar gezicht. 'Uiterlijk doe je me heel erg aan je moeder denken.'

'Waarom voelt dat niet als een compliment?'

Hij glimlachte. 'Het lijkt me beter dan met je vader vergeleken te worden.'

Daar had hij een punt.

'Hij is trouwens de reden dat ik hier ben.' Jasper tikte op de map. 'Zoals je weet, hebben de verdere aanklachten die twee jaar geleden tegen je vader zijn ingediend niet tot een uitspraak geleid. Het ministerie van Justitie wil hem niet weer voor de rechter brengen. Ondertussen loopt de tijd terug wat zijn oorspronkelijke veroordeling betreft. Samenzwering tot het plegen van binnenlands terrorisme was vóór 9/11 iets nieuws. Samenzwering tot moord is ook vrij tandeloos, en hoewel jouw moeders getuigenis van nut was, was die niet nuttig genoeg, of vind jij van wel? Het zou bijna beter zijn geweest als je vader geslaagd was in zijn moorddadige missie.'

Hoewel Andrea de uithaal richting haar moeder niet echt kon waarderen, maakte ze een achteloos handgebaar. Nick Harp moest nog vijftien jaar van zijn straf van achtenveertig jaar uitzitten. 'En?'

'Over een halfjaar komt je vader in aanmerking voor voorwaardelijke vrijlating.'

Bij het horen van zijn toon schoot er een knoop in Andrea's maag. Ze kon 's nachts slapen omdat ze wist dat Nick achter de tralies zat. 'De kwestie van zijn voorwaardelijke vrijlating is al vaker behandeld. Het verzoek wordt altijd afgewezen omdat hij weigert schuld te bekennen. Waarom denkt u dat het nu anders zal gaan?'

'Je zou kunnen zeggen dat de algehele houding ten aanzien van binnenlands terrorisme de laatste tijd is omgeslagen, vooral bij van oudsher wat conservatievere paroolcommissies.' Jasper schudde zijn hoofd, alsof een lid van de Senaat weinig over de wereld te zeggen had. 'De afgelopen jaren heb ik zijn voorwaardelijke vrijlating kunnen tegenhouden, maar deze keer maakt hij wellicht een kans.'

'Echt?' Andrea deed geen moeite haar scepsis te verbergen. 'U bent toezichthouder bij het federale bureau voor het gevangenissysteem.'

'Dat klopt,' beaamde hij. 'Het zou ongepast zijn als bekend werd dat ik mijn gewicht in de schaal had gelegd.'

Andrea's keel was kurkdroog. Ze trilde van angst bij de mogelijkheid dat Nick op vrije voeten kwam, en ze was kwaad omdat Jasper deze val voor haar had gezet. 'Neem me niet kwalijk, senator, maar we weten allebei dat u wel vaker dingen hebt gedaan die niet door de beugel kunnen.'

Hij glimlachte weer. 'Sprekend je moeder.'

'Rot op met je vergelijkingen.' Andrea liet haar formele toon varen. Ze boog zich over de tafel. 'Weet je wat hij ons de vorige keer heeft aangedaan? Hij is een monster. Er zijn doden gevallen. En dat terwijl hij nog in de gevangenis zat. Weet je wat hij gaat doen als hij vrij is? Hij zoekt direct mijn moeder op. En mij.'

'Heel goed.' Jasper haalde al even achteloos zijn schouders op als zij had gedaan. 'Kennelijk hebben we er allemaal groot belang bij dat hij opgesloten blijft.'

Andrea wijzigde haar tactiek, want de rol van ijzige bitch leek niet te werken. 'Wat wil je van me?'

'Ik wil niets. Ik ben juist gekomen om je iets te geven.' Hij trok zijn hand van de map. Ze zag een etiket, maar kon de woorden niet lezen. 'Ik wil je graag helpen, Andrea. Ik wil de familie graag helpen.'

Ze wist dat hij op Laura doelde, hoewel hij haar moeders naam nog niet in de mond had genomen.

'Je hebt om uitzending naar de Westkust gevraagd.'

Driftig schudde ze haar hoofd. Het laatste waar ze behoefte aan had was werk in de thuisstaat van haar oom. 'Ik ben niet geïnteresseerd in –'

'Laat me uitpraten, alsjeblieft.' Hij stak zijn hand op. 'Ik vroeg me af of je niet liever wat dichterbij wilt werken, bijvoorbeeld op het kantoor in Baltimore.'

Een golf van angst snoerde Andrea de mond.

'Een federale rechter in dat district ontvangt geloofwaardige doodsbedreigingen. Iemand heeft een dood knaagdier naar haar huis in Baltimore gestuurd.' Jasper laste een pauze in. 'Misschien heb je het verhaal op het avondnieuws gezien.'

Andrea had helemaal niets gezien, want niemand van haar leeftijd keek nog naar het avondnieuws.

'De rechter is ooit door Reagan benoemd,' vervolgde Jasper. 'Een van de laatst overgeblevenen. Tijdens de vorige regering is er nogal wat druk op haar uitgeoefend om zich terug te trekken, maar ze heeft haar kans laten schieten.'

Andrea had zich nooit voor politiek geïnteresseerd, maar ze wist dat de USMS was belast met de beveiliging van federale rechters.

'Haar aanstelling als rechter heeft een tragisch tintje. De week voor de hoorzitting over haar voordracht verdween haar dochter. Tegelijkertijd werd er een lichaam gevonden in een vuilcontainer aan de rand van de stad. Het gezicht van de vrouw was verbrijzeld. Twee nekwervels waren gebroken. Ze werd geïdentificeerd aan de hand van haar gebitsgegevens. Het bleek de dochter van de rechter te zijn.'

Andrea's voetzolen begonnen te tintelen, alsof ze op de rand van een heel hoog gebouw stond.

'Het is ongelooflijk, maar de jonge vrouw overleefde de aanval.' Jasper zweeg even, als uit eerbied. 'Hoewel, overleven is een relatief begrip. Medisch gezien bevond ze zich in vegetatieve toestand, maar ze bleek ook zwanger te zijn. Voor zover ik weet, is nooit achterhaald wie de vader was. Ze werd nog bijna twee maanden kunstmatig in leven gehouden, tot de baby veilig geboren kon worden.'

Andrea beet hard op haar lip om een huivering te onderdrukken.

'Destijds baarde de benarde toestand van het meisje nogal wat opzien. Haar tragische omstandigheden droegen bij aan de benoeming van haar moeder. Reagan had namelijk van het antiabortusstandpunt een publieke zaak gemaakt. Daarvóór was niemand aan die kant er echt in geïnteresseerd. Bush moest zich tegen de proabortusbeweging keren om in aanmerking te komen voor de positie van vicepresident.' Jasper leek haar ongeduld te voelen en kwam ter zake. 'De rechter en haar man hebben het kind grootgebracht. Ik zeg kind, maar ze is inmiddels veertig. Ze heeft zelf een dochter. Een tiener, om precies te zijn. Ik heb gehoord dat ze nogal een lastpak is.'

Andrea herhaalde haar eerdere vraag: 'Wat kom je hier doen?'

'Volgens mij is je eigenlijke vraag: wat heeft dit met mijn vader te maken?' Hij legde zijn hand weer op de geheimzinnige map. 'De federale rechtbanken zijn met zomerreces. Zoals gewoonlijk zijn de rechter en haar man teruggekeerd naar hun familiehuis, waar ze de komende twee maanden zullen blijven. De USMS heeft twee teams voor hun beveiliging vrijgemaakt, een voor 's nachts en een voor overdag, en de doodsbedreigingen worden onderzocht door de speciale gerechtelijke rechercheur vanuit het hoofdkwartier in Baltimore. Het is geen uitgesproken zware taak, die beveiliging. Zie het maar als babysitten. En Longbill Beach is een prachtig stadje. Ik neem aan dat je weet waar het is?'

Andrea kuchte voor ze kon antwoorden. 'In Delaware.'

'Precies,' zei Jasper. 'Bovendien is Longbill Beach het stadje waar je vader is opgegroeid.'

Andrea zette de resterende puzzelstukjes in elkaar. 'Volgens jou heeft Nick Harp veertig jaar geleden de dochter van de rechter vermoord.'

Jasper knikte. 'Moord kent geen verjaring. Met een veroordeling zou hij de rest van zijn leven in de gevangenis blijven.'

Andrea hoorde de woorden weergalmen in haar hoofd: *de rest van zijn leven in de gevangenis.*

'Het gerucht ging dat hij de vader van haar kind was,' zei Jasper. 'Dat wierp ze hem in het openbaar voor de voeten op de avond dat ze verdween. Verschillende mensen waren getuige van hun ruzie. Hij bedreigde haar fysiek en verbaal. Kort nadat ze was geïdentificeerd, verliet hij de stad.'

Andrea slikte. Ze wilde zich op de details concentreren, maar het enige waaraan ze kon denken, was dat Nick Harp nóg een kind had verwekt.

En toen had hij haar in de steek gelaten.

'Kijk zelf maar.' Eindelijk haalde Jasper zijn hand van de map en schoof hem naar haar toe.

Andrea liet het gesloten dossier tussen hen in liggen. Nu kon ze het etiket lezen:

EMILY ROSE VAUGHN GEBOREN 1/5/64 OVERLEDEN 9/6/82

Ze zag de naam van het meisje als door een waas. Het duizelde haar nog steeds. Ze probeerde zich te concentreren – moord, geen verjaring, Nick voor de rest van zijn leven achter de tralies. Maar telkens keerde die ene vraag terug: was dit soms een val? Ze kon Jasper niet vertrouwen. Ze had op de harde manier geleerd dat ze eigenlijk niemand kon vertrouwen.

‘En?’ vroeg Jasper. ‘Ben je niet nieuwsgierig?’

‘Nieuwsgierig’ was niet het juiste woord voor de emotie die ze nu ervoer. Ze was bang. Ongerust. Kwaad.

Een halfzus van veertig, die net als zij in een badplaats was opgegroeid. Weer een kind dat het raadsel van haar moeder nooit zou oplossen. Een sadistische vader die hun levens had vernietigd en daarna een volgend slachtoffer had gezocht.

Bevend reikte Andrea naar de map. De buitenkant voelde dik aan. Op het eerste blad stond een foto van een knappe, jonge blondine, die breeduit naar de camera lachte. Haar strakke permanent en blauwe oogschaduw plaatsten haar ontegenzeggelijk aan het begin van de jaren tachtig. Andrea sloeg om naar het volgende blad. En naar het volgende. Ze herkende het politierapport aan de opmaak. Datum, tijdstip, locatie, plattegrond van de straat, schets van de plaats delict, mogelijk moordwapen, getuigen, verwondingen op het lichaam van een onschuldig zeventienjarig meisje.

Andrea’s vingers waren vochtig van het zweet toen ze doorbladerde. Ze stuitte op de aantekeningen van de rechercheur. Computers waren zeldzaam in 1982. Dat gold blijkbaar ook voor typemachines. Het krabbelige handschrift was bijna onleesbaar en zo vaak gefotokopieerd dat de letters vervaagd waren.

Andrea wist dat ze nergens in het dossier de naam Nicholas Harp zou tegenkomen. Dat was het pseudoniem dat haar vader had gebruikt toen hij haar moeder had leren kennen. Zijn ware identiteit had hij in het voorjaar van 1982 afgeschud, toen hij voorgoed uit Longbill Beach was vertrokken. Daar kende iedereen hem onder zijn echte naam. Die vond ze op het laatste blad, twee keer onderstreept.

Clayton Morrow.

2

‘Oregon is prachtig, mam.’ Andrea negeerde de verwarde blik van de Uberchauffeur terwijl ze de Chesapeake Bay overstaken. Ze wendde haar hoofd af ten teken dat het een privégesprek was. ‘Ik ga het hier vast leuk vinden.’

‘Nou, dat is in elk geval iets,’ zei Laura. Water kletterde in de spoelbak. Ze was aan het koken voor Gordon, thuis op Belle Isle. ‘Daar ben ik al een eeuwigheid niet geweest. Ik herinner me de bomen nog.’

‘De douglasspar is de staatsboom. De staatsbloem is die van de mahonieboom, de *Oregon grape*. Maar dan moet je niet aan druiven denken. De vruchtjes lijken meer op bessen.’ Met haar duim scrolde Andrea door de wikipagina over Oregon op haar diensttelefoon. ‘Wist je dat het qua grootte de negende staat is?’

‘Nee, wist ik niet.’

‘En…’ Andrea zocht naar iets wat niet klonk alsof ze allerlei feiten aan het opdreunen was. ‘In het noordwesten is een regenwoud genaamd Valley of the Giants. Cool, toch?’

‘Is het daar trouwens koud? Ik zei nog dat je je jas mee moest nemen.’

‘Het is hier lekker.’ Ze ging naar weather.com. ‘Achttien graden.’

‘Het is nog vroeg,’ zei Laura, hoewel Oregon maar drie uur achterliep. ‘Als de zon ondergaat, daalt de temperatuur. Je moet daar een jas kopen. Dat is goedkoper dan wanneer ik de jouwe opstuur. In de zomer is het aan de noordwestkust heel wisselvallig. Je weet nooit wat je kunt verwachten.’

‘Ik red me wel, mam.’ Andrea keek uit het raam terwijl haar moeder tot in detail het soort jas beschreef dat ze moest kopen voor een weertype van bijna vijfduizend kilometer verderop.

'Een goed afsluitende rits is heel belangrijk,' zei Laura. 'En elastische boorden, anders blaast de wind zo langs je armen.'

Andrea sloot haar ogen tegen de vroege middagzon. Haar innerlijke kompas draaide te snel. Jasper had er niet alleen op zeer ongepaste wijze een duw tegen gegeven. Hij had het hele ding omgegooid. Ze zou twee weken verlof krijgen voor ze aan haar eerste opdracht begon. Met dank aan de oom die ze nauwelijks kende, werkte ze vierentwintig uur na haar afstuderen al aan twee verschillende zaken. De ene was oppas spelen voor een rechter die een paar doodsbedreigingen had ontvangen en een dode rat bij de post had gevonden, de andere was zorgen dat haar vader opgesloten bleef door op de een of andere manier bewijs te vinden dat hij schuldig was aan de moord op een meisje dat allang vergeten was.

Net als met elke beslissing die Andrea de afgelopen twee jaar had genomen, wist ze niet goed waarom ze op Jaspers voorstel was ingegaan. Eerst had ze het lokaal uit willen lopen. Maar toen had ze uitgerekend datgene gedaan waartegen ze zich al twee jaar had verzet: terugdenken aan het moment waarop haar leven was ontploft.

In plaats van boven zichzelf uit te stijgen had Andrea rondgetold als een opwindaapje dat een stel kapotte bekkens tegen elkaar sloeg. Er was niets aan die hele soap wat haar trots maakte. Ze had niets gepland. Ze had niet over de gevolgen nagedacht. Ze had doelloos duizenden kilometers gereden in een poging het mysterie van haar ouders op te lossen en de waarheid over al hun misdaden te achterhalen. Haar onbezonnenheid had haar bijna het leven gekost en bovendien was Laura bijna vermoord. Om nog maar te zwijgen over wat ze Mike had aangedaan. Hij had haar talloze keren proberen te redden, maar als dank voor zijn moeite had ze hem letterlijk en figuurlijk een trap in zijn ballen gegeven.

Dus misschien had ze daarom ja gezegd.

Het was een verklaring, voor wat het waard was.

Hoe ze een moord van veertig jaar geleden moest oplossen, was haar een raadsel. Haar eerste vierentwintig uur als United States Marshal voorspelde niet veel goeds. De vorige dag was ze na een rit van vijf uur in een huurauto op tijd op het vliegveld van Atlanta aangekomen voor haar vlucht van 9.50 uur naar Baltimore, maar door slecht weer was die tweeënhalf uur vertraagd, waarna het vliegtuig vanwege nog meer slecht weer was uitgeweken naar Washington DC, met als gevolg dat ze pas om twee uur die nacht was geland. Vanaf Dulles Airport was ze na een taxirit van twintig minuten in een goedkoop hotel in Arlington, Virginia, beland. Daar had ze vier uur geslapen, en vervolgens nog eens anderhalf uur in de trein naar het districtshoofdkantoor van de USMS in Baltimore, Maryland.

Niemand had Andrea daar opgewacht. Alle hogere functionarissen waren op een congres in DC Een agent genaamd Leeta Frazier, die normaal bij verbeurdverklaringen werkte, had haar in een vergaderzaal geïnstalleerd om een stapel papieren te ondertekenen. Verder had ze haar een brochure gegeven over het vermijden van seksueel grensoverschrijdend gedrag, haar een overheids-Glock 17.9mm en een Silver Star overhandigd en gezegd dat ze later terug moest komen om kennis te maken met haar baas en de rest van het team.

Alsof dat niet genoeg was, was Leeta niet gemachtigd een auto voor haar te vorderen, zodat Andrea uiteindelijk in de duurste Uber van de hele wereld naar Longbill Beach was gereden. En de dag voelde toch al als een verlengde versie van de allersaaiste dag in de geschiedenis van de wereld. Nu pas, om twee uur 's middags, reed ze eindelijk door de kuststreek van Maryland op weg naar Delaware, waar ze – zo hoopte ze, tenminste – haar nieuwe collega ging ontmoeten.

'Stuur maar een foto zodra je er een hebt,' zei Laura.

Andrea moest het gesprek eerst in haar hoofd terugspoelen voor ze begreep dat haar moeder het over de spookjas had die ze van haar moest kopen voor weer dat ze niet zou ondergaan. 'Ik zal proberen eraan te denken.'

'En je hebt beloofd twee keer per dag te bellen.'

'Niet waar.'

'Een bericht te sturen, bedoel ik.'

'Nee hoor.'

'Andrea,' zei Laura, maar toen zei Gordon iets en hield ze haar hand voor de telefoon.

Andrea klikte het scherm van haar diensttelefoon uit en vroeg zich af of ze al gedragsregels had geschonden door allerlei onbenulligheden over Oregon te googelen. Ze kon nog steeds niet geloven dat ze al een wapen en een penning had. Ze was nu een echte Deputy US Marshal, oftewel een *dewsum*. Ze kon mensen arresteren. Ze kon haar Uber-chauffeur als hulpsheriff aanstellen als ze dat wilde. Misschien kon ze hem dwingen zijn kraaloogjes op de weg te houden, want zodra hij door had gehad dat ze van de politie was, had hij naar haar gekeken alsof ze een drol was die iemand op zijn achterbank had achtergelaten.

Ze moest denken aan een zin die een van haar instructeurs op het whiteboard had geschreven.

Wie geliefd wil zijn, moet niet bij de politie gaan.

'Oké.' Laura was weer aan de lijn. 'Het is niet verplicht, maar ik zou af en toe graag een berichtje van je krijgen, schat, zodat ik weet dat je nog leeft.'

'Oké.' Andrea liet zich vermurwen, hoewel ze geen idee had of ze aan het verzoek zou voldoen. 'Ik moet ophangen, mam. Volgens mij zie ik een geelkaakweidespreeuw.'

'O, stuur eens een fo–'

Andrea verbrak de verbinding. Ze keek naar een strandloper die zich met de wind liet meevoeren en die typische truc uitvoerde waarbij hij zich naar voren bewoog terwijl het leek alsof hij aan luchttrappen was.

Even sloot ze haar ogen en slaakte een diepe zucht in de hoop haar vermoeidheid af te kunnen schudden. Haar lichaam snakte naar slaap, maar als haar vorige rustpogingen iets hadden bewezen, was het dat haar geest maar al te bereid was razende rondjes te rennen tussen de vragen die door haar hoofd spookten. Wat waren de ware motieven van haar oom? Zou haar vader ontdekken waar ze mee bezig was en een poging doen de hele zaak te laten ontploffen? Moest ze Mike bekennen dat ze een vreselijke vergissing had begaan of toch zeggen dat hij kon oprotten?

Andrea hield dat spel niet nog eens twee uur vol. Zeker niet op de achterbank van een Uber die stonk naar autowasmiddel en luchtverfrisser met bergdennengeur. Om niet in een neerwaartse spiraal te belanden haalde ze het dossier van Emily Vaughn uit haar rugzak.

Haar oog viel op het versleten, getypte etiket. Ze vroeg zich af hoe Jasper aan kopieën van het politieonderzoek had weten te komen. Ze vermoedde dat hij als senator toegang had tot allerlei soorten informatie. Bovendien was hij stinkend rijk, dus waar zijn macht tekortschoot, bood een grote tas vol cash ongetwijfeld uitkomst.

Niet dat Jaspers intriges er ook maar enigszins toe deden. Andrea's tweede onderzoek diende slechts één doel, en dat was niet om bij haar rijke oom in het gevlij te komen. Ze wilde niets liever dan dat haar vader opgesloten bleef, niet alleen voor Laura's veiligheid, maar ook omdat een man die in staat was een handvol kwetsbare mensen tot een gewelddadige sekte om te vormen, niet op vrije voeten mocht komen. Als dat betekende dat ze een veertig jaar oude moord moest oplossen, dan zou ze een veertig jaar oude moord oplossen – op wat voor manier dan ook. En als ze niet kon bewijzen dat haar vader het gedaan had, of als ze bewees dat iemand anders het gedaan had... Dat zag ze dan wel weer.

Met een diepe zucht sloeg ze de map open.

De foto van Emily Rose Vaughn greep haar nog het meest aan. Het was duidelijk haar examenjaarfoto. Het meisje van nog net geen achttien was heel mooi geweest, al had ze een permanentje en waren haar ogen zwaar aangezet. Andrea draaide de foto om en las de datum. Emily's zwangerschap begon waarschijnlijk al zichtbaar te worden toen ze samen met de andere examenkandidaten in de rij had staan wachten tot zij aan de beurt was om gefotografeerd te worden. In een poging de waarheid te verbloemen had ze misschien een step-in gedragen, een corrigerende panty of een ander vrouwenmartelwerktuig uit de jaren tachtig.

Andrea bekeek Emily's gezicht nog eens goed. Ze probeerde zich te herinneren hoe het had gevoeld om bijna van school te zijn. Hoe spannend het was om te gaan studeren. Hoe graag je van huis wilde. Helemaal klaar voor het volwassen leven, voor zover je volwassen was als je nog volledig door je ouders onderhouden werd.

De laatste zeven weken van Emily's leven was ze een menselijke couveuse geweest. Uit het politierapport maakte Andrea op dat het klopte wat Jasper had gezegd, namelijk dat de vader nooit geïdentificeerd was. 1982 was dertien jaar vóór het proces tegen O.J. Simpson het publiek en het rechtssysteem ontvankelijk hadden gemaakt voor DNA-bewijs. Destijds was er alleen Emily's woord geweest, en kennelijk had ze haar geheim mee het graf in genomen.

De vraag was of Clayton Morrow verdacht was geweest omdat het voor de hand lag of dat hij door de wandaden van Nick Harp achteraf als schuldige was aangewezen.

Andrea had online het nodige speurwerk verricht, maar ze had erg weinig openbaar beschikbare informatie gevonden over de aanval op Emily Vaughn. Geen enkele truecrimepodcaster of tv-producent was in de zaak gedoken, waarschijnlijk omdat er geen nieuw spoor was dat gevolgd kon worden. Er waren geen nieuwe getuigen. Geen nieuwe verdachten. Het weinige bewijsmateriaal dat op verschillende plekken was verzameld, was in de loop van de tijd verloren gegaan, of het was weggespoeld in de overstroming die in 2003 veroorzaakt werd door orkaan Isabel.

Op de wikipagina van rechter Esther Vaughn werd je doorgelinkt naar eenentwintig nieuwsberichten van veertig jaar geleden over de omstandigheden rond de dood van Emily. Zestien waren afkomstig uit de *Longbill Beacon*, een alternatieve krant die acht jaar geleden ten onder was gegaan en slechts een foutmelding had gegeven toen ze erop klikte. De verhalen uit de nationale pers zaten achter een betaalmuur, waar Andrea niet aan begon omdat ze geen creditcardspoor wilde achterlaten, en bovendien wist ze niet of haar creditcard geaccepteerd zou worden. De databank van de USMS was geen optie, want het zou een schending van het beleid – en van de federale wet – zijn om zonder een wettige onderzoeksopdracht naar achtergrondinformatie te zoeken.

Wat betekende dat Andrea's internetspeurtocht op een wiki-eindpunt was vastgelopen. De dood van Emily Vaughn had vrijwel geen digitale voetafdruk achtergelaten. In de talloze opiniestukken die Esther Vaughn in de loop der jaren had neergepend, stond hooguit dat ze 'een tragisch persoonlijk verlies' had geleden, een feit dat ze zo wist te verdraaien dat het bepaalde aspecten van het strafrechtsysteem rechtvaardigde, zoals je kon verwachten van iemand die door Reagan was aangesteld. Over de echtgenoot van de rechter had Andrea een persbericht van een jaar geleden gevonden, waarin Loyola University, Maryland – een particulier jezuïtisch instituut voor alfawetenschappen – aankondigde dat Dr Franklin Vaughn zich terugtrok als emeritus professor uit de Sellinger School of Business Management om meer tijd met zijn gezin door te brengen.

En zoals je kon verwachten, ontbraken de bijzonderheden over het gezin.

Verder waren er in Dr Vaughns talrijke uiteenzettingen over economie en sociale rechtvaardigheid maar weinig oplossingen te vinden waarbij het niet aankwam op je eigen boontjes doppen, ongeacht of je je die bonen kon veroorloven – ook dát wekte geen verbazing.

Het irritantste was nog dat het internet de naam van Emily's dochter niet kende.

Andrea wist niet wat ze uit deze lacune moest afleiden. Er waren een paar verklaringen voor het gebrek aan een internetvoetafdruk van deze vrouw. Ze was zeven jaar ouder dan Andrea, voor een millennial dus al aan de bejaarde kant, en sociale media vormden waarschijnlijk niet haar natuurlijke habitat. Als je offline bleef, kon je je naam makkelijk offline houden, en Facebook was al net zo'n puinhoop als Instagram, TikTok of Twitter. Misschien had Emily's dochter officieel haar naam veranderd, had ze de achternaam van een echtgenoot aangenomen of alle contact met haar grootouders verbroken, of – en dat lag meer voor de hand – bleef ze uit de openbaarheid omdat haar moeder op wrede wijze was vermoord, waarschijnlijk door haar megalomane vader, of omdat haar grootmoeder een federale rechter was, en waren mensen veertig jaar geleden al slecht, nu ze de beschikking over internet hadden, waren het volslagen monsters.

En daarom bleef Andrea met allerlei vragen zitten. Woonde Emily's dochter nog steeds in Longbill Beach of was ze vertrokken? Was ze gescheiden? Jasper had gezegd dat ze zelf een kind had, een tiener die een lastpak zou zijn, maar was Emily's dochter hecht met haar grootouders? Kende ze de waarheid over de dood van haar moeder? Wat deed ze voor de kost? Hoe zag ze eruit? Had ze Nick Harps staalblauwe ogen geërfd, de scherpe jukbeenderen en het vage kuiltje in de kin, of eerder haar moeders rondere, hartvormige gezicht?

Andrea bracht haar hand naar haar eigen gezicht. De aristocratische trekken van Jasper en Laura ontbraken, hoewel het waarschijnlijk klopte wat Jasper over Andrea's gezichtsuitdrukking had gezegd, namelijk dat die hem aan Laura deed denken. In plaats van staalblauw waren haar ogen lichtbruin. Ze had een smal gezicht, maar niet driehoekig, met een bijna onzichtbaar kuiltje in haar kin, dat vermoedelijk van haar vader kwam. Haar neus was een genetisch raadsel, met een opwippend puntje als de snuit van Knorretje wanneer die aan een tulp rook.

Ze klemde Emily's foto weer aan het eerste blad vast. Ze bladerde de verslagen opnieuw door, al had ze ze al ontelbare keren gelezen, bij de gate op het vliegveld, in het vliegtuig, achter in taxi's, in haar motel, in de trein. Uitgesmeerde vingerafdrukken leverden het bewijs van de oranje pindakaascrackers die ze als ontbijt naar binnen had gewerkt.

Dit kon beter, vond ze.

Alle toekomstige agenten van het Glynco-trainingscentrum moesten een intensieve, vreselijk moeilijke cursus misdaadonderzoek van tien weken doorlopen. Andrea had naast een heel alfabet aan toekomstige federale politiemensen gezeten die de fijnere kneepjes van de onderzoekskunst in hun hoofd kregen gestampt: DEA, ATF, IRS, CBP, HHS. Vervolgens waren de aspirant-marshals aan tien weken vol specialistische instructie begonnen, met daarbovenop de bijna onmogelijke fysieke eisen die de dienst zo uitzonderlijk maakten.

De instructeurs hadden uiterst gedetailleerde nepzaken ontworpen: een voortvluchtige, een ontvoerd kind, een reeks steeds ernstigere bedreigingen aan het adres van een rechter van het Hooggerechtshof. Andrea's team had zich gebogen over nagespeelde bewakingscamerabeelden van bedrijven, pinautomaten en burgervoordeuren. Ze hadden online naar bouwtekeningen en kaarten gezocht, hadden kredietchecks gedaan en openbare registers doorgespit op zoek naar familieleden, vrienden en bekenden, met uiteenlopende onderlinge relaties. Socialemediapagina's moesten worden gescand, kentekens gepingd, foto's door de gezichtsherkenning gehaald, mobieletelefoonaanbieders gedagvaard, e-mails en appjes gelezen.

In 1982 had je alleen je mond en je oren. Je stelde vragen. Je kreeg antwoorden. Die voegde je allemaal bij elkaar en dan probeerde je tot een oplossing te komen.

Niet dat de commissaris in Longbill geweldig werk had geleverd, vond Andrea, vooral niet gezien het feit dat de moordenaar nooit was aangeklaagd, maar hij had zich wel uitgesloofd. Er waren schetsen met de afmetingen van de afvalcontainer achter Skeeter's Grill, waarin Emily was gevonden. Een grof getekend stokpoppetje met kruisjes gaf het geweld aan dat haar lichaam had ondergaan. De steeg waar hetzelfde bloedtype als dat van Emily was aangetroffen, was opgemeten en op sporen doorzocht. Een mogelijk moordwapen – een stuk hout van een versplinterde pallet die in de steeg lag – werd langs de hoofdweg teruggevonden. Op de pallet in de steeg was een pluk zwarte draden aangetroffen, maar die was door de FBI teruggestuurd als te algemeen om er iets uit te kunnen afleiden. Alleen al aan de hand van de vele getuigenverklaringen kon Andrea een tijdlijn opstellen met de laatste stappen die Emily Vaughn had gezet voor haar leven was afgekapt.

Het schrijnendste, het detail waar Andrea zich niet overheen kon zetten, was een woord dat op een computerscherm gewist zou zijn, als een geest die aan de technologie ten prooi viel.

Andrea had het woord gevonden in een handgeschreven transcriptie van een 911-telefoontje, gepleegd door een keukenhulp van het fastfoodrestaurant, die bij het optillen van het containerdeksel het naakte, hoogzwangere lichaam van Emily Vaughn op een hoop gescheurde vuilniszakken had aangetroffen. Het handschrift van de telefonist was bibberig, waarschijnlijk omdat de politie van Longbill Beach hoofdzakelijk te maken kreeg met klachten over lastige toeristen en agressieve meeuwen. De eerste zin bevatte waarschijnlijk het eerste wat de beller had gezegd.

Lichaam van een vrouw gevonden in vuilnis achter Skeeter's Grill.

Op dat moment was niet bekend of Emily nog leefde. Die onthulling was afkomstig van het ambulancepersoneel. Wat Andrea zo raakte, wat de tranen in haar ogen deed springen, was dat iemand op zeker moment, mogelijk toen hij of zij besefte van wie het lichaam was, het woord 'vrouw' had doorgestreept en de zin had veranderd in...

Lichaam van een meisje...

Een meisje vol mogelijkheden. Een meisje met hoop en dromen. Een meisje dat liggend op haar zij was gevonden, met haar armen strak om haar ongeboren kind geslagen.

Voor Andrea zou Emily nooit zomaar een meisje zijn. Ze was het éérste meisje, een van de vele die haar vader in zijn gewelddadige kielzog had achtergelaten.

Ze voelde de auto vaart minderen. De rit van twee uur was ongemerkt sneller voorbijgegaan dan ze had verwacht. Ze sloot Emily's dossier en schoof het weer in haar rugzak. Ze reden over de hoofdstraat van wat Longbill Beach moest zijn. Ze zag tientallen door de zon verdwaasde toeristen bij de eettentjes rondhangen en over een brede, witte promenade langs de Atlantische Oceaan slenteren, die zich evengoed duizend kilometer naar het zuiden zou kunnen uitstrekken waar hij dan zou overgaan in de promenade van Belle Isle.

Tot haar ergernis dacht ze aan haar moeder.

Waar je ook gaat, je neemt jezelf altijd mee.

'Zet me maar af...' Andrea kromp ineen, want op dat moment gaf de chauffeur een draai aan de volumeknop van de radio. 'De bibliotheek! Zet me maar af bij de bibliotheek!'

Pompend met zijn hoofd op de maat van de schetterende muziek nam hij een scherpe bocht naar rechts, weg van de zee. Het nummer was duidelijk voor haar bestemd. 'Fuk Da Police' van N.W.A.

Andrea rolde vol overgave met haar ogen toen de auto weer een krappe bocht nam, die haar met haar schouder tegen het portier wierp. De hoofdbibliotheek van Longbill Beach bevond zich aan de achterkant van de middelbare school. Het gebouw zag er ietsje nieuwer uit. In plaats van de compacte rode baksteen van de school had de buitenkant zalmroze grindstucwerk en palladiaanse ramen, waardoor het gebouw 's zomers waarschijnlijk in een pottenbakkersoven veranderde.

De chauffeur zette de muziek niet zachter toen ze voor de bibliotheek stopten. Een tanige oudere man in een verschoten hawaïhemd, jeans en cowboylaarzen stond bij de boekeninleverbus. Hij begon mee te klappen met het nummer, dat net bij het refrein was aangekomen toen Andrea het portier opende.

'Fuck the police, fuck – fuck –' zong hij luidkeels mee, en met een twostep liep hij op de auto af. 'Fuck the police!'

Vóór Glynco had Andrea mensen uitsluitend ingedeeld in degenen die jonger of ouder waren dan zij. Nu schatte ze dat de man midden vijftig was, zo'n één meter tachtig lang en ongeveer tachtig kilo zwaar. Militair aandoende tattoos kronkelden over zijn gespierde armen omhoog. Zijn kale kop glansde in het licht van de ondergaande zon. Zijn ringbaard was peper-en-zoutkleurig en eindigde in een punt op een paar centimeter onder zijn kin.

'Fuck the police.' Hij draaide zich met een ruk om en zijn hemd schoof omhoog. 'Fuck-fuck.'

Andrea verstijfde bij het zien van een 9mm-Glock aan zijn riem. Zijn Silver Star hing er glanzend naast. Ze vermoedde dat ze naar haar nieuwe collega keek. En verder vermoedde ze dat hij in een arrestatiesteam had gewerkt, want er waren maar weinig kledingvoorschriften en regels voor agenten die belast waren met het opsporen van het schuim der aarde.

Ze stak haar hand uit. 'Ik ben –'

'Andrea Oliver, vers uit Glynco,' zei hij met een indrukwekkend Texaans accent terwijl hij haar hand schudde. 'Ik ben agent Bible. Blij dat je er eindelijk bent. Heb je een tas bij je?'

Ze liet hem haar plunjezak zien, die voldoende kleren bevatte om haar een week vooruit te helpen. Als het langer duurde, zou ze aan haar moeder moeten uitleggen waarom haar spullen naar Baltimore in plaats van naar Portland gestuurd moesten worden.

'Heel goed.' Bible stak twee duimen op naar de chauffeur. 'Cool hoor, gast, wat je met je muziek probeert te zeggen. Zo helpen we elkaar.'

Als de chauffeur al wilde reageren, wachtte Bible dat niet af. Met een knik gebood hij Andrea hem over het trottoir te volgen. 'Ik dacht dat we maar eens een oriëntatiewandelingetje moesten maken, om elkaar te leren kennen en een plan te bedenken. Ik ben hier nog maar een uur of twee, dus veel voorsprong heb ik niet. Ik heet trouwens Leonard, maar iedereen noemt me Catfish.'

'Catfish Bible?' Voor het eerst in twee jaar vond Andrea het jammer dat haar moeder er niet bij was. Hij kwam rechtstreeks uit een roman van Flannery O'Conor.

'Heb jij een bijnaam?'

Andrea schudde haar hoofd.

'Iedereen heeft een bijnaam, dus je wilt het vast niet zeggen. Pas op.'

Een jongen op een fiets reed haar bijna aan.

'Kijk 's.' Hij draaide zijn hoofd zodat het licht op de dunne littekens viel die aan beide kanten over zijn wangen liepen. 'Ruzie gehad met een *catfish*.'

Andrea vroeg zich af of de vis een stiletto had gehad.

'Goed.' Bible liep al even snel als hij sprak. 'Ik hoorde dat je vlucht vertraagd was. Het was vast geen lolletje om meteen na de kotsbaan in een vliegtuig te stappen.'

Hij doelde op de Marshal Mile, de laatste race voor het afstuderen. En hij liet ook doorschemeren dat hij maar al te goed wist hoe ongewoon Andrea's razendsnelle opdracht was.

'Met mij gaat het best,' zei ze. 'Ik ben er klaar voor.'

'Heel goed. Met mij gaat het ook best. Superbest. En ik ben er altijd klaar voor. We gaan een fantastisch team worden, Oliver. Ik voel het in mijn botten.'

Andrea verstevigde haar greep op haar plunjezak en schoof haar rugzak naar haar andere schouder terwijl ze zijn lange passen probeerde bij te houden. Naarmate ze de hoofdweg naderden, werd het lopen er niet gemakkelijker op. Aan beide kanten van Beach Drive wemelde het van de toeristen in alle soorten en maten, die kaarten bestudeerden, bleven staan om te appen of naar de zon te kijken.

Ze voelde zich vreselijk opvallen in haar tenue. De polo was zwart met een reusachtig geel USMS-logo op de rug en de borstzak. Er was alleen nog een kleine mannenmaat op voorraad geweest. De mouwen hingen over haar ellebogen, en de kraag was zo dik dat hij langs haar kin schuurde. Ze had de zomen van haar broekspijpen losgetrokken, maar de broek was nog steeds een paar centimeter te kort en de taille iets te wijd, want vrouwenbroeken hadden kleine zakken en geen riemlussen, zodat ze zich gedwongen had gezien een jongensbroek op de kinderafdeling te kopen en een dikke geweven riem om haar wapen, handboeien, pepperspray en Silver Star om haar middel te kunnen klikken. Voor het eerst in haar leven had ze heupen. Maar het voelde niet goed.

Bible leek haar ongemak op te pikken. 'Zit er misschien een spijkerbroek in die tas?'

'Ja.' Eén exemplaar.

'Ik draag het liefst spijkerbroeken.' Hij drukte op de knop bij het zebrapad. Zijn hoofd stak als de kop van een meerkat boven de mensen uit. 'Ze zitten lekker, zijn stijlvol en je kunt je er goed in bewegen.'

Andrea keek naar de straatnaamborden terwijl Bible *relax* en *slim fit* tegen elkaar afwoog. Ze herkende het kruispunt uit een van de getuigenverklaringen.

Om ongeveer 18.00 uur op 17 april 1982 zag ik, Melody Louise Brickel, Emily Vaughn Beach Drive oversteken ter hoogte van Royal Cove Way. Ze leek uit de richting van de gymzaal te komen. Ze droeg een strapless turkooizen jurk van satijn met tule en had een bijpassend tasje, maar ze had geen panty of schoenen aan. Ze keek bezorgd. Ik ging niet naar haar toe, want van mijn moeder moest ik bij Emily en haar clubje uit de buurt blijven. Ik heb haar nooit meer levend gezien. Ik weet niet wie de vader van haar baby is. Ik zweer dat de inhoud van mijn verklaring op niets dan de waarheid berust.

'Wie heb je gesproken op het hoofdkwartier?' vroeg Bible.

Andrea moest eerst de mist uit haar brein blazen. 'Ze waren allemaal naar een congres. Er was een vrouw die bij verbeurdverklaring werkte en die –'

'Leeta Frazier,' zei hij. 'Prima meid. Die zit er al bijna even lang als ik. Maar, eh... het punt is... Mike zei dat ik goed op je moest passen.'

De moed zonk haar in de schoenen. 'Mike heeft niet –'

'Eén ding, voor je verdergaat,' zei hij. 'Cussy, dat is mijn vrouw, zegt altijd dat ridderlijkheid niet aan jongeren besteed is, maar ik zeg er gelijk bij dat ik de geruchten nooit heb geloofd. En dat zeg ik niet omdat je verloofd bent.'

Andrea's mond viel bijna open.

'Zo, dat is maar weer gezegd.' Het licht was op groen gesprongen. Te midden van een kudde roodverbrande tieners begon Bible de straat over te steken. Met een blik achterom vroeg hij: 'Heb je al een plek in Baltimore?'

'Nee... ik...' Ze haalde hem op een drafje in. 'We zijn niet... Mike en ik...'

'Gaat me helemaal niets aan. We praten er niet meer over.' Hij trok zijn vinger over zijn lippen. 'Maar, eh... wat weet je eigenlijk over de rechter?'

'Ik...' Andrea had het gevoel in een zwart gat te vallen.

'Hoor eens, ik weet hoe het voelt om een glanzend nieuwe dewsum te zijn, vers uit de verpakking – je krijgt je papieren in je hand gedrukt zonder te weten waar je moet kijken, maar ik ben er om je te begeleiden. Mijn vorige collega zit op een strand Mai Tai's te drinken en zeekoeien te tellen. Jij en ik, we zijn nu een team, een soort familie, maar wel een werkfamilie, want jij hebt je eigen familie, dat snap ik.'

Andrea stapte het trottoir op. Ze ademde diep in. Toen ze Mike pas kende, had hij haar bestookt met een vergelijkbaar salvo aan banaliteiten. Het was een overrompelingspoging geweest, bedoeld om haar iets te laten zeggen wat ze niet meende, en het was zo vaak gelukt dat ze zich een idioot had gevoeld.

De afgelopen twee jaar had ze keihard gewerkt om die vrouw achter zich te laten.

Na opnieuw diep adem te hebben gehaald zei ze: 'Rechter Esther Rose Vaughn. Eenentachtig jaar. Door Reagan voorgedragen. In 1982 benoemd. Een van de twee resterende conservatieve rechters van het hof. Ze heeft een kleindochter en een achter–'

Bible bleef zo plotseling staan dat Andrea bijna tegen hem opbotste. 'Hoe weet je dat, van die klein- en achterkleindochter?'

Ze voelde zich betrapt. Misschien was er een meer voor de hand liggende reden waarom de veertigjarige dochter van Emily Vaughn online onvindbaar was.

In plaats van te stuntelen vroeg ze: 'En waarom zou ik dat niet weten?'

'Precies.' Hij liep weer door.

Er zat voor Andrea niets anders op dan hem te volgen over het lange trottoir. De drukte werd minder toen de laatste dagjesmensen bleven hangen bij een viezig raam van vlakglas waarachter toffee werd getrokken. Het toeristengedeelte van de straat hield zo ongeveer op bij een gesloten zaak voor fietsverhuur en een tent waar je je kon opgeven voor lessen paddleboarden en parasailen. Zoals alles hier voelde ook dit gedeelte buitengewoon vertrouwd. Ze had heel wat zomers op het strand toeristen zien worstelen om hun surfplank uit een stroming te houden of te voorkomen dat hun parachute tegen een hoog gebouw smakte.

'De rechter dus.' Bible pakte zijn gebabbel weer even snel op als hij ermee gestopt was. 'Ze heeft een paar doodsbedreigingen ontvangen. Stelt niet veel voor. Gebeurt voortdurend, vooral nadat ze twee jaar geleden dat stomme verkiezingsgeding niet-ontvankelijk verklaarde.'

Andrea knikte. Doodsbedreigingen waren tegenwoordig zo algemeen dat je ze zo ongeveer bij Starbucks kon bestellen.

'De nieuwste doodsbedreigingen worden wel serieus genomen, want ze heeft een paar brieven ontvangen waarin bepaalde bijzonderheden over haar privéleven staan vermeld. Die zaten bij de post. De rechter doet niet aan e-mail.'

Weer knikte Andrea, maar haar hoofd begon te bonken door de vloedgolf aan nieuwe informatie. Gedurende de hele reis had ze zich met Emily Vaughn en haar mogelijke moordenaar beziggehouden. Vanwege dat 'babysitten' had ze niet over haar echte baan nagedacht, maar nu besefte ze dat die echte baan wel degelijk een serieuze klus was.

Ze probeerde als een echte marshal te klinken. 'Waarvandaan zijn die brieven verstuurd?'

'Vanuit die blauwe brievenbus waar we na de bibliotheek langskwamen. Daar zijn geen camera's. Er zijn geen bruikbare vingerafdrukken,' zei Bible. 'Ze zijn rond het vrije weekend gepost, één op vrijdag, een tweede op zaterdag en toen nog twee op zondag en maandag. Ze waren alle geadresseerd aan het kantoor van de rechter in het federaal gerechtshof in Baltimore, hetzelfde gebouw waar jij vandaag geweest bent. Het is een soort familie, de federale rechters en de marshals. Ik ken de rechter en haar gezin al jaren. We houden allemaal een oogje op elkaar.'

Andrea probeerde een nieuwe vraag. 'Is die rat ook naar het gerechtshof gestuurd?'

'Nee,' zei Bible. 'De doos met de rat is niet op de post gedaan. Die werd achtergelaten in de brievenbus bij het huis van de rechter in de stad, in Guilford, een chique wijk in het noorden van Baltimore, op een steenworp afstand van Johns Hopkins University en Loyola University.'

'Waar de man van de rechter, Dr Franklin Vaughn, economie doceerde voor hij een jaar geleden met pensioen ging.'

Bible klakte met zijn tong, vermoedelijk als blijk van erkenning omdat ze haar huiswerk had gedaan.

'Zijn het dezelfde mensen?' vroeg ze. 'Die van de doodsbedreigingen en van de rat?'

'Het zou dezelfde vent kunnen zijn. Het kunnen er ook twee zijn geweest.'

'Vent?'

'Ik weet niet beter dan dat een vrouw rechtstreeks op je afstapt als ze je wil vermoorden.'

Dat kon Andrea uit eigen ervaring beamen. 'Leid je iets af uit die dode rat? Ik vind het nogal *Godfather*-achtig. Zo van "vuile rat die je bent".'

'Ik waardeer je filmsmaak, maar nee. De Baltimore Crew is allang dood en verdwenen en de rechter behandelt dat soort zaken niet meer,' zei Bible. 'Je zult je wel afvragen waarom we nu niet in Baltimore zitten. Gelukkig voor ons is dit het zomerreces, anders zou de rechter nog elke dag naar haar werk in het gerechtshof gaan. Die komt echt niet naar huis vanwege een dooie rat. De dame houdt er een strikt programma op na. Al sinds haar benoeming brengt ze de zomermaanden in het huis in Longbill door. Ze zijn vanochtend in alle vroegte met haar auto hiernaartoe gereden, en dat doet de rechter nu al tweehonderd jaar. Wat je nooit mag vergeten is dat de rechter haar eigen gang gaat.'

Andrea begreep wat hij bedoelde, alleen al vanwege al haar gespeur op Google. Op elke foto van rechter Esther Vaughn was een vrouw te zien die streng in de camera keek, altijd met een prachtige gekleurde sjaal om, die een sober zwart pakje accentueerde. De beschrijvingen in de artikelen waren een geschiedenislesje #MeToo. In verscheidene artikelen uit de jaren negentig werd rechter Vaughn 'een moeilijke vrouw' genoemd. Aan het begin van de nieuwe eeuw klonk het al veel softer en was ze 'een gecompliceerde vrouw'. Recent wemelde het van woorden als 'imponerend, aanmatigend, intelligent' en vooral 'onverzettelijk'.

'Goed, dat is de rechter in een notendop,' vervolgde Bible. 'Uiteindelijk maakte het niet uit wie wat heeft verstuurd en waarom, of het een en dezelfde persoon was of dat het er een heleboel waren. De inspecteur juridische zaken op het hoofdkantoor in Baltimore trekt dat lijntje na. We zijn geen rechercheurs. Onze enige taak is ervoor zorgen dat de rechter veilig is.'

Andrea's keel snoerde dicht. Opeens voelde alles als een kwestie van leven en dood, vooral ook omdat ze een geladen wapen op haar heup droeg. Zou een gek het op de rechter gemunt hebben? Zou ze het lef hebben zich op te stellen tussen een vrouw van eenentachtig en een potentiële moordenaar?

'Jij en ik,' zei Bible, 'wij hebben aan het kortste eind getrokken omdat we hier later zijn aangekomen. Wij doen de nachtdienst en houden onze kijkers wijd open voor het geval de rattenman of de doodsbedreiger zich vertoont. Snap je?'

Andrea kon zich maar op één woord concentreren: nachtdienst. Al sinds haar vertraagde vlucht snakte ze naar een bed in een rustige hotelkamer.

'Ons eerste adres.' Bible wees naar een lomp gebouw van gele baksteen, iets verderop. 'We gaan kennismaken met de politiecommissaris. Marshalregel nummer twaalf: je laat de plaatselijke jongens zo snel mogelijk weten dat je er bent, dan voelen ze zich gewaardeerd. Ik wilde met het voorstellingsrondje op jou wachten. Nog vragen tot nu toe?'

Ze schudde haar hoofd terwijl ze de trap op gingen. 'Nee.'

'Mooi zo. Daar gaat-ie dan.'

Andrea kon de deur nog net met de rand van haar plunjezak tegenhouden voor die zich achter hem sloot. Ze verschoof haar rugzak over haar schouder en liep naar binnen. De hal was ongeveer zo groot als een gevangeniscel. Meteen sloeg de geur van lysol haar tegemoet, die de strijd had aangebonden met de penetrante stank van urinoirblokjes. De toiletten waren pal achter de balie, met nog geen drie meter ertussen.

'Goedenavond, agent.' Bible bracht een snelle groet aan de dodelijk vermoeide brigadier achter de balie. 'Ik ben agent Bible. Dit is mijn collega, agent Oliver. We willen de grote baas graag spreken.'

Andrea hoorde de kreun waarmee de man de telefoon pakte. Ze richtte haar aandacht op de muur rondom de toiletten, die beplakt was met foto's van de leden van het Longbill Beach Police Department vanaf het jaar 1935. Met haar blik volgde ze de data, van de ene kant van de toiletdeuren naar de andere, tot ze had gevonden wat ze zocht.

De foto uit 1980 toonde een politiechef met de kaak van een legopoppetje en met aan weerszijden drie mannen. Het opschrift luidde: COMMISSARIS BOB STILTON EN ZIJN TEAM.

Haar hart maakte een merkwaardig sprongetje.

Commissaris Bob Stilton had het onderzoek geleid in de zaak-Emily Vaughn.

Ze moest weer iets wegslikken. De politiechef zag er precies zo uit als ze zich hem had voorgesteld: met kraaloogjes, een valse blik en de stompe rode neus van een zuiplap. Op elke foto had hij zijn vuisten zo stijf gebald dat alle kleur uit zijn handen was getrokken. Naar zijn verslagen te oordelen had hij niet veel op met grammatica of interpunctie. Of met het toelichten van zijn deductieve redeneringen. Met de verklaringen, ondersteunende documenten en schetsen was niks mis, maar de man had alle veldaantekeningen weggelaten die iets over zijn gedachten rond de zaak konden onthullen. De enige aanwijzing dat Clayton Morrow verdacht was, stond in twee regels tekst die de man onderaan de allerlaatste bladzijde van het dossier had gekrabbeld, toevallig die met het autopsierapport.

MORROW HEEFT HAAR VERMOORD. GEEN BEWIJS.

Andrea keek naar de volgende foto aan de muur, van vijf jaar later. De daaropvolgende foto was van weer vijf jaar later. Ze ging de hele rij af. Het korps groeide van zes naar twaalf man. Commissaris Bob Stilton werd steeds ouder en krommer, tot er op de foto van 2010 opeens een jongere, minder dikke versie de centrale plaats innam.

COMMISSARIS JACK STILTON EN ZIJN TEAM.

Ook die naam kende Andrea. Jack Stilton was de zoon van commissaris Bob Stilton. In 1982 had Stilton junior met verkrampte blokletters een getuigenverklaring opgesteld, waarin hij vertelde over de laatste keer dat hij Emily Vaughn levend had gezien.

Rond 17.45 uur op 17 april 1982 zag ik, Jack Martin Stilton, Emily Vaughn in gesprek met Bernard 'Nardo' Fontaine. Ze stonden buiten bij de gymzaal. Het was de avond van het schoolbal. Emily droeg een groene of blauwe jurk en had een tasje bij zich. Nardo had een zwarte smoking aan. Ze leken allebei heel boos, wat ik zorgelijk vond, en daarom liep ik ernaartoe. Toen ik onderaan de trap stond, hoorde ik Emily vragen waar Clayton Morrow was. Nardo zei: 'Jezus, hoe moet ik dat weten?' Emily liep de gymzaal in. Nardo zei tegen mij: 'Die bitch kan maar beter d'r bek houden voor iemand hem dichtslaat.' Ik zei dat hij zijn mond moest houden, maar hij hoorde me geloof ik niet. Ik liep naar de achterkant van de gymzaal om een sigaret te roken. Ik heb ze geen van beiden meer gezien. Ik ben maar een halfuur gebleven, daarna ben ik naar huis gegaan en heb samen met mijn moeder tv-gekeken. One of the Boys *met Dana Carvey, en daarna was Elton John op* Saturday Night Live. *Ik heb Clayton Morrow niet gezien op het bal. Ook heb ik Eric 'Blake' Blakely of zijn tweelingzus niet gezien, hoewel ik aanneem dat ze er allemaal waren, want zo gaan ze te werk. Ik weet niet wie de vader van Emily's baby is. Ze verdient alle rottigheid niet die haar is overkomen. Ik heb ooit een zwart pak gedragen naar de begrafenis van mijn oom Joe, maar dat had mijn moeder gehuurd, dus het was niet echt van mij. Ik zweer dat de inhoud van mijn verklaring op niets dan de waarheid berust.*

Achter Andrea werd een deur met een klap opengegooid.

'Commissaris Stilton. Fijn dat je ons zo laat nog te woord wilt staan.' Bible schudde de Jack Stilton van vlees en bloed stevig de hand en Andrea draaide zich om. 'We zullen geen al te groot beroep op je tijd doen, dat beloof ik.'

Andrea probeerde neutraal te kijken terwijl Bible hen aan elkaar voorstelde. Stiltons linkerwenkbrauw werd in tweeën gespleten door een litteken, een witte streep, die als een bliksemschicht tussen de fijne haartjes door liep, waarschijnlijk het gevolg van een oud handgemeen. Zijn pink was ooit gebroken geweest en was slecht genezen. Toch zag hij er niet uit als een echte vechtjas. Door zijn overgewicht had hij een babyface, hoewel Andrea wist dat hij even oud was als Clayton Morrow, de man die zich drie jaar na zijn vertrek uit Long Beach aan Laura zou voorstellen als Nicholas Harp.

Het was bijna alsof ze zelf in tweeën werd gespleten toen ze Jack Stilton de hand schudde.

Was hij bevriend geweest met haar vader? Wist hij meer dan hij had verteld in zijn verklaring van veertig jaar geleden? Hij zag er niet uit als het soort jongen dat thuisbleef om films te kijken met zijn moeder.

'Zijn jullie beiden marshals?' Stilton keek bedenkelijk, waarschijnlijk omdat Bible eruitzag als een skateboarder op zijn retour en Andrea alsof ze haar broek had opgedoken uit de bak met jongenskleren in een warenhuis. Wat nog klopte ook.

'We zijn inderdaad agenten van de United States Marshal Service, commissaris Stilton. Hé, je hebt vroeger vast veel grapjes over kaas moeten horen.'

Stiltons neusvleugels trilden. 'Nee.'

'Dan probeer ik er een paar te bedenken.' Bible gaf Stilton een harde klap op zijn rug. 'Gaan jullie tweeën maar vast van start. Ik moet de beste vriend van mijn vrouw even de hand schudden. Oké, Oliver?'

Andrea kon alleen maar knikken toen Bible naar het toilet verdween.

Stilton wisselde een geërgerde blik met de brigadier. 'Laten we dan maar naar achteren gaan,' zei hij tegen Andrea, niet geheel van harte.

Het voelde alsof Bible haar in het diepe gooide om te zien of ze kon zwemmen. 'Bent u hier al lang commissaris?'

'Ja.'

Ze wachtte op meer, maar er kwam niets. Hij keerde haar alleen zijn rug toe en liep de deur door.

Tot zover het zwemmen.

Stiltons leren koppelriem knerpte toen hij haar voorging naar de teamkamer. Het was een sobere ruimte, een grote, open rechthoek met twee kleinere kantoortjes aan de achterkant, één met het bordje VERHOOR en het andere met het bordje COMMISSARIS STILTON. Eén kant van de open ruimte werd in beslag genomen door een vergadertafel en een keukentje. Aan de andere kant stonden vier bureaus, door wandjes van elkaar gescheiden. Hoewel er verder niemand was, brandden de plafondlampen. Andrea vermoedde dat de rest van het korps aan het surveilleren was of thuis zat bij hun gezin.

'De koffie is nog vers.' Stilton gebaarde naar het keukentje. 'Ga je gang, schat.'

'Eh…' Dit overviel haar. De enige man die haar ooit 'schat' noemde, was Gordon. 'Nee, bedankt.'

Stilton plofte neer op een grote leren stoel aan het eind van de vergadertafel. 'Oké, snoes. Ga je me nog vertellen wat er aan de hand is, of moeten we op je baas wachten?'

Andrea had het de eerste keer laten passeren, maar nu schonk ze hem een scherpe blik.

'We gaan niet woke doen, hè?' zei Stilton. 'Worden dames in het Zuiden niet met "snoes" aangesproken?'

Zijn nepzuidelijke accent klonk alsof Scarlett O'Hara zijn ballen in haar korsetveters had vastgesnoerd. Geen wonder dat iedereen de pest had aan smerissen.

'Kom op, snoes,' zei Stilton. 'Gevoel voor humor verloren?'

Andrea dumpte haar plunjezak en rugzak op de vloer en nam aan tafel plaats. Ze deed hetzelfde als ze met de Uber-chauffeur had gedaan: ze haalde haar telefoon tevoorschijn en negeerde hem. Haar blik werd onscherp toen ze naar het scherm keek. Het kostte haar moeite niet op te kijken. Aanvankelijk voelde ze Stiltons blik op zich gericht, maar toen begreep hij de boodschap. Luid kreunend stond hij op en liep naar het keukentje. Ze hoorde het geschraap van een beker die van een plank werd getrokken. De klik van de koffiepot toen die van de warmhoudplaat werd genomen.

Uiteindelijk stelden haar ogen zich scherp op de banner die op haar lockscreen was verschenen. Zoals te verwachten viel, had ze twee berichten, van iedere ouder een. Laura had een link gestuurd naar de vaste collectie inheemse kunst van het Portland Art Museum. Gordon vroeg of ze hem in het weekend wilde bellen, maar alleen als ze tijd had. Andrea ging naar haar contacten en zocht Mikes nummer. Ze was niet vergeten wat Bible had gezegd bij de bibliotheek.

Wtf heb je deze lui verteld??????? schreef ze.

De drie kleine puntjes dobberden op en neer. En bleven dobberen.

Eindelijk stuurde Mike een bericht terug: Geen dank!

'Sorry.' Bible liet de deur met een klap achter zich dichtvallen. 'Verse koffie?' vroeg hij aan Stilton, terwijl hij Andrea met haar telefoon bezig zag.

Achteroverleunend op zijn stoel maakte Stilton weer hetzelfde brede gebaar in de richting van het keukentje als eerder.

'Vriendelijk bedankt.' Bibles laarzen sloften over de tegels toen hij naar de andere kant van de ruimte liep en voor zichzelf inschonk. 'We willen je niet te lang ophouden, commissaris Cheese. Als je ons je rapport geeft, zullen we het later terugbrengen.'

Stilton keek beduusd. 'Rapport?'

Nu keek Bible ook beduusd. 'Ik dacht dat je hier al een hele tijd zat. Heeft je voorganger misschien iets achtergelaten wat we kunnen inzien?'

Stiltons tong schoot tussen zijn lippen uit. 'Wat wil je inzien?'

'Je dossier over de rechter.'

Stilton schudde zijn hoofd. 'Wat voor dossier?'

'O, juist ja. Mijn fout.' Zich afwendend van de commissaris zei Bible tegen Andrea: 'Meestal houdt de plaatselijke politie een dossier bij over ongebruikelijke zaken die zich hebben voorgedaan in de buurt van het huis van een federale rechter, bijvoorbeeld onbekenden die er rondhangen, auto's die te lang in de straat blijven staan, dat soort dingen. Gewoon iets wat je nu eenmaal doet wanneer er een belangrijk potentieel doelwit in je district woont.'

Met een golf van schaamte omdat ze hem überhaupt tevoorschijn had gehaald, schoof Andrea haar telefoon weer in haar zak. Bible liet haar zien hoe het aangepakt had moeten worden. In plaats van die eikel te negeren had ze Stilton eraan moeten herinneren dat zij een federaal agent was en hij een lul.

'Hoe zit het met zelfmoordpogingen?' vroeg Bible. 'Zijn die er de laatste tijd nog geweest? Ze hoeven niet per se geslaagd te zijn.'

'Ik...' Weer was Stilton overrompeld. 'Een paar meiden op die hippiedippieboerderij. Eentje heeft haar polsen doorgesneden. Dat was zo'n anderhalf jaar geleden. En tijdens de kerstvakantie werd er eentje uit zee gevist, koud als een ijsberg. Beiden hebben het er levend afgebracht. Ze wilden alleen aandacht.'

'De hippie-dippieboerderij,' herhaalde Bible. 'Wat is dat precies?'

'Die ligt op zo'n tien kilometer van de kustweg, maar hemelsbreed nog geen twee kilometer hiervandaan. Pal op de grens van het district.'

'Is dat die plek met al die regenboogkleurige gebouwen?'

'Die bedoel ik,' beaamde Stilton. 'Ze zijn daar al jaren bezig met een of andere hydro-organische toestand. Allerlei internationale studenten wonen daar om stage te lopen. Ze hebben slaapzalen, een eetzaal, een pakhuis. Als je het mij vraagt, is het gewoon een voorwendsel voor gratis arbeid. We hebben het hoofdzakelijk over studentes. Nog heel jong. En ver van huis. Een recept voor ellende.'

'Vandaar die twee zelfmoordpogingen.'

'Vandaar, ja.'

Andrea zag Stilton zijn schouders ophalen. Daar was ze zelf ook toe geneigd. Ze had geen idee waarom Bible opeens in zelfmoord geïnteresseerd was.

'Goed.' Bible zette zijn koffiebeker neer. 'Bedankt voor je tijd. Ik geef je mijn kaartje. Ik zou het zeer op prijs stellen als je het me laat weten als er weer een zelfmoord is.'

Stilton bekeek het kaartje dat Bible met een klap op tafel had gelegd. 'Best.'

'We hebben vierentwintig uur per dag een team in het huis van de rechter, mocht het je ontgaan zijn. Twee de hele dag, twee de hele nacht. Zelf zit ik graag op de veranda met een geweer. Noem het maar een indringersalarm. Buiten dienst zitten we in het motel een eindje verderop. Geef maar een seintje als er iets is, dat zullen we zelf ook doen.'

Stilton keek op van het kaartje. 'Dat is alles?'

'Dat is alles.' Bible gaf hem weer een klap op zijn rug. 'Bedankt voor de hulp, commissaris Cheese.'

Zwijgend volgde Andrea Bible via de hal naar buiten. Terwijl ze achter elkaar de trap af liepen, woog ze haar opties. Hij had haar in het diepe gegooid. Ze was gezonken als een baksteen met een aambeeld om de nek. Ze was nog maar een paar uur aan het werk en nu schoot ze al tekort.

Op het trottoir bleef Bible staan. 'En?'

Ze kon niet om de waarheid heen. De instructeurs hadden het er dag en nacht bij hen ingestampt dat ze allereerst hun gezag moesten doen gelden. Als Andrea niet eens het respect van een plattelandsagent kon afdwingen, zou het haar al helemaal nooit lukken met een crimineel.

'Ik heb het verkloot,' zei ze. 'Ik heb me door hem laten inpakken, terwijl ik hem aan onze kant had moeten krijgen. Op een dag hebben we hem misschien nodig.'

'Hoe heeft hij je op de kast gekregen?'

'Hij noemde me "schat" en deed mijn accent na.'

Bible lachte. 'Ha, het is me nogal wat, Oliver. Negeren is ook een manier. Het kan soms werken. Maar ik heb ook meiden gezien, die gingen er helemaal in mee, noemden zo'n vent ook "schat" en werden zelfs een beetje flirterig.'

Andrea wist niet veel, maar wel dat flirten met een man in een werksituatie haar nooit enig respect zou opleveren. 'Wat is de andere manier?'

‘Marshalregel nummer zestien: zie jezelf als een thermometer. Je kijkt naar hoe ze zich gedragen en daaraan pas je je temperatuur aan. De commissaris was enigszins warm aan het draaien, dus jij had ook een beetje warm moeten draaien. Negeren is niet nodig. Probeer het de volgende keer maar. Oefening baart kunst.’

Ze knikte bij het horen van het bekende refrein. Het meeste politiewerk kwam neer op het afstellen van je eigen reacties. Andrea was juist aan uitersten gewend. ‘Oké.’

‘Zit er maar niet te veel over in. Geef die ouwe Cheese maar het nakijken. Waarschijnlijk de laatste keer dat je hem ziet.’

Andrea concludeerde dat dit het einde van de les was. Bible liep door.

‘Mijn auto staat nog bij de bibliotheek.’ Hij merkte dat ze achterbleef. ‘We pakken wat te eten voor we naar het huis van de rechter gaan.’

Bij die woorden begon Andrea’s maag te rammelen. Met loodzware voeten sjokte ze achter hem aan. Ze keek naar het beton. Om de paar meter stond er een zwart doosje ter grootte van een schoenendoos. Ze herkende de vallen van haar eigen stad. Toeristen trokken ongedierte aan. Ze vroeg zich af of degene die de dode rat aan de rechter had gestuurd het beest in het stadje had gevonden. En toen zette ze die vraag weer van zich af, want ze was zo uitgeput dat ze alleen nog maar de ene voet voor de andere kon zetten.

‘De *diner* is daar.’ Bible versnelde zijn pas. ‘Ik heb al gebeld en twee plaatsen aan de bar gereserveerd. Geen bezwaar, hoop ik?’

‘Geweldig.’ Andrea hoopte vurig dat eten haar nieuwe energie zou geven. Ze ving de geur van patat op en weer rammelde haar maag. Iets verderop wierp het neonlicht van RJ’s Eats een roze gloed over het trottoir. MILKSHAKES-HAMBURGERS OPEN TOT MIDDERNACHT.

‘Wat krijgen we nou?’ Grijnzend hield Bible de deur open voor een vrouw met haar armen vol afhaaltassen.

‘Cat?’ Ze klonk verbaasd. ‘Wat doe jij hier?’

‘De trainer heeft me van de bank gehaald.’ Hij stelde de vrouwen aan elkaar voor. ‘Judith, dit is Andrea Oliver, mijn nieuwe collega in misdaadpreventie.’

‘Hoi.’ Judith keek Andrea afwachtend aan.

‘Eh...’ Met moeite vond Andrea haar stem. ‘Eh... hoi.’

'Ze is niet zo'n prater. Kom, dan help ik je even.' Bible pakte de plastic tassen en liep met Judith de paar meter naar haar auto. Achter het stuur zat een man te wachten. Andrea ving een glimp op van zijn Silver Star.

'We gaan even een hapje eten,' zei Bible tegen Judith. 'Zeg maar tegen de rechter dat we er om halfzes zijn, dan kan ik mijn nieuwe collega nog even wegwijs maken.'

'Kom maar om zes uur, dan zijn we klaar met eten. Oma wilde vroeg eten vandaag.' Judith opende het portier en dumpte haar doorgestikte zadeltas op de passagiersstoel. Ze nam de tassen met eten van Bible over. In het licht van de straatlantaarn leek ze wat ouder dan Andrea, een jaar of veertig. Ze droeg een kleurige bloes met een zwierig soort sarong als rok. Ze had iets aards en kunstzinnigs over zich, hoewel de auto waar ze in stapte een gestroomlijnde zilverkleurige Mercedes was.

Bible zwaaide. 'Tot zo.'

Het portier werd met een doffe dreun gesloten. De motor kwam snorrend tot leven.

Judith keek met een onderzoekende blik door het gesloten raampje naar Andrea. Die wist zich met haar houding geen raad. Ze sloeg haar ogen neer, trok de rits van haar rugzak open en deed alsof ze naar iets van levensbelang zocht. Uiteindelijk reed de auto weg, maar het gezicht van de vrouw stond in haar geheugen gegrift.

Staalblauwe ogen. Scherpe jukbeenderen. Een kuiltje in de kin.

Judith leek sprekend op hun vader.

17 OKTOBER 1981

Een halfjaar voor het bal

Emily rilde in de snijdend koude zeewind. Ze sloot haar ogen tegen het bijtende zout in de lucht. Ze voelde zich huilerig, alles deed pijn en ze was moe, maar tegelijkertijd merkwaardig wakker. Ze had nooit eerder aan slapeloosheid geleden, hoewel haar grootmoeder had gezegd dat het een familiekwaal was. Misschien kwam het doordat ze bijna achttien was – bijna volwassen, bijna een vrouw – dat ze haar gedachten niet kon uitschakelen om te rusten.

Een studie. Een stage. Een nieuwe stad, een nieuwe opleiding, nieuwe vrienden.

Achter dat 'vrienden' zette Emily stilletjes een vraagteken.

Ze was in Longbill Beach opgegroeid, had altijd dezelfde mensen, plekken en dingen gekend. Ze was er niet zeker van of ze nog wist hoe ze nieuwe vrienden moest maken, en of ze dat wel wilde. Hoewel ze sinds de kleuterschool allerlei oppervlakkige schoolvriendschappen had gehad, had het in haar gevoelsleven om slechts vier mensen gedraaid: Clay, Nardo, Blake en Ricky. Ze hadden zichzelf blijmoedig 'de kliek' genoemd, sinds Mr Dawson, het hoofd van de basisschool, Ricky had gewaarschuwd dat ze deel uitmaakte van een kliek.

Zolang Emily zich kon herinneren, had de kliek elk weekend en ontelbare avonden samen doorgebracht. Ze volgden vaak dezelfde vakken. Ze waren stuk voor stuk topleerlingen. Op Blake na zaten ze allemaal in de hardloopclub van Wexler. Ze lazen fantastische boeken en spraken over politiek, wereldgebeurtenissen en Franse films. Ze probeerden elkaar voortdurend de loef af te steken, elkaar intellectueel aan te scherpen.

En rond deze tijd volgend jaar zouden ze allemaal naar verschillende plekken zijn uitgevlogen en zou Emily alleen zijn.

Ze sloeg links af naar Beach Drive. De lege winkels in het centrum boden beschutting tegen de genadeloze zeewind. De irritante toeristenmeutes waren verdwenen, wat een opluchting was, maar ergens ook treurig. Emily's laatste schooljaar had zoveel zaken in perspectief geplaatst. Ze vond het veel gemakkelijker om achterom te kijken dan een blik in het onbekende te werpen. Waar ze ook keek, overal werd ze door nostalgie bevangen. De bank in het park waarop Clay haar had verteld over het auto-ongeluk dat zijn moeder het leven had gekost. De boom waar ze tegenaan had geleund, terwijl Ricky een pleister op een schram had geplakt die ze had opgelopen bij een onhandige val van de twee treden naar de bibliotheek. De steeg tussen de toffeetent en de hotdogkraam, waar Blake, nog duizelig van het winnen van de door het district georganiseerde debatcompetitie, haar twee jaar geleden had geprobeerd te zoenen.

Emily hoorde bulderend gelach, en haar hart spinde even als een katje toen ze aan het eind van de straat de jongens zag. Clay liep naast Nardo, ze waren druk in gesprek terwijl de namiddagzon op hun verwaaide gezichten scheen. Nardo was tanig van het vele hardlopen, maar zijn wangen waren altijd wat mollig geweest, bijna engelachtig. Clay was groter, serieuzer en stabieler. Met een zwaai van zijn krachtige kaak keek hij achterom. Zoals altijd kwam Blake achter hen aan slenteren, met zijn handen diep in de zakken van zijn corduroybroek. Zijn blik was op het trottoir gericht, zodat hij niks doorhad toen Nardo abrupt bleef staan.

'Jezus!' hoorde Emily op vijftig meter afstand. Ze glimlachte toen Blake Nardo een duw gaf, waarna Clay struikelde en ze elkaar vervolgens over het trottoir heen en weer duwden als balletjes in een flipperkast. Ze voelde een golf van liefde toen ze naar hen keek, naar hun jeugd, hun ongedwongenheid, hun blijvende vriendschap. Opeens sprongen de tranen haar in de ogen. Ze wilde dit moment voor altijd vasthouden.

'Emily?'

Ze draaide zich om en was niet al te verbaasd toen ze Jack Stilton op het trapje voor het politiebureau zag zitten. Hij had een pen in zijn hand en een schrift op schoot, maar had nog niets opgeschreven.

'Cheese,' zei ze, en met een glimlach veegde ze haar tranen weg. 'Wat doe jij hier?'

'Ik moet een opstel schrijven.' Onrustig tikte hij met zijn pen op het schrift. 'M'n pa en ik slapen op het bureau.'

Het werd Emily zwaar te moede. Haar eigen moeder kon kil en dominant zijn, maar ze was in elk geval geen gestoord drankorgel dat soms de sloten op de voordeur verving. 'Wat erg. Echt klote.'

'Ja.' Hij bleef met zijn pen tikken en keek af en toe behoedzaam naar de jongens verderop. Als groep waren ze soms keihard tegen hem. 'Maar, eh... tegen niemand zeggen, oké?'

'Natuurlijk niet.' Ze overwoog naast hem te gaan zitten, maar Clay had haar al gezien. Ze zou ongetwijfeld geplaagd worden met haar verzameling kapot speelgoed, zoals hij het noemde. 'Ik vind het heel rot, Cheese. Je weet dat je altijd in de schuur in onze tuin kunt slapen. Mijn ouders komen daar nooit. Je hoeft niet te wachten tot ik het aanbied. Ik kan er altijd een kussen en een deken neerleggen.'

'Ja,' zei hij weer, en hij knikte. 'Wie weet.'

'Em!' brulde Clay vanuit de verte. Hij hield de deur van de diner open, maar wachtte niet op haar, want hij wist dat ze zou komen.

'Ik moet –' zei ze.

'Ja, tuurlijk.' Cheese boog zijn hoofd en begon in zijn schrift te krabbelen.

Emily voelde zich rot, maar niet rot genoeg om er iets aan te doen. Ze schoof haar handen in haar jaszakken en liep op een drafje naar de diner.

De bel klingelde toen ze de deur openduwde. De lucht die haar omgaf was te warm. Er waren maar drie betalende gasten, die ver uit elkaar op draaikrukken aan de lange bar zaten. De kliek had het vaste halfronde zitje achterin al ingenomen. Ricky knipoogde naar Emily toen ze langsliep met een dienblad vol frisdrank en milkshakes. Big Al keek dreigend toe vanaf zijn zetel in de keuken. Zelfs buiten het seizoen vond hij het maar niks als de kliek ruimte in beslag nam in zijn zaak, maar hij had besloten dat de kans om zo een oogje op zijn twee kleinkinderen te kunnen houden opwoog tegen het offer dat hij bracht. Bovendien betaalde Nardo altijd de rekening.

'Jullie luisteren niet.' Clay griste een milkshake van Ricky's blad, maar hij had het tegen de jongens. 'Zijn jullie expres zo traag?'

Hoewel Nardo net een handvol patat in zijn mond had gepropt, gaf hij antwoord. 'Ik heb alleen last van een opgezette maag.'

Ricky lachte, maar de rest kreunde.

'Kijk, dat bedoel ik nou.' Clay trok een rietje uit de houder. 'De wereld gaat eraan, mensen komen om van de honger, ik roep om revolutie, en sukkels zoals jullie kunnen alleen aan sportauto's en videospelletjes denken.'

'Dat is niet eerlijk,' zei Nardo. 'Ik denk ook heel vaak aan seks.'

'We willen altijd wat we niet kunnen krijgen,' zei Blake.

Ricky giechelde en sloeg Blake op zijn schouder. Met een theatrale zucht stond hij op, zodat Ricky haar plek tussen hem en Nardo kon innemen.

Emily ging stilletjes naast Clay zitten, maar zoals gewoonlijk schoof hij niet voor haar op, zodat ze zich met één bil op de bank in evenwicht moest houden.

'Weet je,' zei Blake. 'Over auto's gesproken, hebben jullie gezien dat Mr Constandt een DeLorean heeft?'

'Om precies te zijn,' deed Nardo een duit in het zakje, 'is het een DMC-12.'

'God nog aan toe.' Clay wierp zijn hoofd in zijn nek en staarde naar het plafond. 'Waarom verdoe ik mijn tijd aan een stel hersenloze, saaie proleten zoals jullie?'

Emily en Ricky wisselden een hoognodige vertwijfelde blik. Er was een grens aan het aantal keren dat ze over revolutie wilden horen, vooral als je bedacht dat het ergste wat hun ooit was overkomen een paar jaar daarvoor was gebeurd, toen Blake en Ricky van Big Al 's avonds en in de weekenden in de diner moesten werken om de zaak weer overeind te helpen na een verwoestende keukenbrand.

Kreunend tilde Clay zijn hoofd weer op. Hij tuitte zijn lippen rond het rietje. Zijn adamsappel wipte op en neer als hij slikte. De ondergaande zon door het vensterglas wierp een engelachtige gloed over zijn mooie gezicht. Emily voelde een steek van verlangen toen ze ernaar keek. Hij was ontegenzeggelijk knap, met dik bruin haar en een sexy, volle Mick Jagger-mond. Onder het drinken liet hij zijn koele blauwe blik de kring rondgaan. Eerst naar Blake, toen naar Ricky, toen naar Nardo. Hij meed Emily, die naast zijn linkerelleboog was neergestreken.

'Oké.' Nardo verbrak altijd als eerste de stilte. 'Maak maar af wat je wou zeggen.'

Clay nam alle tijd, slurpte de droesem van zijn milkshake op en schoof het glas opzij, zodat het nu recht voor Emily stond. Haar neusgaten trilden. De melk rook onaangenaam, bijna bedorven. Haar been begon op en neer te wippen. Ze voelde zich licht misselijk.

'Wat ik wou zeggen,' vervolgde Clay, 'is dat de Weather Underground ook echt iets deed. Ze trainden als soldaten. Ze deden allerlei oefeningen en bekwaamden zich in de guerillastrijd. Van een stel studentjes werden ze een echt leger dat de wereld ging veranderen.'

'Ze bliezen zichzelf op, samen met een heel dure villa.' Nardo was zichtbaar opgetogen omdat hij met dit weetje kwam. 'Dat kun je amper een winnende strategie noemen.'

'Ze hebben het Capitool ook geraakt.' Clay telde de doelen af op zijn vingers. 'Het ministerie van Buitenlandse Zaken. Ze bliezen een geldauto op. Ze gooiden molotovcocktails naar de politie en hadden het gemunt op een rechter van het Oppergerechtshof.'

Emily wreef haar lippen over elkaar. Haar moeder was staatsrechter.

'Kom op!' zei Clay. 'Ze hebben godbetert een bom in het Pentagon laten ontploffen.'

'En wat schoten ze daarmee op?' Nardo keek nog arroganter dan gewoonlijk toen hij een pluk piekerig blond haar uit zijn ogen schoof. Hij was de enige jongen met een gaatje in zijn oor. Er zat een gigantische diamant in. 'Geen van die acties heeft ook maar iets bereikt. Ze hebben wat lege gebouwen opgeblazen, wat mensen gedood –'

'Onschuldige mensen,' onderbrak Emily hem. 'Met gezinnen en –'

'Ja, oké.' Nardo maakte een wegwerpgebaar. 'Ze hebben onschuldige mensen gedood, niet dat het ook maar een fuck heeft veranderd.'

Emily liet zich niet graag de mond snoeren. 'Zijn ze niet allemaal in de gevangenis beland of op de vlucht geslagen?'

Clay keek naar Emily, voor het eerst sinds ze de diner was binnengelopen. Normaal vond ze zijn aandacht fijn, maar nu voelde ze zich huilerig. Hij was aangenomen op een universiteit in het westen. Emily ging studeren op een uur rijden van haar huis. Ze zouden duizenden kilometers van elkaar verwijderd zijn, en terwijl hij haar waarschijnlijk al snel zou vergeten, zou zij naar hem smachten.

Clay richtte zijn aandacht weer op Nardo. 'Lees het Prairiebrand-manifest maar. Het ging de Weather Underground erom het Amerikaanse imperialisme omver te werpen, racisme uit te roeien en een klasseloze maatschappij te stichten.'

'Wacht even!' wierp Nardo tegen. 'Ik ben zeer gesteld op de huidige klassestructuur.'

'Niet te geloven,' mompelde Blake. 'De jongen wiens grootvader Standard Oil van geld voorzag, wil de status quo behouden.'

'Rot op.' Nardo wierp een patatje in zijn richting, maar het kwam dichter bij Emily terecht dan bij Blake. 'Wat ik niet snap, Clayton, is dat we hier geen les uit trekken. De Weather Underground. Het Symbionese Bevrijdingsleger. Jezus, zelfs Jim Jones en Charles Manson – wat is er van hen en hun volgelingen geworden?'

Emily wendde zich af, opeens zeer geïnteresseerd in de lege diner. Clays milkshake was al erg genoeg. Tel daar het patatje met zijn ketchupsmurrie bij op en haar maag veranderde in een deinende golf. Ze voelde zich merkwaardig wankel, bijna zeeziek voor zover je op het droge zeeziek kon worden.

'Wat jij niet snapt, Bernard,' begon Clay, 'is dat Wexler gelijk heeft. We hebben een geriatrische, afgeschreven B-acteur in het Witte Huis, die Goldwater aanbidt en zijn makkers in het bedrijfsleven gesubsidieerde handjobs geeft, terwijl hij zware kritiek levert op bijstandsmoeders en ondertussen het militair-industriële complex overeind houdt.'

'Dat is wel heel veel voor één zin,' zei Ricky, die zich onwillekeurig achter Nardo schaarde.

'Zoiets heet een kijk op de wereld, schat.'

Ricky keek Emily weer aan. De revolutie voerde zelden een pleidooi voor vrouwenrechten.

'Oké, maar...' Blake mengde zich erin, op dat voorspelbaar pedante toontje van hem. 'Je zou kunnen aanvoeren dat we nog steeds over hen praten, toch? Of dat we na al die jaren nog steeds weten wie de Weather Underground, Charles Manson en Jim Jones waren, wat betekent dat ze op de een of andere manier nog steeds relevant zijn.'

'Het ene vloeit voort uit het andere.' Clay stak vier gespreide vingers op. 'Dat is de groet die Bernadine Dohrn vroeger bracht uit solidariteit met de Manson-meiden omdat ze een vork in Sharon Tate hadden gestoken.'

'O god,' zei Ricky vol walging. 'Kom op, jongens. Dat is niet cool.'

De jongens maakten ieder een geluid dat voor een excuus of onverschilligheid moest doorgaan.

Wel zag Emily dat Blake onder de tafel de hand van zijn zus pakte. Ze waren een tweeling, maar je zou ze niet eens voor familie houden. Ricky was klein en mollig, met een dopneusje, terwijl Blake zo'n dertig centimeter boven haar uitstak, pezig en een en al elleboog. Zelfs hun haar was heel anders. Dat van Ricky was een halo van springerige krullen. Blake had sluik haar dat op zijn schouders viel en een aantal tinten lichter was.

'Goed.' Nardo schoof zijn haar weer naar achteren en stak zijn varkensachtige wipneus in de lucht. 'Zullen we het over volgend weekend hebben, jongens? Pappie en mammie gaan eindelijk een paar nachtjes naar de grote stad, en jullie weten wat dat betekent.'

'Het feest van de maand!' Ricky hief proostend haar glas.

Emily keek naar de tafel. Ze voelde haar handen trillen.

'Theoretisch,' zei Blake, 'is het volgend weekend meer dan een maand geleden dat we het laatste feest hadden.'

'Ja, oké, theorétisch is het het feest van de maand plus een week,' zei Nardo. 'Het punt is, makkers, dat we een feestje houden.'

'Hoera!' Weer proostte Ricky.

Emily probeerde lucht in haar longen te zuigen.

'Goed nieuws, ouwe jongen.' Clay reikte over de tafel om een sigaret uit Nardo's pakje te bietsen. 'Wie komen er deze keer?'

'Ja,' zei Blake sarcastisch. 'Wie zullen we allemaal uitnodigen?'

Ricky snoof. Ze nodigden nooit iemand uit. Het ging altijd om hen vijven, en zo wilden ze het houden ook.

'Als ik iets mag voorstellen...' Clay liet de sigaret tussen zijn lippen bungelen. 'Zou het niet leuk zijn om weer een sessie met onze goede vriend Timothy Leary te houden?'

Iedereen lachte, maar nu breidde het trillen zich van Emily's handen naar haar hele lichaam uit. Zweet parelde op haar nek. Ze wisselde weer een snelle blik met Ricky. Ze hielden al jaren maandelijkse feestjes. Het waren geen gewone feestjes maar door wiet en alcohol gevoede jamsessies, waarop ze de wereldproblemen oplosten en elkaar aan het lachen maakten.

Tot de vorige maand.

Ze hadden voor het eerst lsd gebruikt, en er waren nog steeds hele gedeelten van die avond die ze zich geen van allen konden herinneren.

'Kom op, Emmie-Em.' Clay had haar aarzeling opgemerkt. 'Verpest het feestje nou niet voor het begonnen is.'

'Je had het geweldig naar je zin,' zei Nardo. 'En dan bedoel ik ge-weldig.'

Emily werd misselijk toen ze zijn wenkbrauwen suggestief op en neer zag gaan.

'Hij heeft gelijk.' Zoals te verwachten viel, koos Ricky snel partij voor Nardo. 'Verpest het nou niet voor de anderen, Em.'

'Kom, Emmie.' Blake voegde zich bij het koor. 'Je kent de afspraak. De drie musketiers.'

Dat was Clays verdraaiing van 'een voor allen, allen voor een'. Of ze werden met z'n allen dronken en/of stoned of niemand werd het. Het feit dat Emily doorgaans de enige was die moest worden overgehaald, leek uit hun collectieve geheugen te zijn gewist.

'Eén slechte trip mag het feest niet bederven voor de anderen.' Clay gaf haar een iets te agressief duwtje tegen haar schouder. Haar bil begon grip te verliezen. En daarom gaf hij haar nog een duw.

'Clay!' Ze moest hem vastgrijpen om niet op de vloer te belanden.

'Ik heb je.' Hij had zijn arm om haar middel geslagen en zijn gezicht was nu vlak bij het hare. Ze keek naar haar hand, die stevig tegen zijn borst drukte. Ze voelde de harde spier eronder. Zijn gestage hartslag. Weer vlamde diep in haar lichaam die oerdrang op.

'Jezus, neuk haar dan,' zei Nardo, op een toon waarin minachting en gretigheid om voorrang vochten.

Clay deed de suggestie snuivend af en hielp Emily moeiteloos weer overeind. Hij tikte as in Nardo's halflege frisdrank.

'Ricky,' zei Nardo. 'Voor mij nog een milkshake, meissie.'

Ricky rolde met haar ogen. 'Ik dacht dat we van Wexler allemaal wat moesten afvallen.'

'Volgens mij had hij het vooral over jou, schat.' Nardo genoot van haar onbehagen. 'Kom op, olifantje, breng me maar een milkshake.'

'Je kunt m'n rug op.'

Hij blies een rookpluim in haar gezicht. 'Mocht je willen.'

Weer wendde Emily zich af. Haar maag trok samen, zo erg stonk de rook. Ze sloeg haar handen voor haar gezicht. Haar wangen leken in brand te staan. Ze was nog steeds wat ademloos doordat ze zo dicht bij Clay zat, en ze kon het niet uitstaan dat zijzelf en haar stomme lijf daarop reageerden. Ze stond zo snel op dat het haar duizelde. 'Ik moet naar het toilet.'

'Ik ook.' Ricky stootte Blake aan zodat ze van de bank kon schuiven. 'En probeer jezelf niet op te blazen terwijl we weg zijn,' zei ze tegen de jongens.

Dat laatste was voor Nardo bedoeld, die bij wijze van reactie zijn wenkbrauwen weer op en neer bewoog.

'Jeetje,' mompelde Emily toen ze buiten gehoorsafstand waren. 'Waarom zeg je niet gewoon tegen Nardo wat je voor hem voelt?'

'Dat weet je best,' zei Ricky.

Ze wisten het allemaal. Bernard Fontaine was een lul. Dat was hij altijd al geweest. En dat zou hij altijd blijven ook. Ricky's grote zwakte was dat ze dat wist, dat ze daar zowat elke dag van haar leven aan herinnerd werd, maar zich toch nog steeds vastklampte aan de vage hoop dat hij zou veranderen.

'Opa!' riep ze naar haar grootvader, die achter de grill stond. 'Nardo wil nog een milkshake.'

Big Al schonk haar een wantrouwige blik, maar hij liep wel naar de milkshakemachine.

Het merkwaardige was dat Nardo door Big Al als degene met de slechte invloed werd gezien, terwijl het in feite Clay was die hen voortdurend over de rand dreef. Alle domme dingen die ze ooit hadden gedaan – van drank stelen tot drugs gebruiken tot geld en waardevolle spullen jatten uit auto's van buiten de staat – waren Clays idee geweest.

En hij had er nooit, maar dan ook nooit voor hoeven boeten.

'Kom mee naar achteren voor wat frisse lucht,' zei Ricky.

Emily volgde haar de lange gang door, meegetrokken door flarden koude lucht. Ze rook de zilte zeenevel die door de open deur naar binnen waaide. Wind zwiepte door haar haar. De promenade liep als een tapijt langs de kustlijn.

Ricky haalde een pakje sigaretten uit haar jaszak, maar Emily schudde haar hoofd. Ze voelde zich nog steeds onpasselijk, maar dat was niets nieuws. De laatste tijd kreeg ze het bij elke geur, of die nu van verse bloemen op de keukentafel kwam of van haar vaders stinksigaren. Waarschijnlijk had ze een buikvirus opgelopen.

Een vuurtje vlamde op toen Ricky een lucifer aanstak. Ze hield het bij het uiteinde van haar sigaret. Ze zoog haar wangen naar binnen en hoestte met een schraperig kuchje de rook weer uit. Emily dacht aan iets wat Blake had gezegd toen zijn zus voor het eerst had gerookt. *Het is alsof je rookt omdat je het cool vindt, niet omdat je het lekker vindt.*

Emily liep een stukje tegen de wind in, naar de rand van de promenade. Ze leunde met haar armen op de reling. In de diepte kolkte de zee rond de palen. Ze voelde water zacht tegen haar huid spatten. Haar wangen gloeiden nog na van het speciale gevoel dat ze had gehad toen Clay haar dicht tegen zich aan had gedrukt.

Ricky kon haar gedachten altijd lezen. 'Je vroeg naar mij en Nardo, maar hoe zit het met jou en Clay?'

Emily perste haar lippen op elkaar. Vier jaar geleden had Clay besloten dat seks de groepsdynamiek alleen maar zou verstoren. Emily had de verordening opgevat als een teken dat hij niet geïnteresseerd was, want Clay vond altijd wel een manier om te krijgen wat hij hebben wilde.

'Die zit volgend jaar om deze tijd in New Mexico,' zei ze.

'Dat is toch niet zo ver?'

'Bijna drieduizend kilometer.' Emily had het uitgerekend met behulp van een formule die ze in haar vaders *Old Farmer's Almanac* had gevonden.

Ricky hoestte een mondvol rook uit. 'Hoelang is dat rijden?'

Emily haalde haar schouders op, ook al wist ze het antwoord. 'Twee à drie dagen, afhankelijk van hoe vaak je stopt.'

'Nou, Blake en ik zitten vlakbij in Newark, op die goeie ouwe UD.' Ricky's lachje had iets droevigs. Het enige positieve dat uit de tragische dood van haar ouders was voortgekomen was een proces dat tot een studiefonds voor Ricky en Blake had geleid. 'Maar hoeveel uur reizen is dat straks vanwaar jij zit?'

Emily voelde zich schuldig omdat ze de afstand tussen Foggy Bottom en University of Delaware niet had uitgerekend. Ze deed een gok. 'Hooguit een paar uur.'

'En Nardo zit dan op Penn als zijn pa de juiste mensen weet om te kopen. Dat is maar een paar uur rijden van UD.' Ricky had duidelijk haar huiswerk gedaan. 'Dus zo ver is dat niet, toch? Je kunt altijd de trein pakken en langskomen.'

Emily knikte, want ze vertrouwde haar stem niet. Ze voelde zich ongelooflijk jankerig, verscheurd tussen het wanhopige verlangen naar een ander leven en de al even wanhopige wens om voor altijd veilig binnen de kliek te blijven.

Als Ricky er al net zo over dacht, zei ze het niet. Ze stond zwijgend te roken. Haar voet rustte op de onderste stang van de reling terwijl ze met een norse blik over zee uitkeek. Emily wist dat ze het water haatte. De ouders van Ricky en Blake waren omgekomen bij een bootongeluk toen de tweeling vier was. Big Al zorgde goed voor hen, maar de ouderrol ging hem moeizaam af. Datzelfde kon gezegd worden van Nardo's ouwelui, die altijd op zakenreis naar New York waren, vakantie hielden op Mallorca, aan een fundraiser in San Francisco deelnamen of aan een golftoernooi bij Lake Tahoe, of waar ze zich ook maar ophielden zolang ze maar geen tijd met Nardo hoefden door te brengen. Wat Emily's ouders betrof, tja... Vrijwel het enige wat over haar ouders te zeggen viel, was dat ze erop rekenden dat ze zou slagen.

Vreemd genoeg was Clay de enige met twee stabiele, liefhebbende volwassenen in zijn leven. Na de dood van zijn moeder hadden de Morrows hem geadopteerd. Hij had vier zussen en een broer die zich ergens ter wereld moesten bevinden, maar hij had het nooit over hen, laat staan dat hij contact met hen probeerde op te nemen. Waarschijnlijk omdat de Morrows hem behandelden als een cadeau dat de Here Jezus in Eigen Persoon aan hen had geschonken. Clay hield niet van delen.

'Em?' vroeg Ricky. 'Wat is er de laatste tijd met je aan de hand?'

'Niks.' Emily haalde haar schouders op en schudde tegelijkertijd haar hoofd. 'Het gaat prima, hoor.'

Ricky tikte as in zee. Ze voelde Emily's gedachten iets te goed aan. 'Raar, vind je niet? We staan allemaal op het punt met ons leven te beginnen, maar we zijn nog steeds hier.'

De reling schudde toen Ricky met haar voet stampte om dat 'hier' vast te pinnen op deze plek, bij de diner van haar grootvader. Emily was blij dat haar beste vriendin haar gevoel deelde dat er een breuk dreigde. Ontelbare keren waren ze via de achterdeur van de diner naar buiten geglipt, terwijl de jongens discussieerden over welke Angel het geilst was, zinnen uit *Monty Python* citeerden of probeerden te raden welke meiden uit de derde het al gedaan hadden.

Emily wist dat de band tussen haar en Ricky zou verwateren zodra ze allemaal gingen studeren.

'Gedver.' Ricky keek fronsend naar haar sigaret, die ze maar half had opgerookt. 'Ik haat die dingen.'

Ze tikte de peuk de zee in. Emily probeerde niet te denken aan wat dat zou doen met de vissen.

'Je bent veranderd sinds dat feestje van vorige maand,' zei Ricky.

Emily keek weg. Ze voelde de tranen weer komen. De misselijkheid. Het trillen. Ze hoorde het belletje van een typemachine die aan het eind van een regel was aangekomen. Het geklik van de terugschuivende wagen. Toen zag ze de typearmen een voor een omhoogschieten en de woorden in hoofdletters neertikken.

HET FEEST.

Ze kon zich er niets van herinneren. Dit was anders dan niet meer weten waar ze haar sleutels had neergelegd of een huiswerkopdracht vergeten. Bij die kleine vergeetmomenten kwam haar brein altijd met een context. Dan stelde ze zich voor dat ze haar sleutels op tafel had gelegd in plaats van dat ze ze in haar tas had gestopt of dat ze in de klas niet had opgelet of het huiswerk niet had opgeschreven. Als ze de avond van het feest weer probeerde op te roepen, bracht haar brein haar maar een klein eindje op weg. Ze was het betonnen trapje naar Nardo's grote voordeur op gelopen. Ze herinnerde zich de donkerbruine tegels in de hal. De verzonken woonkamer met zijn gouden kroonluchter en het zware tv-meubel. De grote ramen die uitkeken op het zwembad. De hifi-installatie die een hele muur in beslag nam. De speakers die bijna even groot waren als zijzelf.

Maar dat soort bijzonderheden herinnerde ze zich niet van die speciale avond, de avond van het feest. Die wist ze nog van de talloze avonden dat ze haar ouders had wijsgemaakt dat ze bij Ricky ging slapen of huiswerk ging maken bij een vriendin die ze al jaren niet had gesproken, alleen omdat ze allemaal naar Nardo gingen om dronken te worden en spelletjes te spelen of films te kijken of marihuana te roken en te discussiëren over hoe ze de verrotte wereld die ze gingen erven iets beter konden maken.

De avond van het feest was één groot zwart gat.

Emily herinnerde zich nog dat Nardo de voordeur opende. Ze wist nog dat Clay een vierkant stukje papier op haar tong had gelegd. Dat ze op een van de suède banken was gaan zitten.

En het volgende moment was ze wakker geworden op de vloer in de slaapkamer van haar grootmoeder.

'Tja.' Met een diepe zucht keerde Ricky de golven haar rug toe. Ze liet haar ellebogen op de reling rusten en duwde haar borsten als een motorkapornament naar voren. 'Ik heb geen verstand van lsd, maar Clay heeft gelijk. Je moet alles niet door één slechte trip laten verpesten. Hallucinogenen kunnen heel therapeutisch zijn. Cary Grant gebruikte ze om zijn jeugdtrauma te verwerken.'

Emily's onderlip begon te trillen. Ze voelde zich opeens losraken, alsof haar lichaam bij Ricky op de promenade was, maar haar brein naar een andere plek zweefde, naar een veiliger plek.

'Em.' Ricky wist dat er iets mis was. 'Je weet dat je met mij kunt praten.'

'Ja, dat weet ik,' zei Emily, maar was dat wel zo? Ricky en Blake hadden die typische tweelinghebbelijkheid dat de een altijd onmiddellijk wist wat je de ander had verteld. En dan was er ook nog Nardo, die alles uit Ricky wist los te krijgen. En Clay, aan wie ze allemaal verslag uitbrachten.

'De jongens zullen zich wel afvragen waar we blijven,' zei ze.

'Laten we maar weer naar binnen gaan.' Ricky maakte zich los van de reling en liep terug naar de diner. 'Heb je dat werkblad van goniometrie nog gekregen?'

'Ik wilde...' Emily voelde haar maag verkrampen. De zilte bries, de geuren uit de keuken en de stank van sigaretten omhulden haar, en opeens was ze kotsmisselijk.

'Em?' Ricky keek achterom terwijl ze de gang door liep. 'Dat werkblad?'

'Ik wilde –'

Braaksel steeg op in haar keel. Emily sloeg haar handen voor haar mond en strompelde naar het toilet. De deur vloog open en sloeg terug tegen haar schouder. Ze dook op de wc af, maar de spoelbak was dichterbij. Warm vocht spoot tussen haar vingers door. Ze liet los en een stortvloed aan kots klotste in de spoelbak.

'Jezusmina,' mompelde Ricky. Ze rukte een prop papieren handdoekjes uit de houder en opende de koude kraan boven de andere spoelbak. 'God, wat meurt dat.'

Emily kokhalsde, perste haar ogen dicht tegen de onverteerde koekjes en frisdrank die ze met Omi had gegeten en gedronken voor ze van huis ging. Een nieuwe kokhalsaanval beukte door haar lichaam. Hoewel ze helemaal leeg was, kon ze niet stoppen.

'Rustig maar.' Ricky legde de koude handdoekjes in Emily's nek. Ze wreef over haar rug en maakte geruststellende geluidjes. Dit was niet de eerste keer dat ze de twijfelachtige taak van kotstroosteres vervulde. Van het groepje had zij de sterkste maag en ook het sterkste moedergevoel.

'F-Fuck,' stamelde Emily, een woord dat ze anders nooit in de mond nam, maar ze had zich dan ook nog nooit zo misselijk gevoeld. 'Ik weet niet wat er met me is.'

'Misschien heb je iets opgelopen.' Ricky wierp de natte handdoekjes in de afvalbak en haalde haar make-uptasje tevoorschijn. 'Hoelang heb je dit al?'

'Nog niet zo lang,' zei Emily, maar toen bedacht ze dat het al een tijdje aan de gang was. Minstens drie dagen en misschien wel een week.

'Kun je je Paula nog herinneren, van tekenen?' Met haar aansteker verwarmde Ricky de punt van haar oogpotlood. 'Ze moest de hele tijd kotsen tijdens het derde uur en je weet wat er van haar is geworden.'

Emily zag in de spiegel hoe alle kleur uit haar gezicht wegtrok.

'Maar dan moet je natuurlijk wel eerst ontmaagd zijn.' Ricky kleurde de donkere lijnen onder haar ogen wat bij. 'Heb je seks gehad zonder het mij te vertellen? O, shit...'

Ze keek Emily nog eens goed aan en las de treurige waarheid in haar geschrokken ogen. Haar keel spande zich toen ze slikte. 'Em, je bent toch niet...'

'Nee.' Emily boog zich over de andere spoelbak en spatte koud water tegen haar gezicht. Haar handen trilden. Haar hele lichaam beefde. 'Doe niet zo stom. Je weet toch dat ik dat nooit zou doen? Ik bedoel, misschien wel, maar dan zou ik het je vertellen.'

'Maar als je het...' Ricky's stem stierf weer weg. 'Shit, Em, weet je het zeker?'

'Of ik nog maagd ben?' Ze liep naar de vieze spoelbak en liet er water door stromen om de kots weg te spoelen. 'Ik denk dat ik het wel zou weten als ik het gedaan had, Rick. Dat is niet zomaar iets.'

Ricky zweeg.

Emily keek in de spiegel naar haar oudste vriendin. De stilte tussen hen vibreerde door de kleine, betegelde ruimte als de echo van een kanonschot.

Het feest.

'Ik ben vorige week vrijdag ongesteld geworden,' zei Emily.

'O, fuck.' Ricky lachte opgelucht. 'Waarom heb je dat niet gezegd?'

'Omdat ik het gezegd heb toen ik het werd,' antwoordde Emily. 'Het begon onder gym. Ik zei toch dat ik terug moest naar de kleedkamer om nieuwe shorts aan te trekken?'

'O ja, ja.' Ricky bleef knikken tot ze zichzelf ervan had overtuigd dat het zo was. 'Sorry. Misschien ben je daarom misselijk. Krampen zijn echt kut.'

Emily knikte. 'Dat zal het zijn.'

'Crisis afgewend.' Ricky rolde met haar ogen. 'Ik ga Nardo maar eens zijn dierbare milkshake brengen.'

'Rick?' zei Emily. 'Niet tegen de jongens zeggen dat ik overgegeven heb, oké? Het is nogal gênant, en je weet dat Nardo dan visgrapjes gaat maken of iets anders ranzigs.'

'Nee, tuurlijk niet.' Ricky streek met haar vingers over haar lippen en deed alsof ze de sleutel weggooide, hoewel Emily de kettingreactie al voor zich zag: van Blake naar Nardo naar Clay.

'Ik maak dit wel schoon.' Emily gebaarde naar de viezigheid in de spoelbak, maar Ricky was al naar buiten gelopen.

Ze hoorde de klik van de klink.

Langzaam keerde ze zich naar haar spiegelbeeld toe.

Haar menstruatie was altijd onregelmatig geweest, volgens een onvoorspelbaar patroon. Meestal was ze aan de late kant of te vroeg, of misschien hield ze haar cyclus niet goed bij, want ze had nog nooit seks gehad en Ricky had altijd tampons bij zich, dus waarom zou ze iets bijhouden wat gewoon vervelend was in plaats van een waarschuwing?

Haar oogleden trilden toen ze ze sloot. Ze zag zichzelf het betonnen trapje naar Nardo's voordeur op lopen. Haar tong uitsteken zodat Clay een papertrip lsd in haar mond kon stoppen. Wakker worden op de vloer naast het bed van haar grootmoeder. Ze had zich katerig, klam en panisch gevoeld, want om de een of andere reden, om de een of andere totaal onbekende reden, zat haar jurk binnenstebuiten en had ze geen slipje aan.

Emily opende haar ogen. In de spiegel zag ze tranen over haar gezicht biggelen. Ze had nog steeds kramp in haar maag, maar ze had honger als een paard. Ze was moe, maar zat ook vol nieuwe energie. Haar wangen hadden weer kleur. Haar huid gloeide bijna.

En ze had gelogen.

Ze was de vorige week niet ongesteld geworden.

Ze was al vier weken niet ongesteld geweest.

Niet sinds het feest.

3

Andrea stond bij de spoelbak in het toilet van RJ's Eats en spatte koud water tegen haar gezicht. Ze bekeek haar spiegelbeeld en concludeerde dat ze er niet half zo doorgedraaid uitzag als ze zich voelde. Eindelijk had ze Emily's dochter ontmoet. Mogelijk haar halfzus. Dat het puur toeval was geweest in plaats van het resultaat van haar superieure speurwerk ging ze maar als een cadeautje beschouwen in plaats van als blijk van haar falen.

Judith.

Andrea viste haar telefoon uit haar jaszak. Ze googelde Judith Vaughn, maar het enige wat verscheen waren enkele overlijdensberichten van een paar heel oude vrouwen en een LinkedIn-account dat ze niet ging bekijken. Instagram, Twitter en TikTok leverden evenmin iets op. Op Facebook vond ze nog meer oude vrouwen en foto's van de vermoedelijke kleinkinderen van oude vrouwen. Het was een naam uit een andere eeuw, dus dat klopte wel. Ook als Andrea haar zoektocht beperkte tot Maryland en Delaware, vond ze geen Judith Vaughn die overeenkwam met de Judith die ze zojuist op straat had aangegaapt.

Ze drukte de telefoon tegen haar borst. Haar simultaanonderzoek naar Nick Harp mocht niet mislukken vanwege wat doodlopend gespeur op internet. Judith leek haar geen type om getrouwd te zijn, maar ze had wel een dochter, dus misschien droeg ze de achternaam van een man. Of van een vrouw, want dat kwam ook voor.

Andrea sloot haar ogen, ademde diep in en probeerde zich te concentreren op wat deze nieuwe informatie betekende, als die al iets betekende. Dat Bernard Fontaine, Eric Blakely en Erica Jo Blakely geen gebruik hadden gemaakt van sociale media, had ze toegeschreven aan hun leeftijd, maar dat klopte ook niet helemaal. Haar moeder was maar een paar jaar jonger dan Emily's voormalige vriendengroep en zij had wel degelijk een Facebook-account. Wel bracht Laura het grootste gedeelte van haar tijd door op Nextdoor, maar dat was omdat mensen die het hele jaar in een badplaats woonden bemoeiallen, gekken en/of mogelijke seriemoordenaars waren.

De deur van het toilet ging open.

Een vrouw met een krans van peper-en-zoutkleurige krullen trok haar wenkbrauwen op bij het zien van Andrea. Ze droeg een rood schort en een wit T-shirt. Aan beide polsen had ze Madonna-bandjes: zwarte en zilverkleurige armbanden, centimeters dik opgestapeld. Even staakte ze haar kauwgomgesmak en vroeg: 'Gaat het, meid?'

'Eh...' Andrea's lippen weigerden opeens woorden te vormen. De vrouw was rond de zestig, zo'n één meter vijfenzestig en ruim zestig kilo, met grijze wortels onder de donkere haarverf. Met het gestreepte schort wekte ze de indruk bij de bediening te horen, maar toen Andrea de RJ op haar naamplaatje zag, ging haar een licht op.

'Schat?' De vrouw had iets warms en moederlijks, alsof ze altijd een tas met noodvoorraad en koekjes bij zich droeg voor het geval iemand die nodig had.

'Eh...' herhaalde Andrea. 'Ja, sorry. Het gaat wel, bedankt.'

'Is goed.' Al smakkend liep de vrouw een van de twee hokjes binnen.

Andrea moest zich inhouden om niet door de kier van de deur naar haar te gluren. Ze was in een klein stadje opgegroeid en wist maar al te goed dat mensen daar nogal op zichzelf waren.

Ze wachtte tot ze plasgeluiden hoorde, ging weer naar Google en zocht de website van de diner op. Na een grote banner met PERSONEEL GEZOCHT klikte ze een pagina aan met de geschiedenis van de eettent, die begon in de jaren dertig, toen overgrootvader Big Al Blakely er als buffethulpje werkte. Hij had de zaak gekocht en doorgegeven aan zijn zoon, Big Al jr. Ooit had een brand bijna het einde van het bedrijf betekend. Twintig jaar geleden was de naam veranderd in RJ's, toen de vrouw die op dat moment een van de wc's in het damestoilet bezet hield, haar baan als redacteur bij de *Longbill Beacon* had opgezegd en de zaak had overgenomen. Andrea zocht haar foto op, met haar naam eronder.

RJ 'Ricky' Fontaine.

Ik, Erica Jo Blakely, was gisteravond niet op het bal. Ik was alleen thuis, tot een uur of zes. Toen kwam mijn broer terug van het bal, tamelijk vroeg omdat het saai was. We keken films – Blazing Saddles, Airplane *en een stuk van* Alien *– voor we gingen slapen. Ik weet niks over de baby van Emily Vaughn. Ik was inderdaad haar beste vriendin vanaf de kleuterschool, maar de laatste keer dat ik haar gesproken heb, was vijf maanden geleden, toen ik zei dat ze niet meer met me moest praten. We hebben geen ruzie of onenigheid gehad. Mijn opa zei dat ik bij Emily uit de buurt moest blijven omdat ze drugs gebruikte, en ik wist dat dat waar was. Ik weet niet wat er met haar is gebeurd, maar dat soort dingen deden we niet. Ze bleek echt kwaad en verbitterd te zijn. Iedereen vindt het heel rot voor haar en haar familie, want ze gaat waarschijnlijk dood, maar dat verandert niks aan de waarheid of aan de feiten. Ik zweer dat de inhoud van mijn verklaring op niets dan de waarheid berust.*

Andrea bekeek zichzelf weer in de spiegel en vroeg zich af hoe ze zo'n makkelijk puzzelstukje over het hoofd had gezien. Ricky Blakely was natuurlijk met Nardo Fontaine getrouwd. Daarom had al het speurwerk naar Ricky Blakely niets opgeleverd. Ricky had de naam van haar man aangenomen. Waarschijnlijk hadden ze op school al verkering gehad. Zo ging dat in kleine stadjes.

Haar spiegelbeeld keek haar glimlachend aan. Ze kon zichzelf wel voor de kop slaan omdat ze het niet eerder had uitgevogeld, maar opeens was ze opgetogen. Ze had iets ontdekt! Ze had zowaar iemand gevonden die een nauwe band had gehad met Emily. Al had Ricky nog zo laatdunkend geklonken in haar getuigenverklaring, ze waren tijdens het grootste deel van Emily's leven wel hartsvriendinnen geweest. De volwassen Ricky was vast allang over hun ruzietje heen. Die wist waarschijnlijk alles nog.

Het opgetogen gevoel doofde al even snel uit als het was komen opzetten.

Hoe moest ze Ricky aan de praat krijgen? Ze kon niet zomaar op de wc-deur kloppen en vragen of ze haar alles over de wrede moord op haar beste vriendin van veertig jaar geleden wilde vertellen, en o, wist ze misschien ook of een andere goede jeugdvriend de moordenaar was?

Als Ricky een boekje had willen opendoen over Clayton Morrow, zou ze dat tientallen jaren geleden al gedaan hebben, toen de gruwelijke daden van Nick Harp nationale media-aandacht hadden getrokken. Uit alle verhalen die Andrea had gelezen, bleek dat hij Clayton Morrow uit Longbill Beach was. Volgens Ricky's eigen levensbeschrijving had ze als journaliste gewerkt, maar Andrea was nergens op een verslag uit de eerste hand gestuit van iemand die met haar vader was opgegroeid. Voor zover ze wist, had niemand uit Longbill Beach ooit met de pers gepraat. De broers en zussen van Clay/Nick waren nooit getraceerd en hadden zich ook niet gemeld. Zijn adoptieouders hadden geweigerd de pers te woord te staan. Ze waren allebei al dertig jaar dood – de een was aan borstkanker gestorven, de ander aan een hartaanval – dus alles wat ze over hun zoon wisten, was samen met hen in het graf verdwenen.

Zodat Andrea terug bij af was.

Ze voelde dat de oude vertrouwde Andy zich weer opmaakte voor een fiasco. Als ze op de academie één ding had geleerd, was het dat je een taak in verteerbare stukken moest opdelen. Op dit moment was ze nog steeds informatie aan het verzamelen. Ze zou aan stap twee beginnen wanneer de tijd er rijp voor was. Voorlopig deed ze er misschien goed aan niet meer aan haar vader in de persoon van Nick Harp te denken. Clayton Morrow was de interessantste kandidaat als het om de moord op Emily Vaughn ging. Als ze erin slaagde Clay met de moord op te zadelen, had ze gelijk Nick te pakken.

Andrea schrok op van het geluid van afrollend wc-papier. Als het al vreemd was dat ze daar de hele tijd dat Ricky op het toilet had gezeten was blijven staan, zou het nog vreemder zijn als ze er nog steeds stond wanneer de vrouw de wc uit kwam. Dus ze zorgde ervoor dat ze de deur uit was voor er werd doorgetrokken.

Na het verlaten van de toiletruimte ging ze linksaf in plaats van rechtsaf naar de eetzaal. Ondanks de drukte was er niemand in de keuken. Andrea liep verder de lange gang door. De deur stond open. Iets verderop zag ze de promenade. Het gebulder van de zee boorde zich in haar oren. Er dook een man in kokspak op. Hij keek Andrea onderzoekend aan. Hij was van haar leeftijd en zwart, dus hij kon Eric Blakely niet zijn. Misschien een neef of een zoon?

Ze had haar telefoon weer in haar hand. Ze zocht op 'RJ Blakely' en kwam bij een Twitter-account terecht: @RJEMSMF.

RJ Eats Milkshakes Motherfucker.

Punten voor duidelijkheid. Een snelle rondgang langs de reacties leverde aardige recensies van toeristen op, naast de gebruikelijke eikels die je altijd op Twitter aantrof. Legio foto's van milkshakes op de bar van de diner. De meeste bevatten alcohol. Andrea zou nooit wennen aan alcohol op een menukaart. Ze was in het Zuiden opgegroeid, waar je op vrijwel elke straathoek meth of een pistool kon scoren, maar waar de verkoop van alcohol strikt aan banden was gelegd.

Achter Andrea ging de deur van het toilet open. Vlug stapte ze de gang weer in, maar ze hoorde Ricky nog net boos in haar telefoon fluisteren, op zo'n toon alsof ze de manager wilde spreken.

'Geen denken aan,' siste ze. 'Dat is onacceptabel.'

In de diner klonk het zachte geroezemoes van oudere dagjesmensen die vette happen hun mond in harkten. Er trok een pijnscheut door Andrea's maag toen ze Catfish Bible aan het uiteinde van de bar zag zitten. Het was nog veel te vroeg voor het avondeten, maar ze had niets meer gehad sinds de oranje pindakaascrackers van die ochtend. Bij het zien van de hamburger met patat die op haar stond te wachten bij de lege barkruk naast Bible, moest ze het speeksel uit haar mondhoeken vegen.

'Ik ben alvast begonnen.' Bible at als een kind, nam kleine hapjes van de randen van zijn hamburger. 'Goeie tent. Ik ben hier weleens eerder geweest. Ik dacht zo dat je wel zin in de special zou hebben.'

Zonder op zijn woorden te reageren ging Andrea zitten en schoof de burger zo ver mogelijk haar mond in. Ze zoog wat cola op om hem op weg te helpen en trok een scheef gezicht bij de onverwachte smaak.

'Goed?' vroeg Bible. 'Ze hebben alleen Pepsi.'

Andrea schudde haar hoofd, want dat was niet goed.

'Hoe ben je eigenlijk bij de politie terechtgekomen?' vroeg Bible.

Andrea voelde haar keel oprekken als de buik van een python toen ze de klont vlees en brood doorslikte. Iedere student op Glynco had wel een verhaal: een oom die tijdens zijn werk was omgekomen, een familie die al ruim een eeuw politiemensen had geleverd, een brandend verlangen om te beschermen en te dienen.

‘Ik heb op het plaatselijke politiebureau gewerkt,’ was alles wat ze erover kon zeggen.

Zijn knikje had iets wantrouwends, en ze vroeg zich af hoever er bij het achtergrondonderzoek in haar dossier was gedoken. Werd er bijvoorbeeld onderscheid gemaakt tussen een geüniformeerde straatagent en een telefoniste bij de alarmcentrale, die ’s nachts werkte en bij zonsopkomst als een vampier knock-out ging?

‘Ik zat bij de mariniers,’ zei Bible. ‘Aan het begin van de Golfoorlog stootte ik mijn teen en werd naar huis gestuurd om te herstellen. Mijn vrouw, Cussy, liet er geen misverstand over bestaan dat ze me een trap in mijn kloten zou geven als ik niet maakte dat ik het huis uit kwam. Toen heb ik me bij de marshals aangemeld.’

Andrea zag hem zijn schouders ophalen, maar uiteraard liet hij ook een groot deel van het verhaal weg.

Hij doopte een paar patatjes in de ketchup. ‘Heb je gestudeerd?’

‘In Savannah.’ Ze propte weer een hap burger in haar mond, maar tot haar teleurstelling zag ze dat hij meer wilde horen. ‘Een halfjaar voor mijn afstuderen ben ik ermee gestopt.’

Hij kauwde gelijk met haar op. ‘De eerste keer werd ik in het Zuidelijke District gestationeerd. Mooi hoofdkwartier hebben ze daar, aan Bull Street. Je hebt het toevallig niet over het Savannah College of Art and Design, hè?’

Ze werkte de laatste hap burger weg. Op Glynco had ze al snel doorgehad dat er geen elegante manier was om aan een marshal uit te leggen dat ze op het SCAD haar diploma productdesign niet had gehaald na een onvoldoende voor ‘Het narratief verlicht’ zonder dat zijn mond openviel alsof hij vlinders uit de kont van een eenhoorn zag vliegen.

Ze draaide haar vaste verhaal af: ‘Ik kreeg een baan in New York. Daar heb ik gewoond tot mijn moeder borstkanker bleek te hebben. Ik ben toen weer naar huis gegaan om voor haar te zorgen. Ik heb op het plaatselijke politiebureau gewerkt. Op het vacaturebord zag ik een oproep van de USMS. Ik heb wel anderhalf jaar op “verversen” gedrukt voor mijn aanmelding werd geaccepteerd.’

Bible had de afleidingstruc door. ‘Wat voor soort kunst studeerde je eigenlijk?’

'Het niet-goed-genoeg-soort.' Andrea besefte dat ze snel van onderwerp moest veranderen, en behalve voor haar levensverhaal was er maar één ander iets waarvoor Bible oprechte belangstelling had getoond. 'Waarom vroeg je Stilton naar zelfmoorden hier in de buurt?'

Met een knikje dronk Bible een laatste slok Pepsi. 'Heb je moordneigingen, dan heb je zelfmoordneigingen.'

'Wat bedoel je?'

'Adam Lanza, Israel Keyes, Stephen Paddock, Eric Harris en Dylan Klebold, Elliot Rodger, Andrew Cunanan.'

Dankzij een vast dieet van *Dateline*-herhalingen herkende ze de namen van de massa- en seriemoordenaars, maar ze had ze nooit onder een andere noemer dan monsterlijk geschaard. 'Die hebben zichzelf allemaal van kant gemaakt voor ze gepakt konden worden.'

'Ze waren intropunitief, wat een deftige manier is om te zeggen dat ze hun woede, grieven, vijandigheid en frustratie tegen zichzelf keerden. In hun verleden is bewijs te vinden van moordzuchtige en suïcidale ideevorming. Ze doden niet in een opwelling. Ze moeten ernaartoe werken. Erover schrijven, erover dromen, erover praten, en erdoor in het ziekenhuis belanden.' Bible veegde zijn mond af en wierp het servetje op zijn bord. 'Vijf jaar geleden waren er jaarlijks zo'n duizend dreigementen aan het adres van rechters. Vorig jaar hadden we er meer dan vierduizend.'

Andrea vroeg niet naar een oorzaak. Iedereen was momenteel boos, vooral op de overheid. 'Zijn er ook lui bij die de daad bij het woord hebben gevoegd?'

'Sinds 1979 zijn er maar vier geslaagde moordaanslagen op federale rechters geweest. Een ervan paste niet echt in het patroon, want hij was toevallig in de Safeway toen iemand het op een vrouwelijk Congreslid had voorzien.'

Andrea kruidde haar *Dateline*-dieet met truecrimepodcasts. 'Gabby Giffords.'

'Je let echt goed op,' zei Bible. 'Alle vermoorde rechters waren mannen. Alle moordenaars waren mannen, en dat weten we omdat we ze gepakt hebben. Alle rechters – op een na – waren door de Republikeinen benoemd.' Bible zweeg even om er zeker van te zijn dat ze hem bijhield.

'Er zijn maar twee gevallen bekend waarbij familieleden van een rechter werden vermoord of zwaargewond raakten. In beide gevallen waren de rechters vrouw en vormden ze het eigenlijke doelwit. Ze waren allebei door de Democraten benoemd. In beide gevallen waren de daders witte mannen van middelbare leeftijd. Ze leden allebei aan een slopende depressie; ze waren allebei hun werk kwijtgeraakt, hun gezin, hun geld. En uiteindelijk hebben ze zichzelf allebei van kant gemaakt.'

'Moordneigingen en zelfmoordneigingen.' Eindelijk zag Andrea waar dit naartoe ging. Op de academie had ze ook geleerd dat de politie dol was op cijfers. 'Oké. Over het algemeen voorspelt gedrag uit het verleden toekomstig gedrag. Daarom bestudeert de FBI seriemoordenaars. Ze zijn op zoek naar patronen. Die patronen vind je doorgaans terug bij andere typen seriemoordenaars.'

'Klopt.'

'En daarom vroeg je commissaris Cheese of hij je wilde informeren over mogelijke zelfmoorden in dit gebied. Een suïcidale witte man van middelbare leeftijd past bij het profiel van iemand die een vrouwelijke rechter zou willen vermoorden.' Ze wachtte even op het knikje van Bible. 'Maar dat lijkt me een nogal grofmazig net. Zeg nou zelf, hoeveel mannen op wie die omschrijving van toepassing is en die géén vrouwelijke rechter willen vermoorden doen er op elke willekeurige dag niet een zelfmoordpoging?'

'In de VS worden zo'n honderddertig zelfmoorden per dag gepleegd. Ongeveer zeventig procent bestaat uit witte mannen van middelbare leeftijd, en de meesten gebruiken een vuurwapen.' Bible stak een vinger op. 'Om je volgende vraag voor te zijn… Nee, onze man beroofde zichzelf niet van het leven. Ik denk dat hij een poging heeft gedaan, die mislukte. Ook dat is een patroon bij die gasten. Als het geen mislukkelingen waren, zouden ze niet zo verdomd kwaad zijn. En we weten dat onze man na zijn mislukte poging niet naar het ziekenhuis is gegaan, anders zou er een politierapport zijn geweest, en geen van de daders in de vierentachtig rapporten over zelfmoordpogingen van de afgelopen vijf dagen, in deze en de omringende staten, heeft een connectie met de rechter.'

Andrea voelde haar brein ontwaken. Dit was niet zomaar een verhaal. Bible hechtte grote waarde aan zijn theorie.

‘Vanwaar de politierapporten?’ vroeg ze. ‘Zelfmoord plegen is toch niet verboden?’

‘Theoretisch wel, in Maryland en Virginia. Dat gaat terug op het Engelse gewoonterecht uit de dertiende eeuw.’ Hij haalde zijn schouders op. ‘In de staat Delaware is het volkomen legaal, maar over het algemeen proberen veel mensen zichzelf van het leven te beroven met behulp van drugs die illegaal verkregen zijn, of door ondeskundig gebruik van vuurwapens. Om nog maar te zwijgen van de ex, de buurman of de collega die iets raars weet te melden.’

Dat klonk logisch, maar toch kaatste ze Bibles eigen woorden terug: ‘ “We zijn geen rechercheurs. Onze enige taak is ervoor zorgen dat de rechter veilig is.” ’

‘Ja, dat is zo, maar ik dacht dat we zomaar een beetje aan het kletsen waren, maat. Er valt niet veel te onderzoeken boven een vette burger tenzij je wat maagzuur probeert te vangen. Bedankt.’

Ricky ging met een kan rond om glazen bij te vullen. Haar kiezen bewerkten als een machine de kauwgom in haar mond. Ze schonk eerst Andrea in en gaf haar weer een knipoog. ‘Alles goed, meid?’

‘Ja, hoor.’ Andrea keek naar haar glas in een poging rustig te worden. Ze was nog steeds opgetogen omdat ze Ricky had gevonden. Ze hoopte alleen vurig dat Bible niks doorhad.

Hij had het wel door. ‘Je hebt vrienden gemaakt, zo te zien.’

Andrea reageerde niet op zijn impliciete vraag. ‘ “Bepaalde bijzonderheden.” ’

‘Wat bedoel je?’ Bible nam een slok Pepsi.

Ze wachtte tot hij zijn glas weer op de bar had gezet. ‘Je zei dat er “bepaalde bijzonderheden” over het privéleven van de rechter in de brieven stonden die naar haar kantoor waren gestuurd. Daardoor werden die doodsbedreigingen geloofwaardig gevonden. Daaruit volgt dus dat degene die de rechter bedreigt haar kent, in elk geval goed genoeg om van die “bepaalde bijzonderheden” af te weten.’

‘Potverjandubbeltjes,’ zei Bible. ‘Mike had het helemaal goed, Oliver. Je bent zo scherp als een scheermes. Ik wou dat ik jouw geheugen had. Heb je dat op de kunstacademie opgepikt, dat oog voor detail?’

Ze voelde dat ze in de val werd gelokt. ‘Je schijnt Judith goed te kennen.’

Hij pakte zijn glas weer op, dronk het leeg en zette het op de bar. Toen draaide hij zijn barkruk langzaam om tot hij met zijn gezicht naar haar toe zat. 'Even in alle ernst?'

'Zeker.'

'Als het iets wordt tussen ons, Oliver, moet ik één ding van je weten, één ding maar.'

Ze kon de bullshit bijna ruiken en daarom deed ze er nog een schepje bovenop. 'Ik ben een open boek, Bible. Vraag maar raak.'

'Als je moet kiezen: appeltaart of kersengebak?'

'Appeltaart.'

Hij had zijn adem ingehouden, maar nu blies hij uit. 'Wat een opluchting.'

Ze keek toe terwijl hij zich weer omdraaide en zijn hand opstak voor de serveerster.

Andrea keek uit het autoraampje naar de eindeloze complexen met reusachtige vakantiehuizen ten westen van Beach Road. Ze hoefde het plaatselijke kadaster niet te raadplegen om te weten dat de enorme villa's de kleine huisjes hadden opgeslokt die generaties lang door vakantiegangers waren gebruikt. Dat soort overontwikkeling had ook in Belle Isle plaatsgevonden. Laura's strandhuisje viel in het niet naast wat zij de poenpaleizen noemde. Ze klaagde altijd over briefjes in haar brievenbus waarin haar scheepsladingen geld werden beloofd als ze wilde verkopen.

'Halvezolen,' mompelde ze dan terwijl ze de brieven verscheurde. 'En waar moet ik dan naartoe?'

Andrea wierp een blik op Bible, die ongewoon stil was sinds ze de diner hadden verlaten. In het dashboardlicht kregen de littekens op zijn gezicht een griezelige gloed. Hij trommelde met zijn vingers op het stuur, op de maat van het Yacht Rock-gemurmel op de radio. Andrea had zich vaak een beeld gevormd van haar moeders generatiegenoten, die hun laatste jaren sleten in een verzorgingshuis, schuifelend op een Duran Duran-coverband terwijl ze af en toe '*Watchu talkin' bout, Willis?*' naar het personeel riepen.

Ondanks Bibles vertrouwde muzieksmaak wist Andrea niet of ze zich volledig op haar nieuwe collega kon verlaten. Het was duidelijk dat hij de familie Vaughn beter kende dan hij wilde toegeven. In elk geval goed genoeg om door Judith als een oude vriend begroet te worden. Hij probeerde uit te vinden wie de rechter had bedreigd, ook al had hij duidelijk aangegeven dat onderzoek hun taak niet was. En hij betrok Andrea niet bij het hoe en waarom, wat alleen maar eerlijk was, want zij deelde haar geheime onderzoek ook niet met hem.

Ze deed haar mond al open om hem weer aan de praat te krijgen, maar toen herinnerde ze zich wat hij had gezegd, dat je een thermometer moest zijn. Hij was wat koeler, dus moest zij zich ook wat koeler gedragen.

Haar blik ging weer naar de villa's. Ze was nog steeds informatie aan het verzamelen, als begin van het onderzoek naar de cold case van Emily Vaughn. Feit was dat niemand zeker wist of Clayton Morton schuldig was aan de moord op Emily. Andrea hoopte van wel, want dan zou hij niet alleen achter de tralies blijven, maar zou het haar familie waarschijnlijk ook wat rust geven. Tegelijkertijd wist ze dat het van slordig speurwerk getuigde om bij een oplossing te beginnen en van daaruit terug te werken.

Er was geen maandenlange training op Glynco voor nodig om te weten dat motief, middelen en gelegenheid het beginpunt vormden van elk moordonderzoek. Andrea paste die formule toe op de weerzinwekkende aanval die tot de dood van Emily had geleid.

'Middelen' was makkelijk: een stuk hout dat als een honkbalknuppel gebruikt was. Commissaris Stilton senior had het wapen naar een kapotte pallet herleid die in de steeg had gelegen waar Emily was aangevallen. Kennelijk was het uit een autoraampje gegooid, want een man die zijn hond uitliet had de versplinterde, bebloede plank dicht bij de hoofdstraat gezien, tussen het centrum en Skeeter's Grill.

'Gelegenheid' was ook niet zo moeilijk: bijna elke eindexamenleerling van Longbill Beach High School was die avond in het centrum geweest voor het bal. Evenals de toezichthoudende docenten en de ouders die er per se bij wilden zijn. Gezien de gemiddelde leeftijd van de feestgangers ging Andrea ervan uit dat ze allemaal de beschikking hadden over eigen vervoer. Emily's lichaam was niet zelf naar de vuilcontainer aan de rand van het stadje gereden.

Wat overbleef was 'motief', en er was geen groter motief dan een geheim dat bewaard moest worden. De meest voor de hand liggende reden voor de aanval op Emily was dat de vader van haar kind anoniem had willen blijven. Uit alle verhalen viel op te maken dat Emily aan zijn wens gehoor had gegeven. De vraag was herhaaldelijk opgedoken in de getuigenverklaringen en niemand had het antwoord geweten.

In 1982 waren er geen loslopende tienervaders. Als je een meisje in de problemen bracht, trouwde je met haar of je ging bij het leger. Als Clay de vader niet was, dan kwam Nardo of Eric Blakely als eerste verdachte in aanmerking. Uit verscheidene getuigenverklaringen van de feestgangers sprak behoorlijk wat jaloezie ten aanzien van de groep. Ze werden vaak beschreven als arrogant en exclusief, en in één versie zelfs als incestueus. Ricky was met Nardo getrouwd. Het leek logisch dat een van de andere jongens geïnteresseerd was geweest in Emily. Het leek iets minder logisch dat Emily hem had willen beschermen.

Tenzij ze bang was om zijn naam te noemen omdat ze wist dat hij haar zou doden.

Voor iemand die niet ruim vier maanden training als federaal politieagent achter de rug had, lag DNA-onderzoek als oplossing voor de hand. Helaas zou een legale optie waarbij het DNA van Judith werd vergeleken met dat van Andrea geen aha-moment opleveren. Het was moeilijk om afdoend vast te stellen of er sprake was van halfbroers of -zussen zonder de beschikking te hebben over het DNA van beide moeders, en het DNA van Emily was uiteraard niet beschikbaar. Sites als Ancestry.com waren handig voor het opsporen van genetische verwantschap, maar ook hier moest het DNA beschikbaar zijn om een mogelijke match vast te stellen, en het enige wat een match aantoonde, was een hypothetische genetische verwantschap.

Verder had je CODIS, het Combined DNA Index System, een databank van veroordeelde misdadigers die werd beheerd door de FBI. Voor zover Andrea wist, waren Nardo en Eric Blakely nooit aangeklaagd, laat staan veroordeeld voor een misdrijf. Clayton Morrow was wegens geweldpleging veroordeeld, en zijn DNA-profiel zat al in het systeem. Zelfs als Andrea erin slaagde bij Judith een monduitstrijkje af te nemen, kon ze Judiths profiel niet via de legale weg uploaden. Daarvoor waren toestemming en een bevelschrift nodig, en niemand, zelfs Jasper niet, kreeg dat voor elkaar zonder dat Clayton Morrow erachter kwam.

En als Clay erachter kwam, zou hij een manier vinden om het te voorkomen.

Het trillen van een telefoon onderbrak Andrea's gedachten.

Bible wierp een blik op het gigantische touchscreen op het dashboard, dat BAAS vermeldde. Hij tikte op de antwoordknop. 'Bible en Oliver op de speaker, baas.'

'Genoteerd.' Tot Andrea's verbazing was de hese stem die van een vrouw. 'Agent Oliver, welkom bij de dienst. Sorry dat ik je niet persoonlijk heb verwelkomd, maar zoals je weet, werd je toewijzing aan mijn afdeling versneld, buiten de normale procedure om.'

Andrea besefte dat ze niet eens wist over welke afdeling haar baas het had. 'Yes, *ma'am*. Ik begrijp het.'

'Je zult mijn e-mail inmiddels wel gelezen hebben. Laat het maar weten als je vragen hebt.'

'Ja...' Andrea had het gevoel alsof haar keel werd dichtgeplakt. Ze had niet meer op haar werktelefoon gekeken sinds ze aan haar moeder een poëtisch verslag over de bomen van Oregon had uitgebracht. 'Yes, ma'am. Dank u. Zal ik doen.'

Bible zag Andrea een poging doen haar werktelefoon te openen. Ze was gewend aan de gezichtsherkenning van haar iPhone. Ze moest nog wennen aan het cijferslot op de Android. Toen ze het stomme ding eindelijk geopend had, zag ze dat er tweeënzestig ongelezen mails in haar inbox zaten. Door snel langs de onderwerpregels te scrollen leerde dat ze nu verbonden was aan de JSD, de Judicial Security Division, oftewel de afdeling gerechtelijke beveiliging, wat haar niet zou moeten verbazen aangezien ze letterlijk onderweg was naar een rechter die beveiligd moest worden.

'Fijn dat je je even laat horen, baas,' zei Bible. 'Onze nachtdienst gaat om klokslag zes uur in. We gaan iets vroeger zodat ik Oliver een rondleiding kan geven.'

'Heel goed,' zei de vrouw. 'Oliver, gefeliciteerd met je verloving. Ik heb Mike altijd een fijne vent gevonden. Ik heb de geruchten nooit geloofd.'

Met opeengeklemde kiezen scrolde Andrea door haar mails. Ze ging Mike vermoorden.

'Ik moet ervandoor,' zei de baas. 'Oliver, mijn deur staat altijd open.'

Andrea had eindelijk haar welkomstbericht gevonden, wat maar goed was ook, want nu wist ze hoe ze onderdirecteur Cecelia Compton moest aanspreken. 'Bedankt, directeur.'

Bible grijnsde goedkeurend. 'Ik neem later nog wel contact op, baas. Ik verwacht een telefoontje van mijn vrouw voor ik aan mijn dienst begin.'

'Begrepen.' Met een scherpe klik werd de verbinding verbroken.

Bible drukte de uitknop van zijn eigen telefoon in. 'Marshalregel nummer tweeëndertig: altijd je mails checken voor je ze negeert.'

'Goeie regel,' mompelde Andrea, die snel het veelvoud aan berichten doornam die haar collega-agenten haar bij wijze van welkom hadden gestuurd. Zelfs Mike had een duit in het zakje gedaan met zijn gebruikelijke bullshitterij, want hij had een fantasieloze werkmail opgesteld die uit de pen van het hoofd hr had kunnen komen.

Nu ging een andere telefoon.

'Dat is Cussy, mijn vrouw.' Bible drukte zijn privételefoon tegen zijn oor en wendde bij gebrek aan privacy zijn hoofd iets af. 'Hoe was je dag, schoonheid?'

Andrea sloot zich af van zijn alarmerend zachte toon en scrolde verder door haar mails. Elke marshal in het district had zich klaarblijkelijk gemeld. Moest ze al die nietszeggende welkomstberichten beantwoorden? Zouden ze haar reacties met elkaar vergelijken of kon ze ze simpelweg copy-pasten?

Bible grinnikte suggestief. 'Schat, je weet dat ik het altijd met je eens ben.'

Andrea draaide haar hoofd weer naar het raampje, om het beetje privacy dat hij had iets te vergroten. Bible was gestopt voor rood. Ze moesten nu in de buurt van Vaughns huis zijn. Ze keek naar de straatnamen en herkende ze van een andere getuigenverklaring.

Om ongeveer 16.50 uur op 17 april 1982 was ik, Melody Louise Brickel, met mijn moeder in mijn slaapkamer om te bespreken welke jurk ik naar het bal zou dragen. Eigenlijk hadden we ruzie, maar we hebben het later weer bijgelegd. Ik liep dus naar het raam, dat uitkijkt over Richter Street en Ginger Trail. Daar zag ik de bruin met beige auto van Mr Wexler op de gele streep staan. Hij droeg een zwart pak, maar zonder het colbert. Zijn portier was open, maar hij stond op straat. Net als Emily Vaughn. Ze droeg de lichte, groenblauwe satijnen jurk waarin ik haar later in het centrum zag. Ik kon niet zien of ze schoenen aanhad, maar haar tasje paste bij de jurk. Het leek alsof ze ruzie had met Mr Wexler. Hij was heel kwaad. Ik moet erbij zeggen dat mijn raam openstond, want het is warm in mijn kamer, die is namelijk op zolder. Hoe dan ook, ik zag dat Mr Wexler Emily vastgreep en tegen zijn auto duwde. Ze schreeuwde, dat kon ik door het open raam horen. Toen schreeuwde hij iets terug, niet precies dezelfde woorden maar zoiets als 'Wat zeg je? Er valt niks te vertellen!' Op dat moment riep ik mijn moeder naar het raam, maar tegen de tijd dat die er was, scheurde Mr Wexler alweer weg. Mijn moeder zei toen dat ik niet met Emily of met de vrienden met wie ze vroeger omging mocht praten. Niet omdat Emily zwanger was, maar omdat ze het gevoel had dat ik beter niet met ze kon omgaan vanwege die akelige situatie, en ze wilde niet dat ik eronder leed, want ze wist dat het me dwarszat. Later die avond zag ik Emily bij de gymzaal, dat staat in mijn vorige verklaring, maar daarna heb ik haar niet meer levend gezien. Dat heb ik jullie niet eerder verteld, omdat ik dacht dat het er niet toe deed. Ik weet echt niet wie de vader van Emily's baby is. Ik heb haar heel lang gekend, vanaf de kleuterschool, maar we waren niet echt close. Eigenlijk was Emily met niemand echt close, behalve misschien met haar oma, die ziek is. Zelfs met haar vriendengroepje was het vóór haar zwangerschap alsof ze hen wel kende maar zij haar niet kenden. Niet echt. Ik zweer dat de inhoud van deze aangepaste verklaring op niets dan de waarheid berust.

Bible reed zachtjes door rood. Andrea zag de groene wegwijzerborden langsglijden. Ze vroeg zich af of Mr Wexler misschien de onbekende factor was in de zoektocht naar het vaderschap. Het zou niet de eerste keer zijn dat een leraar zich schuldig maakte aan seks met een minderjarige. Dat zou kunnen verklaren waarom Wexler niet genoemd werd in het hoofdstuk 'Waar zijn ze nu?' op de website van Longbill High School, dat beweerde een volledige lijst te bieden van de docenten die sinds de oprichting van de school in 1932 waren gekomen en gegaan.

Met Google schoot ze ook niet echt op. Wexler was een Duitse achternaam die 'geldwisselaar' betekende, en kennelijk had een hele horde Wexlers in de achttiende eeuw in Chesapeake Bay het anker laten vieren. Als je op de telefoongids afging, kon je geen steen gooien zonder een Rijnlander te raken.

'Hier is het.' Bible gaf richting aan, hoewel ze geen auto meer gezien hadden sinds ze het centrum achter zich hadden gelaten.

Andrea boog voorover om naar de met bomen omzoomde oprit te kijken, die minstens een half footballveld lang was. Ondanks de doodsbedreigingen stond een stel ijzeren hekken wijd open. Ze vroeg zich af of ze kapot waren of dat de rechter probeerde haar beveiligingsteam te treiteren.

'Weet je wat yankee-zuinig is?' vroeg Bible.

Andrea schudde haar hoofd.

'Zuidelijk-zuinig is: ik eet muffe koekjes terwijl ik jou deze beboterde verse broodjes geef, warm uit de oven. Yankee-zuinig is: ik heb tien miljoen op de bank staan, maar ik zet de thermostaat laag tijdens een sneeuwstorm en hier heb je de naar mottenballen stinkende jas van mijn betovergrootvader, nog uit de oorlog van 1812, voor het geval het je aan karakter en standvastigheid ontbreekt om je eigen lichaamswarmte op te wekken.'

Ze moest lachen. 'Dat zou een van je marshalregels moeten zijn.'

'Ik heb er nog eentje voor je.' Hij draaide de auto op het parkeergedeelte voor het huis en zette hem op een vrije plek tussen twee andere auto's. 'Marshalregel nummer negentien: laat nooit merken dat je geïntimideerd bent.'

In gedachten riep Andrea het beeld op van een strenge rechter Vaughn met een van haar dure sjaals om haar hals. 'Da's een goeie.'

De namiddagzon wierp een verzengende gloed over alles toen ze uitstapten. Andrea zag net zo'n zwarte Ford Explorer als die van Bible met de neus naar voren op de oprit staan.

'Krump en Harri doen de dagdienst,' legde hij uit. 'Van zes tot zes.'

'Fantastisch,' mompelde ze, want nog eens twaalf uur wakker blijven was uiteraard een fluitje van een cent.

'Wat ben je toch een lekkere aanpakker, collega.' Hij bracht haar een ferm saluut. 'Als jij nou eens een rondje over het terrein maakt om de zaak te verkennen en me dan binnen opzoekt? Via de garagedeur en dan links.'

'Doe ik.'

Andrea wachtte tot hij in de garage was verdwenen. Ze was blij dat ze wat frisse lucht kon opsnuiven voor ze met de rechter kennismaakte. Ergens voelde ze zich schuldig omdat ze zoveel wist over wat de ergste periode uit Esther Vaughns leven moest zijn. Ze wist niet goed hoe ze moest verhullen dat ze meer wist dan ze hoorde te weten. Ondanks haar onbetrouwbare ouders ging liegen haar niet gemakkelijk af.

Ze begon langs het huis te lopen, in de hoop dat Bible snapte dat ze met het 'rondje over het terrein' wel een kwartier zoet zou zijn. Alleen al de garage bood plaats aan zes auto's. Andrea kon de weg aan de andere kant van het open hek al bijna niet meer zien. Uit het verre gebulder van de zee leidde ze af dat de achtertuin waarschijnlijk iets weg had van *La Terrasse à Sainte-Adresse* van Monet. Het huis zelf deed de omgeving eer aan. De indrukwekkende buitenkant van de villa deed niet zozeer aan Escher denken, maar riep eerder het beeld op van onthoofde Tudorvrouwen. In het midden was het een langgerekt huis van twee verdiepingen, waaraan iemand ooit aan weerszijden twee gigantische vleugels had toegevoegd. Ze begreep onmiddellijk wat Bible had bedoeld met yankee-zuinig. Tenzij een meth- of gokverslaving roet in het eten had gegooid, moest de familie behoorlijk goed bij kas zijn, maar het huis was duidelijk slecht onderhouden. Het begon al te rotten.

Andrea liep de hoek om en ving een zweempje zeelucht op toen de wind van richting veranderde. Een stenen slingerpad voerde naar een Engelse tuin. De stijl werd gekenmerkt door een overvloed aan uitbundige flora. Kleurige bloemen verdrongen elkaar in de perken. Willekeurige groepjes heesters en struiken bogen zich over het kronkelende grindpad. Om een kleine fontein liep een ruwe stenen muur. Onkruid was nergens te bekennen. Er was iemand voor wie de tuin duidelijk een passieproject vormde. Uit de onlangs met compost bedekte grond rees een aardgeur op.

Ze rook ook een sigaret.

Andrea liep langs de achterkant van het enorme huis, maar bleef in de schaduw. De Engelse tuin ging over in een wildgroei aan gras en te grote struiken. Het bladerdek van de bomen werd dichter en hield het zonlicht tegen. Ze stootte met haar voet tegen een tegel die schuin uit de grond stak en deel uitmaakte van een nieuw kronkelpad. Dat sloeg ze in, dwars door woekerende planten, tot ze op een open plek kwam. Links van haar was een zwembad. Rechts, pal onder een balkon op de bovenste verdieping van het huis, stond een soort verbouwde tuinschuur, waaruit zich warm licht verspreidde.

'Fuck!'

Toen Andrea zich omdraaide, zag ze een tiener in een haltertop en een broek met afgeknipte pijpen, die niet wist of ze boos of bang moest zijn nu ze met een sigaret was betrapt. Gezien haar leeftijd was het niet verrassend dat woede de strijd won. Ze wierp de peuk de tuin in en liep met grote passen terug naar het huis, nicotine- en haatdampen in haar kielzog achterlatend.

'Niet vergeten Syd te voeren!' riep Judith vanuit de open deur van de schuur. Ze droeg nog steeds het zwierige gewaad van eerder op de dag, maar had haar haar nu opgestoken in een losse knot.

'Syd?' vroeg Andrea, die het ongemakkelijke gevoel probeerde te onderdrukken dat haar bij het restaurant had bekropen.

'Dat is onze ouwe brompot van een parkiet, en dat was Guinevere, mijn mooie, onstuimige dochter. Mocht je het je afvragen, ze haat haar naam bijna net zo intens als ze mij haat. Ik probeer het niet persoonlijk op te vatten. Op die leeftijd haten we onze moeders toch allemaal?'

Andrea had haar moederhatende jaren uitgesteld tot de rijpe leeftijd van eenendertig. 'Sorry van eerder. Het is een lange dag.'

'Geen probleem.' Judith wuifde het weg. 'Als je maar weet dat ik het zeer waardeer wat jullie voor mijn familie doen. Oma zou het nooit zeggen, maar die laatste brieven hebben haar echt geschokt.'

Andrea vatte de bekentenis op als een uitnodiging om dichterbij te komen. 'Weet je wat erin staat? In die brieven?'

'Nee, ze wilde ze niet laten lezen, maar ik ging ervan uit dat ze heel persoonlijk waren. Er is veel voor nodig om haar aan het huilen te maken.'

Het kostte Andrea moeite om zich de rechter Esther Vaughn over wie ze gelezen had in tranen voor te stellen, maar dat had je nu eenmaal met al die intimiderende adjectieven. Je vergat al snel dat het over een echt mens ging.

'Woon je hier?' vroeg ze aan Judith.

'We wonen allemaal in het grote huis. Vorig jaar heb ik Syd opgepakt en zijn we naar huis teruggegaan.'

Andrea wist dat Franklin Vaughn een jaar geleden met pensioen was gegaan. Misschien was hij inderdaad gestopt om meer tijd met zijn familie door te brengen.

'Het zal je niet verbazen dat Guinevere niet blij was met de verhuizing.' Judith lachte in zichzelf. 'Ze noemt het Huize Zwadderich, wat vreselijk oneerlijk is. Dat is toch onze generatie?'

Andrea kreeg een brok in haar keel. Misschien waren ze halfzussen. In een andere wereld zouden ze met gescheiden ouders, die de pest aan elkaar hadden, op elkaar aangewezen zijn.

'Hierlangs.' Judith gebaarde naar de schuur. 'Dit is mijn atelier. Ik slaap hier soms, maar niet wanneer het zo warm is. Ik zal je een rondleiding geven.'

Andrea's mond viel open, want ze betrad een zeer vertrouwde ruimte. De muren gingen schuil achter houten schappen. Roestvrijstalen potten, zeven en trechters. Maatbekers. Wegwerphandschoenen. Gezichtsmaskers. Tangen. Houten lepels. pH-strips. Knijpflessen en druppelaars. Een twintigliterv at zwavelzuur. Verscheidene grote doorzichtige plastic zakken met wit poeder.

'Wees maar niet bang,' zei Judith. 'Dat is geen coke. Het is –'

'Fixeer,' was Andrea haar voor. 'Wat verf je?'

'Vooral zijde,' zei Judith. 'Maar ik ben echt onder de indruk. De meeste smerissen denken na één blik op deze installatie dat ik hier een drugslab heb.'

'De sjaals van de rechter.' Andrea besefte dat ze een hele rij droogrekken over het hoofd had gezien. Over de houten pennen lagen sjaals in allerlei kleuren. Eentje was zo diepblauw dat het leek alsof de kleur door een prisma was gebroken. 'Dat indigo is precies goed. Heb je het Gullah Geechee-procedé gebruikt?'

'Niet te geloven,' zei Judith. 'Hoe bestaat het dat een US Marshal op de hoogte is van een oeroud verfprocedé dat door slaven vanuit Afrika is meegenomen?'

'Ik ben in het Zuiden opgegroeid, aan de kust.' Andrea was bang dat ze te veel prijsgaf. 'Heb je hiervoor gestudeerd of heb je het jezelf geleerd?'

'Van beide een beetje.' Ze haalde haar schouders op. 'Ik ben gestopt met mijn studie aan de RISD.'

De Rhode Island School of Design was een van de meest prestigieuze kunstopleidingen van het land.

'Ik vind het altijd prachtig om mijn vroegere docenten uit te nodigen voor mijn tentoonstellingen, maar dat betreft dan mijn collages. De sjaals zijn iets wat ik een paar jaar geleden voor mijn oma ben gaan doen. Er is een tumor van haar stembanden verwijderd. Godzijdank waren ze er op tijd bij, maar ze geneert zich voor het litteken.'

Het was alsof Andrea een klap had gekregen, maar dat kwam niet door het woord 'tumor'. Met haar rug naar Judith gekeerd deed ze alsof ze de sjaals bestudeerde, maar ze vocht tegen haar plotseling opkomende tranen. Ze had altijd van kunst gehouden, maar het was nooit bij haar opgekomen dat die liefde misschien van Clayton Morrow in plaats van Laura afkomstig was.

Wat had hij nog meer doorgegeven?

'De collages zijn in het atelier,' zei Judith. 'Misschien is er iets bij wat je interessant vindt.'

Sniffend draaide Andrea zich weer om. Ze streek met haar hand over haar ogen.

'Sorry, ik werk al zo lang met zuren dat mijn ogen nauwelijks meer reageren op het brandende gevoel.' Judith wenkte Andrea mee naar de aangrenzende kamer. 'In het atelier waait het lekker door.'

Ze liepen via een open deur naar een grote, uitnodigende ruimte. Overal waren ramen en glas te zien, tot in het plafond. Schildersezels toonden kunst in uiteenlopende stadia. Voor Judith was dit geen hobby of toegepaste kunst. Ze was een artiest van wie het werk aan Kurt Schwitters en Man Ray deed denken. De vloer zat vol verfspatten. De tafels waren bezaaid met lijmpotten, scharen, snijplanken, klossen garen, messen, lak en fixeerspuitbussen, naast tijdschriften, foto's en losse rommel die uiteindelijk tot een nieuwe kunstuiting verwerkt zouden worden.

Het was het meest volmaakte atelier dat Andrea ooit had bezocht.

'Tijdens de hondsdagen kan de zon meedogenloos zijn, maar het is het waard.' Judith was voor een ezel blijven staan met duidelijk haar meest recente werk. 'Ik dacht dat je dit wel zou willen zien.'

Andrea nam de details niet gelijk in zich op. Eerst vóélde ze het werk; het was alsof ze op het dek van een bootje stond dat tegen de golven van een naderende storm in deinde. Judith had met behulp van solarisatie een gevoel van onzekerheid gecreëerd. Snippers van verscheurde brieven en foto's liepen door elkaar heen en vormden zo een onheilspellende, van duisternis doortrokken collage.

'Dit is een van mijn zwaardere werken.' Judith klonk bijna verontschuldigend. 'Mijn werk wordt meestal mannelijk of krachtig genoemd, maar...'

'...de woede van een vrouw wordt vaak niet begrepen,' maakte Andrea haar zin af. Ze kende dat soort neerbuigendheid van sommige mannelijke docenten. 'Hannah Höch kreeg dezelfde bullshit over zich heen toen ze samen met de Dada-groep exposeerde, maar nog geen twintig jaar na haar dood had ze mooi een eigen tentoonstelling in het MoMa.'

'Echt, je bent de interessantste marshal die ik ooit ben tegengekomen,' zei Judith hoofdschuddend.

Andrea zei niet dat ze nog maar anderhalve dag marshal was. Ze bestudeerde het werk aandachtig en las de woorden die uit de brieven waren geknipt, waarvan sommige handgeschreven op schriftblaadjes, andere getypt en weer andere via de computer gegenereerd.

Ik vermoord je fucking bitch sterf Jood slet verleidster kutjodin duivel moordenaar ijskoningin motherfucker pikkenlikker pedo bloeddrinkende klotenknijper hoer van Soros...

'Zijn dit de doodsbedreigingen die je oma heeft ontvangen?' vroeg Andrea.

'Niet dé doodsbedreigingen, maar een selectie uit de afgelopen jaren. Relatief gezien zijn ze niet eens zo erg.' Judith liet een vreugdeloos lachje horen. 'Politiek gezien sta ik zeker niet op één lijn met mijn grootouders, maar over één ding zijn we het eens, namelijk dat de samenzweringsgekkies van tegenwoordig behoorlijk eng zijn. Mijn familie is trouwens niet Joods. Die mafkezen denken vast dat het een van de ergste dingen is waarvoor ze ons kunnen uitschelden.'

Andrea bekeek de foto's die rond de akelige scheldpartij waren geplakt. Judith had ze met naaisteken en kleurpotloden tot één thema verenigd. Franklin Vaughn met een getekende davidster op zijn gezicht. Een jongere Judith in schooluniform met de borsten uitgesneden. Esther in haar toga met kruisjes op haar ogen gekrast. Een dode rat met zijn pootjes omhoog en schuim uit zijn bek.

'Dat arme beest dreef in het zwembad.' Judith wees naar de rat. 'Oma heeft vorige maand een voederhuisje voor vogels opgehangen en toen gingen ze er met uitgestoken handjes onder staan.'

Andrea rilde. Ze wilde niet aan ratten met handjes denken.

'Ik heb iemand in Nieuw-Zeeland betaald om het schuim rond zijn bek te fotoshoppen,' legde Judith uit. 'Verbluffend wat je online allemaal vindt.'

'Zeg dat wel,' zei Andrea, hoewel ze wist dat er heel veel dingen – en mensen – waren die wat het internet betrof onzichtbaar bleven. Ze onderdrukte de jaloezie die ze als kunstenaar voelde en probeerde aan de werkelijke reden te denken waarom ze hier was. Judith bezat de kleinsteedse gewoonte om nieuwe mensen te overstelpen met informatie. Of misschien had ze simpelweg grote behoefte aan iemand die begreep wat ze in het atelier aan het doen was. Hoe dan ook, de vrouw leek rijp voor wat rechtstreekse vragen.

'Gebruik je de naam Vaughn voor je kunst?' vroeg Andrea.

'O, god nee. Al die aandacht, ik moet er niet aan denken. Ik gebruik de tweede naam van mijn moeder, Rose. Judith Rose.'

Andrea knikte, zonder te laten merken dat haar hart explodeerde bij het horen van de tweede naam van Emily. 'Je bent echt goed. Ze is vast supertrots op je.'

Judith trok een verbaasd gezicht. 'Heeft Cat het je niet verteld?'

'Wat?'

Zonder iets te zeggen wenkte Judith Andrea mee naar de achterkant van de ruimte. Ze bleef staan voor de kamerhoge opslagrekken met daarop grote canvas panelen. Ze doorzocht de verzameling en keek toen over haar schouder naar Andrea. 'Niet streng zijn. Dit was de eerste collage die ik ooit maakte. Ik was van Guineveres leeftijd. Een en al levensangst en hormonen.'

Andrea wist niet wat ze moest verwachten toen Judith een doek omdraaide waarop een zeer primitieve collage was te zien. De gevoelens die het werk opriep, waren nog steeds duister en verontrustend, maar minder gericht. Het was duidelijk dat Judith naar een eigen visie had gezocht, zoals het Andrea ook duidelijk was dat het gekozen onderwerp haar dode moeder was. Langs de rand zag ze foto's van Emily, vastgenaaid met dik, zwart draad, zoals dat bij een autopsie werd gebruikt.

Andrea zocht naar woorden. 'Het is –'

'Rauw?' Judith lachte misprijzend. 'Tja, er is een reden dat ik dit niet aan iedereen laat zien. Zelfs mijn agent heeft het niet gezien.'

Andrea probeerde een vraag te stellen die je zou verwachten van iemand die nergens van afwist. 'Is dat je moeder?'

Judith knikte, maar de schoolfoto van Emily Vaughn in de hoek van het stuk was Andrea zo vertrouwd dat ze hem met haar ogen dicht had kunnen beschrijven. Opgeföhnd permanent. Lichtblauwe oogschaduw. Hartvormige lippen. Mascara die als spinrag aan elkaar klonterde.

'Iedereen zegt altijd dat Guinevere op haar lijkt,' zei Judith.

'Inderdaad.' Andrea boog zich naar voren. Evenals op het recentere werk had Judith de beelden doorbroken met reepjes tekst. Flarden gelinieerd schoolschrift omrandden het doek in een willekeurig patroon. Ze droegen allemaal het ronde, lusserige handschrift van een emotioneel nog jong meisje.

Mensen zijn ZO GEMEEN... Je VERDIENT NIET wat ze zeggen...
Blijf eraan werken! UITEINDELIJK KOM JE ACHTER DE WAARHEID!!!

'Heb jij dat geschreven?' vroeg Andrea.

'Nee, die zijn uit een brief die ik tussen mijn moeders spullen vond. Die heeft ze geloof ik aan zichzelf geschreven. Zelfbevestiging was populair in de jaren tachtig. Ik wou dat ik hem niet verscheurd had. Al sla je me dood, ik heb geen idee wat er verder nog in stond.'

Met enige moeite keerde Andrea zich weer naar Judith toe. Ze wilde niet te gretig of opgewonden, nerveus of bang overkomen, en zeker niet laten merken dat haar voetzolen leken te tintelen van een of andere emotie. Zoveel foto's van Emily. Sommige met vrienden. Andere gemaakt op momenten van verpletterende eenzaamheid.

Wat kon de kunst van de zestienjarige Judith haar vertellen over de moord op de zeventienjarige Emily?

'Is het zo slecht?' vroeg Judith, merkbaar gespannen.

Andrea wist hoe het was om iemands mening te peilen en dan de ander zich te zien afwenden. 'Nee, het is primitief, maar je werkte onmiskenbaar naar iets belangrijks toe.' Ze had haar hand op haar hart gelegd. 'Ik voel het hier.'

Judith klopte op haar borst, want blijkbaar voelde ze hetzelfde.

Zo bleven ze een tijdje staan, twee vrouwen met de hand op hun hart, twee vrouwen die mogelijk zussen waren, tot Andrea zich weer naar de collage toe keerde.

'Herinner je je nog dat je dit maakte?' vroeg ze.

'Nauwelijks. In datzelfde jaar ontdekte ik cocaïne.' Judith lachte luchtig, alsof ze niet net tegenover een marshal een misdrijf had opgebiecht. 'Wel herinner ik me het verdriet. Puber zijn is al zo moeilijk, maar dan ook nog zo'n verlies...'

'Je hebt het heel goed weergegeven.' Andrea haalde diep adem in een poging haar emoties te dempen terwijl ze de kleinste details van Emily's leven in zich opnam. Uit de getoonde foto's sprak de persoonlijkheid van het meisje, en of ze nu op het strand rende, een boek las of in haar schoolbanduniform op de fluit speelde, het lieve in haar drong bijna door de cameralens heen. Ze leek eerder kwetsbaar dan breekbaar, en heel, heel jong.

Op de groepsfoto linksboven werd Emily omringd door drie jongens en een tweede meisje. Ricky was gemakkelijk te herkennen aan haar halo van krullen, en ook omdat ze het enige andere meisje was. Bij Clay moest Andrea denken aan iets wat Laura had gezegd, dat hij een adembenemend knappe jongen was geweest. De foto was veertig jaar oud, maar zijn doordringende blauwe ogen bezorgden Andrea nog steeds koude rillingen. Ze ging ervan uit dat de jongen naast Clay Ricky's tweelingbroer was, Eric Blakely. De tweeling leek niet op elkaar. Zelfs hun haar was anders van structuur en kleur. Dan was er nog Nardo, een wat mollige blonde jongen met een sarcastische uitstraling, die een zelfgedraaide sigaret uit zijn mond liet bungelen, als de Billy Idol van Delaware.

'Dat waren haar vrienden.' Judith verwachtte duidelijk meer feedback. 'Of eigenlijk de mensen die ze als haar vrienden beschouwde. Zwangere tieners hadden destijds nog geen eigen realityshow.'

Andrea had weer gebiologeerd naar Clays ogen gekeken. Met moeite richtte ze haar aandacht op een vervaagde polaroid. 'Wie is dit?'

'Dat is mijn moeder met mijn overgrootmoeder van grootvaders kant. Ze is kort na mijn geboorte gestorven.' Judith wees naar een vrouw in sobere, victoriaans aandoende kledij, met een mollige, blije baby op schoot. 'Oma werd destijds volledig door haar carrière in beslag genomen. Omi heeft mijn moeder praktisch grootgebracht. Daar komt de naam "Judith" vandaan. Ik ben de som van hun delen.'

Er waren meer foto's van Judiths moederloze leven. Haar eerste schooldag met niemand naast zich. Haar eerste schooltoneelstuk. Haar eerste tentoonstelling. Haar eerste dag op de kunstacademie. Allemaal verbonden door tekst uit de brief en losse vondsten: een stukje schoolrapport, een diploma, een advertentie voor tiener-bh's. Hoewel iemand uiteraard achter de camera had gestaan, was Judith altijd alleen.

Vreemd genoeg deden de foto's Andrea beseffen hoe genadeloos aanwezig Laura altijd was geweest in háár leven. Gordon nam altijd de foto's. Laura was degene die Andrea had geholpen cupcakes te glaceren voor de taartverkoop op school, degene die haar had geleerd hoe ze de patroondelen op de stof moest spelden voor de jurk die ze had gedragen op haar verjaarsfeestje, met als thema 'trots en vooroordeel', degene die op tentoonstellingen, afstudeerplechtigheden en concerten niet van haar zijde was geweken en die met een tovenaarshoed op bij de boekwinkel in de rij had gestaan voor de nieuwe *Harry Potter*.

Het besef gaf Andrea een vreemd kleinzielig gevoel, alsof ze een punt had gescoord tegen een rivale.

'En dat ben ik natuurlijk.' Judith wees op een reeks echofoto's, die ze rond het midden had laten uitwaaieren om het begin van haar leven aan te geven. 'Mijn moeder had deze op haar badkamerspiegel geplakt. Ik denk dat ze die elke ochtend en avond wilde zien.'

'Dat weet ik wel zeker,' beaamde Andrea, maar haar aandacht werd nu getrokken door de met fineliner geschreven aantekeningen op het etiket van een cassettebandje dat rechtsonder in de hoek was bevestigd. Kleine, afgescheurde stukjes kleurenfoto zweefden als een sterrenstelsel rond de handgeschreven nummers en artiesten.

Iemand had een mixtape voor Emily gemaakt.

'Er was in de jaren tachtig veel kutmuziek, maar ik moet toegeven dat deze best wel goed zijn.'

De inkt was uitgelopen. Andrea kon maar een paar krabbelige namen lezen:

Hurts So Good-J. Cougar; Cat People-Bowie; I Know/Boys Like-Waitresses; You Should Hear/Talks-M. Manchester; Island/Lost Souls-Blondie; Nice Girls-Eye to Eye; Pretty Woman-Van Halen; Love's/Hard on Me-Juice Newton; Only/Lonely-Motels.

Ze probeerde het versnipperde sterrenstelsel rond de tekst te ontrafelen, maar toen besefte ze dat de snippers niet van verschillende foto's afkomstig waren, maar van één. Twee staalblauwe ogen, diagonaal in twee hoeken. Twee oren. Een neus. Hoge jukbeenderen. Een sensuele, volle mond. Een kin met een kuiltje.

Andrea's keel snoerde dicht, maar ze wrong de vraag eruit: 'Wie heeft dat bandje gemaakt?'

'Mijn vader,' zei Judith. 'De man die mijn moeder heeft vermoord.'

19 OKTOBER 1981

Emily zat op de onderzoekstafel in de behandelkamer van dokter Schroeder. Ze bibberde zo in haar papieren hemd dat haar tanden klapperden. Van Mrs Brickel had ze al haar kleren moeten uittrekken, ook haar ondergoed, iets wat ze nooit eerder had hoeven doen. Dwars door de dunne papierrol heen absorbeerden Emily's blote billen de kou uit de kunststofbekleding. Haar voeten voelden als ijsklonten. Ze was misselijk, maar ze wist niet of het hetzelfde soort misselijkheid was waardoor ze de vorige avond uit de Bijbelklas was gerend of de misselijkheid waardoor ze tijdens het ontbijt van tafel was gestormd, zonder toestemming te vragen. De eerste keer moest wel van de stress zijn geweest. De tweede kwam door de misselijkmakend zoete geur van ahornsiroop, waar ze altijd al een wee gevoel van kreeg.

Toch?

Want Emily kon simpelweg niet zwanger zijn. Ze was niet gek. Ze zou het geweten hebben als ze seks had gehad, want seks was niet zomaar iets. Daarna voelde je je anders. Dan wist je dat alles onomkeerbaar veranderd was. Want dat was gewoon zo. Van seks werd je een volkomen nieuw iemand. Dan was je echt een vrouw. Zij was nog een tiener. Ze voelde zich nu niet anders dan vorig jaar om deze tijd.

Bovendien sloegen meisjes vaak een menstruatie over. Ricky kon die van haar nooit voorspellen. Gerry Zimmerman was maandenlang niet ongesteld geweest omdat ze een of ander bizar eierendieet volgde. En iedereen wist dat Barbie Klein zoveel getennist en hardgelopen had dat haar eileiders op slot waren gegaan.

In gedachten herhaalde Emily wat ze de afgelopen twee dagen steeds tegen zichzelf had gezegd terwijl ze wachtte tot haar kinderarts spreekuur hield: ze had een buikvirus opgelopen. Ze had griep. Ze was gewoon misselijk, niet zwanger misselijk, want ze kende Clay, Blake en Nardo al haar hele leven, en het was onmogelijk dat een van hen haar iets had aangedaan.

Toch?

Ze proefde bloed in haar mond. Ze had per ongeluk op de binnenkant van haar lip gebeten. Ze bracht haar hand naar haar buik. Ze betastte de contouren. Voelde het altijd zo? De vorige avond in bed had ze over haar buik gewreven alsof het de fles uit *I Dream of Jeannie* was, maar die had nog even plat aangevoeld als altijd. Stulpte hij altijd een beetje uit als ze zat? Ze rechtte haar schouders. Weer legde ze haar hand op haar buik. De huid plooide zich naar haar handpalm.

De deur ging open, en Emily schrok op alsof ze iets verkeerds had gedaan.

'Miss Vaughn.' Dokter Schroeder rook naar sigaretten en Old Spice. Normaal was hij wat brommerig, maar nu keek hij geërgerd. 'Volgens de zuster wilde je niet vertellen waarom je hier bent.'

Emily keek even naar Mrs Brickel, die ook de moeder van Melody was. Zou ze tegen Melody zeggen dat die domme Emily Vaughn een buikvirus had maar dacht dat ze zwanger was, ook al had ze nog nooit seks gehad? En zou Melody het aan de hele school vertellen?

'Miss Vaughn?' Dokter Schroeder keek op zijn horloge. 'Je houdt de patiënten op die wel de moeite hebben genomen een afspraak voor vanochtend te maken.'

Emily's mond was droog. Ze likte over haar lippen. 'Ik...'

Dokter Schroeder fronste zijn wenkbrauwen. 'Je wat?'

'Ik denk...' Emily kreeg de dwaze woorden niet over haar lippen. 'Ik moet soms overgeven. Niet veel. Ik bedoel... Ik heb gisteren overgegeven. En ook zaterdagavond. Maar ik denk...'

Sussend wreef Mrs Brickel over haar rug. 'Rustig maar.'

Emily nam een hap lucht. 'Ik ben nooit met... Ik bedoel, ik heb het nooit met iemand gedaan. Niet zoals wanneer je getrouwd bent. Dus ik snap niet waarom –'

'Je snapt niet waarom wát?' Dokter Schroeders brommerigheid was overgegaan in regelrechte vijandigheid. 'Hou eens op met die smoesjes, jongedame. Wanneer was je voor het laatst ongesteld?'

Opeens kreeg Emily het heel warm. Ze had weleens gelezen dat je kon branden van schaamte, maar dit gevoel kende ze niet. Haar vingers en tenen, haar hart in haar borstkas, haar longen, haar darmen, zelfs de haren op haar hoofd: alles voelde alsof het in brand stond.

'Ik ben niet...' Haar adem stokte. Ze kon hem niet aankijken. 'Ik ben nooit met... een jongen naar bed geweest. Echt niet. Dat zou ik nooit doen.'

Hij begon laden en kasten open te rukken en weer dicht te slaan. 'Ga op de tafel liggen.'

Emily zag hem allerlei spullen op het werkblad gooien. Chirurgische handschoenen. Een of andere tube. Een hoofdband met een spiegeltje. Een metalen instrument als een soort lange eendensnavel, dat tegen het laminaat kletterde.

Ze voelde Mrs Brickel tegen haar schouder duwen. Liggend op het kussen kon ze haar nog steeds niet aankijken. Beneden haar zwaaiden twee merkwaardige stangen omhoog. Aan het uiteinde bogen ze om, als grote lepels. Emily's hart sloeg over toen ze ze zag. Dit kon niet waar zijn. Ze zat gevangen in een horrorfilm.

'Schuif eens naar de rand.' Dokter Schroeder trok de handschoenen aan. Emily zag dat de haartjes op de rug van zijn handen net vachtjes leken onder de kunststof. Hij greep haar enkel.

Ze gilde het uit.

'Doe niet zo kinderachtig,' blafte de dokter. Hij pakte haar andere enkel en rukte haar naar de rand van de tafel. 'Niet tegenstribbelen.'

Mrs Brickel had haar hand weer op Emily's schouder gelegd, deze keer om haar stevig vast te houden. Ze had het geweten. Hoewel Emily niets had gezegd over de reden van haar komst, had ze van Mrs Brickel al haar kleren moeten uittrekken, want ze had het verschil gezien. Ze wist dat Emily geen kind meer was.

Wie konden het verder allemaal zien?

'Stop eens met huilen,' beval dokter Schroeder, die zijn greep om haar enkels verstevigde. 'Mijn andere patiënten kunnen je horen.'

Emily wendde haar hoofd af en keek naar de muur, terwijl haar hielen in de stijgbeugels aan weerszijden van de tafel werden geramd. Haar knieën werden wijd uit elkaar geduwd. Als ze opkeek, wist ze, zou ze dokter Schroeder zien die zich over haar heen boog. Bij de gedachte aan zijn ruwe, boze gezicht dat op haar neerkeek, hield ze het niet meer. Een snik ontglipte haar.

'Ontspannen.' Dokter Schroeder zat op de kruk met wieltjes. 'Zo maak je het alleen maar erger.'

Emily beet zo hard op haar lip dat ze weer bloed proefde. Ze wist pas wat hij ging doen toen het te laat was.

Hij duwde het koude metalen instrument bij haar naar binnen. Opnieuw stootte ze een kreet van pijn uit. Haar binnenkant voelde alsof alles werd weggeschraapt. Met luid geklik gingen de metalen kaken open. Instinctief duwde ze haar hielen naar beneden om weg te komen, maar daardoor kwam ze nog dieper in de stijgbeugels te zitten. Er kwam een lamp aangerold. De hitte was ondraaglijk, maar niet zo vernederend als het feit dat dokter Schroeder zijn gezicht dáárnaartoe bracht.

Emily slikte een nieuwe snik in. Tranen stroomden uit haar ogen. Met zijn dikke vingers porde hij in haar binnenste. Ze greep de tafel vast. Ze klemde haar kiezen op elkaar. Ze voelde een scherpe kramp en haar adem stokte. De lucht zat vast in haar longen. Ze was verlamd, niet in staat om uit te ademen. Er trok een waas voor haar ogen. Nog even en ze verloor het bewustzijn. Braaksel stroomde haar mond in.

En toen was het voorbij.

Het instrument werd eruit gewrikt. Dokter Schroeder stond op. Hij duwde de lamp weg en trok zijn handschoenen uit. In plaats van tot Emily richtte hij zich tot Mrs Brickel. 'Ze is niet meer intact.'

Mrs Brickel liet een geluidje horen. Ze greep Emily's schouder steviger vast.

'Ga zitten,' gebood dokter Schroeder. 'Opschieten. Je hebt al genoeg van mijn tijd verspild.'

Met moeite tilde Emily haar voeten uit de beugels. Het metaal kletterde.

Dokter Schroeder greep haar beide enkels vast en hief haar hielen in de lucht. In plaats van ze los te laten klemde hij ze tegen elkaar. 'Zie je dat?' zei hij. 'Als je je benen gesloten had gehouden, zou je nu niet in de problemen zitten.'

Emily krabbelde overeind. Het papieren hemd was gescheurd. Ze probeerde zichzelf te bedekken.

'Voor preutsheid is het te laat.' Dokter Schroeder had haar status in zijn handen. Hij begon te schrijven. 'Wanneer ben je voor het laatst ongesteld geweest?'

'Dat was…' Emily nam een tissue van Mrs Brickel aan. 'Eh… anderhalve maand geleden. Maar ik… ik zei dat ik nooit… Ik heb niet…'

'Je hebt wel degelijk geslachtsgemeenschap gehad. En van wat ik gezien heb talloze keren.'

Emily was te geschokt om te reageren.

Talloze keren?

'Stop met dat toneelspel. Je hebt jezelf aan een jongen gegeven en moet nu voor de gevolgen opdraaien.' Hij klonk zakelijk. 'Wat dacht je dat er zou gebeuren, domme meid?'

Emily klemde het papieren hemd vast. 'Ik heb nooit… Ik heb nooit wat dan ook met…'

Dokter Schroeder keek op van zijn aantekeningen. Eindelijk luisterde hij naar haar. 'Ga door.'

'Ik heb nooit…' Emily kreeg de woorden er met moeite uit. 'Ik was op een feestje, en ik…'

Ze hoorde haar stem wegsterven in het kleine kamertje. Wat kon ze zeggen? Het was een feestje met vrienden geweest, met haar kliek. Als ze zei dat er iets ergs was gebeurd, dat iemand haar had gedrogeerd of dat ze was flauwgevallen en dat er maar drie jongens bij waren geweest, dan moest een van die drie er verantwoordelijk voor zijn.

'Oké.' Dokter Schroeder dacht het nu helemaal te snappen. 'Je had te veel gedronken of iemand heeft je stiekem een papertrip gegeven?'

Emily wist nog dat Clay het papiertje met lsd op haar tong had gelegd. Het was niet stiekem gebeurd. Ze had het in alle vrijheid aangenomen, want ze vertrouwde hem. Ze vertrouwde hen allemaal.

'Dus,' giste dokter Schroeder, 'je wilt beweren dat jou geen blaam treft in deze situatie, omdat een of andere jongen gebruik van je heeft gemaakt.'

'Ik…' Emily kreeg de woorden niet over haar lippen. De jongens zouden haar dit niet aandoen. Daar waren ze stuk voor stuk te goed voor. 'Ik kan me niet herinneren wat er gebeurd is.'

'Maar je geeft toe dat je geslachtsgemeenschap hebt gehad.'

Het was geen vraag, en hij had het antwoord met eigen ogen gezien. Ze was niet 'intact'.

'Nou?' blafte hij.

Emily kon alleen maar knikken.

Haar bekentenis leek hem nog bozer te maken. 'Ik zal je één ding vertellen, jongedame. Je kunt maar beter met een ander leugentje bij je vader aankomen. Uit mijn onderzoek blijkt dat je al heel lang seksueel actief bent. Je bent gezakt voor de tweevingertest. Zo wijd zijn doorgaans alleen getrouwde vrouwen.'

Emily bracht haar hand naar haar borst. Was het meer dan één keer gebeurd? Was iemand 's nachts haar kamer binnengekomen terwijl ze sliep?

'Ik ben niet –' begon ze.

'Dat ben je wel degelijk.' Hij liet het klembord op het werkblad vallen. 'Je moet heel goed over je volgende stappen nadenken. Heb je voldoende karakter om de schuld voor je daden op je te nemen of ga je de toekomst van een arme jongeman vernietigen omdat jij je knieën niet bij elkaar kon houden?'

Emily huilde te hard om te kunnen antwoorden.

'Dat dacht ik al.' Hij keek weer op zijn horloge. 'Zuster Brickel, doe maar een bloedtest om te bevestigen wat we al weten. Dit meisje is in de zesde week van haar eerste trimester. Miss Vaughn, ik geef je precies een uur om je vader te vertellen wat je hebt uitgespookt voor ík hem bel om het hem zelf te vertellen.'

Emily's lippen bewogen, maar ze kon de woorden niet vormen.

Haar vader?

Die zou haar vermoorden.

'Je hebt me gehoord.' Dokter Schroeder keek haar nog één keer aan, waarbij hij vol walging zijn hoofd schudde. 'Eén uur.'

Mrs Brickel deed de deur zachtjes achter de dokter dicht. Ze had haar lippen getuit. Vroeger, toen ze klein waren en Emily's moeder tot laat moest werken, bakte ze altijd koekjes voor Emily en Melody.

'Emily,' zei ze nu.

Emily liet een haperende snik horen. Een nieuwe uitbrander kon ze niet aan. Het was toch al alsof iemand een mes in haar borst had gestoken. Hoe moest ze haar vader onder ogen komen? Wat zou hij met haar doen? Na dat zesje voor aardrijkskunde vorig jaar had hij haar zo hard geslagen dat zijn riem een litteken had achtergelaten op de achterkant van haar dijen.

'Kijk me eens aan, Emily.' Mrs Brickel hield Emily's hand stevig vast. 'De dokter kan niet uit het onderzoek afleiden hoeveel keer je seksueel actief bent geweest. Hij kan alleen zien dat je maagdenvlies is gescheurd. Meer niet.'

Emily was geschokt. 'Maar hij zei –'

'Hij liegt,' zei Mrs Brickel. 'Hij probeert je te schande te maken. Maar wat er ook gebeurd is, je bent niet slecht. Je hebt seks met iemand gehad. Meer niet. Misschien voelt het nu alsof de wereld vergaat, maar dat is niet zo. Je overleeft dit wel. Dat doen vrouwen altijd.'

Emily slikte een nieuwe snik door. Ze wilde geen vrouw zijn. En ze wilde haar vader al helemaal niet onder ogen komen. Dan zou de wereld pas echt vergaan. Ze zou niet mogen studeren. Misschien mocht ze haar school niet eens afmaken. Ze zou thuis opgesloten zitten met alleen Omi als gezelschap, en als Omi er niet meer was, zou ze helemaal niks meer hebben.

Wat moest ze doen?

'Kijk me eens aan, schat.' Mrs Brickel sloeg haar handen om Emily's armen. 'Ik zal niet tegen je liegen. We weten allebei dat het moeilijk gaat worden, maar ik weet ook dat je sterk genoeg bent om je erdoorheen te slaan. Je bent een geweldige meid.'

'Ik weet niet...' Emily's gedachten tuimelden over elkaar. Ze voelde zich gevangen. Haar leven ontglipte haar en ze kon er niets aan doen. 'Wat denkt u dat mijn vader gaat doen?'

Weer tuitte Mrs Brickel haar lippen. 'We zullen eens zien of de heiligheid van Franklin Vaughns opvattingen het moet afleggen tegen de heiligheid van zijn lidmaatschap van de countryclub.'

Emily schudde haar hoofd. Ze had geen idee wat er bedoeld werd.

'Sorry. Dat had ik niet moeten zeggen.' Mrs Brickel klemde Emily's armen nog steviger vast. 'Is het een optie om met de vader te gaan praten?'

De vader?

'Ik weet dat het niet ideaal is, Emily, maar als je iets voelt voor die jongen, ben je niet te jong om te trouwen.'

Trouwen?

'Maar als je dat niet wilt, zijn er andere mogelijkheden.'

'Wat voor mogelijkheden?' De vraag barstte naar buiten. Ze was door paniek bevangen. 'Wat moet ik doen? Hoe kom ik hier overheen? Ik weet niet wie de… de vader… Ik weet niet wie dat is! Ik heb tegen de dokter gezegd – en ook tegen u – dat ik niet weet wat er gebeurd is. Ik zweer het, echt, dat ik het niet weet omdat ik iets geslikt heb en… ja, ik heb het geslikt, maar ik wist niet wat er zou gebeuren en ik kan het niet… ik kan het niet aan mijn vader vertellen. Die vermoordt me, Mrs Brickel. Ik weet dat het hysterisch klinkt, maar hij… hij gaat me…'

Emily kromp ineen toen ze haar wanhopige stem door de kamer hoorde galmen. Haar hart was een snaredrum. Zweet gutste over haar lichaam. De misselijkheid was terug. Haar huid voelde raar, alsof die los was getrild van het bot. Ze was alles kwijt. Dat had ze gelezen in dokter Schroeders ontstelde blik. Emily was Emily niet meer. Ze was een zondares. Ze was iemand anders. Ze bracht haar hand naar haar buik, naar dat ding dat iemand in haar had gestopt.

Maar wie?

'Emily.' Mrs Brickel klonk kalm, sussend. 'Je moet contact met je moeder opnemen. Onmiddellijk.'

'Die is…' Emily zweeg. Haar moeder was aan het werk. Ze mocht niet gestoord worden, tenzij het heel belangrijk was. 'Ik k-kan het niet.'

'Vertel het eerst maar aan je moeder,' zei Mrs Brickel. 'Ik weet dat je me niet gelooft, maar Esther begrijpt het wel. Je bent haar dochter. Ze zal je beschermen.'

Emily sloeg haar blik neer. Haar handen beefden. Het zweet was door het papieren hemd gedrongen. De kraag zat met tranen aan haar hals geplakt. De bloedtest was nog niet gedaan. Misschien was dit alles een vreselijke vergissing. 'Dokter Schroeder zei zes weken, maar het… Volgens mij was het een maand geleden. Dat is vier weken. Geen zes weken.'

'De klok begint te tikken vanaf je laatste menstruatie,' zei Mrs Brickel. 'Niet vanaf de dag van de geslachtsgemeenschap.'

Geslachtsgemeenschap?

Het gewicht van het woord drukte op Emily's schouders. Het was geen vergissing. Deze vreselijke nachtmerrie was nog maar net begonnen. Ze had geslachtsgemeenschap gehad en nu was ze zwanger.

'Emily. Kleed je aan. Ga naar huis. Bel je moeder.' Mrs Brickel wreef over haar rug en probeerde haar in beweging te krijgen. 'Je komt hier overheen, lief kind. Het zal heel moeilijk zijn, maar je komt eroverheen.'

Emily zag tranen in Mrs Brickels ogen. Ze wist dat de vrouw loog. Maar het enige wat ze kon zeggen was: 'Oké.'

'Goed. Zal ik dan nu bloed afnemen?'

Emily keek naar het kastje boven de spoelbak, terwijl Mrs Brickel de nodige spullen bijeenzocht. Ze ging snel en efficiënt te werk, of misschien was Emily helemaal verdoofd, want ze voelde de naald nauwelijks, had amper door dat er een pleister in de binnenkant van haar elleboog werd geplakt.

'Oké, klaar.' Mrs Brickel opende een andere la, maar niet om een lolly te pakken, zoals voor patiëntjes die flink waren geweest. Ze legde een maximaandverband op het werkblad. 'Gebruik dit als je wat bloed verliest.'

Emily wachtte tot de deur dichtging. Ze keek naar het verband. Haar hart bonkte in haar schedel, maar haar lichaam voelde nog steeds verdoofd. De handen die haar broek ophesen, haar bloesje dichtknoopten, waren niet haar handen. Toen ze haar voeten in haar pennyloafers schoof, had ze het gevoel dat ze haar bewegingen niet onder controle had. Haar spieren gingen hun eigen gang: ze openden de deur, liepen de gang door, de hal in, naar buiten. De ogen die traanden in het ochtendlicht, waren niet haar ogen. De keel die met moeite gal terugslikte, was van iemand anders. De kloppende pijn tussen haar benen was van een vreemde.

Ze stapte de stoep op. Ze voelde zich duizelig, zo leeg was haar hoofd. In haar verbeelding zag ze een kermis. De raderen van haar brein veranderden in een draaimolen. Ze zag de paarden op en neer bewegen, maar niet de ijssalon of de strandstoelenverhuurtent of de toffeemachine die werkeloos in de etalage stond te wachten op de toeristen die in de zomer zouden terugkeren. Ze perste de tranen uit haar ogen. De draaimolen ging sneller en sneller. De wereld tolde rond. Ze zag alleen nog een waas. Uiteindelijk, gelukkig, schakelde haar brein zichzelf uit.

Emily knipperde met haar ogen.

Ze keek om zich heen, verbaasd over haar nieuwe omgeving.

Ze zat aan het tafeltje achter in de diner. Hoewel er verder niemand was, balanceerde ze toch op het randje, zoals altijd wanneer de kliek hier neerstreek.

Hoe was ze hier terechtgekomen? Waarom deed het pijn tussen haar benen? Waarom droop ze van het zweet?

Emily schudde haar jasje af. Ze richtte haar blik op de milkshake die voor haar stond. Het glas was leeg. Zelfs de lepel was schoongelikt. Ze kon zich niet herinneren dat ze het glas had besteld, laat staan dat ze het had leeggedronken. Hoelang zat ze hier al?

De klok aan de muur gaf 16.16 uur aan.

Dokter Schroeders praktijk was die ochtend om acht uur opengegaan. Ze had buiten staan wachten tot de deur openging.

Acht uur – verdwenen.

Ze was niet naar school geweest. Haar tekendocent zou commentaar geven op de tekening die ze van haar oma had gemaakt. Daarna had ze een scheikundetoets. Dan oefenen met de schoolband. Ze had vóór gym met Ricky in de kleedkamer afgesproken om te praten over… over wat eigenlijk?

Emily wist het niet meer.

Het deed er niet toe. Niets van dat alles deed er nog toe.

Ze keek de tafel rond, zag zonder te zien. Ricky, toen Blake, toen Nardo, toen Clay. Haar vrienden. Haar klíék. Een van hen had haar iets aangedaan. Ze was niet meer intact. Ze was geen maagd meer. Zoals dokter Schroeder haar had aangekeken, zo zou iedereen haar voortaan aankijken.

'Emily?' Big Al stond naast haar. Hij keek ongeduldig, alsof hij al een tijdje haar aandacht had proberen te trekken. 'Je moet naar huis, meisje.'

Ze kreeg geen geluid over haar lippen.

'Nu.'

Hij sloeg zijn hand om haar arm, maar niet ruw. Hij trok net zo lang tot ze overeind kwam. Hij pakte haar jasje en hielp haar erin. Hij hing haar boekentas om haar schouder. Hij reikte Emily haar handtasje aan.

'Ga naar huis,' zei hij nogmaals.

Emily draaide zich om. Ze liep de diner door. Ze deed de glazen deur open.

Het weer was omgeslagen. Emily sloot haar ogen tegen de straffe bries. Opdrogend zweet prikte op haar huid. Ze ontsnapte altijd het liefst naar buiten. Als haar ouders ruzie hadden. Als het op school te zwaar werd. Als de kliek onenigheid had over iets wat op zeker moment heel belangrijk had geleken maar later werd weggelachen of vergeten. Ze ontsnapte altijd naar buiten. Ook als het regende. Ook tijdens noodweer. Ze vond rust in de lommerrijke omhelzing van de bomen. Troost in de vaste grond onder haar voeten. Vergiffenis in de wind.

Nu voelde ze…

Niets.

Haar voeten bleven bewegen. Haar handen staken diep in haar zakken. Ze had pas door dat ze naar huis ging toen ze opkeek en het hek zag aan het eind van de oprit. Het kon niet meer dicht van de roest. Haar moeder had het willen laten repareren, maar haar vader had gezegd dat het te duur was, en daarmee was de kous af geweest.

Emily liep over de slingerende oprit, met haar hoofd gebogen in de wind. Pas toen het huis in het zicht kwam, sloeg de angst toe. Haar benen weigerden dienst, maar ze dwong zichzelf naar voren. Het was tijd om de gevolgen van haar daden onder ogen te zien. Dokter Schroeder hield zich altijd aan zijn woord. Hij had haar vader vast uren geleden al gebeld. Haar moeder zou inmiddels ook op de hoogte zijn. Ze zouden haar in de bibliotheek opwachten. In haar verbeelding had haar vader zijn riem al uit de lussen getrokken en sloeg hij met het leer tegen zijn hand, terwijl hij haar vertelde wat hij precies met haar ging doen.

In de garage was het iets kouder dan buiten. Ze sloeg haar hand om de deurkruk, en opeens besefte ze dat ze het koude metaal tegen haar handpalm voelde. Ze spreidde haar vingers en op hetzelfde moment stroomde het gevoel terug in haar lichaam. Eerst in haar vingers, toen via haar armen naar haar schouders en vandaar naar haar borst, naar haar heupen, naar haar benen en ten slotte naar haar voeten. Vreemd genoeg was haar buik het laatste wat weer tot leven kwam. Plotseling had ze honger als een paard.

Ze sloeg haar hand om de bolling en opeens was het er. Het begin van een zwangerschapsbuikje. Het onmiskenbare teken dat er iets groeide in haar binnenste. Dat ronde daar kwam niet door de zwaartekracht. Het kwam door een jongen.

Welke jongen?

De deur vloog open.

Ze zag haar moeders gespannen gezicht. Esther Vaughn toonde zelden haar emoties, maar nu zag Emily dat haar mascara was uitgelopen. Haar eyeliner was zo uitgesmeerd dat ze net Tammy Faye Bakker leek. Emily zou om de overeenkomst gelachen hebben, maar toen zag ze de dreigende gestalte van haar vader achter de deur. Zijn aanwezigheid vulde de rommelige gang. Als zijn woede hitte had afgegeven, zouden ze op dat moment alle drie levend zijn verbrand.

Als bij toverslag was Emily's angst verdwenen. Kalmte nam bezit van haar. Ze berustte in wat haar te wachten stond, wat haar betrof mocht het nu gebeuren. Ze had van haar moeder geleerd dat je je soms maar het beste op de vloer kon oprollen, met je armen beschermend om je gezicht, om de klappen op te vangen.

En ze verdiende het, zonder meer.

'Emily!' Esther greep haar hand en sleepte haar mee naar de keuken. Ze sloot de deur naar de gang voor het geval de hulp er nog was. Haar toon was scherp, maar kalm. 'Waar heb je in godsnaam uitgehangen?'

Emily's blik ging naar het ovenklokje. Het was bijna vijf uur. Ze kon zich nog steeds niets herinneren van de tijd tussen nu en het moment dat ze dokter Schroeders praktijk had verlaten.

'Geef antwoord.' Esther pakte haar bij haar arm en trok eraan alsof het de klepel van een klok was. 'Waarom heb je me niet gebeld?'

Emily schudde haar hoofd, want ze wist het niet. Mrs Brickel had gezegd dat ze Esther moest bellen. Waarom had ze dat niet gedaan? Was ze gek aan het worden? Waar waren de afgelopen acht uur gebleven?

'Ga zitten,' zei Esther. 'Vertel ons wat er gebeurd is, Emily, alsjeblieft. Wie heeft je dit aangedaan?'

Het was alsof haar ziel weer uit haar lichaam probeerde te zweven. Ze klemde de stoel vast om zichzelf aan de grond te houden. 'Ik weet het niet.'

Franklin was hen zwijgend naar de keuken gevolgd en leunde nu met zijn armen over elkaar tegen het aanrecht. Hij had nog niets gezegd. Nog niets gedaan. Wat was er aan de hand? Waarom schreeuwde hij niet, stompte hij haar niet, ging hij niet tekeer?

'Schatje.' Esther knielde voor haar neer. Ze hield Emily's handen vast. 'Zeg alsjeblieft wat er gebeurd is. Ik moet het weten. Hoe is dit gebeurd?'

'Ik was...' Emily sloot haar ogen. Ze zag hoe Clay het papiertje met lsd op haar uitgestoken tong legde. Dat kon ze hun niet vertellen. Dan zouden ze Clay de schuld geven.

'Alsjeblieft, Emily,' smeekte Esther.

Ze deed haar ogen open. 'Ik had wat gedronken. Ik wist niet dat het... En toen viel ik flauw. Ik denk dat ik flauwgevallen ben. En toen ik wakker werd, wist ik niet dat er iets gebeurd was. Ik had geen idee.'

Met getuite lippen hurkte Esther neer. Emily zag haar moeders brein in actie, zag hoe het langs de emotie boorde op zoek naar een oplossing. Daarom werd er niet geschreeuwd, gemept of geslagen. Haar ouders hadden acht uur lang tegen elkaar tekeer kunnen gaan.

Met als gevolg dat ze dit nu als elke willekeurige bedreiging van de Firma Rechter Esther Vaughn behandelden, net zoals ze met oom Fred hadden gedaan toen hij betrapt was in een mannenbar of toen de vader van Cheese, commissaris Stilton, Omi had thuisgebracht nadat ze in haar nachthemd de supermarkt was binnengegaan. Emily kende de verschillende stappen alsof ze in het familiewapen stonden gebeiteld. Stel het probleem vast. Koop wie dan ook af. Zoek naar een oplossing die de familienaam buiten de pers houdt. Doe alsof er niets is gebeurd.

'Emily,' zei Esther. 'Vertel me de waarheid. Verwijt is hier niet aan de orde. Dit gaat over oplossingen.'

'Verwijten zijn nog niet van tafel,' bracht Franklin ertegen in.

Esther blies als een kat naar hem. 'Emily. Zeg iets.'

'Ik... Ik had nog nooit gedronken.' Hoe meer Emily loog, hoe meer ze er zelf in geloofde. 'Ik nam alleen een klein slokje, mam. Dat zweer ik. Je weet dat ik zoiets nooit zou doen. Ik ben niet... Ik ben niet slecht. Dat zweer ik.'

Haar ouders wisselden een blik die ze niet kon ontraadselen.

Franklin kuchte. 'Het moet Blakely, Fontaine of Morrow zijn geweest. Dat zijn de enigen met wie je ooit omgaat.'

'Nee,' zei Emily, want hij kende hen niet zoals zij hen kende. 'Dat zouden ze nooit met me doen.'

'Godverdomme!' Hij sloeg met zijn vuist op het blad. 'Je bent de maagd Maria niet. Voor de draad ermee. Een jongen heeft zijn pik in je gestopt, en nu zit jij met de gebakken peren.'

'Franklin!' waarschuwde Esther. 'Zo is het genoeg.'

Tot haar verbijstering zag Emily dat haar vader zijn woedeaanval bedwong. Dat had ze nog nooit meegemaakt. Thuis liet Esther nooit haar gezag gelden. Op de een of andere manier leek ze nu het heft in handen te hebben.

'Mam.' Emily slikte moeizaam. 'Het spijt me zo.'

'Dat weet ik,' zei Esther. 'Nu moet je goed luisteren, schat. Het maakt me niet uit hoe het gebeurd is. Of je wilde of niet is irrelevant. Zeg maar wie het gedaan heeft, dan zorgen we dat het goed komt.'

Emily had geen idee wat 'goed' betekende. Ze dacht aan wat Mrs Brickel had gezegd over mogelijkheden. En toen dacht ze aan Nardo, die rook in haar gezicht blies, aan Blake die een rotopmerking maakte over hoe haar spijkerbroek zat, aan Clay die deed of ze lucht was terwijl ze al bijna vijftien jaar als een halvegare naast hem zat.

Met een schok drong een grimmig besef tot haar door. Ze hield niet van hen, niet zoals ze altijd gedacht had. Ze wilde hen niet, geen van allen. Ook Clay niet.

'Emily.' Haar moeder bleef haar naam als een mantra herhalen. 'Alsjeblieft, Emily.'

Emily dwong zichzelf de glasscherven in haar keel door te slikken. 'Ik wil niet trouwen.'

'En ik wil godverdomme geen opa worden!' barstte Franklin uit. Hij had zijn vuisten gebald, maar duwde zijn handen weer naar beneden. 'Jezus christus, Esther. We hebben het hierover gehad. Breng haar ergens naartoe en laat het weghalen.'

'We hebben het er inderdaad over gehad.' Esther stond nu oog in oog met hem zodat Emily van de discussie was buitengesloten. 'Dan wordt het ontdekt, Franklin. Zoiets wordt altijd ontdekt.'

Hij wuifde het weg en ging over op zijn volgende stap. 'Huur iemand in. Handje contantje.'

'Wie zou ik moeten inhuren? Een van de griffiers? De hulp?' Op haar kousenvoeten priemde Esther met haar vinger naar Franklins gezicht. 'Jij bent hier de wiskundige. Reken maar eens uit hoelang het duurt voor iemand met genoeg geld ze aan het praten zou krijgen. Hoelang het duurt voor alles waarvoor we gewerkt hebben implodeert vanwege één stomme fout.'

'Het is niet míjn fout.'

'Maar wel jóúw reputatie,' kaatste ze de bal terug. 'Jij gaat naar congressen, spreekt in kerken en –'

'En dat allemaal voor jou!' riep hij uit. 'Voor jouw heilige carrière!'

'Denk je dat *The Washington Post* ook maar een reet geeft om een tweederangs economiedocent als zijn vrouw niet in haar eentje het nieuwe federalisme in de staat Delaware had geïntroduceerd?'

Emily had haar vader nooit eerder berouwvol zien kijken. Hij trok zijn kin zelfs in.

'Adoptie?' vroeg hij toen.

'Doe niet zo belachelijk. Je weet hoe slecht jeugdzorg eraan toe is. Dan kunnen we het arme schaap net zo goed in zee gooien. En er zouden alleen maar meer mensen bij betrokken raken.' Esther was nog niet klaar. 'Nog los van het feit dat Reagan me permanent van de lijst zou halen als er ook maar een zweem van een dergelijk schandaal openbaar wordt.'

'Alsof zijn eigen dochter niet schandalig vroeg geboren is,' bromde Franklin. 'Ik zal het je voorrekenen, Esther. Het zou weleens jaren kunnen duren voor iemand zijn mond opendoet. Tegen die tijd ben je allang geïnstalleerd. Het is een benoeming voor het leven. Dan heb je gewoon schijt aan ze.'

Emily voelde de scherven weer in haar keel. Ze had evengoed niet in de kamer kunnen zijn.

'Snap je niet hoe uitgekookt de oppositie kan zijn? Kijk maar wat ze met Anne Gorsuch doen. Ze zit amper een jaar bij het milieuagentschap en ze hebben haar al tot doelwit gemaakt.' Esther sloeg haar handen voor haar gezicht. 'Ik ben geen Kennedy, Franklin. Als het om een conservatieve vrouw gaat, wordt een schandaal echt niet onder het tapijt geveegd.'

Emily zag haar vader naar de vloer staren. Uiteindelijk knikte hij. 'Oké, dan vragen we mijn moeder of ze haar naar een veilige kliniek brengt, in Californië bijvoorbeeld of –'

'Ben je gek geworden?' Esther wierp haar handen in de lucht. 'Je moeder weet amper meer hoe ze heet.'

'Die heeft haar eigen kind tenminste in de gaten gehouden!'

Esther sloeg hem in zijn gezicht. Het klonk als een tak die van een boom brak.

Emily's mond viel open van verbazing. Een rode striem liep over haar vaders wang. Ze zette zich al schrap voor een brute reactie, maar Franklin schudde alleen maar zijn hoofd en liep de keuken uit.

Met haar armen strak om haar middel begon Esther op en neer te lopen. Haar brein werkte nog steeds op volle toeren. Ze zocht wanhopig naar oplossingen.

'Mam...' zei Emily voorzichtig.

'Geen woord.' Esther stak een hand op. 'Ik laat dit niet gebeuren. Niet met jou en zeker niet met mezelf.'

Emily wilde de scherven weer doorslikken, maar die lieten zich nergens door verdrijven.

'Jouw leven gaat hierdoor niet naar de knoppen.' Ze keerde zich naar Emily toe. 'Waarom heb je me niet om anticonceptie gevraagd?'

Emily was sprakeloos door het gewaagde van haar vraag. Waarom zou ze aan anticonceptie doen? Mocht dat eigenlijk wel? Niemand had het ooit over die mogelijkheid gehad.

'Verdomme.' Esther begon weer te ijsberen. 'Weet je zeker dat je niet met hem wilt trouwen?'

Hem?

'Je zult uiteindelijk moeten trouwen, Emily. Het hoeft niet het soort relatie te zijn dat ik met je vader heb. Je kunt erin groeien. Je kunt van elkaar leren houden.'

'Mam,' zei Emily. 'Ik weet niet eens wie het is. Ik kan me niet eens herinneren dat het gebeurde.'

Esther had haar lippen weer getuit. Ze keek Emily onderzoekend aan, speurend naar bedrog.

'Wat ik je heb verteld over hoe het gebeurde, dat was waar,' zei Emily.

'Ik... Ik dronk iets. Wat er daarna gebeurde weet ik niet meer. Ik weet niet wie het gedaan heeft.'

'Maar je hebt vast wel een idee.'

Emily schudde haar hoofd. 'Ik denk niet... Dat zouden ze nooit doen. De jongens. We zijn al bevriend vanaf de kleuterschool en –'

'Op dat punt heeft je vader in elk geval gelijk. Het zijn jongens, Emily. Wat er met jou is gebeurd, is precies wat jongens doen met meisjes die knock-out gaan van de drank.'

'Mam –'

'Inmiddels doen de omstandigheden er niet meer toe. Je noemt de naam van de jongen, kies er maar een, maakt niet uit wie. Je noemt gewoon een naam en wij regelen het wel. Of je zult de rest van je leven met de schande zitten.'

Emily kon niet geloven wat haar moeder zei. Die had het altijd over de waarheid en gerechtigheid, maar nu droeg ze haar eigen dochter op om iemands leven te verwoesten – van wie dan ook.

'Nou?' zei Esther.

'Ik...' Emily haalde even adem. 'Ik kan het niet, mam. Ik herinner het me echt niet. En het zou verkeerd zijn... Ik kan toch niet zomaar iets zeggen waarvan ik niet weet of het waar is? Dat zou ik niemand –'

'Bernard Fontaine is een nog grotere oplichter dan zijn afgrijselijke vader. Eric Blakely zal uiteindelijk voor de rest van zijn ellendige leven achter de patatbak staan.'

Emily beet op haar tong om hen niet fel te verdedigen.

'Je hebt Clay altijd leuk gevonden. Zou dat zo verkeerd zijn?' Esther deed zichtbaar moeite om haar toon te matigen. 'Hij is heel knap. Hij gaat aan de Westkust studeren. Je kunt het veel slechter treffen.'

Emily probeerde zich een leven met Clay voor te stellen. Ze zou altijd opzij worden geschoven, ze zou er altijd maar een beetje bij hangen terwijl hij doorzaagde over de revolutie.

Nog voor ze antwoordde, schudde ze haar hoofd al. 'Nee, ik kan niet liegen.'

'Dan is het je eigen keuze, Emily Rose. Onthou dat goed. Jij bent degene die de keuze heeft gemaakt.' Esther gaf een knik ten teken dat dit onderwerp was afgesloten en dat ze nu op het volgende overgingen. 'We moeten dit als gezin afhandelen, zoals we altijd doen. Je had niet naar Schroeder moeten gaan. Daardoor zijn onze handen nu gebonden. Hij kan zijn mond niet houden en zal het aan iedereen vertellen als je probleempje opgelost blijkt te zijn wanneer je van vakantie terugkomt. Om nog maar te zwijgen van die assistente van hem. Natalie Brickel begon waarschijnlijk te kakelen als een heks toen ze het ontdekte.'

Emily wendde haar blik af. Mrs Brickel was alleen maar aardig geweest. 'Het spijt me.'

'Ik weet dat het je spijt, Emily.' Esthers stem stokte. Ze draaide zich om, want Emily mocht haar tranen niet zien. 'We vinden het allemaal erg, maar daar schieten we niks mee op.'

Emily's onderlip begon te trillen. Ze kon er niet tegen als haar moeder huilde. Het enige wat ze kon doen, was tot aan haar dood steeds dezelfde drie woorden herhalen. 'Het spijt me.'

Haar moeder zweeg, met haar hoofd in haar handen. Ze vond het vreselijk als anderen haar op haar kwetsbaarst zagen.

Emily dacht aan alles wat ze nu zou kunnen doen – haar moeder troosten, haar vasthouden, over haar rug wrijven zoals Mrs Brickel bij haar had gedaan – maar emotionele steun viel buiten de plichten die ze elkaar sinds jaar en dag verschuldigd waren. Emily blonk altijd uit in alles wat ze deed. Esther keek goedkeurend toe. Ze wisten geen van beiden wat ze met falen aan moesten.

Emily keek naar haar ineengeslagen handen op tafel terwijl Esther zich herpakte. Dokter Schroeder, haar vader – in één opzicht hadden ze gelijk. Ze had het uitsluitend aan zichzelf te wijten. Ze zag elke vergissing die ze ooit had begaan oplichten op de grafiek van haar leven. Kon ze maar terug in de tijd met het inzicht dat ze nu had verworven. Ze zou niet naar stomme feestjes gaan. Ze zou niet als een hond haar tong uitsteken en blindelings doorslikken wat erop werd gelegd.

Er viel veel op Franklin Vaughn aan te merken, maar hij had Emily's kliek op alle mogelijke manieren doorzien.

Nardo was zo listig als een slang. Blake had praatjes over zijn studie, die betaald werd met het geld van de schadevergoeding voor de dood van zijn ouders, maar ze wisten allemaal dat hij er uiteindelijk mee zou kappen. En Clay... Hoe had Emily ooit kunnen denken dat hij ook maar een minuut van haar tijd waard was? Hij was arrogant, gevoelloos en buitengewoon egoïstisch.

Esther snifte. Ze snoot haar neus in een tissue uit de doos op het keukenblad. Haar ogen waren rood met donkere randen. Ze was tot in het diepst van haar ziel geschokt.

'Het spijt me verschrikkelijk.' Het was het enige wat Emily kon zeggen.

'Ik snap niet hoe je dit kon laten gebeuren.' Esthers stem klonk rauw. Tranen biggelden over haar wangen. 'Ik had zulke hoge verwachtingen van je. Weet je dat? Ik wilde niet dat je dezelfde strijd moest leveren die ik had geleverd. Ik probeerde het leven gemakkelijker voor je te maken. Je de kans te geven iets te worden zonder dat je daar alles voor moest opofferen.'

Emily was weer gaan huilen. Haar moeders teleurstelling raakte haar diep. 'Ik weet het, mam, het spijt me.'

'Niemand zal je ooit nog respecteren. Begrijp je dat?' Esther sloeg haar handen als in gebed in elkaar. 'Door wat jij hebt gedaan, heb je je intelligentie, je tomeloze inzet, je doorzettingsvermogen en vastberadenheid uitgewist – alles wat je tot op heden aan goeds hebt gedaan, is verdwenen vanwege vijf minuten… nou ja, wat eigenlijk? Je kunt er niet van genoten hebben. Die jongens zijn nog bijna pubers. Het zijn kinderen.'

Emily knikte, want ze had gelijk. Ze waren een stel stomme kinderen.

'Ik wilde…' Weer stokte Esthers stem. 'Ik wilde je verliefd zien worden op iemand die om je gaf. Die je respecteerde. Snap je niet wat je gedaan hebt? Dat is nu weg. Verdwenen.'

Emily's mond was zo droog dat ze nauwelijks kon slikken. 'Ik… Ik wist het niet.'

'Nou, dan weet je het nu.' Esther schudde één keer haar hoofd, niet om op de oplossing over te gaan, maar om aan te geven dat er een definitief besluit was genomen. 'Telkens als iemand voortaan naar je kijkt, ziet hij alleen een smerige hoer.'

Esther liep de keuken uit. Er was een deur naar de gang, maar die sloeg ze niet dicht. Ze liep niet over de hardhouten vloer te stampen. Ze schreeuwde niet en beukte niet tegen de muren. Ze liet alleen haar woorden nagalmen in Emily's hoofd.

Smerige hoer.

Dat had dokter Schroeder ook gedacht toen hij dat wrede metalen instrument tussen haar benen had geramd. Dat had Mrs Brickel heimelijk gedacht. Haar vader had de woorden nog net niet uitgesproken. Dat was het etiket dat ze opgeplakt kreeg, dat zou ze op school horen van haar docenten en vroegere vrienden. Clay, Nardo, Blake en Ricky zouden allemaal hetzelfde zeggen. Het was een kruis dat ze voor de rest van haar leven zou moeten dragen.

'Liefje?'

Emily stond snel op en trof tot haar verbijstering Omi in de provisiekast aan, zittend op de stapel wijnkisten. Ze had daar de hele tijd gezeten. Ze moest alles hebben gehoord.

'O, Omi.' Emily had niet gedacht dat ze zich nog dieper kon schamen. 'Hoelang zit je daar al?'

'Ik heb mijn horloge niet bij me,' zei Omi, hoewel het was vastgespeld op het boord van haar jurk. 'Heb je zin in koekjes?'

'Ik haal ze wel.' Emily liep naar de kast en opende de deur. Zonder haar grootmoeder aan te kijken vroeg ze: 'Omi, heb je gehoord waarover ze het hadden?'

Omi ging aan tafel zitten. 'Ja. Ik heb gehoord wat ze zeiden.'

Nu móést Emily zich wel omdraaien. Ze keek haar grootmoeder aan, niet op zoek naar een oordeel, maar naar besef. Was dit de Omi die haar had grootgebracht, haar steun en toeverlaat, haar vertrouwelinge? Of was dit de Omi die de onbekenden om haar heen niet herkende?

'Emily?' vroeg Omi. 'Gaat het wel goed met je?'

'Omi.' Emily snikte het woord uit terwijl ze zich naast haar grootmoeder op haar knieën liet vallen.

'Arm schaap.' Omi streek haar haar naar achteren. 'Wat een pech.'

'Omi?' Nu het nog kon, moest Emily het vragen. 'Weet jij nog dat ik begin vorige maand op de vloer van je slaapkamer wakker werd?'

'Tuurlijk weet ik dat nog,' zei Omi, maar het was onmogelijk te zeggen of ze het inderdaad nog wist. Haar geheugen werd met de dag slechter. Vaak zag ze Emily voor haar zus aan, die al heel lang dood was. 'Je droeg een groene jurk. Heel mooi.'

Emily's hart maakte een sprongetje. Ze zag zichzelf weer op Clay afstappen, met uitgestoken tong voor het lsd-papiertje, en in de zijdegroene jurk die ze van Ricky had geleend.

'Dat klopt, Omi. Ik had een groene jurk aan. Kun je je die avond nog herinneren?'

'De oxford stond buiten.' Omi glimlachte. 'Zo grappig, net een luchtbel. Toet toet.'

Emily's hoop vervloog. Het ene moment was Omi terug, om het volgende moment weer verdwenen te zijn. In elk geval zou ze zich het gesprek niet kunnen herinneren dat Emily kort daarvoor met haar ouders had gehad. Dat betekende dat hoe dikker haar buik werd, hoe verbaasder Omi zou zijn elke keer als ze haar zwangere kleindochter herkende.

'Liefje?'

'Ik pak de koekjes.' Emily stond op om de trommel te halen. Ze veegde met de rug van haar hand over haar ogen. 'Heb je zin in melk?'

'O ja, graag. Ik ben dol op koude melk.'

Emily opende de koelkast. In gedachten dwong ze zichzelf terug te keren naar de ochtend na het feest. Ze kon zich nog duidelijk herinneren dat ze wakker werd op de vloer van haar grootmoeders slaapkamer. Haar jurk had binnenstebuiten gezeten. Haar dijbenen hadden gekneusd aangevoeld. Vanbinnen had ze een kloppende pijn gevoeld, die ze had afgedaan als menstruatiekrampen.

Waarom kon ze het zich niet herinneren?

'Oxford, oxford, toet-toet-toet,' zong Omi. 'Hoe heet zoiets? Zo'n luchtbelautootje?'

'Een auto?' Emily zette het glas melk op tafel. 'Wat voor auto?'

'O, je weet wel wat ik bedoel.' Omi knabbelde aan een koekje. 'Hij loopt van achteren schuin af. Alsof er elk moment een clown uit tevoorschijn kan springen.'

'Een...' Emily ging tegenover Omi zitten.

Weer kwam er een herinnering boven, deze keer aan het donkere interieur van een auto. De dashboardlampjes gloeiden. De radio stond te zacht om de tekst van het nummer te kunnen volgen. Emily zat nerveus aan een scheurtje in Ricky's groene jurk te pulken.

'Ze lopen van achteren schuin af,' zei Omi. 'Zo'n auto waarbij je via het achterraampje in de kofferbak kunt kijken.'

Emily hield haar adem in, net als bij dokter Schroeder in de praktijk. Ze hoorde het nummer op de autoradio weer, maar kon de tekst nog steeds niet verstaan. 'Een hatchback?'

'Heet dat zo?' Omi schudde haar hoofd. 'Vreemd hoor, om een volwassen man in zo'n ding te zien.'

'Wat voor man?'

'O, dat zou ik niet weten,' zei Omi. 'Hij zette je buiten af op de avond waarover je het hebt. Ik zag hem vanuit het raam.'

Emily klemde haar kiezen op elkaar. Weer toverde haar brein een beeld tevoorschijn dat al even echt voelde als dat van Clay die de lsd op haar tong legde. Het was uren na het feest. Het was zo donker dat ze nauwelijks een hand voor ogen kon zien. Opeens ging een portier met een klap dicht. Een motor sloeg aan en een paar koplampen verlichtten de voorkant van het huis. Emily strompelde. Haar dijen schuurden tegen elkaar en haar huid plakte. Ze keek naar de uitgescheurde zoom in Ricky's groene jurk. Toen ze opkeek, zag ze Omi voor haar slaapkamerraam staan.

Ze keken elkaar aan. Ze wisselden iets uit. Emily voelde zich anders. Smerig.

De motor brulde. De auto reed snel achteruit. Emily hoefde zich niet om te draaien om te weten wat voor merk het was. Ze had er zojuist nog in gezeten, net als al die maanden daarvoor, minstens een jaar daarvoor. Een lift naar huis omdat het regende. Meerijden naar atletiektraining. Het interieur rook naar zweet en wiet. De buitenkant was bolvormig. Hij was gespoten als een oxford-schoen, lichtbruin vanboven, donkerbruin van onderen. Er was maar één iemand in het stadje die in een dergelijke Chevy Chevette reed. Dat was dezelfde man die haar op de avond van het feest naar huis had gebracht.

Dean Wexler.

4

Andrea had een onverklaarbaar en mogelijk ongegrond gevoel te zijn afgewezen nadat ze Judiths atelier had verlaten. De vrouw, die weleens haar halfzus zou kunnen zijn, was niet geïnteresseerd in hun eventueel gemeenschappelijke vader. Judiths kennis reikte niet verder dan wat het tijdschrift *People* over de latere wandaden van Clayton Morrow had geschreven. Ze was er nooit dieper ingedoken en had geen poging gedaan met hem in contact te komen. Meer wilde ze niet weten. Eigenlijk leek ze juist minder te willen weten.

'Waarom zou ik ook maar een gedachte aan hem verspillen?' had ze Andrea gevraagd. 'Ik of wie dan ook?'

Het was een goede vraag, waar Andrea geen antwoord op had zonder alles prijs te geven.

Met haar iPhone in haar hand geklemd liep ze om de achterkant van het huis heen. Ze durfde niet op het scherm te kijken. Terwijl Judith het atelier had afgesloten, was Andrea erin geslaagd stiekem een paar foto's van de Emily-collage te maken. De echo's, de groepsfoto, de ongeposeerde foto's van Emily en haar doodgewone puberleventje, de stukjes tekst. De rest van de korte tijd die ze samen hadden doorgebracht, had Andrea braaf geknikt terwijl Judith over Guinevere had verteld, die inderdaad een lastpak was, en over de rechter, die ze van graniet in klei wist te veranderen door te onthullen dat ze van tuinieren hield en haar kleindochter onvoorwaardelijk had gesteund in haar verlangen om de weg van de kunst in te slaan in plaats van rechten of economie te studeren of iets anders waarmee ze later de rekeningen zou kunnen betalen.

'Oma is zo gedreven,' had Judith haar toevertrouwd. 'Ze zei dat ze vanaf het begin vastbesloten was met mij niet dezelfde fouten te maken als met mijn moeder. Een afschuwelijke manier om een tweede kans te krijgen, maar ze heeft er iets van gemaakt.'

Andrea was niet blijven hangen om te horen wat die fouten waren geweest, al had ze de indruk gehad dat Judith ze graag wilde delen. Zo ging het als je in een klein stadje woonde. Door het isolement, doordat je nooit eens een nieuw iemand ontmoette, werd je een ander mens. Je ging of te veel praten of je praatte helemaal niet meer.

Ondanks Andrea's heimelijke motieven had ze liever gehad dat Judith bij de tweede categorie hoorde. Het was te vreemd en oneerlijk om zoveel over het leven van iemand anders te weten zonder het te laten merken. Zo had ze Judith kunnen vertellen dat ze zich vergiste wat één schijnbaar willekeurig maar belangrijk feit betrof.

Het handschrift op Emily's mixtape was niet van Clayton Morrow.

Voor zover Andrea wist, was het van niemand uit Emily's groepje. Alle getuigenverklaringen uit het oorspronkelijke onderzoek waren door de getuigen zelf geschreven. Daardoor waren Jack Stiltons bijna onleesbare schuinschrift en Ricky Blakely's kinderlijke gebruik van rondjes in plaats van puntjes op de i voor eeuwig vastgelegd. Evenals Clay Morrows gewoonte om willekeurig hoofdletters te gebruiken in zijn blokschrift. Hij had zijn pen zo hard op het papier gedrukt dat op de kopie een schim van de groeven was achtergebleven.

Om ongeveer 17.45 uur op 17 april 1982 stond ik, Clayton James Morrow, bij het PODIUM in de gymzaal toen Emily Vaughn op MIJ en mijn vriendin, Rhonda Stein, afstapte. Zonder iets te zeggen keek ze ons aan, terwijl ze met open mond heen en weer zwaaide. Iedereen kon zien dat ze dronken was of gedrogeerd. Het viel veel mensen op dat ze geen schoenen AANHAD en dat ze een totaal gestoorde indruk maakte. Ze was duidelijk de weg kwijt. Ze had nog steeds niks gezegd toen ze weer wegliep. Er werden grapjes over haar gemaakt, wat ik rot vond. We waren bevriend geweest, tot ze ontspoorde, en vanuit mijn verantwoordelijkheidsgevoel vond ik dat ik moest kijken of het wel GOED ging. Ik trof haar buiten de gymzaal en zei dat ze naar huis moest gaan. Iedereen die beweert dat ik haar vastgreep, geeft een verkeerde voorstelling van zaken. Als die zogenaamde getuigen dichterbij hadden gestaan, hadden ze gezien dat haar ogen naar achteren draaiden. Ik ving haar op toen ze dreigde te vallen. Dat is alles. Ik geef toe dat ik geroepen heb dat ze voorzichtig moest zijn, en misschien heb ik gezegd dat dit haar dood zou worden, maar dat was alleen uit bezorgdheid om haar veiligheid. Zoals ik al zei, gebruikte ze veel drugs en joeg ze iedereen tegen zich in het harnas, vooral omdat ze iedere jongen die haar ook maar even vreemd AANKEEK *van verkrachting beschuldigde. Door dat soort waanzin wilde ik niet langer met haar omgaan. Ik weet niet wie de vader van haar baby is en eerlijk gezegd boeit het me niet. Ik weet alleen dat ík het niet ben, want ik ben nooit in haar geïnteresseerd geweest. Ze was eerder een soort jonger zusje voor me. Als ze ontwaakt uit haar coma,* ZAL *ze hetzelfde zeggen. Ik heb trouwens serieuze verkering met Rhonda. Ze is de aanvoerster van het cheerleadingteam en we hebben veel gemeenschappelijke interesses. Ik wens niemand iets ergs toe en ik hoop dat ze beter wordt, maar echt, dit heeft niks met mij te maken en ik ben blij dat ik binnenkort weg kan om te studeren. Ik sta er goed genoeg voor om te slagen en ga binnenkort weg. Mijn ouders mogen me mijn diploma nasturen en anders hangen ze het maar thuis aan de muur. Het interesseert me niet. Zoals zoveel mensen droeg ik die avond een zwarte* SMOKING, *dus ik snap niet waarom dat belangrijk is, maar ik hoorde dat ik dat erbij moest vermelden. Ik zweer dat de* INHOUD *van mijn verklaring op niets dan de waarheid berust.*

Wat Andrea nog het meest opviel aan Clays verklaring was dat hij, afgezien van de eerste zin, duidelijk dezelfde ingestudeerde zin waarmee alle getuigenverklaringen begonnen, Emily's naam geen enkele keer meer gebruikte.

Inmiddels was ze bij de voorkant van de villa van de Vaughns aangekomen. De twee Ford Explorers stonden nog steeds naast elkaar geparkeerd. Ze ging ervan uit dat Harri en Krump aan Bible verslag uitbrachten bij het overdragen van de dienst. In plaats van naar binnen te gaan ging Andrea met haar rug tegen de muur staan. Ze ontgrendelde haar iPhone.

Haar vingers vlogen over het schermpje terwijl ze een paar zoekopdrachten invoerde.

'Hurts So Good' van John Cougar kwam van het album *American Fool.*

'Nice Girls' kwam voor op het debuutalbum van Eye to Eye, dat dezelfde naam droeg.

'Love's Been a Little Bit Hard on Me' van Juice Newton kwam van *Quiet Lies.*

Andrea zocht de rest van de lijst op, van Blondie tot Melissa Manchester tot Van Halen. Volgens Wikipedia waren alle nummers van albums die in april 1982 waren uitgekomen. Wat betekende dat degene die de mixtape had gemaakt weken zo niet dagen voor Emily werd aangevallen nog contact met haar had gehad.

Ze wreef haar lippen over elkaar en swipete door de inderhaast genomen foto's van de eerste collage die Judith als tiener had gemaakt. Ze zocht het cassettebandje op en zoomde in op de tekst.

In 1982 had iemand met vulpen de namen van de artiesten en de nummers opgeschreven. De inkt was uitgelopen. De letters waren bijna kalligrafisch, een mengeling van kopieerschrift, romein en het nauwkeurige cursief van de Palmer-methode. Het was gissen of degene die de tape had gemaakt artistieke bedoelingen had gehad of zijn best had gedaan zijn handschrift te verbloemen.

In het licht van de wrede aanval op Emily was het antwoord duidelijk.

De telefoon trilde in haar hand. Andrea rolde al met haar ogen nog voor ze haar moeders naam had gelezen, want uiteraard had Laura haar een bericht gestuurd. Ze tikte de boodschap open en zag een foto van een Arc'teryx-jas, die, zo moest Andrea toegeven, helemaal haar stijl was, ook al paste hij niet bij de huidige weersomstandigheden. Er verscheen een nieuw bericht, met een link naar een sportzaak in Portland, Oregon.

Ze hebben jouw maat, had Laura getikt. Heb met Gil, de manager, gepraat. Hij is er tot 22.00.

'Kut,' mompelde Andrea.

Kan het niet lezen door harde wind van helikopterwieken, tikte ze terug.

In de garage ging een deur open. Ze stak haar hoofd om de hoek en zag Bible op haar aflopen.

'Sorry.' Ze hield haar iPhone omhoog. 'Mijn moeder wil helikopterouder van het jaar worden.'

'Geen probleem,' zei hij, maar ze zag dat het wel degelijk een probleem was. 'Harri en Krump willen nog even dag zeggen voor ze onder de wol kruipen.'

Achter Bible doken de twee mannen op, beiden ruim één meter tachtig en bijna zo breed als een parkeerplek. Aan hun uitgeputte gezichten zag ze dat ze er zo snel mogelijk vandoor wilden.

'Mitt Harri, Bryan Krump,' zei Bible. 'En dit is Andrea Oliver, onze nieuwe dewsum.'

'Aangenaam.' Harri schudde haar vriendelijk de hand. Ze herkende hem als de bestuurder van Judiths Mercedes. Hij was nog langer dan zijn collega, wat betekende dat hij moest bukken bij de garagedeur. 'Welkom bij de dienst.'

'Van hetzelfde.' Krump koos voor een boks. 'Laat je niet de oren van het hoofd lullen door die kakelkip hier.'

Andrea kon een lachje niet onderdrukken. De beschrijving was behoorlijk treffend. 'Ik doe mijn best.'

'Die Mike is een eersteklas kerel,' zei Krump, en nu lachte Andrea niet meer. 'Ik heb de geruchten nooit geloofd.'

'Ik ook niet,' viel Harri hem bij.

'Mooi,' was het enige wat Andrea er tussen haar opeengeklemde kaken uit kreeg.

'Oké. Bedankt, mannen. Lekker slapen.' Met een klopje op Andrea's schouder gaf Bible aan dat ze moest opschieten. 'De rechter gaat al bijna naar boven om te slapen. Kom mee, dan kun je kennismaken.'

Harri en Krump salueerden en liepen naar buiten. Andrea schoof haar iPhone in haar zak terwijl ze Bible volgde door de garage. Op de verste parkeerplek stond een tweede Mercedes, een plompe S-Klasse uit de jaren tachtig, met verbleekte gouden lak en gebarsten leren stoelen.

'Yankee-zuinig,' fluisterde Bible.

Andrea glimlachte, want hij deed aardiger dan ze verdiend had nadat hij haar op verkenning had uitgestuurd en ze uiteindelijk een introductiecollege van een halfuur had gevolgd over de verfmethoden en collages van Judith Rose.

'Ik liep Judith weer tegen het lijf,' zei ze. 'En Guinevere.'

'Mag ik raden: Guinevere rookte stiekem een sigaret, met de wind mee om haar moeder te pesten,' zei Bible. 'Vind je Judiths werk mooi?'

'Eh... ja.' Andrea besefte hoe diplomatiek ze klonk, terwijl ze zich eigenlijk betrapt voelde. En toen besefte ze dat diplomatiek waarschijnlijk helemaal niet verkeerd was bij dit spel. 'Kunst is subjectief.'

'Zo is het.' Bible gaf haar een kameraadschappelijk klopje op haar rug. 'De rechter is in de keuken, met Mr Vaughn. Ik ga eens een ommetje maken. We zien elkaar weer in de bibliotheek. Dat is die kamer met alle boeken.'

Weer had Andrea het gevoel dat ze in het diepe werd gegooid. Deze keer was ze niet van plan te zinken, zoals met commissaris Stilton. Ze keek om zich heen, in een poging zich te oriënteren in de lange, donkere gang. Een toilet met kranten op de spoelbak. Een schoenenrek uit de middeleeuwen. Zwart-witte Winslow Homer-achtige afbeeldingen van ruige landbouwdieren hingen scheef aan een gelambriseerde muur. Het gekwinkeleer van Syd de parkiet weergalmde naar beneden door het trappenhuis aan de achterkant. Ergens stond een tv aan. Het was niet zozeer Huize Zwadderich, als wel Miss Havisham doet een Huffelpufje.

Ze hoorde bestek tegen aardewerk kletteren en vermoedde dat het uit de keuken kwam.

Thermometer, zei Andrea in gedachten tegen zichzelf toen ze de gang door liep. De rechter zou kil zijn, dus moest zij ook kil zijn. Nou, dat kon ze. Ze was per slot van rekening haar moeders dochter.

Voor ze de keuken binnenging, haalde ze diep adem. Een laag plafond met zware eiken balken. Werkbladen van Corian. Witte kasten van melamine. Nepbaksteenpatroon op het versleten linoleum. Gouden kroonluchter boven de boerentafel. Iemand was helemaal losgegaan tijdens de renovatie in de jaren negentig. Het enige nieuwe was een heel goede collage van Judith, die naast de koelkast hing.

'Dag, m'n kind.' Esther Vaughn zat aan tafel, met een kop thee. Haar man zat naast haar in een rolstoel. Zijn gezicht was helemaal verslapt. Zijn ene oog was troebel. Het andere staarde wezenloos naar rechtsboven. 'Dit is Mr Vaughn. Hij kan helaas niet praten. Vorig jaar heeft hij een hersenbloeding gehad, maar hij is nog volledig compos mentis.'

Andrea vermoedde dat de hersenbloeding de ware aanleiding voor zijn pensionering was geweest. En ook de reden waarom zijn kleindochter rond dezelfde tijd weer bij haar grootouders was ingetrokken.

'Aangenaam, Mr Vaughn,' zei ze.

De man reageerde niet, wat haar niet verbaasde. Vanwege Laura's werk als logopediste was Andrea bekend met de verschillende soorten beroerte en hun gevolgen. Een hersenbloeding was het ergst, dan was er in de hersens een slagader gesprongen, wat kon leiden tot hydrocefalus, die op zijn beurt weer druk in de schedel veroorzaakte die het omringende weefsel kon vernietigen, wat een beleefde manier was om hersenbeschadiging te beschrijven.

Esther vatte haar zwijgen verkeerd op. 'Geven rolstoelen je een ongemakkelijk gevoel?'

'Nee, ma'am. Als ik er een zie, ben ik alleen maar blij dat de mensen van wie we houden nog bij ons zijn.' Andrea zocht toevlucht bij haar goede Zuidelijke manieren. 'Ik wil u beiden bedanken omdat ik hier mag werken. Ik weet dat het een zware tijd is voor uw familie. Ik zal mijn best doen u niet voor de voeten te lopen.'

Esther bestudeerde haar aandachtig en vroeg toen: 'Wil je iets drinken?'

Andrea voelde dat het haar thermometer moeite kostte zich aan te passen. De onbuigzame, onbarmhartige, ontembare rechter Vaughn was lang niet zo ontzagwekkend als ze in de verhalen leek. Haar haar was losgeraakt uit de strakke knot en hing bijna meisjesachtig rond haar schouders. De verweerde rimpels op haar eenentachtigjarige gezicht waren zachter in het keukenlicht. Ze was klein, zo'n één meter vijfenvijftig met alleen sokken aan, die ze droeg onder een lichtroze kamerjas.

Esther wilde overeind komen. 'Ik heb thee of melk of –'

'Nee, dank u, ma'am.' Andrea gebaarde dat ze moest blijven zitten. De vrouw zag er ongelooflijk breekbaar uit. Haar polsen waren even broos als het porselein van haar theekopje. 'Ik moet aan het werk. Als u iets nodig hebt, laat u het mij of agent Bible dan weten?'

'Ga even zitten, alsjeblieft.' Esther wees naar de stoel tegenover haar man. 'We willen graag wat meer over je weten, nu je, zoals je al zei, behoorlijk wat tijd in ons huis zult doorbrengen.'

Aarzelend ging Andrea zitten. Omdat ze niet goed wist waar ze haar handen moest laten, liet ze ze op haar bovenbenen rusten. Vervolgens besefte ze dat dat er misschien vreemd uitzag, dus toen legde ze ze ineengeslagen op tafel.

Esther schonk haar een grootmoederlijk lachje. 'Hoe oud ben je?'

'Drieëndertig.'

'Nog net niet te oud voor de Marshal Service.'

Andrea knikte. De bovengrens was zevenendertig. 'Inderdaad, ma'am.'

'Laat dat "ma'am" maar achterwege, Andrea. We zijn hier niet in mijn rechtszaal en Savannah is een heel eind naar het zuiden.'

Andrea lachte wat moeizaam. Kennelijk had Bible de rechter haar cv gegeven. Dat was logisch. Andrea bevond zich op het privéterrein van de familie. Ze vertrouwden hun beveiliging aan haar toe. Iedereen zou meer willen weten.

'Volgens mijn kleindochter heb je een onverwacht oog voor kunst.'

Andrea knikte, maar nu werd ze alert. Klonk er een waarschuwing door in de stem van de rechter? Als Franklin Vaughn het al doorhad, liet hij het niet merken. Met zijn goede oog staarde hij nog steeds wezenloos voor zich uit.

'Judith is heel bijzonder,' zei Esther. 'Haar moeder was kunstzinnig aangelegd. Uiteraard weet je wat er met haar moeder is gebeurd.'

Weer knikte Andrea slechts.

'Een tragedie kan een familie opbreken,' zei Esther. 'Ik heb het geluk gehad dat het mijn familie dichter bij elkaar heeft gebracht. En Guinevere is de kers op de taart. Maar zeg dat maar niet tegen haar. Ze vindt het ongemakkelijk als ik haar prijs. Jij was vast net zo op die leeftijd. Je moeder moet haar handen vol hebben gehad aan jou.'

Andrea bedwong de neiging al het speeksel in te slikken dat haar mond was binnengestroomd. De rechter was op informatie uit. Ze kon onmogelijk iets over haar weten, niets wat van belang was. Esther Vaughn kon geen gedachten lezen. Ze had geen toegang tot Andrea's dossier in de databank van het getuigenbeschermingsprogramma. Zonder een verdomd goede reden kon zelfs de president van de Verenigde Staten haar ware identiteit niet achterhalen. Esther Vaughn zou alleen weten dat er iets niet klopte als Andrea domme dingen zei.

Ze deed haar uiterste best niets doms te zeggen. 'Wat fijn voor u, ma'am. Dat u zo hecht bent met uw familie.'

Esther nam haar theekopje op. Ze dronk in stilte, zonder Andrea de deur te wijzen, maar ook zonder het woord tot haar te richten.

Andrea concentreerde zich op haar ademhaling. Ze herkende het spel van de rechter. Dat hadden ze op Glynco geoefend tijdens nepverhoren. Niemand hield van lange stiltes, maar vooral schuldige mensen waren er gevoelig voor.

'Mr Vaughn?' Een vrouw in verpleegstersuniform verbrak de impasse. 'Ik neem u mee naar boven voor uw bad. Hebt u nog iets nodig, ma'am?'

'Nee, Marta. Dank je.' Esther leunde voorover en kuste haar man op de zijkant van zijn hoofd. 'Welterusten, lieverd.'

Als Franklin Vaughn al compos mentis was, was hij niet in staat het te laten merken. Zijn blik bleef star toen de verpleegkundige zijn deken instopte, de wielen van de rolstoel van de rem haalde en hem de keuken uit reed.

Andrea was gaan staan om ruimte te maken. Toen ze weer wilde gaan zitten, besefte ze dat ze beter kon blijven staan.

Esther had haar rug gerecht. Ze zat met vierkante schouders. Daardoor leek ze twee keer zo groot als de oude dame die Andrea thee had aangeboden. De onbuigzame, onbarmhartige, ontembare rechter Vaughn had de kamer betreden.

'Ga weer zitten, Andrea.' Esther had haar lippen getuit. Ze wachtte tot het bevel was opgevolgd. 'Je moet me mijn bemoeizucht maar vergeven. Dat je opeens in mijn leven opduikt interesseert me.'

Andrea probeerde haar eigen temperatuur naar beneden bij te stellen om zich aan te passen aan het ijsblok tegenover haar. Ze ontdekte al snel dat er in haar binnenste geen cijfer laag genoeg was. Ze zocht haar toevlucht bij een vertrouwde truc. 'Het is heel erg wat er met uw dochter is gebeurd, ma'am. Ik begrijp dat het een zware last is om geen bevredigend antwoord te hebben op de vraag wie de dader is.'

Esther staarde haar zo openlijk aan dat Andrea het gevoel had dat haar hersens werden ontleed. Schuldgevoel doorstroomde de bijna chirurgisch gefileerde brokken grijze materie. De drang om alles te bekennen maakte haar onrustig. Ze probeerde haar kalmte te bewaren, maar de stilte werd uiteindelijk ondraaglijk.

'Ma'am?' Ze ging verzitten. 'Is er verder nog iets?'

'Ja.' Met één woord zette Esther haar klem. 'Als federaal rechter heb ik al vaker met marshals samengewerkt. Ik heb nog nooit meegemaakt dat iemand een dag na het afstuderen al de dienst in werd gestuurd. En neem me niet kwalijk dat ik het zeg: al helemaal geen vrouw.'

Andrea's maag balde zich samen. Ze had vaker met types zoals Esther Vaughn te maken gehad. Die zetten je onder druk tot je het liet afweten of terug begon te duwen. De oude Andy zou meteen bezweken zijn. De nieuwe Andy was kwaad omdat deze dame dacht dat ze een makkie aan haar had.

'U hoeft zich niet te verontschuldigen,' zei ze. 'Ik ben wel vaker voor vrouw uitgemaakt.'

Esther hief haar kin. Eindelijk drong het tot haar door dat dit toch niet zo gemakkelijk ging worden. 'Dat je verloofd bent met een andere marshal heeft vast zijn voordelen.'

De volgende keer dat Andrea Mike zag, ging ze zijn ballen met een hamer bewerken. Nu haalde ze haar schouders op.

'Ik vind het niet prettig als mensen zich mijn domein binnenwurmen,' zei Esther. 'Dan begin ik te twijfelen aan hun motieven.'

Andrea keek naar de diepe rimpels in haar gezicht. De rechter wist hoe ze je moest bespelen. In plaats van onverzettelijk was ze als de tovenaar van Oz, die zich achter een gordijn verschool.

'Ga je me je motieven nog vertellen?' drong Esther aan.

Andrea viel terug op haar training. 'Ik wil een zo goed mogelijke marshal zijn, ma'am.'

'En daarvoor heb je de schitterende wereld van de gerechtelijke beveiliging uitgekozen?'

'Het is bij wijze van proef, ma'am. Van de USMS mag je –'

'Ik ken de rotatieprocedure,' onderbrak Esther haar. 'Ik loop al bijna even lang mee als de marshals zelf.'

Andrea probeerde haar een slag voor te zijn. 'Ik realiseerde me niet dat u door Washington zelf bent benoemd.'

Er kon geen lachje af. 'Reagan heeft me als rechter aangesteld. Je hebt vast geen idee wie Ronald Reagan was of wat hij voor dit land heeft betekend.'

Onwillekeurig kwamen Laura's woorden over Andrea's lippen: 'Het was terecht dat Reagan aan een longontsteking stierf, want al die daklozen en mensen met aids die hij liet stikken stierven er ook aan.'

Esthers ogen richtten zich als een stel kanonnen op haar.

Andrea besefte weer eens hoe belangrijk het was om haar domme mond dicht te houden. De rechter was hier degene met macht. Ze kon eisen dat Andrea uit het team werd verwijderd. Ze kon Andrea's loopbaan naar de kloten helpen nog voor die goed en wel op gang was gekomen. Andrea zocht wanhopig naar een manier om zichzelf uit de puree te helpen, maar het enige wat ze hoorde, was dat ene woord dat als uit een machinegeweer in haar schedel rond ratelde.

Fuck-fuck-fuck-fuck-fuck-fuck-fuck-fuck.

'Tja.' Esther had haar lippen zo getuit dat elke rimpel rond haar mond erop afgesteld leek te zijn. 'Eigenlijk was dat heel grappig.'

Andrea zag anders geen vrouw voor zich die iets grappig had gevonden.

'Ik zal je niet langer van je werk afhouden.' Esther stond op van tafel, en Andrea volgde haar voorbeeld. 'Cat zal wel in de bibliotheek zitten. Dat is de gang door en dan links. Ga niet naar boven, tenzij het een kwestie van leven of dood is. Ik begrijp dat je je werk moet doen, maar Mr Vaughn en ik verwachten wel een zekere mate van privacy te kunnen behouden. Begrepen?'

'Ja.'

Haar rug werd weer staal. 'Ja?'

Deze keer was de waarschuwing niet mis te verstaan. 'Yes, ma'am.'

Andrea had zo onrustig geslapen in het waardeloze bed in het Beach, Please Motel dat ze met een kater wakker werd. Twaalf uur patrouilleren door het donkere huis en over het terrein van de Vaughns had wel iets weg van zoeken naar Wally in de eerste cirkel van de hel. Nu lag ze naar het plafond te staren in de vurige hoop dat haar hoofdpijn zou wegtrekken. Ze had een afschuwelijke droom gehad waarin ze aan de keukentafel van de rechter zat, terwijl een grote spin zijn lange, harige poten strekte.

Andrea had geen vin kunnen verroeren toen de spin haar naar zijn natte monsterbek vol giftanden trok. Ze was met een schok wakker geworden toen ze probeerde weg te krabbelen. En vervolgens was ze van de matras gegleden en op de vloer gevallen.

De tweede dag van haar marshalcarrière begon al fantastisch.

Haar iPhone klingelde. Ze had een bericht, maar dat negeerde ze, in de veronderstelling dat haar moeder nóg een jas had gevonden in Oregon. Ze zette de muziek waarnaar ze luisterde wat harder. Ze had alle nummers van Emily's mixtape gedownload. Van sommige artiesten had ze weleens gehoord, maar tot haar schande was haar favoriet een nummer van een volwassen vrouw met de naam Juice Newton.

Ze sloot haar ogen, maar kon de slaap niet meer vatten. Judiths collages zweefden haar hoofd binnen. De nieuwere met de doodsbedreigingen aan het adres van de rechter, de oudere die Judith als tiener had gemaakt om haar tegenstrijdige gevoelens ten aanzien van haar moeder te verwerken. De mixtape. De losse zinnen – *Blijf eraan werken!* *UITEINDELIJK KOM JE ACHTER DE WAARHEID!!!* De groepsfoto van Emily met drie van de mannen die later hoofdverdachten zouden worden in haar moordzaak.

Volgens de aantekeningen van commissaris Stilton had de aanval hoogstwaarschijnlijk plaatsgevonden tussen 18.00 en 18.30 uur. Hij had niet uitgelegd hoe hij dat had vastgesteld, maar er zat niets anders op dan het te accepteren. Het wapen waarmee Emily was geslagen was een lat uit een pallet die in de steeg had gelegen, dus het leek aannemelijk dat de aanval eerder opportunistisch was of in een opwelling was gedaan dan dat hij gepland was. Dat was logisch, want de belager was duidelijk woedend geweest.

Stilton was ervan uitgegaan dat Emily's lichaam meteen na de aanval was verwijderd, maar Andrea was daar minder zeker van. Volgens de schets die de man had gemaakt, was de steeg zeven meter lang en ongeveer een meter breed. Beide gebouwen waren zo'n vijf meter hoog met een overstek van dertig centimeter. Zelfs op klaarlichte dag was er waarschijnlijk voldoende schaduw om een lichaam in te verbergen, om nog maar te zwijgen van de drie grote, zwarte vuilniszakken uit het restaurant, die een uitstekende camouflage boden.

Andrea had de meteorologische gegevens van die zaterdagavond opgezocht. Helder, geen kans op regen. De zon was om 19.42 uur ondergegaan. Als Andrea zich van een lijk had moeten ontdoen, zou ze in elk geval hebben gewacht tot het donker was.

Wat iedere verdachte op haar lijst alle tijd van de wereld gaf om zich op het bal te vertonen voordat hij terugkeerde om het lichaam te verbergen. Dat gold ook voor Eric Blakely, die had toegegeven dat hij voor zover bekend de laatste was geweest die die avond met Emily had gesproken, en getuigen had die dit konden bevestigen. Twee klasgenoten beweerden dat ze hem in de gymzaal hadden gezien in de tijdspanne waarin de aanval had plaatsgevonden.

Volgens de medische dossiers had Emily bijna zeventig kilo gewogen in de zevende maand van haar zwangerschap. Een achttienjarige jongen zou een dergelijk gewicht hebben kunnen tillen, maar niet zonder moeite. Auto's waren verboden op de promenade. De houten pijlers konden het gewicht waarschijnlijk niet dragen. Het meest waarschijnlijke was dat de verdachte aan Beach Road had geparkeerd, vervolgens naar het uiteinde van de steeg was gelopen, Emily had opgetild, terug was gelopen naar de auto en haar in de kofferbak had gestopt.

Vandaar was het een kwartier rijden naar Skeeter's Grill. Volgens de verklaring van de jongen die Emily in de vuilcontainer had gevonden was het meeste personeel rond tien uur vertrokken, ook al ging het restaurant pas om twaalf uur dicht. Hij had om 23.58 uur melding gemaakt van het lichaam. Emily was naakt geweest, waarschijnlijk omdat haar groenblauwe satijnen baljurk de identificatie vergemakkelijkt zou hebben, of omdat de moordenaar misschien bang was geweest sporen achter te laten. In elk geval was Emily's gezicht onherkenbaar geweest. Ze had geen identificatiebewijs bij zich gehad, ook geen tas of portemonnee. Een van de ambulancebroeders had haar dood verklaard, maar toen had een tweede haar hand zien bewegen en was haar gaan reanimeren.

En zeven weken later was Judith Rose uit haar lichaam verwijderd.

Andrea rolde zich op haar zij. Bij gebrek aan ruimte om alles te downloaden was haar brein op het buffergeheugen overgegaan. Ze tikte op haar telefoon om te zien hoe laat het was. Ze had een bericht van Mike gemist dat hij die ochtend om 8.32 uur had verstuurd. Er ging een tinteling door haar hart, toen door een ander deel van haar lichaam.

Hij had haar een foto gestuurd van de nieuwspagina van een krant en er drie vraagtekens achter geplaatst.

'What the –' Ze tuurde ernaar om te zien wat voor krant het was. En toen bedacht ze dat het veel te vroeg was voor speurwerk. Ze rolde zich op haar rug en sloot haar ogen. Haar hoofd vulde zich een zalige minuut lang met Juice Newton voor ze haar telefoon pakte en weer naar de foto keek.

'Krant?' mompelde ze. Toen: 'Krant… nieuws… Je wilt nieuws?'

De ontvangstbevestiging was doorgekomen, dus Mike wist dat zijn bericht was ontvangen. Andrea wist niet wat ze moest doen: antwoorden of haar telefoon door de kamer smijten, maar op dat moment zag ze dat Mike aan het typen was. Een tekstballon verscheen.

Ben je mijn nummer alweer vergeten?

Andrea tikte op de antwoordruimte, maar typte niets. Ze wilde Mike in gedachten voor zich zien terwijl hij aan zijn kant van de lijn dacht dat ze aan het typen was. Pas toen Juice uitgejammerd was over liefde die niet over rozen ging, schreef ze terug.

Toch nog steeds 911?

Weer zag ze dat hij aan het typen was.

Maar het enige wat hij stuurde was een duimpje.

Andrea sloot de app. Ze drukte de telefoon tegen haar borst en keek weer naar het plafond. Ze was niet van plan zich op dit moment in Mike te verliezen. In plaats daarvan richtte ze haar gedachten op de keuken van de familie Vaughn en riep het beeld op van de gouden kroonluchter, de werkbladen van melamine en de rechter die zich als een spin over de tafel uitvouwde.

De vorige avond was Andrea ervan overtuigd geweest dat Esther Vaughn geen idee had dat Jasper zijn invloed had laten gelden of dat Andrea zelf een band had met Clayton Morrow. Nu twijfelde ze aan zichzelf. Een federale rechter kon aan allerlei informatie komen, en Esther Vaughn had maar een beetje overdreven toen ze had gezegd dat ze al bijna net zo lang bestond als de USMS. In aanmerking genomen dat een Congreslid gemiddeld zo ongeveer negenduizend jaar oud was, had ze waarschijnlijk massa's vrienden op hoge posities. Zeker, het was illegaal om de privé-databanken van de marshals te doorzoeken, maar als de wereld de afgelopen paar jaar íéts had geleerd, was het dat politici het niet zo nauw namen met hun eigen regels.

Haar trillende spieren reikten al naar de telefoon, maar ze wist zichzelf ervan te weerhouden de volgende vraag in te tikken: *wie kan erachter komen of je in het getuigenbeschermingsprogramma zit?*

'Oliver!' Bible beukte met zijn vuist op de deur terwijl hij haar naam riep. 'Oliver! Ben je al op?'

Kreunend duwde ze zichzelf uit bed. Ze wist dat het Bible was, toch tuurde ze tussen de gordijnen door. De zon brandde als een laser op haar hoornvliezen. Ze was zo verblind dat ze niet op haar telefoon kon zien hoe laat het was. Ze deed de deur open en gebruikte haar hand als zonneklep om niet permanent blind te worden.

'Nog steeds in je pyjamaatje?' vroeg Bible.

Andrea was niet van plan zich te verontschuldigen voor haar shorts en bijpassende T-shirt. 'Hoe laat is het?'

Hij keek op zijn horloge, hoewel hij het ongetwijfeld wist. 'Al aardig laat. Zin om een eindje met me te gaan hardlopen?'

'Hardlopen?' Haar hoofd begon uit zichzelf te schudden. Het was alsof hij een vreemde taal sprak. 'Hoe laat is het?'

'Allaaaang elf uur geweest. Praktisch twaalf uur.' Hij begon op en neer te wippen. 'Kom, dan gaan we hardlopen. Zal je goeddoen, wordt er wat endorfine door je hersens gepompt. Ik wou dit eerder niet zeggen, maar als je na de training op de rem gaat, kom je nooit meer in vorm.'

'Ik...' Andrea keek verlangend achterom naar haar bed. Als het nog maar iets na elven was, betekende het dat ze zeven uur had voor ze weer aan het werk moest. Ze keek Bible weer aan. 'Wat?'

'Fantastisch.' Hij sloeg op zijn maag en roffelde met beide handen een ritme. 'Je weet wat ze zeggen, Oliver. Een magere marshal is dol op zijn vrouw.'

'W...' Ze kon niet weer 'wat' zeggen. Ze hadden allebei hooguit vier uur slaap gehad. Waar haalde hij in godsnaam al die energie vandaan? 'Bible, ik –'

'De receptionist zei dat er aan de overkant van de weg een mooi pad is dat naar het bos loopt. Kom je recht achter die hippie-dippieboerderij uit waar onze commissaris Cheese gisteren over vertelde.' Hij wees in de verte, maar ze kon niet voorbij zijn vinger kijken. 'Na afloop pakken we een ontbijtje. Pannenkoek, ik trakteer. Met spek, eieren – ze hebben geen broodjes, maar had ik al pannenkoek gezegd? Fijn dat je meeloopt, collega. Ik wacht aan de overkant.'

Andrea probeerde nog steeds een zin te formuleren toen hij de knop pakte en de deur dichttrok. Zijn stem klonk gedempt aan de andere kant toen hij veel te vrolijk 'Goeiemorgen!' riep naar iemand op het parkeerterrein.

Ze leunde met haar rug tegen de deur. Haar hoofdpijn was verergerd door het genadeloze zonlicht. Het liefst wilde ze weer naar bed. Daarom dwong ze zichzelf het niet te doen. De zoveelste rots waar ze zich vanaf liet vallen.

Ze was te lui om haar pyjamashirt uit te trekken, maar uit haar plunjezak diepte ze een sport-bh op, zodat ze nog enigszins fatsoenlijk was. Haar hardloopshort zat als een kreukelige bal in een van de zijzakken gepropt. Ze zocht naar een paar bijpassende sokken toen de betekenis van Bibles verzoek eindelijk tot haar doordrong.

Hij wilde een kijkje nemen bij de hippie-dippieboerderij.

Het kon niet zomaar uit nieuwsgierigheid zijn. Bible deed duidelijk onderzoek naar de doodsbedreigingen, ook al had hij gezegd dat dat hun taak niet was. Misschien dat haar eigen onderzoek naar de moord op Emily Vaughn hiermee samenviel. Ze schoof haar voeten in haar sneakers. Stak haar haar op. Haar zonnebril zat scheef omdat ze hem in de plunjezak had gedumpt. Met haar tanden boog Andrea de poot recht, waarna ze hem opzette.

Buiten was de zon even genadeloos als eerder, maar nu kwam de hitte er nog bij. Andrea keek naar links, toen naar rechts. Het huis van de rechter was zo'n anderhalve kilometer verderop. Het centrum van het stadje was vijf à tien minuten lopen de andere kant op. De diner was vast al open. Daar hadden ze pannenkoeken. Warme koffie. Stoelen waarop ze kon zitten. Tafels waarop ze haar hoofd kon leggen om verder te slapen.

'Collega!' Zoals beloofd wachtte Bible aan de overkant van de straat. Hij stond weer als een blij konijn op en neer te wippen. Klappend in zijn handen riep hij: 'Kom op, Oliver!'

Andrea's voeten sleepten over het asfalt toen ze op gang probeerde te komen. Bible verdween al onbekommerd over een pad van aangestampte aarde. Ze volgde hem, maar haar stappen hadden geen veerkracht. Hij lag al meters op haar voor tegen de tijd dat haar lichaam weer wist hoe hardlopen ging. Elk gewricht verzette zich tegen de inspanning. Toch liet ze haar handen losjes hangen, met haar ellebogen tegen haar zij.

Verderop nam Bible een scherpe bocht, dieper het bos in. Andrea vermoedde dat ze op een oude houthakkersweg waren. Ze probeerde zich te oriënteren. Het pad voerde weg van het motel, bijna loodrecht richting de zee. De zon stond pal boven haar. Ondertussen schreeuwde elke pees in haar lichaam dezelfde vraag.

Waarom lag ze in godsnaam niet in bed?

Zichzelf voortstuwend probeerde ze het geluid te overstemmen. In gedachten noemde ze bij elke stap een andere naam.

Clayton Morrow. Jack Stilton. Bernard Fontaine. Eric Blakely. Dean Wexler.

De eerste zat in de gevangenis. De tweede was smeris. De derde leek een echte klootzak. En de vierde had een zus die in een diner werkte. De vijfde had zijn docentenbaan eraan gegeven zonder dat hij in het hoofdstuk 'Waar zijn ze nu?' op de webpagina van de school terecht was gekomen.

Clayton Morrow. Bernard Fontaine. Eric Blakely. Dean Wexler. Jack Stilton.

Andrea voelde dat haar spieren eindelijk weer wisten wat ze moesten doen. Gelukkig begon de pijn na een tijdje weg te trekken. De endorfine stroomde weer. Ze kon haar hoofd weer optillen zonder ineen te krimpen.

Bible liep zo'n drie meter voor haar uit. Andrea's ogen begonnen zich te richten, details in zich op te nemen. Hij droeg een donkerblauw T-shirt van de USMS en een zwarte hardloopshort. Zijn sneakers waren versleten bij de hakken. Zijn beenspieren tekenden zich scherp af door al het trainen in de sportschool. Ze vroeg zich af waarom Bible haar mee had gevraagd op iets wat duidelijk een verkenningsmissie was, terwijl ze eigenlijk in het motel Mike had moeten bellen. Hij had haar al het nieuws over Leonard Catfish Bible kunnen vertellen.

'Gaat het?' Bible keek even achterom. De man zweette niet eens.

'Prima,' bracht Andrea hijgend uit.

Uit gewoonte tastte ze met haar tong naar de richel aan de binnenkant van haar wang, die ze aan het tandenknarsen te danken had. Haar maag deed het verrassend goed. Bible hield zich in om het niet te zwaar voor haar te maken. Ze besefte dat hij wachtte tot ze hem had ingehaald. Toen het pad breder werd, ging ze op zijn tempo over.

Ze renden gelijk op, lieten hun voeten gelijktijdig op de grond neerkomen, hoewel zijn pas zo'n dertig centimeter langer was dan die van haar. Net toen ze probeerde te bedenken hoe ze hem aan de praat kon krijgen, was hij haar voor.

'Ik moet iets opbiechten,' zei hij.

Andrea hoorde hoe de lucht uit haar zwoegende longen werd geperst.

'Er speelt misschien iets op die boerderij waar we naar moeten kijken.'

Ze keek naar hem op. Door de inspanning waren de littekens op zijn gezicht felroze geworden.

'Van de dame in de diner hoorde ik dat er op het veld een lijk is gevonden.' Bible keek even op haar neer. 'Klinkt als zelfmoord.'

Bijna struikelde Andrea. Wat een idioot toeval. 'Waarom moest je dat in de diner horen? Heeft de commissaris je niet gebeld?'

'Dat is het rare, vind je niet?' Hij sprong over een uitstekende wortel. 'Geen woord van onze Cheese, ook al heb ik hem duidelijk gevraagd het te laten weten als hij een zelfmoord op de radar kreeg. Dat veld ligt midden in zijn district. Heeft hij jou ingeseind?'

Andrea schudde haar hoofd, hoewel ze nog niet op haar werktelefoon had gekeken. De Android lag op haar motelkamer. Uit gewoonte had ze op weg naar buiten haar iPhone in haar zak gestopt.

'Het slachtoffer is een vrouw,' zei Bible. 'Nog een jonkie. Past niet in ons profiel, maar het zit me niet lekker dat Cheese het niet aan ons heeft doorgegeven. Nu vraag ik me af wat die sluwe gast nog meer verbergt.'

Heel veel, vermoedde Andrea. 'Wat weet je over die boerderij?'

'Behalve dan dat het een hippie-dippietent is?'

Andrea keek hem schuins aan. Ze konden dit spelletje niet eeuwig blijven spelen.

'Eind jaren tachtig opgericht,' zei hij. 'Biologisch, nog voor het ook maar iemand interesseerde. Ze verbouwen tuinbonen. Die worden gebakken, gekruid en verpakt als snacks. Ze heten Dean's Magic Beans. Ooit van gehoord?'

'Nee,' zei Andrea, hoewel ze weleens van een zekere Dean had gehoord.

Rond 16.50 uur op 17 april 1982 reed ik, Dean Constantine Wexler, over Richter Street op weg naar het schoolbal, waar ik toezicht moest houden. Ik kon haar op het nippertje ontwijken. Ze was totaal de weg kwijt. Ik weet niet of ze drugs had gebruikt. Ik ken haar niet goed genoeg om het verschil te kunnen zien. Ze heeft maar een jaar in mijn klas gezeten. Wel voelde ik me verantwoordelijk, als volwassene en als docent. Ik zette de auto aan de kant en stapte uit om te kijken hoe ze eraan toe was. Het is mijn plicht als docent om het te melden als het niet goed gaat met een leerling. Emily droeg een baljurk en zei dat ze op weg was naar het bal. Dat vermeld ik alleen omdat ze maanden daarvoor van school was gestuurd wegens verstorend gedrag. Ze had geen schoenen aan. Ze had geen tas, voor zover ik kon zien. Haar haar zat in de war. Ik zei dat ze onmiddellijk naar huis moest gaan. Ze begon met me te ruziën en ik moet bekennen dat ik mijn geduld verloor. Ik wilde niets met dat meisje te maken hebben. U moet begrijpen dat ze al maanden volslagen onbekenden ervan beschuldigt haar zwanger te hebben gemaakt. Melody Brickel kan wel beweren dat ik Emily tegen mijn auto heb geduwd, maar hoor wie het zegt.

Er is wel geschreeuwd. Dat geef ik toe. Maar vooral door Emily. Ze begon me van allerlei wandaden te betichten, waarop ik zoiets zei als: 'Kijk uit wat je zegt' of: 'Er valt gewoon niks te vertellen.' Ik kan het me niet meer precies herinneren, want op dat moment wilde ik alleen maar bij haar weg. U zult Melody Brickel naar haar wetenschappelijk onderbouwde mening moeten vragen, gebaseerd op iets waarvan ze op zeventig meter afstand getuige zou zijn geweest. Het zijn twee onhebbelijke, onhandelbare meiden. Ik weet dat iedereen zegt dat Emily uit een goed nest komt, maar naar mijn idee bewijst dit maar weer dat afkomst ook niet alles is. Die jongeren die in zo'n ultracon-

servatieve bubbel leven, storten altijd in wanneer ze met de echte wereld in aanraking komen. Ik weet dat Emily in coma ligt, maar daar heb ik niets mee te maken. Ik heb geen idee wie de vader van haar bastaard is. Ik verklaar nadrukkelijk dat ík het onmogelijk kan zijn. Ik wil niets meer met die hele club te maken hebben. Als ik het me kon veroorloven ontslag te nemen, zou ik mensen gaan helpen die daar echt behoefte aan hebben in plaats van dat ik mijn talenten vergooi in dit godvergeten stadje. Ik heb begrepen dat ik moet aangeven wat ik die avond droeg. Ik had een net zwart pak aan, maar iedereen was in het zwart. Ik zweer dat de inhoud van deze aangepaste verklaring op niets dan de waarheid berust.

'Hoe was het gisteravond bij de rechter?' vroeg Bible.

'Benieuwd of ik het huis nog in mag.' Andrea vroeg zich af waarom hij het niet over het lijk op het veld had. 'Ik maakte een ongepast grapje over Reagan, dat ik blij was dat hij dood is, en toen ging ze naar haar kamer.'

Hij moest lachen. 'Maak je geen zorgen, Oliver. Ze is milder geworden op haar oude dag.'

Andrea moest er niet aan denken hoe een niet-milde rechter eruitzag. Maar het was niet vanwege de rechter dat ze in haar slaapshirt door het bos rende. 'Bedoel je met de eigenaar van de diner die jou over die zelfmoord heeft verteld soms Ricky Fontaine? De oudere vrouw met krullen die ons gisteravond heeft bediend?'

'Yep.' Hij keek haar al even veelbetekenend aan als zij hem had aangekeken. 'Een van de chauffeurs van het pakhuis werd wat loslippig in de diner. Hij zei dat een meisje die ochtend niet was komen opdagen voor haar dienst. Landarbeiders vonden haar rond halftien op het veld. Misschien heeft ze een lading pillen ingenomen. Ze meldden het aan de commissaris, maar de commissaris gaf het niet door aan die toch zo aardige US Marshals.'

Andrea bromde iets, bang zichzelf te zullen verraden als ze iets zei.

'Hierlangs.' Bible ging haar voor een nieuwe afsplitsing op. Hij was hier duidelijk al eerder geweest. Dat hij Andrea had meegenomen om nog eens goed te kijken, moest iets betekenen. Ze was er in elk geval niet voor de back-up. Ze waren geen van beiden gewapend. Andrea's identiteitsbewijs en haar Silver Star lagen in de motelkluis, samen met haar Glock.

Het pad maakte een scherpe bocht, liep een eind terug en kwam opeens uit op een groot, glooiend veld. Zonlicht toverde de rijen groene, stakerige planten om tot een weelderig tapijt. Andrea had nog nooit tuinbonen gezien. De lange, wasachtige peulen deden haar eerder aan sugarsnaps of sperziebonen denken. Voorbij de volgende glooiing was een kas. Glas blonk in het zonlicht. Uit de regenboogkleurige gebouwen in de verte en de feestslingers aan de veranda die rond de boerderij liep, concludeerde ze dat ze bij het hippie-dippiebedrijf waren aangekomen.

Het sfeertje botste behoorlijk met de helwitte politietent midden op het veld. De plek was afgezet met geel lint, dat tien rijen planten omvatte, met ongeveer een meter tussen de rijen. Een oude blauwe boerenpick-up, met extra hoge wielen om de planten te ontzien, stond met de wielen aan weerszijden van een van de rijen.

Dichterbij gekomen moest Andrea een huivering onderdrukken. Twee jaar geleden had ze geleerd dat de dood een stilte bezat die tot in je ziel reikte. Haar hartslag vertraagde. Ze haalde dieper adem. Het zweet op haar huid leek te verdampen.

Iemand had een wit laken over het lijk gelegd. Onder het helwitte katoen tekende de ronding van een heup zich af. De vrouw had op haar zij gelegen toen ze stierf. Uit de zoetige geur concludeerde Andrea dat ze er nog maar een paar uur lag, wat overeenkwam met de verklaring van de chauffeur van het pakhuis. Het lichaam was rond halftien gevonden.

Bible tilde het politielint op en hield het voor Andrea omhoog. Hij knikte naar de twee arbeiders. Andrea ging er tenminste van uit dat het boerenarbeiders waren, te oordelen naar hun overalls en het feit dat ze tegen de afgejakkerde Ford leunden. Ze maakten een gespannen indruk, in tegenstelling tot de drie geüniformeerde agenten die bij de tent rondhingen. Twee keken op hun telefoon, de derde stond met zijn handen in zijn zakken. Wat hen betrof was er niet veel aan de hand. Ze herkende commissaris Stilton aan zijn gestalte. Hij leunde half in zijn patrouillewagen, met de portofoon voor zijn mond. Het was duidelijk dat hij Andrea en Bible aan het einde van het pad had gezien. Zijn ongenoegen had de hele afstand overbrugd, als George Washington die de Delaware overstak.

'Commissaris Cheese!' Bible zwaaide met zijn handen. 'Hoe gaat-ie, makker?'

Andrea keek toe terwijl Stilton zich op zijn dooie gemak uit zijn auto hees. Het clubje mannen was wakker geworden. Handen werden uit zakken getrokken. Telefoons werden weggeborgen. De arbeiders wisselden achterdochtige blikken. Het waren twee witte mannen, de ene eind vijftig, de andere halverwege de zestig. De oudere man had lang, onverzorgd haar en droeg een gebatikt T-shirt, dat hem onmiskenbaar in de hippiecategorie plaatste.

De iets jongere man liet een sigaret uit zijn mond bungelen. Zijn sarcastische gezicht deed Andrea denken aan een foto die ze de vorige avond had gezien.

Delawares hoogsteigen Billy Idol.

Bernard Fontaine had het lef naar Andrea te knipogen. Ze keek hem strak aan. Op de grond tussen hen in lag een dode jonge vrouw. Veertig jaar geleden was een andere jonge vrouw in een vuilcontainer gedumpt. Nardo had hen allebei gekend.

'Je bent vast ons gesprek van gisteravond vergeten, commissaris.' Bible legde zijn hand op Stiltons schouder. 'Ik had toch gevraagd of je me wilde bellen als er een zelfmoord was?'

Stiltons blik schoot heen en weer tussen Bible en het toegedekte lichaam. 'Tja, marshal, het is nog aan de vroege kant. We weten nog niet of dit zelfmoord is.'

Je moest hem credits geven voor zijn schaamteloosheid, vond Andrea. De tent was opgezet om nieuwsgierige blikken te weren, maar niemand droeg beschermende kleren. Niemand nam foto's. Bordjes bij eventuele sporen op de grond ontbraken.

'Is de patholoog al gebeld?' vroeg ze aan Stilton.

'Wat denk je dat ik zonet deed, schat?'

'Als je het me nou eens vertelt, schat?'

Andrea hoorde gegrinnik, wat haar woede alleen maar aanwakkerde. Niemand leek dit serieus te nemen. Ze had in een alarmcentrale gewerkt. Ze kende de procedure wanneer ergens een lijk was aangetroffen. De agenten die het eerst ter plekke waren zetten geen tent op, vroegen niet om ondersteuning en zetten de plaats delict niet af vóór de patholoog was gewaarschuwd. Er zouden minstens enkele brandweerwagens op de weg moeten staan, en zeker een ambulance.

En ook al leek het op zelfmoord, je mocht er nooit maar dan ook nooit van uitgaan dat het slachtoffer zelfmoord had gepleegd.

'Ze zit je alleen maar te stangen, commissaris.' Bible legde zijn hand op een van de tentstokken. 'Ik vermoed dat dit de hippie-dippieboerderij is waarover je het had. Niet beledigend bedoeld.'

Dat laatste was aan de oude hippie gericht. 'Zo vat ik het ook niet op,' zei hij.

Bible keek naar het lijk. Het laken bewoog op de wind. 'Vind je het goed als ik even kijk?' vroeg hij aan Stilton terwijl hij naar beneden reikte.

'Nee, dat vind ik niet goed.' Stilton sloeg zijn armen over elkaar. 'Ik wil niet moeilijk doen, maar de marshals hebben niks te zeggen over dit soort zaken.'

'Wat voor soort zaken bedoel je?' vroeg Bible.

Stiltons ogen weigerden zich te richten. Ze schoten van de hippie naar Nardo en naar zijn agenten, en toen weer naar Bible. Hij wilde hier duidelijk geen marshals zien, wat vreemd was. Smerissen waren meestal net windhonden. Ze raakten opgewonden als er andere smerissen in de buurt waren.

Andrea probeerde te bedenken waarom alles zo verkeerd voelde. Dit was haar eerste echte plaats delict, maar alleen zij en Bible leken de ernst van de situatie in te zien. De commissaris wilde hen weg hebben. Zijn agenten waren een stel sukkels. Nardo verveelde zich zichtbaar. De oude hippie richtte al zijn aandacht op de sigaret die hij aan het draaien was. Hij had de juiste leeftijd voor een van de verdachten op Andrea's lijst: Dean Wexler. Dat hij hier samen met Bernard Fontaine was, betekende iets wat ze niet helemaal begreep.

'Ben jij Dean Wexler?' vroeg ze aan de oude hippie.

Hij likte met zijn tong over het vloeitje. 'Spreek je mee.'

Andrea kon geen ererondje rennen. Evenmin had het zin zichzelf in een thermometer te veranderen, want Wexlers temperatuur was nauwelijks meetbaar. Hij noch Nardo leek zich zorgen te maken om de situatie, wat weer iets betekende wat Andrea nog niet begreep.

'Wat verbouwen jullie hier?' vroeg ze aan Wexler.

Hij bracht de sigaret naar zijn lippen. '*Vicia faba*.'

Andrea lachte, maar alleen omdat Dean Wexler het soort man leek dat het niet prettig vond als jonge vrouwen om hem lachten. 'Da's een heel chique naam voor tuinbonen.'

Zijn kaak verstrakte. In zijn verzonken ogen blonk een stille dreiging.

'Marshal.' Stilton richtte het woord tot Bible. 'Ik waardeer je hulp, maar jullie kunnen nu gaan. We hebben dit onder controle.'

'Wat bedoel je met dít?' vroeg Bible.

Gespeeld geduldig blies Stilton lucht tussen zijn lippen door. 'We hebben hier een meisje – een jong meisje – dat waarschijnlijk een overdosis heeft genomen. Ze had al een tijdje problemen. Dit is niet haar eerste poging.'

'O,' zei Bible. 'Is zij degene die jullie met kerst uit zee hebben gevist of is dit het meisje dat anderhalf jaar geleden haar polsen heeft doorgesneden?'

Andrea voelde de spanning stijgen, als een touw dat werd strakgetrokken.

Op Glynco werd het er bij de cadetten ingestampt dat ze naar hun lichaam moesten luisteren. De vecht-of-vluchtreactie was een stuk alerter dan alle andere reflexen bij elkaar. Ze hield haar aandacht op Nardo en de hippie gericht. Ze hadden iets gevaarlijks over zich. Voor het eerst in haar leven wilde ze dat ze een wapen bij zich had.

'Marshal,' zei Stilton. 'Ik kan het mis hebben, maar ik heb niet de indruk dat deze situatie ook maar iets te maken heeft met de opdracht die jou en je collega naar mijn stad heeft gebracht.'

Bible keek Stilton vanuit de hoogte aan. 'Weet je wat zo grappig is aan de United States Marshals? We behoren tot de enige twee politieafdelingen in de Verenigde Staten die belast zijn met de allesomvattende taak de federale wet te handhaven. We beperken ons niet tot de douane en grenzen. Of tot alcohol, tabak en vuurwapens. Of tot federale belasting. We gaan over alle wetten, groot en klein, vers van de pers of daterend van 4 maart 1789, de datum waarop de grondwet van de Verenigde Staten in werking trad.'

Stilton stond er wat ongemakkelijk bij, ook al haalde hij zijn schouders op. 'En?'

'USC 482-930.1 bepaalt dat het een schending van de federale wet is om de hand aan jezelf te slaan. Het is een oudje, maar hij doet het nog goed. Gaat terug op het Engelse gewoonterecht.' Bible knipoogde naar Andrea, want ze wisten allebei dat hij blufte. 'Wat jij, collega?'

'Valt binnen de bevoegdheid, zo te horen,' zei Andrea.

Stilton ging op een andere benadering over. 'Ik zei al meteen dat we niet zeker weten of het zelfmoord is.'

Bible zei maar niet dat zijn verhaal wat ongrijpbaar was. Hij nam een paar nitrilhandschoenen uit de zak van zijn hardloopshort. Weer knipoogde hij naar Andrea, daarmee eindelijk toegevend dat hij zijn voorbereidingen had getroffen.

'Dit is een plaats delict, marshal,' zei Stilton. 'Je moet wachten tot de patholoog er is. Straks verstoren we –'

'Wie heeft dat laken over het lichaam gelegd?' vroeg Andrea.

Wexler kuchte. 'De man die haar gevonden heeft.'

Ricky had gezegd dat een van de arbeiders het lijk had gevonden. Andrea zag maar twee mannen op het veld. 'Dan is de plaats delict al verstoord.'

Bible ging aan de slag. Hij zei niets. Hij knielde neer en trok voorzichtig het laken weg.

Iemand hapte naar adem. Andrea was trots op zichzelf dat zij het niet was. Toch balde haar maag zich als een vuist samen.

In het mortuarium op Glynco had ze lijken gezien, maar toen had ze ruim de tijd gehad om zich erop voor te bereiden. De overledenen hadden hun lichaam allemaal aan de wetenschap geschonken, waardoor het had gevoeld als een soort afspraak tussen jou en de dode. Alles was plechtig en voorspelbaar geweest. Je was er om te leren. Zij waren er om je in de gelegenheid te stellen.

Nu voelde ze de schok van een plotselinge dood.

Net als met Judiths collages was ze eerst alleen in staat om haar directe emotie – ze was overweldigd – te verwerken. Ze dwong zichzelf om naar de bijzonderheden te kijken. Een leeg medicijnpotje lag op de grond. Rond de mond van de vrouw zat opgedroogd roze schuim. Ze had donkerblond haar. Een wasbleke huid. Blauwe vingertoppen gekromd in de palm van een roodbevlekte hand. Ze had een aantal uren op het veld gelegen. De zwaartekracht had haar bloed naar de delen van haar lichaam gezogen die de aarde raakten. Het laken was rond haar voeten opgetrokken, maar dit was geen slaap. Ze was overduidelijk dood.

'Jezus,' fluisterde iemand.

Andrea ademde door haar mond toen de geur haar overviel. Ze zei tegen zichzelf dat ze een politieagent was. Ze wist wat ze moest doen.

Analyseren, doorgronden, rapporteren.

De naakte vrouw lag op haar zij.

Dat klopte al niet.

Het slachtoffer was nog geen vrouw. Ze leek een meisje, hooguit zestien of zeventien jaar oud. Haar linkerheup stak scherp omhoog. Haar schaamstreek was kaalgeschoren. De donkere kringen van haar tepels waren bijna zwart geworden in de eerste stadia van ontbinding. Een gele jurk lag opgevouwen als een kussen onder haar hoofd. Eén arm was uitgestrekt. De andere was om haar smalle middel geslagen.

Het meest alarmerend was de staat van haar uitgemergelde lichaam. Tijdens haar eerste jaar op de kunstacademie had Andrea anatomielessen gevolgd om figuratief te leren tekenen. Ze moest denken aan de schetsen die een driedimensionale voorstelling van het lichaam illustreerden. De botten van het meisje waren zichtbaar onder haar huid. Haar gewrichten waren net deurknoppen. Onder haar ingevallen wang tekenden haar tanden zich af. Haar haar was vuil. Onder haar rechteroog zat een blauwe plek. Haar lippen waren lichtblauw. Gebroken bloedvaten liepen als sterrenstelsels over haar wasachtige, papierdunne huid. Roze littekens doorkruisten haar polsen.

Ze had het eerder geprobeerd.

'Oliver.' Bibles toon was scherp. 'Neem eens wat foto's.'

Andrea knielde naast het meisje neer. Ze haalde haar iPhone uit haar zak. Met haar duim selecteerde ze de camera. Met haar vingertoppen trok ze het laken weg van de voeten van het meisje.

Het feit dat ze blootsvoets was, was niet de meest schokkende ontdekking.

Er zat een metalen band om haar linkerenkel, zo strak vastgemaakt dat het vel van het enkelbot was geschaafd. In het midden zaten drie edelstenen: een aquamarijn met aan weerszijden een blauwe saffier. De band zou voor een sieraad kunnen doorgaan als de smeulende streep er niet was geweest op de plek waar hij om haar enkel was gesoldeerd.

Andrea zag dat er op het zilver een inscriptie was geëtst.

Bible zag het ook. 'Wie is Alice Poulsen?' vroeg hij.

20 OKTOBER 1981

Emily prikte met haar vork naar haar ontbijt. Omi, die tegenover haar zat, deed hetzelfde, zonder goed te begrijpen waarom er zoveel spanning in de kamer hing, maar ze voelde dat ze beter haar mond kon houden. Esther en Franklin zaten ieder aan een uiteinde van de tafel, allebei gekleed voor hun werk, alsof dit een doodgewone dag in hun doodgewone leven was. Hij las de krant. Zij verbeterde een ontwerpmotivering, met van concentratie getuite lippen. Ze hadden allebei een leesbril op. Uiteindelijk zouden ze die afzetten, hun papieren in hun diplomatenkoffertje stoppen en ieder in een eigen auto naar het werk gaan.

Emily had haar ouders zo vaak op die manier zien omgaan met moeilijkheden. Ze sloegen zich erdoorheen door te doen alsof die vreselijke dingen gewoon niet gebeurden. Misschien had ze er zelf ook iets van meegekregen, want ze probeerde nu ook te doen alsof de vorige avond niet gebeurd was. En alsof de vorige ochtend in de spreekkamer van dokter Schroeder niet gebeurd was. En alsof het feest niet gebeurd was.

Ze probeerde vooral te doen alsof haar herinneringen aan Wexler die haar die avond naar huis had gereden aan haar fantasie waren ontsproten of restanten waren van een slechte lsd-trip.

Alsof het zo moest zijn, werd ze plotseling overspoeld door een golf van misselijkheid. De eieren op haar bord waren gestold tot een gele klodder. Het baconvet had zich verdikt tot een rand rond haar toast. Ze had geen idee hoelang ze naar haar bord had zitten staren, maar toen ze opkeek, waren haar ouders verdwenen en was alleen Omi er nog.

'Heb je plannen voor vandaag?' vroeg Omi. 'Ik ga denk ik maar eens in de tuin werken.'

Emily voelde weer tranen opkomen. 'Ik ga naar school, Omi.'

Omi keek verward. Ze pakte haar bestek en bord op en liep van tafel.

Met haar vingertoppen depte Emily haar tranen. Toen ze zich die ochtend had opgemaakt, was het alsof ze met schuurpapier over haar gezicht wreef. Haar oogleden waren ruw nadat ze de hele nacht had gehuild. Ze had niet geslapen. Toen ze in de spiegel keek, was het alsof ze een alien zag.

Ze was niet 'intact'.

Waarom voelde ze alleen maar schaamte? Seks moest een bijzonder, romantisch moment zijn, waarop ze zich verbond met haar zielsverwant, zich gaf aan een man die haar liefde waard was.

In plaats daarvan was het gebeurd op de achterbank van de gore, goedkope clownsauto van haar leraar.

Misschien.

Emily vertrouwde de telkens opflitsende herinneringen niet, een bijna stroboscopische horrorshow van dingen die net zo goed waar als onwaar konden zijn. Ze was er zo zeker van geweest – zelfs toen ze zichzelf voorhield dat ze het niet zeker wist – dat het een van de jongens moest zijn geweest. En nu weigerde ze te geloven dat Dean Wexler met zijn ruige, bezwete snor en lompe, klunzige handen haar van iets had beroofd wat ze niet had willen geven.

Want dat was verkrachting, toch?

Of misschien ook niet. Misschien had haar moeder gelijk. En haar vader. Als je te veel dronk, als je drugs gebruikte, accepteerde je daarmee het risico dat een jongen nou eenmaal zou doen wat jongens doen.

Maar Wexler was een man.

Dan was het toch anders? Als Emily tegen haar vader zei dat het niet een van de jongens was geweest, maar dat een volwassen man misbruik van haar had gemaakt, zou hij anders naar de situatie kijken. Of misschien zou hij haar alleen maar aankijken, want sinds de vorige avond had hij haar volledig uit zijn gezichtsveld gewist. Hij liep de kamer door, ging aan tafel zitten, pakte de koffiepot en las zijn krant – maar niet één keer liet hij merken dat hij zijn dochter had gezien, die een paar meter van hem af zat.

Emily keek naar haar handen. Tranen trokken een waas voor haar ogen. Ze vroeg zich af of ze helemaal aan het verdwijnen was. Zou niemand haar ooit nog zien zoals ze was?

'Emily.' Esther stond in de deuropening. Leunend tegen het kozijn trok ze de teen van haar panty recht. 'Niet te laat op school komen.'

In plaats van naar haar moeder keek Emily uit het raam. Haar hart had geroffeld toen ze hoorde hoe normaal haar moeder klonk. Esther zou hier niet meer boos om zijn. Er zouden geen ruzies of beschuldigingen meer volgen. Ze was in alle opzichten een rechter. Als ze eenmaal een besluit had uitgesproken, kwam ze er nooit meer op terug.

Toen Emily naar de deur keek, was haar moeder verdwenen.

Langzaam ademde ze uit. Ze legde haar mes en vork op het bord en bracht het naar de keuken. Boven de vuilnisbak schraapte ze de restjes eraf. Het bord en het bestek zette ze in de spoelbak voor de hulp. Haar schooltas en haar tasje stonden naast de garagedeur. Ze kon zich niet herinneren dat ze die daar de vorige avond had achtergelaten, maar ze kon zich heel veel dingen niet herinneren, dingen die veel belangrijker waren dan de vorige avond.

Dit was alles wat ze kon bedenken: het donkere interieur van Wexlers auto, de gloeiende dashboardlampjes, een lied dat zachtjes uit de radio klonk, haar handen die nerveus aan een scheur in Ricky's groene jurk peuterden, Wexler die zijn hand op haar knie legde.

Emily knipperde met haar ogen. Was dat laatste echt gebeurd of maakte ze zichzelf iets wijs?

Het enige wat ze zeker wist, was dat ze er niet de rest van haar leven over kon blijven nadenken, hier op de gang. Ze had al een hele schooldag gemist: een bespreking met haar tekenleraar, een scheikundeproefwerk, oefenen met de band, een afspraak met Ricky om vijf minuten voor gym iets te bespreken wat twee dagen geleden heel belangrijk had geleken.

Ze deed de deur open. Haar vaders Mercedes was al weg. Ze liep door de garage. Haar moeders chauffeur wachtte voor het huis, met draaiende motor.

'Em?'

Toen ze zich omdraaide, zag ze tot haar verbazing Cheese, die leunend tegen een boom een sigaret rookte.

'O nee, Cheese, wat erg,' zei ze ontredderd. Ze had gezegd dat hij in de schuur mocht slapen. 'Ik ben vergeten het kussen en de deken klaar te leggen.'

'Geeft niet.' Hij drukte zijn sigaret uit op de zool van zijn schoen en stak de peuk in zijn zak. 'Je weet dat ik niet veel nodig heb. Ik red me wel.'

Zo zag hij er anders niet uit, wat haar schuldgevoel alleen maar vergrootte. 'Ik vind het heel erg.'

'Zo te zien heb jij ook een rotnacht achter de rug.'

Emily kon zich nu niet druk maken om haar uiterlijk. De schuur stond aan de andere kant van het huis, maar als hij bij de garage had gestaan, had Cheese kunnen horen wat er de vorige avond in de keuken was gebeurd. 'Hoe laat was je hier?'

'Geen idee.' Hij haalde zijn schouders op. 'Ik was eerst thuis, maar mijn moeder was totaal de weg kwijt. Mijn vader ging naar het bureau en ik...'

Ze zag zijn onderlip trillen. Hij had niets gehoord. Hij had zijn eigen problemen.

'Hoe dan ook,' zei hij. 'Ik loop met je mee naar school.'

Emily liet hem haar schooltas dragen. Ze moesten wachten tot haar moeders auto was gekeerd. Esther keek uit het achterraampje, en keek toen nog eens. Heel even smolt haar pokerface. Emily hoorde het haar bijna denken: *was het de jongen van Stilton?*

Tegen de tijd dat de auto de oprit had bereikt, had Esther zich weer herpakt.

Cheese had niets door. Hij schudde weer een sigaret uit zijn pakje. Ongedwongen zwijgend liepen ze de slingerende oprit af. Emily probeerde zich de eerste keer dat ze Cheese had gezien voor de geest te halen. Zoals vrijwel al haar losse schoolvrienden was hij al zolang ze zich kon herinneren deel van haar leven. Waarschijnlijk hadden ze samen op de peuterspeelzaal of de kleuterschool gezeten. Als ze haar eerste herinnering aan hem probeerde boven te halen, zag ze een verlegen jongetje voor zich dat vanuit een hoek toekeek terwijl de anderen plezier hadden. Hij had er nooit helemaal bij gehoord, en daarom had Emily altijd haar best gedaan om een praatje met hem te maken. Binnen de kliek had ze zichzelf vaak een buitenstaander gevoeld.

Vooral nu.

'Okidoki,' zei Cheese. 'Ga je me nog vertellen wat er aan de hand is?'

Emily glimlachte. 'Niks hoor. Echt niet.'

Cheese rookte zwijgend door en geloofde er duidelijk niets van.

Opeens bedacht Emily iets. 'Was jij vorige maand rond deze tijd in de schuur?'

Hij keek bezorgd. 'Als je ouders kwaad zijn omdat –'

'Nee, nee,' stelde ze hem gerust. 'Dat maakt ze niet uit. Ik vroeg het me alleen af, omdat ik die avond heel laat thuiskwam... de avond van de zesentwintigste. Ze waren woedend op me omdat ik te laat was. Ik vroeg me af of je iets gehoord had of je iets kunt herinneren.'

'Jeetje,' zei hij. 'Sorry, Emily. Als ik al in de schuur was, heb ik helemaal niks gehoord. Zit je nu dik in de problemen? Ben je daarom zo overstuur?'

Ze schudde haar hoofd. Cheese liet zich lezen als een boek. Als hij er die avond geweest was, zou hij iets gezegd hebben. Ze stelde de verkeerde vragen.

Ze gooide het over een andere boeg. 'Weet jij iets over politieonderzoeken? Van je vader, bedoel ik?'

'Ja, wel een beetje.' Hij haalde zijn schouders op. 'Maar misschien meer van herhalingen van *Columbo*.'

Ze glimlachte terug toen hij glimlachte. Haar vader had er destijds naar gekeken. Emily had de serie nooit gezien, maar uiteraard wist ze dat het over een slimme rechercheur ging. 'Stel dat Columbo een zaak had waarin iemand iets slechts had gedaan.'

'Emily, dat gebeurt in alle zaken van Columbo,' zei hij met een speels lachje. 'Daar gaat het eigenlijk om.'

'Oké.' Emily dacht even na. 'Stel dat een vrouw op een cocktailparty was en dat haar... dat haar diamanten halsketting werd gestolen.'

'Oké.'

'Alleen kan ze zich niks meer van het feestje herinneren omdat ze te veel had gedronken.' Emily wachtte op zijn knikje. 'Toch heeft ze bepaalde herinneringen. Van die flitsen waarin ze ziet dat ze met allerlei mensen sprak of dat ze op bepaalde plekken was. Maar ze weet niet of die herinneringen echt zijn of niet.'

'Zo te horen had ze drugs gebruikt,' zei Cheese. 'Met drank heb je dat eigenlijk niet, tenzij je stomdronken bent. Tenminste, dat heb ik bij mijn moeder gezien.'

Hij kon het weten, vermoedde Emily. 'Hoe kan die vrouw haar halsketting terugkrijgen?'

Weer glimlachte hij. 'Ze zou Columbo kunnen bellen.'

En weer lachte Emily terug. 'Maar hoe zou Columbo die zaak dan oplossen?'

Hij hoefde niet lang na te denken. 'Hij zou met de mensen gaan praten die op het feest waren. En dan zijn aantekeningen vergelijken, naspeurend of wat de een heeft gezegd overeenkomt met wat de ander heeft gezegd. Want als dat niet overeenkomt, betekent het dat iemand liegt, en als iemand liegt, weet je dat hij iets te verbergen heeft.'

Voor het eerst in dagen voelde Emily zich iets lichter. Het klonk allemaal heel logisch. Waarom was het niet bij haar opgekomen met de anderen te gaan praten? Dan kon ze een bekentenis aan hen ontlokken.

Er was maar één probleem.

'Hoe doet Columbo dat?' vroeg ze. 'Iemand die schuldig is, gaat vast niet praten, zeker niet met de politie.'

'Dat zegt mijn vader ook,' zei Cheese schouderophalend. 'Maar op tv gaan schuldige mensen altijd praten. Soms verzinnen ze leugens om iemand anders verdacht te maken. Of ze willen weten of ze gepakt gaan worden en stellen allerlei vragen over het onderzoek. En Columbo weet ze als geen ander van de wijs te brengen. Dat doet hij niet door ze te beschuldigen, maar door bijvoorbeeld te zeggen: "Ik zie dat u op het feest bent geweest. Sorry dat ik het vraag, maar hebt u misschien iets verdachts gezien of iemand die zich vreemd gedroeg?" Hij zal zo iemand nooit beschuldigen, nooit zeggen: "U hebt het gedaan." Hij laat ze net zo lang praten tot ze zich vastgekletst hebben.'

Emily moest toegeven dat hij Columbo's stem perfect nadeed. 'En verder?'

'Hij schrijft alles op, zoals een politieman hoort te doen. Volgens mijn pa omdat je heel veel informatie krijgt wanneer je iemand verhoort, waarvan alleen sommige dingen belangrijk zijn. Als je het allemaal opschrijft, kun je het later weer doornemen om het goeie eruit te pikken.'

Emily knikte, want ook dat klonk heel logisch. Soms werd ze tijdens de les overvoerd met details, maar als ze later haar aantekeningen doornam, kon ze er weer iets van maken.

‘Het mooiste komt altijd aan het eind,’ zei Cheese. ‘Vlak voor de reclame praat Columbo met een verdachte en doet dan alsof hij alles gevraagd heeft, maar dan draait hij zich om en zegt: “Sorry, nog één ding.” ’

‘Nog één ding?’

‘Ja, dan kom je met de belangrijkste vraag, aan het eind, wanneer zo iemand niet meer op zijn hoede is.’ Cheese kneep de punt van zijn sigaret af voor hij de peuk in zijn zak stak. ‘Dan zeg je: “Fijn, bedankt dat u mijn vragen wilde beantwoorden”, en dan doe je alsof je weggaat. Je pakt je aantekenboekje of maakt niet uit wat, en de verdachte is al opgelucht, snap je, omdat hij denkt dat het voorbij is. En dan draai je je om en zegt –’

‘Nog één ding.’

‘*Correctamundo.*’ Cheese was ook geen slechte Fonz. ‘Zo krijg je je diamanten halssnoer terug.’

‘Wat?’

‘Die dame, van wie het halssnoer was gestolen.’

‘O ja, tuurlijk.’ Emily’s hart trilde in haar borst. Ze voelde zich gespannen nu er een uitweg leek te zijn. ‘Ooit word je een prima politieman, Cheese.’

‘Echt niet.’ Hij schudde een nieuwe sigaret uit het pakje. ‘Als ik over tien jaar nog steeds in dit gat woon, herinner me er dan aan dat ik een kogel door mijn kop moet jagen.’

‘Vreselijk. Dat moet je niet zeggen.’

Hij gaf haar de schooltas. Ze waren bijna bij school. Snel en zonder nog een woord te zeggen liep Cheese bij haar weg. Een paar jaar geleden had Nardo hem gepest omdat hij een oogje op Emily zou hebben, en hij deed nog steeds grote moeite om dat misverstand uit de wereld te helpen.

Emily zwaaide met haar tasje. Ze dacht na over het advies van Cheese. Ze zou dit als een onderzoek moeten beschouwen. Het antwoord veranderde misschien niets aan de zaak, maar in elk geval had ze dan wat rust. Wat haar vader en moeder ook zeiden, iemand had haar iets aangedaan. Iemand had misbruik van haar gemaakt toen ze op haar kwetsbaarst was. Ze was niet zo dom om te denken dat diegene ervoor zou boeten, maar als ze niet gek wilde worden, moest ze weten wie het gedaan had.

‘Hoe gaat-ie?’ Ricky stootte haar schouder aan. ‘Was hij lekker, onze Cheese?’

Hoewel Emily met haar ogen rolde, gaf ze Ricky een stoot terug.

'Ik snap niet wat je moet met al dat kapotte speelgoed.'

Emily probeerde niet te happen. De kliek kon zo vals zijn tegen buitenstaanders. Wat zouden ze met haar doen wanneer ze het ontdekten?

'Waar was je gisteren?' wilde Ricky weten. 'Ik heb twee keer naar je huis gebeld, en beide keren zei je moeder dat je sliep.'

'Ik had een buikvirus,' zei Emily. 'Dat heb ik je zaterdag al verteld.'

'O, ja!' Weer stootte Ricky haar aan. 'Ik dacht dat we gisteren zouden praten.'

'Waarover?'

'Ik... O, shit. Daar heb je Nardo.' Zonder om te kijken stormde Ricky het binnenplein over.

Emily ging niet achter haar aan. Wel hield ze de kliek in de gaten toen die zich bij de voordeur van de gymzaal verzamelde. Nardo rookte, ook al was hij al drie keer betrapt. Blake leunde met een boek in zijn handen tegen de muur. Alleen Clay stond met zijn gezicht naar Emily toe. Hij volgde haar met zijn blik toen ze de trap naar de school beklom. Voor het eerst in haar leven reageerde ze niet op hem. Ze zwaaide niet. Ze werd evenmin door zijn magnetische blik naar hem toe gezogen.

Ze draaide zich om en opende de deur. Zelfs toen de deur achter haar dicht was gevallen, voelde ze zijn brandende blik. Ze kneep haar ogen dicht tegen het felle licht van de plafondlampen in de hal. Leerlingen haastten zich langs haar. De spanning in haar lichaam nam toe, zoals altijd wanneer ze in het schoolgebouw was. Alleen kwam de spanning deze keer niet door de stilzwijgende wil van Esther die haar dwong haar uiterste best te doen. Ze was gespannen omdat ze een plan aan het uitwerken was.

Ze ging met Wexler praten. Ze zou hem heel terloops benaderen, alsof er niets aan de hand was. Ze zou hem enkele vragen stellen. En dan, terwijl ze deed alsof ze weg wilde lopen, zou ze hem met 'nog één ding' confronteren.

Emily voelde haar zelfvertrouwen afbrokkelen. Kon ze Wexler eigenlijk wel vragen of hij haar had misbruikt? Hij zou woedend zijn. Natuurlijk zou hij woedend zijn. Maar wees dat op zijn schuld of op zijn onschuld?

'Emily!' Melody Brickel galoppeerde letterlijk de gang door. Ze had iets met paarden, een van de vele redenen waarom ze niet erg populair was. 'Je was er gisteren niet toen we oefenden met de band!'

Emily bedwong de neiging zich tot een balletje op te rollen. Mrs Brickel wist alles. Had ze het niet aan haar dochter verteld?

'Em?' Melody pakte haar hand en trok haar het lege lokaal van Wexler in. 'Wat is er? Wat zie je eruit! Heb je gehuild? Maar je haar zit prachtig.'

'Ik...' Emily's brein liep vast. Ze was in het lokaal van Wexler. Hij kon elk moment binnenkomen. Ze was er niet klaar voor. Ze kon hem onmogelijk ter verantwoording roepen. Ze had een vragenlijst willen opstellen, maar haar enige gedachte was dat ze moest maken dat ze wegkwam voor hij zich liet zien.

'Emily?' zei Melody. 'Wat is er?'

'Ik...' Emily slikte. 'Heeft je moeder het je niet verteld?'

'Wat?' vroeg Melody. 'Was je gisteren bij dokter Schroeder? Mijn moeder mag niks zeggen over wat daar gebeurt. Daar is toch een of andere regel voor? Ik weet het niet. Maar nu zeg je zelf dat je daar geweest bent, dus wat is er? Gaat het wel goed met je?'

'Ja, ik...' Emily probeerde snel een leugen te verzinnen. 'Het gaat over mijn menstruatie. Die begon een paar dagen geleden en het is heel erg.'

'O nee, wat akelig.' Melody pakte haar hand. 'Je bent te oud om nog steeds naar die stomme valse bok te gaan. Je zou naar een echte gynaecoloog moeten gaan. Twee jaar geleden mocht ik van mijn moeder aan de pil, en sindsdien merk ik het amper als ik ongesteld ben.'

Emily wist niet wat ze schokkender vond, dat Melody naar een gynaecoloog was geweest of dat ze aan de pil was.

'Kijk niet zo geschrokken, dommie. De pil is er niet alleen voor de seks. Hoewel ik blijf hopen!' Ze haalde een cassettebandje uit haar tas. 'Hier, dit heb ik voor je meegenomen, maar ik wil het wel graag terug.'

Emily nam het bandje maar aan. Op de voorkant zaten vijf meisjes, gehuld in handdoeken en met coldcream op hun gezicht. The Go-Go's. *Beauty and the Beat.*

'Daar had ik het vorige week over,' zei Melody opgewonden. Ze was bezeten van muziek. 'Luister maar eens naar het langzame gedeelte midden in "Our Lips Are Sealed", oké? Het is niet echt een verandering van maatsoort, maar het doet denken aan wat de Beatles deden in "We Can Work It Out", waar ze van een vierkwartsmaat overgaan op een driekwartsmaat. Of aan "Under My Thumb", waar de Stones...'

Opeens hoorde Emily niets meer. Wexler was het lokaal binnengekomen. Vanuit haar ooghoek zag ze hem een stapel papier op zijn bureau leggen. Ondertussen bleef ze naar Melody kijken, die denkbeeldige drums bespeelde en met haar voet tikte op een maat die alleen zij kon horen.

'Luister maar, oké?' zei ze. 'Het is zo gaaf. En ze hebben de muziek zelf geschreven, dat is toch fantastisch?'

Emily knikte, hoewel ze geen idee had waarmee ze het eens was. Ze wist alleen dat Melody er genoegen mee nam en het lokaal uit draafde.

'Waar is ze nu weer zo opgewonden over?' vroeg Wexler.

Emily moest slikken voor ze kon praten. 'The Go-Go's.'

Hij lachte keihard. 'Vergelijkt ze een stel mollige kleine meisjes met de Stones? Laat me niet lachen. Ze voeren gewoon een toneelstukje op zodat ze met jongens kunnen aanpappen.'

Een week geleden zou Emily hem nog op zijn woord hebben geloofd, en misschien had ze wel met hem meegelachen, maar nu vroeg ze: 'Gaan jongens soms niet in bandjes om met meiden te kunnen aanpappen?'

'Misschien de braakballen waar jullie naar luisteren,' zei Wexler. 'De Stones zijn echte muzikanten. Die hebben talent.'

Emily sloeg haar handen ineen. Ze zweette weer. Ze had geen plan. Ze kon dit niet. Ze was geen Columbo.

'Wat wil je, Em?' Wexler at een handvol studentenhaver uit de zak in zijn bureau. 'Ik heb 'm behoorlijk geraakt gisteravond. Toen ik vanochtend ging hardlopen, leek de grond net drijfzand. Ik moet mijn les voorbereiden.'

'Ik...' Emily dacht weer aan wat Cheese had gezegd. Ze moest dingen opschrijven. Daarvoor kon ze haar schoolschriften niet gebruiken. Ze zocht in haar tas naar iets om op te schrijven en klikte haar pen open. Ze keek op naar Wexler, maar had geen idee wat ze moest zeggen.

'Emily?' zei hij. 'Kom, wat is er?'

'Ik...' De moed zonk haar in de schoenen. 'Ik heb gisteren de les gemist. Ik wil graag weten wat ik moet inhalen.'

Hij lachte. 'Eh... laat maar zitten. Je hebt al een prima beoordeling. Geen zorgen.'

'Maar ik –'

'Emily, ik weet niet meer wat we gisteren in de les hebben gedaan, oké? Ik heb je als present genoteerd. Wat mij betreft was je aanwezig. Tel uit je winst.'

Hij keerde haar zijn rug toe om het bord schoon te vegen. Hij was in topvorm omdat hij altijd aan het hardlopen was, maar verder reikte zijn discipline niet. Zijn broek was gekreukeld. Onder de armen van zijn overhemd zaten zweetplekken. Zijn haar was ongekamd. Toen hij zich weer omdraaide, zag ze dat zijn ogen bloeddoorlopen waren; het flesje oogdruppels op zijn bureau was ongeopend.

Het zachte dashboardlicht. Het nummer op de radio. De scheur in Ricky's groene jurk.

'Em?' Hij leunde met zijn handen op het bureau. 'Wat is er in godsnaam met jou aan de hand vandaag? Niet beledigend bedoeld, maar je ziet eruit zoals ik me voel, namelijk puur klote.'

'Ik...' Ze probeerde zich te herinneren wat Cheese had gezegd. Pak het ontspannen aan. Zonder beschuldigend te zijn. Ze ging zo onbekommerd mogelijk op de eerste rij zitten. 'Weet u nog dat u me vorige maand bij Nardo hebt opgepikt?'

Meteen kwam er iets schuldigs over hem. Hij kneep zijn ogen tot spleetjes, liep naar de deur en trok die dicht. Hij keerde zich naar haar toe. 'Ik heb toch gezegd dat we het daar niet meer over zouden hebben?'

Emily bracht haar pen naar het papier. Haar hand zette zich in beweging.

'Wat schrijf je op?' snauwde Wexler. 'Jezus, waarom ben je –'

Ze deinsde terug toen hij de pen uit haar hand rukte.

'Wat is er in jezusnaam aan de hand?' vroeg hij.

'U...' Het was alsof ze de macht over zichzelf verloor. Zo hoorde het niet te gaan. Ze moest de ander niet ter verantwoording roepen. Niet beschuldigen. 'Mijn oma heeft u gezien. Die avond. Ze herkende uw auto.'

Aangeslagen plofte hij aan het tafeltje naast haar neer. 'Fuck.'

'Ze... Ze vroeg me er gisteravond naar. Ze vroeg waarom ik nog zo laat bij u in de auto had gezeten, want ze weet dat u docent bent.'

Hij liet zijn hoofd in zijn handen rusten. 'Heeft ze het aan je ouders verteld?' vroeg hij gespannen.

Emily zag dat hij bang was, wat betekende dat de macht iets meer haar kant op was geschoven. Ze moest ervoor zorgen dat hij zich kwetsbaar bleef voelen, en daarom zei ze: 'Nog niet. Ik heb haar gevraagd het niet te vertellen, maar –'

Wexler leunde achterover. 'We moeten een goed verhaal hebben voor het geval ze het vertelt. Wannéér ze het vertelt, want je weet dat ze dat uiteindelijk gaat doen.'

Emily kon slechts knikken.

En meteen lag alle macht weer bij hem.

'Oké.' Nu boog hij zich naar haar toe, leunend op zijn ellebogen. 'Wat heeft je oma precies gezien?'

'Dat ik...' Emily wist dat ze strategisch te werk moest gaan, maar ze had geen idee hoe. 'Dat ik uit uw auto stapte, dat het laat was en dat ik overstuur was.'

Wexler knikte. Ze hoorde het ruwe geschraap over zijn ongeschoren gezicht toen hij aan zijn wang krabde. 'Oké, veel is het niet.'

Emily kneep haar lippen stijf op elkaar. Cheese had gezegd dat schuldige mensen wilden praten. Nu moest ze wachten tot Wexler begon te praten.

'Oké,' zei hij nogmaals. Hij pakte haar pen weer op en gaf die terug. 'We gaan ze het volgende vertellen.'

Emily drukte de pen op een lege bladzij.

'Nardo belde me om hulp. Je was totaal van de kook. Ze waren allemaal stoned. Ik reed naar jullie toe om je thuis te brengen. Alles wat er tussen mij en Clay voorviel...' Hij maakte een handgebaar. 'Vergeet dat maar. Het is ons woord tegenover het zijne en niemand zal hem geloven.'

Clay?

'En toen heb ik je naar huis gebracht,' rondde hij zijn verhaal af. 'Dat was het. Oké?'

'Maar...' Emily zocht wanhopig naar een manier om meer informatie uit hem los te krijgen. 'Clay is niet de enige om wie we ons zorgen moeten maken, toch? Nardo en Blake waren er ook. En Ricky. Ricky was er ook bij.'

'Ricky lag buiten westen voor op het gazon toen ik daar aankwam,' zei Wexler. 'Ik weet niet waar Nardo en Blake uithingen. Konden die ons zien vanuit het huis? Er zijn toch ramen die op het zwembad uitkijken?'

'Eh... ja. Misschien.' Het was alsof haar mond vol watten zat. Ricky die buiten westen op het gazon lag. Nardo en Blake ergens in het huis. Clay en Emily buiten bij het zwembad. Ze hadden niet gezwommen. Het zwembad was al maanden afgedekt en bovendien was het water te koud. Waarom waren ze samen buiten? Dat moest iets betekenen.

'Goed, dat is dan geregeld.' Wexler tikte op haar notitieblok. 'Schrijf het maar op als dat helpt. Je belde me omdat je ruzie had met Clay. Ik haalde je op. Ik bracht je naar huis. Einde verhaal.'

Emily begon te schrijven, maar ze moest het vragen. 'Waarover had ik ruzie met Clay?'

'Weet ik het. Kies maar een eerdere ruzie en dan zeg je dat die nog niet bijgelegd was. Jongeren zoals jullie hebben voortdurend bonje met elkaar.' Wexler stond op. 'Je moet naar je les. En er met niemand over praten, oké? Je weet dat ze Clays kant zullen kiezen en ik wil niet dat je vanwege iets onnozels je vrienden kwijtraakt.'

De watten in haar mond veranderden in beton. Ze was bang geweest de kliek te zullen verliezen, maar nu voelde ze dat verlies pas echt. Ze zouden haar in de steek laten. De vrienden aan wie ze zich had vastgeklampt, de maatjes die ze al vanaf de kleuterschool kende, de mensen met wie ze de afgelopen tien jaar elk vrij moment buiten school had doorgebracht, zouden haar laten vallen zodra de situatie moeilijk werd.

Vooral als die moeilijke situatie met Clay te maken had.

'Als je je aan het verhaal houdt als je ouders ernaar vragen, hebben we niets te vrezen. Ik zal ze hetzelfde vertellen.'

Emily keek naar haar schrift. Ze had maar één ding opgeschreven: *Clay.*

'Emily.' Wexler keek op zijn horloge. 'Kom, naar je les. Ik kan geen te-laatbriefjes meer voor jullie schrijven. Lampert zei al dat sommige docenten me ervan beschuldigen dat ik mijn lievelingetjes onder de leerlingen heb. Ik wil wedden dat het Darla North is. God, die stomme trut kan ook nooit haar vette bek houden.'

Emily pakte haar schrift en pen. Ze stond op en liep naar de deur.

Maar toen draaide ze zich weer om.

'Mr Wexler?' zei ze. 'Nog één ding.'

Hij keek weer op zijn horloge. 'En dat is?'

'Mijn oma...' Ze moest niet langer strategieën bedenken, maar haar mond opendoen en praten. 'Die avond dat u me naar huis bracht. Ze zei dat mijn jurk was gescheurd. En dat hij binnenstebuiten zat.'

Wexler klemde zijn kiezen zo hard op elkaar dat zijn kaak net een stuk glas leek dat uit zijn gezicht stak.

'Dat viel haar namelijk op toen ik uit uw auto stapte.'

Hij wreef weer over zijn morsige wang. Ze hoorde zijn vingers over de stoppels schrapen.

Nu kwam ze met de afmaker. 'Wat moet ik zeggen als mijn vader ernaar vraagt?'

Eerst bleef hij roerloos staan. Vervolgens kwam hij zo snel in beweging dat Emily pas reageerde toen hij haar tegen de muur had gedrukt, zijn ene bezwete hand voor haar mond had geslagen en met de andere haar hals vastklemde.

Ze stikte bijna en klauwde naar zijn hand. Haar voeten raakten nog net de vloer. Hij had haar zo hoog opgetild dat ze alleen nog naar adem kon happen.

'Nu moet je goed luisteren, kreng dat je bent.' Zijn mond was een smerige mengeling van koffie en whisky. 'Je zegt helemaal niks tegen je vader. Begrepen?'

Ze kon niet antwoorden, want zijn vingers drukten in haar keel.

'Ik heb je opgepikt bij Nardo thuis. Je had een of andere stomme ruzie met Clay. Ik heb je naar huis gebracht. Dat is alles.' Hij klemde haar nog steviger vast. 'Begrijp je me?'

Ze kreeg er geen woord uit. Ze kon zich niet bewegen. Haar oogleden begonnen te trillen.

Het volgende moment liet hij haar los. Ze viel op de vloer. Toen ze haar vingers naar haar gekneusde hals bracht, voelde ze de aderen kloppen. Tranen rolden over haar wangen.

Wexler hurkte voor haar neer. Hij priemde met zijn vinger in haar gezicht. 'Vertel op, wat ga je zeggen?'

'U...' Ze hoestte. Bloed droop haar keel in. 'U was het niet.'

'Ik was het niet,' zei hij haar na. 'Nardo belde me en vroeg of ik je kwam halen. Ik ging naar zijn huis. Jij had ruzie met Clay. Ik bracht je naar huis. Ik heb je niet aangeraakt, je jurk niet gescheurd, of...'

Emily zag dat hij zijn ogen samenkneep. Zijn blik ging langzaam van haar gezicht naar haar buik. Ze zag bijna dat hem een licht opging.

'Fuck,' zei Wexler. 'Je bent zwanger.'

Emily hoorde het woord langs de sintelmuren galmen. Niemand had het nog hardop uitgesproken. Zelfs dokter Schroeder had het woord niet in de mond genomen. Haar vader had het over 'met jong geschopt'. Haar moeder praatte eromheen, zoals je deed als iemand kanker had of zo.

'Fuck!' Wexler sloeg met zijn vuist op de muur. Hij slaakte een pijnkreet en klemde zijn hand vast. Zijn knokkels waren bebloed. 'Fuck.'

'Mr Wex–'

'Bek houden!' beet hij haar toe. 'Jezus christus, stomme bitch die je bent. Weet je wel wat dat betekent?'

Emily probeerde overeind te komen, maar haar benen waren te wankel. 'Het... Het spijt me.'

'En dat is je geraden ook!'

'Mr Wexler, ik...' Ze probeerde hem te kalmeren. 'Mr Wexler, het spijt me. Ik had niks moeten zeggen. Ik ben alleen... Ik ben bang, oké? Ik ben echt bang, want er is iets ergs gebeurd, maar ik kan me er niks van herinneren.'

Hij staarde haar aan, maar ze kon niets uit zijn blik opmaken.

'Het spijt me,' zei ze nogmaals. Het was alsof het de enige drie woorden waren die ze nog uitsprak, tegen wie dan ook. 'Mijn oma zag me uit uw auto stappen, dus ik dacht... ik dacht dat u misschien...'

Haar stem stierf weg.

Wexlers gezicht was nog steeds ondoorgrondelijk. Emily was al bang dat ze voor eeuwig zo zouden blijven zitten, maar toen verbrak hij zijn trance en stond op. Stijfjes liep hij het lokaal door. Toen hij zich omdraaide, zag ze dat het bloed van zijn knokkels zijn overhemd had bevlekt.

'Als kind heb ik de bof gehad.' Hij bewoog zijn vingers om te zien of er iets gebroken was. 'Daar heb ik orchitis aan overgehouden.'

Emily keek naar hem op. Ze had geen idee wat hij bedoelde.

'Zoek maar op in het woordenboek, stomme trut.' Hij ging aan zijn bureau zitten. 'Ik kan godsonmogelijk de vader zijn.'

5

Bible keek op van de zilveren band die voor altijd om de enkel van het dode meisje zat geklonken.

'Dat staat in de band gegraveerd.' Weer vroeg hij: 'Wie is Alice Poulsen?'

Nardo keek Wexler aan. 'Een vrijwilliger,' zei de laatste. 'Ik ken haar verder niet.'

Bible stond op. Hij was zichtbaar kwaad. 'Wat voor vrijwilliger precies? Die niet eens het minimum aan voedsel kreeg, maar wel een band om haar enkel als een proefdier in een laboratorium?'

Nardo en Wexler keken hem aan, alsof hij zijn vraag nog eens moest stellen, maar dan anders.

'Oké.' Bibles kaak trilde. 'Hoeveel zogenaamde vrijwilligers hebben jullie hier aan het werk?'

Weer liet Nardo het woord aan Wexler. 'Tien, en zo'n vijftien tot twintig in het hoogseizoen.'

'Tien of vijftien of twintig. Nou, dat zijn een heleboel mensen om te onthouden.' Bible richtte zich tot Stilton. 'Commissaris, ik meen me te herinneren dat je zei dat Poulsen anderhalf jaar geleden een zelfmoordpoging heeft gedaan. Dat ze haar polsen had doorgesneden. Klopt dat?'

Stilton knikte. 'Dat klopt.'

'Dus dan woont ze hier al net zo lang en misschien langer.' Bible richtte zijn opmerkingen weer tot Wexler. 'Hoe oud is ze?'

'Meerderjarig,' zei Wexler. 'We nemen hier alleen meerderjarigen aan. Ze moeten hun paspoort of ID laten zien.'

'Maar deze volwassen vrouw, die anderhalf jaar op jullie terrein heeft gewoond en gewerkt, die ken je niet?'

Wexler peuterde een draadje tabak van zijn tong, maar zei niets.

Andrea voelde de spanning groeien in de driehoek Bible, Stilton en Dean Wexler. Geen van hen keek naar het lijk op de grond, hoewel twee van hen duidelijk aangeslagen waren bij het zien van de uitgemergelde jonge vrouw.

Bible reageerde met woede. Andrea met peilloze afschuw. Ze voelde zich overweldigd door het duistere tafereel aan haar voeten. De vrouw was iemands dochter geweest, iemands klasgenote of vriendin, of misschien iemands zus. En nu was ze dood.

Er zat voor Andrea niets anders op dan Bibles aanwijzingen op te volgen. Ze legde alle gevolgen vast van de ellende die Alice' lichaam had ondergaan. De ingevallen wangen. De pijnlijk magere ledematen. De vingerafdrukken rond haar polsen. Haar ribbenkast die als de romp van een dood dier omhoogstak. Dat het meisje ondervoed was, was nog maar het halve verhaal. Bij haar ellebogen en heupbeenderen zaten open wonden die aan doorligplekken deden denken. Plukken haar waren op de grond gevallen als pluis van een maiskolf. Haar vingernagels waren kromgetrokken van het maagzuur doordat ze telkens haar vingers in haar keel had gestoken om te kunnen overgeven.

Had ze zich uit vrije wil aan deze marteling onderworpen?

Andrea richtte de camera op het medicijnpotje. Het etiket was verwijderd. De dop lag ernaast. Met trillende handen maakte ze de laatste foto's van de enkelband, die evengoed voor een voetboei zou kunnen doorgaan. Bij het opstaan veegde ze haar handen af aan haar short. Alles voelde helemaal fout. Dit meisje was tot op het bot uitgehongerd en gebrandmerkt als een beest. Als Alice Poulsen zelfmoord had gepleegd, dan had iemand anders haar ertoe gedreven.

Ze keek naar Nardo, want intuïtief wist ze dat hij de meest sadistische van het tweetal was. 'Wie heeft dat ding om haar enkel gesoldeerd? Dat heeft ze niet zelf gedaan.'

'Ho ho, meisje,' zei Wexler. 'Daar weten we niks van.'

Andrea slikte de verwensingen in die haar voor op de tong lagen. Hij was niet geschrokken bij het zien van de band, en hij wist zonder meer wie het meisje was. Alice had meer dan een jaar op zijn terrein gewoond. Niets van dit alles was gebeurd zonder dat Wexler ervan afwist en het goedkeurde. Andrea trilde van woede. Het meisje was nog maar net van school. Ze was hier als vrijwilligster gekomen en zou het terrein in een lijkzak verlaten.

Ze wees naar het lichaam. 'Ze is vel over been. Hoe kon je dit laten gebeuren? Je moet haar hebben gezien. Ze moet een wandelend lijk zijn geweest.'

Wexler haalde zijn schouders op. 'Da's mijn afdeling niet.'

Andrea herhaalde Bibles eerdere vraag: 'Wie is Alice Poulsen?'

'Geen idee.' Weer haalde Wexler zijn schouders op. 'Vorig jaar hadden we twee meiden uit Denemarken. Misschien is ze een van hen.'

Natuurlijk wist hij waar ze vandaan kwam. 'Wie is het andere meisje? Je zei dat het er twee waren.'

Weer dat schoudergebaar. 'Zoals ik al zei, ik ken ze niet goed.'

'Oké.' Nu nam Bible het over. 'Wie kent ze wel goed? Wie heeft dit laten gebeuren zonder iets te zeggen?'

Het bleef stil. Weer haalde de man bloedirritant zijn schouders op.

Andrea's hart ging zo tekeer dat ze het in haar mond voelde kloppen. Ze opende haar lippen en ademde diep in. Met uiterste inspanning lukte het haar grip te krijgen op de emoties die door haar lichaam vibreerden.

Op de academie had ze geleerd dat stress en woede je zintuigen konden aantasten. Ze dwong zichzelf haar razernij te beteugelen en zich te concentreren op wat er in haar onmiddellijke omgeving gebeurde. De drie agenten in uniform waren wel in het gesprek geïnteresseerd, maar erg alert waren ze niet. En veel aandacht voor hun baas hadden ze ook niet. Stilton zag eruit alsof elke spier in zijn lijf gespannen was. Ondertussen was Nardo enkele passen van Wexler af gaan staan. Andrea wist niet of hij afstand van hem wilde nemen of voorzichtig naar de pick-up opschoof.

Zelf deed ze niet aan voorzichtig opschuiven, maar was met een paar snelle stappen bij de auto, om er geen misverstand over te laten bestaan dat ze hem er bij zijn kraag uit zou sleuren als hij het waagde in te stappen.

'Heb je een wapen, gast?' Hoewel Bible het tegen Nardo had, keek hij naar Andrea.

Ze voelde een vette zweetdruppel langs haar nek naar beneden glijden. Ze had niet gezien dat Nardo's ruime overall zo vermaakt was dat er onderaan de rug plek was voor een holster. Nu pas zag ze de contouren van iets wat op een klein kaliber 9mm-pistool leek. In haar woede was ze vergeten naar wapens te speuren, het eerste wat je geacht werd te doen. Amerika had ruwweg driehonderddertig miljoen inwoners en bijna vierhonderd miljoen wapens. Meestal kon je de goeden pas van de slechten onderscheiden als de slechten begonnen te schieten.

'Ik heb een vergunning,' zei Nardo. 'Maar dat gaat je geen zak aan.'

'Nee, tuurlijk niet.' Bible sloeg zijn handen ineen. Hij had zijn woede beter kunnen bedwingen dan Andrea. 'Heren, volgens mij moeten we met zijn allen maar eens naar dat huis gaan om verder te praten.'

'Ik niet,' zei Nardo. 'Zonder een advocaat praat ik niet met smerissen.'

Andrea had zijn reactie kunnen voorspellen, want die kwam bijna woordelijk overeen met zijn volledig uitgeschreven verklaring van veertig jaar geleden.

Het is 18 april 1982 en ik, Bernard Aston Fontaine, praat niet met smerissen zonder mijn advocaat.

'Kan ik je niet kwalijk nemen, man,' zei Bible. 'Mijn vrouw, Cussy, zegt altijd dat ze het vreselijk vindt om met smerissen te praten. Commissaris, als we nou eens allemaal in jouw wagen gaan zitten en het zaakje de heuvel op rijden?'

'Ik niet,' zei Wexler. 'Als jullie willen praten, volg je mijn pick-up maar.'

'Ik rij met je mee,' zei Andrea.

Zonder op Wexlers toestemming te wachten liep ze om de pick-up heen en opende het portier. Ze moest zich in de hoge cabine hijsen. Haar eerste indruk was dat de joint in de asbak niet de eerste was die in de oude Ford was gerookt. Alles was doordesemd van wietlucht. Ze liet zich echter niet afleiden. Ze ging niet twee keer de fout in wat wapens betrof. Ze bukte zich om te controleren of er geen geweerloop onder de stoel uit stak. Ze controleerde de zijvakken in de portieren. Toen trok ze het dashboardkastje open.

Wexler kroop achter het stuur en sloeg het portier dicht. 'Heb je een bevelschrift om mijn wagen te doorzoeken?'

'Ik heb gerede aanleiding,' zei ze. 'Je partner draagt een verborgen wapen. In verband met mijn eigen veiligheid heb ik je wagen op wapens doorzocht.'

Met een smalend gebrom startte hij de auto. Andrea reikte naar de veiligheidsgordel, maar die was vastgelopen op de spoel. Wexler deed niet eens moeite zijn eigen gordel te bevestigen. Hij schakelde met de muis van zijn hand. Het gerommel van de oude motor trilde door in de zitting. Langzaam zetten de wielen zich aan weerszijden van de keurige rij in beweging. Om de planten niet te pletten moesten ze naar het einde van de akker rijden en dan keren.

Andrea keek om zich heen en zag dat er niemand was die de bonen oogstte of verzorgde of wat er ook mee gedaan moest worden. Ze had geen idee hoe het er op een boerderij aan toeging, maar ze wist dat het belangrijk was om publiek op afstand te houden als een potentiële plaats delict werd onderzocht. Gezien het feit dat het lijk op een steenworp afstand lag van de plek waar ze kennelijk woonden, moesten de tien, vijftien of twintig vrijwilligers toch in de buurt zijn.

Tenzij iemand had gezegd dat ze zich niet mochten laten zien.

'Wie heeft de leiding over de vrijwilligers?' vroeg Andrea. 'Nardo?'

Wexler kauwde zwijgend op zijn wang. De wijzer van de snelheidsmeter bleef onder de tien hangen. Ze ging ervan uit dat hij reed als een oude man omdat hij een oude man was. Met deze snelheid zou het minuten duren voor ze bij de boerderij waren. Dat gaf haar wat tijd om hem aan de praat te krijgen. Die truc met de thermometer werkte nog steeds van geen kant. Dean Wexler was totaal niet onder de indruk van de dode jonge vrouw op zijn akker. Hij was het gewend zijn boerderij te beheren zoals het hem uitkwam. Hij was het niet gewend vragen te beantwoorden, en al helemaal niet als ze door een vrouw werden gesteld.

Andrea begon met iets gemakkelijks. 'Hoelang woon je hier al, Wexler?'

'Al een tijdje.' Wexler keek onder het rijden recht voor zich uit. Net toen ze probeerde een nieuwe onschuldige vraag te bedenken, overviel hij haar met een eigen opmerking. 'Dat kreng van een rechter heeft je gisteravond zeker alles over me verteld?'

Andrea zweeg.

'Je bent hier gistermiddag aangekomen. Je hebt in de diner gegeten. Je bent de hele avond en nacht bij het huis van de rechter geweest. Je hebt in het motel geslapen.' Er verscheen een bijna vergenoegde trek om Wexlers mond. Hij dacht dat hij haar klem had gezet. 'Klein stadje, schat. Iedereen houdt elkaar in de gaten.'

Andrea keek hem aan. 'Dus zo werkt het?'

'Ik zal je nog iets vertellen,' zei hij. 'Jullie zijn hier om op de rechter te passen, wat betekent dat iemand haar arrogante gezeik helemaal zat was.'

'Zo te horen ben je het zelf ook behoorlijk zat.'

'Als je probeert uit te vinden wie haar bedreigt, sta ik op nummer zeshonderd op je lijst.' Hij keek Andrea veelbetekenend aan. 'Nardo staat zelfs nog lager. Die hele familie boeit hem niet. Vooral niet hoe-heet-ze-ook-alweer, dat meisje. Jezus, ik weet niet eens meer hoe ze heette.'

'Emily,' zei Andrea. 'Emily Vaughn.'

Wexler bromde weer iets. Ze waren aan het einde van de akker aangekomen. Hij maakte een ruime draai langs het bos en stuurde de wielen van de pick-up weer tussen de aangeplante rijen door.

Maar in plaats van door te rijden ging hij opeens op de rem staan.

Andrea gilde, maar ze reageerde snel genoeg om niet met haar gezicht op het metalen dashboard te klappen. Wexler grinnikte, en er klonk een ziek soort plezier in door. Hij had Andrea niet alleen aan het schrikken willen maken, maar haar ook willen verwonden. Ze kon hem er niet op aanspreken zonder toe te geven dat hij haar te pakken had. Daarom bleef ze zwijgend zitten, terwijl de pick-up zich weer langzaam in beweging zette, op weg naar de boerderij.

Nog steeds grijnzend haalde Wexler zijn tabakszak tevoorschijn. Terwijl hij met zijn knieën het stuur rechthield, draaide hij een nieuwe sigaret. Ze naderden nu de tent op de plaats delict. Iemand had het laken weer over het lijk gelegd. Wexler keek niet eens opzij toen ze langsreden. Evenmin draaide hij zich om toen Nardo met een dreun op de laadbak van de pick-up sprong.

Met een knipoog naar Andrea schoof Nardo het raampje dat hen scheidde open. Hij maakte een pistool van zijn hand, richtte op haar en deed alsof hij de trekker overhaalde.

Andrea keek voor zich uit, naar de boerderij. Ze hadden nog een paar minuten voor ze hun bestemming bereikten. Doordat de raampjes openstonden, kon Nardo waarschijnlijk alles horen wat ze zeiden. Het leek haar geen toeval dat Wexler haar aan het schrikken had willen maken vlak nadat de naam Emily Vaughn was gevallen. Ze mocht zich niet weer door hem laten afleiden.

'Het is nooit afdoende bewezen wie de vader van Emily's kind is,' zei ze.

'Judith,' zei de man die beweerde zich niets te kunnen herinneren. Hij pakte een doosje lucifers en stak zijn sigaret aan, waarna hij het stuur tussen zijn handen klemde. 'Ik was het niet, schat. Emily wist zelf niet eens wie haar met jong had geschopt. Heeft de rechter je dat niet verteld? Die meid had geen idee.'

Het kostte Andrea moeite haar gezicht in bedwang te houden. Ze had geweten dat het niet bekend was, maar niet dat Emily het zelf ook niet had geweten.

'Die bitch werd stoned op een feestje, en toen ze wakker werd, was ze zwanger. Voor zover ik weet, hebben alle jongens daar haar te pakken gehad.' Hij grijnsde weer toen hij Andrea's ontzette reactie zag. 'Emily was een feestbeest. Ze wist heel goed wat er zou gebeuren. Jezus, waarschijnlijk wilde ze het zelf. Haar ouders maakten zowat een engel van haar toen ze stierf. Je zult niemand ooit horen zeggen dat Emily Vaughn alles neukte wat bewoog.'

Het was alsof hij Andrea een klap in haar gezicht had verkocht. Wat hij beschreef was verkrachting. Stoned of niet. Emily was niet in staat geweest ermee in te stemmen.

Glunderend rookte Wexler zijn sigaret. Hiervoor kwam hij 's ochtends zijn bed uit: de kans om vrouwen een rotgevoel te bezorgen.

Andrea probeerde uit alle macht op haar training terug te vallen. Ze had zojuist iets schokkends gehoord, maar je kon niet geschokt zijn als je met een verdachte praatte. Tijdens het werk sloeg je je emoties maar ergens op, later mocht je ze verwerken.

'Het moet toch niet zo moeilijk zijn om DNA van Emily's dochter te krijgen,' zei ze. 'Het is geen 1982 meer. Vaderschap is heel makkelijk te bewijzen.'

'Ik schiet met losse flodders, pop.' Weer verscheen die akelige grijns.

'Ik ben veertig jaar geleden al onschuldig verklaard. Vraag Cheese maar. Zijn pa heeft destijds die hele toestand onderzocht. Als je het een onderzoek kunt noemen. We wisten allemaal wie het gedaan had. Nog voor die domme lul had bedacht hoe hij die vent moest opsluiten, was hij hem al gesmeerd.'

'Clayton Morrow,' zei Andrea.

'Juist.' Wexler blies een stoot rook uit zijn neus. 'Oftewel, ik was het niet.'

Zodra ze de akker hadden verlaten, schakelde hij op. De wijzer op de snelheidsmeter wipte voorbij de vijftien. Ze waren nu op een grote open vlakte, ongeveer vijftig meter van de boerderij verwijderd. Gras en onkruid bevochten elkaar om zonlicht. Er waren schuren, kippen, geiten.

Andrea keek er niet naar. Dean Wexler mocht niet denken dat hij het laatste woord had. Door haar eerdere gespeur op internet wist ze in welke hoek ze het moest zoeken. 'Je bent dan misschien niet de vader, maar die zaak heeft je wel je baan gekost.'

Wexler bleef onaangedaan. 'Dat ik ontslagen werd op die shitschool was het beste wat me ooit is overkomen.'

Voor het eerst had Andrea de indruk dat hij de onverbloemde waarheid sprak.

'Voor mij is dit de hemel.' Wexler spreidde zijn handen en wees naar de boerderij. 'Als ik zin heb, kan ik het veld op gaan en de grond bewerken, of ik kan in mijn hangmat gaan liggen en een joint roken. Ik heb eten en onderdak en al het geld dat ik nodig heb. Toen ik veertig jaar geleden die school uit liep, stapte ik rechtstreeks de vrijheid in.'

'En je wist je nog steeds te omringen met kwetsbare jonge meisjes.'

Wexler trapte op de rem.

Andrea's hoofd schoot naar voren. Weer had ze het aan haar reflexen te danken dat het goed afliep. Nardo had minder geluk. Zijn schouder sloeg zo hard tegen het achterraampje dat ze het voelde trillen in haar kiezen.

'Fuck, Dean!' Hij sloeg met zijn vuist op het glas, maar ondertussen moest hij lachen. 'Jezus christus, ouwe!'

Andrea's hart klopte weer in haar keel. Deze keer kon ze het niet laten passeren. 'Als je dat nog één keer probeert, Wexler, lig je zo op de grond.'

Hij lachte luid. 'Ik heb dikke schijt aan je, meisje.'

'Dan zou ik maar snel een afspraak maken voor een darmonderzoek.' Andrea reikte naar de deurknop. 'Misschien dat de dokter je kop uit je kont krijgt.'

Alles gebeurde razendsnel, maar in een fractie van een seconde, heel even maar, wist Andrea's brein het allemaal te vertragen.

Nardo lachte vanaf de laadbak.

Plotseling schoot er een felle pijn door haar arm.

Ze keek naar beneden.

Wexler had zijn hand zo strak om haar pols geslagen dat haar ellepijpzenuw in brand leek te staan.

Tijdens hun opleiding moesten de US Marshals elke dag twee tot acht uur lang tactische gevechtstechnieken oefenen, Braziliaanse jiujitsu en man-tot-mangevechten, anders konden ze niet afstuderen. Het was geen theoretische cursus met boeken en popquizzen. Het was echt vechten, elke dag en soms twee keer per dag, in een van vlooien vergeven zandkuil, in de stromende regen of in de brandende, tropische hitte van Brunswick, Georgia.

Soms zetten de instructeurs de brandslang erop om het nog wat interessanter te maken.

Om voor de hand liggende redenen, of misschien om hun de stuipen op het lijf te jagen, stond er altijd een ambulance paraat. Stoppen met de opleiding vanwege een medisch noodgeval kwam soms voor. Je had je tegenstander niet voor het kiezen. Zo ging het niet in het echte leven en zo ging het ook niet tijdens de training. Vrouwen vochten niet uitsluitend met vrouwen en mannen kregen niet altijd een andere man tegenover zich. Iedereen vocht met iedereen, wat betekende dat Andrea soms Paisley Spenser een slag voor moest zijn en soms een mannelijke cadet van één meter tachtig met een lijf dat uit een blok graniet leek gehouwen.

Ze had al snel doorgehad dat een gigantisch blok graniet als voornaamste nadeel had dat er enorm veel fysieke energie voor nodig was om een vuist te laten uitschieten of een been te laten uithalen. Zo iemand kon je rug breken als hij je raakte, maar voor de klap zelf was meer tijd nodig omdat die hele spiermassa in beweging moest worden gezet.

Andrea kende dat probleem niet. Ze was snel en gemeen en niet vies van vuil spel.

Daarom gebeurde alles razendsnel daar in die oude Ford van Dean Wexler.

Met haar rechterhand greep ze zijn pols. Met haar duim drukte ze tegen de onderkant van zijn handpalm en met haar vingers klemde ze de rug van zijn hand vast. Toen draaide ze zijn arm achter zijn rug, zette zijn elleboog vast en sloeg hem met zijn gezicht tegen het stuur in een perfect uitgevoerd polsslot.

Andrea had pas door wat ze aan het doen was toen ze op haar knieën met haar volle gewicht op Wexlers rug drukte.

'Krijg nou wat,' zei Nardo. 'Word je zomaar ingemaakt door een klein meisje, ouwe.'

Wexler gromde, maar deze keer van de pijn.

'Ik laat je nu los,' zei Andrea. 'Maar daag me niet weer uit.' Langzaam liet ze haar greep verslappen. Ze ging zitten met haar handen in de aanslag, klaar om hem weer klem te zetten als hij iets stoms deed.

Dean Wexler was niet van plan iets stoms te doen. 'Kutwijf,' mompelde hij terwijl hij het portier openduwde.

Andrea stapte uit, maar bewaarde enige afstand om Wexler ruimte te geven. Hij bewoog zich al net zoals hij reed: traag, een en al stijve gewrichten en artritis. Nu twijfelde ze aan haar reactie. Had ze te veel kracht uitgeoefend? Had ze de zaak op een andere manier kunnen laten de-escaleren? Was ze door dit eerste serieuze handgemeen zo'n machtsgeile rotsmeris geworden?

'Goed gedaan, grietje.' Nardo leunde tegen de achterkant van de pickup. Hij trok een sigaret uit zijn pakje Camels en bood Andrea er ook een aan.

Ze schudde haar hoofd. Haar vuisten waren nog steeds gebald. Haar hart ging nog als een razende tekeer. Ze zei tegen zichzelf dat het door haar training kwam. De eerste keer had ze het laten passeren. Toen had ze hem een waarschuwing gegeven. Wexler had de situatie op de spits gedreven door haar pols vast te grijpen. Daar had ze op gereageerd. En wat het belangrijkste was: toen Wexler zich had overgegeven, had ze hem losgelaten.

'Je kunt vast een smak geld verdienen als je met die show aan het touren gaat.' Nardo lachte hoestend. 'Als je nou eens gaat jamworstelen?'

Andrea wuifde de rook weg. Hij stonk naar verschaald bier en rancune. 'Ik heb je vrouw ontmoet in de diner. Wat vindt zij ervan dat je hier met al die jonge meiden loopt te rotzooien?'

'Ex-vrouw, godzijdank.' Hij nam een lange hijs van zijn sigaret. 'En dat zul je háár moeten vragen.'

'Hoe zit het met haar broer?' vroeg Andrea.

'Zo dood als een pier, arme kerel.'

Haar adem stokte. Volgens Eric Blakely's eigen getuigenverklaring was hij de laatste van Emily's groepje geweest die haar vóór de aanval had gesproken.

Rond 18.00 uur op 17 april 1982 zag ik, Eric Alan Blakely, Emily Vaughn vanaf de gymzaal naar Beach Drive lopen. Ik heb niet gekeken wat voor kleren ze aanhad, want dat boeide me niet. Ik heb ook niet gezien of ze high was of dronken, hoewel beide zouden kunnen gezien haar roemruchte verleden. Ze wilde met me praten. Ik ging er niet op in. Toen begon ze luidkeels te schelden, waarop ik haar probeerde te kalmeren. Ze schold me uit en liep toen de steeg in. Zelf liep ik naar de gymzaal, zoals mijn andere klasgenoten u verteld hebben. Die woordenwisseling had een vieze smaak in mijn mond achtergelaten, dus ik besloot weer naar huis te gaan, waar ik films keek met mijn zus, Erica Blakely. Ik weet niet wie de vader van Emily's baby is. Ik had die avond een zwarte smoking aan, maar dat gold voor iedereen. Ik zweer dat de inhoud van mijn verklaring op niets dan de waarheid berust.

Nardo nam weer een hijs van zijn sigaret. 'Dood zijn is eigenlijk stom, vind je niet? Een makkie voor jou, maar zwaar voor de mensen om je heen.'

Andrea keek hem sprakeloos aan. Hij verwachtte echt dat ze nu in lachen uitbarstte.

'Ach, nou ja.' Door de rook heen keek hij haar met samengeknepen ogen aan. 'Weet je, met een paar pondjes minder zou je best een knappe meid zijn. Je logeert toch in het motel?'

Ze zei het enige gebedje op dat Laura haar ooit had geleerd. 'God geef me het zelfvertrouwen van een doorsnee witte man.'

'Heel goed.' Hij keek alsof hij onder de indruk was. 'Jullie dames uit het Zuiden weten hem te raken.'

'Je bedoelt net als degene die met een stuk hout Emily Vaughns hoofd raakte?'

Nardo vertrok zijn mond tot de vertrouwde sneer. 'Stomme pot.'

Andrea vermoedde dat zijn generatie dat nog een belediging vond. Ze keek hem na toen hij wegbeende naar de schuur. Pas toen hij binnen was, haalde ze diep adem en blies sissend uit.

Ze keek naar haar linkerhand. Haar pols klopte waar Wexler hem had vastgegrepen. Waarschijnlijk werd het een blauwe plek, net zo een als ze op de pols van Alice Poulsen had gezien.

Weer ademde Andrea diep in. Ze moest zich concentreren op de misdaad die hier had plaatsgevonden. Bible en zij waren niet op de boerderij omdat Dean Wexler en Nardo Fontaine een beladen verleden deelden met Emily Vaughn. Nog maar enkele uren geleden was een ander jong meisje om het leven gekomen. Ze lag op een akker onder een wit laken, terwijl een groepje politieagenten daar rondhing, met hun handen in hun zakken of kijkend op hun telefoon.

Andrea had met haar eigen telefoon de ravage vastgelegd die het leven bij Alice Poulsen had aangericht. De ouders van de jonge vrouw waren duizenden kilometers van haar verwijderd en dachten waarschijnlijk dat hun dochter een groot avontuur beleefde in de Verenigde Staten. Spoedig zou er bij hen worden aangeklopt en zouden ze het ware verhaal horen. Ze zouden willen weten wat er met hun kind was gebeurd. Misschien zouden ze dankzij Andrea en Bible antwoord op hun vragen krijgen.

Analyseren, doorgronden, rapporteren.

Ze nam haar omgeving in zich op. Net als de schuur en de drie bijgebouwen was de boerderij van één verdieping in felle regenboogtinten geverfd. Van de veranda, die om het gebouw heen liep, hingen serpentines naar beneden. Voor de ramen stonden kaarsen. Een kippenren zat vol dikke hennen. Drie geiten graasden onder een prachtige wilgeik. Kruiwagens en boerenwerktuigen stonden bij de grote, felgekleurde schuur, die onderdak bood aan een tractor die waarschijnlijk meer had gekost dan een Lamborghini. Verderop waren silo's, verbonden met wat vermoedelijk het pakhuis was, te oordelen naar het bord DEAN'S MAGIC BEANS aan de buitenkant. De kleuren van het logo waren saffierblauw en aquamarijn, net als de edelstenen in de enkelband van Alice Poulsen.

'Vuile klootzak,' mompelde ze. Dean Wexler wist maar al te goed wie het meisje was.

Knerpend grind leidde haar aandacht af van het bord. De patrouillewagen van de commissaris kroop het pad op. Ze hadden er alle tijd voor genomen, vermoedelijk om Andrea de gelegenheid te geven Dean Wexler uit te horen. Weer had Bible haar in het diepe gegooid. Het was nog steeds onduidelijk of ze erin was geslaagd een paar baantjes te trekken of dat ze alleen maar water had getrappeld.

De auto maakte een scherpe bocht. Verderop zag Andrea twee lage metalen gebouwen. Het feestelijke schilderwerk hield op bij het grindpad. De kale metalen bouwsels waren donker van alle roestplekken. Oud blad zat vastgekoekt aan de daken. Boven de deur van het grootste gebouw stond met gestanste letters SLAAPBARAK. Op het kleinere gebouw stond EETZAAL. De ramen van beide gebouwen stonden open tegen de naderende hitte.

Andrea, die in het Zuiden was opgegroeid, zei tegen zichzelf dat het hier niet wreed en ongewoon was om het zonder airconditioning te stellen. Dat kon niet worden gezegd van de rij met vijf blauwe mobiele toiletten op tien meter afstand van de eetzaal.

De boerderij leek genoeg op te brengen om binnen sanitair aan te leggen. Vooral omdat het werk verricht leek te worden door vrijwilligers, wat naar Andrea's mening een eufemisme was voor onbetaalde krachten. Ze had de nodige advertenties voor stageplaatsen onder ogen gehad en zag de wervende tekst al voor zich: over het zelf ervaren van de wereld van de biologische landbouw, onderdak en wifi aanwezig. Op de begeleidende foto's was de primitieve slaapbarak weggelaten, maar werden vooral de veelkleurige hoofdgebouwen getoond.

Interessant was dat de boerderij zelf wél airconditioning had.

Commissaris Stilton parkeerde zijn wagen achter de blauwe Ford. Als hij tijdens de rit al een diepgaand gesprek met Bible had gevoerd, dan had het hen geen van beiden erg vrolijk gestemd. Stilton sloeg zijn portier bijna even hard dicht als Wexler had gedaan.

Andrea deed een stap terug toen hij op hoge poten naar de boerderij liep.

'Geen idee wat die Cheese dwarszit,' zei Bible. 'Hoe is het met de ouwe man?'

'Pissig,' zei Andrea. 'Hij greep mijn pols. Toen heb ik zijn gezicht in het stuur geduwd.'

'Heel goed.' Bible klonk serieus. 'Marshalregel nummer één: laat niemand je ooit met een vinger aanraken.'

Hoewel Andrea blij was met zijn steun, had ze haar bedenkingen. 'Nu wordt het wel moeilijker om met hem over Alice Poulsen te praten.'

'Wat mij betreft laten we dat buiten beschouwing.' Bible keek weer naar de boerderij. 'Ik weet niet hoe het met jou zit, collega, maar ik heb spijt van mijn kledingkeuze.'

'Ik ook.' Hij droeg tenminste nog een officieel uitziend T-shirt boven zijn hardloopshort. De kraag van Andrea's lavendelblauwe pyjamashirt was omzoomd door cartoon-z'tjes.

De hordeur ging open. 'Ik heb verdomme niet de hele dag!' riep Wexler.

'Vreemderder en vreemderder,' zei Bible.

Terwijl Andrea hem volgde over het pad, zag ze twee vrouwen uit de schuur komen. Ze gingen in de richting van de slaapbarak. Ze liepen allebei even traag en bedachtzaam. Ze droegen allebei een lange, mouwloze jurk van dezelfde stof als het geïmproviseerde kussen waarop Alice Poulsens hoofd had gerust. Dat was niet de enige overeenkomst. Ze waren blootsvoets. Hun dunne, donkere haar reikte bijna tot hun middel. Ze waren zo mager dat hun armen en benen net stukken touw leken die van hun jurk naar beneden hingen. Ze zouden allebei voor de tweelingzus van Alice Poulsen hebben kunnen doorgaan.

En allebei hadden ze een strakke zilveren band om hun linkerenkel.

'Oliver?' Bible hield de deur open. Binnen zag ze Dean Wexler en commissaris Stilton staan. De mannen keken elkaar niet aan, maar hun onderlinge vijandschap was bijna tastbaar. Het was duidelijk dat ze een voorgeschiedenis deelden. Mensen hadden het altijd over hoe schilderachtig kleine stadjes waren, maar het was een feit dat er om praktisch elke hoek een bloedvete loerde.

Andrea pakte de hordeur voor hij dichtsloeg. Ze had een deprimerend groezelig interieur verwacht, maar wat ze zag was verbazend helder en modern. De woonkamer met open keuken was in zachte tinten grijs en wit geschilderd. De leren bank en bijpassende fauteuil waren zwart. De keukenapparatuur was niet zomaar van roestvrij staal, maar van Sub-Zero en Wolf, waarvan de prijs gelijkstond aan haar jaarsalaris. Alle kleur was naar de vloer gegaan. Elke brede plank vertegenwoordigde een van de twaalf tinten uit het kleurenwiel. Konijnen, vossen en vogels wervelden door het zich herhalende patroon.

Iedereen in dit stomme stadje was een kunstenaar.

'Wexler,' zei Bible. 'Fijn dat je met ons wilt praten.'

Wexler sloeg zijn armen over elkaar. 'Heeft die bitch gezegd wat ze met me gedaan heeft?'

'Volgens mijn collega probeerde je een federale politiefunctionaris aan te vallen,' zei Bible. 'Dus wat wil je: dat ik je arresteer of dat we gaan zitten praten, zoals we hebben afgesproken?'

Het bleef even stil terwijl Wexler zijn opties woog. Een antwoord bleef hem bespaard, want vanuit de gang verscheen een vrouw. Het was duidelijk dat ze hen niet had gehoord. Ze stak haar armen omhoog om haar haar vast te spelden, maar bij het zien van de onbekenden in de kamer verstijfde ze van schrik.

Andrea schrok bij de aanblik van de vrouw.

Ze was ouder dan de anderen, ergens achter in de twintig. Ze droeg dezelfde gele jurk. Ze had hetzelfde lange, donkere haar. Dezelfde blote voeten. En ze was al even hartverscheurend mager. Onder haar huid tekenden de contouren van haar schedel zich af. Haar ogen waren twee ronde bollen die tegen haar blauwige oogleden drukten. De band rond haar enkel zat zo strak dat de huid rauw was gewreven.

'Dean?' vroeg ze met een stem die van angst de hoogte in schoot.

'Rustig maar, Star.' Wexlers toon was iets minder bars. 'Ga maar door met je werk. Dit alles heeft niets met jou te maken.'

Star vroeg niet om uitleg. Ze keek niemand aan en zei geen woord terwijl ze langzaam de keuken in liep. Ze bewoog als een robot toen ze omhoogreikte om een kastdeurtje te openen. Het viel Andrea op dat ze na elke handeling heel even pauzeerde. Ze pakte de bloem. Stop. Zette die op het werkblad. Stop. Ze pakte de kristalsuiker. Stop. Zette die neer. Stop. Toen gist. Stop.

'Dean?' Stilton trok zijn overhemdzakje open en haalde er zijn spiraalschriftje en pen uit. 'Gaan we nog beginnen of wat?'

'Ga zitten,' zei Wexler. 'Laten we het kort houden.'

De enige zitplaatsen waren de bank en de stoel. Bible en Stilton waren allebei grote kerels, en het was duidelijk dat Wexler de stoel zou nemen. Andrea bespaarde hun mogelijke ridderlijke neigingen en liep naar de keuken. Ze wipte op de enige leren kruk bij het kookeiland. Achter zich hoorde ze Star aan het werk, maar ze draaide zich niet om en liet evenmin merken dat ze zich van haar aanwezigheid bewust was. Uit Wexlers blik maakte ze op dat dit ook de bedoeling was.

'Goed.' Bible knikte naar Stilton terwijl ze allebei in een hoek van de bank plaatsnamen. Ze hadden duidelijk afgesproken wie het voortouw zou nemen. 'Commissaris?'

'Dean,' zei Stilton, 'vertel eens over dat arme meisje op het veld.'

Achter Andrea werd een glas hard neergezet.

'Ik heb jullie alles verteld wat ik weet,' zei Wexler. 'En eigenlijk weet ik zelfs dat niet, want ik heb jullie ook verteld dat ik me niet kan herinneren haar ooit ontmoet te hebben.'

'Alice Poulsen,' benadrukte Bible.

Star bleef roerloos staan. Achter zich voelde Andrea de spanning groeien, maar ze keek nog steeds niet om.

'Kennelijk is dat de naam van het slachtoffer,' zei Bible. 'Alice Poulsen.'

'Slachtoffer?' Wexler liet zijn bekende smalende gebrom horen. 'Ze heeft zichzelf van kant gemaakt. Dat heeft niets met mij te maken.'

'En haar toestand?' vroeg Bible, zich ervan bewust dat Star er even slecht aan toe was. 'Wat kun je daarover zeggen?'

'Hoezo haar toestand? Ze was een mooie, jonge vrouw, voor zover ik kon zien.' Wexler ontblootte zijn tanden. 'Ze zijn allemaal volwassen. Ze mogen doen wat ze willen. Ik ben niet eens hun werkgever. Ik heb geen idee wat die vrijwilligers in hun eigen tijd allemaal uitspoken.'

Bible gooide het over een andere boeg. 'Hoe werkt dat vrijwilligerssysteem? Je hebt vast een website of iets dergelijks.'

Wexler leek te peilen of hij de vraag moest beantwoorden, maar uiteindelijk knikte hij. 'We krijgen aanmeldingen via de site. De meeste zijn internationaal. Amerika's generatie X-Y-Z, of hoe ze zich ook noemen, die zijn allemaal te lui om dit soort werk te doen.'

'Wat je zegt,' zei Bible. 'Het zal moeilijk zijn geweest om een bedrijf als dit van de grond af op te bouwen.'

'Ik heb wat geld geërfd van een ver familielid. Daarvan heb ik het land gekocht.' Wexler wreef met zijn vingers over zijn mond. Telkens schoot zijn blik nerveus in de richting van Star. 'Om precies te zijn heb ik de hele organisch-hydroponische beweging hier in Delaware opgezet. We gebruiken microbiële activiteit om vanaf de basis voedingsstoffen te creeren. Niemand deed dat nog. Zelfs niet aan de Westkust.'

'Hydroponisch.' Bible leek het woord te proeven op zijn tong. Hij probeerde Wexler van zijn à propos te brengen. 'Daar is toch water voor nodig en –'

'Ja, in het begin. Dankzij de opwarming van de aarde kunnen we het gewas buiten verbouwen. Jezus, nog tien jaar en we oogsten hier waarschijnlijk sinaasappels.' Hij klemde de armleuningen van zijn stoel vast. Hij keek niet langer naar Star. 'Toen ik begon, dacht de hele stad dat ik gek was. Ze zeiden dat ik de bonen niet aan het groeien kon krijgen of dat ik de arbeiders niet kon vinden om het project te doen slagen. Ik heb er twintig jaar over gedaan voor het echt iets ging opbrengen. En kijk nou eens.'

Het viel Andrea op dat het gebrom was gestopt. Dean Wexler was opeens een stuk welbespraakter nu hij uitlegde hoe slim hij was.

'Alice,' zei Bible. 'Die zou toch uit Denemarken komen, zei jij?'

'Waarschijnlijk, maar zoals ik al zei weet ik het niet. Europa heeft op milieugebied altijd al een voorsprong op ons gehad. Vooral de Scandinavische landen.' Wexler leunde naar voren, met zijn ellebogen op zijn knieën. 'Ik ben in de jaren tachtig begonnen. Had evengoed het stenen tijdperk kunnen zijn. Carter had zijn tekortkomingen, maar hij snapte wel dat het milieu in gevaar was. Hij vroeg de Amerikanen om offers te brengen, en zoals gewoonlijk kozen ze kleuren-tv's en magnetrons.'

'Ik zie dat je hier geen tv hebt,' merkte Bible op.

'Nutteloos voedsel voor de massa.'

'Wat je zegt.' Bible sloeg op zijn knie. Wat was hij hier toch verdomd goed in. 'Maar over die tuinbonen. Is dat hetzelfde als mollebonen? Ik dacht dat er een soort gif in zat.'

'Ja, fytohemagglutinine is een natuurlijke lectine.' Wexler zweeg even, maar alleen om adem te halen. 'Er zitten lage concentraties van het gif in de boon. Je moet ze tien minuten koken. Maar dan begint het proces interessant te worden.'

Andrea wachtte tot Dean Wexler goed op dreef was. Ze haalde haar telefoon tevoorschijn. Ze wilde een foto van Star. Het meisje had ergens ouders. Die wilden weten of ze nog leefde.

Wexler zette zijn betoog voort. 'In wilde staat zijn ze ongeveer zo groot als een nagel, wat te klein is voor de consumentenmarkt.'

Ondertussen vroeg Andrea zich af hoe ze Stars ouders moest opsporen. En of het ertoe deed. De vrouw bevond zich in een vertrek met drie politiemensen. Als ze hulp wilde, hoefde ze alleen maar haar mond open te doen.

Tenzij ze te bang was.

'Favisme,' vervolgde Wexler, 'is een erfelijke stofwisselingsafwijking. Fava kan de rode bloedcellen afbreken, wat heel gevaarlijk kan zijn, vooral bij pasgeborenen.'

Andrea vermoedde dat Wexler het soort leraar was geweest dat door zijn leerlingen cool werd gevonden, maar door volwassenen nogal suf. Ze keek achterom. Star beantwoordde openlijk haar blik. De ogen van de vrouw waren als gloeiende kristallen bollen in haar ingevallen gezicht. Haar mond stond open. Haar ziekelijk zoete adem rook naar hoestdrank en verrotting.

Ze keek naar Andrea's telefoon.

'Star,' beval Wexler. 'Breng me eens een glas water.'

Weer bewoog Star zich als een robot, alsof ze geprogrammeerd was. Ze liep naar de kast. Stop. Pakte een glas. Stop. Liep naar de spoelbak.

Andrea keerde de vrouw haar rug toe, en daar leek Wexler op gewacht te hebben.

'Maar nu ter zake,' zei hij tegen Bible. 'Ik heb werk te doen.'

'Uiteraard,' zei Bible. 'Vertel eens over het aanmeldingsproces van jullie vrijwilligers.'

'Erg ingewikkeld is het niet. Kandidaten schrijven een opstel. Ze moeten geïnteresseerd zijn in biologische landbouw en bij voorkeur al het een en ander gestudeerd hebben op dat gebied. Misschien hebben jullie begrepen dat we internationaal een topreputatie hebben. We krijgen hier het neusje van de zalm.'

'Dan is het vast moeilijk om er elk jaar een stuk of tien uit te pikken.'

Wexler zag welke kant dit op ging. 'Bernard, de manager van het bedrijf, neemt de aanmeldingen door. Hij kiest de vrijwilligers.'

'Allemaal vrouwen?' vroeg Bible.

'Hoezo?'

'De kandidaten,' zei Bible. 'Zijn het allemaal vrouwen, of schift Bernard de mannen eruit?'

'Dat zul je hem moeten vragen.' Wexlers zelfingenomen blik was weer terug. Hij incasseerde alle credits, maar geen enkele blaam. 'De afgelopen vijfendertig jaar is Nardo volledig verantwoordelijk geweest voor het selectieproces. In het allereerste begin heb ik geholpen de grenzen af te bakenen, maar ik zou niet weten wanneer ik voor het laatst een aanmeldingsbrief heb gelezen, laat staan een gesprek heb gevoerd.'

'Houdt Nardo gesprekken met ze?' vroeg Bible. 'Vliegt hij dan naar Europa en –'

'Nee, nee. Dat gaat allemaal via de computer. FaceTime of Zoom. De details zijn me onbekend. Waar de advertenties geplaatst worden. Wat voor vragen er worden gesteld. Waarom sommigen nog een extra jaar blijven en waarom anderen besluiten naar huis te gaan.' Wexler keek naar Star. Ze stond achter hem met een glas water. Hij wees naar het bijzettafeltje en wachtte tot ze het glas op een onderzetter had geplaatst. 'Zodra Nardo de gelukkigen heeft uitgekozen, stuurt hij hun de bijzonderheden, en dan boeken ze een vlucht en vliegen hiernaartoe. Ik zie ze bijna niet meer.'

Star liep terug naar de keuken. Op haar holle wang zat een veeg bloem. Haar huid was zo wit dat er nauwelijks een schim van te zien was. Andrea hoorde haar blote voeten over de vloerplanken strijken. Ze bewoog zich als een geest. Weer richtte ze haar blik op Andrea's telefoon.

'Moeten de vrijwilligers hun eigen reis betalen?' vroeg Bible.

'Uiteraard. Ze zijn niet bij ons in dienst. We bieden hun de gelegenheid een vaardigheid van hoog niveau te leren die van praktisch nut is voor hun lopende studie wanneer ze terugkeren naar de universiteit.'

Andrea leunde tegen het werkblad. Ze ontsloot haar telefoon en legde die neer met het scherm naar boven. Toen schoof ze hem met haar elleboog naar achteren, zodat Star hem kon pakken.

'Werken ze alleen op het land?' wilde Bible weten. 'Of ook in die fabriek iets verderop?'

'Daar worden de bonen verwerkt,' zei Wexler. 'Dat gaat grotendeels automatisch, maar er moeten nog altijd dingen met de hand worden gedaan, zoals het inpakken en vasttapen van de dozen, ze inchecken voor transport en op de vrachtwagens laden.'

'Vaardigheden van hoog niveau en van praktisch nut,' citeerde Bible hem.

'Precies,' zei Wexler. Het sarcasme ontging hem. 'We geven ze waardevolle vaardigheden voor we ze weer in de wereld loslaten. Iedereen kan aan een bureau een boek lezen. Dat was het probleem dat ik elke dag zag toen ik nog lesgaf. Waarom zou je iemand ergens over laten lezen als hij ook zijn handen in de grond kan steken om de aarde op metafysische wijze te leren begrijpen?'

Achter zich hoorde Andrea een deegroller piepen. De geur van gist vulde de keuken. Ze keek weer naar haar telefoon. Die lag nog precies op de plek waar ze hem had neergelegd. Het scherm was zwart geworden. Het toestel was zo geprogrammeerd dat het na dertig seconden op slot ging.

'Grappig zoals je dat zei,' vond Bible. ' "Weer in de wereld loslaten." Betekent dat dat je die enkelbanden doorknipt voor je ze laat gaan?'

'Ik heb jullie alles verteld wat ik weet,' zei Wexler. 'Cheese, wanneer krijg ik mijn akker terug? We moeten weer aan het werk.'

De bijnaam stond Stilton duidelijk niet aan, ook niet uit de mond van Wexler. 'Zodra ik er klaar voor ben.'

'Hoe zit het met de ouders van Alice?' vroeg Bible. 'Ik neem aan dat je ze op de hoogte gaat brengen.'

'Ik zou niet weten hoe.'

'Nardo misschien?'

'Geen idee.'

Andrea vroeg zich af of ze haar telefoon weer zou ontsluiten. Probeerde Star haar een boodschap te sturen? Ze keek naar haar handen, naar haar short. Wat had Star proberen door te geven?

'Wij willen haar ouders anders wel op de hoogte brengen,' zei Bible. 'Misschien zitten er brieven of een telefoon tussen Poulsens spullen. Mensen hebben allerlei informatie op hun telefoon staan.'

'Heb je daar geen bevelschrift voor nodig?' Wexlers mondhoeken trilden weer van zelfgenoegzaamheid. 'Waarschijnlijk niet zo'n goed idee om een smeris om juridisch advies te vragen.'

'Ik word liever met marshal of agent aangesproken,' zei Bible. 'Smerissen zijn doorgaans mensen zoals commissaris Stilton hier. Die handelen zaken op staatsniveau af, zoals verkeersboetes en rijden onder invloed. Ik werk op federaal niveau, en daaronder vallen dingen als loondiefstal, samenzwering tot het laten uitvoeren van dwangarbeid, seksuele dwang en sekshandel.'

Het werd zo stil in de kamer dat Andrea het tikken van de opwarmende oven kon horen.

Ze probeerde niet te schrikken toen iets kleins en stevigs tegen haar elleboog drukte. Ze wachtte tot de deegroller weer begon te piepen voor ze keek. Star had haar iPhone weggeduwd.

'Woonde Miss Poulsen in de slaapbarak?' vroeg Bible. 'We kunnen daar wel even een kijkje gaan nemen en –'

'Niet zonder bevelschrift.' Nardo stond aan de andere kant van de hordeur. Een verse sigaret bungelde aan zijn lippen. 'Er is geen onmiddellijk gevaar. Het meisje is dood. Je kunt niet zonder duidelijke toestemming zomaar die gebouwen binnenlopen. We mogen redelijkerwijs verwachten dat onze rechten onder het vierde amendement gerespecteerd zullen worden.'

Bible lachte. 'Je klinkt als iemand die genoeg advocaten kent om zelf ook als een advocaat te klinken.'

'Juist.' Nardo duwde de hordeur open, maar kwam niet binnen. 'Dean, ik heb je hulp nodig in de schuur. En de wouten gaan van het erf af, of anders blijven ze maar in de buurt van het lijk.'

Kreunend duwde Wexler zich overeind. 'En wel meteen.'

Stilton en Bible maakten aanstalten om te vertrekken. Andrea keerde zich naar Star toe, maar de vrouw was druk deeg aan het kneden. Ze maakte brood. Het bakblik stond al geolied op de oven.

'Ruikt lekker,' zei Andrea. 'Mijn oma bakte ook altijd op die manier brood.'

Star keek niet op. Misschien wist ze dat Andrea loog. Of misschien was ze doodsbang dat Wexler of Nardo haar zou straffen omdat ze praatte. Behalve 'Dean' had ze niets meer gezegd sinds ze de kamer was binnengekomen.

'Naar buiten met jullie, jongens.' Nardo hield de deur open voor het politietrio.

Andrea was blij met de frisse lucht. Het was binnen benauwd geweest. Bible ging niet terug naar het veld, en zij dus ook niet. Hij nam plaats in de patrouillewagen van de commissaris. Andrea ging achterin zitten. Door het scherm van metaaldraad zag ze Stilton om de voorkant van de auto heen lopen.

'Wat was dat tussen jou en Star?' vroeg Bible.

'Ze keek steeds naar –'

Het portier ging open en Stilton stapte in.

Andrea keek op haar telefoon voor het geval Star iets had kunnen doen terwijl het scherm ontsloten was. Ze checkte haar e-mail. Berichten. WhatsApp. Notities. Gemiste oproepen. Agenda. Dertig seconden was niet heel lang. Ze had naar de telefoon gekeken en gezien dat hij nog op precies dezelfde plek lag. Misschien had Star hem weggeduwd bij wijze van 'fuck off'.

Stilton startte de motor. Hij wendde zich tot Bible. 'Zei ik het niet?'

'Inderdaad, commissaris. Dat was heel erg zonde van de tijd.' Bible klonk meegaand, maar Andrea wist wel beter. 'Vertel eens, wat is dat met jullie drieën? Er leek iets te broeien tussen jou en hen.'

'We hebben samen op school gezeten.' Stilton scheen te denken dat de kous daarmee af was, maar toen bedacht hij zich. 'Het zijn foute mensen.'

'Dat kan kloppen.'

'Ze liegen en bedriegen, maar ze zijn te slim om zich te laten pakken. Nardo heeft het van zijn vader. Die heeft vijf jaar in de federale gevangenis gezeten.'

Opeens ging Andrea een licht op. Tijdens een van haar doelloze internetspeurtochten was ze op een Reginald Fontaine uit Delaware gestuit. Familie werd niet genoemd, maar de man was gearresteerd in het kader van het spaar- en kredietschandaal. Hij had vijf jaar in de bak gezeten. Rond diezelfde tijd was Bernard Fontaine bonenonderkoning geworden bij zijn vroegere gymleraar.

'Commissaris,' zei Bible, 'ik wil heel eerlijk met je zijn. Ik heb de indruk dat je het een en ander hebt verzwegen over die hippie-dippieboerderij.'

Stilton stuurde de wagen met een zwaai om de kippenren.

'Er lopen daar wat dames rond in hetzelfde uniform, als je het zo kunt noemen. Ze hebben allemaal hetzelfde lange haar. En ze hebben allemaal, en neem me niet kwalijk dat ik het zeg, want mijn vrouw heeft me geleerd dat ik nooit commentaar mag geven op het figuur van een vrouw, beduidend meer dan één maaltijd overgeslagen.'

'Yep,' zei Stilton.

'Ze zien er uitgehongerd uit.'

'Yep,' zei Stilton.

'Heb je daar een theorie over?'

'Dezelfde die jij hebt,' zei Stilton. 'Het is daar een soort sekte. Maar je weet net zo goed als ik, marshal, dat sektes niet tegen de wet zijn.'

Toen Andrea het woord 'sekte' hoorde, ging er een huivering door haar heen. Ze klemde haar kiezen op elkaar om niet te klappertanden. Natuurlijk was het een sekte. Alle tekenen wezen erop. Een verzameling verdoolde, hopeloze jonge vrouwen op zoek naar betekenis in hun leven. Een stel vieze oude mannen dat bereid was de vrouwen van betekenis te voorzien, maar tegen een prijs.

'Tja,' zei Bible. 'Daar moet ik je gelijk in geven, commissaris. "Sekte" lijkt het wel zo ongeveer te beschrijven.'

Andrea opende haar telefoon. Ze ging naar 'foto's', naar de close-ups die ze van Alice Poulsen had genomen. De scherpe botten. De doorligplekken. De gesprongen, gespleten lippen. De pijnlijk strakke enkelband, die in haar huid had gesneden.

Sekte.

Alice had uit vrije wil de gele jurk gedragen. Ze had uit vrije wil haar haar laten groeien. Hoogstwaarschijnlijk had ze niet geprotesteerd toen de band om haar enkel werd geklemd. Ze had zichzelf uitgehongerd, tot op het bot.

En toen was ze het veld op gelopen, had een voorraad pillen geslikt en was gestorven.

'Ik had het gevoel dat je dat meisje in het huis kende,' zei Bible tegen Stilton. 'Star, zo heette ze toch?'

Andrea keek op van de foto's. Dit was haar volkomen ontgaan.

'Star Bonaire,' zei Stilton. 'Haar moeder probeert haar al jaren daar weg te halen.'

'En?'

'Ziet het eruit alsof ze weg is?' Eindelijk klonk er woede door in Stiltons stem. 'Zeg jij maar wat ik doen moet, marshal. Ze lijken wel meisjes, maar het zijn stuk voor stuk volwassenen. Je kunt niet zomaar binnenvallen en een stel volwassen vrouwen kidnappen. Ze zijn daar uit vrije wil.'

'Waar woont de moeder van Star?' vroeg Bible.

'Paar kilometer van het centrum. Maar die is gestoord.' Dat laatste klonk waarschuwend. 'Vorig jaar heeft ze geprobeerd haar dochter te ontvoeren. Ze reed haar Prius tot voor de slaapbarak en sleepte haar bij haar arm naar buiten. In het motel zat iemand om haar te deprogrammeren.'

'En?' vroeg Bible.

'En toen werd ik opeens naar de boerderij ontboden om haar te arresteren wegens huisvredebreuk en een ontvoeringspoging.' Stilton schudde zijn hoofd. 'Uiteindelijk kreeg ze een taakstraf. En daarmee mocht ze van geluk spreken, want ze had ook in de gevangenis kunnen belanden. Er loopt een contactverbod tegen haar. Ze mag geen contact zoeken met haar dochter of haar benaderen.'

'Shit,' zei Bible. 'Dat is me een taaie, die moeder.'

'Shit, zeg dat wel,' kaatste Stilton de bal terug. 'Zo gek als een deur. Als je met die moeder te maken krijgt, snap je al snel waarom haar dochter op die plek terecht is gekomen.'

Andrea betwijfelde of die moeder wel zo gek was. Als zij in een situatie zoals op de boerderij was beland, zou Laura hetzelfde hebben geprobeerd. Alleen zou het haar gelukt zijn.

'Zijn er ooit andere ouders geweest die hun kinderen probeerden weg te halen?' vroeg Bible.

'Niet dat ik weet, en als het al zo is, willen ze het niet via de lokale politie spelen.' Stiltons woede had plaatsgemaakt voor zelfmedelijden. 'Neem maar van mij aan dat die Wexler een hele vracht advocaten onder de sneltoets heeft. Je wilt die lui niet dwarszitten. Ik in elk geval niet. De hele stad zou er failliet aan gaan.'

Andrea kon zijn excuses niet meer aanhoren. Ze richtte zich weer op de foto's van Alice Poulsen. Ook Alice had een moeder. Wat zou de vrouw doen wanneer ze hoorde dat haar dochter tot zelfmoord was gedreven? Want je hoefde maar naar haar lichaam te kijken om te weten dat het meisje haar enige uitweg had gevonden. Elke close-up bood inzicht in de marteling die Alice had ondergaan. Wat voor motivatie lag eraan ten grondslag als je jezelf zo uithongerde? Alice had op een boerderij gewerkt. Ze was omgeven geweest door voedsel. De mate van ontbering was bijna ongelooflijk. Andrea bleef zichzelf maar kwellen met de foto's. Ze swipete naar de volgende. En naar de volgende.

En toen stopte ze.

Voor Star had de telefoon niet van het slot gehoeven. De iPhone had twee apps op het toegangsscherm die zonder wachtwoord geopend konden worden. Eén was voor de zaklantaarn. De andere was voor de camera.

Andrea zoomde in op de foto die Star met de telefoon had gemaakt. De vrouw had witte bloem op het zwarte werkblad gestrooid en er met haar vinger één woord in geschreven:

Help.

20 OKTOBER 1981

Emily had orchitis opgezocht in een van de *Encyclopedia Britannica*'s die een hele afdeling van de schoolbibliotheek besloegen. *Ontsteking van een of beide testes, veelal veroorzaakt door een virus of een bacterie; leidt vaak tot onvruchtbaarheid.*

Vervolgens had ze de aantekeningen bestudeerd die ze had gemaakt nadat ze Dean Wexlers lokaal had verlaten.

Zegt dat hij 'niet de vader' is. Gaf toe dat hij mij van het feest heeft opgehaald. Zei dat Nardo had gebeld om te vragen of hij me thuis wilde brengen. Zei dat ik ruzie had met Clay bij het zwembad toen hij daar aankwam. Hij bezwoer me dat hij me iets zou aandoen als ik hem ooit publiekelijk beschuldigde. Hij greep mijn pols. Het deed echt pijn.

Emily had in de bibliotheek naar de regels zitten staren in een poging er betekenis uit te distilleren. Haar doorgaans zo mooie handschrift was af en toe bijna onleesbaar, want haar hele lichaam had gebeefd toen ze het gesprek had opgeschreven. Eén ding was meteen duidelijk geweest: Cheese had gelijk gehad. Ze had een belangrijk detail over het hoofd gezien. Onderaan had ze een vraag opgeschreven.

Misschien klopte het wat hij zei, dat hij de vader niet was, maar dat betekent toch niet dat hij niks heeft gedaan?

De rest van de schooldag spookte niet alleen het gesprek met Wexler door haar hoofd, maar ook dat 'wijde', zoals dokter Schroeder het had genoemd, dat hij alleen zou verwachten bij een getrouwde vrouw. Mrs Brickel had gezegd dat hij loog, maar zij was maar een verpleegkundige. Een dokter wist het vast beter. Er waren vast regels tegen liegen.

Emily sloeg haar schrift dicht en schoof het weer in haar tas. Ze liep over een verlaten stuk straat en keek op naar de hemel. Ze had geen idee hoe laat het was of hoelang ze buiten was geweest. Sinds de vorige ochtend was ze haar gevoel voor tijd kwijt. De rest van de schooldag was in een nevel voorbijgegaan. Tekenen, schoolband, scheikunde, Engels. Onder gym had ze met Ricky gepraat en toen bleek dat het belangrijke nieuws dat Ricky met haar wilde delen eruit bestond dat ze over Nardo heen was. Dat had geduurd tot het einde van de les, toen Ricky Nardo op de gang had gezien en helemaal was vergeten dat Emily naast haar stond.

Kon ze Ricky vertellen wat er was gebeurd?

Wilde ze dat eigenlijk wel?

Ze was er vrijwel zeker van dat Wexler zijn mond zou houden. Hij zou vast hetzelfde van haar verwachten. Ze bracht haar hand naar haar keel, naar waar hij haar had vastgegrepen. Hij had haar zo goed als gewurgd, want ze had niet kunnen ademen. Als ze slikte, kromp ze nog steeds in elkaar, ook al was die ruzie alweer uren geleden.

Rúzie?

Was het echt zo erg geweest?

Voor Emily de school uit was gelopen, had ze met een snelle blik in de spiegel op de deur van haar kluisje gezien dat er aan de zijkant van haar hals een smalle rode veeg zat in plaats van de handafdruk die ze had verwacht. De herinnering aan zijn woede was beter blijven hangen. Een ander soort woede dan wanneer hij het over Reagan had, die de moordaanslag op hemzelf had misbruikt door het socialezekerheidssysteem te ondermijnen. Het was het soort woede van iemand wiens leven op het spel stond.

Dean Wexler deed alsof hij door zijn wereldreizen een beeldenstormer was geworden, maar afgezien van zijn progressieve politieke ideeën was hij nog steeds net zo'n akelig type als haar vader. Hij vond vrouwen aantrekkelijk of dik, intelligent of dom, zijn aandacht waard of volslagen nutteloos. Als je alle macht in handen had, was het gemakkelijk om de wereld in zwart-wit te zien. Ze had moeten weten dat hij zich beter voordeed dan hij was.

Ze nam haar geïmproviseerde detectivedagboek uit haar tas en ging naar de pagina met de titel COLUMBO-ONDERZOEK. Voor de honderdste keer nam ze de samenvattingen van haar gesprekken weer door.

Nardo had Wexler gebeld met het verzoek haar op te halen. Dat was ergens logisch, want Nardo was de aanvoerder van het hardloopteam en hij had Wexlers telefoonnummer. Iedereen op het feest was high geweest. Wexler zou hen niet straffen en zeker niet aangeven. Hij had een auto. Hij kon Emily daar weghalen, vooral ook omdat ze ruzie met Clay had.

Die zogenaamde ruzie met Clay was de zoveelste herinnering die ze kwijt was.

Hoewel er voortdurend gebakkeleid werd binnen de kliek, was Emily zelden het middelpunt van zo'n botsing. Doorgaans was zij de vredestichter, degene die de zaak weer gladstreek. Vooral als Clay erbij betrokken was. Emily kon de keren dat ze hem had tegengesproken op de vingers van één hand tellen, en dan ging het altijd om iets heel belangrijks. Haar weigering om spullen uit auto's uit andere staten te stelen. Haar eis om Cheese beter te behandelen of anders te negeren. Die keer dat ze woedend op Clay was geweest omdat hij haar in het zwembad had geduwd.

Emily probeerde uit alle macht herinneringen aan het feest naar boven te halen. Had Clay haar weer in het zwembad geduwd? Hoewel ze goed kon zwemmen, vond ze het vreselijk als ze geen macht over haar eigen lichaam had. Het was heel akelig om het ene moment over de rand te lopen en het volgende moment door de lucht te vliegen.

Ze schudde haar hoofd, want Ricky's groene jurk was niet nat geweest. Of zou ze hem in de droger hebben gestopt? En hem daarna in alle haast per ongeluk binnenstebuiten hebben aangetrokken?

En zou ze zijn vergeten haar slipje weer aan te doen?

Alleen haar slipje ontbrak, niet haar bh.

En haar dijen hadden plakkerig aangevoeld. Als ze er lang genoeg bij stilstond, voelde ze het weer schuren tijdens het lopen.

Emily's maag kromp ineen. Ze keek weer in haar schrift. Het eerste wat ze had opgeschreven stond bovenaan het blad.

Clay.

Columbo zou nu naar het huis van de Morrows zijn gestapt, maar zelfs op school was Emily die dag niet in staat geweest met Clay waar dan ook over te praten, en al helemaal niet over zoiets wezenlijks. Als het haar bedoeling was om iemand tot een bekentenis te verleiden, kon ze beter doen wat Cheese had aangeraden: praten met de mensen die erbij waren geweest. Als hun verhalen onderling niet klopten, loog iemand, en als iemand loog, betekende het dat hij iets te verbergen had.

Het lag voor de hand dat ze met Ricky begon. Blake zei altijd plagerig dat zijn zus geen filter had. Ze flapte er alles uit wat bij haar opkwam. Een week geleden zou Emily nog hebben gezegd dat Ricky haar allerbeste vriendin was. Nu wist ze intuïtief dat Ricky alles zou doen wat in haar vermogen lag om haar broer en Nardo te beschermen, hoewel misschien niet in die volgorde.

Achter haar werd geclaxonneerd. Tot haar verbazing zag Emily dat Big Al achter het stuur zat. Volgens haar horloge was het bijna vijf uur. Hij was aan de late kant voor de drukte rond etenstijd. En zelf was ze zo in gedachten verzonken geweest dat ze straal langs het huis van de Blakely's was gelopen.

Ze keerde om en liep de straat weer in. Met lood in haar schoenen naderde ze de donkerbruine splitlevelwoning die van Ricky en Blakes ouders was geweest. Na het bootongeluk dat zijn zoon en schoondochter het leven had gekost, was Big Al bij zijn kleinkinderen ingetrokken. Hij was niet hecht met hen geweest, en de overgang was moeizaam gegaan. Het viel Emily altijd op dat ze zich eerder gedroegen als huisgenoten tegen wil en dank dan als familie.

Niet dat haar eigen familie een lichtend voorbeeld was.

Het huis van de Blakely's stond bovenaan een steile helling. Emily had nooit moeite gehad met de klimpartij, maar toen ze ditmaal de garage had bereikt, was ze buiten adem. Ze ging de hoek om en klom de idioot steile trap op, maar op het tweede tussenbordes moest ze weer blijven staan. Ze merkte dat ze als een oude vrouw haar hand tegen haar rug duwde. Of als een jonge zwangere vrouw. Ze had nog geen band gevoeld met wat er in haar lichaam gebeurde. Vóór dokter Schroeders diagnose had ze gedacht dat ze een buikvirus had of iets verkeerds had gegeten. Ze had allerlei excuses bedacht.

Inmiddels was het afgelopen met de excuses.

Ze keek naar haar buik. Er groeide een baby in haar. Een echt mensje. Wat moest ze in godsnaam doen?

'Em?' Ricky hield de hordeur open. Ze zag er al even vreselijk uit als Emily zich voelde. Tranen stroomden over haar gezicht. Snot droop uit haar neus. Haar wangen waren vlekkerig rood.

Emily schaamde zich omdat haar eerste reactie boosheid was. Maar de gedachte dat ze naar het gejank van Ricky zou moeten luisteren vanwege iets onnozels wat Nardo had gedaan om haar te kwetsen, terwijl haar eigen leven op instorten stond, was te veel.

En ook ongelooflijk egoïstisch.

'Ricky,' zei ze. 'Wat is er?'

'Al...' zei Ricky gesmoord. Ze pakte Emily's hand en trok haar naar binnen. 'Al heeft ons net verteld... Hij zei... O, god, Em, wat moeten we nou?'

Emily loodste haar mee naar de gestoffeerde bank onder het erkerraam. 'Ricky, rustig nou. Wat is er aan de hand? Wat is er gebeurd?'

Ricky liet zich tegen haar aan vallen. Haar hoofd belandde op Emily's schoot. Ze beefde.

'Rick.' Emily keek de trap naar de keuken op en vroeg zich af waar Blake was. 'Het komt goed. Wat het ook is, we zullen –'

'Het komt niet goed,' mompelde Ricky. Ze draaide haar hoofd naar Emily toe. 'Het geld is weg.'

'Wat voor geld?'

'Van die rechtszaak,' zei Ricky. 'Het zou in een fonds worden gestort zodat we konden studeren, maar Al heeft het uitgegeven.'

Vol ongeloof schudde Emily haar hoofd. Hoewel Al vaak bot en grof was, zou hij nooit van zijn eigen kleinkinderen stelen.

'Nu zitten we hier vast,' zei Ricky. 'Voor altijd.'

'Ik weet niet...' Emily probeerde te begrijpen wat er gebeurd was. Het klopte niet. Ze was de dochter van een rechter. Ze wist dat fondsen heel goed in elkaar staken. Je kon ze niet in een opwelling plunderen. En ze wilde niemand beledigen, maar het huis waarin de Blakely's woonden, was nu niet bepaald imposant. En de pick-up waarin Al reed, was ouder dan de tweeling.

'Waar heeft hij het aan uitgegeven?' vroeg ze.

'Aan de diner.'

Emily liet zich achteroverzakken. Een paar jaar geleden was de diner bijna tot de grond toe afgebrand, maar Al was erin geslaagd de zaak te herbouwen. Nu begreep ze hoe.

'Hij zei dat de diner onze... onze erfenis was,' zei Ricky. 'Hij denkt dat we in die stomme tent willen werken, Em. Hij denkt dat we alleen maar geschikt zijn om milkshakes te maken voor vette, rijke klootzakken uit Baltimore.'

Emily beet op haar lip. Misschien zou ze de vorige week net zo gewalgd hebben als Ricky, maar nu begreep ze wat het betekende als iemand afhankelijk van je was. Elke keuze die ze de rest van haar leven maakte, zou in het voordeel of in het nadeel zijn van het kind dat in haar groeide. De diner was een levensvatbare, zelfs succesvolle zaak. Studeren was belangrijk, maar als je eten en een dak boven je hoofd wilde hebben, was geld dat ook.

'Het is te laat om beurzen aan te vragen,' zei Ricky. 'We komen niet voor financiële bijstand in aanmerking omdat Al te veel verdient. Op papier, tenminste.'

'Ik vind...' Emily wist niet wat ze moest zeggen. Tot haar eigen schrik merkte ze dat ze partij koos voor Al. 'Wat erg, Ricky.'

'Hij geeft meer om die stomme zaak dan om ons.'

'Als je nou eens een jaar gaat werken en dan spaart?' opperde Emily.

Verbijsterd kwam Ricky overeind. 'Wat voor werk, Em? Meen je dat nou?'

'Sorry.' Emily verontschuldigde zich automatisch. Ricky stond bekend om haar wispelturigheid, maar was berucht om haar spectaculaire woedeuitbarstingen. 'Je wilt journalist worden. Misschien kun je stage lopen bij een krant of –'

'Hou je bek!' riep Ricky. 'Je bent nog erger dan Al. Weet je dat?'

'Ik –'

'En zeker koffie halen voor een stel chagrijnige ouwe rukkers die me aankijken alsof ik een kind ben?' vroeg Ricky. 'Ik wil een diploma journalistiek, Emily. Niemand neemt me serieus als ik alleen maar het hulpje ben. Ik moet een opleiding hebben.'

Emily wist niet wat er onderwezen werd op een school voor de journalistiek, maar het leek haar niet verkeerd om wat ervaring op te doen bij een echte krant. 'Maar je zou je kunnen opwerken tot –'

'Me opwerken?' Ricky's stem sloeg over. 'Mijn ouders zijn dood, Emily! Ze zijn dood omdat een of andere klotechartermaatschappij zich niet aan de wet hield.'

'Dat weet ik, Ricky, maar –'

'Er valt niks te maren!' schreeuwde Ricky. 'Jezus christus, Em. Ze zijn niet doodgegaan om mij te laten kiezen of ik me door ouwe knarren of door toeristen laat afzeiken.'

'Maar afgezeken word je toch!' Tot haar verbazing merkte Emily dat ze zelf ook schreeuwde. 'Je wordt hoe dan ook niet gerespecteerd, Ricky. Echt niet.'

Ricky zweeg, zo geschokt was ze.

'Niemand zal je respecteren.' Emily hoorde haar moeders welgemeende waarschuwing door haar hoofd galmen. 'Je komt uit een achterlijk badplaatsje, ook al heb je mooie cijfers en fantastische tieten. Niks van dat alles dwingt respect af.'

Ricky was nog steeds diep geschokt. Ze keek Emily aan alsof ze een onbekende was. 'Wie denk jij eigenlijk wel dat je bent?'

'Ik ben je vriendin,' antwoordde Emily. 'Ik wil alleen maar zeggen dat je dit kunt overwinnen. Je zult hard moeten werken, maar –'

'Hard werken?' Ricky lachte haar vierkant uit. 'Zoals jij hard moet werken zeker, dochtertje van een rechter? Stik je al bijna in je zilveren lepel?'

'Ik ben geen –'

'Een verwend kreng, dat ben je.' Ricky had haar armen over elkaar geslagen. 'Je krijgt alles op een presenteerblaadje aangereikt. Je hebt geen flauw benul hoe het is in de echte wereld.'

Emily slikte. 'Ik ben zwanger.'

Ricky's mond viel open, maar voor de verandering was ze met stomheid geslagen.

'Ik ga ook niet studeren. Ik mag blij zijn als ik mijn laatste jaar mag afmaken.' Emily had dit al vaker gedacht, maar nu ze het hardop hoorde, al was het met haar eigen stem, klonk het als een doodvonnis. 'Ik krijg geen stage in het Congres. Waarschijnlijk zal ik niet eens werk kunnen vinden omdat ik thuis luiers moet verschonen en voor een baby moet zorgen. En zelfs als die baby oud genoeg is om naar school te gaan, zal er weinig veranderen, want wie neemt een ongehuwde moeder in dienst?'

Ricky's mond klapte dicht en ging weer open.

'Herinner je je het feest van vorige maand?' vroeg Emily. 'Iemand heeft iets met me uitgespookt. Heeft misbruik van me gemaakt. En nu moet ik er de rest van mijn leven voor boeten.'

Ricky schudde haar hoofd. Haar eerste reactie was dezelfde als die van Emily. 'Dat doen de jongens niet. Je liegt.'

'Wie was het dan?' vroeg Emily. 'Zeg eens eerlijk, Ricky, wie moet het anders zijn geweest?'

Ricky bleef haar hoofd schudden. 'Niet de jongens.'

Emily kon alleen maar in herhaling vervallen. 'Wie dan?'

'Wie dan?' Ricky hield haar hoofd stil. Ze keek Emily recht in de ogen. 'Iedereen, Em. Het kan letterlijk iedereen zijn geweest.'

Nu was Emily met stomheid geslagen.

'Je weet helemaal niet of je zwanger bent geraakt op het feest.' Ricky zette haar handen in haar zij. 'Dat zeg je alleen omdat je een van hen erin wilt luizen.'

Emily was verbijsterd dat Ricky iets dergelijks dacht en het ook nog eens hardop uitsprak. 'Ik heb nooit –'

'Je praat altijd met andere jongens,' zei Ricky. 'Jij en je kapotte speelgoed. Je bent twee zomers op rij met Melody naar muziekkamp geweest. Naar debatclub. Naar tentoonstellingen. Gisteren was je de hele dag weg. Als je het mij vraagt, zou je de halve stad geneukt kunnen hebben. Vanochtend heb ik je nog met Cheese gezien, en die rende weg als een bange rat.'

'Denk je echt dat Cheese en ik –'

'Je doet wel alsof je heel wat bent, maar wie weet wat je uitspookt wanneer wij niet in de buurt zijn.'

'Niks,' fluisterde Emily. 'Ik heb niks uitgespookt.'

Ricky stond op en begon de kamer op en neer te lopen, en met elke stap groeide haar woede. 'Denk je dat je Nardo of Blake hiervoor kunt laten opdraaien? Of Clay? Dat zou je wel willen, hè? Clay negeert je al tien jaar en nu heb je een manier bedacht om hem erin te luizen.'

'Hou daar eens mee op, ik wil niemand erin luizen.' Emily ging ook staan. 'Je weet dat dat niet waar is.'

'Ik ga niet voor je liegen,' zei Ricky. 'Als jij van plan bent Clay mee te sleuren, dan sta je er alleen voor. En de jongens helpen je ook niet.'

'Ik wil niet...' Emily moest iets wegslikken. 'Ik wil niet met Clay trouwen. Daarom heb ik niet –'

'Bitch.' Ricky spuugde het woord uit. En toen vlamde er iets op in haar ogen. Ze dacht het door te hebben. 'Je bent op Nardo uit, hè?'

'Wat?'

'Je kiest altijd voor de makkelijke weg, Emily. Het boeit je niet wie het moet ontgelden, zolang het maar makkelijk is.'

'Wat?'

'Ik zei dat jij nooit moeite hoeft te doen!' Ricky was zo kwaad dat het speeksel uit haar mond vloog. 'Ik wil wedden dat je pappie al een deal met ze heeft gesloten. Rijke mensen helpen elkaar altijd uit de brand. Hoeveel geld is er in omgegaan, Emily? Of was het toegang tot het Washingtonse wereldje? Misschien schuift je moeder hem een zaak toe? Wat voor omkoopsom heeft je pa betaald om Nardo's leven kapot te maken?'

Emily kon haar oren niet geloven. 'Dat is niet – nee. Nooit van z'n leven. Mijn ouders zouden nooit –'

'Jezus, wat ben jij naïef! Natuurlijk zouden ze dat doen! Jij zweeft maar wat rond alsof je voor het geluk bent geboren, maar je hebt geen idee hoeveel mensen door jouw ouders verneukt zijn, alleen om alles fijn en soepel te laten verlopen voor hun kleine, brave lievelingetje!' Ricky had een manische blik in haar ogen. 'Wat zeiden ze toen ze hoorden dat je niet meer hun maagdelijke engeltje bent?'

Emily wilde antwoorden, maar Ricky was haar voor.

'Laat me raden. Pappie bromde en gromde, maar mammie had meteen een plan.'

Emily voelde het venijn van het verraad. Ricky had het alleen maar goed geraden omdat Emily al die keren dat dit daadwerkelijk zo gebeurd was met haar had gedeeld.

'Je kunt er niet vanaf, hè? Niet nu je moeder op Reagans shortlist staat. Dat zou de plannen maar dwarsbomen, toch?' Ricky lachte verbitterd. 'Waarschijnlijk gebruiken ze je straks als voorbeeld. Alsof een of ander arm, zwanger zwart meisje in een achterbuurt de deugdzame Vaughns moet navolgen omdat hun verwende hoer van een dochter in precies dezelfde situatie zit.'

De woorden staken des te meer omdat ze de waarheid zo dicht benaderden.

'Onze flinke Emily is tegen abortus.' Ricky sloeg de toon aan waarmee ze altijd de spot dreven met Franklins vrienden van de countryclub. 'Je hebt makkelijk praten als je geboren wordt in een villa van een miljoen, met een nanny en op drie kilometer van het strand.'

Emily had haar stem terug. 'Dat is niet eerlijk.'

'Vind je het eerlijk wat er met Blake en mij gebeurt? En nu ga jij daaroverheen met nog slechter nieuws?' zei Ricky. 'Ik heb de oplossing, Emily. Daarmee komt alles goed. Je zoekt gewoon een stageplek bij de firma je-kunt-m'n-rug-op!'

De laatste woorden weergalmden als een sirene in Emily's oren. Ze had Ricky wel vaker woedend gezien. Ze wist hoe kil haar vriendin kon zijn. Ricky sneed mensen uit haar leven alsof het kankercellen waren. En nu deed ze hetzelfde met Emily.

'Stom kutwijf,' mompelde Ricky. 'Je hebt alles kapotgemaakt.'

'Ricky...' begon Emily, maar ze voelde hoe zinloos haar woorden waren. Het was voorbij. Ze was de kliek kwijt. Ze was haar beste vriendin kwijt. Ze had niemand meer. Niets.

Behalve dat díng dat in haar groeide.

'Wegwezen.' Ricky wees naar de deur. 'Opgerot uit mijn huis, stomme slet.'

Emily raakte haar wang aan. Ze verwachtte tranen te voelen, maar in plaats daarvan voelde ze brandende schaamte. Ze had dit zichzelf aangedaan. Ricky had gelijk. Ze had al hun levens vernield. De kliek was opgedoekt. Ze kon alleen nog proberen hen niet mee te sleuren in haar val.

'Oprotten!' schreeuwde Ricky.

Emily rende naar de deur. Ze strompelde de steile trap af. Maar toen bleef ze staan.

Blake zat op de onderste tree. Hij had een sigaret tussen zijn vingers. Hij keek achterom, naar Emily. 'Ik trouw wel met je.'

Emily was sprakeloos.

'Zo erg is dat toch niet?' Hij stond op en keek haar aan. 'We hebben het altijd goed kunnen vinden samen.'

Zijn gezicht was ondoorgrondelijk. Maakte hij een grapje? Was dit een bekentenis?

Blake kon haar gedachten lezen. 'Ik was het niet, Emmie. Niet als het op het feest is gebeurd. Of waar dan ook. Ik zou vast nog wel weten waar mijn pik heeft uitgehangen. Ik ben er nogal aan gehecht.'

Ze keek naar een vogel die neerstreek in een van de bomen aan de overkant van de oprit. Dit was ze dus samen met haar kuisheid kwijtgeraakt. Vroeger sloeg niemand ruige taal tegen haar uit. Nu leek iedereen het te doen.

'Ik was trouwens straalbezopen op het feest,' zei Blake. 'Ik lag buiten westen in de badkamer boven. Nardo moest het slot openbreken om bij me te kunnen komen. Ik had me als een baby ondergezeken. Kan me bij god niet herinneren waarom. De plee was vlak naast me.'

Emily tuitte haar lippen. Ze dacht aan haar Columbo-onderzoek. Wexler had gezegd dat Blake en Nardo nog in het huis waren toen hij daar aankwam. Blake beweerde hetzelfde. Als hun verhalen overeenkwamen, spraken ze waarschijnlijk de waarheid.

Wat betekende dat Clay de enige jongen was die bij haar was geweest.

'Kom.' Blake liet zijn sigaret in een koffieblik vallen. Hij knikte naar de garage. Onwillekeurig volgde Emily hem. Rockposters hingen aan de onbewerkte muren. Er stonden een pingpongtafel, een oude bank en een gigantische hifi-installatie, die nog van Blake en Ricky's ouders was geweest. De kliek had ontelbare uren in de garage doorgebracht om te roken, te drinken, naar muziek te luisteren en te praten over hoe ze de wereld gingen veranderen.

Nu zou Emily voor altijd vast komen te zitten in Longbill Beach. Door toedoen van Al konden Blake en Ricky niet eens studeren. Nardo zou het nog geen jaar uithouden op Penn University. Alleen Clay zou ontsnappen uit dit verstikkende stadje. Wat al even voorbeschikt leek te zijn als de zon die opkwam in het oosten en onderging in het westen.

'Ik kan niet met je trouwen,' zei ze. 'We zijn niet verliefd. En als jij niet de –'

'Nee, dat ben ik ook niet.' Hij ging op de bank zitten. 'Je weet dat ik nooit op die manier aan je gedacht heb.'

Emily herinnerde het zich anders. Twee jaar geleden had hij haar gezoend, in een steeg in het centrum. Nog steeds betrapte ze hem af en toe op een blik waar ze onbehaaglijk van werd.

'Ga eens zitten.' Blake wachtte tot ze zich naast hem op de bank liet zakken. 'Denk erover na, Em. Het is voor ons allebei een oplossing.'

Ze schudde haar hoofd. Ze kon er niet over nadenken.

'Zo behoud jij je respect en…' Schouderophalend spreidde hij zijn armen. 'Ik neem aan dat je ouders van hun schoonzoon verwachten dat hij gaat studeren.'

Emily's nekharen gingen overeind staan. Nardo's vader was bankier, maar Blake was altijd degene met de handelsgeest geweest. In zijn hoofd hield hij altijd lijstjes bij. *Als ik dit voor jou doe, moet jij iets voor me terugdoen.*

'En ik dan?' vroeg ze. 'Ik moet zeker thuisblijven en koekjes bakken?'

'Da's niet verkeerd.'

Emily lachte. Het was niet het soort leven dat ze gepland had. Ze ging in Foggy Bottom wonen. Ze ging stage lopen bij een senator. Ze ging advocaat worden. Als ze koekjes ging bakken voor haar man en kind, moest dat gebeuren tussen een pleidooi in de rechtszaal en het voorbereiden van een uitspraakverzoek voor de volgende dag.

'Wees eens redelijk,' zei Blake. 'Je kunt best studeren. Natuurlijk kun je studeren. Maar een loopbaan zit er niet voor je in. Niet met het soort toekomst dat je ouders voor mij in gedachten zullen hebben.'

Emily was ontzet toen ze hoorde hoe kil en berekenend hij was. 'Wat voor toekomst is dat dan?'

'De politiek natuurlijk.' Hij haalde zijn schouders op. 'Je moeder staat op de nominatie voor iets op regeringsniveau. Waarom zouden we niet meeliften zodat we allebei een beter leven hebben?'

Emily sloeg haar blik neer. Hij had hier duidelijk al over nagedacht. Haar zwangerschap was niet meer dan een kans. 'Je vergeet dat mijn ouders Republikeinen zijn.'

'Doet dat ertoe?' Weer haalde hij zijn schouders op toen ze hem aankeek. 'Politieke ideologie is hooguit een spil om de hefboom van de macht mee in beweging te krijgen.'

Emily liet zich achteroverzakken. Dit werd haar te veel. 'Dus ik ben zo'n hefboom die je wilt bewerken?'

'Doe niet zo melodramatisch.'

'Blake, je beweert hier letterlijk dat je alleen met me wilt trouwen en de vader van mijn kind wilt zijn om een toekomst in de politiek op te bouwen.'

'Je vergeet de positieve kant,' zei Blake. 'We zitten allebei in een rotsituatie. We willen allebei een beter leven. En zo weerzinwekkend vind ik je ook weer niet.'

'Wat romantisch.'

'Kom op, Emmie.' Blake streek haar haren naar achteren. 'We kunnen hier iets van maken. Niemand hoeft eronder te lijden. We kunnen allemaal vrienden blijven.'

Bij het woord 'vrienden' liet ze haar tranen de vrije loop. Wat hij aanbood was in wezen een oplossing. Het zou binnen de kliek blijven. Ricky's woede zou het al snel afleggen tegen Blakes logische uiteenzetting. Nardo zou bij wijze van grap zeggen dat hij goed was weggekomen. Clay zou wegglippen naar zijn nieuwe, opwindende leven, ver weg van hen allemaal. En Emily zou getrouwd zijn met een jongen van wie ze niet hield. Een jongen die haar hooguit zag als middel om een doel te bereiken.

'Emily.' Blake schoof dichter naar haar toe. Ze voelde zijn adem in haar oor. 'Kom nou, zo erg is het toch niet?'

Emily sloot haar ogen. Tranen liepen over haar wangen. Ze zag het volgende jaar en de volgende paar jaar zich openen als een bloem. Ze zou weer het brave meisje kunnen zijn dat door iedereen bewonderd werd. Blake zou zijn studie hebben, zijn carrière en uitzicht op een politieke toekomst. Het zou gaan zoals Ricky had voorspeld: het geld van de Vaughns zou Emily uit een ellendige situatie helpen.

Makkelijk zat.

'Emmie.' Blake streek met zijn lippen langs haar oor. Hij pakte haar hand en legde die op zijn díng.

Emily was als verlamd. Ze voelde hoe stijf hij was.

'Wat lekker.' Hij bewoog haar hand. Nu stak hij zijn tong in haar oor.

'Blake!' schreeuwde ze terwijl ze zich lostrok. 'Wat ben je aan het doen?'

'Jezus.' Hij leunde achterover, met zijn benen gespreid. De voorkant van zijn broek stak als een tent omhoog. 'Wat is er mis met jou?'

‘Wat is er mis met jóú?’ wilde ze weten. ‘Wat was je aan het doen?’

‘Het lijkt me nogal duidelijk wat ik aan het doen was.’ Hij haalde zijn sigaretten uit zijn zak. ‘Kom op, alsof je twee keer zwanger kunt worden.’

Ze bracht haar hand naar haar keel en voelde haar hart kloppen.

Hij tikte zijn aansteker open. ‘Laat één ding duidelijk zijn, liefje. Als ik de koe koop, verwacht ik meer dan mijn eerlijke deel van de melk.’

Emily keek toe terwijl hij zijn sigaret aanstak. Ze had hem de Zippo gegeven voor zijn zestiende verjaardag. Ze had iets meer betaald om zijn initialen in de zijkant te laten graveren zodat Ricky hem niet inpikte.

‘Je bent een monster,’ zei ze.

‘Ik ben je op een na beste oplossing.’ Bij het zien van haar verwarde blik lachte hij door zijn hoest heen. ‘Doe niet zo dom, Emily. Je beste optie is om het door de plee te spoelen.’

6

Andrea zat op de rand van haar motelbed naar de foto te kijken die Star Bonaire had gemaakt. De vrouw had met haar vinger één enkel woord in de witte bloem geschreven.

Help.

Pas toen ze alleen was met Bible, had ze hem de foto laten zien. Het enige wat hij had gezegd was dat ze zich moest douchen en klaar moest zijn als hij belde. Dat was inmiddels ruim een uur geleden. Ze had zich gedoucht. Ze zat klaar. Bible had nog steeds niet gebeld.

Help.

Hoe bang moest een vrouw zijn om zoiets te doen?

Andrea swipete terug naar de foto's van Alice Poulsen. Haar keel snoerde dicht bij de aanblik van de verwoesting die de uithongering had aangericht. Anorexia ging over controle, maar tot op zekere hoogte gold dat ook voor zelfmoord. Je nam je leven in eigen hand. Alice Poulsen was dat veld op gelopen in de wetenschap dat ze niet terug zou keren. Hoe moedig moest je daarvoor zijn? Hoe wanhopig?

Waarschijnlijk net zo wanhopig als Star Bonaire zich had gevoeld toen ze haar hulpkreet had gefotografeerd.

Andrea kon niet meer naar de foto's kijken. Ze wierp haar telefoon op het bureau en richtte al haar hulpeloosheid op het zwarte tv-scherm tegenover haar bed. De gordijnen waren dicht. Het licht was uit. Haar linkerpols deed nog pijn van toen Wexler haar had vastgegrepen. In haar hoofd trokken losse herinneringen voorbij: Wexler met zijn gezicht tegen het stuur, Nardo die een sigaret aanstak, Star die zich als een geest door de keuken bewoog, de twee vrouwen die de schuur uit waren gelopen. De gele jurken. Het lange haar. De blote voeten. De magere benen. De identieke enkelbanden.

Tot slachtoffer gemaakt. Gebrandmerkt. Vernederd.

Sekte. Sekte. Sekte.

Stilton had gelijk. Geen enkele federale wet of staatswet verbood lidmaatschap van een sekte. Ze konden niets doen om die vrouwen te redden. De moeder van Star Bonaire had al een extreme reddingspoging gewaagd. Ze was gearresteerd en had een contactverbod opgelegd gekregen zodat ze haar eigen kind niet meer mocht zien.

Andrea stond op. Ze begon heen en weer te lopen. Ze voelde zich verdomd machteloos. Met al haar training kon ze Star Bonaire met geen mogelijkheid helpen. Of wie dan ook. Ze keek op haar telefoon, alsof ze Bible kon dwingen haar te bellen. Waarschijnlijk zat hij op net zo'n dood spoor als zij. Haar blik schoot naar het schrift en de pen die ze op het bureau had gelegd. Toen ze begon aan haar onlinespeurtocht naar al het vuil dat aan Dean's Magic Beans kleefde, was ze zo vastbesloten geweest.

Een uur later waren de pagina's nog even leeg.

In gedachten nam ze het weinige weer door dat ze wist over de onderneming. Dean's Magic Beans stond sinds 1983 ingeschreven in het handelsregister van Delaware. Andrea had de oorspronkelijke oprichtingsstatuten gevonden. Dean Wexler stond vermeld als directeur. Bernard Fontaine als onderdirecteur. Dat was interessant, want in 1983 was Nardo nog maar negentien geweest en rond die tijd was zijn vader gearresteerd wegens bankfraude, maar wat het onderzoek betrof schoot ze er niets mee op.

Ook interessant maar even nutteloos was dat Bernard Fontaine stond geregistreerd als secretaris van BFL Trust, een liefdadigheidsorganisatie die in de herfst van 2003 in Delaware was opgericht. De fiscus plaatste de non-profitorganisatie in categorie 501(c)3, met een goede reputatie, hoewel Charity Navigator, een kredietbeoordelaar die informatie verzamelde over de wijze waarop gedoneerde dollars werden gebruikt, niet over informatie beschikte.

Toen ze op 'Dean's Magic Beans+sekte' had gegoogeld, was er een lawine aan fanpagina's losgekomen, beheerd door gezondheidsfreaks en tuinboongekken, maar nergens, op geen enkele site, werd melding gemaakt van het feit dat de vrouwen die de bonen verwerkten letterlijk verhongerden. Op de stagesites, in de berichten op universitaire mededelingenborden en op de Facebookpagina's gewijd aan het vinden van zomerwerk werd Dean's in gloedvolle termen beschreven. Zelfs de recensies met één ster op Amazon vielen in het niet naast de ronkende aanbevelingen.

In geen enkel bericht, op niet één pagina werd Dean Wexler bij naam genoemd.

Ook de naam Nardo Fontaine ontbrak.

Stilton had gezegd dat Wexler een heleboel advocaten onder de sneltoets had. Het was logisch dat een buitengewoon aanvechtbare sekte wist hoe je negatieve commentaren naar het uiteinde van de zoekresultaten verbande. Afgezien daarvan beschikte Dean over wel twintig vrijwilligers die de hele dag achter hun respectievelijke laptop konden zitten om het internet op te schonen.

De vrouwen hielden waarschijnlijk geen lunchpauze.

Een van de weinige digitale bronnen die je niet kon opschonen of waar je niet met geld je naam uit kon laten verwijderen, was PACER, een site die het publiek toegang bood tot elektronische rechtbankverslagen en die over een doorzoekbare databank beschikte met juridische dossiers, verzoekschriften en transcripties. Gelukkig had Andrea Gordons inloggegevens. Ze was niet uit wanhoop op de webpagina beland. Ze was op haar gevoel afgegaan. Op de boerderij had ze het al vreemd gevonden dat Wexler naar de vrouwen verwees als 'vrijwilligers' in plaats van als 'stagiairs'. Een rechtszaak van twintig jaar geleden had opheldering geboden.

In 2002 had het ministerie van Justitie Dean's Magic Beans gedagvaard onder de wet op eerlijke arbeidsvoorwaarden omdat het bedrijf de toets primaire begunstigde niet had doorstaan. Er waren zeven criteria aan de hand waarvan de rechtmatigheid van onbetaalde stages kon worden vastgesteld. De meeste hadden te maken met het bevorderen van academische studie, het verstrekken van studiepunten en het doorlopen van het academische jaar. Kort gezegd moest de stage ook in het voordeel van de stagiair zijn, niet uitsluitend in het voordeel van de sponsor.

In het geval van uitbuiting zouden de stagiairs zich daarvoor vrijwillig moeten aanmelden.

Na de PACER-hit was Andrea niet meer echt opgeschoten. Toen de motelkamer als een gevangeniscel ging aanvoelen, had ze zichzelf een pauze opgelegd. Uiteindelijk had ze een broodje eiersalade uit de automaat gehaald, waarna ze was teruggekeerd naar haar kamer en een halfuur had verspild aan het scrollen door het archief van Sussex County waarin huwelijken, scheidingen en sterfgevallen werden bijgehouden.

Ze had de huwelijks- en scheidingsaktes van Ricky en Nardo gevonden, maar over Eric Blakely was niets te vinden toen ze de overlijdensaktes doorzocht. Als Bible nog langer op zich liet wachten, scrolde ze straks ook nog door de hondsdolheidsregistraties van kleine huisdieren.

Haar telefoon piepte. Met enige tegenzin pakte ze hem van het bureau. Mike had haar weer een bericht gestuurd. Ze herkende het dier op de foto. De dikdik was een kleine antilope met een schofthoogte van ongeveer dertig centimeter.

Andrea bracht het niet op een slimme reactie op de dikpic te bedenken.

Wel liet ze haar duim boven de belknop zweven. Alle onzin daargelaten kon Mike ongelooflijk goed luisteren. Maar hij was ook een volwassen man geweest toen ze hem op de kop af twintig maanden geleden uit haar leven had gebannen. Het minste wat ze nu kon doen, was zich als een volwassene opstellen en bij haar besluit blijven. Ook al wilde ze zijn stem nog zo graag horen.

Net toen ze zijn bericht wegswipete, ging haar telefoon.

Andrea sloot haar ogen. Dit was wel het laatste waar ze behoefte aan had. Ze tikte op de antwoordknop. 'Hoi, mam.'

'Schat,' zei Laura. 'Ik zal je niet lang ophouden, ik weet dat je druk bent, maar ik bedacht net dat ik je aan een plek zou kunnen helpen.'

'Aan een wat?'

'Je moet toch ergens wonen, lieverd? Als ik nu eens online ga en wat afspraken voor je regel om appartementen te bekijken?'

Een vloek borrelde naar Andrea's lippen. Eigenlijk zou dat heel handig zijn, ware het niet dat ze een plek in Baltimore moest hebben in plaats van in Portland, Oregon.

'Je moet niet te snel besluiten en er dan later spijt van krijgen,' zei Laura. 'Noem maar een wijk, dan ga ik online. Je kunt daar beter een makelaar in de arm nemen, dan heb je een beetje bescherming.'

'Ik weet het niet.' Andrea wilde het gesprek zo snel mogelijk beëindigen. 'Laurelhurst?'

'Laurelhurst? Hoe kom je aan die naam? Wonen daar ook andere marshals?'

Andrea kende die naam omdat ze in *Rolling Stone* had gelezen dat Sleater-Kinney er ooit in een bar had opgetreden. 'Iemand op het bureau noemde het. Die zei dat het er heel mooi was.'

'Mijn hemel, dat mag je wel hopen. Je zou de prijzen eens moeten zien.' Laura zat duidelijk achter de computer in haar werkkamer. Andrea hoorde haar op het lompe toetsenbord tikken. 'O, ik heb er een maar... O nee, hier staat dat je een huisdier moet hebben. Welke huisbaas wil in vredesnaam dat je een huisdier hebt? Ik snap niks van Portland. O, hier is er nog eentje, maar...'

Andrea luisterde naar Laura's commentaar op een tweekamerflat in een souterrain, duidelijk een studio en misschien met een wicca-altaar in de badkamer, maar hoe dan ook veel te duur.

'Oké,' vervolgde Laura. 'Laurelhurst beslaat het noordoosten en zuidoosten van Portland. O, in een van de parken staat een standbeeld van Jeanne d'Arc. Maar deze woningen zijn allemaal zo duur, schat. En je kunt niet even bij mij aankloppen om een pot pindakaas uit mijn provisiekast te pikken.'

Andrea ging op de rand van haar bed zitten terwijl Laura naar goedkopere buurten zocht.

'Concordia? Hosford-Abernathy? Buckman Neighborhood?'

Andrea legde haar hoofd op haar hand. Het klonk allemaal even erg. Ze moest dit stoppen. 'Hé, mam, ik moet ervandoor.'

'Oké, maar –'

'Ik bel je later wel. Veel liefs.'

Ze verbrak de verbinding. Ze liet zich op het bed vallen en staarde naar het popcornplafond. Een watervlek had een bruine wolk achtergelaten. Ze walgde van zichzelf omdat ze deze stomme Portland-poppenkast met haar moeder bleef spelen. Twee jaar lang had ze Laura gestraft omdat ze zo'n verdomd goede leugenaar was geweest. De appel was pal op de boom gevallen.

'Oliver!' Bible bonsde op haar deur. 'Ik ben het, collega. Ben je toonbaar?'

'Eindelijk.' Andrea duwde zich overeind. Ze opende de deur. Bible had een spijkerbroek en een USMS-T-shirt aangetrokken, identiek aan wat ze zelf droeg. Ze hadden allebei hun wapen aan hun riem, waardoor het kleine vrouwtje dat in een marineblauw mantelpak en op heel hoge hakken achter hem stond des te misplaatster leek.

'Ik moet iets bekennen,' zei Bible. 'Ik heb een eenzijdig besluit genomen en de baas meegebracht. Onderdirecteur Cecelia Compton, dit is agent Andrea Oliver.'

'Eh...' Andrea stopte haar shirt in haar broek. 'Ik dacht dat u in Baltimore was, ma'am.'

'Mijn man werkt in dit gebied. Vind je het goed als ik binnenkom?' Compton wachtte de uitnodiging niet af. Ze liep de kamer in, keek om zich heen en nam alles in zich op waarvan Andrea niet wilde dat anderen het zagen, laat staan haar baas. Haar plunjezak hing open en al haar ondergoed lag verspreid over de vloer. Haar hardloopkleren lagen in een prop naast de minikoelkast. Haar rugzak had ze op het bed gesmeten. Godzijdank was ze zo in beslag genomen geweest door Alice Poulsen en Star Bonaire dat ze het dossier van Emily Vaughn nog niet had uitgepakt.

'Goed.' Compton ging op de rand van het bureau zitten waarop Andrea's half opgegeten broodje eiersalade aan het ruien was. 'Bible heeft me over de boerderij verteld. Wat was jouw indruk?'

Hier had Andrea zich niet op voorbereid. Bovendien was Cecelia Compton zo'n enge, intimiderende vrouw die haar zaakjes altijd prima voor elkaar had.

'Even ademhalen, Oliver.' Bible leunde tegen de dichte deur. 'Begin maar met Star.'

'Star,' zei Andrea. 'Ze was heel mager, net als de rest, maar ouder, achter in de twintig, schat ik. Blootsvoets. Lang haar. Ze droeg dezelfde gele hemdjurk als de anderen.'

'Denk je dat ze daar al enige tijd is?'

'Al minstens twee jaar, begreep ik van commissaris Stilton. Ik denk dat het wel iets zegt dat ze in het huis was en niet buiten op de boerderij aan het werk was. Wexler en zij noemden elkaar bij de voornaam. Volgens Stilton woont haar moeder hier in de stad.'

'Ik heb over de moeder gehoord. Ik begrijp dat ze haar wilde ontvoeren, maar haar aanpak liet te wensen over,' zei Compton. 'En Alice Poulsen? Leek het op zelfmoord, volgens jou?'

Andrea vond zichzelf slecht toegerust om haar vragen te beantwoorden. Ze besloot eerlijk te zijn. 'Als onderzoeker heb ik tot nu toe nog maar twee lijken bestudeerd, ma'am. Allebei in het mortuarium van Glynco. Dus als antwoord op uw vraag: ja, als ik uitga van mijn beperkte ervaring, heb ik de indruk dat Alice Poulsen zelfmoord heeft gepleegd.'

Compton was nog niet tevreden. 'Ga door.'

Andrea probeerde haar gedachten te ordenen. 'Op haar polsen zaten littekens die nog niet zo oud waren, van een eerdere zelfmoordpoging, wat bevestigd wordt door commissaris Stilton. Ter plekke werd een leeg pillenpotje aangetroffen. Rond haar mond zat opgedroogd schuim. Ze had geen petechieën op haar ogen, dus verwurging is uitgesloten. Afweerwonden of striemen ontbraken. Wel waren er wat kneuzingen, vooral rond haar pols, maar niets wat op een aanval wees.'

'Zo te horen heb je de situatie zeer degelijk bestudeerd,' zei Compton. 'Zou ik de foto's mogen zien?'

Andrea ontgrendelde haar iPhone en gaf die aan haar.

Compton nam er alle tijd voor. Ze bestudeerde elke foto, zoomde in en weer uit. Ging heen en weer om te vergelijken. Ze bekeek ook de foto die Star Bonaire had gemaakt en waarop ze om hulp vroeg. Pas toen ze alles had doorgenomen, nam ze weer het woord.

'Alice Poulsen heeft de Deense nationaliteit. Het ministerie van Buitenlandse Zaken werkt hierin samen met hun ambassade. Ik ben hier om de plaatselijke politie bij te staan. De Denen mogen niet denken dat we dit niet serieus nemen.' Ze gaf de telefoon terug. 'We hebben een autopsie ingepland, maar als ik uitga van wat ik op deze opnamen heb gezien, onderschrijf ik je mening.'

'En die laatste foto?' vroeg Andrea. 'Star Bonaire vroeg om hulp.'

'Dat heeft ze eerder gedaan,' zei Compton. 'Voor ik hiernaartoe kwam, ben ik bij commissaris Stilton langs geweest. Hij was heel open.'

Andrea klemde haar kiezen op elkaar. Ze betwijfelde of Stilton Cecelia Compton ook 'schat' had genoemd.

'Twee jaar geleden heeft Star Bonaire stiekem een briefje meegegeven aan een vrachtwagenchauffeur bij het magazijn,' zei Compton. 'Er stond hetzelfde op als wat ze vandaag heeft geschreven: help. Stilton ging met haar praten en wist haar onder vier ogen te spreken te krijgen. Ze ontkende dat ze dat briefje had geschreven. Er zat niets anders voor hem op dan te vertrekken.'

Andrea schudde haar hoofd. Je kon altijd iets doen.

'De tweede keer was hetzelfde verhaal,' vervolgde Compton. 'Star belde haar moeder midden in de nacht. Ze vroeg om hulp. Weer ging Stilton naar de boerderij. Star ontkende dat ze gebeld had.'

Andrea bleef haar hoofd schudden. Ze had zelf ervaren hoe Jack Stilton met vrouwen sprak. Hij was zo ongeveer de allerslechtste persoon voor dit soort werk.

'Hé, collega.' Bible leek haar ergernis te voelen. 'Het is niet tegen de wet om iemand een briefje toe te stoppen en het later te ontkennen. Jezus, het is niet eens tegen de wet om de ene dag je moeder te bellen en haar de volgende dag weg te sturen.'

'Deze keer heeft ze haar moeder niet om hulp gevraagd,' benadrukte Andrea. 'Ze heeft míj om hulp gevraagd. Ze heeft met míjn telefoon die foto gemaakt.'

'Neem het eens met me door,' zei Bible. 'We gaan terug naar de boerderij. We vragen of we Star kunnen spreken. En dan?'

'Dan praten we met Star,' zei Andrea.

'Oké, maar wat doen we als ze ontkent dat ze die foto heeft genomen?'

Andrea deed haar mond open. En weer dicht.

'Stel dat Bernard Fontaine zich ertegenaan bemoeit met zijn rechtendiploma van Twitter en zegt dat we moeten oprotten? Of dat ze de advocaten op ons afsturen wegens huisvredebreuk?' Bible stak zijn handen op. 'We zijn dienders, Oliver. We moeten ons aan de regels houden.'

'Als ik Star alleen zou kunnen spreken –'

'Hoe dan?' vroeg hij. 'Die loop je echt niet in de supermarkt tegen het lijf. Volgens Stilton is Star het enige meisje dat ooit van de boerderij af komt, maar ze heeft altijd Nardo of Dean bij zich. En vergeet niet dat haar moeder haar al een keer heeft proberen te bevrijden. Die kreeg daar een hoop gedonder mee. Dankzij wat geluk en goede advocaten is ze niet in de bak beland.'

Andrea kon hier niet in meegaan. Ze waren United States Marshals. Er moesten andere opties zijn.

'Agent Oliver.' Compton haalde haar telefoon uit haar tas. 'Als je me vertelt hoe we Star Bonaire binnen de grenzen van de wet kunnen helpen, zullen we het meteen doen.'

Andrea voelde haar brein rondtollen in haar hoofd. Ze had al geprobeerd een oplossing te bedenken. Zíj waren degenen met ervaring. Zíj zouden met een plan moeten komen.

'Oliver?' drong Bible aan.

Het enige wat Andrea kon bedenken was de waarheid. 'Het is gewoon klote.'

'Zeg dat wel, collega. Het is door en door klote.' Bible slaakte een diepe zucht. 'Op dit soort momenten vraag ik meestal mijn vrouw om hulp. Cussy is een heel slimme tante. Ze snapt wat er achter dit soort lastige situaties schuilgaat.'

Compton slaakte een geïrriteerde zucht. 'Je kunt m'n rug op, Leonard.'

'Maar Cussy –'

'Sodemieter op.' Compton sloeg haar armen over elkaar. 'Ik ga niet alles wat ik net heb gezegd weer door de plee spoelen. Je vrouw is het helemaal eens met je baas.'

Andrea ging op het bed zitten. 'Zijn jullie getrouwd? Met elkaar?'

'We houden privé en werk gescheiden,' zei Compton. 'Leonard, je werkt amper een dag samen met deze vrouw en nu laat je haar al regels overtreden?'

'Je klinkt net als mijn baas.'

'Rot op.' Compton bukte zich en trok haar hoge hakken uit. 'Je bent het ons allebei behoorlijk moeilijk aan het maken.'

'Dat spijt me dan, schat.' Bible maakte een sussend gebaar. 'Maar zeg eens, als jij in mijn schoenen stond, wat zou je dan doen?'

'Allereerst zou ik onmiddellijk overplaatsing regelen, weg van dit meisje. Ze heeft duidelijk een briljante carrière voor de boeg zolang jij het niet verknalt.'

Andrea probeerde te verdwijnen in het patroon van de beddensprei.

'Goed punt,' zei Bible. 'Genoteerd. En dan?'

Compton keek op haar horloge. 'Je hebt nog tweeënhalf uur voor je bij de Vaughns wordt verwacht. Ben je vergeten dat je hier een serieuze taak hebt, marshal? Esther heeft concrete doodsbedreigingen ontvangen. Ik heb je hier niet naartoe gestuurd voor een strandvakantie.'

'Begrepen, baas.' Hij glimlachte. 'Maar ik vroeg het aan mijn vrouw.'

'Fuck.' Ze schakelde naadloos over op haar andere rol. 'Maar om je in al je domheid ter wille te zijn: je moet iemand hebben die je van informatie voorziet. Iemand die die lui van binnenuit zo nerveus maakt dat ze steken laten vallen.'

'Genoteerd,' zei Bible. 'Maar geen van die meiden heeft ooit een kik gegeven, en mijn baas heeft zonet duidelijk laten weten dat we uit de buurt van Star Bonaire moeten blijven.'

'We moeten iemand hebben die de groep heeft verlaten. Iemand die bereid is te praten.'

Bible schudde zijn hoofd. 'Die houden vast geen lijst met ex-vrijwilligers bij.'

'Ik ken iemand die misschien wil praten.' Andrea stond versteld van haar eigen woorden. En van het feit dat die twintig minuten scrollen door het openbaar archief van Sussex County iets hadden opgeleverd. 'De eigenares van de diner, Ricky Fontaine. Ze is getrouwd geweest met Bernard Fontaine. Ik ga ervan uit dat het een vervelende scheiding is geweest.'

'En?' drong Compton aan.

'En...' Andrea vroeg zich af of ze de lampjes konden zien die boven haar hoofd aanflitsten. Nardo had gezegd dat Ricky zijn ex was, maar in het archief had ze de datum gevonden waarop hun scheiding was uitgesproken: 4 augustus 2002, heel dicht op een andere belangrijke datum in de geschiedenis van de boerderij.

'Ik weet niet of het een met het ander te maken heeft,' zei ze tegen Compton, 'maar in 2002, rond dezelfde tijd als de scheiding van de Fontaines, werd de boerderij aangeklaagd door het ministerie van Werkgelegenheid wegens schending van de regels voor stagiairs. Volgens het attest van het ministerie van Justitie kwam de tip van een anonieme vrouw, die belde vanuit een telefooncel aan Beach Street in Longbill Beach, Delaware.'

Bible zweeg, met opeengeklemde kaken.

'Wel verdomme,' zei Compton. 'Bible, je zou eens meer met je collega moeten praten en je vrouw erbuiten moeten houden. Wat doet die Ricky tegenwoordig?'

Nu had Andrea Bibles volle aandacht. 'Hoe weet je dat allemaal?' vroeg hij.

Andrea haalde haar schouders op. 'Hoe weten mensen dingen?'

'Fantastisch, Bible, ze klinkt al net als jij.' Compton was klaar met de geintjes. 'Vertel eens over Ricky,' zei ze tegen Andrea. 'Denk je haar zover te kunnen krijgen dat ze haar ex erbij lapt?'

Onwillekeurig wierp Andrea een panische blik op Bible. Dit was niet het diepe. Dit was het midden van de oceaan. 'Ik weet niet of Ricky dat telefoontje heeft gepleegd. Toen ik erover las op PACER, dacht ik dat de tip misschien afkomstig was van een van de meiden op de boerderij. Hoe dan ook, misschien moet Bible –'

'Wie onraad ruikt, stapt eropaf.' Bible keek op zijn horloge. 'De lunchdrukte is zo ongeveer voorbij. Ik bel naar de diner en zorg dat Ricky er is.'

Andrea kreeg de kans niet om te protesteren.

De deur rammelde, zo hard werd er aangeklopt.

Bibles hand lag al op zijn wapen. 'Verwacht je bezoek?'

Ook Andrea had haar hand naar haar wapen gebracht. 'Nee.'

'Waarschijnlijk de schoonmaakster.' Opeens was Compton weer helemaal de baas. Ze wisselde een zwijgende blik met Bible en opende met een zwaai de deur.

Andrea slaakte bijna een kreet toen ze zag wie er buiten stond.

'Hallo, schat!' zei Mike met zijn brede, stomme lach. 'Verrassing!'

Pas toen Andrea zich met Mike naar de achterkant van het motel had teruggetrokken, wierp ze haar handen in de lucht. 'Wat kom jij hier in jezusnaam doen?'

'Ho ho,' zei hij, alsof hij een wild paard kalmeerde. 'Als we nou eens –'

'Er valt hier niks te de-escaleren. Je bent godbetert mijn vriendje niet. En al helemaal niet mijn verloofde.'

'Verloofde?' Mike lachte. 'Wie heeft je dat verteld?'

'Bible, Compton, Harri, Krump...' Weer wierp ze haar handen in de lucht. 'What the fuck, Mike?'

Hij lachte nog steeds. 'Ach, schat, ze plagen je maar een beetje. Ik heb nooit gezegd dat we verloofd waren. Kwamen die geruchten van hen? Want het klopt wel.'

'Hou eens op met lachen, verdomme!' Andrea merkte dat ze al net als haar moeder met haar voet had staan stampen. 'Het is niet leuk. Ik doe niet mee aan het grapje.'

'Hoor eens –'

'Niks "hoor eens", klootzak. Wat kom je hier doen? Eerst dat gestalk met al die berichtjes en nu sta je zomaar voor de deur – waar mijn baas bij is. Dat is niet tof. Ik heb werk te doen.'

'Oké. Je hebt dus heel wat op je lever.' Hij had een milde toon aangeslagen. Nu moest ze zeker ook zijn thermometer volgen. 'Ik heb ook werk te doen, weet je nog? Ik werk bij getuigenbescherming, wat betekent dat het enige doel van mijn bestaan is om bedreigingen tegen mijn getuigen te evalueren en te voorkomen.'

'Ik ken de taakomschrijving, Mike. Ik heb er net vier maanden van mijn leven alles over geleerd.'

'Dan mag je zelf je stomme vragen beantwoorden.' Mikes thermometer schoot omhoog. 'Waarom stuurde ik je die berichten? Om je aandacht te vragen. Waarom heb ik tegen iedereen gezegd dat we een stel waren? Zodat ze een oogje op je hielden. Waarom kom ik hier aankloppen? Omdat ik een wispelturige getuige heb met een psychopaat als ex en een dochter die nu in zijn geboorteplaats rondloopt en tegen elk wespennest aanschopt dat ze kan vinden.'

Andrea perste haar lippen op elkaar.

'Hoe hoog is het dreigingsniveau hier, agent? Je hebt vier maanden training achter de kiezen. Vertel op, is mijn getuige veilig?'

'Natuurlijk.' Andrea wees er maar niet op dat Laura zijn hulp nog nooit nodig had gehad. 'Ze maakt het goed. Ze denkt dat ik in Oregon zit.'

'O, dat verandert de zaak,' zei Mike. 'En ik maar bang zijn dat een of andere eikel Clayton Morrow zou bellen om te zeggen dat jij hier rondloopt en allerlei vragen stelt, maar geen zorgen. Laura denkt dat jij in Oregon zit, dus niks aan de hand.'

'Hij zit in een federale gevangenis,' benadrukte Andrea. 'Jullie worden geacht zijn contacten te controleren.'

'Sorry dat ik je uit de droom help, liefje, maar veroordeelden weten altijd wel een mobiel te pakken te krijgen. Ze spoofen de nummerweergave en nemen contact op met getuigen, met dealers en soms zetten ze een prijs op het hoofd van iemand die ze de mond willen snoeren.' Hij herhaalde zijn vraag. 'Is mijn getuige veilig?'

Andrea's woede-uitbarsting was overgegaan in snijdende bezorgdheid. Haar vader kon levensgevaarlijk zijn. 'Waarom heb je dat twee dagen geleden niet gezegd? Jij hebt die ontmoeting met Jasper geregeld. Wat verwachtte je?'

'Niet deze klerebende,' antwoordde Mike. 'Jasper zei dat hij je in Baltimore liet stationeren zodat je dicht bij het vuur in DC zou zitten. Compton is een rockster. Bible is legendarisch. Ik ontdekte pas dat je in Longbill zat toen Mitt Harri me vanochtend om tien uur via Slack op de hoogte bracht.'

Andrea vroeg maar niet waarom Mitt Harri met Mike over haar sprak. Ze waren net een stel schoolmeiden. 'Dacht je dat Jasper me probeerde te helpen?'

'Waarom niet? Hij is je oom.'

Jasper was een onbetrouwbare hufter, maar Mike was merkwaardig blind waar het familie betrof. 'Wat wil je dat ik doe?' vroeg ze. 'Je bent hier duidelijk met een bedoeling.'

'Zorgen dat je direct overgeplaatst wordt. Naar het westen bijvoorbeeld, zoals je al wilde. Compton stelt geen vragen. Die weet dat ik in getuigenbescherming zit. Die heeft al snel door hoe het in elkaar steekt.'

'Dat meen je niet.' Andrea was verbijsterd. 'Je wilt dus zeggen dat ik ervandoor moet gaan.'

'Andy –'

'Nou moet je eens goed luisteren, oké? Want je moet één ding weten. Ik ben niet meer het hulpeloze meisje van twee jaar geleden. Ik ben godbetert Laura Olivers dochter. Ik ben geen wegloper, en je hoeft me niet te redden.'

Mike keek alsof hij niet wist waar hij moest beginnen. 'Hulpeloos meisje?'

'Precies,' zei ze. 'Dat ben ik niet meer. En hoe sneller je dat beseft, hoe beter het is voor ons allebei.'

Mike keek beduusd. 'Andy, ik ben hier niet gekomen om je te redden. Ik ben hier omdat je moeder de hele wereld met haar tanden aan stukken scheurt als Clayton Morrow ook maar bij je in de buurt komt.'

Andrea schudde haar hoofd, al wist ze dat Mike niet overdreef. 'Die doet me niks.'

'Hij is geen Hannibal Lecter, Clarice. Hij heeft geen code.'

Daar had ze geen weerwoord op. Opeens was ze doodmoe. Elke stap vooruit leek te worden gevolgd door twee stappen terug. Ze kon Star niet helpen. Ze kon de moordenaar van Emily Vaughn niet vinden. Als Compton haar naar Ricky stuurde om naar bijzonderheden over de boerderij te vissen, zou ze dat waarschijnlijk ook verknallen.

'Andy.'

Ze schudde haar hoofd, vurig hopend dat ze niet ging huilen. Tranen zouden alles tenietdoen wat ze zojuist had gezegd. De afgelopen twee jaar zouden voor niets zijn geweest. Mike van zich afhouden zou voor niets zijn geweest.

'Praat met me, liefje.'

'Nee.' Ze schudde haar hoofd. 'Het gaat gewoon niet met jou. Ik moet mijn werk doen.'

Hij pakte haar hand.

Andrea kromp ineen toen hij per ongeluk haar pols omdraaide.

'Andy?'

Ze wendde zich van hem af, en in gedachten schold ze alles bij elkaar. Klotebaan. Kloteboerderij. Klote-Wexler. Ze had die klootzak een dreun tegen zijn keel moeten geven. Zijn tongbeen moeten verbrijzelen, die teringlijer het ziekenhuis in moeten schoppen.

'Andrea.' Mike stond voor haar, met zijn borst vooruit en zijn vuisten gebald. 'Heeft iemand je iets aangedaan?'

Ze kon zich niet inhouden en drukte haar voorhoofd tegen zijn borst. Onmiddellijk sloeg de opluchting toe, bijna als een soort gewichtloosheid waarbij ze hem een deel van de last liet overnemen. Zachtjes legde hij zijn handen om haar achterhoofd. Ze voelde zijn hart bonken. Hij wachtte op een teken dat hij haar in zijn armen mocht sluiten.

Maar Andrea weigerde hem dat teken te geven. 'Het gaat wel. Echt.' Ze hief haar hoofd. 'Ik heb alles onder controle. Je hoeft me niet te redden.'

Zijn handen gleden weg. 'Waarom zeg je dat de hele tijd?'

'Omdat ik wil dat het waar is.' Haar ogen vulden zich met tranen. Ze veegde ze weg met haar vuist, woedend op haar lichaam, dat haar had verraden. 'Ik ben niet een van je bazige oudere zussen die je voortdurend uit de stront moet helpen, of je moeder die verwacht dat je haar op haar wenken bedient. Ik ben godverdomme een vrouw van drieëndertig. Ik kan heel goed voor mezelf zorgen.'

'Tuurlijk.' Hij deed een stap terug. Haar botte opmerkingen hadden het beoogde effect. Weer deed hij een stap terug, en toen nog een. Hij knikte, met zijn armen over elkaar. 'Ik snap het. Het is duidelijk.'

Andrea slikte het excuus in dat op het puntje van haar tong lag. Ze kon zo ongeveer alles tegen hem zeggen, maar zijn zussen en zijn moeder waren heilig.

Voor de goede orde gaf ze nog een draai aan het mes. 'Ik zie je wel weer.'

'Reken maar.'

Ze liep weg. Ze voelde zijn blik in haar rug branden tot ze de hoek om ging. Ze had geen idee wat Mike op dat moment dacht, maar háár enige gedachte was dat ze in haar moeder veranderde.

Ook al zei Laura nog zo vaak 'schat' of 'lieverd', soms was ze een ijskoude bitch. Niet vreemd als je bedacht hoe ze was opgegroeid, en al helemaal niet als je bedacht hoe Clayton Morrow haar had beschadigd. In de loop van de jaren had Andrea gezien hoe haar moeder haar kilheid aan- en uitschakelde als een *freeze ray*: de ene dag vierde ze kerst met haar gezin, de volgende dag zei ze tegen Gordon dat het uit was. Op die manier beschermde ze zichzelf. Als mensen te dichtbij kwamen, duwde ze hen weg. Als Andrea zich bleef bedienen van haar moeders stalen vastberadenheid, zou ze de nevenschade voor lief moeten nemen. Twee jaar strijd leveren om sterker te worden veranderde niets aan de essentie.

Waar je ook gaat, je neemt jezelf altijd mee.

Mikes huurauto stond voor de deur van haar motelkamer. Ze wist dat de wagen van hem was omdat hij zo vaak in verschillende huurauto's reed dat hij altijd een konijnenpoot aan de achteruitkijkspiegel hing om de auto terug te kunnen vinden.

'Alles goed?' Bible leunde tegen zijn SUV. Hij had Andrea's rugzak al mee naar buiten genomen.

'Alles goed.' Ze pakte de rugzak en stapte in de Explorer. Het kostte haar al haar wilskracht om niet achterom te kijken, naar Mike.

'Ik heb de diner gebeld.' Bible hield het zakelijk terwijl hij van de parkeerplaats reed. 'Ricky is op dit moment thuis, hier vlakbij. Het is altijd goed om op eigen terrein met mensen te praten. Dan zijn ze ontspannen en op hun gemak. Ik zou het als volgt aanpakken, zo van: "Hallo dame, ik probeer je te helpen. Vertel maar wat je over je ex weet, dan sluiten we die gast op en gooien we de sleutel weg." '

Andrea betwijfelde of het zo eenvoudig zou zijn. 'Makkie,' zei ze desondanks.

'Kat in 't bakkie,' vulde Bible aan. 'Prima, collega. Ik weet dat het je gaat lukken.'

Ze waardeerde zijn vertrouwen, maar ze was er niet zo zeker van. Mike had haar diep geraakt.

Hij had ook tegen haar gelogen.

Hij had gezegd dat Mitt Harri hem die ochtend om tien uur via Slack een bericht had gestuurd. Toen had hij voor het eerst gehoord dat Andrea in Longbill Beach was. Maar volgens de tijdsaanduiding was het bericht met de krantenpagina om 8.32 uur verzonden, wat betekende dat Mike geen contact met haar zocht vanwege het werk. Hij zocht contact met haar omdat hij contact met haar wilde. De foto met de dikdik was verstuurd toen hij nog maar een kwartier van het motel verwijderd was.

Wat de roddels over hun relatie betrof, klopte het tijdstip evenmin. Nog geen vijf minuten nadat Andrea met Bible had kennisgemaakt, had hij haar al gefeliciteerd met haar verloving. De vorige middag had Mike geen enkele reden gehad om zich zorgen te maken om Clayton Morrow. Voor zover hij op dat moment wist, was Andrea in Baltimore. Hij had het gerucht niet verspreid om haar te beschermen of om haar het leven zuur te maken. Hij had het gedaan omdat hij zijn naam op Andrea's lippen wilde.

Ze had hem gekwetst.

Waarom had ze hem gekwetst?

'Weet je,' zei Bible. 'Ik heb een zoon van Mikes leeftijd.'

Andrea ging erop in, hoewel ze het vreemd vond dat hij dit moment had uitgekozen om over zijn privéleven te vertellen. 'Ik wist niet dat je een kind had.'

'Twee. Mijn dochter is arts in Bethesda. Superslim, net als haar moeder.' Bible lachte trots. 'Mijn zoon, tja, begrijp me niet verkeerd. Het is een goeie jongen. Werd meteen op West Point aangenomen. Uiteindelijk haalde hij zijn rechtenbul aan Georgetown.'

Andrea voelde een 'maar' komen.

'Cussy en ik vertellen dit niet aan iedereen, maar in zijn tweede jaar aan Georgetown kwam hij ermee naar buiten. Zei dat hij strafrechtadvocaat wilde worden.'

Andrea glimlachte aarzelend. Politiemensen keken neer op strafrechtadvocaten – tot ze er zelf een nodig hadden. 'Wees maar niet bang. Ik kan heel goed geheimen bewaren.'

'Dat had ik al door.' Zoals gewoonlijk hadden Bibles woorden een onderliggende betekenis. Hij bood Andrea de gelegenheid uit te leggen waarom ze zoveel wist over Dean Wexler, Nardo Fontaine en Ricky Fontaine.

Ze kon het niet uitleggen. Op dit moment moest alle aandacht uitgaan naar Alice Poulsen en Star Bonaire. Als ze zich te veel in beslag liet nemen door Emily Vaughn, zou ze elke kans verspelen om Ricky Fontaine over te halen zich tegen haar ex te keren. Compton had er geen misverstand over laten bestaan dat dit de enige gelegenheid was om de waanzin op de boerderij een halt toe te roepen.

'Ik ben begonnen bij de afdeling drugs. Heeft Mike dat verteld?' vroeg Bible.

Andrea vermoedde dat hij haar met een nieuw verhaal aan de praat probeerde te krijgen. Ze speelde het spelletje maar half mee. Starend uit het raam zei ze: 'Mike heeft me niks verteld.'

'Tja, die getuigenjongens zijn niet te peilen.' Bible kuchte voor hij zijn verhaal vervolgde. 'Het zat zo: ik zit op een dag aan mijn bureau als ik een telefoontje krijg van de grote baas in DC. Hij zegt dat ze bij het Drugs Enforcement Agency een nieuw gezicht nodig hebben in El Paso, iemand die met een pick-up over de grens heen en weer rijdt. Het is een beetje een in-en-uitspelletje – je stopt de heroïne erin, je neemt het geld eruit, en dat is het hele eiereneten.'

Andrea wist dat de marshals vaak bij allerlei diensten werden ingeschakeld. Met zijn militaire tattoos en zijn vette Texaanse accent zou Bible hier moeiteloos mee zijn weggekomen.

'Ik meld me dus in El Paso en we proberen wat narco's in te rekenen die coke uit Sinaloa binnensmokkelen. Ben je daar ooit geweest?' Hij wachtte tot Andrea met haar hoofd schudde. 'Verrekt mooie staat. Je hebt daar de Sierra Madres, de Baja California Sur. Het zout der aarde, de mensen daar. Aardiger vind je ze niet. En het eten –'

Bible kuste zijn vingers terwijl hij vaart minderde voor een afslag. Beach Road verdween in de achteruitkijkspiegel. Aan deze kant van het stadje waren geen grote villa's. Het was een arbeidersbuurt met kleine huizen en wat oudere auto's.

'Hoe dan ook,' zei Bible. 'Ik word dus officieel uitgenodigd in Culiacán, en dat is niet zomaar iets. Ik blijf heel rustig, drink een paar biertjes, doe me voor als boef van de bovenste plank en laat merken dat ze met mij alle kanten op kunnen.'

Andrea voelde de sfeer kantelen.

Bible vertelde niet zomaar een verhaal. Hij liet haar weten dat hij was geïnfiltreerd in de top van een Mexicaans drugskartel. Ze keek naar de lange, dunne lijnen die zijn gezicht ontsierden. Het was haar niet eerder opgevallen, maar ze liepen verder over zijn hals en verdwenen onder de boord van zijn shirt.

Ze keek hem aan, ten teken dat ze begreep dat hij iets vertelde wat hij doorgaans niet met anderen deelde.

Hij knikte, gaf aan dat hij hoog spel had gespeeld. Toen ademde hij diep in en zei: 'Er gaan wat maanden voorbij en dan stuur ik van binnenuit een bepaalde informant aan. Tenminste, ik dacht dat ik hem aanstuurde. Laten we zeggen dat die gast niet mijn *amigo* was. Het loopt uit de klauwen. Voor ik het weet, zit ik vastgebonden aan een stoel en spelen ze ezeltje-prik met de marshal.'

Andrea kon haar ogen niet van de littekens afhouden.

'Ja, die zitten overal.' Bible wreef over zijn gezicht. Ze had hem nooit eerder zo onzeker meegemaakt. Zelfs zijn stem had een andere klank. 'De gast die me te grazen nam, werd *El Cirujano* genoemd. Spreek je Spaans?'

Andrea schudde haar hoofd.

' "De chirurg",' zei Bible. 'Alleen denk ik niet dat die man op de doktersschool heeft geleerd hoe hij mensen aan stukken moest snijden.'

Andrea voelde haar borst samentrekken. Ze had indirect ervaring met dat soort angst, maar gelukkig was de ondraaglijke pijn haar bespaard gebleven. 'Heeft hij je gemarteld?'

'O, nee. Je martelt omdat je informatie wilt. Ik heb ze meteen alles verteld wat ze wilden weten. Die vent wilde me alleen zien lijden.'

Andrea wist niet wat ze moest zeggen.

'Dat was dus zes jaar geleden,' zei Bible. 'Ik weet dat het er anders uitziet, maar ik was toen nog een jongeman. Ik wilde nog steeds marshal zijn. Maar mijn vrouw, Cussy, wilde er niets van weten. Van haar moest ik met pensioen. Zie je me al op een pier zitten vissen voor de rest van mijn leven? Een cursus macramé volgen? Of knutselles?'

Nog steeds verstomd schudde Andrea haar hoofd.

'Precies,' zei Bible. 'Maar toen kwam rechter Vaughn het ziekenhuis binnenlopen. Had ik al verteld dat ik een halfjaar in een afkickkliniek heb gezeten?'

Weer schudde Andrea haar hoofd. Door Laura's werk wist ze hoe een afkickkliniek eruitzag. Ze hielden je daar geen halfjaar vast als je niet alle hulp van de wereld nodig had.

'Dus Esther Vaughn komt mijn ziekenhuiskamer binnenwandelen alsof ze daar de baas is. Ik schaam me niet als ik zeg dat ik vreselijk met mezelf te doen had. Die dame stapt dus op mijn bed af zonder ook maar een "Hallo" of "Aangenaam kennis te maken" of "Wat erg dat je in een zak moet schijten". Het enige wat ze zegt is: "Ik mag de marshal niet die ze me hebben toegewezen in mijn rechtszaal. Wanneer kun je beginnen?" '

'Kende ze je dan?' vroeg Andrea.

'Ik had haar nog nooit echt ontmoet. Hooguit één of twee keer naar haar geknikt op de gang.'

Andrea wist dat de marshals vanuit het federale gerechtshof opereerden. 'Heeft je vrouw... ik bedoel je baas...'

'Nee. De rechter kwam uit zichzelf. Neem maar van mij aan dat Esther Vaughn zich door niemand laat vertellen wat ze moet doen.' Bible haalde achteloos zijn schouders op, maar de ontmoeting had duidelijk indruk gemaakt. 'Het duurde nog twee maanden voor ik weer op de been was. En de volgende vier jaar heb ik in haar rechtszaal doorgebracht. Sommige rechters vinden het prettig als er een marshal aanwezig is, vooral de oudere. Ze worden voor het leven benoemd. Ze jagen mensen nogal eens op de kast.'

Telkens als Andrea dacht dat ze doorhad wie Esther Vaughn in werkelijkheid was, kwam er iemand langs die het beeld bijstelde.

'Esther is er slecht aan toe,' zei Bible. 'Haar keelkanker is terug. Deze keer wint ze de strijd niet. Ze is het vechten moe.'

Andrea dacht aan Judith en Guinevere. Ze zouden nog iemand verliezen.

'Esther Vaughn heeft mijn leven gered. Voor ze sterft, wil ik erachter komen wie haar dochter heeft vermoord. Daarom weet ik zoveel over die zaak.'

Andrea probeerde het gesprek bij te sturen. 'Weet de rechter dat je ermee bezig bent?'

'We houden het zakelijke en het persoonlijke gescheiden,' zei Bible. 'De rechter weet hoeveel macht ze heeft. Die zou ze nooit inzetten voor een persoonlijke gunst. De dame is zich bewust van haar status.'

Andrea vroeg zich af of het niet eerder een kwestie van trots was. 'Heb je verdachten verhoord of –'

'Nog niet, maar dat komt wel. Je trapt pas deuren in als je weet wat zich aan de andere kant bevindt.' Hij zweeg even. 'Nu mag jij me uitleggen hoe het komt dat jij al evenveel over de zaak weet als ik, terwijl ik hier al twee dagen mee bezig ben en jij hier nog maar een paar tellen bent.'

Andrea voelde zich betrapt, en dat was ook zijn bedoeling. Het liefst wilde ze hem de waarheid vertellen, maar ze wist dat dat niet ging. Mike had de spot gedreven met haar vier maanden op Glynco, maar de eerste regel van getuigenbescherming luidde dat je nooit, maar dan ook nooit over getuigenbescherming sprak. Ook niet met een andere marshal. Ook niet als die marshal je er binnen één dag van had overtuigd dat hij de betrouwbaarste persoon op aarde was.

Toch vroeg ze het: 'Waarom denk je dat ik iets weet?'

'Je moet je pokerface nog wat bijwerken, collega. Ik zag je zowat een rolberoerte krijgen toen je op de boerderij besefte dat je met Dean Wexler en Nardo Fontaine stond te praten.' Weer zweeg hij even. 'En dan kom je uit het niets met de datum van Ricky Fontaines scheiding en met bijzonderheden over een rechtszaak van twintig jaar geleden waarvan niemand ooit heeft gehoord?'

Andrea's keel voelde kurkdroog. Haar gezicht kon misschien niet liegen, maar haar mond wel. 'Dat heb ik op internet gevonden. Dat Emily vermoord is. Mijn vlucht was vertraagd, dus ik had veel tijd over.'

'En dat Mike bij je aanklopte heeft er niets mee te maken?'

Hij kwam te dichtbij met zijn ge-Mike. Andrea gaf automatisch tegengas. 'Dat met Mike ligt ingewikkeld.'

'Dat zeggen mijn kinderen ook altijd als ze ergens niet over willen praten.'

Bij wijze van reactie zweeg Andrea.

'Oké,' zei Bible ten slotte, op die inmiddels bekende toon waarmee hij aangaf dat het niet oké was. Hij stuurde de SUV naar de stoep en zette de auto in de parkeerstand. 'We zijn er.'

Andrea keek omhoog. Boven op een steile heuvel stond een splitlevelhuis. Vanwege de helling liep de trap naar de veranda aan de voorkant zigzaggend in drie delen omhoog. De garagedeur stond open. Kartonnen dozen en opbergrekken namen beide parkeerplekken in beslag. Ricky gebruikte de ruimte kennelijk als opslagplaats voor de diner. Rond een antieke wasmachine en droger hoopten vuile schorten en barhanddoeken zich op.

'Ik blijf hierbeneden in de auto,' zei Bible. 'Voor je gaat, geef ik je marshalregel nummer vijf: je kunt niet met één kont op twee paarden zitten.'

Dat leek weer een van zijn kakelkipwijsheden, maar Andrea had het zelf ook al bedacht. Hij gaf aan dat ze Emily Vaughn uit haar hoofd moest zetten.

'Van Ricky willen we bruikbare informatie over Wexler, Nardo of de boerderij. Zo helpen we Star Bonaire.'

'Precies.'

Ze opende het portier. Wrijvend over haar pijnlijke pols begon ze aan de verticale klim naar het huis. Er was zich een blauwe plek aan het vormen. Ze had geen idee waarom ze zich er zo druk om maakte. Na een klap tegen haar nieren op Glynco had ze letterlijk bloed gepist. Ze had ook een blauw oog en een gespleten lip opgelopen, maar die voelden allebei als eretekens.

Ze vermoedde dat het door Dean Wexler kwam dat haar pols anders aanvoelde. Hij had haar pijn willen doen. Hij had haar op haar nummer willen zetten, zoals hij dat ook met Star, Alice en alle andere vrouwen op de boerderij had gedaan.

Hoewel marshals doorgaans geen onderzoek verrichtten, was er tijdens de training een aantal uren vrijgemaakt voor het oefenen van vraaggesprekken, ondervragingen en verhoren. Ricky Fontaine was geen verdachte, maar mogelijk was ze getuige geweest van wat er op de boerderij gebeurde. En anders kende ze wellicht vrouwen die waren ontsnapt. Andrea zou een band met haar moeten opbouwen zodat ze zich op haar gemak voelde. Ondertussen moest ze ook competentie uitstralen om haar het gevoel te geven dat haar informatie grondig nagetrokken zou worden en dat er in het geval van crimineel gedrag ingegrepen zou worden.

Andrea liet haar pols los toen ze langs de groene Honda Civic liep, die op de oprit stond geparkeerd. Ze keek even naar binnen. Het was een bende in de auto; overal lagen papieren en rommel. Ze keek op naar het huis, waarschijnlijk hetzelfde huis waarin Eric en Erica Blakely waren opgegroeid. Onwillekeurig vroeg ze zich af of Clayton Morrow ooit ook moeizaam over de drie betonnen trappen naar boven was geklommen. Misschien trad ze straks in de veertig jaar oude voetstappen van haar vader.

'Ha, schat. Sorry van die trap. Het is een ramp voor je kuiten.' Ricky had de hordeur opengegooid. Ze droeg shorts en een T-shirt. Ze had niets om haar enkels, maar haar Madonna-armbanden vielen des te meer op. Ze had er een paar kleurige linten bij gedaan om het zwart en zilver te doorbreken.

Andrea nam het tweede tussenbordes en beklom de laatste trap. Haar eerste indruk was dat er van Ricky's capabele, moederlijke uitstraling niets was overgebleven. Dit was het tegenovergestelde van een transformatie à la Esther Vaughn. De vrouw leek geen energie meer in haar lijf te hebben, wat logisch was met een zaak die zeven dagen per week open was, van zes uur 's ochtends tot middernacht.

'Ze belden van de diner om te zeggen dat je naar me op zoek was,' zei ze. 'Zal ik wat fris voor je inschenken?'

'Ja, graag.' Van haar instructeurs had Andrea geleerd dat je mensen het beste op hun gemak kon stellen door eten of drinken aan te nemen.

'Fijn dat je me te woord wilt staan. Ik zal het zo kort mogelijk proberen te houden.'

'Hopelijk vind je het niet erg als ik ondertussen doorwerk. Ik heb de timer ingesteld voor de droger. Als ik niet doorga met de was, komt er nooit een eind aan. Deze kant op.'

Ricky ging haar voor door de woonkamer. Op de vloer stonden drie manden met schone schorten en handdoeken. De bank en de stoelen zagen er nieuw uit, maar het geelbruine vloerkleed moest er altijd al gelegen hebben. De kunst aan de pastelkleurige muren was op de spandoeken van de vlooienmarkt waarschijnlijk aangeprezen als 'voor boven de bank'. Op een wandtafel bij de gang zag Andrea een verzameling ingelijste foto's. Onder het houten blad zag ze twee smalle laden. In de ruimte eronder had Ricky extra grote boeken gelegd, met de gekruiste steunbalkjes tussen de iele poten als ondersteuning. Ze had geen tijd om er beter naar te kijken. Ricky liep al een open trap op.

Het rook muf in de keuken, waarschijnlijk vanwege alle rommel. Op een ovale tafel lagen stapels vergeelde rekeningen en documenten die nog van voor Andrea's geboorte moesten dateren. Een treurig klein stukje was vrijgehouden, waar Ricky kennelijk haar maaltijden at, in haar eentje. Andrea vermoedde dat ze op een bepaald moment haar huis mooi had willen inrichten. Boven het aanrecht hing een lichtblauwe hanglamp. De werkbladen waren van zwart kwarts. De kastjes waren felblauw geschilderd. Op de zwarte koelkast na waren alle apparaten wit. De deuren waren beplakt met ansichtkaarten, huwelijksaankondigingen en de gebruikelijke rotzooi.

'Word maar nooit oud, schat.' Ricky draaide het deksel van een medicijnpotje.

Andrea herkende de rode verpakking van Target. Terwijl ze toekeek, floepte Ricky twee pillen in haar mond. Er stonden nog minstens tien andere potjes op het blad.

Ricky somde ze op: 'Bloeddruk, cholesterol, ontstekingsremmers, troep voor mijn schildklier, brandend maagzuur, rugpijn en voor de zenuwen. Is Pepsi oké?'

Het duurde even voor Andrea besefte dat ze het over frisdrank had.

'Ja hoor.'

Ricky opende de koelkast. Een verbleekte polaroid van een jongen in afgeknipte spijkerbroek trok Andrea's aandacht. Hij had een ruig kapsel, in de kenmerkende stijl van eind jaren zeventig. Zijn bovenlijf was bloot, en te oordelen naar zijn magere borstkas en de ellebogen waarmee hij zich geen raad wist, begon hij net te puberen.

Eric Blakely.

Andrea dacht aan wat Nardo op de boerderij over Ricky's broer had gezegd.

Zo dood als een pier, arme kerel.

'Oké.' Ricky had een glas met ijs gevuld. Ze trok het lipje van het blik Pepsi, en met een deskundige draai van haar pols schonk ze in. 'Je bent vast gekomen vanwege de rechter.'

Andrea was zich ervan bewust dat ze haar pokerface moest oefenen. Ze probeerde een zo neutraal mogelijk gezicht te trekken. 'Waarom denk je dat?'

Ricky haalde de kauwgom uit haar mond en stopte de prop in een servetje. 'Judith heeft er geen woord over gezegd, maar het schijnt dat haar kanker terug is, en nu is het menens. Dat arme mens haalt waarschijnlijk het einde van het jaar niet meer. Als ik haar was, zou ik voor ik doodging willen weten wat er met Emily was gebeurd.'

Terwijl Andrea een slok Pepsi nam, probeerde ze te bedenken hoe ze dit moest aanpakken. Ze had heel duidelijk met zichzelf afgesproken dat ze het niet over Emily ging hebben, maar ze wist ook dat je het snelst het vertrouwen van een getuige won door empathie te tonen.

'Het geeft de rechter vast rust als ze de waarheid weet,' zei ze.

Ricky knikte, alsof ze op bevestiging wachtte. 'Kom eens mee.'

Andrea zette het glas op het werkblad en volgde haar de trap af. Ricky bleef voor het wandtafeltje naast de gang staan en pakte een van de ingelijste foto's.

De afbeelding was bekend. Die had Andrea de vorige avond ook gezien in de collage van Judith. Alleen was deze als een accordeon opgevouwen om Emily uit de groep te verwijderen.

'Sorry. Ik vind het nog steeds moeilijk om naar haar gezicht te kijken. Dan komt alles weer boven.' Ricky draaide de lijst om en opende de achterkant. Ze vouwde de foto open en liet hem aan Andrea zien. 'Ze was mooi, hè?'

Andrea knikte en deed alsof ze de foto nog nooit had gezien. Op goed geluk wees ze naar Nardo. 'Wie is dit?'

'Mijn lul van een ex,' mompelde Ricky, maar ze klonk niet verbitterd. Ze wees naar Clay op de foto. 'Dat is Clayton Morrow. Je bent van de politie, dus waarschijnlijk weet je meer over hem dan ik. En dat ben ik natuurlijk, voor mijn tieten gingen hangen en mijn haar grijs werd. En dat is mijn broer Eric. Hij werd Blake genoemd.'

Andrea zag een opening. 'Werd?'

Voorzichtig vouwde Ricky de foto weer op. 'Hij is twee weken na Emily gestorven.'

Andrea keek toe terwijl Ricky de lijst in elkaar zette. Er stonden meer foto's op het tafeltje, dat een soort altaar van Ricky's jeugd was. Clay en Nardo, die voor in een cabrio zaten te roken. Blake en Nardo verkleed als gangsters uit het Al Capone-tijdperk. Blake en Ricky in identieke smokings. Als je niet wist dat Emily Vaughn bij de groep had gehoord, zou je haar niet missen.

'Ongeveer een week na die aanval op Emily zei Clay dat hij genoeg studiepunten had om eerder eindexamen te kunnen doen. Hij wilde naar New Mexico om werk te zoeken voor hij ging studeren.'

Andrea keek naar de stapel grote boeken onder de twee laden. Jaarboeken. Dozier Elementary School. Milton Junior High. Longbill Beach Senior High.

'Blake bood aan met Clay mee te rijden. Ruim drieduizend kilometer was niet niks in die tijd. Er was nog geen mobiel als je pech kreeg. Een interlokaal telefoontje kostte een kapitaal. We hadden niet eens een eigen telefoon. Die huurden we van C&P Telephone.'

Voorzichtig zette Ricky de ingelijste groepsfoto weer naast de andere. Met haar vinger raakte ze de borst van haar broer aan. 'Ik kan het hem niet kwalijk nemen dat hij weg wilde,' zei ze. 'Er was onderling zoveel spanning. Ook tussen mij en Blake. Hij was mijn tweelingbroer, wist je dat?'

Hoewel ze het wist, schudde Andrea haar hoofd. 'Heeft Emily je ooit verteld wie de vader van haar baby was?'

'Nee.' Er klonk spijt door in Ricky's stem. 'Tegen die tijd praatte Emily niet meer met me. Ik had geen idee.'

Andrea dacht aan wat Wexler had gezegd in de pick-up. Emily was verkracht tijdens een feestje. Ze ging ervan uit dat Ricky ook aanwezig was geweest. En Eric. En Nardo. En Clay. En misschien Jack Stilton en Dean Wexler. Er bestond een psychiatrisch syndroom dat *folie à plusieurs* werd genoemd – een gedeelde psychotische stoornis, waarbij een groep mensen allerlei slechts uitspookt dat ze individueel nooit zouden doen. Andrea geloofde zonder meer dat haar vader dit groepje ongeregeld had uitgekozen om het ergste in hen naar boven te halen. Toen was hij ervandoor gegaan en had Dean Wexler zijn plaats ingenomen.

Ze probeerde het langs een andere weg. 'Had je een theorie over wie Emily gedood kon hebben?'

Schouderophalend zei Ricky: 'Vanaf het begin had de politie het vooral op Clay voorzien. Daarom wilde hij zo graag weg. En Blake, tja, die had zijn eigen redenen om weg te willen. Het liep niet zo lekker met mijn opa. Er was enorme bonje over geld. Het was voor ons allebei een rottijd. We praatten niet echt met elkaar.'

Andrea kuchte. Ze wist dat ze nu voorzichtig moest zijn. Ricky had geen altaar voor haar vriendenkring ingericht omdat ze hen zulke vreselijke types vond. 'Waarom had de politie het op Clay voorzien?'

'Stilton had de pest aan hem,' zei Ricky. 'Beide Stiltons trouwens. Clay was anders. Hij was geniaal. Sarcastisch. Knap. Daar konden ze niet bij met hun kleine hersentjes en daarom haatten ze hem.'

Andrea zei maar niet dat Clayton Morrow naast dat alles ook een psychopaat was, een veroordeelde misdadiger.

'Eigenlijk moet ik het niet zeggen, maar we waren allemaal een beetje verliefd op Clay. Emily aanbad hem. Nardo wilde net als hij zijn. Blake dacht dat hij God was. We waren een heel bijzonder kliekje.' Ricky keek naar de foto van Clay en haar broer. 'Ze maakten een tocht in de Sandia Mountains, iets buiten Albuquerque. Ze gingen zwemmen in de buurt van Tijeras. Blake dook onder de waterval door, maar hij kwam niet meer boven. Hij was toch al geen sterke zwemmer. Twee dagen later werd zijn lichaam gevonden.'

Dat verklaarde in elk geval waarom de overlijdensakte van Eric Blakely niet in Sussex County stond geregistreerd. Hij was in een andere staat gestorven.

Ricky wendde haar blik van de foto af. Ze sloeg haar armen over elkaar. 'Dan moet Clay haar vermoord hebben, toch? Dat lijkt me logisch.'

Andrea bedacht dat het logisch had geleken vóór ze met eigen ogen had gezien tot wat voor wreedheden Nardo Fontaine en Dean Wexler in staat waren.

'Ik heb heel rot tegen Emily gedaan toen ze me vertelde dat ze zwanger was.' Ricky keek naar de bank onder het raam. 'We zaten hier samen in deze kamer, en ik zei allerlei nare dingen tegen haar. Ik weet niet waarom ik zo kwaad was. Misschien omdat ik wist dat het voorbij was? Onze kleine kliek. Niets zou ooit nog hetzelfde zijn.'

Andrea had Ricky voldoende op haar gemak gesteld. Voorzichtig probeerde ze de teugels weer in handen te nemen. 'Zoals jij over haar praat, verschilt totaal van het beeld dat Dean Wexler van haar schetste.'

'Dean?' Ricky keek verbaasd. 'Waarom zou hij over Emily beginnen?'

Andrea haalde haar schouders op. 'Hij zei dat ze problemen had met drugs en alcohol.'

'Dat is niet waar. Emily rookte niet eens.' Opeens raakte Ricky geagiteerd. 'Als je met Dean hebt gepraat, heb je ook met Nardo gepraat. Wat had hij over Emily te melden?'

'Hij heeft haar naam niet genoemd,' zei Andrea. 'Marshal Bible en ik waren op de boerderij vanwege dat lijk op het veld. Maar dat wist je toch al? Je hebt Bible zelf over dat meisje verteld.'

Ricky trok haar kin in. 'Zoals ik al eerder zei, is Cheese een waardeloze zuiplap. Soms vraag ik me af of Dean iets over hem weet. Al die gestoorde toestanden die al jaren – al tientallen jaren – op die boerderij aan de gang zijn. En Cheese doet alsof zijn neus bloedt en kijkt de andere kant op.'

'Wat voor gestoorde toestanden?'

'De vrijwilligers?' Ricky wond zich steeds meer op. 'Als je daar meer over wilt weten, moet je de rechtszaak van twintig jaar geleden maar eens opzoeken. Ze maken gruwelijk misbruik van die meiden.'

'Ik heb over die zaak gelezen.' Omdat Ricky opgewonden klonk, matigde Andrea haar toon. 'Een anonieme beller tipte de FBI. Ze belde vanuit een openbare telefooncel aan Beach Road.'

Opeens keek Ricky schuldbewust. Ze haalde haar telefoon uit haar achterzak en keek op de timer, die nog vier minuten aangaf. 'Mijn droger is bijna klaar.'

Zo gemakkelijk kwam ze niet van Andrea af. 'Waarschijnlijk heeft dat meisje op dat veld zichzelf van het leven beroofd.'

'Dat heb ik gehoord, ja.'

'Ze was broodmager, vrijwel doodgehongerd.' Andrea zag dat Ricky weer op de timer keek. 'Alle vrouwen op die boerderij hongeren zichzelf uit. Ze zien eruit alsof ze in een concentratiekamp zitten.'

'Ik bid voor hen.' Met de punt van haar shirt veegde Ricky over het schermpje. 'Ik bid voor hun ouders. Dean heeft een heel bataljon advocaten op stand-by. Van hem hoeven ze niks te verwachten. Hij wint altijd.'

Andrea merkte dat Ricky haar ontglipte. 'Ken je misschien meiden die daar nu niet meer zijn? Misschien willen die praten.'

'Ik heb nauwelijks tijd om de was te doen. Denk je echt dat ik ook maar iemand uit die periode van mijn leven nog volg?'

Andrea deed een nieuwe poging. 'Mocht je informatie hebben, al was het maar een anonieme tip of –'

'Schat, haal die prop eens uit je oren. Ik ken niemand. Ik ben al twintig jaar niet meer in de buurt van die boerderij geweest.' Eindelijk vond Ricky de telefoon schoon genoeg. 'Ik heb een permanent contactverbod opgelegd gekregen. Zodra ik binnen tien meter van Nardo kom, word ik gearresteerd. Tijdens de scheiding heeft Dean me zo te grazen genomen dat ik de diner met moeite heb kunnen houden. Godzijdank was het huis in een trust ondergebracht, anders zou ik dakloos zijn geweest.'

Andrea zag hoe bang ze was. 'Heeft Dean Nardo geholpen met de kosten van de scheiding?'

'Dean helpt Nardo met alles. Nardo woont op de boerderij zonder huur te betalen. Hij krijgt officieel niet eens loon, en dat heeft me gigantisch opgebroken tijdens de scheiding.' Ricky's verbittering gold eerder Wexler dan haar ex-man. 'Die boerderij is een goudmijn, maar het enige wat Dean met dat geld doet, is mensen kopen of ze verneuken. Hij runt die tent als een dictator. Hij laat zich door niemand de les lezen.'

Andrea merkte dat Ricky nu echt op gang kwam.

'Wat Dean met die meiden doet… Ik zweer op mijn leven dat het anders ging toen ik daar nog was. Nardo is een gestoorde klootzak, maar ook weer niet zó gestoord. En behalve uitgebuite arbeidsters heb ik nooit iets gezien. Ik ging ervan uit dat dat afgelopen was toen Dean een regeling met de overheid had getroffen.' Met haar mouw streek Ricky langs haar ogen. Ze huilde nu. 'Ik heb mezelf laf genoemd vanwege de manier waarop ik Emily behandelde, maar als ik zoiets... zoiets walgelijks had gezien? Zoiets boosaardigs? Of hoe je het ook wilt noemen wat ze daar doen. Dan had ik echt mijn mond niet gehouden.'

'Ik geloof je,' zei Andrea, maar alleen omdat Ricky dat wilde horen. 'Als vrouw ben ik woedend, maar als marshal kan ik zonder wettige reden geen onderzoek instellen.'

Weer veegde Ricky langs haar ogen. 'Jezus, kon ik je maar helpen.'

Andrea voelde haar machteloosheid. 'Ik heb gehoord dat de moeder van een van de meisjes een reddingspoging heeft ondernomen.'

'Dat geschifte wijf probeerde haar eigen dochter te ontvoeren.' Ricky lachte wat moeizaam. 'Ik weet niet wat ik gedaan zou hebben als een kind van mij daar woonde. Niet dat we ooit kinderen hebben gekregen, godzijdank. De enige reden waarom ik met die klootzak trouwde, was dat hij geld had. Maar een jaar later raakte zijn vader alles kwijt en had Nardo zich in de sekte van Dean gestort. Jezus, pech is zo ongeveer het enige wat ik nog heb.'

Op Ricky's telefoon klonk 'Holiday' van Madonna. Ze tikte de timer uit, maar kwam nog niet in beweging. Weer veegde ze langs haar ogen. Haar kaak trilde. Ze woog haar opties, bang dat ze te veel zou zeggen. Ten slotte zei ze: 'Ik heb er nog nooit echt over nagedacht, maar misschien omdat jij over Emily begon en we het daarna over Dean kregen en...'

In de stilte hoorde Andrea het piepje van de droger ten teken dat de cyclus was afgelopen. Ricky moest het ook hebben gehoord, maar kennelijk woog ze nog steeds de risico's. Ze was al twintig jaar gescheiden, maar nog altijd was ze bang voor wat Dean Wexler haar kon aandoen.

Weer veegde ze langs haar ogen. Ze kuchte.

'Ik heb het nog nooit zo bekeken,' zei ze, 'maar de ellende die op de boerderij speelt, is dezelfde ellende die Emily Vaughn veertig jaar geleden overkwam.'

21 OKTOBER 1981

Emily zat op de vloer achter in de schoolbibliotheek, met haar voorhoofd op haar knieën. Ze huilde aan één stuk door. Ze had knallende koppijn. Die nacht had ze niet kunnen slapen. Ze bleef maar kramp in haar benen houden. Haar maag bleef maar draaien. Haar gedachten ketsten heen en weer tussen Ricky, die het einde van hun vriendschap had aangekondigd, en Blake, die haar hand op zijn díng had gelegd.

Was de tweeling altijd al zo wreed geweest, of was ze zelf simpelweg dom?

Ze pakte een tissue uit haar boekentas en snoot haar neus. Ergens in de bibliotheek werd gelachen. Ze dook ineen tegen de muur. Niemand mocht haar hier vinden. Ze had gespijbeld bij scheikunde. Ze spijbelde nooit. Tot deze week. Tot haar hele leven op zijn kop was gezet.

Vooral de blikken van haar klasgenoten verdroeg Emily niet. Op de gang. In het scheikundelokaal. Sommigen hadden naar haar gewezen en gegiecheld. Anderen hadden haar aangekeken alsof ze het walgelijkste schepsel was dat ze ooit hadden gezien. Ricky kon haar mond nooit houden, maar Emily wist dat Blake degene was die het gerucht over haar zwangerschap de wereld in had geholpen, want het gewijs en gegiechel en de schaamteloos vijandige blikken waren vooral van de jongens afkomstig geweest. Niet dat Emily's huidige toestand een gerucht was, want het woord 'gerucht' impliceerde onzekerheid of het ontbreken van een kern van waarheid.

Van wie de pikante informatie ook afkomstig was, van Blake, Ricky of zelfs van Dean Wexler, Clay wist zonder meer dat ze zwanger was. Emily had hem die ochtend gezien toen ze langs de winkels in het centrum liep.

Hij was alleen geweest, had een laatste sigaret gerookt voor hij de straat overstak naar school. Ze hadden een blik gewisseld. Hij had haar duidelijk gezien. Zelfs op afstand had ze herkenning in zijn ogen zien blinken, had ze zijn mond tot een vluchtige grijns zien vertrekken. Emily had haar hand al opgestoken om te zwaaien, maar zijn grijns was weer opgelost. Hij had zijn sigaret in de goot gegooid, had als een soldaat op het paradeterrein rechtsomkeert gemaakt en was in tegengestelde richting weggelopen.

Dat was dus Clayton Morrow, die zichzelf neerzette als de rebel die zich onttrok aan de normen van de door en door bankroete moderne Amerikaanse maatschappij. Voor hetzelfde geld had hij zijn Marlboro voor een hooivork ingewisseld. Of misschien was hij op de vlucht voor zijn eigen vergissing.

Clay?

Dat was de eerste naam in Emily's Columbo-aantekeningen. Hoe meer mensen ze sprak, hoe sterker haar vermoeden dat hij het zou kunnen zijn.

Zou dat zo erg zijn?

Emily had Clay altijd graag gemogen. Ze had weleens gênant zweterige dromen over hem gehad. En soms als hij bij haar in de buurt was, of als hij op een bepaalde manier naar haar keek, voelde ze een golf van wat alleen maar begeerte kon zijn. Clay had gezegd dat het nooit iets zou worden tussen hen, en dat had ze geaccepteerd, maar misschien had ze op de avond van het feest werk van hem gemaakt. En misschien was Clay zo stoned geweest dat hij tegen beter weten in had toegegeven. Haar vader had gezegd dat puberjongens zich maar moeilijk konden beheersen. Emily had zichzelf al die tijd als slachtoffer beschouwd, maar misschien had ze het wel uitgelokt.

Was dat mogelijk?

Met haar arm veegde ze haar tranen weg. Haar huid voelde ruw. De plek op haar hals waar Dean Wexler haar had vastgegrepen, was akelig donkerblauw gekleurd. Ze haalde diep adem en viste haar Columbo-onderzoek uit haar tas.

De aantekeningen die ze de vorige dag had gemaakt na haar confrontatie met Ricky en Blake waren uitgelopen door haar tranen. De tweeling was ieder op een unieke manier even walgelijk geweest. Emily huiverde toen ze weer aan Blake dacht, die haar hand naar zijn onderlijf had gebracht. Aan zijn glibberige tong in haar oor. Opnieuw huiverend raakte ze haar oor aan, alsof zijn ranzige tong er nog steeds in stak.

Emily sloeg haar schrift dicht. Ze kende de drie aantekeningen praktisch uit haar hoofd. Dean Wexler had gezegd dat Nardo en Blake die avond binnen waren geweest. Ook Blake had gezegd dat Nardo en hij in het huis waren geweest. Als ze de Columbo-logica van Cheese toepaste, had ze twee mensen die hetzelfde verhaal vertelden, wat waarschijnlijk betekende dat ze allebei de waarheid spraken, wat betekende dat ze Dean en Blake kon wegstrepen.

Of niet?

Ze was er niet zeker van. Dean en Blake konden ook hetzelfde verhaal vertellen omdat ze dat van tevoren hadden afgesproken. Aan Nardo een derde bevestiging ontlokken was zinloos. Zijn reactie op haar zwangerschap was de enige die haar niet had verrast.

De vorige dag was Ricky tekeergegaan over Esther en Franklin Vaughn, omdat ze rijke stinkerds waren die elk probleem afkochten, maar deze keer waren de Fontaines haar ouders een slag voor geweest. Die ochtend was er nog voor het ontbijt een brief bezorgd. Gerald Fontaine liet de Vaughns weten dat Emily onder geen beding op een onjuiste, negatieve of opruiende manier met Bernard Fontaine mocht praten – of nog belangrijker: over hem mocht praten. Anders konden ze op een zeer duur proces wegens smaad rekenen.

'Wat een belachelijke paljas,' had Esther gezegd nadat ze de brief had gelezen. 'Smaad heeft betrekking op geschreven of gedrukte verklaringen die onwaar of beledigend blijken te zijn. Laster is mondelinge kwaadsprekerij.'

Haar moeder had het kennelijk geweldig gevonden om een retorisch puntje te scoren, maar Emily zou de prijs moeten betalen.

'Em?'

Ze keek op. Cheese leunde met zijn schouder tegen een van de lange boekenplanken. Ze had zich in de hoek met Bijbelse Naslagwerken teruggetrokken omdat ze wist dat geen hond daar per ongeluk verzeild raakte.

Behalve de mensen die wisten dat Emily zich daar altijd verstopte.

'Gaat het?' vroeg hij.

Ze schudde haar hoofd en haalde tegelijkertijd haar schouders op, maar het antwoord dat over haar lippen kwam, was de zuivere waarheid. 'Nee, helemaal niet.'

Na een blik achterom ging Cheese naast haar tegen de muur zitten. Hun knieën raakten elkaar bijna toen hij zich naar beneden liet glijden.

'Is er nog iets gebeurd?' vroeg hij.

Ze moest lachen. En toen begon ze te huilen. Ze nam haar hoofd in haar handen.

'Ah, Em.' Hij sloeg zijn arm om haar schouders. 'Wat rot voor je.'

Ze leunde tegen hem aan. Hij rook naar Old Spice en Camels.

'Het komt goed.' Hij wreef over haar arm en hield haar stevig vast. 'Willen je... Laten je ouders je... je weet wel?'

Ze schudde haar hoofd. Haar ouders hadden al besloten dat ze het moest houden.

'Oké.' Zijn borst zette uit toen hij diep inademde. 'Ik kan wel... Tenminste, als je wilt, dan zou ik –'

'Dank je, maar nee.' Emily keek in zijn grote koeienogen. 'Blake heeft me al ten huwelijk gevraagd.'

'O, jezus.' Cheese maakte zich los. 'Nee, Emily. Dat wilde ik helemaal niet vragen. Ik wilde, eh... Ik wilde zeggen dat ik degene die je dit heeft aangedaan wel verrot wil slaan.'

Emily wist niet of ze hem moest geloven, maar ze besloot er geen vraagtekens bij te zetten. 'Nee, dáár zit ik op te wachten, dat jij geschorst wordt.'

'Je gaat toch niet met Blake trouwen, hè?' Cheese keek bezorgd. 'Em, hij is het ergst van allemaal.'

Ze moest bijna lachen. 'Hoezo?'

'Hij is achterbaks,' zei Cheese. 'Anders dan Nardo, die is gewoon vals. Of Clay, die zich alleen maar verveelt. Als Blake het op je gemunt heeft, dan ben je echt de klos.'

Nu werd Emily bezorgd. 'Blake heeft je toch niks gedaan?'

Cheese schudde zijn hoofd, maar ze geloofde hem niet. 'Weet je, je kunt wel iets voor me doen, als je wilt. Ik weet dat ik het recht niet heb om het te vragen, maar...'

'Wat is het dan?' Emily kon zich niet herinneren dat hij haar ooit om iets gevraagd had.

'Ik heb liever niet dat je me Cheese noemt.' Hij zag haar kijken. 'Het is niet erg als jij het zegt, maar het gaat om wat zij zeggen, dus –'

'Oké, Jack.' De naam klonk raar. Ze kende hem al sinds hij op de kleuterschool een van haar krijtjes had opgegeten. 'Aangenaam, Jack.'

Hij kon er niet om lachen. 'Je bent niet alleen, Em. Ik ben er. Je ouders zullen wel kwaad zijn, maar dat gaat over. En die lui op school, ach, wat een losers zijn dat. Het boeit je toch niet wat ze zeggen? Volgend jaar om deze tijd zijn we allemaal uit dit gekkenhuis vertrokken, toch? Dus wat zou het?'

Emily slikte voor ze kon praten. 'Wat zeggen ze dan?'

'Dat je een smerige slet bent,' zei Nardo.

Bij het horen van zijn snerende stem krompen ze allebei ineen.

'Wat zijn de twee tortelduifjes daar in de hoek aan het doen?' Nardo leunde tegen de boekenplanken. 'Hebben jullie je onwettige liefdeskind hier gemaakt?'

'Rot op.' Jack hees zich overeind. Hij had zijn vuisten gebald. Hij was groter dan Nardo, maar Nardo was veel te wreed voor hem. Met nauwelijks een blik op Emily beende Jack weg.

'Tjonge,' zei Nardo. 'Wat een jankerd, die Cheese.'

'Hij wil Jack genoemd worden.'

'En ik wil Sir Lik-m'n-Pik tot Aarsgat genoemd worden.' Zwierig zeeg Nardo op de vloer neer. 'Helaas krijgen we niet altijd wat we willen.'

De enige troost van deze hele beproeving was dat ze nooit meer hoefde te doen alsof ze zijn pestopmerkingen niet hoorde. 'Jouw ouders hebben duidelijk gemaakt dat ik niet met je mag praten.'

'Dat is toch helemaal niet grappig, Emmie-Em?' Nardo stootte een paar boeken van de onderste plank. 'Ik heb gehoord dat je op zoek bent naar de vent die je heeft bezwangerd.'

Emily veegde langs haar ogen. Dat hele Columbo-onderzoek interesseerde haar niet meer. Het enige wat ze wilde, was dat Nardo wegging. 'Het is niet belangrijk.'

'O nee?' zei Nardo. 'Je kunt het erger treffen dan Blake.'

Ze zag niet in hoe.

'Hij heeft er altijd van gedroomd met een rijke vrouw te trouwen die hij onder de duim kan houden.' Nardo lachte snijdend, boosaardig. 'Net zoals je vader met je moeder doet, hè?'

Weer veegde Emily langs haar ogen. Het was vreselijk dat hij haar zag huilen. 'Dat is niet grappig.'

'Kom op, joh. Ik plaag je alleen maar, dat weet je toch?' Nardo zweeg even, in de veronderstelling dat Emily het wel oké zou vinden.

Dat vond ze niet.

Het was niet oké.

'Je zult nu wel heel dik en walgelijk worden,' zei hij. 'Volgens Dean is dat het ergste. Dat je net een opgeblazen ballon wordt.'

Emily had niet verder dan een paar uur vooruitgedacht. Ze legde haar hand op haar buik. Echt mooi was ze nooit geweest, maar ze had er altijd goed uitgezien. Wat zouden mannen denken als ze haar over acht maanden zagen? Of over een jaar, wanneer ze een krijsende baby op haar heup had?

'Je kunt jezelf maar het beste uithongeren zodra je dat ding eruit hebt geperst,' raadde Nardo haar aan. 'Gelukkig ben je met een goed figuur begonnen. Kijk eens naar Ricky. Als die ooit zwanger wordt, verandert ze in een zeppelin, en dan blijft ze zo voor de rest van haar leven. Dat is ook met mijn tante Pauline gebeurd. Die is echt walgelijk om te zien.'

Emily vroeg zich af waar Nardo het recht vandaan haalde. Hij was altijd wat dikkig geweest, maar jongens kwamen ermee weg. 'Wat wil je, Nardo?'

'Gewoon een beetje praten.' Weer stootte hij een boek van de plank. 'Ricky trekt wel weer bij, echt. Die blèrt altijd een potje mee met Blake, maar uiteindelijk gaat ze je missen. Ze is niet zoals jij. Ze heeft geen andere vrienden.'

Emily had het nog nooit zo bondig gehoord, maar het klopte wel. De vraag was of zij Ricky terug wilde. Hoe kon ze ooit al die vreselijke dingen vergeten die Ricky had gezegd? Ze zou haar nooit meer kunnen vertrouwen.

'Helaas hebben pappie en mammie me duidelijk laten weten dat ik me niet als een galante ridder op mijn zwaard mag storten voor jou.' Nardo grinnikte bij zichzelf. 'Zie je ons al trouwen? Nog vóór de huwelijksreis zou Ricky ons allebei gekeeld hebben.'

Emily had het helemaal gehad met waardeloze jongens en hun waardeloze praatjes over trouwen.

'Ik moet overigens bekennen dat het wel door me heen is geschoten.' Nardo stootte weer een boek om. 'Jij en ik. Er zijn ergere dingen. Maar dat is nu natuurlijk geen optie meer. Bedorven waar en zo.'

Weer viel er een boek op de vloer. Nardo probeerde nonchalant te doen, maar hij had altijd een plan.

'Weet je zeker dat het op de avond van het feest is gebeurd?' vroeg hij.

Emily's hele lichaam spande zich. 'Ja.'

'Maar je weet niet meer hoe het is gebeurd? Of met wie het is gebeurd?'

Emily slikte moeizaam. Ricky had hem echt alles verteld. 'Nee, dat weet ik niet meer.'

'Jezus,' zei Nardo. 'Nou weet ik zelf ook niet veel meer van die avond, dus laat ik maar niet te streng voor jou zijn.'

Voor het eerst sinds zijn komst keek Emily hem aan. De eeuwig snerende trek om zijn mond was verdwenen. Hij viel zelden uit zijn rol van opperklootzak. Dit was de jongen die Ricky zag als ze bedacht hoeveel ze van hem hield. En eerlijk gezegd was het ook de jongen die Emily zag wanneer ze Nardo Fontaine als een van haar beste vrienden beschouwde.

'Weet je helemaal niks meer?' vroeg ze.

'Zo goed als. Maar Blake was knetterstoned. Dat weet ik nog wel.' Nardo raapte een van de boeken op die hij op de vloer had laten vallen. Met zijn duim peuterde hij aan de rand. 'Ik lag op mijn buik op de bank naar twee stofbollen te kijken die de openingsscène van *De Notenkraker* dansten toen ik boven geblaat hoorde. Net een schaap. Het was Blake, geloof het of niet.'

Emily schudde haar hoofd. Ze wist niet meer wat ze moest geloven.

'Ik ga dus naar boven en dan blijkt hij zich in de badkamer van mijn ouders te hebben opgesloten. Ik moest het slot openbreken om die gast eruit te helpen.' Nardo draaide het boek om en bestudeerde de rug. 'Hij zat op zijn knieën, met zijn handen naar voren alsof hij zijn lul vasthield, maar zijn broek zat nog dicht. En hij zat op een meter of zo van de plee. Ik heb geen idee wat hij dacht, maar jezus, wat een idioot. Zijn eerste lsd-trip en dan denkt hij dat hij aan het pissen is? De hele voorkant van zijn spijkerbroek was zeiknat. En vraag me niet naar dat geblaat. Wat een halvegare.' Nu lachte hij zijn tanden bloot. 'Ik heb tenminste nog een echte eenhoorn gezien,' zei hij. 'En jij?'

Weer probeerde Emily te slikken. 'Ik weet het echt niet meer.'

'Helemaal niet?' vroeg Nardo. 'Niet eens dat je daar aankwam?'

'Dat wel,' gaf Emily toe. 'Ik weet nog dat ik naar je voordeur liep. Dat ik dat papiertje met lsd van Clay aannam. En het volgende moment word ik door Wexler naar huis gebracht.'

'Tja, nou.' Nardo rolde met zijn ogen. 'Dat weet ik nog. Je was helemaal hysterisch over iets. Ik kon je niet met de auto naar huis brengen. Ik kon amper uit mijn ogen kijken. Blake zat onder de pis. Ik moest die ouwe zak omkopen met de rest van onze lsd, omdat hij je anders niet wilde ophalen.'

Emily luisterde naar zijn toon. Die had iets ingestudeerds, en van zijn gebruikelijke venijn was niets te bekennen. 'En Clay?'

'Al sla je me dood,' zei Nardo schouderophalend. 'Je ging tegen hem tekeer over het een of ander. Toen rende je het huis in. Je was aardig opgefokt. Ik was bang dat je mijn moeders mooie porselein aan diggelen zou smijten. En je dronk iets te veel van mijn vaders whisky. Die zouden echt over de rooie gaan wanneer ze thuiskwamen.'

Emily had Nardo's ouders nog nooit over de rooie zien gaan, van wat dan ook.

'Je bent in elk geval niet zwanger van Dean. Die heeft als kind zijn ballen in de frituur gehad. Al zou hij het willen, hij kan geen baby's maken.'

Emily keek naar haar handen. Dat was niet het soort informatie waarmee Dean Wexler te koop liep, wat betekende dat hij al met Nardo had gepraat.

'Denk je...' Nardo liet het boek weer op de vloer vallen. 'Denk je dat het Clay kan zijn geweest?'

'Ik...' Emily zweeg. In gedachten nam ze de vragenlijst door die Nardo haar voor de voeten had geworpen. Hij paste de Columbo-truc op haar toe. Het enige wat eraan ontbrak, was 'nog één ding'. Ze schraapte haar keel in een poging haar stem in bedwang te houden. Het waren niet alleen Dean en Nardo. Ze hadden met zijn allen een strategie uitgewerkt: Blake, Ricky, Clay, Nardo en Dean. Ze zaten allemaal in het complot, en ze waren het er allemaal over eens dat Nardo de aangewezen persoon was om dit een halt toe te roepen.

'Denk jíj dat het Clay is geweest?' vroeg ze.

'Eigenlijk...' Nardo haalde zijn schouders op. 'Niet om je gevoelens te kwetsen, maar Clay heeft er geen misverstand over laten bestaan dat hij op dat gebied niks met je heeft. Van lsd ga je geen dingen doen die je ook niet zou doen als je nuchter bent. En eerlijk gezegd heeft hij betere opties, toch? Die hoeft helemaal niet in ons kleine vijvertje te vissen.'

Emily keek weer naar haar handen.

'Kom op, haal je nou niks in je hoofd.' Nardo wachtte tot ze opkeek. 'Zo'n beschuldiging zou Clays hele leven kapot kunnen maken.'

Weer sloten ze de rijen rond Clay. Ze vroeg zich af waarom niemand zich bekommerde om háár kapotte leven. Zelfs Ricky had alleen aan de jongens gedacht, aan wat Emily's zwangerschap voor hén zou betekenen, hoe het hún leven kapot kon maken.

'Ik zou maar voorzichtig zijn,' zei Nardo. 'Je hebt zelf gezegd dat je niet weet wie het gedaan heeft. Misschien heb je je zelfs in de avond vergist. Wie weet, zeg nou zelf? In elk geval heb je buiten de kliek nog een uitgebreide groep om je heen, met al je oefeningen, debatten en zo.'

Ze leende een uitspraak van Blake. 'Ik weet heel goed waar mijn gleuf is geweest, Nardo. Ik ben er zeer aan gehecht.'

Hij keek op van haar grove taal.

Ze zei het onomwonden: 'Jij beweert dat je samen met Blake in de badkamer was. Wexler is onvruchtbaar. Wie kan het anders zijn geweest?'

'Wat dacht je van Cheese?'

Voor het eerst in dagen moest ze lachen. 'Dat meen je niet.'

'Natuurlijk meen ik dat.'

'Hij was er niet eens bij.'

'Hij stond recht voor je toen je het huis binnenliep,' wierp Nardo tegen. 'Jezus, Emily, van wie denk je dat we die lsd hebben gekocht?'

7

Andrea zag de hordeur achter Ricky Fontaine dichtslaan. Om bij de was in de garage te komen moest je de buitentrap nemen. Ricky's sandalen klepperden over het beton toen ze de zigzagtrap afdaalde om de handdoeken uit de droger te halen.

De ellende die op de boerderij speelt, is dezelfde ellende die Emily Vaughn veertig jaar geleden overkwam.

Als uitsmijter was het raak, maar bij nadere beschouwing klopte er niets van. Emily Vaughn was niet bijna doodgehongerd. Op de avond van de aanval was ze zeven maanden zwanger geweest. Volgens getuigenverklaringen droeg ze een turkooizen of groenblauwe baljurk, geen gele hemdjurk. Ze had een permanent in haar schouderlange haar, dat niet zoals bij de vrouwen op de boerderij in slierten tot op haar middel hing. Ze was blootsvoets, maar misschien deed Andrea's zuidelijke afkomst zich hier gelden, want ze ging ervan uit dat mensen op boerderijen vaak blootsvoets rondliepen.

Dus in welk opzicht leek het een op het ander?

Andrea ging in gedachten terug naar het begin van het gesprek. Ricky had Bible over het lijk op de boerderij verteld, maar tijdens het bezoekje van een US marshal vier uur later wilde ze alleen nog over Emily Vaughn praten. Wexler had hetzelfde gedaan in de pick-up, maar hij was zo'n hufter dat Andrea dwars door hem heen had gekeken.

'Fuck,' mompelde ze.

Ze liep naar de hordeur. Ricky was inmiddels op het eerste tussenbordes. Bible zat nog steeds in zijn SUV. Andrea zocht zijn nummer op haar telefoon.

Hij nam meteen op. 'Yep?'

'Waarschuw me als ze weer naar boven gaat.'

'Doe ik.'

Andrea schoof de telefoon in haar zak. Ze stond strak van de zenuwen. Ricky had haar binnen gevraagd, wat betekende dat ze haar toegang tot het huis had gegeven en had afgezien van haar rechten onder het vierde amendement.

Andrea had vrij spel.

Terwijl ze naar de wandtafel liep, haalde ze haar telefoon weer tevoorschijn. Ze fotografeerde de ingelijste foto's. Toen knielde ze neer en pakte het jaarboek 1981-82 van Longbill Senior High School. De eerste paar pagina's waren onbedrukt, zodat klasgenoten erop konden schrijven. Ricky had niet veel vrienden gehad, maar Andrea maakte foto's van alle handtekeningen en korte berichtjes. Veel 'We houden contact!' en 'Zet 'm op, Longbills!'

Ze keek naar de dichte laden. Haar hart tikte als een stopwatch. Wat rondsnuffelen betrof mocht ze niet verder gaan dan een normaal mens redelijk zou vinden. Zou Ricky het redelijk vinden dat Andrea de laden opende van het tafeltje waar ze net nog bij hadden gestaan? Ze had openlijk over de groep gepraat, over de foto's, over Emily Vaughn en haar broer.

Hoewel er een schimmig randje aan zat, viel het te rechtvaardigen.

De linkerlade ging na enige moeite open. Andrea zag krantenknipsels, oude bonnetjes, een foto van Ricky en Blake, die kaarsen uitbliezen op een verjaardagstaart, een tweede foto van Nardo en Clay, die aan de bar van de diner zaten. Ze legde zoveel mogelijk vast. Ze keek hoe laat het was. Ze wist niet wanneer Ricky precies naar beneden was gegaan, maar je deed er geen uren over om een droger leeg te halen, er natte handdoeken in te stoppen, de wasmachine te vullen en de trap weer op te lopen.

Met het zweet in haar handen trok Andrea de rechterlade open.

Nog meer herinneringen. Een paar trouwfoto's met een veel jongere Ricky en Nardo. Een zilveren aansteker met de initialen EAB. Een overlijdensakte uit New Mexico van Eric Alan Blakely. Een uitvaartverzekering op naam van Eric Blakely. Een factuur van tweehonderd dollar van een uitvaartcentrum in Longbill Beach, met 'as' als beschrijving. Een bonnetje van Maggie's Formal Wear, met een verbleekt rood stempel 'voldaan' en de initialen van de verkoper. Toen Andrea achter in de la voelde, stuitte ze op een plat metalen doosje, dat iets groter was dan haar hand. Ze haalde het tevoorschijn.

Ze had geen idee wat het was.

De doos was ongeveer tien bij vijftien centimeter en had een goedkoop bruin kleurtje. Eerst dacht ze dat het voor sigaartjes was, maar er zat een thermometerachtig venstertje aan de bovenkant. In plaats van getallen stonden er twee aan twee letters op, tegen een witte achtergrond. Een zilverkleurige metalen wijzer kon langs het venstertje op en neer worden geschoven.

Andrea had nog steeds geen idee. Ze keerde de doos om, op zoek naar een haakje, een knop, een logo of zelfs maar een serienummer.

Haar telefoon ging.

'Ze komt de trap op,' zei Bible.

'Fuck.' Voor ze het metalen doosje weer in de la liet vallen, nam Andrea snel drie foto's vanuit verschillende invalshoeken. Ze moest de la met haar heup dichtduwen. Toen rende ze de kamer door om Ricky bij de voordeur op te wachten.

'Ik help wel even.' Ze wilde de mand overnemen, maar Ricky stapte opzij.

'Ik red me wel, schat.' Ze had weer een prop kauwgom in haar mond. Haar hele houding was veranderd. Andrea vroeg zich af of ze iemand gebeld had toen ze in de garage was, of misschien had ze beseft dat ze haar mond voorbij had gepraat. 'Sorry, maar zou je nu willen gaan? Ik ben al laat voor het werk.'

Andrea was niet van plan te vertrekken. 'Wat je over de boerderij vertelde, dat hetzelfde wat Emily overkwam ook daar gebeurt. Wat bedoelde je daarmee?'

'O, weet ik veel.' Ricky dumpte de handdoeken op de bank en begon ze op de maat van haar gekauw en het gerinkel van haar zilveren armbanden op te vouwen. 'Echt, je treft me op een verkeerd moment. Je snapt dat ik Dean en Nardo niet kan uitstaan. Ik ben niet bepaald een betrouwbare getuige, en al helemaal niet met het oog op dat contactverbod.'

Andrea keek naar haar rappe, bedreven handen. Ricky sprak sneller dan eerst. Misschien had ze toch niemand gebeld. Misschien waren de twee pillen die ze in de keuken droog had ingeslikt eindelijk gaan werken.

'Ik wou dat ik je beter kon helpen.' Ricky sloeg een handdoek uit en vouwde die in drieën. 'Wat je over Esther zei... dat klopt. Die verdient rust. Ik kan je alleen vertellen wat ik veertig jaar geleden tegen Bob Stilton heb gezegd. Ik zag Clay bijna de hele avond in de gymzaal met een cheerleader dansen. Ik weet niet eens meer hoe ze heette.'

Andrea verzweeg dat ze iets heel anders in Ricky's getuigenverklaring had gelezen. Emily's beste vriendin had beweerd dat ze helemaal niet naar het bal was geweest. 'Wie zou het dan kunnen zijn, volgens jou?'

'Ik bedoel...' Ricky plukte weer een handdoek van de hoop. 'Mensen doen alles om hun kinderen te beschermen, toch?'

Er ging Andrea een licht op. 'Dat klopt.'

'Je snapt het niet, hè?' Weer sloeg ze een handdoek uit. 'Emily vond het moeilijk om lelijk tegen anderen te doen, ook al verdienden ze het. Clay noemde dat soort mensen haar verzameling kapot speelgoed. En Cheese was het kapotst van allemaal. Hij hing altijd om haar heen, net een zielig hondje. En ze deed aardig tegen hem, maar niet op die manier.'

Andrea wilde zeker weten dat ze begreep wat Ricky zei. 'Wil je beweren dat Jack Stilton, de huidige politiecommissaris, Emily Vaughn heeft vermoord?'

'Ik beweer alleen dat dat zou kunnen verklaren waarom niemand ooit is aangeklaagd. Die ouwe beschermde zijn zoon.' Ricky keek op van haar vouwwerk. 'Luister maar niet naar mij, schat. Ik kijk te veel moordseries.'

Andrea had genoeg gehoord. 'Bedankt voor je tijd. Laat het me weten als je verder nog iets te binnen schiet.'

Even staakte Ricky haar gesmak. 'Doe ik.'

Andrea liep naar buiten. Terwijl ze de trap af ging, tastte ze met haar tong naar het randje aan de binnenkant van haar wang. Ze probeerde te begrijpen wat er zojuist was gebeurd, alleen al omdat Bible allerlei vragen zou stellen.

Hij wachtte tot ze het portier had gesloten en haar gordel had omgedaan. 'Wat heb je?'

'Je weet wat een puinzooi betekent, hè?'

'Zeker, collega.' Bible reed weg van de stoeprand. 'Over het algemeen is een dergelijke toestand het gevolg van een menselijke vergissing, en ik kan maar moeilijk geloven dat je de fout in bent gegaan daarboven.'

Hij had geen idee. 'Ricky denkt dat Stilton Emily Vaughn heeft vermoord.'

Bible lachte verbaasd. 'Junior of senior?'

'Junior. En senior verbloemde het.'

'Asjemenou.' Bible klonk niet overtuigd. 'Maar als ik het goed begrijp, heb je daarnet met je kont op twee paarden gezeten.'

Andrea voelde zich terechtgewezen, maar ze hield de metafoor nog even vast. 'Ricky had de teugels in handen. Ik was nog niet binnen of ze begon over Emily Vaughn. Ik kwam niet eens aan mijn Pepsi toe. Dean Wexler deed hetzelfde toen ik bij hem in de pick-up zat. Alsof ze uit hetzelfde boekje lazen: eerst beginnen ze over de rechter, dan over Emily, en voor je het weet is het één grote puinzooi.'

Bible fronste zijn wenkbrauwen. 'Vertel eens wat meer over Ricky.'

Andrea probeerde het puntsgewijs aan te pakken. 'Ze vertelde dat haar broer verdronk in New Mexico, een week na Emily's dood. Ze zei dat ze een waardeloze vriendin voor Emily was geweest. En toen ik haar uiteindelijk over de boerderij aan de praat kreeg, had ze het op Dean Wexler voorzien.'

'En hoe zit het met Nardo?'

'Volgens haar heeft hij niets te maken met wat Dean uitspookt, maar ik weet het niet. Hij moet er toch van op de hoogte zijn? En hij is duidelijk een sadist. Misschien vindt hij het lekker om te kijken?' Andrea had het gevoel dat ze dat alles in haar schrift moest noteren om het op een rijtje te zetten. 'Ricky beweert dat er geen sekteachtige dingen gebeurden toen zij op de boerderij woonde.'

'En geloof je dat?'

'Ik weet het niet.' Eigenlijk zou ze die woorden op haar voorhoofd moeten laten tatoeëren. 'Ze is bang voor hen, denk ik. Wel meer voor Wexler dan voor Nardo.'

'Dat kan kloppen. Hij gaat over het geld. Hij is de baas,' zei Bible. 'Ga door.'

'Dean heeft er een permanent contactverbod tegen Ricky doorheen gedrukt. Kunnen we dat opzoeken?'

'Daar zet ik Leeta op.' Al rijdend tikte Bible een bericht in op zijn telefoon. 'Gaat er bij jou een lampje branden bij dat woord "permanent"?'

'Ja,' zei ze. 'Bij een tijdelijk verbod ondertekent de rechter doorgaans een verklaring onder ede en vervalt het verbod na een paar maanden of een paar jaar. Bij een permanent verbod is er een zitting waarin je een verklaring moet afleggen over het gevaar en bewijs van geweld of misbruik moet leveren, en bovendien moet je met expliciete bijzonderheden komen om de rechter ervan te overtuigen het verbod permanent te maken.'

'Klopt,' zei Bible. 'En verder?'

'Het vreemdst van alles was dat Ricky zei dat de ellende op de boerderij dezelfde ellende is die Emily is overkomen.'

Bible dacht even na. 'Dat snap ik niet. Heb je om uitleg gevraagd?'

'Dat heb ik geprobeerd, maar toen ging de timer van de droger. Toen ze weer boven was, maakte ze zich ervan af.'

'Tja,' zei hij. 'En je speurtochtje onder het vierde amendement?'

Andrea pakte haar iPhone. Ze moest nodig haar foto's ordenen om te voorkomen dat ze per ongeluk vakantiekiekjes naar de cloud van de USMS stuurde. Al pratend swipete ze door de afbeeldingen. 'Er lag een verzameling jaarboeken die helemaal terugging tot aan de basisschool. Veel groepsfoto's, maar Emily was eruit verwijderd. Een aansteker. De overlijdensakte van Eric Blakely uit New Mexico, van 23 juni 1982. Een overlijdensakte van Al Blakely uit 1994. Ik neem aan dat dat Big Al is. Er was ook een uitvaartpolis op zijn naam.'

'Hm,' zei Bible.

Nu was Andrea bij de foto van de metalen doos. Die liet ze aan Bible zien. 'Is dit een kleine sigarendoos of een houder voor visitekaartjes of –'

Hij moest lachen. 'Dat is een telefoonklapper.'

'Geen idee wat dat is.'

'Stamt uit de steentijd, toen mensen hun hele leven nog niet in hun telefoon hadden zitten.' Hij wees naar het venstertje met de letters. 'Dat schuifje hier zet je bij de corresponderende letter. Voor Bible bijvoorbeeld ga je naar de A-B, voor Oliver schuif je hem naar de –'

'O-P,' zei Andrea. 'Het is een soort adresboek.'

'Je snapt het, collega,' zei Bible. 'Dus als ik jouw nummer wilde hebben, zou ik het wijzertje naar de O-P schuiven, dan op een knopje onderaan de doos drukken, waarop de bovenkant openspringt en je de O-P-pagina's kunt zien.'

Andrea zoomde in op de foto die de onderkant toonde. Het knopje was niet meer dan een stripje in het metaal. 'Hoe druk je dat in?'

'Met je duimnagel. Als je niet voorzichtig was, kreeg je een blauwe plek onder je nagel. Erg vervelend,' zei Bible. 'Jullie jonkies hebben geen idee hoe goed jullie het hebben.'

Andrea's leven zou tweeduizend procent minder stress bevatten als ze geen telefoon had. 'Die telefoonklapper moet van Ricky's broer of van haar opa zijn geweest. Op al het andere in die la stonden hun namen.'

'La?' Bibles stem klonk opeens anders. 'Had je een gegronde reden om in die la te kijken?'

Het bloed steeg haar naar de wangen. 'Ik kan me rechtvaardigen.'

'Onthou maar voor later, collega, dat rechtvaardigen er bij mij niet doorheen komt. Het moet volgens het boekje gaan. Je kunt niet recht praten wat krom is.' Zijn toon was mild, maar de berisping kwam hard aan. 'Begrepen?'

Met enige schroom keek ze hem aan. 'Begrepen.'

'Goed, lesje geleerd. Stop die maar weg.'

Andrea zette haar telefoon uit. Ze besefte pas hoe graag ze indruk op Bible had willen maken toen ze hem had teleurgesteld. 'En het was ook nog voor niks. Ik heb geen informatie gevonden waarmee Star Bonaire of een van de andere meiden op de boerderij geholpen is. Ricky heeft me beetgehad. Sorry.'

'Zit niet zo op mijn collega af te geven, dame.' Bible stuurde de auto weer naar de stoeprand. Hij klikte zijn gordel los en keerde zich naar haar toe. 'Ik zal je één ding vertellen. Je gaat twee soorten mensen tegenkomen tijdens je ongetwijfeld lange, succesrijke loopbaan bij de politie: het soort dat wil praten en het soort dat niet wil praten.'

'Oké,' zei Andrea. Haar training was duidelijk nog niet afgerond.

'Bij beide soorten moet je je afvragen: waarom? Als iemand dichtslaat, wil dat niet altijd zeggen dat hij slecht is. Misschien heeft hij filmpjes gezien waarop iemand die op jou lijkt mensen te grazen neemt die op hem lijken. Of misschien wil hij gewoon zijn ding doen en verder zijn bek houden. En dat is prima, want als Amerikaans burger heb je het onvervreemdbare recht om niet met de politie te hoeven praten. Sterker nog, zelfs wíj hoeven niet met de politie te praten. Heb je je dienstcontract ooit gelezen? Elke politiebond staat erop dat erin vermeld wordt dat je een agent alleen kunt verhoren in aanwezigheid van zijn of haar advocaat. Dat is een mooi staaltje gelijke monniken gelijke kappen.'

Andrea beet op de binnenkant van haar wang. 'Ricky wilde anders wel met me praten.'

'Dat is het andere soort,' zei Bible. 'Soms willen ze gewoon behulpzaam zijn. Soms weten ze geen ruk, maar willen ze wel deel zijn van het avontuur. Of ze proberen je een kant op te sturen die gunstiger is voor henzelf. Of ze zijn zo schuldig als de pest en willen weten wat jij weet. Of ze vinden het gewoon lekker om altijd maar in de stront te roeren.'

'Dat kan allemaal op Ricky slaan,' moest Andrea toegeven. 'Ik weet niet wat haar bedoelingen zijn, maar aan het eind van het gesprek kreeg ik het gevoel dat ze iets verbergt.'

Nu was Bible degene met een telefoon in zijn hand. Turend tikte hij op het schermpje, maar hij had algauw gevonden wat hij zocht. Hij gaf de telefoon aan Andrea.

Ze wist niet wat ze kon verwachten, maar een ingescande brief had ze zeker niet zien aankomen. Lettergrootte twaalf. Times Roman. Zwart op wit. Eén zin, in hoofdletters:

HOE ZOU JE HET VINDEN ALS DE HELE WERELD WIST DAT JE MAN JOU EN JE DOCHTER MISHANDELDE, MAAR DAT JE NIETS DEED OM HAAR TE BESCHERMEN?

Andrea keek Bible aan.

'Lees maar door,' zei hij.

Andrea ging naar de volgende scan:

JE HEBT JE KIND OPGEOFFERD VOOR JE CARRIÈRE! JE HEBT JE KANKERDOODVONNIS VERDIEND!

Weer keek Andrea Bible aan. 'Zijn dat de bedreigingen die naar de rechter zijn gestuurd?'

'Yep.'

Ze kneep haar ogen tot spleetjes. 'In de eerste wordt dus beweerd dat Franklin Vaughn zijn vrouw en kind mishandelde.'

'Correct,' beaamde Bible. 'Ga door.'

Ze bladerde verder.

JE GAAT DOOD AAN KANKER EN JE MAN IS EEN PLANT, MAAR HET ENIGE WAT JOU INTERESSEERT, IS JE ZOGENAAMDE ERFENIS!

Andrea dacht weer aan Bibles woorden, dat er 'bepaalde bijzonderheden' over het persoonlijke leven van de rechter waren die de doodsbedreigingen geloofwaardig maakten. 'Ricky zei dat de kanker van de rechter een publiek geheim is. Iedereen weet dat het een aflopende zaak is.'

'Lees maar door.'

Andrea laadde de volgende scan.

JE GAAT DOOD, ARROGANTE, ARMZALIGE, WAARDELOZE BITCH! DAN WEET IEDEREEN WAT EEN BEDRIEGER JE BENT. IK ZAL JE LATEN LIJDEN!

En de volgende.

JE VERDIENT EEN LANGZAME, PIJNLIJKE, AFGRIJSELIJKE DOOD VOOR WAT JE GEDAAN HEBT! NIEMAND VINDT HET ERG ALS JE IN JE GRAF LIGT WEG TE ROTTEN! BINNENKORT VERMOORD IK JE. KIJK MAAR UIT!

Bible legde het uit: 'Gerechtelijke beveiliging screent elk poststuk dat een rechter in het gerechtsgebouw ontvangt. Dat eerste bericht leek niet veel voor te stellen en werd gearchiveerd. De volgende dag kwam het tweede bericht, en dat maakte melding van de kanker van de rechter, dus gingen ze met haar praten en boden haar beveiliging aan, maar ze zei dat het niet veel te betekenen had. Op de derde en vierde dag kwamen nummers drie en vier binnen, en ook die deed de rechter als onbetekenend af. Dat is ook haar recht. We kunnen haar niet dwingen beveiliging te nemen. Maar toen werd die rat naar haar privéwoning in Baltimore gestuurd, samen met brief nummer vijf, en op dat moment kwam ik in beeld.'

'Dat klinkt nogal manisch,' vond Andrea. 'Dat ze zo vlak na elkaar werden verstuurd.'

'Inderdaad.'

'Heeft Esther om jou gevraagd?'

'Dat hoefde ze niet,' zei Bible. 'De baas hield me vanaf het begin op de hoogte van de brieven. En mijn vrouw, Cussy, houdt een oogje op Esther omdat ze haar dankbaar is voor wat ze een paar jaar geleden voor me gedaan heeft.'

Eindelijk had Andrea het door. 'En zowel je baas als je vrouw vond dat je haar moest beveiligen tot de bedreiging was onderzocht en geneutraliseerd?'

'Ik zei toch dat je slim bent?'

Andrea hoefde geen troostprijs. 'Heeft de rechter toegegeven dat Emily en zij door haar man zijn mishandeld?'

'De rechter geeft geen antwoord op vragen die ze niet wil beantwoorden.'

Dat klonk als Esther Vaughn, maar het was moeilijk te zeggen of haar zwijgen een bevestiging of een ontkenning van het mishandelen was.

Dat had je met aanmatigend gedrag.

Andrea scrolde de scans weer door en las de vijf brieven opnieuw. Als doodsbedreiging waren ze nogal tam. Zelf had ze meer venijn over zich heen gekregen toen ze zich op de Facebookpagina van de kunstacademie nietsvermoedend in de discussie over Philip Guston had gemengd. Ze kende geen vrouw op internet die niet minstens één keer met keiharde verkrachting was bedreigd omdat ze simpelweg haar mening had gegeven.

De telefoon trilde. Bible had mail.

Onwillekeurig keek Andrea even. 'Leeta heeft gereageerd op je vraag over het contactverbod van Ricky.'

'Lees maar.'

Andrea tikte de mail open en toen de bijlage, met het rechterlijk bevel tegen Ricky Jo Blakely Fontaine.

U, ALS TEGENPARTIJ, WORDT BIJ DEZEN GEÏNFORMEERD DAT ELKE DOELBEWUSTE OVERTREDING VAN DIT PERMANENTE VERBOD ALS EEN CRIMINELE OVERTREDING WORDT BESCHOUWD DIE ZAL LEIDEN TOT ONMIDDELLIJKE ARRESTATIE.

'Verdomme,' mompelde Andrea. Het was zo duidelijk als wat. Ze sloeg de juridische poespas over en zocht het oorspronkelijke verzoek om een contactverbod op. Ze scrolde omlaag tot ze de kern van Bernard Fontaines klacht had gevonden en las die hardop voor.

‘ “De afgelopen tien jaar heeft mijn ex-vrouw, Ricky Jo Blakely (Fontaine), zich bij herhaling bij mijn huis en dat van mijn zakenpartner, Dean Wexler, gemeld om me verbaal te bedreigen. De laatste keer was ze dronken en liet ze een hoop braaksel op mijn stoep achter (zie foto). Het laatste halfjaar zijn haar aanvallen verergerd. Ze heeft alle banden van mijn auto lekgestoken (zie foto). Ze heeft een steen door mijn slaapkamerraam gegooid (zie foto). Ze heeft een aantal medewerkers van mijn bedrijf bedreigd (beëdigde verklaringen bijgevoegd). Ze heeft anonieme brieven aan verschillende overheidsinstanties geschreven, waarin ze beweert dat mijn zakenpartner (Wexler) en ik de wet overtreden (kopieën bijgevoegd). Gisteravond kwam ze naar mijn werkplek, zwaaiend met een wapen (mes), en dreigde me te zullen doden. De politie werd gebeld (rapport bijgevoegd). Tijdens haar arrestatie riep ze dat ze mij en Dean Wexler zou doden. Ze zit momenteel in de cel, maar ik vrees voor mijn leven als ze weer op vrije voeten is.” ’

‘Tja, dat voldoet aan alle voorwaarden voor “permanent”,’ zei Bible. ‘Zo te horen heeft die Ricky Jo een wild kantje. Wanneer is dat alles gebeurd?’

‘Shit, dat was nog maar vier jaar geleden.’ Andrea had zijn telefoon bijna uit haar handen laten vallen toen ze de datum zag. Dit was geen puinzooi. Dit was een tsunami.

Bij haar thuis had Ricky gedaan alsof ze kapot was geweest van de scheiding en als de dood was voor Nardo en Wexler. Als je doodsbang was, sneed je zestien jaar later niet iemands banden door en kotste je niet op zijn stoep. Je deed dat soort dingen om aandacht te trekken.

Andrea keek Bible aan. Hij wachtte tot ze het doorkreeg, en dat wat ze door moest krijgen, had niets te maken met het contactverbod.

‘Ik had het over Ricky en toen liet jij me de doodsbedreigingen zien die naar de rechter waren gestuurd,’ zei ze.

‘Dat is een correcte opeenvolging van gebeurtenissen.’

‘Jij denkt dat Ricky die doodsbedreigingen heeft geschreven,’ giste Andrea.

‘Weer correct, collega,’ zei hij tevreden.

‘Shit,’ fluisterde ze, want ze was er helemaal niet zeker van geweest. Achteraf gezien verklaarde dat misschien het ontbreken van seksueel geweld in de bedreigingen. En de rat. Langs de hele promenade stonden rattenvallen. Ricky had niet ver hoeven zoeken. Nog afgezien van het feit dat de afgestempelde brieven gepost waren in de blauwe brievenbus aan het einde van Beach Road.

'Waarom?' vroeg ze. 'Wat heeft de rechter Ricky ooit misdaan?'

'Een jaar of vijftig geleden is de diner afgebrand.'

Andrea had inderdaad op de website van RJ's Eats over de verwoestende brand gelezen, maar tenzij Esther Vaughn pyromaan was, zag ze geen verband. 'En?'

'Nadat de ouders van Ricky en Eric waren omgekomen bij een bootongeluk bracht Big Al de kinderen groot.' Bible keek Andrea onderzoekend aan, nieuwsgierig naar haar reactie. 'Met de booteigenaar was een schikking overeengekomen ter waarde van tweehonderdduizend dollar, die in een fonds voor de kinderen werd gestort. Big Al was de beheerder. De kinderen wisten van het geld. Ze dachten dat ze ervan konden studeren, misschien een nieuwe auto konden kopen en een aanbetaling konden doen als ze een huis kochten. Met dat soort geld, zelfs als je het in tweeën deelde, kon je allejezus veel doen.'

Al na tweeënhalf jaar kunstacademie was Andrea hetzelfde bedrag kwijt geweest. 'Maar toen brandde de diner af.'

'Precies, en als beheerder van het fonds dacht Big Al dat het in het belang van de kinderen was als hij het geld gebruikte om de diner weer op te bouwen. De zaak was al jaren een familiebedrijf. Hij diende een verzoek in bij de rechtbank. De rechtbank liet zich overtuigen en het geld werd uitgegeven.'

'Een verzoek bij de rechtbank?' herhaalde Andrea.

'Het Delaware Court of Chancery is een civiele rechtbank die over burgerrechten gaat, onroerend goed, voogdijschap, fondsen, dat soort zaken. Destijds was Esther president. Ze willigde Big Als verzoek in om het geld te gebruiken voor de herbouw van de diner. Ze zei zelfs dat een universitaire opleiding heel mooi was, maar dat de diner beide kinderen voor de rest van hun leven van een redelijk inkomen zou voorzien.'

Andrea probeerde te bedenken hoe zij zich zou voelen als haar hele levensloop was veranderd door één iemand. Er was niet veel verbeeldingskracht voor nodig.

'Ik neem aan dat bewijs ontbreekt,' zei ze. 'Anders zou Ricky gearresteerd zijn. Is ze nog verhoord?'

'Je gaat niet recht op een ratelslang af, maar grijpt de etterbak bij zijn staart.'

Andrea had die uitdrukking vaker gehoord. Je kon een verdachte het best verrassen met informatie waarvan hij niet wist dat jij die had. En daar kwam die inspecteur bij Gerechtelijke Beveiliging waarschijnlijk om de hoek kijken. Andrea en Bible waren babysitters, geen rechercheurs.

'Weet de rechter dat Ricky die dreigbrieven heeft geschreven?' vroeg ze.

'Ja, dat weet ze,' zei Bible. 'Maar het is een theorie, geen bewezen feit. De marshals zorgen ervoor dat de Vaughns veilig zijn, met de minieme kans dat ik het mis heb. En ik weet dat het moeilijk te geloven is, collega, maar ik heb het wel eerder mis gehad.'

'Wacht eens even.' Andrea zag een gapend gat in zijn uitleg. 'Gisteravond zei je nog dat het profiel van iemand die een rechter bedreigt een suïcidale witte man van middelbare leeftijd is.'

'Dat klopt, en dat maakt Ricky tot een uitzondering. Marshalregel nummer –'

'O, kom op.'

'Oké, je hebt me door.' Zijn maffe grijns deed haar aan Mike denken. 'Ik had je meteen kunnen vertellen dat ik Ricky in de peiling had. Ik was met je aan het kloten, collega. Jij verzwijgt iets. Ik verzwijg iets. We moeten vertrouwen opbouwen, niet? Vrienden?'

Andrea dwong haar kaken uit elkaar. 'Vrienden.'

'Fantastisch,' zei Bible. 'Dan nog iets wat je moet weten. Het enige punt waarop Ricky een uitzondering vormt, is het feit dat ze vrouw is. Voor zover ik weet, heeft ze in de loop van de jaren minstens drie zelfmoordpogingen gedaan.'

Andrea's mond viel open van verbazing.

'De eerste keer, ze was toen ergens in de twintig, reed ze haar auto in de prak. De tweede keer was op haar veertigste verjaardag toen ze een overdosis nam en midden op straat tegen de vlakte ging. Een heel spektakel, al het verkeer moest stoppen. De derde keer was toen ze in hechtenis zat. Ze probeerde zich te verhangen in Stiltons politiecel nadat Dean haar had laten arresteren op grond van het contactverbod.'

'Je hebt Stilton naar zelfmoorden gevraagd, maar hij heeft Ricky niet genoemd.'

'Nee, en dat betekent dat hij loog,' zei Bible. 'De eerste twee keer zijn hem misschien ontschoten, maar de laatste was vier jaar geleden en gebeurde in zijn eigen toko.'

Andrea had wat tijd nodig om dat alles te overdenken. Er was één overduidelijke reden waarom Stilton twee US Marshals op afstand wilde houden. 'Je moest lachen toen ik zei dat Jack Stilton volgens Ricky Emily heeft vermoord.'

'Niet dat Jack niet op mijn lijst staat, maar er zijn verdachten die veel meer voor de hand liggen.'

Clayton Morrow. Jack Stilton. Bernard Fontaine. Eric Blakely. Dean Wexler.

'Het is een idiote vraag,' zei Andrea alvast, 'maar zou dat verdwenen geld uit het fonds een motief kunnen zijn voor de aanval? Ricky is er nog steeds duidelijk razend over. Ik snap het als zij en haar broer de rechter verweten dat ze hun leven heeft verwoest.'

'Was Eric volgens getuigenverklaringen niet in de gymzaal ten tijde van de aanval?' vroeg Bible. 'En niemand heeft Ricky daar gezien.'

'Maar getuigen zijn niet altijd betrouwbaar. Iedereen in Ricky's vriendengroepje had een of ander alibi. Ze kunnen niet allemaal de waarheid spreken.'

'Dat is zo. En doorgaans zeggen mensen alleen wat ze denken dat je wilt horen.'

'Ik heb geloof ik mijn eigen idiote vraag al beantwoord,' zei Andrea. 'Dit ging niet over de rechter en het fonds. Degene die Emily heeft gedood, was niet kwaad op Esther. Die was kwaad op Emily. Haar gezicht was tot moes geslagen. Twee nekwervels waren gebroken. Haar kleren waren uitgetrokken. Ze was in een vuilcontainer gedumpt. Waarom zou je dat alles doen als je haar ook in zee kon gooien, zo'n twintig meter verderop?'

'Dat alles doe je omdat het iets persoonlijks is,' zei Bible. 'En omdat je geen echte moordenaar bent.'

'Dus dat brengt ons weer op het motief waarvan iedereen vanaf het begin al uitging: Emily ging de naam van de vader openbaar maken en de vader legde haar het zwijgen op.'

'Precies.' Bible was tot dezelfde conclusie gekomen. 'Veertig jaar geleden trok Wexler zichzelf terug uit de race. Hij beweerde dat hij onvruchtbaar was.'

Dat wist Andrea nog van wat ze gelezen had. 'Bob Stilton geloofde hem op zijn woord, maar er was geen enkel medisch verslag of doktersverklaring in het –'

'Dossier?'

Weer die grijns. Bible had haar laten toegeven dat ze het onderzoeksdossier van Emily Vaughn had gelezen.

'Kun je me verder nog iets vertellen?' vroeg hij.

Andrea had nog één bijzonderheid, maar die kwam niet uit Emily's dossier. 'Dean Wexler zei dat Emily gedrogeerd was op het feest. Zo raakte ze zwanger. Hij zei dat ze nooit heeft ontdekt wie het gedaan had.'

Het leek Bible niet te verbazen, maar hij had met meer mensen gepraat dan Andrea, onder anderen met Emily's eigen moeder.

'Je hebt vast wel een theorie over wat er die avond gebeurd is,' zei hij.

Dat moest Andrea toegeven. 'Emily Vaughn werd aangevallen tussen zes uur en halfzeven op 17 april 1982. De zon ging onder om zeven uur tweeënveertig.'

Bible begon te knikken, alsof hij hierop had zitten wachten.

'Het geweld waarmee de aanval werd uitgevoerd, duidt erop dat ze de dader kende. Het wapen lag al in de steeg, dus het gebeurde waarschijnlijk in een opwelling. Op de pallet zijn wat zwarte draden aangetroffen, maar alle jongens droegen die avond zwart. Na de aanval verborg de dader Emily waarschijnlijk achter een hoop vuilniszakken en wachtte hij tot het donker was voor hij haar verplaatste.'

'En verder?'

'De getuigenverklaringen. Stilton zei dat hij al vroeg het bal verliet en tv ging kijken met zijn moeder. Clay danste volgens getuigen met een cheerleader, maar de tijdstippen zijn wat wazig. Met Nardo hetzelfde verhaal: mensen zagen hem en toen weer niet. Idem dito met Dean Wexler, die toezicht hield. Eerst werd hij gezien en toen weer niet. Eric was op het bal. Getuigen zagen dat hij kort voor de aanval ruzie had met Emily. Vervolgens zagen ze hem weglopen. In zijn verklaring beweert Eric dat hij vroeg wegging en de rest van de avond films heeft gekeken met zijn zus.'

Andrea stopte even om adem te halen. Ze had ook een nieuw detail. 'Destijds onderschreef Ricky's verklaring Erics verhaal, maar zonet bij haar thuis zei ze dat Clay de moordenaar niet kon zijn, want ze had hem de hele avond met een cheerleader zien dansen.'

'Pak het begin en het einde er nog eens bij.' Er was een barst gekomen in Bibles pokerface. 'Ga in gedachten eens terug naar Ricky's huis. Hoe gedroeg ze zich toen je er pas was? En hoe was ze tegen de tijd dat je wegging? En dan kijk je wat er in de tussentijd gebeurde. Was ze nerveus? Keek ze je aan of –'

'Toen ze opendeed, leek ze uitgeput. Alsof ze de hele nacht niet geslapen had. En toen ze van de garage terugkwam, was ze manisch, en zo bleef ze de rest van de tijd.' Andrea had de vermoedelijke verklaring al geraden. 'Ik was er nog maar net toen Ricky twee pillen uit een medicijnpotje slikte. Toen ze terugkwam uit de garage, waren de medicijnen waarschijnlijk al gaan werken. Ze raakte de draad kwijt. Ze plaatste zichzelf per ongeluk in de buurt van de plaats delict, terwijl ze er helemaal niet geweest was. En erger nog, ze sprak Clay Morrow vrij.'

'Waarom is dat erger?'

'Nou...' Andrea haalde haar schouders op. Even voelde haar persoonlijke connectie met Clay onbelangrijk. 'Slim is het niet. De hele stad gaat ervan uit dat Clay Emily heeft gedood. Waarom zou je met een alibi voor hem komen? Als je iemand een moord in de schoenen wilt schuiven, dan kies je de man die toch al in de gevangenis zit.'

Bible reageerde niet. Hij keek uit het raampje en krabde in gedachten verzonken over zijn kin.

Andrea slaakte een diepe zucht. Het strakke gevoel in haar borst was verdwenen. Nu ze zichzelf had toegestaan over Emily Vaughn te praten, was er een last van haar schouders gegleden. Hoewel de opluchting niet opwoog tegen het gegeven dat ze nog steeds niet wist of Clay Morrow al een sadistische moordenaar was voor hij Laura ontmoette of dat hij dat pas later werd.

'Ik ga je nu iets vertellen, collega, wat je niet vaak zult horen,' zei Bible. 'Ik heb me vergist. We zitten hier met twee konten op één paard.'

Andrea lachte. 'Ik wil best een van de twee konten zijn als jij die paardenmetafoor laat schieten.'

'Da's niet onredelijk,' zei hij. 'We hebben Stilton, Nardo, Dean en Ricky. Wat hebben ze gemeen? Ze zijn allemaal direct of indirect verbonden met de activiteiten op de boerderij en de moord op Emily Vaughn.'

Andrea knikte, want er bestond inderdaad een band tussen hen.

'Heb je ooit van een SODDI-verweer gehoord?'

'*Some Other Dude Did It*,' zei Andrea. De meeste criminelen gaven met het grootste genoegen een andere crimineel aan, vooral als ze daarmee zelf uit de gevangenis bleven. 'Maar wat hebben wij daaraan? We kunnen op geen van hen druk uitoefenen. Je kunt die doodsbedreigingen niet op Ricky afschuiven. We hebben niemand op de boerderij die Nardo of Wexler gaat verraden. Eric Blakely is dood. Clay Morrow fuckt maar een beetje met ons, want hij verveelt zich en hij fuckt met iedereen. Stilton beweert misschien dat hij Ricky's zelfmoordpogingen helemaal is vergeten of dat hij er uit schaamte niet over wilde beginnen omdat ze in zíjn cel bijna doodging. Wat begrijpelijk is, want hij hoort zich ook te schamen.'

Bible wachtte tot ze was uitgepraat. 'Ricky was zo aangeslagen dat ze snel een paar pilletjes moest slikken toen jij op haar stoep verscheen. Wexler probeerde je bang te maken door een US Marshal aan te vallen. Nardo beriep zich op zijn zwijgrecht, om vervolgens een praatje met je te gaan maken. Stilton is óf de beroerdste smeris ter wereld, óf hij probeert ons gewoon bij de boerderij weg te houden omdat hij bang is dat we iets ontdekken.'

Het werd weer stil in de auto, maar deze keer was Andrea in gedachten verzonken.

'Ze hebben het allemaal Spaans benauwd,' besefte ze. 'Stilton heeft je niet gebeld over de zelfmoord van Alice Poulsen. Ricky vertelde je erover in de diner, maar pas nadat zij, Nardo en Wexler in de gelegenheid waren geweest om hun verhalen gelijk te trekken.'

'Dan hebben we ze precies waar we ze hebben willen,' zei Bible. 'In mijn ervaring gaan mensen die het Spaans benauwd krijgen gruwelijk de fout in. Hét moment waarop je de druk snel opvoert.'

'Druk' voelde juist als een heel langzaam proces.

Andrea had het gevoel dat ze elke seconde sinds ze Glynco had verlaten op een golf probeerde te surfen die ze net niet te pakken kreeg. Ook al was het fijn om met Bible over Emily Vaughn te praten, een oplossing hadden ze nog niet. Ondertussen was Alice Poulsen nog steeds dood, en Star Bonaire een wandelend lijk dat in alle opzichten heel langzaam haar eigen graf aan het delven was.

De vraag waarom Andrea bij de Marshal Service was gegaan was nog niet afdoende beantwoord, maar ze was niet ruim vier maanden door een hel gegaan om op haar reet te zitten, terwijl een wanhopige jonge vrouw haar om hulp had gesmeekt.

'Wat kunnen we doen?' vroeg ze.

'Het is kwart over vijf, collega. Wat denk je dat we gaan doen?'

Andrea slikte haar teleurstelling in. Ze moesten Mitt Harri en Bryan Krump aflossen, dat gingen ze doen. De twee mannen hadden sinds zes uur die ochtend het huis en het erf van de Vaughns bewaakt. Over drie kwartier werden Andrea en Bible op hun post verwacht.

'Marshalregel nummer drie,' zei Bible. 'Altijd je werk doen.'

Leunend tegen de muur wachtte Andrea op haar bestelling bij McDonald's. Bible en zij waren het erover eens dat ze die avond beter niet in de diner konden eten. Hij was naar een fastfoodtent net buiten de stad gereden. Nadat ze geparkeerd hadden, had hij Andrea grijnzend aangekeken, want volgens het adres stond het restaurant op precies dezelfde plek als waar Skeeter's Grill veertig jaar geleden had gestaan, toen Emily Vaughn er in de vuilcontainer was aangetroffen.

Ze keek op haar telefoon en scrolde gedachteloos door Insta omdat ze verder niks kon doen. De afgelopen vierentwintig uur waren uiteindelijk als een vracht stenen op haar neergekletterd. Vier uur slaap was niet genoeg voor een volwassen vrouw. Elke zenuw in haar lijf voelde rauw. Het was alsof alle emotie was weggevloeid. Als ze de zaak-Emily Vaughn nog één keer doornam, zou haar hoofd ontploffen. Als ze nog één seconde aan Alice Poulsen en Star Bonaire dacht, zou haar hart het waarschijnlijk ook begeven.

Bij wijze van zelftuchtiging opende ze haar berichten en herlas Mikes pogingen om haar aandacht te trekken. De nieuwspagina, de dikpic. Misschien geloofde hij zelf dat hij vanwege zijn werk het eerste vliegtuig naar Delaware had genomen, maar hij had het ook met een telefoontje kunnen afdoen. Hij had Andrea in het echt willen zien. Hij had willen weten of ze veilig was. En als dank had ze hem een trap na gegeven.

Ze keek naar de knipperende cursor in het berichtenvenster. Mike zou intussen wel weer in een vliegtuig naar Atlanta zitten. Ze moest haar excuses aanbieden. Daar kon ze niet onderuit. Ze had zo verdomd rot tegen hem gedaan.

Waarom had ze zo rot gedaan?

Er verscheen een melding op het scherm. Laura had een link gestuurd naar een site met misdaadcijfers van het stedelijke gebied van Portland, ingedeeld per wijk. Ze had er het volgende aan toegevoegd.

Kan er dieper induiken als je doorgeeft in welke wijken je zou willen wonen.

Andrea klikte haar telefoon uit. Het liefst zou ze in een ananas op de zeebodem wonen.

'Zesendertig?'

Alsof ze een spelletje bingo had gewonnen, schoot ze overeind en griste de zakken en drankjes van de balie. Bible was aan het bellen toen ze het portier van zijn SUV opende.

'Komt voor elkaar, baas.' Hij knipoogde naar Andrea. 'We zijn nu op weg naar de rechter. We zijn aan de late kant. Ik ben bang dat ik geen tijd meer heb om mijn vrouw te bellen.'

'Hopelijk begrijpt ze het.' Compton verbrak de verbinding.

Wegrijdend zei hij: 'De baas vindt dat we onze drukcampagne wel een beetje mogen opvoeren.'

Andrea had het helemaal gehad met raadsels. Ze ramde hun cola's in de bekerhouders en opende haar Happy Meal.

'Ze heeft het persbureau toestemming gegeven voor een interview met een paar verslaggevers van een van de grootste kranten van Denemarken. Meer dan de helft van het land leest 'm. Dat komt weliswaar slechts neer op zo'n tweehonderd mensen en een paar van de meer maatschappelijk betrokken stekelvarkens, maar het verhaal zou hier en daar weleens wat belangstelling kunnen wekken.'

Andrea kauwde haar patat weg.

'De verslaggevers pakken het eerste vliegtuig en kunnen dan in de namiddag in Longbill Beach zijn. Ik weet niet hoe het met jou zit, collega, maar ik vermoed dat Ricky het benauwd krijgt als ze twee verslaggevers ziet rondneuzen in de stad. En Dean Wexler vindt het al helemaal niet leuk als een stel nieuwsgierige Denen bij hem aanklopt met de vraag waarom er iets rot is in de staat Delaware.'

Andrea kon de verwijzing naar Hamlet wel waarderen, maar haakte af bij zijn hoopvolle verwachting. 'Europese wetten inzake laster en smaad zijn nog strenger dan de onze. Die krijgen hetzelfde probleem als wij. De vrouwen op de boerderij weigeren te praten. Niemand wil praten.'

'Marshalregel zestien: rustig aan, dan breekt het lijntje niet.'

Met een glimlach haalde Bible zijn cheeseburger uit de verpakking, maar hij leek haar stemming aan te voelen. Hij zette de radio aan. Yacht Rock vibreerde zachtjes uit de speakers. Met één hand aan het stuur nam hij kleine hapjes van zijn burger.

Andrea at de laatste patat op. Ze vond het vervelend dat ze zo gedeprimeerd was, terwijl Bible barstte van niet-aflatende positiviteit. Nu ze wist dat hij onbeschrijflijke martelingen had ondergaan toen een Mexicaans drugskartel hem te pakken had gehad, zou ze onder de indruk moeten zijn omdat hij überhaupt 's morgens zijn bed uit kwam, nog afgezien van zijn grapjes over stekelvarkens. Voorlopig nam ze genoegen met luisteren naar zijn gesmak, dat boven Toto's 'Rosanna' uitsteeg. Er waren nog maar een paar uur zonlicht over op een van de langste dagen van haar leven. Ze had twaalf uur voor de boeg waarin ze huis en haard van de Vaughns moest bewaken vanwege een bedreiging die niet echt anoniem meer was.

Om de magische wijzer van haar gedachten niet te laten rondtollen van Mike naar Emily naar Alice naar Star naar Ricky naar Clay naar Jack naar Nardo naar Blake naar Dean, keek ze maar wat uit het raam. Ze bevonden zich in een andere woonwijk, niet chic maar ook geen arbeidersbuurt. Het stadje Longbill Beach was eigenlijk één grote cirkel met een staatsbos in het midden. Ricky's huis, het centrum, de woning van de Vaughns en de boerderij waren spaken van het wiel. Je zou in twintig minuten van de ene naar de andere kant kunnen lopen.

'Hé, collega?' Bible zette de radio zachter. 'Ik moet iets bekennen.'

Tot dusver waren zijn bekentenissen eerder schokkende onthullingen geweest. 'Volgens mij betekent bekennen iets anders dan wat jij denkt dat het betekent,' zei ze.

Hij lachte minzaam. 'Niet tegen de baas zeggen, maar ik heb met Harri en Krump geregeld dat we iets later komen. We zijn hemelsbreed nog maar drie minuten van het huis van de rechter verwijderd. Je vindt het vast niet erg als we nog even ergens langswippen.'

Hij wachtte haar reactie niet af. De SUV minderde vaart. Bible reed de auto naar de kant van de weg.

Andrea keek naar het huisje waarvoor ze stilstonden. Grijze asbesttegels. Zwarte lijsten. De brievenbus was beplakt met schelpen. Er was een verbouwde zolder met een halfronde dakkapel in het met shingles beklede dak. De tuin leek overwoekerd, maar niet met onkruid. De natuurlijke, waterbesparende inrichting deed haar denken aan Laura's tuin.

'Hier is Star Bonaire opgegroeid,' legde Bible uit. 'Haar moeder woont er nu. Ik dacht dat we maar eens een praatje moesten maken, kijken of Melody Brickel op de hoogte is van haar dochters situatie op de boerderij.'

De lepe blik die hij haar schonk voor hij het portier opende, ontging Andrea niet. Bible wist dat ze die naam herkende. De onthulling had haar moeten verrassen, maar ergens klopte het wel dat Melody Brickel de moeder was van Star Bonaire.

Voor ze Bible volgde over het pad, liet ze haar blik door de straat gaan. De huizen waren netter en stonden verder uit elkaar dan die in Ricky's buurt. Op de oprit stond een gele Prius. Een lang snoer stak uit de auto en slingerde naar een contactdoos binnen de carport. Een ton ving het hemelwater uit de goten op. Zonnepanelen stonden fier op het geknikte dak. Andrea, die wist hoe het er in kleine stadjes aan toeging, vermoedde dat de plaatselijke bevolking alleen al door de koperen regenkettingen dacht dat Melody gek was.

'Onze Star heeft haar groene vingers vast aan haar moeder te danken,' zei Bible.

Andrea betwijfelde of Melody daar zo blij mee was. Onderaan het trapje bleef ze staan om Bible voor te laten gaan naar de deur. Niet dat ze bang was dat Melody Brickel hen met een AR-15 zou opwachten, maar je kon beter het zekere voor het onzekere nemen. Soms was een gestoorde bitch ook echt een gestoorde bitch.

Bible klopte twee keer zachtjes aan. De deur ging bijna onmiddellijk open.

Een oudere vrouw met kort, wild, donker haar tuurde naar hen vanachter de hordeur. Hoewel ze van Ricky's leeftijd moest zijn, kon ze moeiteloos voor tien jaar jonger doorgaan. Ze was ook ongelooflijk fit. Haar strakke, zwarte topje toonde gespierde armen en schouders. Op de rug van haar rechterhand zat een kleurige vlindertattoo. Door haar linkerwenkbrauw stak een zilveren ringetje.

'Melody Brickel?' vroeg Bible.

'Daar spreek je mee.' Melody keek naar Bibles shirt. 'USMS? Als die M voor mormoon staat, ben je aan het verkeerde adres.'

'United States Marshal Service.' Bible schonk haar een van zijn aardigere lachjes. 'Ik ben agent Bible. Dit hier is agent Oliver.'

'Zo.' Ze sloeg haar armen over elkaar en keek even naar Andrea. 'Mag ik nog even mijn katten voeren voor jullie me arresteren? Ik weet dat ik het contactverbod heb geschonden. Daar ga ik niet ook nog eens liegen tegen de politie aan toevoegen.'

'Wat heb je voor katten?' vroeg Bible.

Melody kneep haar ogen tot spleetjes, maar zei toen: 'Een ruigharig lapjeskatje en een zeer spraakzame siamees.'

'Ik heb ook een siamees, die heet Hedy,' zei Bible. 'Mijn vrouw noemt haar mijn vriendinnetje omdat ik zoveel van haar houd.'

Melody keek eerst Andrea en toen Bible aan. 'Sorry dat ik zo dom ben, maar ik dacht dat marshals vliegtuigen bewaakten en voortvluchtigen opspoorden.'

'Dat heb je deels goed. Federal Air Marshals zijn onderdeel van de afdeling transport en beveiliging van het ministerie van Binnenlandse Veiligheid. De US Marshals horen bij het ministerie van Justitie. Het opsporen van voortvluchtigen is slechts een van de vele diensten die we verlenen.' Weer glimlachte Bible. 'Op dit moment willen we alleen even praten.'

Ze vond het niet grappig. 'Volgens mijn advocaat moet ik eerst hem bellen voor ik met de politie praat.'

'Geen slecht advies.'

'Nou, ik kan wel horen dat je nooit een advocatenrekening hebt gehad.' Ze deed de deur open. 'Kom binnen. Laten we het snel afhandelen.'

Net als op Wexlers boerderij verbaasde Andrea zich over het interieur van het huisje. Op grond van de uitbundige tuin en de hemelwaterton had ze verwacht dat Melody Brickels inrichting zou neigen naar quilts en dromenvangers. Maar de vrouw leek de voorkeur te geven aan grote bloempatronen uit de jaren zeventig, met een paar verjaarde posters van de Eurythmics en de Go-Go's, die hun best deden de kleurenexplosie te completeren.

'Het huis van mijn moeder,' legde Melody uit. 'Ik ben hier vier jaar geleden weer komen wonen toen ik ontdekte dat Star gek was geworden. Kom, dan gaan we naar achteren. Daar is het wat gezelliger.'

Bible liet Andrea voorgaan toen ze Melody volgden door de woonkamer. Andrea keek naar de linkerenkel van de vrouw. Ze had afgeknipte broekspijpen. En ze droeg geen zilveren enkelband.

'Dit is Star. Dat wil zeggen, mijn Star.' Melody was blijven staan bij een reeks foto's die de korte gang vulde. 'Ik weet wat jullie denken, maar ik heb haar naar Ringo Starr genoemd. Op de middelbare school heeft ze de tweede R laten vallen. Ik zweer dat ik haar er niet toe heb aangezet om bij een sekte te gaan.'

Andrea deed haar best niet te reageren op het woord 'sekte'. Ze boog zich naar voren. De energieke, gezonde tiener die zo open naar de camera lachte en allemaal jongemeisjesdingen deed, leek in niets op de als een geest uitziende Star die zij had ontmoet.

Melody zei wat ze allemaal dachten. 'Als ze daar blijft, wordt het haar dood.'

Andrea volgde haar naar de keuken, die al even rommelig was als die van Ricky, maar wel warm en gastvrij. Een grote pan stond te sudderen op het fornuis. Het rook naar gist. In de oven stond een brood, wat het broodbakken van Star nog schrijnender maakte.

'Vertel eens,' zei Bible tegen Melody. 'Ik vraag dit niet als marshal, maar uit nieuwsgierigheid. Waarom heb je dat contactverbod geschonden?'

'Ik hoorde over dat dode meisje op het veld. Ik moest weten of het Star was.' Melody roerde even door de pan op het vuur. 'Nu moet je mij eens iets vertellen, Bible, niet als marshal maar als mens. Heeft dat meisje zelfmoord gepleegd of is ze vanzelf gestorven?'

'Wat bedoel je met vanzelf?' vroeg Bible.

'Wat ze daar doen is langzame zelfmoord,' zei Melody. 'Voor zover ik weet zijn er al twee doodgehongerd. Letterlijk. Hun lichaam gaf de strijd op en toen stierven ze.'

'Wanneer is dat gebeurd?' wilde Bible weten.

Ze legde de lepel weg. 'Eentje was drie jaar geleden. De andere was vorig jaar mei. Ik zal hun namen niet noemen, want je kunt er toch niets meer aan doen, en het zou de tragedie alleen maar vergroten als je de rouwende ouders een sprankje hoop geeft.'

Bible knikte. 'Hoe weet je dat van die twee doden?' vroeg hij niettemin.

'Ik zit in een groep van ouders en verwanten die hun kinderen aan Dean Wexler zijn kwijtgeraakt. We hadden een website, maar die moesten we sluiten. Onze Facebookpagina werd steeds aangevallen. Ze vonden ons zelfs op het darkweb. Onze persoonlijke gegevens werden op het internet gezet en we kregen doodsbedreigingen. Elke stuiver die op die rotboerderij wordt verdiend, gaat naar de bescherming van Dean Wexler.'

Melody's verdriet was zo tastbaar dat Andrea zich weer vreselijk hulpeloos voelde. 'En hoe zit het met Nardo?'

'Dat is gewoon een zieke opportunist. Dean is de Charles Manson van die plek.' Melody deed het deksel weer op de pan. 'Als er ook maar enige gerechtigheid op de wereld is, dan sterft hij een ellendige, ondraaglijke dood.'

'Het leven laat je doorgaans boeten voor je persoonlijkheid,' zei Bible. 'Weet je toevallig namen van meisjes die hebben kunnen ontsnappen? Misschien zijn ze bereid –'

'Geen schijn van kans,' zei Melody. 'Van mijn pensioen is niets meer over, Bible. Ik glij af naar een uitkering, geef piccololes aan kleuters, want elke stuiver die ik ooit heb verdiend, is naar advocaten gegaan die er niet in slaagden mijn dochter daar weg te krijgen. Als je het mij vraagt, moet ieder meisje dat sterk of moedig genoeg is om zich van Dean Wexler los te maken, met rust worden gelaten.'

'Zonder meer,' zei Bible. 'Maar nog even over wat je over die meisjes vertelde die om het leven zijn gekomen. Ik vraag me af waarom niemand met dat verhaal naar de pers is gegaan.'

'Bedoel je *The New York Times*? *The Washington Post*? *The Baltimore*

Sun?' Ze lachte spijtig. 'Een langzame, opzettelijke hongerdood is niet erg sexy vergeleken met een wereldwijde pandemie, krankzinnige verkiezingssamenzweringen en wat de wereld verder nog aan maatschappelijke onrust kent, en dan komt daar nog een wekelijkse massaschietpartij bovenop.'

'Ik snap het,' zei hij.

'Sorry, Bible, maar volgens mij snap je het niet. Uiteindelijk zal de tijd mijn dochter doden.' Melody had haar handen in haar zij gezet. 'Toen Star pas in die waanzin verstrikt raakte, vroeg ik aan een specialist in eetstoornissen wat ik kon verwachten. Mijn moeder was verpleegkundige. Ik wilde de wetenschappelijke kant begrijpen. Anorexia nervosa kent het hoogste sterftecijfer van alle psychische stoornissen. Meestal begeeft het hart het simpelweg. Er is niet genoeg potassium en calcium om de elektriciteit op te wekken die nodig is voor een normale hartslag.'

Andrea dacht aan de omzichtigheid waarmee Star zich door de keuken had bewogen. De lange pauzes tussendoor. Ze was zo ondervoed dat de geringste inspanning haar al uitputte.

'Als het hart er niet mee ophoudt, is er de osteopenie door calciumgebrek. Hun botten breken sneller, en de breuken genezen niet. Infecties zijn levensbedreigender omdat het immuunsysteem is aangetast. De neurologische problemen lopen uiteen van beroertes tot cognitieve achteruitgang door structurele veranderingen in het brein. En vergeet bloedarmoede niet, aandoeningen van het maag-darmkanaal, orgaanuitval, hormonale schommelingen, onvruchtbaarheid – hoewel dat laatste Dean en Nardo waarschijnlijk heel goed uitkomt.'

'Hoezo?' vroeg Bible.

'Ik ben niet de hysterische, gestreste vrouw voor wie Jack Stilton me heeft uitgemaakt, Bible. Waarom zouden ze mijn dochter anders uithongeren en mishandelen als het niet om seks ging?'

Terwijl ze hun voorging naar de serre naast de keuken, liet ze hen over haar woorden nadenken.

Weer was Andrea verrast door de inrichting. Een hele muur werd in beslag genomen door een gigantische verzameling vinylplaten. In de hoek stond een professioneel drumstel, wat de verwantschap met Ringo Starr verklaarde. De ingelijste posters aan de muren waren duidelijk originelen. Andrea herkende de festivals. Bonnaroo. Burning Man. Coachella. Lilith Fair. Lollapalooza. Over de namen van de bands waren handtekeningen gekrabbeld.

'Tegenwoordig werk ik meestal als sessiedrummer, maar mijn man en ik hebben dertig jaar rondgetourd,' legde Melody uit. 'Mijn moeder paste op Star als wij aan het werk waren. Ik liet haar nooit meer dan twee weken aaneen hier achter, maar die twee waren heel close. Toen ging mijn moeder dood, vierenhalf jaar geleden. Ik denk dat dat voor Star de aanleiding was om naar betekenis te gaan zoeken. Ze voelde zich verloren. Als haar moeder kon ik haar uiteraard niet geven wat ze nodig had. Leuk of niet, de boerderij bood haar iets om in te geloven.'

Bible ging op de futon zitten, die zo laag was dat zijn knieën tot aan zijn borst reikten. 'Is je man nog steeds aan het touren?'

'Denny is een jaar voor mijn moeder overleden. Achteraf gezien was dat het moment waarop het bergafwaarts ging met Star. Ze experimenteerde met drugs, wat niet erg was. Zelf heb ik ook met drugs geëxperimenteerd, dat was geweldig. Maar Star kon niet stoppen.' Melody nam in kleermakerszit op de vloer plaats. Uit het niets dook een mollige lapjeskat op, die op haar schoot kroop. 'Afgezien van Dean Wexler was ik blij toen ze vrijwilligerswerk ging doen op de boerderij. Ze stopte met drugs. Ze was mijn kleine meisje weer. Vreemd hoe gemakkelijk het is om na afloop al je fouten in te zien.'

Met een slimme draai leidde Bible haar weer van het pad vol zelfverwijt. 'Hoe was dat eigenlijk? Dat rondtouren en zo?'

'Het was te gek.' Ze liet een daverende lach horen. 'Beroemd waren we niet, maar goed genoeg om ervan te kunnen leven, wat de meesten ons niet na kunnen zeggen. Mijn artiestennaam was Melody Bricks, van Brickel, om niet verward te worden met Edie Brickell. *That's me in the corner*, om R.E.M. te citeren.'

Andrea voelde zich betrapt. Ze had haar blik over de gealfabetiseerde vinylverzameling laten gaan. De Melody Bricks Experience keek haar aan vanuit de B-sectie, met een jongere versie van Melody op de voorkant. Vanachter haar drumstel schreeuwde ze in een microfoon. Andrea las de namen van een paar nummers. 'Everything Gone', 'Misery Loves Comity', 'Absent in Absentia'. Allemaal heel erg New Wave.

'Er is een gesigneerde *Missundaztood* bij. Ik zat een keer naast Pink toen de Party Tour door de Midwest reisde. Kijk gerust rond.'

Andrea was hier niet voor de platenverzameling, maar Bible had nu een ontspannen sfeer gecreëerd met de vrouw en die wilde ze niet verstoren.

'Momentje voor we bij het zware gedeelte aankomen.' Melody boog zich naar voren en begon de ramen open te schuiven. Een briesje vulde de kamer. 'De overgang is niet voor watjes.'

'Wat je zegt.' Bible grinnikte. 'Mijn vrouw, Cussy, ik snap niet hoe ze het doet.'

Melody liet zich weer op de vloer zakken. 'Allemaal leuk en aardig om het met je over katten en de overgang te hebben, Bible, maar daar kwam je niet voor.'

'Mijn collega en ik waren vanochtend op de boerderij.' Bible zweeg even. 'We hebben je dochter gezien.'

Andrea wendde haar blik van de platen af. Melody's ogen hadden zich gevuld met tranen.

'Gaat het...' Haar stem haperde. 'Gaat het goed met haar?'

'Ze leeft,' zei Bible. 'Ik heb haar niet gesproken, maar –'

Zijn werktelefoon ging. Hij keek naar de nummermelder.

'Bible,' zei Melody. 'Niet opnemen alsjeblieft.'

'Het is mijn baas maar. Die kan wel wachten.' Bible drukte de beller weg. 'Oliver, laat haar die foto eens zien die Star met jouw telefoon heeft gemaakt.'

'Wat?' Melody stond op. 'Hoe heeft Star jouw telefoon te pakken gekregen?'

'Die had ik voor haar op het werkblad gelegd.' Andrea schoof het album in haar hand onder haar arm zodat ze haar iPhone kon pakken. 'Je kunt zonder wachtwoord een foto maken.'

'Ja,' zei Melody. 'De knop zit op het vergrendelingsscherm. Snel graag.'

Andrea toetste haar code in en swipete naar de foto.

Voorzichtig nam Melody de telefoon van haar over. Haar handen trilden. Ze zoomde in op het woord dat Star in de bloem had geschreven.

Help.

Melody slikte. Ze wiste de tranen niet weg die uit haar ogen stroomden. Andrea vermoedde dat ze na alles wat ze de afgelopen vier jaar had overleefd niet onbekend was met tranen.

'Ging het goed met haar?' vroeg Melody. 'Heeft ze... Heeft ze iets gezegd of...'

Andrea keek Bible aan. 'Nee, we hebben niet met elkaar gepraat. Ze was heel mager, maar ze kon zich nog wel bewegen. De bloem lag op het werkblad omdat ze brood aan het bakken was.'

Melody's tranen bleven maar komen, terwijl ze keek naar wat waarschijnlijk het enige recente bewijs was dat haar dochter nog leefde. 'Zoiets heeft ze eerder gedaan. Ooit heeft ze een briefje aan een vrachtwagenchauffeur meegegeven. Een paar maanden geleden belde ze me midden in de nacht en zei dat ze naar huis wilde komen.'

'Wat heb je toen gedaan?' vroeg Andrea.

'Ik heb Jack ingeschakeld. Ik moet zeggen dat hij beide keren is gaan kijken en er een hele toestand van heeft gemaakt. Maar Star wilde niet meewerken. Ze werkt nooit mee. Volgens mij vindt ze het lekker, al die aandacht. Mijn therapeut zegt dat ze er een kick van krijgt. Mensen doen alleen iets als er een beloning tegenover staat. Ook als de gevolgen negatief zijn. Niets is zo troostend als het vertrouwde.'

'Maar...' Omdat Andrea niet wist hoe ze de vraag moest inkleden, besloot ze er niet omheen te draaien. 'Je hebt toch geprobeerd haar te ontvoeren en te laten deprogrammeren?'

'Inderdaad.' Melody lachte flauwtjes. Ze trok het album onder Andrea's arm vandaan en gebruikte het als excuus om van onderwerp te veranderen. 'Jinx op Monterey Live. Stéphane Grappelli speelde "Daphne". Hou je van jazz?'

Andrea schudde haar hoofd. 'Mijn vader is er weg van.'

'Sorry, dames.' Bible keek op zijn privételefoon. 'Dat is mijn vrouw. Die kan ik niet wegdrukken. Als jullie het niet erg vinden, ga ik even naar buiten.'

'Ga je gang.' Melody legde het album op de bovenste plank, terwijl Bible via de keuken naar buiten ging. Ze keek weer naar Stars bloemfoto. Voor Andrea haar kon tegenhouden, swipete ze naar de vorige foto.

Het holle gezicht van Alice Poulsen vulde het scherm.

Glazige ogen. Ingevallen wangen. Opgedroogd schuim rond bleekblauwe lippen.

Een kreet van afschuw bleef uit.

Melody swipete verder terug, en nog verder. Schijnbaar onbewogen keek ze naar de felrode doorligplekken op de schouderbladen van Alice Poulsen. Haar uitstekende ribben. Haar brokkelige nagels. De lichtblauwe kringen om haar polsen.

'Wist je dat een gekneusde of verstuikte pols een van de meest voorkomende tekenen van huiselijk geweld is?' vroeg Melody.

Andrea wilde haar eigen pols weer pakken.

'Dat zei mijn therapeut. Er zitten zoveel zenuwen, banden en botten in die krappe ruimte. Als ze je daar grijpen, doe je alles wat ze willen.'

Andrea wist alles van pijnprikkels, maar ze had ze nog niet geassocieerd met huiselijk geweld.

'Zo begon het met Star. Ze kwam thuis met haar pols in het verband. Ze was toen zwaar verslaafd. Ik wilde niet weten hoe het gebeurd was, want ik werd nog volledig in beslag genomen door het afhandelen van mijn moeders nalatenschap en door de vraag wat ik wilde met mijn leven.'

Andrea probeerde geen excuses voor haar te maken, want ze wist dat Melody die toch niet zou accepteren.

'Dean is een beest. Iedere man die een vrouw mishandelt, is een beest. Intuïtief weten ze dat ze heel geleidelijk moeten beginnen. Zo iemand pakt de pols van een vrouw en kijkt of hij ermee wegkomt. Later is haar schouder of arm aan de beurt. En dan duurt het niet lang of hij slaat zijn handen om haar hals. Ze weten maar al te goed wie het zwijgend ondergaat.'

Melody keek weer naar de telefoon. Ze had de eerste foto gevonden die Andrea van Alice Poulsen had gemaakt toen ze daar naakt op het veld had gelegen. Al die tijd had ze tranen in haar ogen gehad, maar nu stroomden ze over haar wangen en doordrenkten de boord van haar shirt.

'Op een dag is dit Star,' zei ze, 'en ik kan er helemaal niets aan doen.'

Andrea deed een voorzichtige poging de telefoon terug te pakken, maar nu slaakte Melody eindelijk een kreet – niet van afschuw, maar van verbazing. Ze had nog één keer geswipet en was op de foto gestuit van de mixtapeteksten op Judiths collage.

'Mijn god, dat was ik helemaal vergeten!' Ze veegde langs haar ogen. 'Waar heb je dit gevonden?'

Automatisch schermde Andrea Judith af. 'In een doos met Emily's spullen bij de Vaughns thuis.'

'Ja, natuurlijk.' Melody nam de verklaring moeiteloos aan. 'Ik mocht niet met Emily praten, maar om de paar weken stopte ik een mixtape bij haar in de brievenbus. Dit is de laatste die ik voor haar maakte voor ze werd vermoord. Moet je mijn rare handschrift zien. Ik probeerde mijn identiteit te verbergen voor het geval mijn moeder er op de een of andere manier achter kwam dat ik haar niet gehoorzaamde.'

Andrea deed alsof ze de tekst bestudeerde, maar die kende ze al uit haar hoofd. 'Heb je Emily goed gekend?'

'Minder goed dan ik zou willen. Ze was een heel bijzonder meisje, maar ze had haar eigen groep. We hielden allebei heel veel van muziek. Het is zo treurig dat zij er niet meer is, terwijl Dean Wexler nog vrij rondloopt.'

'Ik heb veel gehoord over Emily's drugsgebruik,' zei Andrea.

'O, dat is bullshit.' Eindelijk gaf Melody de telefoon terug. 'Begrijp me niet verkeerd – we zeiden geen van allen nee tegen drugs, maar Emily heeft nooit zware middelen gebruikt. Vreselijk dat ik al net als mijn moeder klink, maar ze ging met verkeerde types om.'

Dat kon Andrea alleen maar beamen. 'Heb je een theorie over wie haar vermoord kan hebben?'

'Eigenlijk...' Melody sputterde wat lucht tussen haar lippen door. 'Iedereen denkt blijkbaar dat het Clay was. En moet je zien wat hij deed nadat hij uit de stad was vertrokken. Als dat geen patroon is, dan weet ik het niet.'

'Ricky Fontaine had ook een theorie.' Andrea zag Melody een wenkbrauw optrekken bij het horen van die naam. 'Zij denkt dat Jack Stilton het heeft gedaan.'

'Rot op!' Melody's lach schalde door de ruimte. 'Ricky is een vuile leugenaar. Ze hadden altijd de pest aan Jack. En dat gaat helemaal terug tot de kleuterschool. Vooral Nardo vond het misselijkmakend leuk om hem te treiteren. Emily vond dat verschrikkelijk. Ze nam het altijd voor Jack op. Onmogelijk dat hij haar iets heeft aangedaan.'

Andrea dacht aan het contactverbod. 'Ricky lijkt me nogal rancuneus.'

'Zacht uitgedrukt. De enige om wie Ricky Blakely ooit iets heeft gegeven, is Nardo Fontaine. Ze is bezeten van hem, en hij laat geen kans schieten om met haar te kloten.' Melody had haar handen weer in haar zij gezet. 'Minstens één keer per week komt Nardo 's avonds laat naar die stomme diner. Met Star op sleeptouw, zodat zij voor publiek kan spelen. Heel walgelijk allemaal, maar zoals ik al zei: op de een of andere manier geeft het ze een kick. Niets zo troostend als het vertrouwde.'

Voor het eerst zette Andrea vraagtekens bij Melody's geloofwaardigheid. 'Ricky heeft een permanent contactverbod. Ze mag niet binnen tien meter van Nardo komen.'

'Ik mag officieel niet in de buurt van de boerderij komen, maar ik ben er vanmorgen nog geweest,' merkte Melody op. 'De wet doet er niet toe als niemand handhaaft.'

Daar moest Andrea haar gelijk in geven. 'Mag ik je mening vragen over iets anders wat Ricky me verteld heeft?'

'Ik ben nu toch al op dreef,' zei Melody. 'Brand maar los.'

'Ze zei dat de ellende die nu op de boerderij speelt, hetzelfde is als wat Emily veertig jaar geleden overkwam.'

'Huh?' zei Melody.

Niet 'Echt niet' of 'Ricky lult maar wat' of 'Sodemieter op'.

'Eh... misschien?' liet ze erop volgen.

Andrea's hart begon te bonken in haar borst. Melody had Emily gekend. Ze kende de groep. Ze wist maar al te goed wat er op de boerderij gebeurde.

'Oké...' Melody zweeg even om haar gedachten te ordenen. 'Mijn moeder heeft me het een en ander verteld voor ze stierf. Eigenlijk mag ik dat niet weten, want het valt onder de medische geheimhoudingsplicht, maar dat doet er nu vast niet meer toe.'

Andrea hield haar adem in.

'Dit komt gedeeltelijk van mijn moeder, gedeeltelijk van wat ik op school hoorde en gedeeltelijk van wat Emily me zelf vertelde,' leidde Melody haar verhaal in. 'Emily was op een feest gedrogeerd en verkracht.

Ze had geen idee wat er was gebeurd. Ik denk dat ze nooit heeft geweten wie haar heeft verkracht. En het was niet een feest zoals jij je dat voorstelt. Het was alleen zij en haar kliek. Nardo, Blake, Ricky en Clay.'

'De kliek?' Andrea herinnerde zich dat Ricky hetzelfde woord had gebruikt.

'Jazeker, de kliek. Iedereen vond hen zo mysterieus.' Melody rolde met haar ogen. 'Het komische was dat ze eigenlijk allemaal een beetje sneu waren, en dat zeg ik als iemand die zelf sneu was. Emily en ik waren allebei schoolbandfanaten. We droegen regenboogbretels van *Mork & Mindy* en een buitenboordbeugel.'

Andrea moest bijna lachen. Ze had juist het tegenovergestelde verwacht. 'Naar haar foto's te oordelen was Emily heel knap.'

'Als je het zelf niet weet, maakt het niet uit hoe knap je bent,' zei Melody. 'Ricky was vreselijk onpopulair. Ze was wispelturig en theatraal, zelfs voor een puber. En Blake was altijd berekenend. In elk gesprek zocht hij naar een manier om gebruik van je te maken. En dan hebben we Nardo nog. Leerlingen namen zelfs een omweg naar school om hem maar niet tegen te komen. Hij was ongelooflijk wreed en dat is hij nog steeds.'

Andrea had nooit eerder zo'n duidelijke beschrijving van de groep gehoord. 'En Clay?'

'Tja, die bracht de groep bij elkaar. Hij gaf hun het gevoel dat ze bijzonder waren, deel van de klíék. Zonder hem zouden ze nergens zijn geweest. Het enige wat hij ervoor terugvroeg, was hun onvoorwaardelijke toewijding. Dat betekende ook inbreken in auto's, het gebruiken van drugs – wat Clay ook maar van hen eiste.' Ze haalde haar schouders op, alsof het niets voorstelde wat de groep daarvoor had moeten opofferen. 'Clay was de enige die echt populair was. Iedereen was weg van hem. Met een griezelig soort talent wist hij erachter te komen wat er bij je ontbrak en dan vulde hij de leegte. Hij was een kameleon, ook toen al.'

Andrea wist dat hij nog steeds een kameleon was. 'En Dean Wexler?'

'Dat was de gluiperige sportleraar die altijd heel toevallig de meisjeskleedkamer binnenkwam als we ons omkleedden. Met de kennis van nu zou je kunnen zeggen dat hij hooguit een slechte imitatie van Clay Morrow is. Het tegenovergestelde zou natuurlijk het geval moeten zijn omdat Dean ouder was, maar het is moeilijk uit te leggen hoe boosaardig Clays invloed was. Dean leerde aan zijn altaar.' Melody veranderde van toon nu ze het over de folteraar van haar dochter had. 'Clay had tenminste nog charme. Dean is vreselijk primitief. Hij geeft alleen om macht. Het is een spook uit de krochten van de hel.'

'Mag ik nog even terugkomen op iets wat je eerder hebt gezegd?' Voorzichtig leidde Andrea haar weg van het onderwerp Wexler. 'Hoe reageerde Emily toen ze besefte dat ze verkracht was? Ze moet er kapot van zijn geweest.'

'Dat was ze ook,' zei Melody. 'Mijn moeder was erbij toen Emily hoorde dat ze zwanger was. Ze zei dat het een van de pijnlijkste momenten van haar leven was. Emily was in shock. Volgens mijn moeder was het op dat moment niet zozeer de zwangerschap zelf als wel het verraad dat Emily tot op het bot raakte. De kliek was haar leven. Het was onvoorstelbaar dat een van hen haar zoiets afschuwelijks had aangedaan. Ze was bezeten van de vraag wie het gedaan had. Ze noemde het haar "Columbo-onderzoek".'

'Naar de tv-rechercheur?'

'Peter Falk. Wat een geweldige acteur,' zei Melody. 'Emily benaderde het onderzoek heel serieus. Ik zei al dat ze een nerd was. Ze nam mensen echte verhoren af. Ze schreef alles op. Dan zag ik haar in de klas of op de gang haar aantekeningen bestuderen om te kijken of ze iets over het hoofd had gezien. Het was een soort dagboek, denk ik. Ze had het altijd bij zich. Ik had zo met haar te doen. Dat ze al die vragen stelde, is waarschijnlijk haar dood geworden.'

Andrea vroeg zich af of delen uit Emily's Columbo-onderzoek in de collage van de tiener Judith terecht waren gekomen. De losse zinnetjes leken het soort bevestiging dat een serieus meisje opschreef om zichzelf moed in te spreken:

Blijf eraan werken! Uiteindelijk kom je achter de waarheid!!!

'Met wie ging Emily allemaal praten?' vroeg ze.

Melody haalde haar schouders op. 'Ik neem aan met dezelfde mensen die Jacks vader ondervroeg.'

Clayton Morrow. Jack Stilton. Bernard Fontaine. Eric Blakely. Dean Wexler.

'Is er een verband tussen wat er op het feest met Emily gebeurde en wat er nu op de boerderij speelt?' vroeg Andrea. 'Drogeert Dean de meisjes?'

'Hij hoeft ze niet te drogeren. Het is duidelijk dat die meiden alles doen wat hij wil.' Weer haalde ze haar schouders op. 'Sluw, hè? Zoals ze intuïtief meiden kiezen die vatbaar zijn voor hun gemanipuleer. Nardo selecteert ze. Ik weet nog hoe opgewonden Star was over die gesprekken. Ik verwijt mezelf dat ik niet merkte hoe mager ze werd. Dat zeg je toch niet tegen een vrouw, dat ze te mager is?'

Andrea schudde haar hoofd, hoewel ze wist dat Melody niet op bevestiging uit was.

'Nadat ze naar de boerderij was vertrokken, zag ik haar niet meer. Dat is deel van het patroon. Dean isoleert ze van hun familie. Eerst mag je ze daar niet bezoeken, later mag je alleen bellen en nog later krijg je alleen af en toe een mailtje, en uiteindelijk niets meer. Iedere ouder die ik spreek vertelt precies hetzelfde verhaal. Achteraf gezien deed Clay hetzelfde met de kliek. Ze waren volledig geïsoleerd. Op Emily na, maar haar leven was door zijn toedoen wel ongelooflijk beperkt.'

Andrea moest het vragen: 'Weet je iets over die enkelbanden die de meisjes op de boerderij dragen?'

'Ja.' Melody haalde even adem. Ze vond het zichtbaar moeilijk om over de enkelband te praten. 'Ik zag het een paar dagen nadat Star niet meer met me communiceerde. Ik reed ernaartoe, bonsde op de deur en eiste dat ik haar kon spreken. Ze was zo trots op die enkelband, alsof ze was ingewijd in iets heel bijzonders. Kennelijk moet je zo'n ding verdienen. Alsof Dean nog steeds een leraar is die hoge punten uitdeelt aan zijn favoriete leerlingen. Ik snap het niet.'

Andrea snapte het ook niet. 'Je zei dat hij op school al een engerd was. Waar komt die obsessie met gewicht vandaan?'

'Hij was altijd bezig met gezond eten, liep ultramarathons en deed meer van dat soort dingen die iedereen in de jaren tachtig idioot vond. Ik weet nog dat hij vooral heel gemeen was naar het dikke meisje in de klas, maar uiteraard deed iedereen gemeen tegen haar. Groepen jongeren zijn van nature soms sadistisch. Maar hij pikte haar eruit, legde dieetprogramma's op haar tafeltje of maakte bepaalde geluiden als ze langsliep.' Vol walging schudde Melody haar hoofd. 'Hoe dan ook, het is niet moeilijk om een rechte lijn te trekken tussen de Dean van vroeger en de Dean die tegenwoordig gefixeerd is op anorexia. En seks is natuurlijk seks. Het is niet vreemd dat hij zijn twee passies combineert.'

'En Star?' vroeg Andrea. 'Wat krijgt ze ervoor terug?'

'Dat heb ik haar een keer gevraagd, toen ze nog met me wilde praten, maar ze kwam met kletskoek over liefde aanzetten,' zei Melody. 'Wat ik van de specialist eetstoornissen heb gehoord is dat de uithongering bij anorexia verslavend kan zijn en een hallucinogene uitwerking op je gestel kan hebben. Eerst raak je in een dromerige trance waarin je heel beïnvloedbaar bent. Uiteindelijk schakelt je brein zichzelf uit om energie te sparen. Je verliest...' Ze bracht haar hand naar haar mond. De tranen begonnen weer te vloeien. Ze dacht aan haar dochter.

'Neem maar de tijd,' zei Andrea.

Seconden verstreken voor Melody haar hand langzaam liet zakken. 'Je verliest het bewustzijn. Dat gebeurt als je je lichaam noodzakelijke voeding ontzegt. Je gaat onderuit. Je bent volkomen gevoelloos.'

Andrea herhaalde Ricky's woorden. ' "De ellende die op de boerderij speelt, is dezelfde ellende die Emily Vaughn veertig jaar geleden overkwam." '

'Ja, je zou kunnen zeggen dat Emily niets meer voelde toen ze verkracht werd,' zei Melody. 'Weet je, toen ik pas besefte wat er met Star aan de hand was, dacht ik de hele tijd: welke zieke klootzak wil er nou seks met een vrouw die zo goed als comateus is?'

Clayton Morrow. Jack Stilton. Bernard Fontaine. Eric Blakely. Dean Wexler.

'Het is bijna een vorm van necrofilie, vind je niet? Zo'n vrouw heeft geen idee wat de man aan het doen is. Ze is de hele tijd volslagen hulpeloos. Ze kan niet zeggen dat hij moet stoppen, niet eens dat hij door moet gaan als ze het lekker vindt. Ze is een levenloze reeks gaten. Ze zou evengoed een modepop kunnen zijn. Wat voor sadist geilt daarop?'

Andrea keek naar haar linkerhand. De kneuzing was inmiddels duidelijk te zien. Er liep een donkere band om haar pols, achtergelaten door de duim en vingers van Dean Wexler.

'Oliver!'

Ze schrokken allebei op toen Bible met een ruk de voordeur opende.

'Je moet komen!' riep hij.

De spanning in zijn stem veroorzaakte een kettingreactie in Andrea's lichaam.

Op de academie hadden ze het urenlang over adrenaline gehad, dat het je redding of je dood kon zijn. Het hormoon, dat ook epinefrine werd genoemd, stroomde je bloedbaan in en activeerde een vecht- of vluchtreactie. Je zintuigen kwamen op scherp te staan. Je zenuwstelsel lichtte op. Op microscopisch niveau verwijdden de luchtwegen en vernauwden de bloedvaten zich, waardoor alle energie naar de longen en de grote spiergroepen ging.

Andrea was zich hiervan niet bewust toen ze naar de deur sprintte. Nog voor ze besefte dat ze zich in beweging had gezet, was ze al buiten. Ze zette haar voet op de bovenste tree, sprong en kwam met een klap op het trottoir terecht. Bible zat al in zijn SUV. Zijn raampje stond open.

'Kijk!' Hij wees naar een zwarte rookpluim die in de verte omhoogkringelde. 'Dat is het huis van de rechter. Meteen melden!'

Bible was zo gejaagd dat hij niet eens wachtte tot Andrea was ingestapt. Hij scheurde weg, terwijl zij 911 intoetste. In de schemering lichtte de lucht op. Ze zag nauwelijks dat Bible aan het eind van de straat een scherpe bocht naar links nam. Ze volgde hem niet. Hij had gezegd dat het huis hemelsbreed drie minuten verderop was. De rook fungeerde als een enorme pijl die haar de richting wees.

Met haar telefoon tegen haar oor vloog ze de tuin tegenover Melody's huis in. Net toen ze over een afscheiding van gaas sprong, nam de telefoniste van de alarmcentrale eindelijk op.

'Er is brand bij –'

'Rechter Vaughn,' zei de vrouw. 'Er gaan al hulpdiensten naartoe.'

Andrea ramde de telefoon weer in haar zak. Ze klom over een houten schutting, kwam op een vuilnisbak terecht en tuimelde op de grond. Inmiddels kon ze de dikke, doordringende rook ruiken. Uit de donkere kleur leidde ze af dat er door mensenhand gemaakte materialen in brand stonden. Hout, gipsplaat en meubels. Haar benen pompten op en neer. Haar longen schreeuwden het uit. De wind veranderde van richting en blies rook in haar gezicht. Haar ogen prikten zo hevig dat ze ze nauwelijks open kon houden.

Ze brak door een bomenrij en stond aan de overkant van het huis van de rechter. Aan de achterkant schoten vlammen omhoog. De vorige avond had ze urenlang over het terrein gepatrouilleerd. Ze haalde zich de plattegrond van het huis weer voor de geest. Twee vleugels, aan de noordkant en aan de zuidkant. In het hoofdgedeelte bevonden zich de bibliotheek, de werkkamer, de salon en de eetkamer. De keuken was achter, naast de garage. Ze was nooit boven geweest, maar ze wist dat de rechter en haar man op de eerste verdieping van de noordvleugel sliepen. Ze had licht in hun slaapkamer zien branden als ze de ronde deed. Hun balkon keek uit op Judiths atelier.

'Fuck!' kreunde ze, waarna ze weer een volle sprint trok.

Het atelier.

Terpentijn. Lijmspray. Verf. Beits. Zuren. Linnen en hout en allemaal dingen die vlam konden vatten of een explosie konden veroorzaken die de rest van het huis opblies.

Op de oprit haalde Bible haar in. Ze rende met de auto mee en sloeg met haar hand op de zijkant.

'Het atelier!' riep ze.

'Rennen!' schreeuwde hij, waarna hij wegscheurde.

Ze zag de SUV voor de garage tot stilstand komen. Bible sprong eruit. Op dat moment sjokte een lompe vorm de garage uit. Harri en Krump. Ze droegen Franklin Vaughn tussen zich in. De rechter kwam achter hen aan, met een grote aktetas tegen haar borst geklemd. Het ding was zo zwaar dat de oude vrouw bijna struikelde, maar Bible sloeg net op tijd zijn arm om haar middel en droeg haar weg van de vlammen.

Andrea liep rond de zijkant van het huis toen ze Guinevere de garage weer in zag rennen. Ze aarzelde, maar Bible ging al achter het meisje aan. Andrea zette het weer op een sprinten. Als het atelier vlam vatte, deed het er allemaal niet toe. Voor ook maar iemand op veilige afstand was, zou het huis de lucht in gaan.

Ze gleed uit toen ze de hoek om ging. De laaiende brand verlichtte de achtertuin. De Engelse tuin. Het zwembad. Het atelier. Andrea hoestte, stikkend in de dikke, bijtende rook. Het vuur had de slaapkamer van de rechter verzwolgen. Vlammen sloegen uit de ramen, vraten de houten sierlijsten weg, reikten als wanhopig zoekende handen naar het atelier.

Andrea struikelde.

Ze viel plat op haar gezicht. Haar neus knerpte tegen het stenen pad. Ze zag sterretjes. Ze kneep ze weg en keek achter zich om te zien waarover ze was gestruikeld. Terpentijn. Verfblikken. Lak. Judith was haar voor geweest. Ze rende het atelier in en uit en wierp de brandbare vloeistoffen in het zwembad.

Andrea hees zichzelf overeind. Ze rende ook het atelier in en begon alles te pakken wat er gevaarlijk uitzag. Spuitbussen, potten vloeibare lijm. Op weg naar het zwembad passeerde ze Judith. Hun blikken kruisten elkaar. Ze wisten allebei hoe dodelijk de chemicaliën konden zijn. De eerste les op de kunstacademie begon met alle manieren waarop je jezelf kon vergiftigen of levend verbranden.

Nadat Andrea een armvol blikken in het zwembad had gegooid, ging ze terug om meer te halen. De rook in haar longen werd dikker. Haar vecht- of vluchtreactie keerde zich tegen haar, zei dat ze terug moest gaan. Verderop was frisse lucht, maar wat ze ook kon doen, was gaan liggen. Ze kon het bloed stelpen dat door haar keel naar beneden sijpelde. Ze kon haar ogen sluiten en rusten.

Heftig schudde ze met haar hoofd in een poging zichzelf weer tot rede te brengen. Ze zette het op een rennen, naar het atelier. Judith sleepte een twintigliterwat achter zich aan. Andrea herkende het etiket. Zwavelzuur was zelf niet brandbaar, maar onder verkeerde omstandigheden kon het in waterstofgas veranderen, hetzelfde soort gas dat de Hindenburg had neergehaald.

Andrea greep het handvat. Het hete metaal brandde in haar hand. Het vat was bijna vol, wat betekende dat het ruim dertig kilo woog. Ze probeerden het samen op te tillen. Andrea kreunde van inspanning. De metalen ring sneed als een scheermes in haar handpalmen. Haar tanden klapperden, zoveel kracht moest ze zetten. Haar longen konden zich niet nog verder uitzetten. Haar zicht werd steeds waziger.

'Tillen!' schreeuwde Judith.

Andrea tilde. Haar benen trilden toen ze het zuur over het gazon sleepte. Achter zich hoorde ze een luide knal. De grond beefde onder haar voeten. De steunpilaren onder het balkon waren aan het bezwijken. De bovenverdieping kon elk moment tegen het atelier aan glijden.

'Weg daar!' riep ze, worstelend met het gewicht.

Maar toen was het gewicht opeens verdwenen.

Even voelde ze zich heel licht terwijl ze de lucht in werd geslingerd, maar daarna kwam de koude klap van het water en ging ze kopje onder. Ze zonk zijwaarts, schuurde met haar schouder over de bodem van het zwembad. Bloed vulde haar mond. Ze had op haar lip gebeten. Judith dreef slap naast haar, met haar handen boven haar schouders. Het vat daalde zachtjes op de bodem neer. Andrea draaide zich om en keek omhoog. Ze zag vlammen over het water schieten. Het regende stukken verwrongen metaal, gevolgd door fonkelende glasscherven.

Toen werd alles zwart.

21 OKTOBER 1981

Emily sleepte zich naar huis. Ze had het warm en alles plakte. Nog even en haar blaas knapte. Het was de langste dag van haar hele leven geweest. Vanaf het moment dat ze haar schuilplaats in de bibliotheek had verlaten, had elke minuut als een uur aangevoeld. Elk uur als een dag. Tijdens de lunch had ze geprobeerd te eten, maar het voedsel had een metalige smaak gehad. Tegen het vierde uur was ze zo uitgeput geweest dat ze met moeite de ene voet voor de andere had kunnen zetten. Toen de leraar tijdens het vijfde uur in zijn handen had geklapt om haar aandacht te vragen, was ze wakker geschrokken.

Ze had gezegd dat ze zich niet lekker voelde. Hij was er niet tegen ingegaan. Twintig minuten voor de laatste bel had ze mogen gaan. Achteraf gezien was het voor iedereen het beste geweest toen ze de lege gang op was geglipt. Met het verstrijken van de dag waren het gegiechel en gestaar overgegaan in een openlijke vijandigheid die de hele school had overspoeld. Zelfs haar wiskundeleraar had haar minachtend aangekeken.

Waarom?

Tot een paar dagen geleden was Emily bijna achttien jaar lang het brave meisje geweest, het lievelingetje van de leraren, de uitstekende leerling, het aardige buurmeisje dat altijd bereid was haar aantekeningen uit te lenen of met je op het parkeerterrein te zitten terwijl je huilde om een jongen.

Nu werd ze door iedereen verstoten.

Behalve door Melody Brickel, maar Emily wist niet wat ze daarvan moest vinden.

Ze waren al jaren oppervlakkig bevriend. Op de gang wisselden ze vriendelijke blikken, ze spraken over muziek en lachten om stomme grapjes als de band oefende. Ze hadden zelfs een paar keer een kamer gedeeld tijdens muziekkamp, hoewel Emily de kliek alweer aan zich had voelen trekken nog voor ze de bus uit waren geweest.

En nu had Melody haar een brief geschreven. Die hoefde Emily niet uit haar boekentas te halen om te weten wat erin stond. Ze had hem in de loop van de dag gelezen en herlezen, ze had zich zelfs in een toilethokje teruggetrokken om elk woord te kunnen analyseren.

Hallo!
Ik vind het heel erg wat er met je gebeurt. Het is HEEL oneerlijk. Je moet weten dat ik NOG STEEDS je vriendin ben, ook al mag ik niet meer met je praten. Voorlopig tenminste niet. Alles is zo ingewikkeld. Mijn moeder maakt zich zorgen als ik met je omga. NIET dat je volgens haar OOK MAAR IETS verkeerds hebt gedaan. Ik moest DUIDELIJK tegen je zeggen dat wat er gebeurd is NIET JOUW SCHULD is. Iemand heeft gebruik van je gemaakt. Wel is ze bang dat IK gekwetst zal worden omdat we bevriend zijn. Want mensen zijn ZO GEMEEN en ik krijg al heel veel rottigheid over me heen omdat iedereen me raar vindt. Ik heb altijd gedacht dat jij en ik dat gemeen hadden, dat we raar zijn. Maar JIJ bent NIET raar omdat je er niet bij hoort (zoals ik). Ze vinden jou raar vanwege je LIEFDE voor allerlei soorten mensen en omdat je ze ACCEPTEERT. Niemand anders op school doet AARDIG tegen iedereen ongeacht wie ze zijn, waar ze wonen, of ze slim zijn of wat dan ook. Jij bent oprecht AARDIG. Je VERDIENT NIET wat ze zeggen. Als dit voorbij is, kunnen we misschien weer vriendinnen worden. Ik ga nog steeds een wereldberoemde muzikant worden en jij wordt een advocaat die mensen helpt en dan is alles weer geweldig. Tot die tijd: IK HOU VAN JE en ik vind het HEEL ERG!!! Blijf eraan werken! UITEINDELIJK KOM JE ACHTER DE WAARHEID!!!
Je vriendin
PS: sorry dat het zo'n rommeltje is, want ik moest LETTERLIJK HUILEN!!! de hele tijd dat ik dit schreef.

Het schriftpapier was rimpelig van Melody's opgedroogde tranen. Ze had ze omcirkeld als voorwerpen op een plaats delict, alsof ze boven alle twijfel moest bewijzen dat haar hart gebroken was.

Wat moest Emily met de brief? Wat moest ze ervan vinden? Ze kon niet op Melody afstappen om het haar te vragen.

...ik NOG STEEDS je vriendin ben, ook al mag ik niet meer met je praten.

Het briefje had om een cassettebandje gezeten, op zijn plaats gehouden met een groen elastiekje. Melody had het album van de Go-Go's voor Emily gekopieerd. Met een vulpen en viltstiften had ze de coverafbeelding heel goed nagetekend. Haar gewone blokletters waren vervangen door een mooi, funky handschrift.

Blijf eraan werken! UITEINDELIJK KOM JE ACHTER DE WAARHEID!!!

Ze doelde op Emily's Columbo-onderzoek. Ze had Emily verwoed zien schrijven alsof ze op de een of andere manier de puzzel zou kunnen leggen. Op een zwak moment had Emily opgebiecht dat ze erachter probeerde te komen wie gebruik van haar had gemaakt op het feest. Ze had Melody zelfs enkele stukken laten lezen.

' "Iemand heeft gebruik van je gemaakt," ' citeerde Emily uit Melody's brief. Wat een uitdrukking. Alsof Emily een bon van twee voor de prijs van één was geweest of een afgeprijsde vleesschaal die iemand zich had toegeëigend.

Niet zomaar iemand...

Clay, Nardo, Blake. Misschien Dean. Misschien Jack.

Een auto reed langzaam voorbij.

Emily wendde zich af, want ze wilde de gezichten niet zien die naar haar keken. Haar keel gloeide toen ze haar tranen doorslikte. Ze was nu echt uitgestoten. Ze was de kliek kwijt. Ze had één vriendin, met wie ze niet meer mocht praten. De hele school had zich tegen haar gekeerd. En Cheese –

Jack.

Eindelijk kwamen de tranen. Nardo had gezegd dat Jack op het feest was geweest. Hij had gezegd dat Jack 'erbij had gestaan' toen Emily het huis in was gelopen.

Ze kneep haar ogen dicht. Ze probeerde terug te keren naar dat moment. Ze liep Nardo's huis in. Ze stak haar tong uit zodat Clay er het lsd-papiertje op kon leggen. Ze zag de verzonken zitkamer van de Fontaines, de zware gordijnen voor de grote ramen, de hoekbank die naar een groot projectiescherm was gekeerd.

Ze kon zich niet herinneren dat Jack bij Nardo thuis was geweest.

Totaal niet.

Ze opende haar ogen en keek naar de prachtige blauwe hemel.

Jack verkocht voorgedraaide joints. Dat was een feit, dat wist Emily. Hij had altijd een volle boterhamzak in zijn jaszak. Het was algemeen bekend dat Jack iets voor je kon regelen. Iedereen zei dat hij wiet stal uit de bewijskast van het politiebureau, maar Emily wist dat hij het spul van een neef in Maryland had en dat hij de joints zelf draaide. Ze wist niet of Jack ook harddrugs verkocht.

Weer ging ze terug naar die avond.

Ze liep door de voordeur. Stak haar tong uit. Clay, die met het lsd-papiertje zwaaide als een dirigent die de aandacht van het orkest vroeg.

Jack was er niet geweest. Dit had niets met haar geheugen te maken, het was ook geen door lsd veroorzaakt zwart gat. Het was een kwestie van goed nadenken. Nardo had de pest aan Jack. Dat hadden alle jongens, vooral Clay. Ze maakten hem het leven zuur, lieten Jack struikelen op de gang, sloegen in de lunchpauze zijn dienblad uit zijn handen, stalen bij gym zijn kleren uit zijn kluisje. En Jack deed alles om hen uit de weg te gaan. Hoeveel geld Nardo hem ook zou aanbieden, ze zag Jack niet vrijwillig naar zijn huis gaan.

Emily dacht aan haar Columbo-gesprek met Jack. Eén ding dat hij gezegd had, leek nu bijzonder relevant.

Soms verzinnen ze leugens om iemand anders verdacht te maken.

Nardo was zonder meer een leugenaar. Hij loog tegen zijn ouders over waar hij naartoe ging. Hij loog tegen Clay dat hij geen sigaretten meer had. Hij loog tegen Blake dat hij een voldoende had voor geschiedenis. Hij loog voortdurend tegen Ricky door niet eerlijk te zeggen dat hij niets voor haar voelde en dat het nooit iets zou worden. Voor hem was het een spelletje: mensen dingen op de mouw spelden in plaats van simpelweg de waarheid te spreken.

Dus waarom zou ze Nardo geloven als hij zei dat Jack op het feest was geweest?

En als Nardo loog over het feest, loog hij dan voor de lol of omdat hij zichzelf indekte?

De persoon met wie Emily dit het beste kon bespreken, zou weleens de slechtste keuze kunnen zijn, maar ze was bijna thuis en Jack was waarschijnlijk in de schuur. De laatste tijd ging het er vreselijk aan toe bij hem thuis. Terwijl ze over de lange oprit liep, bedacht ze alvast hoe ze het zou inkleden. Jack had haar zelf verteld hoe ze de Columbo-strategie moest toepassen, dus waarschijnlijk zou die bij hem niet werken. 'Nog één ding' kon ze vergeten. Ze moest eerlijk tegenover hem zijn en hopen dat hij ook eerlijk tegenover haar was.

Ze oefende hardop en probeerde gelijkmatig te praten, op lichte toon, bijna fluisterend. 'Heb jij me dit aangedaan?'

Ze sloot haar ogen en herhaalde de vraag. Ze luisterde goed naar haar stem. Ze wilde niet beschuldigend overkomen. Ze was niet kwaad. Waarschijnlijk zou ze zelfs opgelucht zijn als het Cheese bleek te zijn, want ergens was het logisch dat hij misbruik van een situatie zou maken. Hij was zo wanhopig eenzaam. Hij had heel weinig vrienden. Voor zover ze wist, had hij nog nooit een date gehad. Afgezien van zijn wiethandeltje gingen er vast dagen voorbij zonder dat iemand van zijn eigen leeftijd iets tegen hem zei.

Emily schudde haar hoofd. Zelfs als ze ervan uitging dat Jack op het feest was geweest, zouden de jongens of zelfs Ricky hem nooit misbruik van haar hebben laten maken.

Maar Ricky had bewusteloos op het gazon gelegen, volgens Dean. En Blake en Nardo hadden allebei bevestigd dat ze boven in de badkamer waren geweest. Tot nu toe was iedereen het erover eens dat Clay en Emily bij het zwembad hadden gestaan. Ze hadden ruzie gehad. Hadden ze geruzied over Jack?

Ze hadden zo vaak over hem geruzied.

Er steeg een schraperig geluid op uit haar keel. Al dat eindeloze gespeculeer was dodelijk vermoeiend. Haar brein was weer een draaimolen. Het huis week terug en plastic paarden bewogen aan stangen op en neer. Blikkerige muziek verdrong het verre gebulder van de zee. Tranen stroomden over haar gezicht. De draaimolen ging steeds sneller. De wereld werd een waas. Ze kon haar ogen nauwelijks openhouden. Uiteindelijk schakelde haar brein zichzelf uit, en dat was heerlijk.

Ze had geen idee hoeveel tijd er was verstreken. Het ene moment sjokte ze om het huis heen, het volgende zat ze op de houten bank in haar moeders Engelse tuin. Als alles in bloei stond, groeiden bloemen en planten tot over het pad. Guldenroede, zonnehoed, wolfsmelk, blauwe lobelia. De stijl van de tuin ging terug naar de achttiende eeuw, als een soort protest tegen de symmetrie en het formele karakter van de klassiek aangelegde tuin.

Dat Esther het toestond en zelfs aanmoedigde dat iets zo wilds en ongestructureerds in haar tuin groeide, had Emily altijd merkwaardig gevonden. Gezien haar moeders nauwgezette persoonlijkheid was ze eerder iemand voor strak gesnoeide buxussen en rechtlijnige patronen. Emily werd altijd wat treurig van de tuin. Die herinnerde haar eraan dat ze een deel van haar moeder nooit zou kennen.

'Emily?'

Clay leek verbaasd haar hier te zien, hoewel hij zich zelf op verboden terrein bevond.

'Wat doe jij hier?' vroeg ze.

'Ik...' Hij keek even naar de schuur. 'Ik had iets nodig om de scherpe kantjes eraf te halen.'

Emily wreef haar lippen over elkaar. Hij was gekomen om wiet te scoren en was zo ongeveer de laatste persoon op aarde tegengekomen die hij wilde zien.

Maar er waren ergere dingen.

'Jack is er niet,' zei ze, hoewel ze geen idee had of Jack in de schuur was of niet. 'Ik zal zeggen dat je langs bent geweest.'

'Doe geen moeite. Ik zie hem later wel.' In plaats van te vertrekken schoof Clay zijn handen in zijn zakken. Verlangend keek hij achterom naar de schuur. 'Het zijn een paar zware dagen geweest.'

Ze lachte. 'Vervelend dat je het zo zwaar hebt gehad.'

Zwaar kreunend liet hij zich naast haar op de bank zakken. 'Ga je het mij niet vragen?'

Emily schudde haar hoofd, want nu pas besefte ze dat het zinloos zou zijn. Van niemand kon ze een eerlijk antwoord verwachten.

'Ik was het niet,' zei Clay, totaal overbodig. 'Je weet dat ik niet –'

'Dat soort gevoelens voor me hebt,' vulde Emily hem aan. 'Ja, dat weet ik. Dat hebben je volgelingen maar al te duidelijk gemaakt.'

Weer zuchtte Clay. Hij schopte tegen het grind en legde een strook aarde bloot. Emily zou het weer glad moeten maken nadat hij was vertrokken. Wat haar niet hoefde te verbazen. Zij en de hele kliek hadden hun hele leven Clays fouten gladgestreken.

'Wat ga je nu doen?' vroeg hij.

Emily haalde haar schouders op. Niemand had haar nog gevraagd wat ze ging doen. Haar ouders hadden een besluit genomen en zij gehoorzaamde.

'Kun je het al voelen?' vroeg hij.

Emily volgde zijn blik. Hij keek naar haar buik. Gedachteloos had ze haar hand er plat op gelegd.

'Nee.' Ze trok haar hand weg, lichtelijk misselijk bij de gedachte dat er in haar lichaam iets rondbewoog. Ze had geen idee hoe een baby er met zes weken uitzag. Werd zoiets nog steeds een zygoot genoemd? Bij gezondheidsleer had ze voldoende over voortplanting geleerd om de toets te halen, maar destijds hadden de details nogal geheimzinnig geleken. Ze zag wat cellen voor zich die rondpulseerden in een klodder vloeistof, wachtend tot ze van een stoot hormonen het bevel kregen om tot een nier of een hart uit te groeien.

'Ik heb gehoord dat je een huwelijksaanzoek hebt gehad.'

Emily voelde haar brein teruggrijpen naar de rust van de draaimolen, maar ze dwong zichzelf in het hier en nu te blijven. 'Hebben zij je hiernaartoe gestuurd?' vroeg ze.

'Wie?'

'De kliek.' Normaal kon ze zijn terughoudendheid wel waarderen, maar nu vond ze die irritant. 'Ricky, Blake, Nardo. Zijn ze bang dat ik je leven ga verwoesten?'

Clay keek naar de grond. Hij schopte een nog diepere streep in het grind. 'Sorry, Emily. Ik weet dat je dit niet gewild hebt.'

Ze zou hebben gelachen als ze er de energie voor had gehad.

'Ga je...' Clays stem stierf weg. 'Ga je iemand aanwijzen?'

'Iemand aanwijzen?' Het leek wel een heksenjacht. 'Wie zou ik moeten aanwijzen?'

Clay haalde zijn schouders op, maar hij kende het lijstje ook. Nardo, Blake, Dean, Jack. En hijzelf niet te vergeten, want ook al bleef hij herhalen dat hij niet in haar geïnteresseerd was, hij was wel op het feest geweest en ze hadden duidelijk ergens ruzie over gemaakt.

Emily voelde een sprankje Columbo. Misschien had ze zich toch niet helemaal bij haar situatie neergelegd. 'Sorry, Clay, dat ik ruzie met je maakte op de avond van het feest. Het was niet… Het was niet jouw schuld.'

Hij trok zijn mond scheef. 'Ik dacht dat je je niets meer kon herinneren.'

'Ik weet nog dat ik tegen je schreeuwde,' loog ze. En toen probeerde ze de leugen uit te bouwen. 'Ik had al die dingen niet moeten zeggen.'

'Misschien niet,' zei hij schouderophalend. 'Ik weet dat ik soms egoïstisch ben, Em. Misschien komt dat doordat ik enig kind ben.'

Ze had het altijd kil van hem gevonden dat hij zijn andere broers en zussen zo moeiteloos uit zijn hoofd zette, zelfs al waren ze niet samen opgegroeid.

'Ik kan wel zeggen dat ik beter mijn best zal doen,' zei hij, 'maar ook in dat opzicht heb je gelijk. Waarschijnlijk doe ik het toch niet. Misschien moet ik mezelf maar accepteren zoals ik ben. Zoals jij blijkbaar doet.'

Er kwam een vage herinnering bij Emily op. Ze stonden naast Nardo's zwembad. Ze ging tegen Clay tekeer omdat hij altijd beloofde beter zijn best te zullen doen, maar het nooit deed. Telkens beging hij dezelfde fouten, maar hij verwachtte wel van anderen dat ze veranderden.

'In elk geval ben ik minder slecht dan Blake, toch?'

Daar had Emily geen antwoord op. Doelde hij op wat Blake de vorige dag had gedaan of op wat hij in het algemeen deed? Want het ging voor beide op. Blake had zich de vorige dag als een hufter gedragen. Maar net als Clay zou hij nooit veranderen. Zijn ego zou hem nooit zijn fouten laten erkennen.

'Het is maar dat je het weet,' zei Clay. 'Blake bazuint rond dat je aan de drugs bent en een feestbeest bent.'

Emily ademde diep in en hield de lucht een tijdje vast. Ze keek niet op van het nieuws. Blake bezat een mate van wreedheid die ze geen van allen konden peilen. Jack had het die ochtend benoemd. Nardo was ronduit vals. Clay verveelde zich snel. Maar als Blake het op je voorzien had, was het menens. Om nog maar te zwijgen van Ricky, die voor een deel Boze Heks was en voor een deel Gevleugelde Aap.

'Nardo vertelde me... Hij zei dat Jack... dat Cheese op het feest was.'

Clay keerde zich naar haar toe. Het lichtblauw van zijn ogen was in de zon nog bleker. Ze zag het donshaar onder zijn kin. Hij was heel knap, maar ze voelde niet meer de opwinding van vroeger.

'Je was die avond stoned,' zei hij.

Emily had dat nooit ontkend, maar ze had geen idee waarom hij zo boos klonk.

'Je was echt helemaal geflipt,' zei hij. 'Je wist amper meer hoe je was thuisgekomen. Dat wist je pas toen je oma het vertelde.'

'O?' zei ze, benieuwd welke kant dit op ging.

'Ik bedoel dus dat wat Blake zegt theoretisch niet ver van de waarheid is.' Clay sloeg zijn blik neer en keek naar de punt van zijn sneaker, die in de grond groef. 'Je gebruikt drugs. Je gaat naar feestjes. Je hebt het spel gespeeld en nu moet je je verlies nemen. Liefst met een beetje waardigheid.'

Het enige waarover Emily zich verbaasde, was dat ze telkens weer geschokt was als dit gebeurde. Ze hadden zich allemaal op precies dezelfde manier tegen haar gekeerd, eerst Dean, toen Ricky, toen Blake, toen Nardo en nu Clay. Ze volgden inderdaad allemaal een script. Vriendelijk doen. Onderdanig. Dan volgde woede. Minachting.

Clay stond op. Hij had zijn handen nog in zijn zakken. 'Niet meer met me praten, Emily.'

Ze stond ook op. 'Waarom zou ik met je willen praten als je toch alleen maar liegt?'

Hij greep haar bij haar armen en trok haar naar zich toe. Ze zette zich schrap. Ze verwachtte een dreigement of iets anders, wat dan ook – maar niet wat hij deed.

Clay kuste haar.

Hij smaakte naar nicotine en oud bier. Ze voelde zijn ruwe kin tegen die van haar. Zijn tong drong in haar mond. Hun lichamen zaten praktisch aan elkaar geklemd. Het was Emily's eerste echte kus. In elk geval de eerste echte kus die ze zich kon herinneren.

Maar ze voelde niets.

Clay duwde haar weg. Met de rug van zijn hand veegde hij zijn mond af. 'Dag, Emily.'

Ze keek hem na. Hij liep wat ineengedoken. Zijn voeten sloften over de grond.

Ze bracht haar vingers naar haar mond. Voorzichtig raakte ze haar lippen aan. Ze had verwacht dat je na een kus iets zou voelen, wat dan ook. Niets tintelde. Haar hart maakte geen sprongetje. Ze had dezelfde passieve desinteresse gevoeld als twee jaar eerder, toen een dronken Blake haar had willen kussen in de steeg.

Ze keek Clay na tot hij de hoek van het huis om was. Hij had zijn schouders nog steeds opgetrokken. Hij leek zich schuldig te voelen, maar waarover was niet duidelijk.

Diep uit haar ziel voelde ze een lach opborrelen. Kon ze alle tijd maar terugkrijgen die ze de afgelopen tien jaar had verspild aan zich obsessief afvragen hoe Clayton Morrow zich voelde.

Met haar voet bedekte Emily de diepe streep die hij in het grind had geschopt. Ze keek op naar het huis. Toevallig zag ze een glimp van haar vader, die de slaapkamer weer in ging. Hij had op het balkon gestaan dat uitkeek over de schuur en de tuin. Ze had geen idee hoelang hij daar had gestaan of wat hij had gezien. Ze kon hem via de ramen volgen. Hij liep naar het dressoir en schonk zichzelf in.

Emily sloeg haar blik neer. Zonder het te beseffen had ze haar hand weer op haar buik gelegd. Ze had gedacht dat ze in dit alles helemaal alleen stond, maar er was iemand anders die de zware weg met haar aflegde. Binnen in haar, om precies te zijn. Ze voelde geen band met het klompje cellen, maar wel een zekere plicht. Het was precies zoals Melody het had beschreven in haar brief.

Ze vinden jou raar vanwege je LIEFDE voor allerlei soorten mensen en omdat je ze ACCEPTEERT.

Emily voelde geen liefde voor het klompje cellen, nog niet tenminste, maar ze had zich erbij neergelegd, het geaccepteerd. Clay had niet helemaal ongelijk toen hij aangaf dat haar zwangerschap haar probleem was. Zíj zou er de rest van haar leven mee moeten leven. Ze ging weer op de bank zitten en keek uit over de nog kale tuin.

Ze kuchte en zei: 'Ik zal...'

Haar stem begaf het.

Weer vond ze het vreemd om in haar eentje hardop iets te zeggen, maar ze moest de woorden niet alleen uitspreken, maar ook horen. Eerlijk gezegd was het een verlanglijstje, met alle dierbare dingen erop die ze in slechts een paar dagen was verloren. Het was ook een belofte om al die verloren dingen terug te geven aan de baby die ze verwachtte.

Weer kuchte ze. Deze keer kwam de belofte er luid en duidelijk uit, want het deed ertoe.

'Ik zal je beschermen. Niemand zal je ooit kwaad doen. Je zult altijd veilig zijn.'

Voor het eerst in dagen had Emily het gevoel dat iets van de stress haar lichaam eindelijk had verlaten.

Achter zich hoorde ze de balkondeur met een klap dichtslaan.

8

Het zoute water had een kalmerende zachtblauwe tint. Andrea dreef op haar buik, gewichtloos en vrij. Ze zou hierbeneden kunnen blijven, willoos en warm, maar iets zei dat ze dat niet moest doen. Ze reikte naar boven. Met haar voeten zette ze zich af. Ze brak door het wateroppervlak. De zon kuste haar schouders. Terwijl golfjes tegen haar kin kabbelden, wreef ze het water uit haar ogen. Ze draaide zich om en keek naar het strand. Laura zat onder een grote regenboogkleurige parasol, rechtop, zodat ze een oogje op Andrea kon houden. Ze had haar topje uitgetrokken en de littekens van haar borstamputatie waren zichtbaar. Een man in een donkere hoody sloop op haar af.

'Mam!'

Andrea schrok wakker.

Haar ogen schoten de kamer rond. Ze zwom niet in zee. Ze lag in een ziekenhuisbed. In haar arm zat een infuus. Een zuurstofmasker bedekte haar mond en neus, maar ze had nog steeds het gevoel dat ze niet genoeg lucht kreeg. De paniek zwol aan als een golf.

'Hé.' Mikes hand lag stevig op haar schouder. Hij trok het masker voor haar gezicht recht. 'Rustig maar. Gewoon ademen.'

Zodra ze hem zag, loste haar paniek langzaam op. Zijn bezorgde blik trof haar recht in haar hart.

'Heb je iets met je haar gedaan?' vroeg hij.

Andrea kon er niet om lachen. Beeld voor beeld stroomde het afgelopen uur weer binnen: de brand, de rit in de ambulance, het eindeloze getest, het totale gebrek aan informatie. De dokter had gezegd dat ze vloeistof nodig had, geen pijnmedicatie. Andrea was het er niet mee eens geweest. Haar neus klopte. Het was alsof er een touw om haar borst zat. Ze had een afgeknepen gevoel in haar voorhoofd. Haar lip was opgezwollen. Ze bracht haar hand ernaartoe.

En toen moest ze zo hard hoesten dat de tranen haar in de ogen sprongen. Het masker stond haar opeens tegen. Ze probeerde het weg te duwen, maar Mike nam het van haar hoofd. Andrea liet zich op haar zij rollen in een hoestbui die aanvoelde alsof haar longen zich naar buiten wilden persen. Ze wilde haar hand voor haar mond slaan, maar het infuus trok aan haar arm. Haar voeten raakten verstrikt in de lakens. De oxymeter om haar vinger schoot eraf.

Mike knielde naast haar neer en wreef over haar rug. 'Wil je wat water?'

Andrea knikte. Ze zag hem een grote kan bij de spoelbak pakken. Haar ogen brandden nog van de rook. Ze trok een tissue uit de doos en snoot haar neus zo hard dat haar oren knalden. Het snot zag eruit als de binnenkant van een open haard. Ze pakte nog een tissue en snoot weer tot haar oren knalden.

'Alles goed met mijn moeder?' vroeg ze.

'Voor zover ik weet wel.' Hij hield het rietje vast zodat ze kon drinken. Haar nagels hadden zwarte randen. Haar huid had de rook en het roet van de brand geabsorbeerd. Van de verpleegkundige had ze een operatiepak gekregen, maar dat was ook alweer smerig.

'Zal ik Laura bellen?' vroeg Mike.

'God, nee.' Andrea liet het water voor wat het was. Slikken was te pijnlijk. 'De brand. Is iemand –'

'Iedereen is eruit gekomen. Bibles hand is een beetje verbrand. Judiths dochter rende het huis weer in om de parkiet te redden. Uiteindelijk heeft hij hen allebei in veiligheid gebracht.' Mike ging op de rand van het bed zitten. 'Jij bent goed in vogelgrapjes. Misschien kun je hem er later mee plagen.'

Het schaamrood steeg haar naar de kaken. Hij verwees naar hun gesprek op Glynco. Mike had haar gevraagd waarom ze het contact had verbroken en Andrea had zich achter een woordgrapje verscholen.

'Syd,' was het enige wat ze kon bedenken. 'De parkiet heet Syd.'

Mike slaakte een diepe zucht. Hij stond op van het bed en liep naar de spoelbak om het roet van zijn handen te wassen. 'De brandweercommandant heeft brandstichting al uitgesloten. De rechter heeft de elektrische leidingen nooit vervangen. Ze had nog steeds zekeringen in de meterkast. Boven was er medische apparatuur voor haar man. Ze gebruikten één verlengsnoer te veel.'

'Yankee-zuinig.' Andrea wilde in haar ogen wrijven, maar bedacht zich. 'Help me eens overeind.'

Hoewel Mike zijn handen stevig op haar schouders had gelegd, kon hij niet voorkomen dat de kamer opzijgleed. Ze tuimelde bijna van het bed af.

'Hé, rustig aan.' De bezorgde blik was terug. Maar toen viel er een scherm voor zijn ogen en stak hij verontschuldigend zijn handen omhoog. 'Sorry, ik weet dat je jezelf kunt redden.'

Alsof er een steen op haar borst was neergedaald. 'Mike, ik –'

'Je hebt indruk op de baas gemaakt.' Weer veranderde Mike van toon. 'Een brandend gebouw binnenrennen. Voorkomen dat een hele buurt met de grond gelijk werd gemaakt. Al die geruchten over "het hulpeloze meisje" heb je mooi de wereld uit geholpen.'

Hij herinnerde zich echt elk stom ding dat ze ooit had gezegd.

Mike liep weer naar de spoelbak, trok een handvol papieren handdoekjes uit de houder en maakte ze nat onder de kraan. 'Er is een glasscherf uit je voorhoofd gehaald. Vier hechtingen.'

Andrea raakte de stugge draadjes aan die haar huid bijeenhielden. Ze kon zich vaag herinneren dat de arts haar had gehecht. 'Waarom voelt mijn neus alsof hij vol bijen zit?'

'Hij is niet gebroken. Misschien ben je ergens tegenaan geknald toen je in het zwembad dook?'

Ze herinnerde zich haar val in het water alsof het iemand anders was overkomen.

'Stil blijven zitten.' Met de vochtige handdoekjes wreef Mike zachtjes over haar gezicht. 'Post maar even geen foto's van jezelf op sociale media.'

Andrea sloot haar ogen. Het handdoekje voelde warm op haar huid. Voorzichtig depte hij haar voorhoofd en toen de linkerkant van haar gezicht. Ze voelde de spanning uit haar lichaam vloeien. Het liefst had ze haar voorhoofd tegen zijn borst gelegd.

'Even over de man van de rechter,' zei Mike. 'Het ziet er niet best voor hem uit.'

Andrea deed haar ogen weer open.

'Hij was al niet in topvorm.' Mike streek zachtjes over de andere kant van haar gezicht. 'Voelt dit goed?'

'Ja,' zei ze, hoewel het een beetje pijn deed.

Nu depte hij de huid rond haar mond. Haar onderlip deed pijn waar hij was opengespleten. Eigenlijk had ze de pijn verdiend, vond ze.

'Er is een verschil tussen gered moeten worden en iemand die om je geeft om hulp vragen,' zei hij.

Het ontbrak haar aan woorden voor een reactie.

Mike vouwde het handdoekje tot een schoon vierkant. 'Hoe gaat het met Bible?'

'Hij...' Ze hoestte schraperig. 'Die man is een legende.'

Mike was bij haar hals aangekomen. Het was bijna alsof hij haar als een kat aan het verzorgen was. 'Heeft hij verteld dat hij mijn eerste collega was toen ik bij getuigenbescherming ging werken?'

Het verbaasde Andrea niet dat Bible die informatie had achtergehouden, maar wel dat hij bij getuigenbescherming had gewerkt. 'Weet hij dat –'

'Ik heb hem nooit over jouw status verteld,' zei Mike. 'Maar het zou me niet verbazen als hij het al heeft uitgevogeld. Hij is reteslim.'

Bible was meer dan slim. 'Hij is fenomenaal.'

Mikes lachje was wat gespannen. Hij wilde het niet over Catfish Bible hebben. 'Voor de goede orde: alleen een van mijn zussen moet altijd uit de penarie worden geholpen. En ik bedien mijn moeder altijd op haar wenken omdat ze haar hele leven hard heeft gewerkt en het heeft verdiend.'

Het kostte Andrea moeite haar blik niet neer te slaan. 'Dat had ik niet moeten zeggen. Niets van dat alles.'

'Maar vind je wel dat het waar is?'

Ze schudde haar hoofd. Nee. 'Ik ben dol op je moeder. En je zussen zijn geweldig.'

Even kruisten hun blikken elkaar, waarna Mike weer naar de spoelbak liep. Opnieuw maakte hij een handdoekje nat. 'Ik heb je nooit gered.

Trouwens, achteraf gezien heb je me twee jaar geleden gigantisch het nakijken gegeven. Ik wist niet waar ik het zoeken moest.'

Andrea schudde haar hoofd, want zelf herinnerde ze zich vooral dat ze volkomen de weg kwijt was geweest.

'Wat je meemaakte, was een trauma, Andy. Ieder ander zou het hebben opgegeven. Ik ben nog steeds zwaar onder de indruk omdat je het er levend hebt afgebracht.'

Ze voelde tranen opkomen. Ze wilde niets liever dan dat het waar was.

Mike liep terug naar het bed. Hij begon haar handen schoon te maken, ook al had ze die al gewassen. 'Ik snap wel waarom je me liet zitten. Het ging niet goed. Je had tijd nodig om uit te vinden wie je was en wat je wilde met je leven. Ik gunde je die tijd. Ik wist dat je het wachten waard was. Maar je bent nooit teruggekomen.'

Andrea proefde bloed toen ze op haar lip beet.

'Die geruchten waar Bible het over had...' Mike hield haar handen losjes in de zijne. Hij was nerveus. Ze had hem nog nooit nerveus gezien. 'Ik zat er helemaal doorheen toen je weg was. Iedereen plaagde me dat ik over een meisje zat te zwijmelen, maar het punt is dat je mijn hart had gebroken.'

Andrea beet nog harder op haar lip. Ze had een enorme, pijnlijke vergissing gemaakt.

'Ik bedoel – niet dat ik wegkwijnde om jou of iets dergelijks.' Mike probeerde zijn kwetsbaarheid achter een grijns te verbergen, maar de lefgozer was even weg. 'Hoewel ik wel wat gedichten schreef, liep ik niet doelloos rond terwijl ik huilend je naam riep.'

Andrea lachte, maar alleen om iets van de spijt kwijt te raken die opzwol in haar borst.

Hij haalde zijn schouders op. 'Het enige wat ik deed, was me in zinloze seks verliezen.'

Nu lachte ze pas echt.

'Begrijp me niet verkeerd. Ik was blij met al die seks. Ik heb heel veel geleerd.' Zijn speelse toon was terug. 'De stewardess door wie ik weer een dagboek ging bijhouden. De ballerina die met me aan mijn interpretatieve dans werkte. De tedere momenten met een moeder met legenestsyndroom die bij mijn oma in de buurt woonde. En dan de supermodellen, je wilt niet weten hoeveel supermodellen.'

Andrea vlocht haar vingers door de zijne. Haar hart bonsde zo luid dat ze ervan overtuigd was dat hij het kon horen.

'Bizar,' zei ze. 'Precies zoals ik me er zonder jou doorheen heb geslagen.'

Mike trok zijn wenkbrauw op. 'Mannelijke of vrouwelijke supermodellen?'

'Tijdens een orgie doe je wat nodig is,' zei ze schouderophalend.

'Absoluut. Je wilt niet onbeleefd zijn.'

Ze kuste hem. Ze sloeg haar armen om zijn schouders. Ze wikkelde haar benen om zijn middel. Alles aan zijn lijf voelde nieuw en tegelijkertijd vertrouwd. Zijn baard was even weelderig als ze zich had voorgesteld. Zijn mond was als honing.

'Mike...' Andrea was buiten adem tegen de tijd dat ze zich wist los te maken. 'Het spijt me. Ik ben zo dom en het spijt me zo.'

Het gordijn werd met een ruk opengetrokken.

'Tijd om op te stappen, mensen. We hebben het bed nodig.' De verpleegkundige leek er niet mee te zitten dat ze een teder moment verstoorde. Nogal abrupt trok ze het infuus uit Andrea's arm. 'Als je hees wordt, langdurig moet hoesten, geestelijk verward raakt of moeite hebt met ademen, moet je meteen 911 bellen. Is dit je man of je partner?'

'Het ligt wat ingewikkeld,' zei Mike.

'Ze heeft een lichte hersenschudding.' De verpleegkundige hield een klembord omhoog. 'Iemand anders dan zij moet dit ondertekenen.'

'Ik dus,' zei Mike.

'Ademhalingsoefeningen. Elk uur dat ze wakker is.' Ze vinkte iets af. 'De eerstvolgende tweeënzeventig uur niet roken of drinken. Gebruik maar keeltabletten of een spray tegen de pijn. Paracetamol naar behoefte. Geen lichamelijke inspanning.'

'Mag ze werken?' De vraag kwam van onderdirecteur Cecelia Compton. Ze was nog steeds in haar blauwe zakenpakje. Ze hield haar armen gekruist voor haar borst. 'Of moet ze vrij nemen?'

'Bureaudienst is prima als ze het aankan.' De verpleegkundige stak haar hand in haar zak en gaf Andrea een paar keelpastilles. 'Over zes uur moet je weer paracetamol nemen. Niet meer dan vierduizend milligram per vierentwintig uur.'

Andrea zou heroïne nemen als haar keelpijn daarmee wegging. Ze peuterde een pastille uit het papiertje. 'Bedankt.'

'Oliver?' zei Compton. 'Kom je even mee?'

Mike hielp Andrea van het bed af. Ze hield zijn hand vast tot ze los moest laten. Op een drafje ging ze achter Compton aan.

'Ik ben blij dat Mike in de buurt was.' Zwaaiend met haar armen zette Compton er de pas in. 'Een paar jaar geleden heeft Leonard met hem samengewerkt. Mike is een fatsoenlijke kerel. Ik heb die geruchten nooit geloofd. Een vrouw zou wel gek zijn om zijn hart te breken.'

Andrea liet de pastille door haar mond rollen.

'We spreken het volgende af.' Compton was weer in baasmodus. 'Door die idiote parkietenreddingsactie staat Bible nu op de lijst met gewonden. En wat die zuster zei boeit me niet. Jullie zijn allebei de rest van de week op medisch verlof. Zorg dat je goed slaapt. Maak maar een strandwandeling. Ik heb een nieuw team dat de beveiliging van de rechter en haar familie overneemt.'

Andrea zou zo langzamerhand aan teleurstelling gewend moeten zijn, maar de gedachte dat ze in een motelkamer moest zitten terwijl Dean Wexler onbekommerd zijn zieke zaakjes voortzette, was als een klap met een hamer.

Compton pikte haar stemming op. 'Bible heeft me bijgepraat over je gesprekken met Ricky Fontaine en Melody Brickel. Vervelend dat die niets hebben opgeleverd. Uiteindelijk komt er een doorbraak. Die komt er altijd.'

Er was al twintig jaar geen doorbraak geweest. Veertig, als je Emily Vaughn meetelde. Andrea was niet bereid op te geven. Ze was geen marshal geworden zodat slechte mensen slechte dingen konden blijven doen. 'Ma'am, ik –'

'Momentje.' Compton klopte hard op de deur van het herentoilet. 'Zou je nog even willen blijven?' vroeg ze aan Andrea.

Voor Andrea kon antwoorden, zwaaide de deur open. In tegenstelling tot Andrea zag Leonard Bible er totaal niet gehavend uit. De enige aanwijzing dat hij in een brandend huis was geweest, was een hagelwit verband om zijn rechterhand.

Hij hield hem voor Andrea omhoog. 'Beetje dom geweest.'

'Stilte,' beval Compton.

Bible knipoogde naar Andrea. 'Was mijn vrouw maar hier om tegen mijn baas te zeggen dat ze me niet zo op mijn kloten moet geven.'

'Nou, je vrouw gaat er zeker geen kusje op geven.' Compton haalde diep adem waarna ze haar rol van baas weer aannam. Tegen Andrea zei ze: 'De rechter wil je graag spreken. Volgens mij wil ze je bedanken, maar houd het kort. Mr Vaughn is er bijna geweest. Die haalt het einde van de nacht niet.'

'In orde, ma'am.'

Compton wees naar verderop in de gang, maar de ziekenkamer van Franklin Vaughn was moeilijk te missen. Aan weerszijden van de deur stond een marshal, beiden met zo'n gespierde borst dat ze net heteluchtballonnen leken. Vreemd genoeg herkenden ze Andrea. De een knikte naar haar. De ander opende de deur.

Ze had het gezoem en gepiep van apparaten verwacht, maar het was stil in de kamer. Het enige licht kwam van een lampje boven de badkamerspiegel. Iemand had de deur open laten staan om het donker te weren.

Rechter Esther Vaughn zat op een houten stoel, met haar gezicht naar het bed van haar man. De grote aktetas die ze uit de brand had gered, stond aan haar voeten. Haar aandacht was volledig op haar man gericht. Franklin Vaughn had geen slangen of infuusnaalden in zijn lijf, er was niet eens een canule voor extra zuurstof. Het was duidelijk dat hij alleen nog palliatieve zorg kreeg.

Andrea schoof de keelpastille in haar wang. 'Ma'am?'

De rechter trok haar schouders even op, alsof Andrea had geschreeuwd. Maar ze draaide zich niet om. 'Ga zitten, marshal.'

Andrea aarzelde. Aan de andere kant van het bed stond een grote, gestoffeerde stoel, van het soort dat je in bijna elke ziekenhuiskamer in het land aantrof. Andrea had ontelbare uren op een vergelijkbare stoel gezeten, terwijl haar moeder herstelde van diverse borstkankeroperaties.

Ze liep om het bed heen, maar ging niet zitten. Ze keek ook niet naar Franklin Vaughn. 'Directeur Compton zei dat u me wilde spreken.'

Langzaam hief Esther haar kin. Ze bekeek Andrea aandachtig, van haar beroete huid tot haar vuile operatiepak. 'Dank je wel.'

'Graag gedaan, ma'am.' Andrea's keel kneep samen en ze moest hoesten. 'Wat erg dat het niet goed gaat met Mr Vaughn. Kan ik iets voor u halen voor ik wegga?'

De rechter zweeg. Andrea luisterde naar de oppervlakkige ademhaling van Franklin Vaughn. Onwillekeurig begon ze te tellen. Ze was weer terug in de ziekenhuiskamer van haar moeder. Dagenlang had ze elke ademtocht van Laura geteld, had ze elk medicijn en elke test opgeschreven, was ze opgesprongen zodra Laura zich verroerde, uit angst dat haar moeder zou sterven als ze even niet oplette.

Ze knipperde met haar ogen. Ze wist niet of haar tranen het gevolg waren van haar herinneringen of van de brand. 'Als u verder niets nodig hebt, dan –'

'Ik dacht aan het moment dat Judith ter wereld kwam,' begon Esther. 'De geboorte van een kind hoort feestelijk te zijn. Vind je niet?'

Andrea perste haar lippen op elkaar. De rechter keek weer naar haar man. Ze stak haar hand uit, maar alleen om het bedhek vast te grijpen.

'De artsen lieten ons beslissen. Franklin en ik hadden eindeloos gediscussieerd over de vraag of we Emily zouden laten gaan zodra het kind veilig was,' zei Esther. 'Ik wilde de apparaten uitschakelen. Franklin zei dat we dat niet konden doen. De hele wereld keek toe. Onze wereld keek toe. Maar Emily nam ons het besluit uit handen. Ze kreeg een postnatale bacteriële baarmoederinfectie. Kraamvrouwenkoorts noemden ze het. De infectie raakte ontstoken. Het ging allemaal heel snel.'

Andrea keek naar Esthers vingers, die zich om het bedhek klemden.

'Toen Franklin vorig jaar die beroerte kreeg, vroegen de artsen mij wat er moest gebeuren.' Esthers stem kreeg iets hards. 'Opeens kwam er een heel levendige herinnering boven. Hij en ik waren in de werkkamer. Hij was woedend, wilde met alle geweld dat we haar in leven hielden. Ik vroeg wat hij zelf zou willen als hij zich in Emily's situatie bevond. Hij verbleekte en zei: "Je moet me beloven, Esther, dat je me nóóit laat wegkwijnen." '

Andrea zag Esthers hand langzaam naar beneden glijden. De vrouw boog haar hoofd en staarde naar de vloer.

'Ik heb mijn belofte verbroken. Ik heb de artsen buitengewone maatregelen laten nemen. Ik heb hem laten wegkwijnen. Aanvankelijk zei ik tegen mezelf dat Franklin nog steeds leefde. Dat was zo, toch? Zijn hart klopte nog. Hij kon nog ademen. Alleen God mag een leven nemen.'

De rechter balde haar handen op haar schoot. 'In werkelijkheid wilde ik hem laten lijden.' Ze zweeg even, alsof de bekentenis te veel van haar had gevergd. 'Ik had Emily moeten verdedigen toen ze nog leefde. Tegen zijn woede. Tegen zijn vuisten. Destijds maakte ik mezelf wijs dat hij haar minder slecht behandelde dan mij. Als ík het volhield, kon zíj het ook. Maar pas toen ze er niet meer was, besefte ik dat ik haar verschrikkelijk in de steek had gelaten. Ze was mijn dochter. Ik had niets gedaan om haar te beschermen.'

Andrea dacht aan de eerste brief die naar de rechter was gestuurd:

HOE ZOU JE HET VINDEN ALS DE HELE WERELD WIST DAT JE MAN JOU EN JE DOCHTER MISHANDELDE, MAAR DAT JE NIETS DEED OM HAAR TE BESCHERMEN?

'Ik zei tegen mezelf dat mijn carrière hem in zijn mannelijkheid had geraakt,' zei Esther. 'Wat deed een blauwe plek ertoe? Een klap? Mijn ambitie was een belediging voor hem. Zelf was Franklin nooit echt succesvol. Thuis moest hij zich laten gelden. Mijn pijn was een kleine prijs die daarvoor betaald moest worden. Ik had het recht niet Emily mee te slepen in ons duivelspact. Of om haar tragedie als een stok te gebruiken tegen mijn vijanden.'

Andrea hoorde echo's van een tweede brief:

JE HEBT JE DOCHTER OPGEOFFERD VOOR JE CARRIÈRE! JE HEBT JE KANKERDOODVONNIS VERDIEND!

'Met Judith trok ik een grens. Ik zei tegen Franklin dat ik bij hem weg zou gaan als hij haar ooit een haar krenkte. Hij legde zich er zonder protest bij neer.' Ze rimpelde haar voorhoofd, alsof ze nog steeds niet begreep waarom hij zich zo gemakkelijk gewonnen had gegeven. 'Waarom heb ik dat niet voor Emily kunnen doen? Waarom heb ik dat niet voor mezelf kunnen doen?'

Andrea beet op haar wang.

'Na de aanval op Emily vond Reagan dat ik me moest terugtrekken. Ik was razend. Ik kon niet alles waarvoor ik gewerkt had zomaar opgeven. Als ik toegaf, dacht ik, zou Reagan zich wel twee keer bedenken voor hij weer een vrouw voordroeg. Dat zou iedere president doen. Ik wilde een juridische erfenis achterlaten.' Esther liet haar blik op haar man rusten. 'Al die woede en ambitie, terwijl we niets anders zijn dan kwetsbare stervelingen.'

JE GAAT DOOD AAN KANKER EN JE MAN IS EEN PLANT, MAAR HET ENIGE WAT JOU INTERESSEERT, IS JE ZOGENAAMDE ERFENIS!

'Ik heb mezelf veel te lang voorgehouden dat mijn leven is gebouwd op pilaren van kracht, eerlijkheid en integriteit, maar dat is nooit het geval geweest.' Esthers toon was op zijn scherpst als die zich tegen haarzelf keerde. 'In die laatste maanden voor de aanval was Emily zo puur als wat. Ze begreep de wereld beter dan ik. Ze zag me scherper dan wie ook. Hoe dichter ik mijn eigen dood nader, hoe beter ik haar heldere blik begrijp. Ik was verblind door mijn eigen arrogantie. Ik was een hypocriet. Een bedrieger.'

JE GAAT DOOD, ARROGANTE, ARMZALIGE, WAARDELOZE BITCH! DAN WEET IEDEREEN WAT EEN BEDRIEGER JE BENT. IK ZAL JE LATEN LIJDEN!

'Ik heb dit alles nooit eerder hardop uitgesproken. Zelfs niet tegen Judith,' zei Esther. 'Ik weet niet goed waarom ik dit nu tegen jou zeg.'

Andrea kon Esther nauwelijks verstaan. Ze had zich in zichzelf teruggetrokken en staarde met ineengeslagen handen en gebogen rug naar de vloer. Een bepaald verlangen had de kamer gevuld. Nog een paar uur, dan zou de man van de rechter sterven. Ze had zelf nog maar een paar maanden te leven. Ze had meer aan een vreemde opgebiecht dan ooit aan zichzelf.

Andrea had medelijden met de oude dame moeten hebben, maar ze dacht weer aan de getuigenverklaring van Ricky Blakely uit 1982. Het cartooneske schuinschrift. De grote cirkels boven de i's. Ricky was een tiener geweest toen ze de lange, slingerende zinnen had geschreven, maar als Andrea één ding in haar leven had geleerd, was het dat mensen niet meer echt veranderden na de middelbare school.

Enorm veel dingen rondom die doodsbedreigingen hadden haar dwarsgezeten. Het ontbreken van scheldwoorden. De afwezigheid van seksuele intimidatie. De nauwgezette interpunctie. Het gebruik van een Oxford of *serial* font, een komma voor 'en' aan het eind van een opsomming. Het was logisch dat iemand die een doodsbedreiging schreef er alles aan deed om zijn of haar identiteit te verbergen, maar het was moeilijk te verbergen dat je onbuigzaam, dominant, intelligent en bovenal onverzettelijk was.

'Ma'am?' zei Andrea. 'Waarom hebt u die doodsbedreigingen aan uzelf gestuurd?'

Esthers lippen weken uiteen, maar niet van verbazing. Andrea herkende het mechanisme. Adem in, kalmeer je gejaagde hart, concentreer je op alles behalve het betreffende trauma.

Toen Esther eindelijk naar Andrea opkeek, was dat niet om haar vraag te beantwoorden, maar om er zelf een te stellen. 'Waarom ben je niet bang voor me?'

'Ik weet het niet,' bekende Andrea. 'Als ik aan u denk, ben ik bang, maar als ik u zie, besef ik dat u alleen maar een geknakte oude vrouw bent van wie de dochter is vermoord en die door haar man geslagen werd.'

Esther liet haar kin iets zakken. 'Weet Leonard dit?'

'Hij denkt nog steeds dat Ricky de brieven heeft geschreven.'

Esther sloeg haar blik neer en liet hem rusten op de aktetas aan haar voeten. Het hele huis van de rechter was in vlammen opgegaan, maar het enige wat ze eruit gered had, was de aktetas.

'Ik had het systeem niet mogen misbruiken,' zei ze. 'Ik zie nu hoe zelfzuchtig ik me heb gedragen. Mijn excuses.'

Andrea zat niet op een excuus te wachten. Ze wilde uitleg. De rechter was al bijna even lang op aarde als de US Marshals. Ze wist hoe gerechtelijke bescherming werkte. Prioriteit nummer één bij een geloofwaardige doodsbedreiging was ervoor zorgen dat de rechter veilig was. Esther had zich kennelijk zo bedreigd gevoeld dat ze beveiliging wilde, maar ze was ook bang geweest om de reden uit te leggen. Andrea had het gevoel dat er eindelijk een puzzelstuk op zijn plaats viel.

'Tegen wie moest u beschermd worden?' vroeg ze.

Esther trok haar breekbare schouders op en ademde diep in. Toen blies ze een naam uit alsof het een ziekte was. 'Dean Wexler.'

Andrea liet zich tegen de rugleuning van de zware stoel zakken. Alle vreselijke dingen die een vrouw in dit stadje konden overkomen, leken steeds herleidbaar tot Wexler.

' "Want uw vijand, de duivel, zwerft rond als een brullende leeuw, op zoek naar prooi." ' Bij die laatste woorden ging Esthers stem trillen. '1 Petrus 5 vers 8.'

Andrea bleef de stoel vastklemmen. Ze kon maar één reden bedenken waarom Esther Vaughn zich angst zou laten aanjagen door Dean Wexler, maar ze kreeg de woorden niet over haar lippen.

'Vertel het maar,' zei ze.

Weer haalde Esther diep adem om moed te scheppen. 'Toen Judith een baby was, zette ik haar box vaak in de tuin zodat we samen konden zijn. Op een keer was ik in de schuur toen ik besefte dat ik haar niet meer hoorde. Ik rende naar buiten en trof Wexler aan, die haar vasthield.'

Andrea zag hoe tranen haar ogen vulden. Ze werd nog steeds geteisterd door de herinnering.

'Judith had geen idee dat ze bij een vreemde in de armen lag. Als kind was ze altijd zo vrolijk en goed van vertrouwen. Maar ik zag de blik in Wexlers ogen, alsof hij haar iets wilde aandoen. Hij had haar armpje vastgegrepen, alsof hij het wilde afbreken. De boosaardigheid in zijn ogen, het pure kwaad...'

Esther zweeg, overmand door emotie.

'Ik had nog nooit zo hard geschreeuwd. Niet toen we over de aanval op Emily hoorden. Zelfs niet toen Franklin...' Ze maakte haar zin niet af, maar Andrea wist dat ze het over het slaan had. 'Mijn hele leven had ik mezelf als sterk en onaantastbaar beschouwd. Op de gebroken plekken word je harder, en zo kun je doorgaan. Maar toen ik die ellendige duivel zag met mijn Judith in zijn armen, brak er iets in me. Ik liet me op mijn knieën zakken en smeekte hem Judith terug te geven, en op dat moment kwam Franklin naar buiten.'

Andrea zag hoe de rechter zichzelf probeerde te kalmeren. Haar handen beefden. Tranen stroomden uit haar ogen.

'Ik... Ik rende het huis in met Judith. Het was alsof mijn hart in brand stond. Tegen de tijd dat Franklin weer binnenkwam, had ik me met Judith boven in de linnenkast verstopt.' Esther zweeg even, worstelend met de herinnering. 'Toen zei Franklin dat Dean Wexler Judiths vader was.'

Weer voelde Andrea de wereld kantelen, ook al had ze geweten dat dit zou komen. Haar gedachten dreigden alle kanten op te tollen. *Als Dean de vader van Judith was, had hij dus gelogen over zijn onvruchtbaarheid, en als hij daarover had gelogen, wat verborg hij dan nog meer?*

'Franklin zei dat we Wexler geld moesten geven zodat hij weg zou gaan. Ze hadden een deal gesloten, en Franklin zou het afhandelen.' Esther sloeg haar handen ineen om het trillen tegen te gaan. 'Ik had meteen de politie moeten bellen. Dat zie ik nu heel scherp, maar destijds deed ik niets.'

'Waarom niet?' kon Andrea alleen maar vragen.

'Ik was doodsbang dat Wexler een manier zou bedenken om Judith te pakken. Je kunt je niet voorstellen hoe boosaardig hij keek, die dag in de tuin. Tot op de dag van vandaag geloof ik dat hij het vleesgeworden kwaad is.' Ze bracht haar vingers weer naar het kruis om haar hals en betastte het alsof het een talisman was. 'Wexler had een proces kunnen beginnen om ouderlijke rechten, snap je? Hij had Judith van ons kunnen afpakken. Of bezoekrecht kunnen eisen. Of op de een of andere manier zeggenschap kunnen krijgen over haar opvoeding. De aangewezen manier om ons van die dreiging te bevrijden was door hem geld te geven zodat hij wegbleef.'

'Maar,' zei Andrea, 'als Wexler ouderlijke rechten had willen claimen, zou hij indirect toegeven dat hij seks had gehad met een minderjarige.'

'Dat moet je in de context van de tijd plaatsen. De wetten tegen seks met minderjarigen werden pas in 1981 constitutioneel bekrachtigd door het Hooggerechtshof. Volgens de staatswet van Delaware was seks tot de jaren zeventig toegestaan vanaf zeven jaar. Wetten ter bescherming van het slachtoffer kwamen pas een paar jaar later. Toen ik pas rechter was, moest een aanklacht wegens aanranding vergezeld gaan van een ooggetuigenverklaring om als geloofwaardig te worden beschouwd.'

'Neem me niet kwalijk, ma'am,' zei Andrea, 'maar er is nog niet zoveel veranderd. Een witte vrouw die op tragische wijze verkracht en vermoord is, is nog steeds een witte vrouw die op tragische wijze verkracht en vermoord is.'

'Nu richt je je tot de sensatiepers, niet tot het gerechtshof.' Esther zweeg even en klemde het kruisje vast. 'Hoe kom je van A naar B? Dean gaf toe dat hij seks had gehad, niet dat hij haar had vermoord, en hij kon de bekentenis nog altijd intrekken. Door mijn aanzien en door de obscene details zou elke openbare aanklager zich ervoor hoeden een onbewezen, dubieuze zaak als deze op zich te nemen. Franklin en ik hadden al een privédetective in de arm genomen, maar die was er niet in geslaagd

Emily's moordenaar op te sporen. We werden geconfronteerd met hetzelfde probleem als altijd: een overduidelijk gebrek aan bewijs.'

Andrea koos haar woorden met zorg. 'De politie slaagt er voortdurend in verdachten door informanten te laten verlinken.'

'Je bedoelt iemand betalen of overhalen om Deans schuld te bevestigen?' Esther leek niet beledigd, wat betekende dat ze over de mogelijkheid had nagedacht. 'Stel dat zo iemand op zijn woorden terugkwam? Of dat hij ons zou gaan chanteren? Met Wexler wisten we wat voor vlees we in de kuip hadden, namelijk de baarlijke duivel.'

Andrea wist dat Esther waarschijnlijk van alle slechte opties de minst slechte had gekozen. Ze wist ook dat er rond die tijd iets anders was gebeurd. 'Wexler zei dat hij geld had geërfd van een overleden familielid. Daarmee heeft hij de boerderij kunnen kopen.'

Esther knikte bedachtzaam. 'Die boerderij is ooit van Franklins moeder geweest. Na haar dood zou hij van Emily worden en na haar van Judith.' Ze nam een tissue uit de mouw van haar jurk. Voor ze verderging, veegde ze voorzichtig haar tranen af. 'Franklin droeg het land over aan een vennootschap. De vennootschap verkocht het voor een nominaal bedrag aan een brievenbusfirma. Vervolgens maakte die firma niet-openbare bedragen over aan een trust die werd beheerd door Dean Wexler.' Esther keek Andrea aan en legde het in eenvoudiger bewoordingen uit. 'Belastingfraude, belastingontduiking, verduistering, vervalsing, misschien witwassen, maar daarvoor zou ik het statuut uit 1983 moeten bestuderen.'

Andrea wist dat Wexler het daar niet bij had gelaten. 'Had u er iets mee te maken toen de zaak voor de Raad van Arbeid kwam?'

Weer knikte Esther. 'Franklin zei dat ik om een paar wederdiensten moest vragen. Zo formuleerde hij het altijd: je moet om een wederdienst vragen. Ik zette er nooit vraagtekens bij. Ik deed wat hij zei, want ik wilde Judith beschermen.'

Andrea wees op een fout in het verhaal van de rechter. 'Volgens het zaakdossier van Bob Stilton benadrukte Wexler dat hij de vader niet kon zijn. Hij had in zijn jeugd een of andere ziekte gehad waardoor hij onvruchtbaar was geworden.'

'Nogmaals, bewijs was er niet.' Esther had het dossier dus ook gelezen. 'Franklin zei dat we Wexler op zijn woord moesten geloven. Het risico was te groot. Omdat ik Judith ten koste van alles wilde beschermen, stelde ik geen vragen. Tegen de tijd dat ik bedenkingen kreeg, was het te laat.'

'Hebt u Wexler nooit om DNA gevraagd?'

'Wat zou dat uithalen? Als je eenmaal aan chantage hebt toegegeven, moet je altijd aan chantage toegeven. Franklin en ik hadden ons allebei schuldig gemaakt aan de oorspronkelijke onroerendgoedtransactie. Dean had bewijs dat we de wet hadden overtreden. Wij hadden geen bewijs dat hij onze dochter had vermoord.' Esther slaakte een dodelijk vermoeide zucht. Ze was tientallen jaren tegen dezelfde muren opgelopen waar Andrea nog maar een paar dagen tegenaan knalde. 'Ik hield mezelf voor dat de bedreiging te persoonlijk was om verbreking van onze overeenkomst te riskeren. Wexler zou altijd wel een manier vinden om Judith te pakken. En toen Guinevere was geboren, werd de inzet alleen maar hoger.'

Andrea keek naar haar opgezwollen linkerpols. 'Weet u wat Dean doet met de vrouwen op de boerderij?'

'Ik heb jarenlang dingen niet willen weten. Emily noemde het mijn "talent voor selectieve blindheid".'

Andrea wilde het liefst tactvol zijn, maar toen dacht ze aan Star Bonaire en Alice Poulsen. 'Toch weet u veel bijzonderheden voor iemand die beweert buiten de details te zijn gehouden.'

Esther richtte haar blik op haar man. Zijn adem klonk schraperig. De tussenpauzes waren langer geworden. 'Nadat Franklin die beroerte had gehad, was er geen buffer meer. Wexler kwam rechtstreeks naar mij toe. Ik zei dat het afgelopen was met mij. Ik wist dat mijn kanker niet te opereren was. Ik wilde het kleine beetje tijd dat me nog restte met Judith en Guinevere doorbrengen.'

Andrea had gezien hoe Dean Wexler vrouwen behandelde die hem het hoofd boden. 'Wat deed hij?'

'Er werd een poststuk naar het huis gestuurd, geadresseerd aan Guinevere.' Esther bracht haar hand weer naar haar keel. Ze klemde het gouden kruisje vast. 'Ik herkende het afzendadres. Wexler had een aanmeldingsformulier gestuurd voor een vrijwilligersplek op de boerderij. Guineveres naam en adres waren al ingevuld.'

'Dat is alles?' vroeg Andrea. Zo subtiel was Dean Wexler volgens haar niet.

'In de envelop zaten ook foto's van Guinevere. Iemand was haar gevolgd op weg van school naar huis. Eén foto was tussen de open gordijnen van haar slaapkamerraam door genomen.'

Andrea voelde de wanhoop in haar stem. 'Wat hebt u gedaan?'

'Ik raakte weer in paniek,' zei Esther. 'Ik had van die eerste keer niets geleerd. In plaats van eindelijk met de waarheid naar buiten te komen, manipuleerde ik het systeem. Het is zoals je al zei. Ik heb de doodsbedreigingen zelf geschreven. Ik wist dat de afdeling gerechtelijke bescherming in actie zou komen.'

Voorzichtig corrigeerde Andrea haar verhaal, want ze had de eerste paar keer de geboden bescherming afgewezen. 'U wilde Bible.'

'Leonard is een goede man,' zei Esther. 'Ik ben zo'n groot deel van mijn leven bang geweest voor slechte mannen. Voor mijn man. Voor Wexler. Voor mijn eigen mensen. Ik heb geleefd met het schrikbeeld van verlies, altijd van verlies. Emily zag mijn angst en noemde het lafheid. Natuurlijk had ze gelijk. Ik heb niet de illusie dat ik in het hiernamaals niet hoef te boeten voor mijn zonden. Het kleine beetje tijd dat me nog rest, wil ik doorbrengen te midden van de mensen die van me houden.'

'En wanneer u er niet meer bent?' vroeg Andrea, want het was duidelijk dat de rechter een plan had.

Hoofdschuddend zei Esther: 'Ik hoor je mijn verontschuldigingen aan te bieden omdat ik je heb onderschat. Leonard zei dat je buitengewoon begaafd bent.'

Andrea ging niet op het compliment in. Er waren te veel andere vrouwen die leden onder Wexlers tirannie. 'Ma'am, wat zit er in uw aktetas?'

26 NOVEMBER 1981

Emily zat naast Omi aan de keukentafel. Ze waren pompoenpitten aan het doppen voor de jaarlijkse Thanksgiving-viering bij de Vaughns, maar in plaats van vijftig mensen die in de salon cocktails dronken en nog eens twintig die op elkaar gepropt in de kleine tv-kamer football zaten te kijken, zouden ze nu maar met zijn vieren zijn – van wie er één niet goed wist wie de anderen waren.

'Ik heb het van mijn vader geleerd,' zei Omi. 'Hij was dol op pompoenpitten.'

'Wat was hij voor man?' vroeg Emily, hoewel ze het verhaal woordelijk kon opdreunen.

'Nou, erg groot was hij niet.' Omi beschreef eerst haar vaders haar, dat tot zijn grote teleurstelling zacht en dun was geweest, want hij presenteerde zich graag als een tweede Clark Gable. Toen ze overging op zijn liefde voor herenmode, liet Emily haar gedachten afdwalen. Ze keek naar haar handen, die de pompoenpitten dopten. Esther had ze al geroosterd in de oven. De meeste mensen dopten ze niet vooraf maar gewoon tijdens het nuttigen, maar Omi was van mening dat je het beter vooraf kon doen om er later meer van te genieten. Ze hadden de kom al bijna gevuld.

'Van papa moest ik het zo doen.' Omi liet zien hoe je zachtjes op de dop moest drukken tot hij openbarstte. De binnenste pit was groen. 'Maar je mag ze nog niet eten. Ze moeten allemaal in de kom.'

'Goed idee,' zei Emily. Ze wilde weer een handvol pitten pakken, maar er schoot een scherpe kramp door haar rug en ze slaakte een kreet. Ze bedwong de neiging voorover te klappen en leunde in plaats daarvan achterover om de spier op te rekken.

'O,' zei Omi. 'Gaat het, liefje?'

Het ging helemaal niet. Emily ademde sissend uit. Ze wist niet of de verrekte spier door haar zwangerschap kwam, door het gesleep met haar zware boekentas of doordat ze 's nachts niet kon slapen van de spanning over de gang van zaken op school.

'Het is nog iets te vroeg voor spierkrampen.' Esther was de provisiekast uit gekomen. Ze zette een blik zuurkool op tafel en begon met haar vuist Emily's rug te kneden. 'Duw er maar doorheen.'

Emily wilde nergens doorheen duwen. Ze wilde dat het voorbij was.

'Al beter?' vroeg Esther.

Emily knikte, want de kramp was weggetrokken. Met gesloten ogen leunde ze tegen haar moeders heup. Esther hield haar vast en streek haar haar naar achteren. Dat was voor hen beiden iets nieuws. Omi was altijd degene geweest die Emily's tranen droogde of een geschaafde knie kuste. Esther overhoorde haar vocabulaire en trainde haar voor de debatclub. Het was alsof Emily's zwangerschap een moederlijke kant bij Esther naar boven had gebracht waarvan niemand het bestaan had vermoed. Of misschien had Omi's dementie een leemte geopenbaard die Esther nooit had hoeven vullen.

'Liefje,' zei Omi tegen Emily. 'Je bent wel heel jong om al zwanger te zijn.'

Emily lachte. 'Zeg dat wel.'

Omi keek verward, maar ze lachte mee.

Esther drukte haar lippen op Emily's hoofd. 'Goed, ik ga maar eens koken. Je vader komt zo terug van de club.'

Emily keek naar haar moeder, die in de keuken aan de slag ging. Eigenlijk kookte ze niet echt. Ze warmde op wat al was klaargemaakt door de kok, die een voorkeur had voor gerechten die typisch waren voor Maryland. Krabkoekjes. Maiskolf. Oestervulling. Cranberrysaus. Sperziebonen met tomaat. Gebakken ham.

Aan de ham kon je het duidelijkst zien dat hun omstandigheden veranderd waren. Gewoonlijk gruwde Emily van de aanblik van het dikke, roze stuk vlees, sudderend in zijn eigen sappen. De vorm deed te zeer aan het varken zelf denken. De ham die Esther uit de koelkast had gepakt, was klein, leek meer op een brood. Toch was het voor vier mensen ruim voldoende.

Niemand die het zei, maar dat er geen feestelijke stemming heerste, was Emily's schuld.

Haar erfzonde had gevolgen die veel verder reikten dan het kleine aantal eters aan tafel. Esthers aanstelling als rechter was onzeker geworden. Ze was voortdurend aan het bellen, ging naar vergaderingen in Washington, probeerde uit alle macht aan te tonen dat ze nog steeds een benoeming voor het leven verdiende. De druk was gigantisch, hoewel ze er nooit openlijk over sprak. Wel waren er gespannen gesprekken met Franklin, die snel werden afgebroken zodra Emily de kamer binnenkwam. 's Nachts hoorde ze hun gedempte stemmen aan de andere kant van de slaapkamermuur, als Franklin liep te ijsberen over de krakende vloer en Esther aan haar bureau strategieën zat uit te werken.

Vooral de afgelopen week was zwaar geweest. Emily had een opiniestuk in *The Wilmington News Journal* gelezen waarin de vraag werd gesteld of Esther Vaughns gerechtelijke ambities haar moederlijke plichten hadden overschaduwd. Franklin had de opengeslagen krant op de ontbijttafel voor Emily achtergelaten.

Ze stond op van tafel. Opeens kon ze wel huilen. Er waren geen tissues in de keuken, dus snoot ze haar neus in een stuk keukenpapier. Met een glimlach gaf Esther aan dat ze wist dat Emily huilde, maar dat er niets aan te doen viel.

'Kan ik ergens mee helpen?' vroeg ze aan haar moeder.

'De *hasty pudding* staat in de koelkast in de garage. Zou je –'

'Lieve help.' Omi keek hen aan. 'Ik ga maar eens naar mijn kamer, een dutje doen.'

Emily zag dat ze geen idee had wie ze tegenover zich had in de keuken. Gelukkig had Omi lang genoeg in het huis gewoond om haar omgeving nog te kennen. Afwezig 'Yankee Doodle' neuriënd kuierde ze de gang aan de achterkant van het huis door. Tegen de tijd dat ze bij de trap was aangekomen, marcheerde ze op de maat van het liedje.

Esther wisselde een geamuseerde blik met Emily. Ze was de hele ochtend al in een ongelooflijk goede stemming. Emily vroeg zich af of haar zwangerschap hen soms dichter bij elkaar had gebracht. Moeilijk te zeggen. Soms voelde het alsof hun moeder-dochterrelatie een nieuwe fase in ging. Maar er waren ook momenten dat Esther Emily op haar kop gaf omdat ze de thermostaat te hoog had gezet of een natte handdoek op de vloer had achtergelaten.

'Pudding?' drong Esther aan.

'Oké.' Emily wist dat ze haar geheugenverlies niet aan haar zwangerschap kon toeschrijven. Ze liet zich gemakkelijk afleiden omdat het doorgaans te deprimerend was om zich met het hier en nu bezig te houden.

De garage voelde koud als een ijsberenlijf, om Omi te citeren. Toch ging Emily niet terug om haar jas te halen, want ze had het warm. Uiteraard veranderde dat zodra ze de achterkant van de garage had bereikt.

Huiverend trok ze de koelkast open. Met dank aan Omi begon ze 'Yankee Doodle' te neuriën, wat sowieso al een irritant deuntje was om in je hoofd te hebben. Ze dacht aan *Kleine man* van Louisa May Alcott, dat ze in groep acht had gelezen voor extra punten. Emil en Franz waren naar de korenmolen gegaan om genoeg meel op te halen om het hele gezin maandenlang van hasty pudding en maispannenkoeken te voorzien. Emily had een ster van de leraar gekregen omdat ze een verband had gelegd met het lied.

Tegenwoordig kreeg ze geen sterren meer van haar leraren.

Op school werd ze volledig gemeden. Zelfs de conciërges wendden zich af als ze langsliep. Het was alsof haar zwangerschap een krachtenveld had gecreëerd. Hoe meer akelige geruchten de ronde deden, hoe meer iedereen afstand bewaarde. Leraren schudden verbijsterd hun hoofd. Iemand had een heel groot gat geknipt in het T-shirt dat ze bij gym droeg. Bij mentoruur had iemand het woord HOER op haar tafel gekrast. Vóór de Thanksgiving-vakantie had een of andere idioot de voering uit een maandverband gehaald en die op haar kluisje geplakt. Met rode stift was er zogenaamd bloed op aangebracht. Met zwarte stift was er een rechthoek omheen getekend zodat het net een ansichtkaart leek, en daaronder stonden de volgende woorden gekrabbeld:

Wish You Were Here?

Emily vermoedde dat het maandverband het werk van Ricky was, en misschien ook de rest van de ravage. De wreedste beledigingen leken van de kliek afkomstig te zijn. Blakes geruchten over Emily's drugs- en alcoholgebruik waren een eigen leven gaan leiden. Ze gebruikte niet alleen, ze dealde ook. Ze blowde niet alleen, ze was ook een junkie. Ricky had er eigen leugens aan toegevoegd en vertelde aan iedereen die het horen wilde dat ze Emily verschillende jongens had zien pijpen achter de gymzaal. En uiteraard hadden sommige jongens gemeld dat ze tot de uitverkorenen hadden behoord. Nardo was voorspelbaar wreed en maakte misselijke opmerkingen telkens als hij haar binnen gehoorsafstand passeerde.

De ene dag 'proleet'.

De volgende dag 'vies kutwijf'.

'Vet varken' op dagen dat Emily een heel gedeprimeerde indruk maakte.

Clay negeerde haar volkomen, wat nog veel pijnlijker was dan Nardo's akelige pesterijen. Wat Clay betrof bestond Emily niet meer. Haar aanwezigheid in de kantine of op straat had dezelfde uitwerking op hem als de openbare telefoon aan de muur of de brievenbus op de hoek.

En dan de anderen. Melody Brickel glimlachte telkens als ze Emily zag, maar die lachjes herinnerden haar alleen maar aan wat ze was kwijtgeraakt.

Dean Wexler had erop gestaan dat Emily van iemand anders les zou krijgen. Omdat het schooljaar al zo ver gevorderd was, bracht ze dat uur in een geïmproviseerd studielokaal of in haar eentje in de bibliotheek door.

Verder was er Cheese – of Jack, zoals Emily hem nu moest noemen.

Op school probeerde hij haar zoveel mogelijk uit de weg te gaan. Buiten de les praatte hij nauwelijks nog met haar, en buiten schooltijden was hij altijd bezig. Hij had tegen haar gezegd dat hij van zijn vader op het politiebureau moest werken. Het klonk als een slap excuus. Jack had heel vaak gezegd dat hij niet van plan was die zomer naar de politieacademie te gaan. Zodra hij geslaagd was, wilde hij de stad uit.

Emily weet het aan haar mysterieuze zwangerschap dat er een merkbare spanning tussen hen was ontstaan. Ze had Jack nooit gevraagd of hij ook op het feest was geweest. Ze had zichzelf voorgehouden dat dat was omdat ze niet in Nardo's val wilde lopen, maar heimelijk was ze bang voor wat Jack zou kunnen antwoorden.

Was Jack ook bij Nardo thuis geweest?

Had hij haar iets aangedaan?

Emily betrapte zichzelf erop dat ze wezenloos in de koelkast stond te staren. Ze was vergeten waarvoor ze hier was.

Bier, slagroom, frisdrank, melk.

Eigenlijk moest ze met Jack gaan praten. Ze hadden nooit geheimen voor elkaar gehad. Niet als het om belangrijke zaken ging. De vorige avond had ze hem de schuur zien binnenglippen. Ze had daar een kussen en een schone deken voor hem neergelegd, want ze wist dat het rond de feestdagen altijd een rottijd was bij hem thuis. Zijn moeder zou al kort na het ontbijt de eerste fles opentrekken. De commissaris zou tegen de lunch met haar meedoen. 's Avonds tegen etenstijd gingen ze tegen elkaar tekeer, waren ze in een handgemeen verwikkeld of lagen ze allebei uitgeteld op de vloer.

'Pudding,' zei Emily toen haar eindelijk inviel waarom ze stond te blauwbekken in de garage.

Ze zette de pot slagroom boven op de pan en duwde met haar heup de deur van de koelkast dicht. Ze liep over de lege plek waar normaal haar vaders auto stond. Ze vroeg zich af of hij echt op de golfclub was. Op de ochtend van Thanksgiving hielden ze een *shotgun start*, zodat er ook wat vrije tijd voor het personeel overbleef. Ze wist dat hij zich voor negen holes had opgegeven, maar ze wist ook dat het geen vier uur duurde om de *back nine* te spelen.

'Was je de weg kwijt?' Esther stond haar in de deuropening op te wachten.

Ze tilde de pudding omhoog. 'Ik kreeg dat stomme liedje niet uit mijn hoofd.'

Esther ademde in en zong toen uit volle borst: *'Fath'r and I went down to camp with Captain Goodin.'*

Emily zong mee: *'And there we saw the men and boys as thick as hasty puddin'.'*

Stampend met hun voeten en zo hard mogelijk zingend marcheerden ze het huis weer in.

'And there was Captain Washington and gentle folks about him... they say he's grown so tarnal proud he will not ride without them!'

Het duizelde Emily toen haar moeder haar naar zich toe trok. Esther was werkelijk in een fantastische bui. Ze hadden al een eeuwigheid niet meer samen gezongen.

'O, help.' Esther veegde de tranen van het lachen uit haar ogen. 'Dat was leuk, hè?'

Emily gloeide van voldoening. 'Wat ben je vrolijk vandaag.'

'En waarom zou ik niet vrolijk zijn? Ik mag de hele dag met mijn gezin doorbrengen.' Ze hield Emily's arm nog een paar tellen vast voor ze zich weer op de voorbereidingen voor het eten richtte. 'Ga zitten. De rest kan ik wel alleen af.'

Emily was blij met een momentje rust. Ze legde haar voeten op Omi's lege stoel. De kramp in haar rug was verdwenen, maar nu had ze het gevoel dat haar tenen tot pijnlijke worstjes opzwollen.

'Eigenlijk moet ik mijn huiswerk voor Engels maken,' zei ze. 'Dat opstel is mijn halve cijfer.'

'Maak je daar vandaag maar niet druk om.' Esther stond met haar rug naar Emily toe, maar ze verstijfde zichtbaar. Ze draaide zich om en sloeg haar armen over elkaar. 'Eigenlijk moet je je daar helemaal niet meer druk om maken. Je kunt beter nu van school gaan, uit eigen wil, dan wachten tot de situatie onhoudbaar wordt.'

Alleen al het idee benam Emily de adem. 'Ik kan niet van school gaan, mam. Als ik dit jaar haal, heb ik voldoende punten voor mijn diploma.'

'Tegen die tijd heb je een baby, Emily. Je verwacht toch niet dat je samen met de rest van de klas het podium op zult lopen?'

Emily voelde de lichtheid van de afgelopen paar minuten uitdoven. Ze waren geen leeftijdgenoten en ook geen vriendinnen. Esther was haar moeder, en haar moeder kwam met een verordening.

'Dat is niet eerlijk,' zei Emily. Als Esther zich als een volwassene opstelde, werd zij weer een kind. 'Je doet alsof ik geen keuze heb.'

'Je hebt wel een keuze,' zei Esther. 'Je kunt ervoor kiezen je te richten op wat belangrijk is.'

'Is leren dan niet belangrijk?'

'Natuurlijk wel. Of liever gezegd, dat wordt het wel weer.'

'Mam, ik...' Emily had de woorden nog niet eerder hardop uitgesproken, maar ze had ze de afgelopen maand wel vaak gedacht. 'Ik kan nog altijd gaan studeren. Dan nemen we een nanny en –'

'En waar wou je die van betalen?' Esther had haar handen geheven, onbewust naar het grote huis gebarend dat al ruim een halve eeuw in

Franklins familie was. 'Wie gaat die nanny betalen, Emily? Ga je naast je colleges ook nog werken? Is ze er ook als je je lessen moet voorbereiden en papers moet schrijven?'

'Ik...' Emily besefte dat ze dit gesprek van tevoren had moeten plannen. Ze had concrete cijfers nodig om aan haar ouders te laten zien, ze moest kunnen uitleggen hoe een kleine investering nu zich later zou terugbetalen. 'Ik móét wel gaan studeren.'

'Ja, je zúlt ook gaan studeren,' zei Esther. 'Uiteindelijk. Als het kind oud genoeg is om naar school te gaan. Als hij het na een paar jaar goed doet, kun je –'

'Dat duurt nog acht jaar!' Emily was verbijsterd. 'Wil je dat ik ga studeren als ik al bijna dertig ben?'

'Het komt voor,' zei Esther, maar het ontbrak haar duidelijk aan voorbeelden. 'Je kunt niet voor een klein kind zorgen als je studeert, schat. Dat is onmogelijk.'

Emily kon het niet geloven, zo hypocriet was het. 'Maar dat heb jij ook gedaan!'

'Praat eens wat zachter,' waarschuwde Esther. 'Voor mij was het anders. Je grootmoeder bleef thuis bij jou terwijl ik aan Harvard studeerde. En ik had een man. Dankzij je vader was het legitiem. Hij stond toe dat ik een loopbaan buitenshuis koos.'

'Stond toe?' Emily kon een lach niet onderdrukken. 'Tegen mij zeg je altijd dat vrouwen alles kunnen.'

'Dat kunnen ze ook,' zei Esther. 'Maar wel binnen het redelijke.'

Geërgerd wierp Emily haar handen in de lucht. 'Mam!'

'Emily.' Esther klonk nu heel kalm. 'Ik weet dat we hebben gezegd niet te zullen praten over de omstandigheden rond de oorsprong van je toestand.'

'Jezus, je klinkt als een advocaat.'

Ze keken allebei verbluft. Emily sloeg haar hand voor haar mond. Dat soort dingen dacht ze voortdurend, maar ze sprak ze nooit uit.

In plaats van haar dochter te berispen nam Esther aan tafel plaats. Ze droogde haar handen aan haar schort. 'Je moet je eerherstel verdienen, Emily. Je hebt een regel geschonden – een fundamentele regel – die vrouwen niet mogen schenden. De deuren die ooit voor je openstonden, zijn nu gesloten. Dat zijn de gevolgen van je handelingen die je moet dragen.'

'Hoezo handelingen? Ik heb niet –'

'Je gaat niet terug naar school,' zei Esther. 'Vorige week heeft directeur Lambert je vader gebeld. Het besluit is al genomen. Je kunt er niets meer aan doen. Je bent uitgeschreven.'

Emily voelde haar ogen vochtig worden. Vanaf haar geboorte had Esther het belang van een opleiding er bij haar ingehamerd. Emily had urenlang gestudeerd, geblokt en geoefend, voor elke toets en elk opstel, alleen om haar moeder trots te maken.

En nu liet Esther haar weten dat het allemaal voor niets was geweest.

'Dit is niet het einde van de wereld, Emily,' zei Esther, hoewel het duidelijk ergens het einde van was. 'Je vader en ik hebben dit besproken en we zijn het met elkaar eens.'

'O, als papa het zegt, is het goed.'

Esther negeerde haar sarcasme. 'Voorlopig moet je afwachten. Je blijft hier thuis, vertoont je niet in het openbaar, en als er voldoende tijd is verstreken, bedenken we wel een manier om je opnieuw de maatschappij in te sturen.'

'Wil je me acht jaar in huis opsluiten?'

'Doe niet zo theatraal,' zei Esther. 'Je hebt huisarrest tot de baby er is. Je mag in de achtertuin wandelen en onder schooltijd de straat op en neer. Voor je gezondheid moet je wel in beweging blijven.'

Emily hoorde haar ingestudeerde toon. Ze zag voor zich hoe haar ouders dit alles laat op de avond aan het regelen waren, waarbij Franklin de kamer op en neer liep met een glas whisky in zijn hand en Esther een lijst opstelde van alles wat Emily mocht of niet mocht. En ondertussen vroegen ze zich geen van beiden af wat hun zwangere dochter wilde.

Zoals ze ook samen namens haar hadden besloten dat ze deze baby zou voldragen.

Zoals ze haar ook dwongen van school te gaan, geen eindexamen te doen, haar studie uit te stellen, haar leven op de lange baan te schuiven.

'En dan?' vroeg Emily, want ze was benieuwd wat ze nog meer hadden besloten.

Esther leek opgelucht door de vraag, die ze duidelijk als instemming beschouwde. 'Als de tijd er rijp voor is, nemen je vader en ik je mee naar allerlei gelegenheden. We beginnen voorzichtig, eerst alleen met ons soort mensen. Met zorg zullen we degenen kiezen die het ontvankelijkst zijn voor je herintroductie. Als het kind oud genoeg is, kun je misschien ergens stage lopen. Of als secretaresse gaan werken.'

'Wat ben jij een hypocriet.'

Esther keek eerder geamuseerd dan beledigd. 'Neem me niet kwalijk?'

Emily was doodmoe van alle pogingen om haar gedachten niet over haar lippen te laten komen. Het was doodvermoeiend om met iedereen rekening te houden, vooral omdat niemand – ooit – rekening met haar hield.

'Vanaf je hoge troon preek je hoe belangrijk het is dat vrouwen sterk zijn,' zei ze. 'Je straalt onverzettelijkheid uit. Je laat iedereen in de waan dat je geen angst kent, maar alles wat je doet, elke keuze die je maakt, komt voort uit angst.'

'Ik bang?' Esther lachte snuivend. 'Ik ben nog nooit in mijn leven ergens bang voor geweest, jongedame.'

'Hoe vaak heeft papa je geslagen?'

Esther richtte een ijzige blik op haar. 'Let op je woorden.'

'Want anders?' vroeg Emily. 'Slaat papa me dan weer een blauwe plek? Draait hij Omi's pols weer om tot ze gaat schreeuwen? Sleept hij je aan je arm naar boven om je met je haarborstel te slaan?'

Esther keek niet weg, maar ze zag Emily ook niet.

'Je bent zo bang voor wat mensen van je denken,' zei Emily. 'Daarom ben je bij papa gebleven. Daarom wil je me in huis opsluiten. Je hebt je hele leven verspild door je te gedragen zoals zij willen dat je je gedraagt.'

'Mijn hele leven,' zei Esther spottend. 'En wie zijn die zíj, als ik vragen mag?'

'Zíj zijn iederéén,' antwoordde Emily. 'Ik mocht geen abortus, want stel dat zíj het ontdekten. Ik mocht niet voor adoptie kiezen, want dat zouden zíj weleens tegen je kunnen gebruiken. Ik moet van school af omdat zíj zeiden dat het tijd was. Je doet alsof je je leven volledig in de hand hebt, maar je bent als de dood dat zíj op elk moment alles – inclusief je erfenis – van je kunnen afpakken.'

Esther tuitte haar lippen. 'Ga door. Gooi het er maar uit.'

Ze deed alsof Emily alleen maar een boksbal nodig had, maar Emily was bloedserieus. 'Ik draag niet de gevolgen van mijn handelingen, mam. Ik draag de gevolgen van jouw lafheid.'

Esther trok een wenkbrauw op, zoals altijd wanneer ze iemand ter wille was.

'Je bent een hypocriet.' Emily verviel in herhalingen, maar nu voelden de woorden als een openbaring. Ze had nog nooit zulke duidelijke taal gesproken. Waarom had ze al die jaren haar mond gehouden? Waarom was ze zo bang geweest dat ze het verkeerde zou zeggen, het verkeerde zou doen, de verkeerde mensen voor het hoofd zou stoten?

Wat zouden zíj doen?

Emily stond op en leunde met haar vuisten op tafel. 'Je hebt een verbluffend talent voor selectieve blindheid. Je vindt jezelf heel slim, maar je ziet nooit de dingen die je niet wilt zien.'

'En wat wil ik dan niet zien?'

'Dat je doodsbang bent,' zei Emily. 'De hele tijd verbijt je je angst.'

'Echt?'

'Echt,' zei Emily. 'Je hebt rimpels om je mond van het verbijten, en dan tuit je je lippen, precies zoals je nu doet.'

Esther ontspande haar lippen. Ze probeerde het met een lachje af te doen, maar er viel niets te lachen.

'Ik zie je de hele tijd stikken in je angst,' zei Emily. 'Voor papa. Voor je vrienden. Zelfs voor mij en Omi. Je doet zo je best om het in te slikken, maar het lukt niet. Het verandert je woorden alleen maar in een wapen, telkens als je je mond opendoet. En wat je zegt is bullshit, mam. Het is bullshit omdat je bang bent dat mensen zien wat je werkelijk bent.'

'En wat ben ik dan werkelijk?'

'Een lafaard.'

Esther leunde achterover, met haar benen over elkaar. 'O, dus ik ben een lafaard?'

'Waarom gebeurt dit dan?' wilde Emily weten. 'Waarom kom je niet voor me op? Waarom zeg je niet tegen Lambert dat hij de klere kan krijgen? Waarom ga je niet naar Georgetown om te zeggen dat ze hun acceptatiebrief moeten nakomen? Waarom zeg je niet tegen de senator dat ik me kom melden voor mijn stage? Of tegen papa dat hij moet –'

'Je hebt geen idee wat ik voor je gedaan heb.'

'Zeg het dan!' riep Emily uit. 'Je beweert de hele tijd dat je een voorbeeld bent voor andere vrouwen. Wat voor voorbeeld ben je voor mij, mam?'

Emily had zo hard op de tafel geslagen dat de pompoenpitten uit de kom waren gesprongen. Ze keek toe terwijl haar moeder ze bij elkaar veegde, naar de rand van de tafel schoof en op haar hand liet vallen. Pas toen alles weer op zijn plek was, nam ze het woord.

'Lieverd, heel eerlijk gezegd ben jij niet het type vrouw dat ik tot voorbeeld wil zijn,' zei Esther. 'Ongeacht hoe je zwangerschap is ontstaan, het is gebeurd. Je hebt het láten gebeuren door jezelf in een hachelijke situatie te plaatsen. Als je een arm meisje was geweest dat in een camper ergens in Alabama woonde, dan had je er heel anders voor gestaan.'

Haar woorden leken zoveel op wat Ricky een paar weken eerder tegen Emily had geschreeuwd dat ze ze als een last op haar schouders voelde drukken.

'Ik geef toe dat de volgende paar jaar van je leven moeilijk zullen zijn,' zei Esther. 'Maar op een dag zul je beseffen wat een geschenk je vader en ik je geven. Als je nu offers brengt, als je je tijd verstandig besteedt, zul je uiteindelijk weer welkom zijn in de maatschappij.'

Emily veegde haar mond af. Ze was zo woedend geweest dat het speeksel uit haar mond was gevlogen. 'En als ik dat niet doe?'

Esther haalde haar schouders op, alsof het antwoord voor de hand lag. 'Dan zullen zíj je verstoten.'

Emily slikte. Ze kon zich niet voorstellen hoe ze nog meer kon worden verstoten dan al het geval was. 'Stel dat...' Ze zocht naar woorden, probeerde een steekhoudend alternatief te formuleren. 'Stel dat we het spel gewoon meespelen tot je benoemd bent? Papa zegt altijd dat het voor je hele leven is. Als je eenmaal geïnstalleerd bent, doet het er toch niet meer toe?'

Esther keek haar aan alsof ze niet kon geloven dat Emily haar eigen vlees en bloed was. 'Denk je echt dat het mijn vurigste ambitie is om voortaan als simpele federale rechter door het leven te gaan?'

Emily wist dat dat niet het geval was.

'Je hebt op tv de benoeming van Sandy O'Connor gezien. Jesse Helms stak er bijna een stokje voor vanwege haar standpunten over abortus.'

Esther priemde met haar vinger op tafel. ‘Denk je dat jij het moeilijk hebt? Sandy kon geen werk vinden nadat ze was afgestudeerd aan Columbia Law School. Ze moest het zonder salaris stellen en bij de secretaresses gaan zitten, alleen om een voet tussen de deur te krijgen. En nu is ze lid van het Hooggerechtshof.’

‘Maar…’ Emily probeerde een weerwoord. ‘Dat kun jij veranderen, mam. Snap je niet dat –’

‘Van buitenaf kan ik niets doen.’

‘Het duurt weer jaren voor er opnieuw een plaats vacant is, en zelfs dan duurt het misschien tien jaar of langer voor er weer een vrouw wordt voorgedragen, laat staan benoemd. Dit gaat over een kans die je nu kunt grijpen, mam.’ Emily probeerde geen smekende toon aan te slaan. ‘We zouden zogenaamd kunnen doen wat jij net zei. Dan ga ik van school. Zodra de hoorzittingen van de senaat achter de rug zijn en je beëdigd bent, volg ik lessen op de zomerschool en dan zou ik –’

‘De positie van federale rechter is al beklonken,’ zei Esther. ‘Ik wilde het vóór het eten bekendmaken, tijdens een toost. Ik werd vanochtend door Reagan zelf gebeld. Zelfs je vader weet het nog niet.’

Emily was sprakeloos bij het horen van het nieuws, dat verklaarde waarom haar moeder in zo’n uitgelaten bui was. Ze was niet blij geweest omdat ze op deze feestdag haar gezin om zich heen had. Ze was opgetogen geweest omdat ze had gekregen wat ze hebben wilde.

Voorlopig.

‘Volgens Reagan gaat het hele proces langer duren dan me lief is, maar daar valt niets aan te doen. De aankondiging komt in maart, voor de paasvakantie. Daarna volgt een grondig onderzoek, ik zal vaak in de hoofdstad moeten zijn voor vergaderingen, en eind april beginnen de hoorzittingen over de benoeming.’ Esther klonk opgetogen. ‘Ronnie wil een norm stellen, het land laten zien dat hij vrouwen niet alleen op hoge posten zet omdat ze vrouw zijn. Hij wil de júíste vrouwen op hoge posten.’

‘Jezus,’ mompelde Emily. Ze voelde zich totaal verslagen.

‘Let op je taal,’ waarschuwde Esther. ‘Toen Ronnie vanochtend belde, Emily, verwees hij naar de *Pericope Adulterae*. Johannes 8, vers 1 tot 20. Weet je wat dat betekent?’

Emily wist er niets op te zeggen. Haar moeder was bijna duizelig van opwinding toen ze het gesprek weergaf. Niets van wat ze de afgelopen tien minuten had gezegd, was door Esthers harde schild gebroken. Emily had haar uitgedaagd, ze had haar moeder op haar schijnheiligheid gewezen, maar nu citeerde Esther Johannes de Doper alsof er niets was gebeurd.

'Je kent de passage,' zei Esther. 'De farizeeën brachten een overspelige vrouw naar Jezus. Ze zeiden: "Volgens de wet van Mozes moeten we een dergelijke vrouw stenigen. Wat vindt u?" '

Emily nam in gedachten het gesprek weer door om het moment te vinden waarop Esther opnieuw hoog van de toren was gaan blazen. Ze verwachtte zonder meer dat haar dochter het spel mee zou spelen, hetzelfde zou doen wat ze altijd met Franklin deden. De blauwe plekken negeren. Het geschreeuw vergeten. Doen alsof het gesnik en gesmeek aan de andere kant van de slaapkamermuur van de tv kwam, niet van haar moeder.

'De farizeeën probeerden Jezus op de proef te stellen,' zei Esther. 'Ze wilden zien hoelang Zijn beginselen zouden standhouden. Weet je wat Jezus zei? Nou?'

Tot haar ongenoegen wist Emily het antwoord. Dat had ze op zondagsschool geleerd, maar nu pas vroeg ze zich af waarom de farizeeën bereid waren geweest de vrouw te stenigen en het niet bij hen was opgekomen om de man te straffen met wie ze op heterdaad was betrapt.

'Ken je dat vers?' vroeg Esther.

Emily kon het uit haar hoofd opzeggen. ' "Hij richtte zich op en zei: 'Wie van jullie zonder zonde is, laat die als eerste een steen naar haar werpen.'" '

'Precies.' Esther knikte goedkeurend. 'Reagan begrijpt dat goede mensen soms fouten maken. Je weet dat hij gescheiden was toen hij met Nancy trouwde.'

Emily knikte braaf, alsof Ronald Reagans privéleven haar ook maar een moer interesseerde. Ze was geen overspelige vrouw. Ze had niet bewust een fout gemaakt.

'Ronnie zei dat je vader en ik een bewonderenswaardig voorbeeld hebben gesteld door je te steunen in deze moeilijke tijd. Hij zei dat het van enorm veel karakter getuigde.'

'O,' zei Emily, alsof alles nu duidelijk was. 'Als Reagan zegt dat je geen hypocriete lafaard bent, what the fuck weet je eigen dochter er dan van?'

'Let op je taal, zei ik.' Esther stond op van tafel. Dat was het abrupte einde van het gesprek. 'Zet de pompoenpitten maar naast de bar in de salon. Je vader komt zo thuis. Ik wil het eten op tafel hebben tegen de tijd dat hij zich gedoucht heeft. Je grootmoeder zal waarschijnlijk...'

Esthers opdrachten stierven weg toen Emily de kom met pompoenpitten naar de salon bracht. Ze had zo wijs moeten zijn geen discussie aan te gaan met een vrouw die haar hele carrière had opgebouwd rond het winnen van discussies.

Maar het ging om meer.

Ze zou nooit tot haar moeder kunnen doordringen, vooral niet omdat de rechter altijd in de weg zou staan. Esther was de huisvrouw, de tuinier, de etenopwarmer, de moeder, de schoondochter en soms de begeleidster op schoolreisjes. De rechter was degene die vooral kracht wilde uitstralen. Iedereen vond haar intimiderend. Op feestjes stond ze als een geleerde betogen te houden. Haar meningen werden doorgegeven alsof ze een godheid was. Ze hanteerde haar intelligentie als een zwaard. Ze heerste als een koningin over haar rechtszaal.

En als ze thuiskwam, sloeg haar man haar verrot.

Emily at een handje pompoenpitten. Ze kraakten tussen haar kiezen. In plaats van naar de salon te gaan, opende ze de deur naar de patio. Een koude wind blies haar haren om haar gezicht. Ze hield de kom met pitten dicht tegen haar borst.

Al rolde Sisyphus in de gezinskeuken herhaaldelijk zijn steen over haar lichaam, toch glimlachte Emily bij de gedachte dat ze Jack ging opzoeken. Ze zou hem een bord eten brengen zodra de maaltijd voorbij was. Hij leefde doorgaans op repen en *beef jerky* als hij de nacht in de schuur doorbracht. Dat concludeerde Emily uit de verpakkingen die ze de volgende dag opruimde. Met de pompoenpitten zou hij het een tijdje kunnen uitzingen.

De kromgetrokken schuurdeur sloot niet goed. Emily besloot Jack een reservedekbed uit de kast te brengen. Hij klaagde nooit over de kou, maar die kon fel zijn in deze tijd van het jaar. De schuur was niet geïsoleerd. Zelfs bij een zacht briesje rammelde het enkele vensterglas als een trein die over de rails tjoekte.

Bij de deur bleef ze even staan luisteren. Haar hart brak toen ze zacht gekreun hoorde. Telkens als ze vond dat ze helemaal alleen was op de wereld, zou ze aan Jack moeten denken en aan wat hij moest doorstaan. Esther was een schijnheilige hypocriet en Franklin een tiran, maar Emily hoefde Thanksgiving niet in een koude schuur door te brengen.

Ze bukte zich en wilde de kom met pitten bij de deur achterlaten, maar toen hoorde ze dat gekreun weer. Haar hart bloedde voor hem. Ze had Jack weleens eerder zien huilen. Eerlijk gezegd meer dan eens. Dat hij op school afstand van haar bewaarde, was pijnlijk geweest, maar hij bleef haar vriend.

Emily duwde de deur open.

Eerst wist ze niet goed wat ze zag. Haar verstand kon het niet bevatten.

Clay stond met zijn rug naar de deur, Jack had zich schrap gezet tegen de werkbank. Ze dacht eerst dat ze aan het vechten waren. Aan het worstelen. Aan het spelen. Maar toen zag ze dat Clays broek om zijn enkels hing. Weer kreunde Jack. De werkbank schudde terwijl Clay in hem stootte.

Ze hadden seks.

9

Andrea herhaalde haar vraag. 'Wat zit er in de aktetas?'

In plaats van te antwoorden keek de rechter naar Franklin Vaughn. Haar gezicht vertoonde geen emotie; er was geen teken van liefde op te bekennen. De man die bijna een halve eeuw haar echtgenoot was geweest, zou over een paar uur dood zijn. Esther zelf zou hem niet lang daarna volgen.

'Toen ik hoorde dat ik kanker had, deed ik een poging mijn zaken in orde te maken,' zei ze. 'Franklin ging altijd over dat deel van ons leven. Ik ging ervan uit dat de testamenten in de kluis zouden liggen, samen met alle financiële documenten. Dat klopte, maar ik had niet verwacht dat ik ook dit zou aantreffen.'

Esther reikte naar beneden en tilde met enige moeite de aktetas van de vloer. Andrea liep om het bed heen om haar te helpen. De tas was lichter dan ze had verwacht. Ze tilde hem met één hand op en zette hem op de schoot van de rechter.

'Dank je.' Esther liet haar vingers over de combinatie glijden. De slotjes klikten open.

Omdat Andrea naast haar stond, kon ze erin kijken. Pakken papier, een paar manilla-enveloppen en een wat ouder type laptop met het snoer er nog aan vast.

'Franklin is altijd veel technischer geweest dan ik.' Esther keek op naar Andrea. 'Hij nam alle gesprekken met Wexler op. Ook die Fontaine-jongen duikt diverse keren op. Er zijn audio-opnamen van de eerdere ontmoetingen. Later bleek Franklin een videocamera in de boekenkast te hebben verstopt zodat hij de onderhandelingen kon vastleggen. Vooral een van die gesprekken is zeer belastend. Ze hebben met hulp van Fontaine een landstichting opgezet om een erfdienstbaarheidsbepaling te verbergen die Wexler ruim drie miljoen dollar netto heeft opgeleverd. De federale wet gaat bij verjaring wegens samenspanning en voortdurende overtreding niet uit van de oorspronkelijke misdaad, maar van het moment waarop er afstand is gedaan, men zich heeft teruggetrokken of het doel van de samenspanning is bereikt. Alleen al de chantage heeft bijna veertig jaar geduurd. Bij fraude gaat het erom opzet te bewijzen. De video-opnamen leveren meer dan voldoende bewijs. En daarmee heb je ze te pakken.'

Andrea had opgetogen moeten zijn, maar het enige wat ze voelde was woede. Deze informatie was al tientallen jaren beschikbaar. 'Waarom heeft Franklin niet... Hij had kunnen...'

'Ja, Franklin had hen jaren geleden al kunnen aangeven. Juridisch is hij medeschuldig, maar moreel gezien ben ik de schuldige.' Esther kneep haar lippen op elkaar in een poging zich te herpakken. 'Ik hield mezelf voor dat een paar maanden verschil niet veel zou uitmaken. Door de doodsbedreigingen zouden Judith en Guinevere vierentwintig uur per dag onder bescherming staan. Bible zou letterlijk tot het uiterste gaan om hun veiligheid te garanderen. Ik zou op mijn eigen voorwaarden het einde van mijn leven bereiken. Na mijn dood zouden Wexler en Fontaine ontmaskerd worden. Verder zou niemand eronder lijden. Tenminste, dat maakte ik mezelf wijs, maar ik vergiste me, hè?'

Andrea voelde weer die brok in haar keel. 'Alice Poulsen.'

'Ja, Alice Poulsen.' Esther stak haar hand in de tas, maar liet hem rusten op een dikke manilla-envelop. Ze keek Andrea recht aan. 'Door mijn lafheid zijn andere ouders hun kind kwijtgeraakt. Ik verdien helemaal geen vredige dood.'

Andrea keek toe terwijl ze de envelop uit de tas trok. Het etiket was met de hand beschreven:

Na mijn dood bij Leonard Bible bezorgen.

Esther zei: 'Hierin zitten kopieën van alle relevante documenten rond de oorspronkelijke landoverdracht, de erfdienstbaarheid en de liefdadigheidsstichting. Op de laptop staan alle opnamen, zowel video als audio, de e-mails, overschrijvingen, routeringsnummers en belastingdocumenten die betrekking hebben op de zaak. Je treft er ook data, tijdstippen en locaties aan, en stappen die ondernomen werden om me te dwingen me met juridische zaken te bemoeien. Bovenaan staat een resumé waarin de zaak wordt samengevat. Dean Wexler en Bernard Fontaine kunnen worden aangeklaagd wegens belastingontduiking, belastingfraude, e-mailfraude en een heleboel andere misdaden. Het staat hier allemaal in.'

Andrea was te verbijsterd om de envelop aan te nemen. Esther reikte hun letterlijk alles aan wat ze nodig hadden om Wexler en Nardo te stoppen.

'Zolang ik daartoe in staat ben, verleen ik de autoriteiten mijn volledige medewerking.' Nu Esther een besluit had genomen, leek ze het maar al te graag achter zich te willen laten. Ze stopte de envelop weer in de aktetas en wachtte tot Andrea alles meenam.

Er viel niets meer te zeggen.

Andrea's handen waren gaan trillen. Ze zweette en had het tegelijkertijd koud. Ze klemde de tas tegen haar borst. Deze keer voelde hij zwaarder. Hij bevatte de rusteloze ziel van Alice Poulsen. De ongewisse toekomst van Star Bonaire. De onverdiend vredige dood van Esther Vaughn.

De marshals knikten naar Andrea toen ze Franklin Vaughns kamer uit liep. Pas toen ze aan het eind van de gang was aangekomen, liet ze tot zich doordringen wat ze in haar handen hield.

Bewijs van de misdaden van Wexler en Nardo.

Genoeg om hen naar de gevangenis te sturen. Genoeg om de boerderij te kunnen sluiten.

Eindelijk kwam de blijdschap. Het duizelde haar. Door de adrenaline zag ze alles scherper. Op een drafje ging ze de hoek om, alle kanten op kijkend op zoek naar Bible. Ze zag hem bij de liften, in gesprek met Mike. Ze leunden tegen de hoge balie van de verpleegpost. Bible hield zijn verbonden hand vast. Compton stond een paar meter verderop iets in haar telefoon te tikken.

'Andy?' Mike zag haar het eerst. 'Wat is er?'

Andrea kon amper praten. Ze liet de tas bijna uit haar handen glijden. Het laatste stukje legde ze strompelend af.

'Andy?' Mike nam de tas van haar over. 'Gaat het?'

'Ik ben...' Ze zweeg even om op adem te komen. 'De rechter heeft die doodsbedreigingen zelf geschreven.'

Compton keek op van haar telefoon. Bible klemde zijn kaken op elkaar, maar zei niets.

'Ze...' Weer zweeg Andrea om adem te halen. Ze legde haar hand op haar borst om haar hart tot bedaren te brengen. 'De rechter werd gechanteerd door Wexler. Tientallen jaren lang. Sinds Judith een baby was. Wexler zei dat hij de vader was, maar ik weet het niet. Het zou een leugen kunnen zijn. Maar dat doet er niet toe, want we... we hebben ze nu te pakken. Allebei. Nardo zat ook in het complot.'

'Neem het eens met me door, Oliver.' Compton was op haar knieën naast de aktetas gaan zitten om de inhoud te bekijken. 'Wat zie ik hier allemaal?'

'De laptop. Franklin Vaughn heeft alles opgenomen. Er is genoeg om Wexler en Fontaine in elk geval voor fraude op te sluiten.' Andrea zat nu ook op haar knieën. Ze pakte de envelop die voor Bible bedoeld was geweest. 'Esther heeft alles... Alles staat hierin samengevat. Ze zei dat ze een zaak voor ons heeft samengesteld. Dat zowel Wexler als Fontaine erbij betrokken was.'

Zwijgend liet Compton haar blik over de met opsommingstekens gemarkeerde pagina's gaan. Bij het laatste punt aangekomen begon ze haar hoofd te schudden. 'God zal me stompen. Ze heeft het verzoek om een aanhoudingsbevel zo ongeveer voor ons uitgeschreven. Leonard –'

Ze keken allebei op naar Bible. Zijn kaak stond nog steeds strak.

Compton kwam overeind. Ze legde haar hand tegen de zijkant van zijn gezicht. 'Zet het maar van je af, schat. Leg het maar bij het vuil. En dat breng je morgen weg. Oké?'

Bible knikte, maar de verraden blik week niet uit zijn ogen. 'Heeft ze ons genoeg gegeven?'

'Ja.' Compton keek om zich heen op zoek naar Mike, die de laptop in een stopcontact achter de verpleegpost plugde. 'Mike, jij werkt voorlopig voor mij. De bewijsketen begint nu. We moeten dit volgens het boekje aanpakken. De filmpjes moet je uploaden naar het ministerie van Justitie. Ik wil een huiszoekingsbevel voor de boerderij. Aanhoudingsbevelen voor Wexler en Fontaine. Het moet vanavond nog gebeuren. Ik heb marshals in het gebied die ik kan inzetten om de boerderij in de gaten te houden. We moeten er zeker van zijn dat Wexler en Fontaine er niet vandoor gaan voor we ze kunnen oppakken. Dat soort mannen heeft altijd een vluchtplan. Kunnen we Stilton vertrouwen?'

De vraag was voor Bible bedoeld. 'Onbekend,' zei hij, hoewel hij zijn hoofd schudde.

'Oké, dan laten we Stilton erbuiten tot de arrestaties zijn verricht. Fontaine droeg een verborgen wapen. We moeten ervan uitgaan dat ze gewapend zijn. Ik roep het SWAT-team uit Baltimore op. Dit mag geen gijzeling worden. De veiligheid van die meiden heeft prioriteit, begrepen?'

Compton wachtte op Bibles antwoord.

'Begrepen,' zei hij.

'Mooi. Ik zet ambulances op stand-by voor het geval iemand weg wil. Ze zullen naar het Johns Hopkins Hospital worden gebracht. Hopelijk vinden we een manier om ze uit Wexlers greep te bevrijden. Dat geldt ook voor zijn greep op Fontaine. Als het klopt wat Esther zegt, krijgt hij een zware gevangenisstraf. Hij wil vast een deal als hij zich tegen Wexler keert. We brengen hem naar Baltimore, kan hij er een tijdje over nadenken. Bible, jij neemt Fontaine voor je rekening. Na vierentwintig uur in de cel wil hij vast wel praten.'

'Nee, ma'am,' zei Bible. 'Ik wil Wexler, en ik wil hem vannacht nog.'

'Hoezo?' vroeg Compton.

'Zo bang als nu wordt-ie nooit meer,' zei Bible. 'We lichten hem van zijn bed, sluiten hem op in Stiltons cel en zetten hem onder druk tot hij bekent. Dat is de snelste manier om dit af te ronden.'

'Of we gooien hem in de cel, hij schijt alle kleuren van de regenboog, vraagt om een advocaat en dan zien we hem over drie jaar in de rechtszaal,' zei Compton. 'We krijgen maar één kans. Als we Wexler wat tijd geven tijdens de rit naar Baltimore, probeert hij zich er misschien uit te lullen. Dat willen we toch? We willen hem aan de praat krijgen, dingen laten uitleggen.'

'Het is een psychopaat,' zei Bible. 'Als je hem tijd geeft om zich te herpakken, komt hij met een plan.'

'Genoteerd.' Compton richtte zich tot Mike. 'Je zit nu in het team. Wat denk jij: moeten we Wexler vannacht onder druk zetten of geven we hem nog wat tijd?'

'Mijn gevoel zegt vannacht. En niet dat u het gevraagd hebt, maar ik wil niet dat Fontaine een deal krijgt aangeboden.' Mike haalde zijn schouders op. 'Waarom zou je achter Renfield aangaan als je een staak door Dracula's hart kunt stoten?'

Andrea knikte. Ze vond ook dat Nardo nergens mee mocht wegkomen. Renfield was een bijna té accurate beschrijving. Nardo was niet alleen het hulpje van Dean. Hij voorzag zijn kwaadaardige meester letterlijk van slachtoffers.

'Oliver.' Nu wendde Compton zich tot Andrea. 'Zeg ook eens wat.'

Het enige wat Andrea kon melden was de waarheid zoals zij die zag. 'Nardo vraagt om een advocaat. Dat doet hij altijd. Als het de bedoeling is dat hij zich tegen Wexler keert, dan doet hij dat pas als hij met zijn rug tegen de muur staat. En misschien zelfs dan niet. Hij is een nihilist.'

'Oké, dan doet Fontaine niet meer mee,' zei Compton. 'Hoe kunnen we Wexler het beste aanpakken?'

'Hij gaat alleen de fout in als hij kwaad is.' Andrea had Wexler gezien toen hij buiten zinnen was. Ook had ze hem nog geen tien minuten later horen opscheppen dat hij in zijn eentje de hele biologischelandbouwbeweging op touw had gezet. 'Als hij de tijd krijgt om te kalmeren, gebruikt hij die om een uitweg te bedenken.'

'Oké, dat is dan besloten,' zei Compton. 'Bible, Oliver en jij nemen Wexler vannacht onder handen. We arresteren hem op de boerderij en brengen hem rechtstreeks naar Stiltons toko. Fontaine gaat naar Baltimore. Oliver, jij gaat naar het motel om te douchen. Zodra we Wexler hebben ingerekend, pikken we je op weg naar het politiebureau op. Reken op drie uur. Over twee uur sta je klaar.'

Andrea was niet van plan nog twee uur rond te hangen. 'Ma'am, ik –'

'Dit is een bevel,' zei Compton. 'Aan spierballen geen gebrek. Wat ik nodig heb zijn hersens. Je hebt eerder met Wexler te maken gehad. Hij weet dat je niet bang voor hem bent. Als hij je ziet, mag je er niet uitzien alsof je net rechtstreeks vanuit een brand in een zwembad bent gedoken. Bible, breng jij haar dat maar aan het verstand, daarna kom je naar mij toe. Mike, jij zoekt een rustig plekje op waar we die filmpjes kunnen bekijken.'

Mike sloot de laptop. Weer keek hij Andrea even aan voor hij met Compton meeging.

Andrea's gewicht had zich verplaatst naar de ballen van haar voeten. Het was alsof haar hele lichaam een springveer was. Ze wilde wanhopig graag met hen mee, ze wilde iets doen in plaats van eindeloos wachten.

'Wat is onze strategie?' vroeg ze aan Bible. 'Hoe krijgen we Wexler zover dat hij bekent?'

'Voor een psychopaat kun je geen strategie uitwerken. Die pakken je altijd vanuit een andere hoek.'

Tot nu toe had Andrea Wexler nog niet als psychopaat beschouwd. Hij voldeed aan de criteria: gebrek aan schaamte of spijt, een opgeblazen gevoel van eigenwaarde, manipulatief en een minimale impulsbeheersing. Ze kende de lijst maar al te goed, want ze had dezelfde eigenschappen bij haar vader opgemerkt.

'Oké,' zei ze. 'Maar we moeten wel een soort plan of schema of –'

'Hiervoor is geen lesplan, collega.' Bible haalde zijn schouders op, alsof het er niet toe deed. 'Het is gewoon een hinkelspelletje, snap je? Je gooit een steen op het vierkant en wacht tot Wexler erop springt.'

Andrea zat niet op een nieuwe redevoering te wachten. Ze wilde bijzonderheden. 'En... dan? Hij geeft ons een lesje over tuinbonen en dan hopen we dat hij tussen neus en lippen door zegt: o ja, ik heb ook hier en daar nog wat fraude gepleegd, waar onderteken ik mijn bekentenis?'

'Dat zou fantastisch zijn, maar ik denk niet dat dat gaat gebeuren,' zei Bible. 'Wij sturen het gesprek. We duwen hem steeds een bepaalde kant op. Uiteindelijk komt hij op het juiste vierkantje.'

'Ik ben even niet in de stemming voor metaforen, Bible. Dit is te belangrijk. Telkens als je me in het diepe gooide, bedacht ik zelf hoe ik moest zwemmen. Het is nu anders. Ik heb behoefte aan doelgerichte slagen.'

'Oké, genoteerd,' zei hij. 'Laten we een plan trekken. Ik neem de leiding tijdens het verhoor. Mee eens?'

Andrea had niet anders verwacht. 'Ja.'

'Onze Dean komt binnen en zegt: "Ik praat alleen met haar." ' Bible richtte zijn vinger op Andrea's borst. 'Ik sta op en laat jullie alleen. En dan?'

Andrea beet op haar lip.

'Of we besluiten dat jij de leiding neemt, oké?' Bible verwachtte geen antwoord. 'En dan zegt onze Dean: "Nee, ik praat niet met dat meisje. Ik praat alleen met mannen." Dan moet jij dus opstaan en vertrekken.'

'Dan gaan we samen –'

'De komende twee uur gaan we samen dingen op een rij zetten,' zei Bible. 'Zo bereiden we ons voor. Dat is onze strategie. We kunnen niet vooruitlopen op wat hij gaat zeggen. Denken we dat hij het over de boerderij wil hebben? Misschien wil hij over Emily praten. Denken we dat hij het over Emily wil hebben? Misschien wil hij over zijn mammie praten die nooit van hem gehouden heeft of over zijn pappie die ooit een spotlijster doodschoot.'

'Dus we laten hem gewoon maar een beetje in het wilde weg praten?'

'Precies,' zei Bible. 'Je hebt gehoord wat de baas zei. We willen hem aan de praat krijgen. Hij raakt opgefokt, we bieden hem een luisterend oor, en dan gaat hij de fout in. Het enige wat we niet mogen vergeten, is waar we moeten uitkomen. En waar is dat?'

'Jezus.' Andrea was evenmin in de stemming voor de socratische methode. 'De chantage. Die nepdeal met dat land. De zaak met de Raad van Arbeid. De erfdienstbaarheid. De belastingontduiking. De nepstichting. Emily fucking Vaughn.'

'We hebben er maar eentje nodig.' Bible stak zijn vinger op. 'We laten hem één misstap toegeven. Dan nemen we hem bij de hand en komen bij een andere misstap uit. En bij weer een andere. Gooi de steen en spring op het vierkant. Zo gaan we het winnen. Dat kost tijd.'

'Ik ben dat gejaag en gewacht helemaal zat,' zei ze.

'Dat is de aard van het beestje.'

'Het is verdomd irritant.' Andrea's ergernis ging over in woede. 'Of Wexler heeft Emily verkracht en vermoord, of hij weet wie het gedaan heeft. Hij terroriseert Emily's familie al veertig jaar. Hij heeft zijn voet op de nek van Star Bonaire. Hij heeft Melody Brickel tot de rand van een bankroet gedreven. Alice Poulsen heeft zich van kant gemaakt om aan hem te ontsnappen. Hij heeft nog minstens tien andere meiden als levende lijken op de boerderij zitten. Alles waar hij met zijn klotepoten aanzit, verschrompelt of gaat dood, en hij komt er altijd weer mee weg.'

Bible keek haar aandachtig aan. 'Zo te horen maak je er iets persoonlijks van.'

'Reken maar.'

Andrea was te ongeduldig geweest om te wachten op een lift naar het motel. Ze had de korte afstand vanaf het ziekenhuis te voet afgelegd, zwaaiend met de tas met het opschrift EIGENDOMMEN PATIËNT. Het was zonde van de moeite. Haar kleren waren niet meer te redden. Haar dienstpistool zat vol water en werd teruggestuurd naar Baltimore, en ze kreeg pas de volgende ochtend een nieuw wapen. Haar Android zat nog in haar rugzak in Bibles SUV. Haar iPhone was zo beschadigd dat delen van het binnenwerk door het gebroken glas heen zichtbaar waren. Zelfs haar schoenen waren naar de knoppen. Bij elke stap zompte er zwembadwater uit.

Na de langste, heetste douche ooit had ze zich eindelijk schoon gevoeld, maar niets kon Dean Wexler uit haar hoofd bannen. In gedachten keerde ze telkens terug naar wat Esther Vaughn haar had verteld. Niet over de chantage en fraude, maar over dat ze radeloos was geweest toen ze Wexler met Judith in zijn armen in de tuin had zien staan. Diep vanbinnen begreep Andrea dat soort doodsangst. Ze begreep ook hoe het voelde als je door trauma in een heel andere persoon veranderde.

Net als Laura, net als Esther, Star en Alice, had Andrea twee verschillende levens geleid: dat van vóór haar ontmoeting met een psychopaat en dat van daarna.

Ze liep naar het raam en gluurde tussen de gordijnen door. De straat was verlaten, het bos erachter was in diepe duisternis gehuld. Inmiddels zouden de bewakingsteams hun plek al hebben ingenomen. Zes marshals zouden alle wegen van en naar de boerderij in de gaten houden, alle activiteiten volgen en de locaties van Wexler en Nardo proberen vast te stellen. Het arrestatieteam was vanuit Baltimore onderweg. De aanhoudingsbevelen werden uitgewerkt en waren misschien al ondertekend. Andrea zou haar uiterste best moeten doen om tijdens het eindeloze wachten haar haren niet uit haar kop te trekken.

Ze keek op de klok: 23.10 uur. Ze had nog minstens anderhalf uur voor ze weer oog in oog stond met Dean Wexler.

Ze drukte haar voorhoofd tegen het koude glas. Bible had gezegd dat ze geen plan moest maken, maar ze kon niet anders. Het ontbrak haar aan zijn aangeboren zelfvertrouwen, en al helemaal aan zijn tientallen jaren ervaring. In gedachten zag ze het krappe verhoorkamertje voor zich, achter in Stiltons politiebureau. Ze probeerde zich voor te stellen dat ze tegenover Wexler zat. Maar in plaats daarvan was ze weer in de keuken van de boerderij. Star, die de ingrediënten voor het brood bij elkaar zocht. Wexler, die doorzemelde als een tv-evangelist. De zelfingenomen blik in zijn ogen. De lange pauze voor hij Star zijn glas water op tafel had laten zetten.

Hij kickte op macht. Vooral als anderen er getuige van waren.

Wat betekende dat hij zowel Andrea als Bible in de kamer wilde hebben.

Bible zou hoofdzakelijk het woord voeren. En wat moest zij dan doen?

Andrea liep naar het bureau. Het schrift was niet leeg meer. Ze had wat opmerkingen opgeschreven over de korte tijd dat ze alleen was geweest met Dean Wexler. Bible had zijn hinkelspelletje, maar zij had haar triggers. Vannacht ging het erom Wexler het gevoel te geven dat hij de controle kwijt was. Dan zou hij voor het eerst in de fout gaan. Andrea had drie keer meegemaakt dat Wexler zijn masker had laten vallen, en al die keren was het in zijn oude Ford gebeurd.

De eerste keer was toen Andrea de naam Emily Vaughn had laten vallen. Zonder te waarschuwen had Wexler op de rem gestaan zodat ze bijna met haar hoofd tegen het dashboard was geklapt.

De tweede keer dat hij dat deed, was toen ze erop had gewezen dat hij weliswaar geen docent meer was, maar dat hij toch een manier had gevonden om zich te omringen met kwetsbare jonge vrouwen.

Het derde incident was directer maar ook ingewikkelder. Wexler had gezegd dat hij dikke schijt aan haar had. Andrea had voorgesteld dat hij zijn kop uit zijn kont moest laten halen.

Op dat moment was Wexler door het lint gegaan. Hij had Andrea's pols vastgegrepen om haar het zwijgen op te leggen.

Ze tikte met haar pen op het schrift. Wexlers triggers waren duidelijk. Hij wilde Emily's naam niet horen. Hij vond het niet prettig voor roofdier te worden uitgemaakt. En hij wilde al helemaal niet op zijn bullshit worden gewezen.

Andrea wist niet wat deze brokstukken informatie haar opleverden. Waren het hinkelvierkanten of waren het de stenen? Ze legde haar pen neer, liep terug naar het raam en staarde weer naar de verlaten straat. Ze sloeg haar armen over elkaar, ging met haar rug naar het raam staan en sloot haar ogen.

Er liep maar een flinterdun lijntje tussen het prikkelen van Wexlers ego en het opwekken van zijn woede. Andrea was niet bang voor zijn agressie. Daar kon ze mee overweg, hoewel ze betwijfelde of Bible het zover zou laten komen. Het probleem was dat als ze te veel druk op Wexler uitoefende of hem te hard de verkeerde kant op duwde, ze uiteindelijk alles zou verknoeien. Anderzijds, als ze niet hard genoeg duwde, zou Wexler kunnen denken dat ze bang was. Als zijn gedrag íéts had bewezen, was het dat hij het lekker vond als vrouwen bang waren.

Andrea opende haar ogen. Volgens de klok waren er nog maar twee minuten verstreken. Nog eens achtentachtig minuten op en neer lopen en uit het raam kijken zouden haar niet dichter bij een strategie brengen. Ze wist hoe ze Wexler op de kast kon krijgen, maar ze wist niet hoe ze informatie aan hem moest ontlokken. Melody Brickel had gezegd dat Wexler een goedkope kopie van Clayton Morrow was. Andrea kende maar één persoon op aarde die Clayton Morrow overbluft had en het kon navertellen.

Voor ze zich kon bedenken, nam ze de hoorn van de bureautelefoon en draaide het nummer.

De telefoon ging vier keer over voor haar moeder opnam. 'Schat? Is er iets? Hoe laat is het?'

'Alles in orde, mam. Sorry dat ik...' Opeens bedacht ze iets. 'Werd mijn nummer weergegeven?'

Het duurde even voor Laura antwoordde. 'Ik weet dat je in Longbill Beach bent.'

Andrea vloekte binnensmonds. Ze werd geacht met een truc aan Dean Wexler een bekentenis te ontlokken, maar ze was niet eens slim genoeg geweest om de locatiefuncties van haar iPhone uit te schakelen. 'Dus je hebt de hele tijd gelogen?'

'Zoals je ook tegen mij hebt gelogen, bedoel je?'

Niet meer dan eerlijk.

'Gaat het wel goed met je, schat?'

Andrea liet haar hoofd op haar hand rusten. Ze kon de dikke draden voelen waarmee de snee op haar voorhoofd was gehecht. Haar neus klopte. Haar keel deed pijn. 'Het spijt me dat ik tegen je gelogen heb.'

'Nou, het spijt me niet dat ik tegen jou gelogen heb. Het was grappig om naar je gepiep te luisteren.'

Al even eerlijk.

'Waarom bel je vanuit je motelkamer?' vroeg Laura. 'Wat is er?'

'Niks.' Andrea onderdrukte een hoest. 'Maak je geen zorgen, ik ben de laatste tijd niet van rotsen gekiept.'

'Moet dat niet "gekieperd" zijn?'

Andrea deed haar mond open en sloot hem weer. Het was niet voor het eerst dat ze over voltooid deelwoorden ruzieden. De afgelopen twee jaar hadden ze voortdurend om onbenulligheden gekibbeld. Ze besloot om eindelijk de scherpte van haar tong te halen. 'Ik heb je hulp nodig, mam.'

'Natuurlijk,' zei Laura. 'Wat is er mis?'

'Er is niks mis,' beklemtoonde ze. 'Kun je... Zou je alsjeblieft... wat dingen over hem willen vertellen?'

Laura vroeg niet naar een naam. Clayton Morrow was de Voldemort van hun leven. 'Wat wil je weten?'

'Ik...' Andrea wist niet waar ze moest beginnen. In het verleden was ze altijd dichtgeklapt als Laura over haar vader begon. Ze kon dit alleen doorbreken door te bedenken dat Dean Wexler veertig jaar geleden bij Clay Morrow in de leer was geweest. 'Wat herinner je je nog van hem? Toen je hem pas kende, bedoel ik.'

'Dat de seks niet om over naar huis te schrijven was.'

'Mam.'

'Oké,' zei Laura. 'Ik vermoed dat er een betere manier is om het uit te leggen. De seks deed er niet echt toe. Zijn aandacht vasthouden, dat was het afrodisiacum. Je snapt dat ik niet de enige was die hij in zijn macht had. Ik zag het hem doen met mannen, andere vrouwen, zelfs met kinderen. Hij observeert mensen, probeert erachter te komen wat ze nodig hebben, en dan zoekt hij een manier om de enige op aarde te zijn die hun dat kan geven. Daarna doen ze alles wat hij vraagt.'

Andrea wist intuïtief dat Wexler volgens hetzelfde patroon te werk ging. Hij had ontkend dat hij contact had met de vrijwilligers, maar hij had Star onmiskenbaar onder de duim. Ze martelde zichzelf letterlijk een voortijdig graf in.

'Even over je huidige locatie,' vervolgde Laura. 'Ik heb nooit geloofd dat je vader die arme tiener heeft vermoord. Niet toen ik er pas over hoorde en nog steeds niet.'

Hoewel Andrea geen zijwegen in wilde slaan, moest ze het toch vragen: 'Waarom niet?'

'Ik ben het niet eens met je huidige loopbaan, maar ik blijf je moeder. Ik heb het leerplan eens bekeken dat je me gemaild hebt. Zes van je vakken op Glynco gaan over het analyseren van de criminele psyche.'

Het had Andrea niet hoeven verbazen. 'En?'

'Kijk eens naar de aanklachten die tegen je vader zijn ingediend. En die betreffen alleen de misdaden waarvan de overheid op de hoogte was. Het was een en al samenzwering dit en samenzwering dat. Hij maakte nooit vuile handen. Het plegen van gewelddaden was beneden zijn waardigheid.'

Andrea wist dat dat niet waar was. 'Ik heb een litteken gezien dat op het tegendeel wijst.'

'Het waren de jaren tachtig, schat. Het ging er vaak een beetje ruw aan toe.'

Andrea zweeg. Laura sprak altijd veel te luchtig over het geweld waaronder ze in de greep van Clay had geleden.

'Je vader kickte niet op het plegen van echte misdaden,' zei Laura. 'Hij raakte pas opgewonden als er namens hem misdaden gepleegd werden.'

Andrea beet op haar lip. Weer een persoonlijkheidstrek die Wexler had gekopieerd. Nardo Fontaine screende alle toekomstige vrijwilligers. Zijn naam stond bij de nepstichting die Wexler drie miljoen dollar had opgeleverd. Het zou haar niet verbazen als Nardo met het oorspronkelijke plan was gekomen om de rechter te chanteren. En ze zag al voor zich hoe hij Guinevere met een camera door de stad volgde, zich verkneukelend over de ontreddering die de foto's zouden veroorzaken.

'Andy?'

'Je hebt ervoor gezorgd dat hij de verdenking op zichzelf laadde,' zei Andrea. 'Hoe heb je dat gedaan? Hoe krijg je een psychopaat zover dat hij de waarheid spreekt?'

Laura zweeg zo lang dat Andrea zich afvroeg of ze nog aan de lijn was. Uiteindelijk zei haar moeder: 'Je doet hetzelfde als wat ze met jou doen: je laat ze in de waan dat je in ze gelooft.'

Andrea wist dat Laura grote delen van Clay Morrows destructieve filosofie had geloofd.

'Je vader was...' Laura leek naar een woord te zoeken. 'Hij was zo geloofwaardig. Hij vertelde je dingen die klonken alsof ze waar waren, maar die niet hoefden te kloppen.'

'Mocht je het met hem oneens zijn?'

'Natuurlijk,' zei Laura. 'Hij was dol op een goede discussie. Maar je kunt geen logische discussie voeren met iemand die zijn eigen feiten verzint. Er waren altijd bepaalde cijfers of een verzameling data die alleen hij kende. Hij was slimmer dan wie ook, snap je? Hij wist het altijd beter. Uiteindelijk geneerde je je omdat je zijn standpunt niet eerder had gedeeld. Er is ontzettend veel arrogantie voor nodig om in alle eerlijkheid te geloven dat de hele wereld dom is en dat jij de enige bent die de waarheid in pacht heeft.'

Andrea knikte. Dat gold ook voor Wexler. 'Dus hoe zorg je ervoor dat zo iemand denkt dat je gelooft wat hij zegt?'

'Je begint sceptisch, maar laat duidelijk merken dat je je kunt laten overtuigen. Na een tijdje geef je hem op sommige punten gelijk. Je gaat dieper in op bepaalde beweringen die hij doet. Je laat hem geloven dat je je hebt laten overhalen door zijn genialiteit. De gemakkelijkste manier om iemands vertrouwen te winnen is door alles wat hij zegt na te papegaaien.' Laura zweeg, alsof ze bang was dat ze te veel had prijsgegeven. 'Mensen denken dat psychopaten heel slim zijn, maar ze richten zich doorgaans alleen op het laaghangende fruit. Ik wilde overgehaald worden. Ik had iets nodig om in te geloven.'

'Hoe heb je je van hem losgemaakt?'

'Wat bedoel je?' vroeg Laura. 'Ik heb je toch verteld hoe ik –'

'Niet fysiek.' Andrea dacht aan Star Bonaire. 'Geestelijk. Hoe heb je je geestelijk van hem bevrijd?'

‘Door jou,’ zei Laura. ‘Ik dacht dat ik van hem hield, maar ik wist pas wat liefde was toen ik jou voor het eerst in mijn armen hield. Daarna was jij het enige wat ertoe deed, wilde ik alleen nog maar alles doen wat in mijn vermogen lag om ervoor te zorgen dat jij veilig was.’

Andrea had haar moeder vaker dergelijke uitspraken horen doen, maar in plaats van met haar ogen te rollen of ze weg te wuiven zei ze nu: ‘Ik weet wat je hebt opgegeven om ervoor te zorgen dat ik veilig was.’

‘Lieverd, ik heb niets opgegeven, maar juist heel veel gewonnen,’ zei Laura. ‘Weet je zeker dat je me niet nodig hebt?’

‘Ik moest je stem horen.’ Andrea wist niet of het door stress of uitputting kwam dat de tranen in haar ogen sprongen. ‘Ik heb je stem gehoord en nu ga ik. Maar ik zal je dit weekend bellen. En… ik hou echt van je, mam. Ik hou heel veel van je. Oké? Ik hou echt van je.’

Het bleef een tijdje stil aan Laura’s kant. Het was lang geleden dat Andrea deze woorden had uitgesproken en ze ook echt had gemeend. ‘Goed, mijn mooie kind. Bel me dit weekend maar. Afgesproken?’

‘Afgesproken.’

Andrea legde de hoorn weer op de haak. Met de rug van haar hand streek ze langs haar ogen. Waarom ze had moeten huilen terwijl ze met haar moeder aan het bellen was, was iets om later over na te denken.

Nu moest ze laten bezinken wat haar moeder haar had verteld. Misschien was Wexler toch geen goedkope kopie van Clay Morrow. Hij klonk eerder als een exact duplicaat. Ze pakte haar schrift en las weer door wat ze over Wexlers triggers had opgeschreven. Moest ze die mijden of juist gebruiken? Moest ze hem kwaad maken of hem laten denken dat ze openstond voor zijn filosofie?

Of misschien moest ze maar accepteren dat Bible veel beter was in dat soort dingen dan zij. Het gedrag van een psychopaat viel niet te voorspellen. Ze moesten Wexler de leiding laten nemen. De strategie kwam later wel, wanneer ze hem aan de praat hadden. Het enige wat ze kon doen, was zich mentaal voorbereiden op het onverwachte.

Na een blik op de klok vloekte ze even kort maar krachtig. Nog tachtig minuten. Als ze nog een seconde langer in deze kamer moest blijven, vloog ze tegen de muren op. Het politiebureau lag op tien minuten lopen. Ze kon op de trap gaan zitten wachten tot de marshals Wexler binnenbrachten.

Ze krabbelde een briefje voor op de deur. Ze had haar enige stel schone kleren al aan: een Cat & Jack-broek voor actieve jongens en een zwart T-shirt, dat ze onder in haar plunjezak had gevonden. Haar sneakers waren nog nat en haar sokken kropen naar beneden toen ze ze aantrok. Uit gewoonte schoof ze haar kapotte iPhone in haar achterzak. Ze klemde het briefje tussen de deur en het deurkozijn en hoopte dat het vaag maar ook duidelijk genoeg was.

AL OP LOCATIE

Het welkomstbord van het motel flikkerde uit toen Andrea de straat overstak. Er was geen trottoir, maar ze wilde in het licht van de straatlantaarns blijven. De geur van de oceaan was bitterzout in haar gekneusde neus. Haar ogen begonnen te prikken. Ze wendde haar hoofd af en zoog de koude nachtlucht op. Haar natte haar plakte tegen haar nek. Met haar handen diep in haar zakken sjokte ze over de rechte gele streep.

Ze draaide zich om toen ze een auto hoorde en stapte de met grind bedekte berm op. Het bos was achter haar. Ze dacht weer aan de bewakingsteams. Aan het arrestatieteam uit Baltimore. De aanhoudingsbevelen, de huiszoekingsbevelen. Alle jonge vrouwen op de boerderij.

Ze liep weer door, naar het politiebureau. Ze dacht aan het gesprek met haar moeder. Het belangrijkste dat ze twee jaar geleden had geleerd was dat psychopaten net vuur waren. Ze hadden zuurstof nodig om te kunnen branden. Misschien was dat de sleutel tot Wexler. Andrea wist hoe ze stilte als wapen kon gebruiken. Als ze Wexler zuurstof kon onthouden, zou hij zichzelf misschien opbranden.

Weer reed er een auto langs. Weer stapte Andrea aan de kant. Ze zag een BMW in de richting van het centrum rijden. De remlichten flitsten niet op. De auto reed naar het einde van Beach Road en sloeg toen links af, weg van de zee. Ze wilde de straat weer op stappen, maar een plotselinge beweging weerhield haar daarvan.

Met haar hand boven haar ogen tegen het licht van de straatlantaarns keek ze achterom, in de richting van het motel. Ze kon zich niet herinneren dat ze een oude houthakkersweg was gepasseerd. Die zag ze nu pas omdat een voertuig langzaam over een smalle zandweg aan kwam rijden. Ze hoorde het zachte getuf van een demper. Het geknal en gekraak van banden die over boomwortels en afgevallen takken reden.

De voorkant van een blauwe pick-up dook op uit het duister.

Bij het zien van de oude Ford stond Andrea's hart stil.

De wielen knerpten over het grind van de berm. De koplampen waren uit. Intuïtief schoot ze de straat over om zich in het donker te verschuilen.

De auto bleef staan, met draaiende motor. Ze kon het gezicht van de bestuurder niet zien, alleen dat hij naar links en toen naar rechts keek, waarna de banden langzaam het asfalt op hobbelden. Ze had maar een fractie van een seconde om naar binnen te kijken toen hij in de richting van het centrum reed. Het licht van de straatlantaarn streek over hun gezichten. De bestuurder. De passagier.

Bernard Fontaine.

Star Bonaire.

26 NOVEMBER 1981

De kom gleed uit Emily's handen. Pompoenpitten vlogen over de vloer van de schuur.

Clay rukte zich los van Jack. Zijn penis sloeg tegen zijn spijkerbroek toen hij die om zijn heupen sjorde. Hij strompelde naar achteren en knalde tegen een van de ramen op. Het glas barstte. Emily hoorde hoe de breuk zich verplaatste naar de volgende ruit en naar de volgende.

'O god!' Jack zat geknield op de vloer. Van schaamte had hij zijn handen voor zijn gezicht geslagen. Hij schommelde heen en weer. 'O-god-o-god-o-god...'

Clay zei niets. Hij keek bang en woedend tegelijk.

'Ik...' Emily zocht naar woorden, duizelig van wat ze had gezien. Ze hoorde hier niet te zijn. Dit was iets privés. 'Neem me niet kwalijk.'

Ze draaide zich om, maar Clay kwam zo snel in beweging dat hij de deur al had dichtgeslagen voor ze die bereikt had.

'Kijk me aan!' Hij greep haar armen en drukte haar met haar rug tegen de deur. 'Als je dit ook maar aan iemand vertelt, vermoord ik je!'

Emily was te geschokt om te reageren. Op het moment zelf had ze het niet tot zich laten doordringen, maar nu daalde het in. De twee jongens hadden seks gehad. Clay en Jack. Hoelang was dit al aan de gang? Waren ze verliefd? Je moest toch van iemand houden als je dit toestond? Waarom deed Clay altijd zo rot tegen Jack als ze verliefd op elkaar waren?

'Clay.' Jack legde zijn hand op Clays schouder.

'Blijf van me af, godverdomme!' Clay rukte zich los. 'Jezus christus, vuile nicht. Waag het niet me ooit nog aan te raken!'

Jack stond als verlamd, nog steeds met zijn hand in de lucht. Als Clay een mes in zijn lijf had gestoken, had hij niet gepijnigder kunnen kijken.

'Clay,' zei Emily, die zijn wreedheid niet kon aanzien. 'Je kunt niet –'

'Bek houden, Emily!' Clay priemde met zijn vinger in haar gezicht. 'Ik meen het! Waag het niet dit aan wie dan ook te vertellen!'

'Dat doet ze...' Jack klonk schor. Hij huilde nu. 'Dat doet ze ook niet.'

'En dat is haar geraden ook!' Clay stapte bij Emily weg. Hij begon door de schuur heen en weer te lopen, sloeg met zijn vuist in zijn handpalm. Zijn voeten stampten over het steen. 'Dan vertel ik rond dat ze zich aan me heeft opgedrongen. Dan zeg ik dat ze me probeerde te chanteren zodat ik met haar zou trouwen. Dat ze tegen iedereen ging liegen, zou zeggen dat ik de vader was.'

Emily zag hem heen en weer lopen zoals haar vader dat ook altijd deed als hij haar toekomst aan het uitstippelen was.

'Clay,' zei ze voorzichtig.

'Bek houden, zei ik.' Clay keek haar woedend aan en richtte zijn vinger weer op haar. 'Ik maak je kapot, Emily. Als je dat maar weet.'

'Doe het dan.' Ondanks haar krachtige woorden klonk haar stem zwak. Bijna haar hele leven had ze om deze jongen gegeven, van hem gehouden. 'Vertel maar rond dat ik je wilde chanteren. Dat ik een hoer ben. Dat ik je achter de gymzaal heb gepijpt. Dacht je dat je mijn reputatie nog verder kon verwoesten? Ik ben al helemaal kapot.'

'Emily,' fluisterde Jack.

'Wat nou, Jack? Die dingen worden al over me gezegd. Met dank aan Blake en Ricky. Met dank aan Nardo. Met dank aan jou, Clay.'

Clay had zowaar het lef om beledigd te kijken. 'Ik heb die geruchten nooit verspreid.'

'Maar je hebt ze ook nooit de wereld uit geholpen.' Emily had het helemaal gehad met het stelletje lafaards dat zich verschool achter hun eigen verwrongen gevoel van deugdzaamheid. 'Je had aan alles een eind kunnen maken, Clay. Je had dit recht kunnen zetten.'

'Dit?' Hij spreidde zijn armen. 'Waar heb je het in godsnaam over?'

'Hierover!' Ze sloeg haar armen om haar buik. 'Over deze baby. Jij had de toon kunnen zetten binnen de kliek. Jij had aan de hele school duidelijk kunnen maken dat ik niet uitgestoten mocht worden.'

'Uitgestoten?' herhaalde hij. 'Wat belachelijk.'

'Vind je?' Ze vond het vreselijk dat ze haar moeders woorden gebruikte, maar ze waren zo verdomd goed van toepassing. 'Jij bent altijd degene, Clay, die bepaalt wie oké is en wie niet. Iedereen kijkt tegen je op! Eén gebaar, één woord, en iemand hoort erbij of niet. Je had me kunnen beschermen.'

In plaats van haar tegen te spreken wendde hij zijn blik af.

'Je zou het alsnog kunnen doen.' Voor het eerst in weken zag Emily een echte uitweg. Ze had haar moeder gesmeekt om erkenning, maar in Emily's kleine wereldje was Clay veel machtiger dan Esther. 'Op school vinden ze het alleen maar verkeerd omdat ze het nou eenmaal verkeerd vinden. Jij zou alles voor me kunnen veranderen. Je zou ervoor kunnen zorgen dat het goed kwam.'

'Hoe stom kun je zijn?' vroeg hij. 'Het enige wat zou veranderen, is dat iedereen zou denken dat ik de vader ben. Waarom zou ik het anders voor je opnemen?'

Haar borst trok samen van wanhoop. 'Omdat je mijn vriend bent!'

Het woord 'vriend' bleef als een verre echo in de schuur hangen. Ze wisten niet eens hoelang ze al vrienden waren. Allemaal waren ze op de een of andere manier altíjd deel van elkaars leven geweest.

Vol ongeloof schudde Clay zijn hoofd. 'Ik kan geen vrienden meer met je zijn, Emily. Dat snap je toch wel? Alles is veranderd.'

Het liefst had ze geschreeuwd tot haar keel ging bloeden. Voor hem was er niets veranderd. Hij was nog altijd populair. Hij had nog altijd de kliek. Hij ging nog altijd naar het westen om te studeren. Hij had nog altijd een toekomst.

'Snap het dan, Emily,' zei Clay. 'Mijn ouders dachten dat ik het was. Ik moest zweren op een bijbel. Ze wilden me dwingen met je te trouwen.'

'Dwingen?' Alsof ze daar zelf niets over te zeggen had. 'Ik wil helemaal niet met je trouwen. Ik wil met niemand trouwen.'

'Bullshit,' zei Clay. 'Als je trouwt, ben je overal vanaf.'

Emily perste haar lippen op elkaar om hem niet in zijn gezicht uit te lachen. Ze zou nooit ook maar ergens vanaf zijn. De baby zou in haar lichaam blijven groeien. In plaats van stage te lopen bij een senator en over macro-economie en onrechtmatigheidshervorming te leren, zou ze kots uit haar haren wassen en luiers verschonen.

'Mijn ouders mogen niet denken dat ik heb gelogen,' zei Clay. 'Dan verstoten ze me. Je weet hoe gelovig ze zijn. Ze kunnen heel veel shit van me hebben, maar dat niet. Dat hebben ze maar al te duidelijk gemaakt. Dan heb ik niks meer.'

Eindelijk kon ze lachen. 'God verhoede dat je je geliefde ouders verliest.'

'Krijg de klere, stomme, achterbakse bitch.' Clays woede ontbrandde als een lichtkogel. 'Ik wil niet in dit kutstadje vast komen te zitten. Ik wil niet de rest van mijn leven doorbrengen tussen burgerlijke klojo's die nooit een boek lezen, nooit over kunst praten en helemaal niets snappen van de klotewereld waarin we leven. En ik wil al helemaal jullie kutsmoelen niet meer zien.'

Emily hoorde Jack snikken. Met een treurige blik in zijn ogen keek hij Clay aan. Zijn ontreddering drong als een moerasdamp tot in Emily's hart door. Elke dag verloren ze dezelfde dingen, allebei, telkens weer.

'Clay,' zei Jack. 'Je zei dat ik met je mee mocht. Je zei –'

Als Emily niet zo goed naar Clay had gekeken, zou ze de verandering in hem hebben gemist. Hij verwrong zijn knappe trekken tot iets monsterlijk lelijks. Woede verduisterde zijn blik. Met zijn elleboog naar achteren rende hij de schuur door. En toen ramde hij zijn vuist recht in Jacks gezicht.

'Vuile freak!' Clay stompte Jack zo hard dat zijn hoofd het hout deed versplinteren. Toen raakte hij hem opnieuw. En opnieuw. 'Je bent goddomme mijn meisje niet!'

Vergeefs hief Jack zijn armen in een poging de klappen af te weren, maar hij mepte niet terug, ook al was hij veel groter en sterker dan Clay. Zelfs toen een stuk tand afbrak, een vinger naar achteren knakte, bleef hij incasseren.

'Nee...' Emily sloeg haar handen voor haar mond. Ze was geschokt door het geweld, maar niet in staat het te stoppen. Clay bleef Jack afranselen tot ze allebei op de grond lagen. Zijn vuist was net een heimachine. Zelfs toen duidelijk werd dat Jack niets zou doen om hem tegen te houden, bleef Clay hem slaan. Pas toen hij al zijn energie had verbruikt, stopte hij, maar met tegenzin.

Zijn gezicht zat vol bloedstriemen en hij zweette als een otter. Hij duwde zichzelf overeind, maar in plaats van weg te gaan trok hij zijn voet naar achteren om Jack tegen zijn hoofd te schoppen.

'Nee!' riep Emily. 'Stoppen!'

Het kwam er zo hard uit dat de lucht leek te trillen.

Met een ruk draaide Clay zijn hoofd om. Hij had een woeste blik in zijn ogen.

'Stoppen!' herhaalde Emily, met een stem vol angst.

Clay bleef verstijfd staan, maar alleen omdat hij leek te beseffen waar hij was: in een schuur op het terrein van de Vaughns, terwijl hun zwangere dochter toekeek. Hij bracht zijn hand naar zijn gezicht. In plaats van het bloed af te vegen smeerde hij het als horrormake-up uit over zijn kille, harde trekken. Eindelijk en doelbewust had hij zijn ware gezicht getoond.

Zijn échte gezicht.

Achter de jongen die ze op de basisschool had leren kennen, de coole gast die over kunst had gepraat, over boeken en over de wereld, ging de met bloed besmeurde duivel schuil die zijn minnaar bijna dood had geslagen.

Clay deed geen moeite zijn masker weer op te zetten. Nu had Emily hem gezien. Ze wist precies wie hij was. Voor de laatste keer richtte hij zijn vinger op haar borst. 'Als je ook maar iemand hierover vertelt, doe ik hetzelfde met jou.'

Hij duwde haar weg bij de deur. Emily struikelde, maar ving zichzelf op tegen de muur. De deur werd zo hard dichtgeslagen dat het gebroken vensterglas uit de sponning viel en op de vloer versplinterde. Clay zou nu naar huis gaan, naar de Morrows. Hij zou zich wassen voor hij zijn ouders onder ogen kwam. Hij zou aan tafel zitten en zijn moeders Thanksgiving-maaltijd eten, football kijken met zijn vader, en die mensen zouden geen van beiden weten dat ze onderdak boden aan een geslepen, sadistisch beest.

Jack liet zich op zijn rug rollen. Hij slaakte een kreet van pijn.

Emily snelde naar hem toe en viel op haar knieën. Met de zoom van haar blouse veegde ze het bloed uit zijn ogen. 'O, Jack... gaat het? Kijk me eens aan.'

Hij draaide met zijn ogen. Hij hijgde. Bloed stroomde uit zijn neus, uit zijn mond. Een gapende wond spleet zijn wenkbrauw in tweeën. Er was een stukje van zijn voortand gebroken. De pink van zijn linkerhand boog akelig opzij.

Emily probeerde hem overeind te helpen, maar hij was te zwaar. Uiteindelijk ging ze zitten en nam zijn hoofd op haar schoot. Hij snikte zo hard dat ze zelf ook begon te huilen.

'Het spijt me,' fluisterde hij.

'Geeft niet.' Ze streek zijn haar achter zijn oor, zoals Omi altijd bij haar deed als ze zich rot voelde. 'Alles komt goed.'

'We-We waren niet –'

'Dat maakt me niet uit, Jack. Ik vind het alleen erg dat hij je pijn heeft gedaan.'

'Het is niet...' Hij kreunde en ging nu met moeite rechtop zitten. Bloed vermengd met tranen stroomde over zijn gezicht. 'Het spijt me zo, Emily. Ik heb je nooit willen vertellen wat... wat ik ben.'

Voorzichtig pakte Emily zijn niet-gewonde hand. Ze wist hoe eenzaam het kon zijn als niemand je liefdevol aanraakte. 'Je bent mijn vriend, Jack. Echt, dat ben je.'

'Ik ben niet...' Jack haalde haperend adem. 'Ik ben niet degene voor wie je me aanziet.'

'Je bent mijn vriend,' herhaalde ze. 'En ik hou van je. Er is niks mis met je.'

Emily wist dat ze sterk moest zijn voor hem. Ze veegde haar tranen af. Vanuit de garage hoorde ze de klap waarmee haar vader het portier van zijn auto dichtsloeg. Hij zou zich gaan douchen en een paar glazen drinken voor ze aan tafel werd verwacht.

'Ik zal het aan niemand vertellen,' beloofde Emily. 'Ik zal het nooit aan iemand vertellen.'

'Het is te laat,' fluisterde hij. 'Clay haat me. Je hebt gehoord wat hij zei. Ik dacht dat ik samen met hem zou kunnen gaan studeren, misschien werk kon zoeken, maar...'

Er kwamen allerlei geruststellende woorden bij Emily op, maar ze waren allemaal onwaar. Clay was al even klaar met Jack als met haar. Ze mocht van geluk spreken dat hij haar alleen maar zijn rug had toegekeerd. Ze had haar vader heel vaak zijn geduld zien verliezen, maar ze had nog nooit een mens pal voor haar ogen in een monster zien veranderen.

'Ik zal niks zeggen,' zei ze. 'Niet dat je je hoeft te schamen, maar als je –'

'Nardo weet het.' Jack leunde met zijn rug tegen de deur. Hij keek op naar het plafond. Zijn tranen bleven maar stromen. 'Hij heeft mij en Clay samen gezien. Hij weet het.'

Emily deed haar mond open, maar wat haar het meest verbaasde, was dat Nardo het niet aan de hele school had verteld. 'Wat?'

'Ik...' Jack slikte iets weg. 'Ik vroeg aan Nardo of hij de vader was.'

Emily leunde met haar hoofd tegen de muur en staarde naar het plafond. Urenlang had ze zich over haar Columbo-onderzoek gebogen. Had Jack ontdekt wie het was? Waarom had hij niks gezegd?

'Het spijt me,' zei Jack. 'Nardo heeft niet... Hij heeft niet gezegd dat hij het was. Hij zei dat ik op moest rotten, en toen zei hij dat hij me samen met Clay had gezien, en als ik vragen bleef stellen, zou hij...'

Emily's hart bonkte in haar borstkas. Ze wist waartoe Nardo in staat was. Dat hij een geheim als dit niet rondbazuinde, kon simpelweg niet kloppen.

Jack haalde zijn neus op. 'Maar ik had het iedereen al gevraagd. Zelfs Clay.'

'Maar...' Emily wist niet hoe ze het anders dan botweg moest zeggen. 'Clay valt duidelijk niet op meisjes.'

Jack schudde zijn hoofd. 'Hij valt ook op meisjes. Hij is anders dan ik. Hij kan voor normaal doorgaan.'

Emily hoorde de veroordelende klank in zijn stem.

'Iedereen ontkende het, voor wat het waard is,' zei hij. 'Ze hadden hun verhaal allemaal klaar.'

'Wie is iedereen?' Het kostte Emily moeite te bevatten wat hij had gedaan. Een maand geleden had ze hem haar Columbo-onderzoek laten zien, maar toen had hij niets gezegd. 'Met wie heb je gepraat?'

'Met Nardo, Blake, Clay, Ricky en Wexler. Dezelfde mensen die jij hebt gesproken.' Hij ademde piepend door zijn neus. 'Het spijt me, Emily. Ik weet dat je met je eigen onderzoek bezig was, maar je liet je er zo door meeslepen – met reden natuurlijk – dat ik dacht dat ik er misschien sneller achter kon komen omdat ik het scherper zag. Zonder de emoties die jij erbij hebt, bedoel ik. Van mij heeft niemand een hoge dunk. Op school zien ze me niet staan en soms hoor ik dingen, dus ik dacht dat ik de puzzel kon oplossen, maar dat is niet gelukt. Ik heb je laten zitten.'

'Je hebt me niet laten zitten, Jack.' Emily haalde diep adem. 'Nardo liet doorschemeren dat jij het was.'

Jack liet een vreugdeloos lachje horen. 'Tja, je weet wie het zegt.'

'Hij zei ook dat jij hem de lsd had verkocht die we op het feest allemaal hebben genomen.'

'Dat klopt,' zei Jack. 'Ik kreeg het van mijn neef.'

Emily keerde zich naar hem toe en keek hem weer aan. Hij had haar niet gemeden omdat de hele situatie zo gespannen was. Hij had iets achtergehouden. 'Ben je erbij geweest, Jack? Heb je iets gezien?'

'Nee, ik zweer het. Dan zou ik het je verteld hebben.' Nu keek hij haar ook aan. 'Van Nardo moest ik oprotten voordat er iemand kwam. Maar nadat het gebeurd was, was Clay heel aangeslagen. Hij zei dat je woest op hem was geweest tijdens het feest. Hij had je gezien door die grote ramen die uitkijken op het zwembad. Je was buiten, en je had je jurk uitgetrokken. Hij liet je de jurk weer aantrekken. Het was heel koud. En toen begon je tegen hem tekeer te gaan.'

'Waarover?'

'Hij wist niet waarom je zo kwaad was. Hij zei dat je hysterisch was. Toen is hij Nardo maar gaan opzoeken.'

Emily zag het tafereel voor zich, niet omdat ze het zich herinnerde, maar als een soort projectie van wat de waarheid zou kunnen zijn. Zijzelf die naakt bij het zwembad stond, Clay die naar buiten rende om haar aan te kleden. Nee, dat was te hoffelijk. Hij had waarschijnlijk willen weten wat er gebeurd was. Vervolgens had hij een grap gemaakt over haar naaktheid en was hij geïrriteerd geraakt omdat ze over haar toeren was, maar ze was over haar toeren geweest omdat iemand haar verkracht had.

'Wat gebeurde er toen, volgens Clay?' vroeg ze.

'Ze waren allemaal te ver heen om je naar huis te kunnen brengen.' Met zijn arm veegde Jack bloed van zijn gezicht. 'Nardo belde Wexler, want hij wist dat Wexler zijn mond zou houden. Ze wisten niet wat ze anders moesten doen. Jij ging helemaal door het lint. Blake moest je wat bennies geven om je te kalmeren. Je ging nog steeds tegen Clay tekeer toen Wexler en Nardo je naar de auto sleepten.'

Emily wendde zich af. Ze had niet alleen lsd gebruikt. Haar vrienden hadden haar ook een psychoactieve drug gegeven die werd voorgeschreven tegen angsten en toevallen. En toen hadden ze haar overgedragen aan die afgrijselijke Dean Wexler, zodat hij alleen met haar kon zijn in zijn auto.

'Denk je dat Clay de waarheid sprak?' vroeg ze.

'Ik weet het niet. Hij is een leugenaar, maar dat zijn ze allemaal.' Jack was weer gaan huilen. 'Het spijt me, Emily. Ik had je dit eerder moeten vertellen. Ik schaamde me, en ik wist niet hoe ik moest uitleggen waarom Clay mij in vertrouwen had genomen zonder je te vertellen wat... wat ik ben.'

'Ik weet hoe het is als anderen over je oordelen,' zei Emily. 'Ik ga niet over je oordelen, Jack. Het gaat me helemaal niet aan.'

Jack ademde scherp in. 'Het spijt me zo vreselijk.'

'Je hoeft nergens spijt van te hebben.' Emily kon hem niet in zelfhaat laten verzinken. Ze wist dat dat soort duister geen bodem kende. 'Hoe heeft Nardo dat van jou en Clay ontdekt?'

Jack haalde zijn schouders op, maar zei toen: 'De enige keer die ik kan bedenken, was toen Clay en ik in mijn vaders jachtpick-up zaten. Die hadden we de houthakkersweg op gereden, in de buurt van de boerderij. Die weg die tot vlak bij het centrum loopt.'

Emily kende de weg. De oude boerderij was van Omi. Ze had een trust opgericht zodat het bezit op een dag naar Emily zou gaan.

'Weet Clay dat Nardo jullie heeft gezien?' vroeg ze.

'Wat denk je?' vroeg hij, en hij knikte.

Nu had Emily haar Columbo-onderzoek paraat willen hebben, maar dat bewaarde ze altijd in haar tasje, want dat was de enige plek waar haar ouders niet keken.

'Vreemd dat Nardo iets voor anderen geheim heeft gehouden,' zei ze.

Jacks mond viel open van verbazing. 'Denk je dat Clay iets over Nardo weet?'

'Misschien.' Het leek Emily goed mogelijk, maar er waren zoveel theorieën die op verschillende momenten goed mogelijk hadden geleken.

'Nardo zou zich nooit tegen Clay keren. Hij is doodsbang om alleen te zijn. Hij heeft iemand nodig die hem overeind houdt, die zegt wat hij moet doen. En Clay kan de hele school tegen Nardo opzetten. Niemand zou geloven dat hij –'

'Dat hij een flikker is,' maakte Jack haar zin af. Het woord klonk smerig uit zijn mond. 'Je hebt gelijk. Uiteindelijk zouden ze zich tegen Nardo keren. En heel veel leerlingen gaan naar Penn. Dat soort rottigheid zou Nardo blijven achtervolgen, tot op de universiteit. Die houdt echt zijn mond wel, wat er ook gebeurt.'

Emily zuchtte, want ze was tot dezelfde conclusie gekomen. 'Het is alsof er een rad in mijn hoofd zit dat alsmaar ronddraait in een poging de dader aan te wijzen. Soms is het Clay, dan weer Nardo, dan Blake, dan –'

'Ik?'

'Dat heb ik nooit geloofd,' zei Emily. 'Alleen op momenten dat ik tegen mezelf zei dat ik geen beter iemand zou kunnen bedenken.'

'Ik hou van je, echt, Emily,' zei Jack. 'Ik zou met je kunnen trouwen. Zolang je maar weet wat ik ben. Dat kan ik niet veranderen. Al heb ik nog zo mijn best gedaan.'

'Ik hou ook van jou, Jack, maar je verdient iemand die van je houdt zoals je wilt dat er van je gehouden wordt. Dat verdienen we allebei.'

Hij sloeg zijn handen voor zijn gezicht. Zijn leven was zo moeilijk geweest. Ze had altijd geweten dat hij eenzaam was, maar nu besefte ze pas hoe volslagen alleen hij was.

'Het is jouw schuld niet, Jack.' Voorzichtig trok ze zijn handen weg en hield ze vast. 'Ik wil alleen maar weten wie me dit heeft aangedaan. Wat mij betreft hoeft hij er niet eens voor gestraft te worden. En ik wil met niemand van hen trouwen. Sterker nog, ik wil ze niet eens meer kennen. De gedachte dat een van die eikels deel van mijn leven is, besluiten neemt voor mij of mijn baby, is niet alleen angstaanjagend, maar ook walgelijk.'

'Ik wil het ook weten.' Weer veegde Jack met zijn arm langs zijn ogen. 'Hoe zit het met je Columbo-onderzoek? Heeft het iets nieuws opgeleverd?'

'Een tijdlang dacht ik dat het Blake was,' bekende ze. 'Bij hem moet er altijd iets tegenover staan, vind je niet? Hij manipuleert mensen als stukken op een schaakbord. Hij was er als de kippen bij om een oplossing aan te bieden waarmee hij alle eer kreeg en hem geen blaam trof.'

Jack knikte. 'Waarom heb je hem afgestreept?'

'Hij is het minst populair van de drie jongens. Ik denk echt niet dat Clay en Nardo hem zouden beschermen. Zoals ik al zei, hebben ze elkaar nodig. Clay heeft Nardo's strooplikkerij nodig en Nardo kan niet zonder Clay omdat hij zo cool is, als je het zo wilt noemen. Blake is duidelijk het offerlam.'

'Dat zou wel de makkelijkste oplossing zijn,' beaamde Jack. 'Als ze het op Blake zouden schuiven, blijven ze zelf buiten schot, bedoel ik.'

Emily weifelde, maar ze was tot dezelfde conclusie gekomen. Tot ze er weer anders over was gaan denken en het rad weer was gaan draaien. 'Soms denk ik dat het Nardo zou kunnen zijn. Hij is zo meedogenloos en egoïstisch. Hij pakt altijd wat hij hebben wil. Maar ik bedacht dat als hij het was, Clay zich tegen hem zou keren, toch? Clay neemt zichzelf altijd in bescherming.'

'Nardo heeft Clay en mij samen gezien,' benadrukte Jack. 'Ze hebben allebei een geladen wapen op elkaar gericht.'

'Met Nardo weet je het nooit. Hij kan heel slecht geheimen bewaren,' zei Emily. 'Het is bijna ziekelijk. Als hij de kans ziet iemand pijn te doen, stroomt het gif al over voor hij het kan tegenhouden. Er is iets mis in zijn hersens waardoor hij nooit aan de gevolgen denkt.'

'Goed punt,' zei Jack. 'Daarom doet Clay eerder eindexamen en gaat hij zo snel mogelijk naar het westen. Hij zegt dat hij er niet op kan rekenen dat Nardo zijn mond houdt.'

'Hoe zit het met Clay? Je zei dat hij ook op meisjes valt.' Emily merkte dat ze bloosde, maar nu was ze eenmaal begonnen, dus ging ze door. 'Ik dacht dat ik misschien... dat ik iets gedaan heb waarmee ik hem heb uitgedaagd? Misschien heb ik me aan hem opgedrongen? En toen gaf hij toe, maar na afloop was hij kwaad.'

Jack keek haar schuins aan. 'Emily, je weegt zwanger nog geen vijftig kilo. Clay zou je met gemak kunnen afweren. En hij heeft al veel eerder gelegenheid te over gehad.'

De vlammen sloegen van Emily's gezicht. Clay had met Jack vast om haar verliefdheid gelachen.

‘En Wexler?’ vroeg Jack. ‘Het is een engerd. Zoals hij op school naar meiden kijkt, is echt ranzig. En hij probeert altijd met hen over seks te praten, ook in de klas.’

Emily kon de gedachte niet verdragen dat ze bij Dean Wexler in de auto had gezeten op de avond van het feest. Ze was bijna in coma geweest. Hij had alles met haar kunnen doen. En waarschijnlijk had Nardo dat geweten toen hij haar in de auto had geschoven. ‘Vergeet niet dat Dean zei dat hij geen kinderen kan verwekken,’ zei ze.

‘Niet verkeerd bedoeld, maar dat klinkt als iets wat een man zegt als hij geen zin heeft een condoom te gebruiken.’

Emily lachte. ‘Jij weet vast evenveel over condooms als ik.’

Jack sloeg zijn blik neer. De grap kwam te dichtbij. ‘Ik zei toch dat niemand me ziet staan. In de kleedkamer hoor ik voortdurend hun verhalen over seks en meiden. Het is niet leuk wat ze zeggen. Nardo is nog het ergst, maar Clay moet altijd om zijn grappen lachen, en Blake doet er vaak nog een schep bovenop.’

Emily had dat ook in het echt zien gebeuren. Hoe meer Clay Nardo tot boosaardige daden dreef, hoe gelukkiger Clay was. En als de beuk erin ging, was Blake altijd een bereidwillige handlanger, die Nardo afwisselend opjutte en verachtte vanwege zijn wreedheid. Eigenlijk hoorde Ricky ook bij het verderfelijke complot. In veel opzichten was zij het kwaadaardigst van allemaal.

‘Waarom heb ik nooit ingezien dat het stuk voor stuk zulke afschuwelijke mensen zijn? Ik heb zo van hen gehouden. Ze waren mijn beste vrienden. Ik vertrouwde hen volledig.’

Opeens kreeg Jack iets verlegens.

‘Zeg het maar,’ zei ze. ‘We hebben geen geheimen voor elkaar.’

Hij knikte, want dat klopte. ‘Sorry, Emily, maar niemand heeft ooit begrepen waarom zo’n aardig iemand als jij met hen omging.’

Emily begreep het zelf niet. Of misschien wilde ze de reden niet toegeven. Clay had hun het gevoel gegeven dat ze heel speciaal waren, heel cool. ‘Waarom heb je me dat nooit verteld?’

‘Eigenlijk...’ Jack haalde zijn schouders op. ‘Het was nogal duidelijk dat het een vreselijk clubje was.’

Emily kon dat alleen achteraf beamen, wat des te deprimerender was omdat Ricky haar er nog maar een paar weken geleden van had beschuldigd een onverbeterlijke optimist te zijn.

Toch voelde ze de behoefte hen te verdedigen, al was het maar gedeeltelijk. Ooit waren ze niet allemaal slecht geweest. Alleen Nardo was van meet af aan een botterik geweest, zoals hij altijd aan Emily's haar rukte of aan Ricky's bh-bandje plukte. Clay was ooit aardig geweest. Lang geleden was Blake gevoelig geweest. Zelfs Ricky was lief geweest en had het voor Emily opgenomen toen op de basisschool iemand haar project voor handvaardigheid had vernield. Hoewel, achteraf gezien was het waarschijnlijk Ricky geweest die het vernield had, hatelijk kreng dat ze was.

'Je staat er niet alleen voor, Emily, weet je dat? Als je me nodig hebt, ben ik er voor je. Wannéér je me nodig hebt,' zei Jack. 'Ik ben deze zomer al aangenomen op de politieacademie. Ik heb me vooral ingeschreven om van mijn vaders gezeik af te zijn. Bovendien wil Clay niet dat ik met hem meega en heb ik geen andere optie. Na mijn studie blijf ik in Longbill en ga ik voor mijn vader werken.'

Het werd Emily zwaar te moede. Als er iemand was die hier weg moest, was het Jack Stilton. Hij zou naar Baltimore of naar een andere grote stad moeten gaan waar hij mensen zoals hijzelf zou treffen, die een gelukkiger leven leidden.

'Nee,' zei ze. 'Kies nou niet voor de makkelijkste weg, Jack. Je moet vechten voor je geluk. Sinds de basisschool wil je hier al weg.'

'Maar wat moet ik anders?' vroeg hij. 'Je hebt Clay gehoord. Die gaat echt niet van gedachten veranderen. En mijn cijfers zijn waardeloos. Ik slaag straks met de hakken over de sloot. Bij het leger hoef ik het niet te proberen, want daar vragen ze je rechtstreeks wie je bent, en dat kan ik ze niet vertellen. Dat wil zeggen, ik kan het wel vertellen, maar dan eindig ik misschien in de gevangenis. Of dood, als mijn pa erachter komt. In Longbill weet ik tenminste wat ik aan de mensen heb. En zij denken te weten wat ze aan mij hebben.'

'Jack...' Emily kon er niets tegen inbrengen. Hij zat net zo vast als zij. 'Als je echt bij de politie gaat, als je het aankunt, wil je me dan één ding beloven?'

'Natuurlijk. Je weet dat ik alles voor je overheb.'

'Ik wil dat je erachter komt wie me dit heeft aangedaan,' zei Emily.

'Niet voor mezelf, want het laatste wat ik wil, is een van die gevoelloze rotzakken in mijn leven. Zorg dat je hem pakt voor de meisjes die hierna aan de beurt zijn.'

Haar woorden leken Jack te verbazen, maar niet omdat hij het er niet mee eens was. 'Je hebt gelijk. Misdadigers hebben een modus operandi. Ze gaan altijd volgens hetzelfde patroon te werk. Zo pak je ze.'

'Je moet het me beloven.' Emily klonk schor. Ze moest er niet aan denken dat een ander meisje hetzelfde moest doorstaan als wat zij nu meemaakte. 'Alsjeblieft, Jack. Dat moet je me beloven.'

'Emily, je weet dat ik –'

'Nee, je moet het niet beloven omdat ik nu huil. Je moet het doen omdat het ertoe doet. Wat hij me heeft aangedaan, doet ertoe. Ik doe ertoe.' Ze liet zich op haar knieën zakken, met haar handen samengevouwen voor zich uit. Opeens werd ze overspoeld door verdriet om alles wat ze was kwijtgeraakt. 'Hij heeft me niet alleen verkracht, Jack. Hij wist dat ik er niet echt bij was, dat ik eerder een soort... een soort vat was.'

'Emily –'

'Nee, niet zeggen dat het niet zo gegaan is.' Emily vocht tegen een golf van treurnis. 'Het gaat niet alleen om die ene avond waarop hij me gepakt heeft. De vlek zit op mijn ziel. Door hem ben ik niets meer. Hij heeft me vernietigd. Het leven waarvoor ik werkte, waarvoor ik plannen maakte, is weg. Alleen omdat hij vond dat mijn behoeftes, mijn verlangens ondergeschikt waren aan die van hem. Dat mag geen enkel meisje meer overkomen. Daar kun jij voor zorgen.'

'Dat doe ik, Emily. Al wordt het mijn dood, ik ga uitzoeken wie dit gedaan heeft.' Nu zat Jack ook op zijn knieën. Voorzichtig vouwde hij zijn gebroken handen om die van haar. 'Dat beloof ik.'

10

Andrea bleef in de schaduw toen ze de afgejakkerde oude Ford volgde.

Nardo zat achter het stuur. Star leunde tegen het portier aan de passagierskant, om zoveel mogelijk afstand tot Nardo te bewaren. Het leek hem niet uit te maken. Hij reed langzaam, met zijn arm loom uit het raampje, en rookte een sigaret.

Andrea speurde het donkere stuk weg achter haar af, in de hoop een zwarte overheids-SUV te zien, ten teken dat een van de zes surveillanceteams de pick-up vanaf de boerderij was gevolgd. Maar de teams hadden zich bij de toegangs- en uitvalswegen geïnstalleerd. Ze hielden geen oude houthakkersweg in de gaten, die de vorige eeuw waarschijnlijk al van de kaart was verdwenen.

Ze draaide zich weer om. De pick-up reed nog steeds door. Er was geen telefooncel in de buurt. Het motel was tien minuten lopen. Hier was Compton bang voor geweest, dat mannen als Wexler en Nardo altijd een vluchtplan hadden. Het verbaasde Andrea niet dat Nardo ervandoor ging. Hij had zich losgemaakt van Clay Morrow. Hij kon zich ook losmaken van Dean Wexler.

Andrea waagde het erop, stormde de open ruimte over en rende de trap naar het politiebureau op. Ze gaf een ruk aan de dichte deur. Ze keek in de hal. Binnen brandde geen licht. Ze klopte op het glas.

Niets.

'Shit,' mompelde ze, en ze rende de trap weer af. Het arrestatiebevel moest nu bij de rechter liggen. Bernard Fontaine kon elk moment van verdachte in voortvluchtige veranderen. Als Andrea hem uit het oog verloor, zouden ze hem misschien nooit meer vinden. Hij zou zijn straf ontlopen en misschien zou Melody Brickel haar dochter nooit meer zien.

In de diner was een telefoon.

Dat was ongeveer honderd meter verderop. Terwijl ze zich op een drafje naar de roze gloed van de neonverlichting begaf, liet ze alle rampen de revue passeren.

Ze had geen back-up. Haar met water gevulde pistool was op weg naar Baltimore. Van Nardo was bekend dat hij een wapen op zijn lichaam droeg. Aan de vorm had ze gezien dat het een klein kaliber pistool was, wat de keuze beperkte tot een van de populairste 9mm's, de SIG Sauer P365. Dat betekende tien in het magazijn en één in de kamer. Ook had hij Star bij zich in de auto. Er hoefde maar iets te gebeuren of Star was geen passagier, maar gijzelaar.

Andrea schoot een portiek in toen de remlichten opgloeiden. Ze zag Nardo een parkeerplek op enkele meters van de diner op rijden. De motor van de Ford staakte zijn gegrom. De handrem werd aangetrokken. Nardo tikte zijn sigaret het trottoir op. Hij stapte uit en sloeg het portier met een klap dicht. Hij strekte zijn armen ten hemel en boog zijn rug zodat zijn witte T-shirt uit zijn cargobroek werd getrokken.

Andrea wachtte ademloos.

Star bleef in de pick-up zitten. Ze kwam pas in beweging toen Nardo haar met een draai van zijn pols toestemming gaf. Ze duwde het portier open, keerde zich opzij en liet zich van de stoel glijden. Haar voeten raakten de grond. Ze volgde Nardo op een paar meter afstand, en toen verdwenen ze allebei de diner in.

Weer maakte Andrea een snelle inschatting, niet om het erger te maken, maar om te peilen hoe ze er fysiek aan toe was. Haar vecht-of-vluchtinstinct werkte op volle toeren. Ze zweette. Haar hart sloeg als een bekken. Ze was duizelig van de adrenaline. Ze wipte op de ballen van haar voeten. Haar spieren stonden strak. Haar vuisten waren gebald. Ze hield haar adem in.

Toen opende ze haar mond en zoog lucht op.

Ze ademde uit, weer in, en uit, en in, tot de duizeligheid wegtrok.

In gedachten somde Andrea de dingen op die ze níét had opgemerkt. De pick-up had niet hard gereden. Nardo had niet steeds achteromgekeken, bedacht op achtervolgers. Hij was niet doorgereden, de stad uit. Star zat niet achter het stuur terwijl Nardo zich achter in de pick-up verstopte. Hun gedrag had niets gejaagds.

Met een schok drong het tot haar door. Nardo was niet op de vlucht. Hij was Ricky aan het stangen. Melody Brickel had gezegd dat hij minstens één keer per week in de diner kwam. Hij sleepte Star altijd mee om als publiek te dienen.

Andrea maakte zich los van de muur. Ze keek nog één keer achterom. De weg was verlaten. Er kwam niemand aan. Met haar armen losjes langs haar zij liep ze over het trottoir. Nog tien passen en toen stond ze voor de diner. Ze keek langs de neonborden. Er waren maar drie mensen binnen. Ze hadden zich in een scheve driehoek over de diner verspreid.

Nardo zat in de uiterste hoek en nam een stuk van het halfronde zitje in beslag. Ricky stond achter de bar, vlak bij de kassa. Star zat op een kruk aan het uiteinde van de bar. Ze staarde recht voor zich uit, naar de betegelde muur. Haar handen lagen ineengeslagen voor haar, waardoor haar hoekige schouderbladen als twee haaienvinnen naar achteren staken.

Andrea was nu bij de ingang. Ze keek door de glazen deur naar binnen. Ze zag de bewakingscamera in de hoek. De volle drankkast achter de kassa. De lange gang die langs het toilet en de keuken liep en uitkwam op de promenade en de Atlantische Oceaan. Ze reikte naar de deurknop. Haar vecht-of-vluchtinstinct probeerde de overhand te krijgen. Haar huid voelde klam. In haar broekband had zich zweet verzameld. Ze zag zo scherp dat haar ogen pijn deden.

Ze zei tegen zichzelf dat de anderen dit alles niet wisten. Het enige wat ertoe deed, was hoe ze op hen overkwam als ze de diner binnenstapte.

Ze deed de deur open.

'O, shit,' zei Ricky.

Andrea zag er vreselijk uit. Ze had een brand overleefd. Haar neus was bijna gebroken. Ze had haar voorhoofd opengehaald. Haar lip was gespleten. Als ze al een bezwete, bibberige indruk maakte, had ze daar een verdomd goede reden voor.

'Woeha, Ricky Jo,' brulde Nardo. 'Kijk wie we daar hebben, het is Bolletje Big. Ik zou mijn contactverbod maar niet overtreden.'

Star zweeg. Ze draaide zich niet eens om.

'Let maar niet op die eikel.' Met het mes in haar hand als aanwijsstok wees Ricky naar de rode tape op de vloer. 'Acht meter.'

Het contactverbod. Nardo kwam steeds naar de diner omdat hij wilde dat Ricky het overtrad. Ricky had de streep aangebracht om dat te voorkomen. Dankzij de camera in de hoek hielden ze zich allebei aan het verbod. Star was erbij omdat het spelletje nergens op sloeg als niemand het zag.

Maar dat alles deed er niet toe, want het enige wat Andrea nodig had, was een telefoon. Ze liep naar de bar. Ze wierp een blik op Nardo. Hij had zijn armen om de rugleuning van het zitje geslagen. Op tafel stond een groot bord spaghetti. Terwijl Andrea toekeek, hief hij een bierpul alsof hij op haar toostte.

Ricky had zijn bord warm gehouden. Ze had geweten dat hij kwam.

'Gaat het, schat?' Ricky's kaken bewerkten de kauwgom. Ze sneed alvast fruit voor de ontbijtdrukte. De armbanden om haar pols tikten tegen de bar. In haar eentje vormde ze een complete drumsectie. Het mes sloeg tegen de snijplank, haar kauwgom knalde, de armbanden klikten tegen elkaar en toen sloeg het mes weer tegen de snijplank.

'Ja hoor.' Andrea nam aan de bar plaats om Nardo in de gaten te kunnen houden. De spiegel achter de bar bood zicht op de hele tent. Links van haar was de kassa. Ricky stond schuin tegenover Andrea, rechts achter de bar. Star bevond zich aan de rand van haar blikveld. De vrouw had geen teken gegeven toen ze binnenkwam. Het stuk bar vóór haar was leeg. Ze had zich nog niet verroerd sinds Andrea de deur door was gelopen.

'Ik hoorde dat er brand is geweest.' Ricky, die een kanteloep aan het snijden was, hield Andrea scherp in de gaten. Hun gesprek bij Ricky thuis was niet goed geëindigd. Ze was nog steeds op haar hoede. 'Ik wil wel een broodje voor je maken. De pasta is op.'

Andrea's blik viel op het briefje dat op de kassa was geplakt.

GASTEN KUNNEN GEEN GEBRUIK MAKEN VAN DE TELEFOON.

'Schat?' vroeg Ricky.

Andrea slikte even voor ze kon praten. 'Nee, bedankt. Heb je een tequila voor me?'

'Daar ben je zo te zien hard aan toe.' Ricky liet het mes op de snijplank vallen. Zonder om een merk te vragen pakte ze de Milagro Silver van de onderste plank. 'Ik kon de rook thuis nog ruiken. God, dat huis staat er al een eeuwigheid. Niet te geloven dat het weg is. Iedereen is er toch goed uit gekomen?'

'Ja.' Het zweet stond Andrea in de handen. Ze moest Ricky weer aan haar kant zien te krijgen. 'Eigenlijk mag ik het niet zeggen –'

Met gespitste oren schonk Ricky een borrelglas tot aan de rand vol.

'De man van de rechter –'

'Franklin.'

'Ja.' Andrea leunde naar voren en zei met gedempte stem: 'Hij was er al niet zo best aan toe, maar na de brand...'

Ricky knikte bedachtzaam ten teken dat ze het begreep. 'Treurig, zoveel ellende als die familie in de loop van de jaren over zich heen heeft gekregen. Alles goed met Judith?'

'Ze is verdrietig. Misschien helpt het als je iets van je laat horen.'

Weer knikte Ricky. 'Ik maak wel wat te eten. Mensen moeten altijd eten.'

'Dat zal de rechter vast heel fijn vinden.' Andrea haalde haar telefoon uit haar achterzak. Ze deed alsof ze zich nu pas herinnerde dat hij kapot was. 'Shit.'

'Dat kun je wel zeggen.' Ricky zette de tequila voor Andrea neer. 'Heb je dat ding in de magnetron gestopt?'

'Hij is beschadigd tijdens de brand.' Andrea merkte hoe ijl haar stem klonk. Ze kuchte. 'Ik heb dat briefje gelezen, maar zou ik toch je telefoon mogen gebruiken?'

'Dat briefje is voor toeristen.' Ricky stak haar hand onder de kassa. Ze pakte de telefoon en zette hem met een klap op de bar.

Andrea keek naar het antieke apparaat. Aan de achterkant zat een snoer. De hoorn zat er met een spiraalsnoer aan vast. Op de onderkant zaten de nummertoetsen. Ze was van plan geweest met het draadloze apparaat naar de gang te lopen voor wat privacy. Maar met deze vaste verbinding kon ze geen kant op.

'Alles goed, schat?' Ricky was weer aan het snijden. Ze schonk Nardo een veelbetekenende blik.

'Ja, gewoon een zware dag.' Andrea keek in de spiegel. Nardo hield haar in de gaten. Ricky hield haar in de gaten. Alleen Star leek het allemaal niet te interesseren. Andrea pakte de telefoon. 'Ik heb er niet bij gezegd dat het interlokaal is, maar ik heb geld bij me.'

'Laat maar zitten.' Ricky pakte een handvol aardbeien. 'Maak het alleen niet te lang.'

Andrea toetste het enige nummer in dat ze ooit had onthouden. De telefoon ging één keer over, toen werd er opgenomen.

'Ja, lieverd?' Laura klonk alsof ze nog niet naar bed was geweest. 'Wat is er?'

'Hé, mam. Sorry dat ik niet heb teruggebeld nadat ik uit het ziekenhuis wegging.'

'Wat?' klonk het geschrokken. 'Wanneer was je dan in het ziekenhuis?'

'Nee, ik kon niet slapen.' Andrea zag Ricky ongegeneerd naar het gesprek luisteren. 'Wat ik nog vragen wou: zou jij Mike voor me willen bellen? Zijn nummer staat in die stomme telefoon van me.'

Ricky keek met een scheef gezicht naar de kapotte iPhone, alsof ze deelnam aan het gesprek.

'Mike?' zei Laura. 'Mijn Mike? Wat heeft Mike met het ziekenhuis te maken?'

'Zeg maar dat ik naar de diner ben gegaan om iets te drinken.' Met vaste hand draaide Andrea het glaasje tussen haar vingers rond. 'Ik kreeg een bericht op het werk van onze buurman. Hij heeft Mikes hulp nodig. Renfield is ontsnapt.'

'Oké.' Laura klonk nu ijzig kalm. Tijdens haar criminele loopbaan had ze uitsluitend via codes en versleutelde berichten gecommuniceerd. 'Ik schrijf het even op. Ik moet Mike dus bellen en zeggen dat je in de diner zit. Klopt dat?'

'Ja.'

'En ik weet niet wat dat andere gedeelte moet voorstellen, maar ik zal het woord voor woord aan hem overbrengen: "Ik kreeg een telefoontje van onze buurman. Hij heeft Mikes hulp nodig. Renfield is ontsnapt." '

'Dat klopt,' zei Andrea. 'Bedankt, mam. Je bent een schat.'

Ze legde de hoorn weer op de haak en nam een slok tequila. Haar vingers glibberden over het glas.

Ricky liet de telefoon op de bar staan. Ze bleef het mes heen en weer bewegen, maar verloor Andrea geen moment uit het oog. 'Was dat je moeder?'

Andrea knikte. 'Mijn kat is ontsnapt. Hij komt alleen als mijn vriend hem roept.'

'Had ik maar tijd voor een huisdier.' Ricky glimlachte, maar haar stem had iets scherps. 'Wel wat laat om te bellen, vind je niet?'

Ricky keek weer naar Nardo. Haar nieuwsgierigheid was in wantrouwen overgegaan.

Andrea wist dat Ricky haar het nummer had zien intoetsen. 'Mijn moeder woonde vroeger in Georgia, maar ze is vorig jaar naar Portland verhuisd.'

'Maine?'

'Oregon.' Andrea bedwong de neiging om naar Nardo te kijken. Het was alsof hij met zijn ogen een gat in haar rug boorde. 'Die lopen drie uur achter. Ze was tv aan het kijken.'

'Ik vind Oregon prachtig.' Ricky bleef aanhouden. 'In welk gedeelte?'

'In Laurelhurst,' zei Andrea. 'Dat is aan de oostkant van Portland. Ze woont dicht bij dat park met het standbeeld van Jeanne d'Arc. Ze hebben daar een koffietent waar fantastische livemuziek wordt gespeeld.'

Ricky ontspande iets. 'Klinkt goed.'

'Dat is het ook.' Andrea sloeg de rest van haar tequila achterover. Nu keek ze naar Nardo in de spiegel.

Hij had zijn bord weggeschoven. Hij zette zijn lege bierpul met een klap op tafel. 'Juffrouw?'

Ricky negeerde hem, maar de kracht waarmee ze met het lemmet op de snijplank sloeg, sprak boekdelen.

'Hé, juffrouw!' riep Nardo. 'Heb je nog wat tequila over?'

Ricky legde het mes met tegenzin op de bar, alsof ze moeite moest doen het niet tegen Nardo te gebruiken. Ze greep de fles en kwakte het borrelglaasje op de bar.

Andrea keek weer naar Nardo. Hij grijnsde meesmuilend. Ze maakte een rekensommetje. Laura zou Mike onmiddellijk bellen. Andrea twijfelde er niet aan dat hij zou opnemen. Beschermde getuigen belden alleen als het een kwestie van leven of dood was.

Andrea is in de diner. Renfield is ontsnapt. Ze heeft je hulp nodig.

In het ziekenhuis had Mike de naam 'Renfield' gebruikt om Nardo mee aan te duiden. En hij zou meteen weten dat er iets mis was als Andrea om hulp vroeg.

Haar blik ging naar de klok aan de muur. Ze zag de secondewijzer van het ene cijfer naar het andere tikken. Twee minuten waarin Laura het bericht aan Mike doorgaf. Nog twee minuten waarin Mike het aan Compton doorgaf. Vier minuten waarin Compton de teams mobiliseerde. De dichtstbijzijnde marshals bevonden zich op de boerderij, maar met lichtsignalen en sirenes zou dat ritje van een kwartier teruggebracht kunnen worden naar tien minuten.

In totaal achttien minuten als het precies zo ging als Andrea vermoedde. Het telefoontje met Laura was om 23.59 geëindigd. Om 0.17 uur op zijn vroegst zou hier iemand kunnen zijn.

'Komt-ie!' Ricky schoof het tequilaglas in de lengte over de bar.

Het stopte vlak voor Stars puntige elleboog.

Dat hoorde kennelijk bij het spelletje dat Ricky met Nardo speelde. Ze mocht niet over de rode lijn komen. Star was hier niet alleen als publiek. Ze was er ook om Nardo te bedienen.

'Kom op, meid.' Nardo tikte met zijn knokkels op de tafel. 'De bediening kan wel wat vrolijker!'

Vreemd genoeg moest Ricky lachen. Met een ziek soort genoegen observeerde ze Star. Het geluid van haar mes dat op de snijplank sloeg, ging over in een staccato toen Star traag en werktuiglijk het drankje naar Nardo bracht. Haar gele jurk zwaaide om haar knokige lijf. Haar blote voeten streken fluisterend over de vloer.

Andrea's blik ging weer naar de spiegel, maar deze keer om naar buiten te kijken. De blauwe pick-up was de enige auto op straat. Ze keek weer op de klok. Er was nog maar één minuut voorbij.

'Juffrouw!' Nardo riep Ricky weer. 'Waar blijft mijn toetje, oudje? Misschien moet ik maar eens met de manager gaan praten. De bediening hier is belabberd.'

Ricky schonk Andrea een vertwijfelde blik, maar ze deed wat hij vroeg. Met een koksmes sneed ze een groot stuk chocoladecake af. Ze zette het bord op de bar zodat Star het kon pakken.

Andrea klemde haar kiezen op elkaar toen ze Star onzeker de ruimte zag oversteken. In gedachten nam ze de tijdlijn weer door. Van Laura naar Mike. Van Mike naar Compton. Van Compton naar het surveillanceteam. Ze zouden het gebouw niet bestormen, want er waren drie potentiële gijzelaars. Ze zouden ervan uitgaan dat Nardo gewapend was. Evenals Andrea zouden ze vermoeden dat het een SIG Sauer P365 was, met tien mogelijkheden om drie verschillende gijzelaars uit te schakelen.

Voor Ricky of voor zichzelf kon Andrea niets doen, maar Star was nu vlakbij. Ze reikte al naar het bord met Nardo's plak cake. Haar gesprongen lippen stonden iets open. Andrea rook de ziekelijke, medicinale geur van haar adem.

'Ik heb je moeder gesproken,' zei ze.

Star zweeg.

'Ze mist je. Ze wil je zien.'

'Schat,' zei Ricky tegen Andrea. 'Ik weet dat je probeert te helpen, maar –'

Het bord gleed uit Stars hand. Het dunne porselein brak in tweeën. De cake schoof over de rand en liet een veeg op de bar achter.

'Godsamme.' Ricky pakte een doek om de troep schoon te maken.

'Wat gebeurt daar allemaal?' wilde Nardo weten.

'Die stomme Skeletta van je heeft een bord kapotgemaakt.' Ricky draaide zich om en maakte de doek nat onder de kraan. 'Jezus, Nardo. Waarom ga je niet gewoon weg?'

Star stond er met gebogen hoofd bij. In haar ogen glinsterden tranen die weigerden te vallen.

'Loop de gang maar in,' zei Andrea tegen het meisje. 'En dan via de achterdeur naar buiten.'

'Hoezo naar buiten?' Nardo duwde zichzelf van tafel overeind. 'Star, terug! Op je plek! Wees een braaf hondje.'

Andrea kon niet voorkomen dat Star terugkeerde naar haar plek aan het uiteinde van de bar. Ze keek toe terwijl de vrouw zich langzaam op haar kruk omdraaide tot ze weer met haar gezicht naar de lege tegelmuur zat.

'Kom, Zuidelijke dame.' Langzaam liep Nardo de diner door. 'Ik heb die lieve Star alleen maar te leen. Ze wordt heelhuids terugverwacht.'

Andrea stond op. Ze wilde niet zitten tegen de tijd dat Nardo bij haar was.

'Rustig maar, Robocop.' Nardo toonde haar zijn handen, maar hij bleef lopen. 'Star is het beste meisje van de hele boerderij. Heb je het niet gehoord? Ze heeft de Miss Mager-wedstrijd gewonnen.'

Andrea had geen tijd om te reageren.

Er gebeurden twee dingen, snel achter elkaar.

Ricky begon te lachen.

Jack Stilton liep de deur door.

Hij droeg een spijkerbroek en een verschoten Bon Jovi-T-shirt, dat over zijn bierbuik spande en onder zijn broekband verdween. Zijn wapen hing aan zijn riem. Het was niet zijn dienstwapen, maar een revolver. Een Ruger Blackhawk single-action met een .454-Casull-patroon in de kamer. Met één schot schoot je een bowlingbal doormidden.

De moed zonk Andrea in de schoenen toen ze Stilton nerveus om zich heen zag kijken.

Hij was niet gekomen om redding te brengen. Tot zijn ergernis was hij niet de enige gast in de diner. Hij was ook dronken. Ze kon de alcohol op vijf meter afstand ruiken.

'Moet je dat halfzachte mietje zien.' Nardo griste de plak cake van de bar. 'Ik wil wel korting, juffrouw.'

Ricky negeerde hem. 'Wat wil je, Cheese?' vroeg ze aan Stilton.

'Drank misschien?' Het klonk als een vraag, de woorden slikte hij half in. Andrea zag zijn patrouillewagen op straat staan. Hij had geen dienst. Hij was beschonken. Compton had gezegd dat ze Stilton zou bellen zodra Wexler en Nardo in hechtenis waren genomen. Hij had duidelijk nog geen idee wat er aan de hand was.

'Christus,' zei Ricky. 'Kunnen jullie dat gigantische neonbord in het raam niet lezen, stelletje eikels? We gaan om twaalf uur dicht. Sorry, schat. Dat sloeg niet op jou.'

Andrea reageerde niet op het excuus. Ze hield Nardo in de gaten, die op Star afliep. De contouren van zijn SIG Sauer tekenden zich af onder de achterkant van zijn shirt. Luid kreunend ging hij naast haar aan de bar zitten. Hij nam een hap van de cake, die hij met beide handen vasthield.

Ricky maakte een walgend geluid. 'Schiet een beetje op, Cheese,' zei ze tegen Stilton. 'Wil je Blue Earl of van de tap?'

'Wat het makkelijkst is.' Stilton ging aan een tafeltje zitten, met zijn rug naar de deur. Hij keek Andrea onderzoekend aan. 'Wat doe jij hier?'

'Cheese ruikt een muis,' zei Nardo.

'Bek houden, eikel.' Stilton zat nog steeds naar Andrea toegekeerd. 'Je moest toch op de rechter passen?'

Andrea ontspande haar vuisten. Haar hart klopte zo snel dat ze het onder haar shirt kon voelen. 'Een ander team bewaakt de familie in het ziekenhuis.'

'Kom op, smerisje. Dat is niet het hele verhaal.' Nardo had de cake naar binnen gewerkt. Hij veegde zijn handen af aan zijn shirt, zodat er chocoladestrepen over zijn borst liepen. 'Cheese, die aardige marshal van je probeerde onze arme Star te redden. Dat klopt toch, Ricky? Stars mammie wil haar terug.'

Ricky rolde met haar ogen toen ze een blik bier op de bar zette. 'Zou jij de honneurs willen waarnemen, schat?' vroeg ze aan Andrea.

Andrea was blij dat ze een excuus had om op Stilton af te stappen. Ze reikte hem het bier aan, maar in plaats van terug te keren naar haar plek aan de bar, ging ze bij hem aan het tafeltje zitten.

'Moet je zien, Ricky, Cheese heeft een meisje,' zei Nardo. 'Sorry dat ik je uit de droom help, smerisje, maar Cheese wordt niet warm of koud van poezen.'

Lachend schoof Ricky het fruit in bakken.

Andrea had geen tijd voor het bizarre gevoel voor humor van de vrouw. Ze wierp een blik op Stiltons gigantische cowboyrevolver. Het riempje over de greep was los. Ze probeerde zijn aandacht te trekken, maar hij was zijn bier naar binnen aan het gieten.

Ze keek naar de klok. 0.05 uur. Nog twaalf minuten. Minstens.

Kon ze Stiltons wapen afpakken? Zou hij zich verzetten? Kon ze de revolver in haar handen nemen, opstaan en richten voor Nardo zijn hand naar zijn rug bracht en zijn eigen wapen trok?

Het probleem was Star. Ze zat pal naast Nardo. Op de schietbaan was Andrea een goede schutter, maar dit was echt. Elke zenuw in haar lichaam tintelde. Ze haalde oppervlakkig adem. Zweet droop over haar rug. Ze wist niet zeker of ze de een kon raken zonder de ander in gevaar te brengen.

Ze keek op de klok. 0.05 uur. De secondewijzer was nauwelijks opgeschoten.

'Verdomme.' Ricky keek ook op de klok. 'Laatste ronde, mensen. Over zes uur moet ik op om het hele circus weer op te starten.'

'Verpest het feestje nou niet, oudje.' Nardo had zich omgedraaid op zijn kruk zodat hij Andrea en Stilton kon zien. Intuïtief wist hij dat er iets niet klopte. Een normaal mens zou zijn conclusies trekken en ervandoor gaan. Nardo leunde met zijn rug tegen de bar en zijn ellebogen op de rand. 'Kan ik ook zo'n biertje krijgen, juffrouw?'

Andrea luisterde niet naar Ricky's sarcastische antwoord. Ze wachtte tot Stilton haar aankeek. Toen wierp ze een snelle blik op zijn wapen. Hij kon Nardo in hechtenis nemen. Hij kon hier nu een eind aan maken.

Stilton kneep zijn ogen tot spleetjes. De politieman in hem verdronk in de alcohol, maar de spanning kon hem niet ontgaan zijn. Onwillekeurig keek Andrea weer op de klok, de wijzers smekend om op te schieten. Ze keek net zo lang totdat de minuut versprong.

0.06 uur.

Een telefoon trilde.

De lucht was zo dik van de spanning dat Andrea amper kon ademen.

Weer ging de telefoon. Stilton stak zijn hand in zijn zak. Andrea kon de nummermelder zien.

USMS COMPTON.

Hij keek haar vragend aan. Ze schudde bijna onmerkbaar haar hoofd, hoopte met heel haar hart dat de mist in zijn kop optrok en hij geen fout beging die hun allebei het leven zou kosten.

Stilton schraapte zijn keel. 'Hallo?'

Hij hield de telefoon losjes bij zijn oor, ondersteund door zijn kromme pink. Andrea hoorde het gemompel van Comptons stem, maar ze kon de woorden niet verstaan.

'Huh,' zei Stilton.

Het bleef heel lang stil terwijl hij naar Compton luisterde. Andrea kon wel raden wat de baas zei. Wexler in hechtenis. Nardo in de diner. Arrestatiebevel geregeld. Hij kon gewapend en dus gevaarlijk zijn.

Stilton deed precies wat hij niet moest doen. Hij keek naar Nardo terwijl hij antwoordde.

'Ik ben nu in de diner,' zei hij. 'Zeker. Zeker. Ik snap wat u zegt. Geen probleem.'

Andrea keek naar hem terwijl hij de verbinding verbrak. Hij legde de telefoon met het scherm naar beneden op het tafeltje. Langzaam kwam hij in beweging, met zijn arm op de rugleuning van de stoel. Zijn vingers waren centimeters verwijderd van de revolvergreep.

Maar hij liet het wapen in de holster.

'Nardo,' zei Stilton. 'Vertel eens over Emily.'

Andrea beet zo hard op haar lip dat bloed haar mond in sijpelde.

'Krijg de tering,' zei Ricky. 'Hou daarmee op, Jack.'

Nardo snoof. Zijn ellebogen staken nog steeds naar achteren, op de bar. Hij of Stilton kon elk moment zijn wapen trekken. 'Ze was eigenlijk wel een slet, hè?'

Andrea's kaak deed pijn, zo hard klemde ze haar kiezen op elkaar. Waarom vroeg Stilton naar Emily? Compton had hem duidelijk groen licht gegeven. Waarom ging hij niet tot arrestatie over?

'Ik weet dat jij haar verkracht hebt,' zei Stilton.

'O ja?' Nardo hield zijn hoofd schuin om duidelijk te maken dat hij wist dat Stilton gewapend was. 'Niet dat ik de wet zo goed ken, ouwe jongen, maar volgens mij is die zaak verjaard – al zo'n jaartje of vijfendertig.'

'Dus geef maar toe,' zei Stilton. 'Jij hebt haar verkracht.'

'Oké, afgelopen.' Ricky tikte met haar knokkels op de bar. 'Cheese, jij bent dronken. Nardo, ik heb het helemaal gehad met die shit van jou. Ik wil iedereen de zaak uit. Ook jou, schat.'

Niemand verroerde zich. Het werd zo stil dat Andrea het bloed door haar lichaam voelde ruisen.

'Jezus, ja, ik heb haar geneukt,' zei Nardo.

Ricky hapte naar adem. Andrea's hart stond stil. Stilton bleef roerloos zitten.

'Wat?' Nardo leek opgetogen door hun reacties. 'Vertel me nou niet dat niemand daar ooit aan gedacht heeft. Natuurlijk heb ik haar geneukt. Heb je haar tieten weleens gezien?'

Andrea probeerde een plotselinge, verlammende paniekaanval te onderdrukken. Dagenlang had ze achter een bekentenis aan gejaagd, en nu ze die had, was haar enige gedachte dat ze hier geen van allen levend weg zouden komen.

'Stilton,' zei ze. 'Nardo heeft een wapen.'

'En ik ook.' Stilton sloeg zijn vingers om de greep van de revolver, maar vreemd genoeg nam hij hem niet uit de holster. 'Je hebt haar niet geneukt,' zei hij tegen Nardo. 'Je hebt haar verkracht.'

'Wat ik heb gedaan was elk gat van die jongedame vullen met mijn pik.' Nardo genoot van Stiltons geschokte blik. 'Ze lustte er wel pap van. Ze kon er geen genoeg van krijgen.'

'Nardo,' waarschuwde Ricky.

'Hier.' Nardo schraapte zijn keel en spuugde een klodder speeksel op de vloer. 'Vergelijk mijn DNA maar met dat van Judith. Het bewijst alleen dat ik in haar moeder ben klaargekomen. Hoewel, als je het per se wilt weten, ik ben meer dan eens in Emily klaargekomen.'

Een zenuw op Stiltons slaap begon te trillen. Hij had zijn vingers zo stevig om de greep van zijn revolver geslagen dat zijn knokkels wit waren. Hij ging Nardo neerschieten. Een ander scenario was er niet. En hij was zo dronken dat hij Star waarschijnlijk ook zou doden.

'Jack,' zei Andrea voorzichtig. 'Je moet –'

'En hoe zit het met Dean?' Stiltons stem sloeg over toen hij de naam uitsprak. Hij zag er verslagen uit, alsof hij zijn oren niet geloofde. 'Dean heeft haar naar huis gebracht.'

Nardo's zelfgenoegzame lachje ging over in een sadistische grijns. 'Tja, wie zal zeggen wat die ouwe knar in de auto heeft uitgespookt? Onze Wexler houdt wel van meisjes die geen nee kunnen zeggen.'

'Godverdomme,' zei Ricky. 'Hou je bek, Nardo.'

'Ter informatie: volgens mij zijn alle dames op de boerderij bewijs van het feit dat die ouwe knar geen kinderen kan maken.' Nardo ging maar door. Hij zwolg in Stiltons leed. 'Vertel eens, Cheese. Ben je door Emily aan de drank geraakt? Rouw je nog steeds om het verlies van een hersendode babybroedmachine?'

'Nardo!' riep Ricky. 'Er luistert godverdomme een United States Marshal naar elk woord dat je zegt.'

'Ik heb het zo gehad met dit stomme klotestadje. Na veertig jaar janken ze nog steeds de hele tijd over *wie-is-de-vader-wie-is-de-vader?*' zei Nardo op een zeurderig toontje. 'Dus nu ligt het diepe, donkere geheim op straat. Het zou me wat. In het ergste geval krijg ik omgangsrecht met mijn beeldschone kleindochter.'

Stilton stond zo snel op dat zijn stoel omviel. Eindelijk had hij zijn wapen getrokken. Hij richtte de revolver recht op Nardo's borst. Met zijn duim spande hij de haan. 'Het is gebeurd, klootzak. Ze weten het van de chantage.'

'Star!' Vergeefs probeerde Andrea haar aandacht te trekken. Star bevond zich in de vuurlijn. Haar rug was een schietschijf. 'Star, weg daar!'

'Chantage?' Het leek Nardo niet te deren. 'Het is inmiddels twintig jaar geleden dat je die aanklacht wegens rijden onder invloed voor me hebt gefikst. Als iemand een probleem heeft, ben jij het.'

Stilton lachte. 'Ik niet, domme lul. De rechter. Die heeft ze alles gegeven.'

Daar had Nardo niet zo snel een reactie op.

Ricky reageerde wel. 'Waar hebben jullie het over?'

Het mes lag weer in haar hand. Star bevond zich nog steeds in de vuurlijn. Andrea had het gevoel alsof haar hart schudde in haar borst. Star verroerde zich niet. Ricky was onvoorspelbaar. Stilton kon zijn wapen nauwelijks vasthouden. Nog even en Nardo zou zelf zijn hand op een wapen hebben waarmee hij hen allemaal kon doden.

'Cheese,' zei Nardo. 'Denk eens goed na over wat je aan het doen bent. Denk eens aan wat ik weet.'

'Vertel het maar aan de marshals. Het kan me geen fuck meer schelen.' Weer sloeg Stiltons stem over. Hij was gaan huilen. 'Dat telefoontje van zonet? Dat was van de onderdirecteur. Wexler is al in de boeien geslagen en weggevoerd. Nu komen ze jou halen, klootzak. De volgende keer dat je daglicht ziet, is het tussen de tralies door.'

Eindelijk kwam Star in beweging, maar alleen om zich om te draaien. 'Is alles goed met Dean?' vroeg ze aan Stilton.

'Met niemand is het goed.' Stilton stapte op Nardo af. Tranen stroomden over zijn gezicht. Hij had beide handen nodig om zijn revolver stil te houden. 'Ik heb Emily veertig jaar geleden beloofd dat ik de klootzak zou vinden die haar verkracht had. Veertig jaar lang heeft die belofte me achtervolgd, stuk stront dat je bent. Veertig jaar, verdomme, en nu heb ik je. Nu heb ik je eindelijk.'

Nardo's grijns was terug. 'Krijg de tyfus.'

Weer gebeurden er twee dingen heel snel na elkaar.

Nardo reikte naar zijn rug.

Stilton haalde de trekker over.

De explosie klonk als een kanon dat afging. Andrea dook weg, met haar handen tegen haar oren. Ze zag de rechterkant van Nardo's lichaam met een schok naar achteren vliegen. De kogel had zijn hals opengereten. Bloed spatte tegen Stars gezicht en borst.

Ricky begon te gillen.

'Fuh –' Nardo sloeg zijn hand tegen de zijkant van zijn hals. De SIG Sauer P365 kletterde op de vloer. Hij sperde zijn ogen wijd open. Zijn lippen trilden.

'Verroer je niet!' Stilton spande de haan weer en richtte voor een tweede schot.

'Nee!' Andrea duwde de loop naar beneden. Nardo was nu ongewapend. Hij ging de SIG Sauer niet oprapen. Nog even en hij ging helemaal niets meer doen.

Er waren twee halsslagaders, elk aan een kant van de hals. Ze verschilden in structuur, maar hun functie was om zuurstofrijk bloed in grote hoeveelheden van het hart naar de hersens te brengen. Een aneurysma, een stolsel of een blokkade van de bloedstroom kon een beroerte veroorzaken. Als de toevoer het lichaam verliet, kon het bloedverlies binnen vijf tot vijftien seconden de dood tot gevolg hebben.

Nardo's hand was het enige wat het bloed binnen de slagader hield.

'Ik b-bel een ambulance.' Ricky racete naar de telefoon. Ze toetste het nummer in.

'Jij hebt Emily vermoord,' zei Stilton tegen Nardo. 'Zeg het zelf maar. Ik wil het je horen zeggen.'

Nardo's mond ging open. Uit zijn keel steeg een gorgelend geluid op. Hij begon te klappertanden. Zijn huid kleurde wasgeel. Bloed sijpelde tussen zijn vingers door als water uit een spons.

'Alsjeblieft,' smeekte Stilton. 'Je gaat het niet redden. Vertel me de waarheid nou maar. Ik weet dat je haar vermoord hebt.'

'Help!' schreeuwde Ricky in de telefoon. 'Mijn man... Hij is... O god! Help!'

'Zeg het dan,' zei Stilton. 'Kijk me aan en zeg het.'

Heel even richtte Nardo zijn ogen. Hij keek Jack Stilton recht aan. Een glimlach trilde om zijn mondhoek.

'Alsjeblieft...' zei Stilton.

Nardo trok zijn hand weg, met een gebaar als van een spreekstalmeester die het laatste nummer aankondigt. Een stroom bloed spoot uit de doorgesneden slagader.

Nog voor hij de grond raakte, was hij dood.

Bible reed terwijl Andrea samen met Ricky op de achterbank van de SUV zat. De vrouw bleef maar snikken. Ze rilde onder de dunne katoenen deken uit de ambulance. Ze had niet naar het ziekenhuis willen gaan. Ze had geweigerd een verklaring af te leggen. Ze had gezegd dat ze alleen maar naar huis wilde.

Er was geen wettige reden om niet aan haar wensen tegemoet te komen. Zelf wilde Andrea de diner ook zo snel mogelijk achter zich laten. Ze wist dat ze blij hoorde te zijn dat Nardo dood was, maar ze kon zich niet over een gevoel van onrechtvaardigheid heen zetten. Hij zou nooit hoeven boeten voor de verkrachting van Emily. Hij zou niet terechtstaan voor de moord die op haar was gepleegd. Ook al was hij een gewelddadige dood gestorven, op de een of andere manier was hij erin geslaagd het leven op zijn eigen voorwaarden te verlaten. Hij had geen recht op een vredig einde. Hij had het niet verdiend, zou Esther Vaughn zeggen.

'Wa...' Ricky slikte een nieuwe snik in. 'Wat gebeurt er met... met het lichaam?'

Andrea wisselde een blik met Bible. Ze hadden er een bedoeling mee gehad toen ze hadden aangeboden Ricky Fontaine naar huis te brengen. Nardo had de verkrachting toegegeven, niet de moord. Oppervlakkig gezien was het verschil te verwaarlozen, maar om er een zaak van te kunnen maken die boven elke twijfel verheven was, moest dit door een derde partij bevestigd worden. Eric Blakely was veertig jaar geleden verdronken. Clay Morrow zat in de gevangenis. Bernard Fontaine zou zijn mond nooit meer opendoen. Jack Stilton had zo goed als bewezen dat hij niet betrokken was geweest bij de moord op Emily. Dean Wexler had zich op zijn zwijgrecht beroepen toen hij begeleid door vier marshals de boerderijtrap af was gedaald.

Ricky was misschien de enige persoon op aarde die kon bevestigen dat Bernard Fontaine Emily Vaughn had vermoord.

'Nardo's lichaam wordt naar het staatsmortuarium overgebracht,' zei Andrea. 'Er komt een volledig onderzoek.'

Ricky begon weer te huilen. Het beven werd erger. Ze klemde de dunne deken om haar schouders vast. Voor de verandering zwegen de zilveren hangertjes om haar polsen. Ze had een vergeefse poging gedaan Nardo te reanimeren. Zijn bloed kleefde aan de armbanden.

'We zijn er.' Bible stopte op de steile oprit naar Ricky's huis. Hij draaide zich om en zei: 'Sorry, maar ik moet even bellen. Als jullie iets nodig hebben, hoor ik het wel, dames. Ma'am –'

Ricky sloeg haar blik neer toen Bible zijn hand op haar arm liet rusten.

'Gecondoleerd,' zei hij.

Andrea stapte uit. Ze liep naar de andere kant van de SUV om Ricky te helpen. De felle schijnwerpers deden de vrouw geen goed. Het afgelopen uur was ze ouder geworden. De rimpels op haar gezicht waren dieper. Om haar ogen zaten donkere kringen. Ze leunde zwaar op Andrea toen ze de trap op liepen. De deur zat niet op slot. Ricky trok hem open.

Andrea wachtte niet tot ze binnen werd genodigd. Ze liep door de woonkamer om de lampen aan te doen en ging het trapje naar de keuken op. De kroonluchter boven de tafel gloeide toen ze naar het fornuis liep. De ketel was al gevuld. Andrea draaide het gas open en wachtte tot het ging branden.

'Over een minuut is er thee!' riep ze naar Ricky.

Ze luisterde, maar er kwam geen reactie. Andrea liep naar de trap. Ze zag de bovenkant van Ricky's hoofd. De vrouw zat op de bank in de woonkamer. Ze schommelde heen en weer, met de deken nog steeds strak om haar schouders. Het ambulancepersoneel had gezegd dat ze waarschijnlijk in shock verkeerde.

Andrea verkeerde zelf ook in shock, maar ze had hier te veel in geïnvesteerd om eraan toe te geven.

Ze pakte een vuile beker uit de spoelbak en een spons van de vensterbank. Ondertussen luisterde ze met gespitste oren naar Ricky. Haar zachte gesnik drong vanuit de woonkamer tot haar door. Ze waste de beker grondig af en droogde hem. Ze liep naar de koelkast. Ze keek naar de foto's, de ansichtkaarten, de briefjes en bonnetjes. Sommige waren zo oud dat de inkt was vervaagd. Er zat niets uitgesproken persoonlijks bij. De meeste kaarten leken afkomstig van toeristen die met veel plezier terugkeken op hun bezoek aan de diner. Ze deden Andrea denken aan de nietszeggende berichtjes in Ricky's jaarboek.

Koor was te gek! Weet je nog van scheikunde II? Blijf altijd jezelf!

Andrea pakte een van de rode pillenpotjes die op het aanrecht stonden. Automatisch reikte ze naar haar iPhone, maar ze kon de namen van de merkloze medicijnen die op de etiketten stonden niet opzoeken. Ze herkende alleen diazepam, oftewel valium, acetaminofen/codeïne, oftewel tylenol 3, en oxycodon, oftewel percocet. Laura had alle drie de medicijnen gebruikt in de uiteenlopende stadia van haar kankerbehandeling, maar alleen orale morfine had de pijn kunnen verlichten.

De ketel begon te fluiten. Andrea draaide het gas uit. Ze wilde in de keukenkast zoeken, maar bedacht zich.

Weer liep ze naar de trap. 'Waar bewaar je de thee?' riep ze naar Ricky.

Ricky had de deken over haar hoofd geslagen, alsof ze wilde verdwijnen.

'De thee?' herhaalde Andrea.

'Kast...' Het klonk schor. 'De kast bij het aanrecht.'

In de kast stonden alleen kruiden en een grote doos kamillethee. Andrea goot kokend water in de beker en hing er een theezakje in. Op het werkblad vond ze een onderzetter. Tegen de tijd dat ze beneden was, zat Ricky niet meer op de bank. Ze stond bij de wandtafel, nog steeds met de deken om haar schouders. Haar gezicht was opgezwollen van het huilen. De ambulancemedewerkers hadden geprobeerd haar schoon te maken, maar Nardo's bloed zat nog op haar shirt en klonterde samen in haar geverfde haren.

Andrea zette de onderzetter en de beker op de wandtafel. Beide laden stonden open. Ricky had wat kiekjes uitgestald – van het verjaardagsfeest, de trouwfoto's, Nardo en Clay die aan de bar zaten in dezelfde diner waar een van hen kortgeleden was gestorven.

Ricky pakte de ingelijste foto van de groep. ‘Er zijn nog maar twee van ons over.’

Andrea hoorde de verslagenheid in haar stem. Ze waren haar hele wereld geweest, vooral Nardo.

‘Dus dat is het dan, hè?’ zei Ricky. ‘Je zegt tegen de rechter dat Nardo het gedaan heeft.’

Hoewel Andrea knikte, zei ze: ‘Zo eenvoudig is het helaas niet, want Nardo heeft niet alles bekend.’

Ricky ademde even in, zonder Andrea aan te kijken.

‘Nardo heeft bekend dat hij seks met haar heeft gehad, en het DNA zal uitwijzen of het zo is, maar hij heeft niets over de moord op Emily gezegd.’ Andrea zweeg afwachtend, maar Ricky keek alleen naar de foto in haar handen. ‘Ricky, heeft Nardo het met jou ooit over haar gehad? Of over wat er gebeurde op de avond van het bal? Heeft Emily iets gezegd of –’

‘Ze werd door Clay in de groep gebracht.’ Ricky klonk vlak. Haar ogen stonden nu glazig. ‘Nardo mocht haar niet. Ze was zo saai. Ze hoorde er niet bij. Emily heeft er nooit bij gehoord.’

Andrea keek toe terwijl Ricky het lijstje voorzichtig weer op de tafel zette.

‘Nardo was achttien toen het gebeurde. Zeg nou zelf, op je achttiende neuk je toch alles? Zelfs een muizig trutje.’

Andrea hoorde woede in Ricky’s stem sluipen. De vrouw weigerde nog steeds te geloven dat Nardo Emily had verkracht.

‘Wat Cheese zei... Hij wist helemaal niks. Emily had alleen tegen haar ouders gezegd dat ze verkracht was omdat ze woest waren toen ze zwanger bleek te zijn. Wat een leugenaar.’ Ricky keek naar de foto van Nardo en Clay in de diner. Met haar vinger streek ze over Nardo’s jongensachtig ronde gezicht. ‘Op de avond van het feestje flirtte ze met iedereen. Ze begon met Clay, toen probeerde ze het met mijn broer. Die sloot zich uiteindelijk op in de badkamer om van haar af te zijn.’

Terwijl Andrea toekeek, legde Ricky haar hand plat op Nardo, alsof ze hem op de een of andere manier kon beschermen.

‘Emily was zogenaamd mijn beste vriendin. Ik haatte haar toen ze Nardo geneukt had. Nardo was van mij. Helemaal van míj. En nu...’

Haar stem stokte. 'Hij is er niet meer. Ik kan niet geloven dat hij er niet meer is.'

Weer zag Andrea Ricky voor haar ogen instorten. Ze bedekte haar gezicht met de deken. Haar kreten klonken bijna als een lijkzang. Haar schouders waren gebogen alsof ze uiteindelijk bezweek onder de last van wat ze al die jaren met zich mee had gedragen.

'Ricky,' zei Andrea voorzichtig. 'Heeft Nardo er ooit over gepraat? Over wat er gebeurd is?'

'Fuck.' Ricky keek om zich heen. 'Ik wil een tissue.'

Zachtjes legde Andrea haar hand op Ricky's schouder. 'Misschien kun je –'

'Momentje.' Ricky schudde de deken af en liep de trap op. Met haar hand aan de leuning hees ze zich omhoog. Nog steeds hoofdschuddend verdween ze in de keuken.

Andrea bukte om de deken op te rapen. Ze sloeg bijna met haar hoofd tegen de hoek van een van de laden.

Ze keek erin.

Ricky had de laden open laten staan. Ze had Andrea een deel van de inhoud laten zien. Ze kon er niet van uitgaan dat Andrea de rest niet zou zien.

Andrea stond op, deed een paar stappen naar achteren en ging op haar tenen staan om in de keuken te kunnen kijken. Ricky stond met haar rug naar de trap. Ze leunde op haar handen, die ze aan weerszijden van de spoelbak had gezet, en huilde schokschouderend.

De deken gleed uit Andrea's handen toen ze weer naar de tafel liep. Ze pakte het overlijdenscertificaat van Eric Blakely, dat in New Mexico was uitgegeven. Het was een oud document, maar ze kon de afdruk nog voelen waar de typemachine de letters op het papier had geslagen. Ze legde het opzij en begon in de linkerlade te rommelen, waarin facturen lagen voor een kist, de crematie en een zwarte smoking van Maggie's Formal Wear. Andrea dacht weer aan het metalen doosje. Ricky had het om een bepaalde reden in haar altaar bewaard. Ze tastte rond achter in de lade.

De telefoonklapper zag er nog hetzelfde uit. De zilverkleurige wijzer stond nog bij A-B.

Met haar duimnagel drukte Andrea op de knop aan de onderkant.

De bovenkant van het doosje sprong open. Ze zag één naam: Brickel, Melody. Het adres was nog van hetzelfde huis dat ze de vorige dag met Bible had bezocht. Ze vermoedde dat ook het telefoonnummer van zeven cijfers niet was veranderd.

Het handschrift was prachtig; het had van een kleuterjuf kunnen zijn. Andrea herkende het niet van de getuigenverklaringen die ze had gelezen. Het schuinschrift van Jack Stilton was bijna onleesbaar geweest, Ricky zette rondjes op de i, Clay gebruikte op willekeurige plekken hoofdletters, Nardo had een kriebelig schrift, en Eric Blakely's lompe blokletters sneden bijna door het papier. Ze herkende het ook niet van Melody's mixtape of van wat ze voor de zelfbevestiging van Emily Vaughn had aangezien.

Andrea probeerde uit te vinden hoe het ding werkte. De blaadjes scharnierden aan de bovenkant. Gealfabetiseerde tabs liepen van boven naar beneden. Elk deel had extra blaadjes. De wijzer had een klem waarmee de voorgaande blaadjes werden vastgehouden. Ze sloot het deksel en bewoog de wijzer naar C-D. Weer sprong het doosje open. Haar blik werd naar twee onderstreepte woorden bovenaan de pagina getrokken.

Columbo-onderzoek.

Het hart klopte Andrea in de keel. Het prachtige handschrift was van Emily Vaughn.

Ze deed weer een paar stappen terug en keek naar Ricky. Die stond nog steeds bij het aanrecht. Ze huilde nog steeds.

Andrea las de eerste woorden onder de kop COLUMBO.

Clay?

Ze slikte voor ze naar de volgende regel ging.

Dean Wexler – 20 oktober 1981. Dean zegt dat hij 'godsonmogelijk de vader' kan zijn. Hij gaf toe dat hij me had opgehaald van het feest. Volgens hem had Nardo hem gebeld om te vragen of hij me naar huis wilde brengen. Hij zei dat ik ruzie had met Clay toen hij arriveerde, bij het zwembad. Hij zwoer dat hij me iets zou aandoen als ik hem ooit openlijk beschuldigde. Hij greep mijn pols. Het deed echt pijn.

Update: Ik heb de ziekte opgezocht in de bibliotheek en misschien sprak hij de waarheid toen hij zei dat hij de vader niet was, maar dat wil toch niet zeggen dat hij niks heeft gedaan?

Andrea las de volgende aantekening.

Ricky Blakely – 20 oktober 1981. Ze maakte me voor leugenaar uit en zei dat ik seks had gehad met allerlei mensen die ze niet kennen, op schoolbandkamp, op de debatclub, etc., en niet alleen op het feest. Ze zei dat ik naïef was en dat mijn ouders wel iets zouden bedenken om Nardo te dwingen met me te trouwen, want dat doen rijke mensen nu eenmaal. Ze zei ook dat ik alles voor de kliek heb verpest. O, en dat ik Clay wil dwingen om met me te trouwen, wat nergens op slaat, want mijn ouders zouden toch al iets met Nardo's ouders hebben geregeld (blijkbaar???). Ze wil nooit meer met me praten. Ze schold me uit voor stomme slet en stuurde me haar huis uit. Ik heb altijd geweten dat ze gemeen kan zijn, maar ze deed afschuwelijk tegen me. Hoe heb ik ooit kunnen denken dat ze mijn vriendin was?

Andrea sloeg het blaadje om. De achterkant was ook beschreven. Het schuinschrift was kleiner en de regels stonden dicht op elkaar.

Blake (zelfde dag). Hij zei dat hij 'van de wereld' was geweest op het feest en dat hij zich had ondergezeken. Hij had de hele tijd in de badkamer opgesloten gezeten. Hij zegt dat hij het niet gedaan heeft. Hij vroeg of ik met hem wilde trouwen, maar alleen om zijn politieke carrière vooruit te helpen. Ik zei nee en toen zei hij dat ik de baby 'door de plee moest spoelen'. Hij probeerde me te versieren en legde mijn hand zelfs op zijn ding, wat heel ranzig was. Blake is al even erg als Nardo. Waarom heb ik tot nu toe nooit gezien hoe afschuwelijk hij is?

Andrea merkte dat haar handen trilden toen ze het blaadje omsloeg.

Nardo Fontaine – 21 oktober 1981. Wat haat ik hem. Hij is een vreselijke lul. Eerst stuurden zijn ouders een stomme brief waarin ze zeggen dat ik bij hem uit de buurt moet blijven, maar op dezelfde dag zocht hij me op in de bibliotheek en wilde zijn bek niet houden. Nardo heeft toegegeven dat hij Wexler heeft gebeld op de avond van het feest, maar hij zei dat hij hem moest omkopen met lsd voor hij 'van me af' was. Volgens Nardo had ik ruzie met Clay, maar blijkbaar hebben ze hun verhaal allemaal op elkaar afgestemd, en volgens dat verhaal ben ik de slechterik. Nardo zei dat Jack ook op het feest was en lsd aan ons verkocht, waarmee hij wilde suggereren dat Jack degene is die me dit heeft aangedaan. Ik geloof hem niet. Jack heeft misschien wel die lsd verkocht, maar zoiets zou hij nooit met me doen.

Nardo is een leugenaar. Soms zegt hij vreselijke dingen alleen om mensen pijn te doen. En het heeft gewerkt!

Vervolgens stuitte Andrea op Clay, verreweg de kortste aantekening:

Clay – 21 oktober 1981. Zijn letterlijke woorden: 'Je hebt het spel gespeeld en nu moet je je verlies nemen. Liefst met een beetje waardigheid.'

Na het stukje over Clay namen de aantekeningen de vorm van een dagboek aan. De inktkleur veranderde. De data gingen met sprongen naar voren. Het handschrift was gedrongener en vulde aan weerszijden de kantlijn. Andrea nam de blaadjes snel door en pikte er op goed geluk Emily Vaughns gedachten van veertig jaar geleden uit.

Jack heeft het niet gedaan. Hij heeft beloofd me te zullen helpen en ik weet dat hij dat zal doen… Op mijn laatste schooldag zei Clay dat hij het heel erg vindt dat dit gebeurt, maar volgens mij deed hij alleen maar aardig om me rustig te houden. Hij snapt niet wat dit betekent voor mijn toekomst… Nardo heeft mijn borst gegrepen waar de hele school bij was, en het deed heel erg zeer, maar hij lachte toen ik moest huilen… Volgens mij is Ricky degene die maxiverband op mijn kluisje heeft geplakt en het rood heeft gekleurd… Volgens mij heeft Ricky een gat in mijn T-shirt geknipt… Ik weet dat Ricky al mijn aantekeningen van Engels heeft verscheurd… Ricky is de enige die stront op mijn fluitkist zou smeren… Ricky zei dat ik eigenlijk dood moest zijn… Ricky was in het centrum toen ik bij Maggie's mijn spullen voor vanavond oppikte. Ze joeg me na over straat. Ik heb haar nog nooit zo woedend gezien. Ze zei dat als ze me vanavond bij Nardo in de buurt zag, ze me met haar blote handen dood zou slaan. Het maakt me niet uit. Ik ga hoe dan ook naar het bal. Ze komen toch geen van allen. Ze zouden zich nooit onder de proleten mengen.

Andrea sloeg het blaadje om. Ze was bij W-X aangekomen. Daarna volgden alleen lege regels. De datum van de laatste aantekening was 17 april 1982, de dag van het bal.

Ze pakte het bonnetje voor de smoking. Twintig dollar was niet genoeg om een smoking te kopen, maar voor dat bedrag was huren wel mogelijk. Het logo aan de bovenkant was van Maggie's Formal Wear. De datum was 17 april 1982. De beschrijving vermeldde 'smoking-k', waarvan Andrea had gedacht dat 'k' op 'klein' sloeg.

Ze had het mis.

In 1982 was Eric Blakely een jongen met een volwassen postuur geweest, die ongetwijfeld een herensmoking zou dragen. Waarschijnlijk waren er nergens huursmokings voor dames te vinden. Je moest je behelpen met wat er voorradig was op de kinderafdeling. Uitgerekend Andrea had moeten beseffen dat de 'k' op 'kinderen' sloeg. In Emily Vaughns handschrift stond vermeld dat Ricky die dag bij Maggie's Formal Wear was geweest. Ze had een jongenssmoking uitgekozen voor het bal, zodat ze er allemaal hetzelfde uitzagen.

Andrea keek weer naar de groepsfoto. Het was haar niet eerder opgevallen, maar ze droegen allemaal kleren in uiteenlopende tinten van dezelfde kleur.

De kliek.

Emily was uit de foto verwijderd. Er waren veertig jaar verstreken sinds Ricky Emily Vaughn zo goed als dood had geslagen, maar ze kon nog steeds niet naar het gezicht van het meisje kijken.

Andrea legde de foto neer. Ze liep de trap op.

Ricky stond nog bij het aanrecht. Met haar rug naar Andrea vroeg ze: 'Alles in orde, schat?'

'Ja hoor.' Andrea ving een vals soort ongedwongenheid in haar toon op. 'Ik moest alleen ergens aan denken.'

'O, waaraan?' Ricky klonk nog steeds wat vreemd.

'Op de academie leer je dat je nooit van veronderstellingen mag uitgaan. Volgens mij is er in Emily's geval van een buitengewoon verkeerde veronderstelling uitgegaan.'

Ricky stond nog steeds met haar rug naar Andrea toe. 'O?'

'Volgens mij is degene die haar op dat feestje verkracht heeft niet degene die haar vermoord heeft.'

Ricky keek in het raam boven de spoelbak. Haar blik ging naar Andrea, die werd weerspiegeld in het glas.

'Emily was met iets bezig wat ze haar Columbo-onderzoek noemde. Ze hield aantekeningen bij over iedereen die zou kunnen weten wat er met haar op dat feest gebeurd was. Ik ging ervan uit dat het een schrift was, maar dat was het niet, hè? Het was haar telefoonklapper.' Andrea wachtte op een reactie, maar die bleef uit. 'Ze had hem bij zich toen ze werd aangevallen, alleen heeft de politie hem nooit gevonden. Ze was naakt. Haar tas ontbrak. Weet jij wat ermee gebeurd is?'

Ricky zei niets, al wist ze wat er in de la van de wandtafel lag.

'Er zaten zwarte draden aan die pallet in de steeg.' Andrea zweeg even. 'Droeg jij die avond een zwarte smoking, Ricky? Je hebt al verteld dat je op het bal was.'

Met gebogen hoofd staarde Ricky naar de spoelbak. Ze klemde nog steeds het aanrechtblad vast. De rubberen armbanden en zilveren hangers lagen stil op haar handen. Het licht accentueerde de vervaagde littekens op de plaatsen waar ze haar polsen had proberen door te snijden.

Andrea dacht weer aan Bibles woorden: iemand met moordneigingen heeft ook zelfmoordneigingen.

'Je kunt maar...' Ricky hoestte. 'Je kunt maar beter gaan, oké? Ik moet even rusten.'

'Het is veertig jaar geleden,' zei Andrea. 'Word je er niet moe van om met de schuld te leven?'

'Ik... Ik wil niet...' Weer hoestte ze. 'Nu moet je weggaan. Ga alsjeblieft weg.'

'Ik ga niet weg, Ricky. Je moet me vertellen wat er gebeurd is. Het gaat nu niet om de rechter of om Judith. Je moet het me vertellen om jezelf.'

'Ik... Ik weet niet wat je... Ik kan het niet, oké? Ik kan het niet.'

'Je kunt het wel,' drong Andrea aan. 'Je hebt genoeg geleden. Hoe vaak heb je wel niet zelfmoord proberen te plegen omdat je niet kunt leven met wat je gedaan hebt?'

Ricky bezweek onder het gewicht van haar schuld. Ze drukte haar voorhoofd tegen de rand van het aanrecht. 'Alsjeblieft, dwing me niet.'

'Het verscheurt je vanbinnen,' zei Andrea. 'Zeg het maar, Ricky. Zeg het nou maar.'

Het werd stil in de keuken. Ergens tikte een klok. Uiteindelijk ademde Ricky diep in.

'Ja,' fluisterde ze schor. 'Ik heb haar vermoord, oké? Ik heb Emily vermoord.'

Andrea deed haar mond open, maar alleen om adem te halen.

'Ik zei dat ze bij Nardo uit de buurt moest blijven.' Nu leunde Ricky met haar armen op de spoelbak. Ze nam haar gezicht in haar handen.

'Ik zag haar met hem praten bij de gymzaal. Ze flirtte met hem. Daagde hem uit. Ze kon niet... Ze kon gewoon niet bij hem uit de buurt blijven. Waarom bleef ze niet gewoon bij hem uit de buurt?'

Andrea zweeg.

'Ik wilde helemaal niet...' Ricky hoestte in haar handen. 'Ik wilde haar alleen maar waarschuwen, maar ik... ik raakte buiten zinnen. Ze hoorde daar niet te zijn. Ik had gezegd dat ze niet moest komen en ik... ik had mezelf niet meer in de hand. Het ging allemaal zo snel. Ik kan me niet eens meer herinneren dat ik dat steegje in liep. Dat ik de plank pakte. Ik was zo kwaad. Zo godsgruwelijk kwaad.'

Andrea wist dat Ricky tot een dergelijke woede in staat was. Ze wist niet wat er daarna was gebeurd. Ten tijde van de aanval had Emily Vaughn vijfenzestig kilo gewogen. Ricky had haar onmogelijk in haar eentje kunnen verplaatsen.

'Heeft je broer je geholpen haar uit die steeg weg te halen?' vroeg Andrea.

Ricky schudde haar hoofd, maar zei: 'Daarom ging hij weg. Hij was doodsbenauwd dat iemand hem gezien had of... dat hij gearresteerd zou worden, en hij wist dat hij niet... dat hij dan de waarheid zou moeten vertellen over...'

Andrea hoorde haar stem in gesnik overgaan. 'Waarom trok je haar jurk uit?'

'Blake zei dat er misschien bewijs of... Ik weet het niet. Ik deed gewoon wat hij zei. We hebben alles achter het huis verbrand.' Ricky snifte. 'Daar was hij goed in, in dat soort dingen, iets van alle kanten bekijken, details ontdekken die anderen over het hoofd hadden gezien.'

Dat moest Andrea beamen. Hij was erin geslaagd Ricky's sporen veertig jaar lang verborgen te houden.

'Het spijt me,' fluisterde Ricky. 'Het spijt me zo.'

Ze huilde weer, met schokkende schouders. Ze huilde nog het hardst om zichzelf. Ze was nu nog meegaand, maar het viel niet te voorspellen hoelang dat zou duren. Andrea legde haar hand stevig op Ricky's schouder. Ze wilde haar naar buiten begeleiden toen ze spatten donkere vloeistof op de vuile vaat in de spoelbak zag.

Eerst dacht ze dat het afwasmiddel was, maar toen zag ze de gedeeltelijk opgeloste pillen als een sterrenstelsel door het zwart breken.

Weer hoestte Ricky. Gal droop van haar lippen en stroomde over haar shirt. Haar oogleden trilden. Ze stond te zwaaien op haar benen.

Met een ruk keek Andrea naar de rode pillenpotjes op het aanrecht.

De valium. De pijnstillers.

Alle drie de potjes waren leeg.

Het gegorgel uit Ricky's keel klonk griezelig genoeg net als het geluid dat Nardo had gemaakt in de diner. Ze zakte in elkaar. Andrea sloeg haar arm om haar middel. In plaats van haar op de vloer te leggen klemde ze haar linkervuist in haar rechterhand en stootte beide keihard tegen Ricky's onderlichaam.

'Nee...' Ricky hing kokhalzend boven de spoelbak. Gesmolten pillen en brokjes onverteerd voedsel spatten op de borden. 'Alsjeblieft...'

Weer gaf Andrea een snelle opwaartse stoot. En nog een. En nog een, tot Ricky een stroom braaksel op de vloer liet kletteren. De oranje en gele pillen vormden een misselijkmakende regenboog op het linoleum. Andrea legde al haar kracht in een nieuwe felle stoot.

Ricky kokhalsde zo hevig dat haar hele lichaam verkrampte. Ze bleef kokhalzen en verkrampen tot er niets meer bovenkwam. Ze kon alleen nog huilen, jammerend als een verdwaald kind.

'Waarom?' vroeg ze wanhopig. 'Waarom heb je me niet laten gaan?'

'Daarom niet,' zei Andrea. 'Je hebt het niet verdiend.'

11

Een maand later

Andrea zat onderaan de trap van haar appartementengebouw in Baltimore. Met haar telefoon tegen haar oor luisterde ze naar Bible, die verslag uitbracht van de uitvaartdienst van rechter Esther Vaughn. De kanker was haar sneller fataal geworden dan verwacht. Of misschien had ze geweten wanneer ze van het toneel moest verdwijnen. Ze had tegenover de openbare aanklager een volledige verklaring afgelegd. Ze had haar sterfbedverklaring opgenomen. Toen was ze naar haar huis in Baltimore gegaan, had een lichte lunch gebruikt met Judith en Guinevere en was een dutje gaan doen waaruit ze nooit meer wakker zou worden.

'Al haar misdaadwerk in aanmerking genomen was er niet veel volk,' zei Bible. 'Maar Judiths vrienden van de kunstacademie kwamen met busladingen aanzetten. Wat kunnen die lui zuipen.'

Andrea glimlachte. Eigenlijk was drank de enige reden om naar de kunstacademie te gaan.

'Heeft ze nog iets gezegd over wat er met Nardo en Ricky is gebeurd?'

'Tja, Judith is een praktische dame,' zei Bible. 'Ze keek er niet echt van op dat haar vader een slecht mens was. En wat Ricky betreft… weet je, ik heb geen idee. Judith is blij dat het oude mens schuld heeft bekend en dat ze de rest van haar leven achter de tralies mag slijten. Volgens mij gaf het Esther wat rust toen ze het eindelijk wist. En als Esther tevreden was, was Judith doorgaans ook tevreden.'

Typisch Judith, dacht Andrea. Rechter Esther Vaughn, met al haar onverzettelijke, intimiderende en onwettige dadendrang, had altijd van

Judith gehouden. In wezen was ze eigenlijk een verloren oude vrouw geweest, van wie de dochter was vermoord en met een man die haar sloeg.

'Je had eens moeten zien, collega, wat er allemaal op tafel stond. Heb je ooit hasty pudding gegeten? Dat was het lievelingsgerecht van de rechter.'

Andrea kende het alleen van het ergste oorwurmliedje ooit. 'Waarom heet het "hasty"?'

'Weet ik het. Waarschijnlijk is het naar een Yankee-boer genoemd die van pudding hield. Ik heb zoveel van dat spul naar binnen geharkt dat ik de rest van de maand van het brood af moet blijven. Je weet wat ze zeggen...'

'Een magere marshal is dol op zijn vrouw,' vulde Andrea hem aan. 'Wat wil dat trouwens zeggen?'

Bible grinnikte. 'Je weet dat je één keer per jaar een conditietest moet afleggen. Vroeger kon je ontslagen worden als je aan de mollige kant was. Dat kan tegenwoordig niet meer, want dat valt onder discriminatie, dus als je nu slaagt voor de test, krijg je twee weken vrij om met je beeldschone vrouw door te brengen. Of man, mocht dat het geval zijn.'

Het klonk als een vertrouwd soort stimulans. Gordon had een powerpointpresentatie gemaakt om belangrijke punten uit het personeelshandboek van de USMS te belichten. Andrea's enige reactie was geweest dat Citibank het laatste deel van haar studieschuld waarschijnlijk uit haar uitvaartverzekering zou moeten halen.

'Hé, collega,' zei Bible. 'Gaat-ie?'

'Ja hoor, best,' antwoordde Andrea, hoewel het pas weer echt goed met haar zou gaan als Dean Wexlers verzoek was afgewezen en die psychopaat in de gevangenis bleef.

Het kon niet bewezen worden dat hij Emily Vaughn iets had aangedaan. Gelukkig werden belastingfraude, belastingontduiking, e-mailfraude en allerlei andere aan belasting gerelateerde misdrijven zeer serieus genomen door de Amerikaanse overheid. Het beste wat Wexler eruit kon slepen, was vijfentwintig jaar in een federale gevangenis. Hij was vijfenzestig. Ook als hij zich goed gedroeg, zou hij in de tachtig zijn tegen de tijd dat hij vrijkwam.

Tot Andrea's opluchting hield de overeenkomst onder andere in dat hij niet zoals Clay Morrow in een gerieflijke Club Fed werd opgesloten. Wexler zou zijn tijd uitzitten in de Federal Correctional Institution Berlin in New Hampshire, een beveiligde inrichting met slaapzalen en een federale personeelscrisis van nationale afmetingen, die alles alleen maar gevaarlijker maakte. Wexler zou een gevangenisuniform moeten dragen, de vloer moeten dweilen en zijn eigen toilet moeten schoonmaken, hij zou moeten overleven op kant-en-klaarmaaltijden, hij zou elke ochtend om zes uur moeten opstaan en om halfacht zijn bed moeten hebben opgemaakt. Al zijn post zou gecontroleerd worden. Zijn telefoontjes zouden worden getapt. Hij zou maar beperkt bezoek mogen ontvangen. Niets zou meer van hem zijn, zelfs zijn vrije tijd niet.

En het was nog steeds niet genoeg.

Het enige waarmee Andrea zich troostte, was de herinnering aan Wexlers zelfingenomen woorden toen ze in zijn oude pick-up zaten, op de dag dat het lichaam van Alice Poulsen was gevonden. Wexler had zitten opscheppen over hoe fantastisch zijn leven was geworden nadat hij het onderwijs vaarwel had gezegd. Als het leven je inderdaad liet betalen voor je persoonlijkheid, zou Wexler nooit meer een eindeloos stuk hemel zien als hij naar boven keek.

Andrea schraapte haar keel. Ze was bij het moeilijke gedeelte aangekomen. 'Hoe gaat het met de meisjes?'

'De meisjes,' zei Bible. Ook hij vond dit moeilijk. Om de dag spraken ze over de klus waaraan ze op dat moment werkten, over het weer en over Cussy en de baas, maar uiteindelijk kwamen ze altijd weer uit bij de meisjes op de boerderij.

Na Wexlers arrestatie hadden er ambulances op stand-by gestaan om de meisjes naar het Johns Hopkins Hospital in Baltimore te brengen. Slechts drie van de twaalf hadden van het aanbod gebruikgemaakt. Een van hen was er niet bovenop gekomen en was overleden. De tweede was uit het ziekenhuis weggelopen. De derde was zo ondervoed geweest dat er een deskundige van de dienst ziektebestrijding en -preventie bij was gehaald om haar behandeling over te nemen.

Star Bonaire had de overgebleven vrijwilligsters achter zich geschaard. Op de een of andere manier was ze hun feitelijke aanvoerster geworden.

Telkens als Wexler voor de rechter moest verschijnen, waren zij in de rechtszaal aanwezig. Wanneer hij weer naar zijn cel werd gebracht, keerden zij terug naar hun eigen gevangenis, de boerderij.

'Weet je,' zei Bible, 'Cussy, mijn vrouw, was daar vanochtend met Melody Brickel, om met Star te praten. Ze zeiden tegen de meiden dat ze konden kiezen als de overheid uiteindelijk beslag legt op die tent. Ze zouden naar een groepshuis kunnen gaan, of naar familie die ze ergens nog hebben. Volgens de baas beuken Melody en zij met hun koppen tegen de muur om tot hen door te dringen, maar het zal ze wel een goed gevoel geven.'

'Vast en zeker.' Andrea hoorde voetstappen op de trap.

Mike hield een fles wijn omhoog.

'Sorry, Bible, maar ik moet hangen. Voorzichtig met je hand, pechvogel.'

'Ah, geen parkietengrapjes meer, collega. Geen getjilp meer.'

Lachend verbrak Andrea de verbinding. Mike ging achter haar op de trap zitten. Leunend tegen zijn been keek ze naar hem op. 'Mijn moeder en Gordon zijn mijn boeken aan het uitpakken.'

Mike keek argwanend. 'Hoe gaat dat?'

'Gordon bood aan een spreadsheet te maken. Er is al een verhitte discussie geweest over de vraag of ze ze op alfabet of per groep moeten indelen.'

'Hebben ze naar jouw mening gevraagd?'

'Nee.'

'Ga jij ze op kleur zetten zodra ze weg zijn?'

'Yep.' Ze kuste hem op zijn mond. Met haar vingers krabbelde ze door zijn baard. Ze gaf een speels rukje aan zijn wang. 'En nu niet mijn moeder gaan pesten.'

'Liefje, je weet dat ik dat nooit zou doen.'

Andrea wist dat hij dat wel zou doen, maar ze zag geen reden om het onvermijdelijke uit te stellen.

De bewegingsdetectoren activeerden het licht toen ze door de lange gang liepen. Haar nieuwe appartement was kleiner dan het vorige, maar het was in elk geval niet boven haar moeders garage. Het was nergens boven. Andrea had zich alleen een souterrain kunnen veroorloven in SOBO, zoals de plaatselijke bevolking South Baltimore noemde. De huisbazin had de huur verlaagd toen ze hoorde dat Andrea een marshal was. Niettemin zou ze instant noedels moeten eten tot ze in aanmerking kwam voor een oudedagsuitkering – als die nog bestond wanneer ze eindelijk met pensioen kon gaan.

Met een laatste waarschuwende blik naar Mike deed ze de deur open.

'O, kijk, je vader en moeder zijn er,' zei hij bij het zien van haar ouders.

Laura klemde een boek in haar handen.

Gordon kuchte.

Mike plakte zijn onnozele grijns op zijn gezicht terwijl hij een rondje door de kamer maakte. 'Mooi plekje, Andy. Eerste keer dat ik het zie, en ik heb geen idee waar de slaapkamer is.'

Laura's neusvleugels trilden.

Gordon kuchte weer.

Andrea greep de wijnfles. Ze was hard aan drank toe.

Haar piepkleine keukentje grensde aan de woonkamer en aan de achterkant aan haar nog kleinere slaapkamer. De badkamer was zo smal dat de deur langs het toilet schuurde. Ze had welgeteld drie ramen. Het raam boven het aanrecht was lang en smal en bood eersteklas zicht op het schoeisel van de mensen die aan de andere kant over het trottoir liepen.

Andrea hield nu al van het huis, dat wist ze bijna zeker.

Ze zocht naar de wijnglazen, maar gaf de zoektocht al snel op. Ze had nog niets uitgepakt voor haar ouders waren gearriveerd om te helpen, vooral omdat ze wist dat haar ouders gingen helpen. In een doos met het opschrift SPULLEN vond ze twee waterglazen, een jampot en een koffiebeker.

Ze draaide de kraan open, spoot afwasmiddel in de spoelbak en pakte de spons. De borden van de vorige avond zaten vol aangekoekte saus. Als vanzelf flitste het beeld op van Nardo Fontaine, die zijn hand van zijn hals nam. Star had de volle laag bloed over zich heen gekregen. Ze had niet gegild. Ze had het bloed niet eens van haar gezicht geveegd. Ze was op de barkruk gaan zitten, met haar handen samengevouwen op de bar, en had naar de witte tegels gekeken, wachtend tot iemand zei wat ze moest doen.

Andrea sloot haar ogen. Ze ademde diep in.

Zo ging het soms. Het trauma kwam terug. Flitsen vol geweld, flitsen vol pijn. In plaats van ertegen te vechten, in plaats van haar hele leven in iets anders te willen veranderen, had ze het leren accepteren. De herinneringen maakten deel uit van wie ze nu was, net als de herinnering aan de triomf die ze had gevoeld toen ze Ricky Fontaines volledige bekentenis had afgenomen.

Andrea luisterde naar de geluiden uit de andere kamer. In haar afwezigheid was de temperatuur gekelderd. Ze hoorde Laura Mike terechtwijzen terwijl Gordon om hen allebei moest lachen. Ze haalde haar iPhone uit haar achterzak. Haar iCloud-account had een back-up gemaakt van de foto's die ze stiekem van Judiths collage uit haar jeugd had genomen. Het oorspronkelijke werk was bij de brand verloren gegaan. Andrea had het enige bewijs dat het ooit had bestaan.

Ze scrolde langs de tekst op Melody Brickels mixtape. Langs de uitroepen die uit een van Melody's brieven afkomstig waren, zoals ze later had ontdekt. Langs de echofoto's van de kleine Judith, die vanuit het midden uitwaaierden. De foto's van Emily waarop ze lachte, speelde en alles deed behalve doodgaan.

Andrea had zichzelf maar al te graag willen wijsmaken dat Judith op Clay leek, maar in werkelijkheid leek ze nog het meest op haar moeder. Emily's lichtblauwe ogen leken in niets op de staalblauwe blik van Clay. Judiths scherpe jukbeenderen en het lichte kuiltje in haar kin zouden afkomstig kunnen zijn van een verre Vaughn of Fontaine, zoals Andrea haar eigen dopneusje uit de genenpoel van haar familie had opgediept.

Ze swipete over het scherm en stopte bij de groepsfoto die Judith tussen de andere kiekjes in haar collage had geplakt. Het was dezelfde foto die Ricky veertig jaar lang een ereplaats had gegeven.

De kliek.

Emily en Ricky waren hetzelfde gekleed. Met hun vloeibare eyeliner en spiraalpermanent hoorden ze helemaal thuis in de jaren tachtig. De jongens hadden allemaal woest haar en droegen hun Members Only-jasjes met de mouwen opgestroopt. Ricky leek meer op Nardo dan op haar tweelingbroer. Blake en Clay hadden broers kunnen zijn. Als groep leek het alsof ze poseerden voor een prequel van *The Breakfast Club*, ook al was er geen sporter of prinses bij. Andrea zag alleen de nerd en het hopeloze geval, en natuurlijk waren ze op één na allemaal zelfverklaarde criminelen.

Gordons bulderende lach verbrak de betovering. Andrea hoorde iets plagerigs in Laura's toon toen ze reageerde. Voor de verandering had Mike kennelijk geen weerwoord.

Ze schoof de telefoon weer in haar zak. Ze stak haar handen in het sop en begon af te wassen. Haar vingers gleden langs de gladde rand van een bord. Weer dreven haar gedachten af naar de diner.

Een onderzoek door de Delaware State Police had uitgewezen dat Jack Stilton in zijn recht stond toen hij Bernard Fontaine neerschoot. Andrea moest het daar wel mee eens zijn, hoewel ze zich afvroeg of Stilton hoe dan ook een manier zou hebben gevonden om Nardo te doden. Hij had op het punt gestaan een tweede schot te lossen. Alleen dankzij Andrea had hij het niet gedaan. Ze begreep dat hij Nardo haatte. Hij was jarenlang gepest door die eikel, ook eind jaren negentig toen Nardo volgens Stilton had gedreigd bekend te maken dat hij homo was, tenzij hij een aanklacht wegens rijden onder invloed ongedaan maakte. Ze kon er zich geen voorstelling van maken hoe moeilijk zijn leven was geweest. Gekweld door de gedachte aan de moord op zijn beste schoolvriendin. Radeloos omdat hij niet in staat was haar moordenaar voor de rechter te brengen. Hij had beseft dat Nardo de sleutel vormde tot de oplossing van de misdaad, maar was te bang geweest om hem ermee te confronteren. Andrea wist dat Stilton een alcoholicus en een vrouwenhater was, maar hij was ook de enige echte vriend van Emily Vaughn geweest.

'Hé.' Mike sloeg zijn armen om haar middel. Hij drukte zijn lippen tegen haar nek. 'Gaat het wel?'

'Ja hoor.' De brok in haar keel herinnerde haar eraan dat ze niet tegen hem mocht liegen. 'Ik denk steeds aan Star.'

Weer drukte Mike zijn lippen tegen haar nek. Van zijn drie bazige zussen had hij geleerd dat er niet voor elk probleem een oplossing was. 'Wat rot,' was het enige wat hij zei.

Laura kuchte. Ze hield drie wijnglazen omhoog. 'Deze vond ik in de doos met het etiket BADKAMER.'

Andrea haalde haar schouders op. 'Waarom zou je in bad gaan als je niet van plan bent te drinken?'

Laura fronste haar voorhoofd toen Mike de glazen van haar overnam. 'Ik heb het in memoriam van die rechter in *The Times* gelezen. Geen wonder dat Reagan haar benoemde. Wat een smerige hypocriet.'

'Criminelen die in glazen huizen wonen...' zei Mike.

'Dat is iets totaal anders,' schamperde Laura. 'Je klauwt je niet omhoog naar een dergelijke machtspositie zonder je ziel te verkopen. Kijk maar naar mijn walgelijke broer.'

Tot Andrea's grote opluchting ging haar telefoon. Volgens de nummermelder was het BIBLE, LEONARD, wat vreemd was, want meestal verscheen hij onder USMS BIBLE.

'Ik weet dat jullie tweeën niet aardig tegen elkaar kunnen doen,' zei ze tegen Mike en Laura. 'Maar wees in elk geval eerlijk.'

Ze glipte de deur uit voor haar moeder er iets tegen in kon brengen. Terwijl ze naar de trap liep, nam ze op. 'Bel je over je vogeltjes?'

Het bleef een hele tijd stil. Ze hoorde het geroezemoes van kreten en verwensingen – het kenmerkende achtergrondgeruis van een federale strafinrichting.

'Hallo, Andrea,' zei Clayton Morrow.

Andrea sloeg haar hand voor haar mond.

'Ik heb gehoord dat je een bezoek hebt gebracht aan mijn geboortestad,' zei hij.

Andrea liet haar hand zakken. Haar lippen weken uiteen en ze ademde diep in. Ze slaakte geen kreet. Ze raakte niet in paniek. Ze somde voor zichzelf de feiten op. Haar vader zat in de gevangenis. Je kon moeiteloos aan een gesmokkelde mobiel komen. Clay had Bibles nummer gespoofd zodat ze zou opnemen.

Hij wilde iets.

'Andy?' zei Clay. 'Ik heb over Ricky en Nardo gehoord. Wat een giftige relatie was dat. Die twee verdienden elkaar, altijd al.'

Weer ademde Andrea diep in. Dean Wexler mocht dan een slechte kopie van Clay Morrow zijn, Clays wrede toon deed haar aan Bernard Fontaine denken.

'Heb je gevonden wat je zocht?'

Andrea stond op. Het risico was te groot dat haar moeder de gang in liep. Ze klom de steile trap op. Ze duwde de deur naar de straat open.

Verkeer zoefde langs. Claxons loeiden. Voetgangers verdrongen zich op het trottoir. Andrea ging met haar rug tegen het gebouw staan. Als Mike nog bij het aanrecht stond, zou hij door het smalle raam haar voeten zien.

'Wat wil je?' vroeg ze.

'Ah, daar is die mooie stem,' zei hij. 'Ik zou graag willen dat je me komt bezoeken, dochter. Ik heb je op mijn goedgekeurde lijst gezet.'

Ze schudde haar hoofd. Ze zou nooit bij hem op bezoek gaan.

'Je oom Jasper,' zei hij. 'Ik weet dat je met hem hebt samengewerkt.'

'Ik heb niet met Jasper samengewerkt,' zei ze. 'Ik wilde er alleen voor zorgen dat je nooit de gevangenis uit komt.'

'Helaas ben ik onschuldig,' zei Clay. 'Als ik het mis heb, moet je het zeggen, maar het klinkt alsof je zou willen dat ík haar vermoord had.'

Andrea klemde haar vingers om de telefoon. Over vijf maanden werd zijn verzoek tot voorwaardelijke vrijlating behandeld. Ze wist zeker dat Jasper alles in de strijd zou gooien om ervoor te zorgen dat het verzoek werd afgewezen. Wat Andrea betrof, ze had gezworen haar leven niet op pauze te zetten om haar psychopaat van een vader. Ze was niet geslaagd in haar poging hem achter de tralies te houden, maar ze weigerde zich vanwege Clayton Morrow mislukt te voelen.

'Hoe dan ook,' zei hij. 'Ik heb een paar heel boeiende verhalen over het vraatzuchtige verleden van onze Jasper die je misschien interesseren.'

'Zoals wat bijvoorbeeld?' wilde ze weten. 'Hij is bij elke zitting geweest die je ooit hebt gehad. Waarom heb je die informatie niet eerder gebruikt om hem de mond te snoeren?'

'Merkwaardig, hè? Waarom zou ik iets achterhouden wat zijn ondergang zou kunnen betekenen?' Ze zweeg, en hij grinnikte. 'Kom maar langs, dochter. Ik beloof je dat je niet teleurgesteld zult zijn.'

Andrea deed haar mond al open, maar er kwamen geen woorden uit. Ze voelde de koude lucht in haar mond. Ze dacht aan alle zuurstof die om haar heen zweefde. Die door haar bloedsomloop circuleerde. Die haar lichaam leven schonk.

Clayton Morrow had niet gebeld omdat hij een boekje over Jasper wilde opendoen. Hij belde om Andrea weer zijn invloedssfeer in te trekken. Ze mocht niet stilvallen vanwege hem. Hij was een psychopaat. Aandacht was zijn zuurstof. Hij had Andrea nodig om zijn vuur te voeden.

'An-dree-aa,' zong hij. 'Volgens mij moet je –'

Ze verbrak de verbinding.

Ze stopte de telefoon weer in haar zak. Ze keek de straat in. Een fiets reed voorbij. Mensen haastten zich winkels in en uit. Kinderen hadden het over huiswerk. Millennials dronken lattes. Een Deense dog aan een lange lijn trippelde als een showpony langs.

Andrea duwde zich van de muur af. Ze liep het gebouw weer in. Op de trap hoorde ze het zachte gebrom van Mikes stem, Laura's warme lach, Gordon die steeds kuchte.

De vorige maand had haar moeder haar verweten dat ze elke uitdaging in haar leven benaderde alsof het een rots was waar ze zich af moest storten. Alsof ze machteloos was en zich gewoon overgaf aan de zwaartekracht.

Nu was haar leven eerder een springplank.

Andrea had eindelijk geleerd hoe ze moest springen.

Vallen kon ze al.

DANKWOORD

Zoals altijd wil ik allereerst Kate Elton en Victoria Sanders bedanken, omdat ze er zijn, hoe en wat dan ook. En de laatste tijd is er een hele berg 'wat' geweest, waarvoor mijn excuses en mijn grote erkenning. Ook wil ik Diane Dickensheid bedanken, die ervoor zorgt dat de zeilen te allen tijde goed naar de wind staan, Emily Krump voor haar verbluffende kalmte, en Bernadette Baker-Baughman, mijn makker, die zorgt dat ik niet gek word. Of in elk geval punctueel blijf.

Bij HarperCollins: Liate Stehlik, Jen Hart, Heidi Richter-Ginger, Kaitlin Harri, Miranda Mettes, Kathryn Cheshire, Elizabeth Dawson, Sarah Shea, Izzy Coburn, Chantal Restivo-Alessi, Julianna Wojcik, en al mijn internationale uitgeefteams. Bij WME: Hilary Zaitz-Michael en Sylvie Rabineau. Bij Made Up Stories, de ongelooflijke Bruna Papandrea, Steve Hutensky, Janice Williams en Casey Haver. Ook wil ik Charlotte Stoudt, Lesli Linka Glatter and Minkie Spiro bedanken voor hun uitzonderlijke professionaliteit en omdat ze ronduit aardig zijn. Eric Rayman en Jeff Frankel waren zoals gewoonlijk weer zeer behulpzaam. En uiteraard mag ik de fantastische mensen bij Netflix niet vergeten.

Bij de United States Marshal Service ben ik veel dank verschuldigd aan Keith Booker, Marc Cameron, Brooke Davis, Van Grady, Chaz Johnson, Kevin R. Kamrowski, David Oney en J.B. Stevens, die al mijn saaie vragen hebben beantwoord. Fouten kunnen volledig aan mij worden toegeschreven – aan hen heeft het niet gelegen.

Alafair Burke, Patricia Friedman, Charles Hodges en Greg Guthrie hebben me met de juridische dingen geholpen. Sara Blaedel heeft bevestigd hoe ontwikkeld het gemiddelde Deense stekelvarken is. David Harper heeft een paar kleine medische vragen beantwoord en staat in de startblokken voor de volgende Sara en Will, voor degenen die zich afvragen wat hierna komt. Kristian Bush en Melanie Hammet hebben maatwisselingen uitgelegd, naast andere muzikale curiositeiten, om me voor blunders te behoeden. (Die kan ik nog steeds hebben gemaakt, maar ze hebben hun best gedaan, wilde ik zeggen.) Carly Place hielp met allerlei feiten over Delaware, hoewel het stadje Longbill Beach puur fictie is.

Ten slotte gaat mijn dank zoals altijd uit naar mijn vader omdat hij nooit opgeeft, en naar D.A. omdat ze mij nooit opgeeft – je bent mijn hart. Je bent mijn thuis.